DAS GROSSE MEER
HOOLE-KÖNIGREICHE
MacHeath-Gebiet
MacDuncan-Gebiet
KRUMMRÜCKEN
Kreis der Heiligen Vulkane
Wo Faolan gefunden wurde
Sark vom Sumpfmoor
MacDuff-Gebiet
Gwynneths Schmiede
MacNab-Gebiet
SALZSEE
SCHATTENWALD

Kathryn Lasky

Der Clan der Wölfe

Donnerherz

Kathryn Lasky

DER CLAN DER WÖLFE

Donnerherz

Band 1

Deutsch von Ilse Rothfuss

Ravensburger Buchverlag

Bibliografische Information der Deutschen Nationalbibliothek:
Die Deutsche Nationalbibliothek verzeichnet diese Publikation in der Deutschen Nationalbibliografie. Detaillierte bibliografische Daten sind im Internet auf www.dnb.d-nb.de abrufbar.

2 3 4 D C B A

Limitierte Sonderausgabe, erschienen 2015

Die deutsche Erstausgabe erschien 2014
im Ravensburger Buchverlag

Published by Arrangement with Scholastic Inc.,
557 Broadway, New York, NY 10012 USA

Die Originalausgabe erschien 2010
unter dem Titel *Wolves of the Beyond. Lone Wolf*
bei Scholastic Press.

Dieses Werk wurde vermittelt durch die
Literarische Agentur Thomas Schlück GmbH, 30827 Garbsen.

Redaktion: Franziska Jaekel
Umschlaggestaltung: Hauptmann und Kompanie Werbeagentur, Zürich.
Vorsatzkarte: Wahed Khakdan
Verwendete Fotos von Straublund/Getty Images und Critterbiz/Shutterstock.

Printed in Germany

ISBN 978-3-473-36929-4

www.ravensburger.de

In unserer Wolfssprache bedeutet das Wort *Hoole* einfach „Eule“. Du siehst, mein Freund, ich bin dem Geist von Hoole gefolgt, als ich die Meinen aus dem eisbedeckten Land herausgeführt habe.

Aus dem ersten Buch der Legenden von Hoole

Inhalt

Teil I: Die Hinterlande

Teil II: Die Frostlande

Teil III: Die Hinterlande

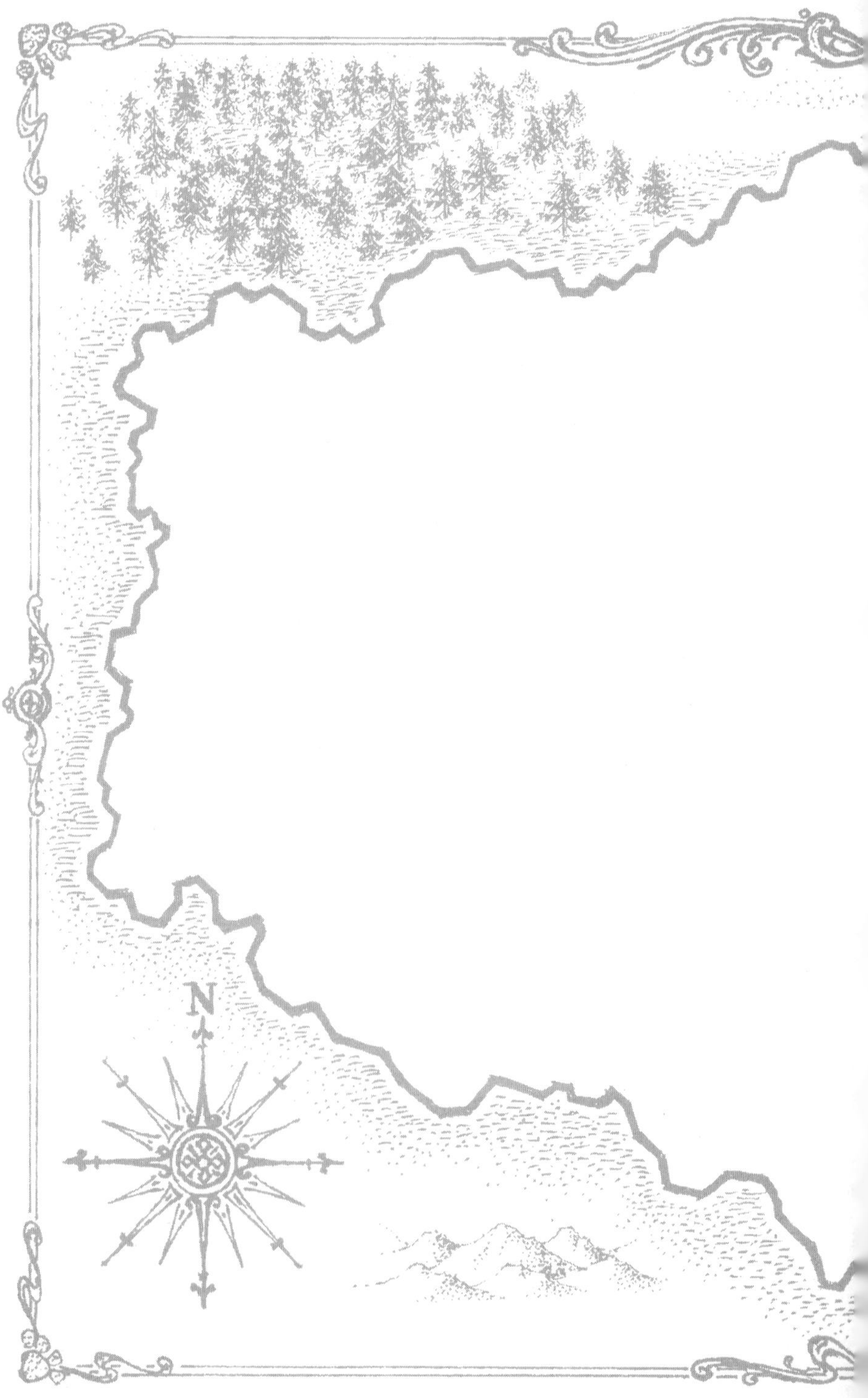
N

Teil I

Die Hinterlande

Auf der Flucht

Noch bevor sie das erste Ziehen in ihrem Bauch verspürte, brach die Wölfin auf, um eine abgelegene Wurfhöhle zu suchen. Sie wusste instinktiv, dass diese Geburt nicht wie die vorigen sein würde. Seit Tagen irrte sie nun schon umher und sie fühlte, dass ihre Zeit bald gekommen war. Bis jetzt hatte sie nichts gefunden, was ihr als Bau dienen konnte. Nur ein paar flache Gruben, die aber nicht geeignet waren, denn sie boten keinen Schutz. Obwohl es schon fast Frühling war, konnte das Wetter blitzartig umschlagen und die Welpen würden erfrieren. Das Geräusch ihrer jungen, wild schlagenden Herzen würde unter einer dünnen Eisschicht verebben, bis der Herzschlag schließlich ganz aussetzte und nur noch Stille herrschte. Die Wölfin hatte das schon einmal erlebt. Sie hatte ihre Jungen damals so lange geleckt, bis ihre Zunge ganz ausgetrocknet und blutig gewesen war, aber gegen das Eis hatte sie nichts tun können. Das hier war ihr dritter Wurf. Und diesmal, das wusste sie, musste sie ihre Jungen weit weg vom Rudel zur Welt bringen. Fern von ihrem Clan, ihrem Gefährten und vor allem von der Obea.

Dann endlich, in der Nacht des fünften aufgehenden Mondes, der jetzt wie eine Eissichel tief am Horizont hing, fand sie einen Spalt unter einem Felssims. Sie roch ihn, noch bevor sie ihn sah. Der Fuchsgeruch war durchdringend. Hoffentlich war es keine Wurfhöhle. *Nur ein Fuchs, lieber Lupus!*, flehte sie im Stillen und schickte ein Stoßgebet zum Himmel. Bloß keine Jungen, mit denen sie sich anlegen musste.

Und sie hatte Glück – es war tatsächlich nur ein Fuchs. Eine Füchsin, die bald werfen würde. Die Wölfin verjagte sie, nahm den Bau in Besitz und richtete sich für die Geburt darin ein. Nur der Fuchsgeruch hing immer noch in der Luft. *Gut*, dachte sie. Durch den Tarnduft war die Höhle zusätzlich gesichert. Sie wälzte sich in dem Kot, den sie in der Nähe fand, und schnaubte bei dem Gedanken, was die Kleinen von ihr denken würden. Aber egal – Hauptsache, sie blieben am Leben. Notfalls auch ohne den Clan.

Und dann war es soweit. Drei Junge brachte sie zur Welt. Zwei lohfarbene wie ihr Vater, das dritte silbergrau. In den Augen der Wölfin waren alle drei vollkommen. Es dauerte eine Weile, bis sie den kleinen Makel an dem silbergrauen Jungen entdeckte – eine leichte Spreizung der Vorderpfote. Als sie die Pfote genauer untersuchte, entdeckte sie unten am Fußpolster eine schwache Spiralzeichnung, die wie ein wirbelnder Stern aussah. Das war seltsam, aber sicherlich keine Missbildung.

Es ist auch nur eine geringfügige Spreizung, tröstete sie sich. Das Kleine war also kein *Malcadh*, wie das alte Wolfswort für „ein Verfluchter" lautete. Es war nur ein winziger Makel, der sich in den nächsten Tagen hoffentlich verwachsen würde. Die abstehenden Zehen würden sich vielleicht wieder anlegen und die Zeichnung am Fußpolster war so wenig ausgeprägt, dass sie keine Spur hinterlassen würde. Das silbergraue Junge war stark. Gierig saugte es an ihrer Zitze. Trotzdem war es gut, dass sie diese abgelegene Wurfhöhle gefunden hatte.

Behutsam schleifte sie ein Junges nach dem anderen tiefer in den Bau hinein, der zum Glück mehrere Gänge hatte, die in eine Nisthöhle mündeten. Hier konnte sie die nächsten Tage bleiben, sich mit ihren Jungen einrollen und sie im stillen Dunkel der Höhle säugen, solange es ging. Nur zu bald würden die Kleinen unruhig werden. Wenn ihre Augen endlich aufgingen, würden sie den blassen Lichtschein suchen, der von fern durch die Öffnung des Baus hereinsickerte. Das Licht würde sie genauso magisch anziehen wie die Milch in ihren Zitzen, oder später der Geruch von Fleisch. Aber wenn sie sich versteckt hielten, würden sie überleben. Das silbergraue Junge würde immer stärker werden, bis die drohende Gefahr durch die Obea allmählich verblasste wie eine alte Duftspur, die von Wind, Regen und Schnee weggewaschen wurde.

Der Wölfin blieben nur wenige Stunden für ihre schönen Zukunftsträume.

In einer Welt, die jedem anderen Wolf unberührt erschienen wäre, hatte Shibaan, die Obea des Clans der MacDuncan, die Spur der Wölfin entdeckt. Als Obea war sie dafür zuständig, missgebildete Jungtiere aus der Wurfhöhle fortzutragen. Nur unfruchtbare Wölfinnen, die keine Mutterinstinkte entwickelten, wurden für diese Arbeit ausgewählt. Da eine Obea ohne eigene Nachkommen war, hatte sie einzig das Wohl des Clans im Blick, der nicht gesund und stark bleiben konnte, wenn missgebildete Junge in ihn hineingeboren wurden. Die Regeln waren genau festgelegt. Das missgebildete oder kranke Junge musste von der Obea an einem abgelegenen Ort ausgesetzt werden, wo es entweder verhungerte oder von anderen Tieren gefressen wurde. Wenn das Junge trotzdem überlebte, durfte es zum Rudel zurückkehren und als Knochennager, als rangniedrigstes Tier, sein Leben fristen. Die Mutter eines *Malcadh* durfte dagegen nicht zurückkommen. Sie wurde mit ihrem Gefährten vom Clan ausgestoßen, weil die Blutlinie durch sie verseucht war. Wenn die beiden überlebten, mussten sie sich trennen und in unterschiedlichen Clans ein neues Leben beginnen, denn ihr Schicksal war fortan mit einem Makel behaftet. Es konnte nur zum Guten gewendet werden, wenn sie sich mit einer neuen Blutlinie vermischten.

Shibaan hatte gelernt, misstrauisch zu werden, wenn ein trächtiges Weibchen kurz vor der Geburt „auf Abwege" ging, was „heimlich fort" bedeutete. Als erfahrene Obea fiel sie natürlich nicht auf die Tricks der Wölfin Morag herein, obwohl Morag ihre Spuren gründlicher verwischt hatte als die meisten anderen, das musste sie ihr lassen. Morag hatte nur in Bäche oder eisfreie Teile des Flusses uriniert und keine Duftspuren hinterlassen, um ihr Territorium zu markieren. Ein gewöhnlicher Wolf hätte die Hinweise auf den Fluchtweg der verzweifelten Mutter nicht bemerkt. Aber Shibaan war kein gewöhnlicher Wolf und auch keine gewöhnliche Obea. Selbst winzigste Spuren entgingen ihr nicht. Ein Büschel Silberhaar, das sich an einer Distel verfangen hatte. Kratzspuren an einem Felsen, der Morag als Fußhalt beim

Überqueren eines Baches gedient hatte. Ein leichter Duftschwall – nicht von Morag, sondern von einem anderen Wolf, der vor Shibaans geistigem Auge wie ein Wegweiser aufflackerte. Die Botschaft war klar: *Mein Territorium, Oberleutnant des Clans der MacDermott.* Eine Warnung an einen Außenseiter, der dem MacDermott-Land zu nahe gekommen war. *Sieh an*, dachte Shibaan, *Morag hat die MacDermott-Grenze überschritten. Wie tollkühn von ihr!*

Dann fing sie Fuchsgeruch auf, allerdings keinen reinen Fuchsgeruch. Erschöpft schüttelte die Obea den Kopf. *Ich finde sie immer, egal welche Tricks sie anwenden.* Und Shibaan hatte Recht. Der Fuchskot vor dem Bau enthielt einen Fellfaden, der wie ein silbriger Wimpel im Wind zitterte. Er verriet ihr, dass sich im Inneren der Höhle eine Wölfin verbarg, die ganz klebrig vom Fuchskot sein musste, aber dennoch nach neugeborenen Jungen und warmer Milch duftete.

Ertappt. Ohne Wenn und Aber. Die Mütter von *Malcadhs* wehrten sich nie. Sie wussten, dass jeder Widerstand zwecklos war – und den sofortigen Tod aller Jungen zur Folge hatte.

Während Shibaan das Junge mit der gespreizten Pfote im Maul forttrug, starrte ihr Morag so lange nach, bis die Obea nur noch als dunkler Fleck am Horizont zu erkennen war. Wie gut Shibaan für diese Aufgabe geeignet war. Als ob die Jahre der Pflichterfüllung und des bedingungslosen Gehorsams jegliche Regung, jegliche Vorstellungskraft in ihr ausgelöscht hätten. Die grünen Augen der Obea waren vollkommen leer gewesen, ohne Licht oder Tiefe, ohne einen Funken von Gefühl. Wie trockene Kieselsteine, die in der Sonne ausgebleicht waren und nahezu alle Farbe verloren hatten.

Das silbergraue Junge hatte sich einfach am Nackenfell aufnehmen lassen und instinktiv in Tragehaltung eingerollt. Spürte es denn nicht, dass der Geruch der Obea anders war als der seiner Mutter? Machte es dem Kleinen gar nichts aus, ihren milchlosen, trockenen, sterilen Hauch einzuatmen? Das Junge hatte unablässig gesaugt – aber was war schon „unablässig", wenn man erst einen Tag auf der Welt war? Nichts als ein winziges Zeitstäubchen. Die Augen und Ohren des Jungen waren noch geschlossen. Es würde Tage dauern, bis sie sich öffneten. Das kleine Wesen konnte seine Mutter und Milchgeberin also einzig an ihrem Geruch erkennen – vielleicht noch an der Art, wie sich ihr Fell anfühlte, oder am rhythmischen Schlagen ihres Herzens. Ob es sich daran erinnern würde? Und selbst wenn, was half das jetzt noch?

Ein Zwischen-Jahres-Sturm braute sich zusammen. Das waren die schlimmsten Stürme, die zu Beginn des Frühjahrs oder im Spätsommer kamen. Sie tobten mit unglaublicher Wut, brachten Wirbelwinde und Eishagel mit sich. Morag hatte ihn gespürt, hatte gesehen, wie der bleierne Himmel tiefer und tiefer herabsank und sich wie eine tödliche Falle für die Erdengeschöpfe über dem Land schloss. Das silbergraue Junge würde mitten in diesem Sturm ausgesetzt werden. Sie selbst musste mit den beiden anderen Jungen in der Höhle bleiben und auf die Obea warten, die bald wiederkommen würde, um Morag zum Clan zurückzuführen. Shibaan würde eines der Jungen tragen, Morag das andere, während sie den Pfad der Schande zurücklegten. Die Obea würde die Nachricht von dem *Malcadh* verkünden und Morag musste dann den Clan sofort als Ausgestoßene verlassen. Die beiden gesunden Jungen würden von einer anderen Wölfin gesäugt werden.

Die Obea hatte andere Sorgen: Wohin mit diesem Malcadh, damit es möglichst wenig Überlebenschancen hatte? Am Fußpolster der gespreizten Pfote hatte sie etwas entdeckt, das ihr zu schaffen machte. Warum, konnte sie nicht sagen. Sie wusste nur, dass ihr diese Zeichnung nicht gefallen hatte.

Shibaan erfüllte nur ihre Aufgabe. Es war ihre Pflicht, das Unheil abzuwenden, das dem Clan drohte. Vor langer Zeit war ihre Unfruchtbarkeit wie ein scharfkantiger Kiesel unter ihrem Fuß gewesen. Eine ständige Erinnerung daran, dass sie niemals Mutter werden konnte, sondern ihr Dasein als ranglose Wölfin fristen musste, die eine unangenehme Pflicht zu erfüllen hatte. Zum Glück war das jetzt ausgestanden. Shibaan machte ihre Sache gut und hatte sich mit den Jahren einen gewissen Respekt beim Clanführer erarbeitet. Der scharfkantige Stein, der sie anfangs gequält hatte, schliff sich rund und fügte sich in ihr Wesen ein wie ein blank polierter Bachkiesel, der sie nicht länger an einen Makel erinnerte. Er gehörte einfach zu ihrem Charakter, ihrer Aufgabe, ihrer Pflicht als Obea.

Während sie mit dem Jungen im Maul dahintrottete, fiel ihr erneut das seltsame Spiralmuster am Fußpolster der gespreizten Pfote ins Auge. Ihr Herz zog sich furchtsam zusammen. Natürlich hätte sie das Junge töten können, aber die Obea war sehr abergläubisch. Solche Abkürzungen waren gegen das Gesetz und sie wollte doch eines Tages den Sternenpfad zum Großen Wolf erklimmen – dem Großen Lupus – und in die himmlische Höhle der Seelen eintreten.

Vor ihr schimmerte der Fluss unter dem bleigrauen Himmel, der sich immer tiefer herabsenkte. Dort wollte sie das Junge aussetzen. Die Eisdecke begann gerade aufzubrechen, denn das Frühlingstauwetter hatte eingesetzt. Der Wasserpegel würde sintflutartig ansteigen und das Junge rettungslos ertrinken. Shibaan wollte es nah ans Ufer legen, damit es vom ansteigenden Wasser mitgerissen wurde.

Die Obea wählte eine Stelle, an der das Ufer vom Flusslauf unterspült war, und legte das Junge auf einen Eissims.

Sorgfältig schob sie es an den Rand – umsichtig, präzise. Das Neugeborene war weder ein „er“ noch eine „sie“, im Grunde nicht einmal ein richtiger Wolf. Nur ein „es“, das kläglich zappelte, maunzte und winselte. Aber das ging schnell vorbei. Wenn der Sturm das Junge nicht holte, wurde es von einer Eule gefressen. Der Fluss lag an einer Hauptflugroute der Glutsammlereulen, die wegen der Vulkane in die Hinterlande flogen. Die Eulen waren immer hungrig und dieses *Malcadh* wäre nicht das Erste, das von einer Eule aus dem Königreich Hoole geraubt wurde. Auch Schmiedeeulen, die vorübergehend ihre Werkstätten in der Nähe der Vulkane errichteten, kamen hier durch. Das Schmiedehandwerk war harte Arbeit. Diese Eulen fraßen eine Menge. Trotz der engen

Verwandtschaft zwischen Eulen und Wölfen war ein *Malcadh* eine willkommene Beute.

Ein leises Kratzen ertönte, als das Junge versuchte, sich mit seinen winzigen Pfoten an der kalten, glatten Oberfläche festzukrallen. Das Maunzen und Winseln steigerte sich zu einem Heulen, aber die Obea hörte es nicht. Ihre Ohren waren genauso fest versiegelt wie die des Neugeborenen. Nichts regte sich in den Tiefen ihres Herzens. Sie spürte nur das kalte, glatte Gewicht des Steins, der gleichbedeutend mit ihrer Pflicht geworden war, ihrer Aufgabe, ihrer Identität. *Ich bin die Obea. Mehr brauche ich nicht zu wissen und nicht zu sein. Ich bin die Obea.*

Der Fluss brüllt

Er konnte weder sehen noch hören. Vergeblich streckte er die Zunge heraus, um zu lecken. Der Geruch nach Milch war fort und mit ihm die warme Zitze. Nur Kälte spürte er, sonst nichts. Eine Kälte, die ihn ganz ausfüllte, bis sein kleiner Körper hoffnungslos schlotterte. Wie kam es nur, dass sich alles so schnell verändert hatte? Wo war der warme Milchstrom, das weiche Fell, das tröstliche Zappeln der anderen kleinen Geschöpfe um ihn herum? Er hatte nicht viel kennengelernt in seinem kurzen Leben, aber jetzt kannte er gar nichts mehr. Riechen, Schmecken, Fühlen, die einzigen Sinne, die er besaß, waren abgestorben, verhungert. Er spürte, wie er in eine Leere davontrieb, die weder Leben noch Tod war, nur ein grässliches Nichts. Und mit dieser Leere kam die Taubheit.

Dann regte sich etwas – ein Beben – und mit diesem Beben drang ein neues Element in sein kaum noch pulsierendes Leben ein. Das Krachen des aufbrechenden Flusseises war so laut und furchterregend, dass es selbst durch die versiegelten Ohren des kleinen Welpen drang. Und plötzlich schnitt ein Brüllen durch seinen Kopf. Das Eis unter ihm bäumte sich auf, sodass er fast von dem Eissims heruntergerutscht wäre, doch er bohrte seine scharfen kleinen Klauen ins Eis und klammerte sich mit aller Kraft daran fest.

Es war eine grausame Ironie des Schicksals, dass dem hilflosen Wolfsjungen zwei lebenswichtige Sinne vor der Zeit verliehen wurden – Sehen und Hören. Und das genau in dem Moment, als der winterstarre Fluss zu erwachen begann und sich aus seinem Eispanzer befreite. Vielleicht war es der Schock, der seine verschlossenen Augen und Ohren öffnete.

Der Fluss brach jetzt immer schneller auf und setzte wilde Wasserstrudel frei, die an den Ufern zerrten, Bäume entwurzelten und Felsbrocken mit sich rissen. Das Eis unter dem kleinen Welpen ächzte gefährlich und fing an zu kippen. Dann ertönte ein gewaltiges Krachen, das ihm fast die Ohren zerfetzte. Licht blitzte in seine Augen, als der Mond die Eisschollen streifte, die den Fluss hinunterdonnerten.

In seinem Gedächtnis regte sich dunkel eine andere, frühere Gewalt: die Geburt. Er war aus der Wärme der Gebärmutter hinausgeschleudert worden und in die Hände von Mächten geraten, die größer waren als er. Sein kleiner Körper kam nicht gegen die Kontraktionen an, die ihn hinausdrängten. Und jetzt geschah es wieder. Nur diesmal wurde er nicht aus der schützenden Wärme der Gebärmutter vertrieben, sondern rutschte in das eisige Wasser des tosenden Flusses. Verzweifelt krallte er sich mit der gespreizten Pfote fest, die mehr Halt fand als die anderen drei. Er kämpfte um sein Leben, klammerte sich mit aller Kraft an dem Eissims fest, das zum restlichen Treibeis in den Fluss gestürzt war.

Warum ließ er nicht los? Es wäre viel leichter, viel weniger qualvoll gewesen – einfach loslassen, ins Wasser rutschen und ertrinken. Aber der junge Wolf folgte blind seinem Instinkt und dieser Instinkt befahl ihm, sich festzuklammern, nicht aufzugeben. Nach einer Weile öffnete er die Augen ein wenig mehr und sah den Glanz des Vollmonds im Fluss.

Seine erste Lektion: Er konnte die Augen auf das Licht einstellen. Sein erster Gedanke: *Was kann ich noch einstellen oder verändern?* Konnte er vielleicht auch die Wärme zurückholen, die er einst gekannt hatte? Den Milchgeruch, den süßen Geschmack auf seiner Zunge? Die Weichheit der zappelnden Fellkugeln, die um ihn herumpurzelten, wenn sich alle gierig nach der Milch drängten? Das tröstliche, rhythmische Pochen unter dem Fell, tief drin in der Milchgeberin, das er spürte, wenn er sich zum Saugen anklammerte?

Eisiges Wasser schwappte über ihn hinweg und trotzdem klammerte er sich weiter fest. Hin und wieder spürte er, wie das Eis herumwirbelte. Dann wurde ihm schlecht und schwindlig. Er musste die Augen schließen, um wieder ins Gleichgewicht zu kommen, um den Halt nicht zu verlieren. Plötzlich gab es einen Ruck, sein Eisfloß riss sich los und trieb weiter den tobenden Fluss hinunter. Die Hinterläufe des kleinen Wolfs hingen jetzt über den Rand des Eises hinunter und wurden taub im eisigen Wasser. Die Taubheit kroch immer weiter durch seinen Körper. Es war kein unangenehmes Gefühl, aber zugleich schien etwas anderes in ihm zu schwinden, aus seinem tiefsten Inneren zu sickern. Seine Klauen verloren allmählich den Halt.

Erneut ging ein gewaltiger Ruck durch ihn hin. Das Letzte, was er hörte, war das Scharren seiner Klauen, die hilflos über die kläglichen Überreste des Eisfloßes schlitterten.

Der Funke aus dem Fluss

In jener Sturmnacht erhob sich ein Brüllen, so gewaltig, dass es selbst den tosenden Fluss und den heulenden Wind übertönte. Die Schreie der Grizzlymutter ließen das Ufer erbeben, an dem sie saß. Ihr Schmerz war so groß, dass er die Luft aus der Erde zu saugen schien. Die langen eisverkrusteten Haare auf ihrem Rücken zitterten, sodass ihr verzweifeltes Toben von leisem Klimpern begleitet war.

Als der Fluss ihren Bau zu überfluten drohte, hatte sie ihm ein paar Sekunden lang den Rücken zugekehrt, um sich nach höher gelegenem Fels umzublicken. In diesem kurzen Moment waren Pumas wie aus dem Nichts hervorgeschossen und hatten ihr Junges geraubt. Ihr einziges Junges. Dieses Mal hatte sie nur eines aufgezogen. Den ganzen Sommer und Herbst lang hatte sie gefressen, sich fettgemästet. Und wozu das alles? Nur damit das wahrscheinlich letzte Junge, das sie geboren hatte, zerfleischt wurde? Ihre Zitzen trieften von der Milch, die für das Kleine bestimmt war, und sie wollte nur noch sterben. Der Fluss, dem sie eben noch zu entrinnen gehofft hatte, kam ihr jetzt gerade recht. So groß war ihr Schmerz noch nie gewesen, außer vielleicht in jener Paarungszeit vor fünf Sommern, als ein Grizzlymännchen eines ihrer Jungen getötet hatte, um an sie heranzukommen. Nichts und niemand würde sie von der Höhle wegbringen, in dem sie das Junge geboren und gesäugt hatte. Verzweifelt riss sie den wuchtigen Kopf zum Mond empor, der sie anblickte wie ein totes Auge, und flehte den Großen Bären an: *Großer Ursus, nimm mich, nimm mich zu dir!*

Die Bärin hatte jedes Zeitgefühl verloren. Der Mond glitt am westlichen Himmel hinab und die Nacht wurde dunkler. Kurz vor der Dämmerung hatte sich der Sturm ausgetobt und dunkle Wolken wie glimmende Asche am Horizont hinterlassen. Der Flusspegel hatte den höchsten Punkt erreicht, doch die Fluten hatten die Bärin nicht verschlungen.

Plötzlich spürte sie, dass sich etwas an ihrem Hinterbein verfangen hatte, ein dunkler, nasser Klumpen. Ungeduldig schüttelte sie den Fuß, um das lästige Kratzen loszuwerden. Aber je mehr sie schüttelte, desto fester klammerte sich der Klumpen an ihr Bein. Die Bärin wurde wütend und zog ihre Pfote ans Ufer.

Später fragte sie sich, was sie daran gehindert hatte, einfach hinunterzugreifen und den Klumpen abzureißen, der keinerlei Lebenszeichen gab. Das Kratzen hätte ebenso gut von einer Dornenranke kommen können, die sich im Treibeis des tobenden Flusses verfangen hatte. Treibgut. Nichts weiter. Und doch spürte sie etwas.

Ein Funke, dachte sie bei sich. Funken hatte sie schon öfter gesehen. Funken, die vom Himmel fielen oder aus den Felsen schlugen, wenn herabstürzende Trümmer ineinanderkrachten. Aber niemals hätte sie gedacht, dass der Fluss Funken schlagen könne. Ein Funke aus dem Fluss, ungestillt, unversehrt, unvermindert. Wie eine winzige Lichtsphäre flog er aus dem tosenden Wasser auf und barg die Verheißung von Leben in sich.

Die Bärin griff hinunter und löste behutsam mit den Vorderpfoten den nassen Klumpen von ihrem Hinterbein. Der Klumpen zappelte nicht, kein Atemzug war zu erkennen. Aber es war ein Junges, welcher Art auch immer, und als das winzige Wesen wie unter großen Schmerzen die Augen aufschlug, blitzte der Funke darin auf.

Die Sonne stieg gerade über dem Horizont auf und ihr Licht spiegelte sich in den Augen des kleinen Findlings. Plötzlich sah die Bärin ein Bild darin, das sie erschreckte. Ihr eigenes Spiegelbild blickte sie aus den Augen eines Jungen an, das weder von ihr geboren noch von ihrer Art war. *Es ist ein Wolf*, dachte sie. *Ich suche den Tod und das Kleine hier sucht das Leben.*

Dann schaute sie zum Himmel auf und suchte nach dem Sternbild des Großen Bären. Da bereits der Morgen graute, konnte sie es nicht sehen, aber im tiefsten Inneren wusste sie, dass dieses Wolfsjunge eine Botschaft von Ursus war, eine Zurechtweisung. Es stand ihr nicht zu, an den Tod zu denken. Ihre Zeit war noch nicht gekommen. Das hilflose kleine Geschöpf hatte sich nicht zufällig an ihrem Hinterbein verfangen. Es war ein Geschenk des Flusses.

Faolan, wisperte sie. *Ich werde dich Faolan nennen.*

„Fao" bedeutete zugleich „Fluss" und „Wolf". Und „lan" war das Wort für „Geschenk".

„Du bist mein Geschenk des Flusses", sagte sie und nahm das Wolfsjunge an ihre Brust.

Die Milchgeberin! Das Wolfsjunge roch die Milchspuren in dem dicken Pelz und sein Mäulchen drängte zur Quelle. Aber je näher Faolan den Zitzen kam, desto mehr verwirrten sich seine Gedanken. Das hier war nicht dasselbe. Der Geruch war anders und der Geschmack auch. Und erst dieses neue, furchterregende Geräusch! Das Tosen des Flusses war einem gewaltigen, rhythmischen Donnern gewichen, in das sich wildes Geblubber mischte. Als die Grizzlybärin den Wolfswelpen behutsam enger an ihre Zitzen drückte, wurde er von den Geräuschen regelrecht durchgerüttelt. Und trotzdem fühlte er sich wunderbar geborgen.

Das hier war eine andere Milchgeberin. Sie war riesig – viel, viel größer als die erste. Er lauschte dem Pumpen ihres Herzens und dem Grollen und Gurgeln ihres Magens. Nach und nach gewöhnte er sich an die fremden Laute, die mit dem Tosen des Flusses verschmolzen und sich in die leiseren Geräusche einfügten, die er beim Saugen machte.

Und wie Faolan saugte! Seine Welt versank in Milch. Dicker, nahrhafter Milch. Er schloss die Augen und schlief ein, ohne mit dem Saugen aufzuhören.

Die Grizzlybärin blickte auf Faolan hinunter und ein paar riesige Tränen kullerten ihr aus den Augenwinkeln. *Der Flussgeist hat dich mir gebracht. Es muss einen Grund dafür geben. Ich werde dich säugen, den ganzen Morgen und den ganzen Tag und die ganze Nacht hindurch. Ein Funke kann zu einer Flamme entfacht und eine Flamme zu Feuer werden.*

Sanft blies sie ihren Atem über den Kleinen. Faolans Augenlider flatterten und er sank noch tiefer in einen traumlosen Schlaf.

Milch und Licht

Auch wenn ihr Schützling von Ursus geschickt war und die Bärin die besten Absichten hegte, so fehlte ihr doch das Wissen, wie man ein Wolfsjunges aufzieht – abgesehen vom Säugen. Faolan war ein gieriges kleines Geschöpf, das hatte sie gleich gemerkt. Aber er war so anders als ein Bärenjunges. Er roch anders. Saugte anders. Und obwohl er ein wenig größer gewesen war als ein neugeborenes Bärenjunges, als sie ihn aufgelesen hatte, nahm er längst nicht so schnell zu. Ein Bärenjunges hätte in dieser Zeit sein Gewicht verdoppelt. Faolan war nur ein bisschen gewachsen, obwohl er unablässig saugte. Die Bärin machte sich Sorgen. Vielleicht war ihre Milch nicht gut für ihn? Oder sie hielt ihn nicht richtig? Falls der Kleine wirklich ein Geschenk des Großen Ursus war, hätte es noch weiterer Zeichen bedurft. Zeichen, die ihr verrieten, was sie zu tun hatte.

Jeden Tag hielt sich die Bärin vor Augen, dass der Welpe ein Geschenk war. Ob Faolan sie auch merkwürdig fand? *Was weiß so ein Bärenjunges überhaupt?* Die Bärin erschrak und kicherte beinahe, weil sie ihn versehentlich „Bärenjunges" genannt hatte. Aber warum auch nicht? Letzten Endes waren vielleicht alle Neugeborenen mehr oder weniger gleich, egal ob Bärenjunges oder Wolfswelpe. *Auf jeden Fall haben die Kleinen nur Milch im Kopf. Darin ist Faolan nicht anders.*

Faolan hielt einen Augenblick im Saugen inne und die Bärin nutzte die Gelegenheit, um ihn mit ihren riesigen Tatzen hochzunehmen und dicht vor ihr Gesicht zu halten. Lange blickten sie einander in die Augen. Faolans Augen färbten sich allmählich grün, ein schönes Grün wie bei den Wölfen aus den Hinterlanden. Ihre waren von einem tiefen, schimmernden Braun, so glänzend, dass der winzige Wolf sein Spiegelbild darin sah.

„Du bist ein merkwürdiges kleines Geschöpf", sagte die Bärin. Dann streckte sie die Zunge heraus und betupfte seine feuchte kleine Nase damit. Faolan stieß ein begeistertes *Fiep-Fiep!* aus.

„Oh, das gefällt dir!" Die Bärin betupfte seine Nase noch einmal und wieder quiekte der Kleine vor Entzücken.

Als sie ihn absetzte, wälzte sich Faolan sofort auf den Rücken und hielt erwartungsvoll die winzigen

Pfoten in die Luft. Die Grizzlybärin hielt es für ein Zeichen, dass er gekitzelt werden wollte. Sie fing an, mit ihm zu sprechen, halb mit Worten, halb mit Grunzen und Schnauben. Sie wusste nicht, ob er sie verstand, aber das war auch egal.

„Oh, beim Großen Ursus, du willst wohl, dass ich das noch mal mache, du komischer kleiner Kerl?"

Die Worte der Wölfe, Bären und Eulen unterschieden sich nur wenig voneinander. Durch den Tonfall, in dem sie miteinander redeten, und die feinen Bewegungen von Kopf und Augen entstand eine geheime Sprache, die anderen Tierarten fremd war.

Faolan lag auf dem Rücken und wartete darauf, dass die Riesenzunge seinen Bauch kitzelte. Die Bärin erfüllte ihm den Wunsch und der Kleine sprang fröhlich auf. Mehrmals wiederholten sie dieses Spiel, dann lief Faolan ein Stück weg, drehte den Kopf herum und blickte spitzbübisch zu ihr zurück. Ohne Vorwarnung stürzte er sich auf sie und sprang in ihre Arme. Die Bärin war so überrumpelt, dass sie nach hinten umfiel. Faolan kletterte auf ihre Brust und leckte ihr eifrig das Kinn und die Nase.

Die Brust der Grizzlybärin rumpelte vor Wonneschnaufern. Und je mehr sie schnaufte, desto mehr leckte Faolan ihre Nase. Die Augen der Bärin füllten sich mit Tränen. Tagelang hatte dieses Wolfsjunge an ihr gesaugt, ohne sie auch nur anzuschauen. Und jetzt, da er endlich einen Augenblick zu saugen aufgehört und sie mit ihm gespielt hatte, war er sofort darauf eingegangen. Er hatte sie verstanden. Behutsam hob sie ihn hoch und hielt ihn noch einmal vor ihr Gesicht.

Wieder schauten sie einander in die Augen. Faolan strampelte ein wenig und stieß das *Milch!-Milch!*-Gebell aus. Die Bärin wiegte ihn in ihren Armen und er schnappte nach ihrer Zitze. Aber diesmal war es anders. Er hielt die Augen beim Saugen offen und schaute tief in ihre. Es war, als flösse ein Strom zwischen ihnen. Faolan schluckte gierig ihre Milch und die Grizzlybärin trank das leuchtende Grün seiner Augen. Eine tiefe Liebe zu ihm stieg in ihr auf.

Donnerherz

Sie waren ein merkwürdiges Gespann: die große, schwerfällig tappende Grizzlybärin mit ihrem braunen Fell, dessen silbrige Spitzen in der Sonne blitzten, und das silberhelle kleine Wolfsjunge, das bald vor ihr hersauste, bald neben oder hinter ihr hüpfte, wenn sie nach Frühlingszwiebeln wühlten, die gerade ihre ersten Triebe aus dem Boden schoben. Die Bärin grunzte und der kleine Wolf fiepte oder stieß ein kurzes Bellen aus. Irgendwie hatten sie gelernt, sich zu verständigen. Faolan schwang jetzt manchmal den Kopf hin und her wie ein Bärenjunges, wenn es Nein sagen wollte.

Mit der Zeit merkte die Bärin, dass es nicht viel Unterschied machte, ein Wolfsjunges oder ein Bärenjunges aufzuziehen. Die Ähnlichkeit zwischen beiden erstaunte sie immer wieder. Trotzdem quälte sie der Gedanke, wie klein und wehrlos Faolan im Vergleich zu einem jungen Bären war. Dafür war Faolan schneller. In atemberaubendem Tempo legte er große Strecken zurück. Vielleicht konnte er seine mangelnde Größe durch Schnelligkeit wettmachen? Die Bärin hoffte es jedenfalls. Außerdem sorgte sie sich wegen der gespreizten Vorderpfote, die Faolan zu oft schonte. Das war schlecht, denn nicht nur Bären, sondern auch Wölfe mussten in der Lage sein, alle vier Pfoten voll zu gebrauchen.

Im Augenblick zuckelte Faolan hinter ihr her und gab leise Winsellaute von sich. *Ich bin müde*, sollte das heißen. Die Bärin drehte sich um und funkelte ihn an. Faolan winselte wieder, kauerte sich in das weiche Gras, wackelte mit dem Kopf und knurrte: „Nein, nein, nein!“ Dann pustete er einen großen Luftschwall durch die Nase, als wollte er sagen: „Zu heiß!“

Langsam trottete er vorwärts, als könnte er sich kaum neben der Bärin hinschleppen. Ab und zu stupste er sie an, damit sie ihn auf ihren Rücken klettern ließ. Über den Schultern der Bärin saß ein riesiger Muskel, der ihre vier Gliedmaßen steuerte. Faolan kletterte immer begeistert hinauf, um hoch oben auf ihr zu reiten. Ein Bärenjunges wäre in diesem Alter schon zu groß dafür gewesen, aber ein Wolfswelpe nicht. Selbst im Bau rollte Faolan sich gern auf dem pelzigen Hügel zusammen, wenn er nicht gerade hungrig war.

Nach drei Würfen kannte die Bärin das Gejammer zur Genüge. Alle Jungen wurden irgendwann müde und quengelig. Sie wollten zurück in den Bau, um zu saugen – weil das immer noch die bequemste Nahrungsaufnahme war. Eines Tages würde die Milch jedoch versiegen und der Wolfswelpe musste lernen, andere Nahrungsquellen aufzutun. Für Faolan war das besonders wichtig, weil er so klein war. *Ist er wirklich zu klein für sein Alter? Oder sind alle Wolfswelpen so?*, fragte sich die Bärin. Sie war immer noch besorgt.

Manchmal konnte sie selbst kaum glauben, wie sehr ihr der Kleine ans Herz gewachsen war. Aber aus dem Funken, den sie damals in seinen Augen gesehen hatte, war tatsächlich ein Feuer geworden. Faolan war flink, klug, dickköpfig und so lebhaft, dass sie dieses Feuer sogar manchmal zähmen musste. Wie konnte in diesem Winzling so viel Wildheit stecken?

Entschlossen stieß ihn die Bärin mit ihrer breiten Schnauze an. Faolan purzelte nach hinten und quiekte empört, als hätte sie ihm wehgetan.

„Steh auf!“, grunzte die Bärin.

„Nein! Nein!“

„Nein“ war eindeutig Faolans Lieblingswort. An zweiter Stelle folgte „mehr Milch“. Bei ihm klangen die Wörter ein wenig anders als bei einem Bärenjungen, weil seine Stimme so hoch war. Vielleicht lag es daran, dass Faolans Brust viel schmächtiger war? Eine so schmale, zerbrechliche Brust! Auch sein Knurren klang flacher, aber seine Gesten ähnelten denen eines Bärenjungen. Schwangen die Welpen in den Wolfsrudeln auch ihre Köpfe herum wie Faolan? Erwachsene Wölfe bewegten sich jedenfalls ganz anders, soweit sie es beurteilen konnte.

Einmal hatte sie von einem riesigen Felsen aus ein Wolfsrudel beobachtet, das einen Elchkadaver zerfetzte. Die Bewegungen der Wölfe hatten etwas Strenges, Gemessenes, das ihr fremd war. Bestimmte Wölfe fraßen zuerst, dann krochen andere hinzu, als bäten sie um Erlaubnis, an dem Festmahl teilnehmen zu dürfen. Die Bärin fragte sich, wie das Rudel mit einem quengeligen, winselnden Welpen umgehen würde. Jetzt zum Beispiel hatte Faolan sich auf den Rücken geworfen und wedelte anklagend mit seiner gespreizten Pfote in der Luft.

Er wollte unbedingt in den Bau zurück, in das kühle, angenehme Dunkel, die erdige Gemütlichkeit. Er wollte zurück zum vertrauten Geruch des Flusses, den weichen Moospolstern, die am Höhleneingang wuchsen, wo er sein Morgenschläfchen zu halten pflegte. Aber vor allem wollte er sich am großen Leib der Bärin einrollen und saugen. Beim bloßen Gedanken an ihre süße Milch knurrte ihm der Magen. Zwiebeln schmeckten grässlich. In den Wurzeln war überhaupt kein Saft. Und Faolan jammerte sogar, dass sie zu hart für seine Zähne seien!

Jetzt jaulte er laut.

„Urskadamus!“, knurrte die Grizzlybärin vor sich hin – ein alter Bärenfluch, der so etwas wie „Verwünscht sei der tollwütige Bär!“ bedeutete. Dann wies sie Faolan mit ein paar kurzen, unwilligen Schnaufern zurecht.

Das war die erste Stufe des Schimpfens. Aber Faolan winselte weiter. Er wälzte sich auf dem Rücken und wedelte unablässig mit der gespreizten Pfote.

Genug jetzt!, dachte die Bärin. *Er muss lernen, seinen Schwächen nicht nachzugeben.* Und nicht nur das – Faolan musste lernen, diese Schwächen zu seinen Stärken zu machen. Dazu musste sie ihm eine Lektion erteilen. Eine grausame Lektion, das wusste sie, aber auf den kleinen Welpen wartete eine noch viel grausamere Welt.

Zum allerersten Mal seit der Kleine bei ihr war, knurrte sie ihn an und schlug mit ihrer mächtigen Pranke auf seine gesunde Vorderpfote. Faolan heulte laut auf. Diesmal war der Schmerz echt. Seine grünen Augen füllten sich mit Tränen: *Wie kannst du nur? Wieso tust du mir das an?*, fragte er stumm.

Die Bärin fand nicht in jeder Situation die richtigen Worte, die ein junger Wolf verstehen würde. Deshalb ging sie manchmal einfach mit gutem Beispiel voran, wenn sie ihm etwas mitteilen oder beibringen wollte. Die Worte würden dann später noch kommen. Schnaubend trottete sie an Faolan vorbei und grub ein paar Frühlingszwiebeln aus der Erde aus. Dazu benutzte sie die Pfote, mit der sie nur selten im Boden wühlte. Die Botschaft war klar: *Nimm deine gespreizte Pfote zu Hilfe! Mach sie zu deiner Grabpfote!*

Faolan verstand und scharrte gehorsam in dem Erdstück. Er brauchte ziemlich lange zum Graben, aber schließlich hatte er eine Zwiebel ausgebuddelt.

Die Bärin war stolz auf ihn. Mit einem tiefen, zärtlichen Brummen trottete sie an Faolans Seite, liebkoste ihn sanft und leckte ihn mit ihrer riesigen Zunge unter dem Kiefer. Danach drehte sie sich um und nahm den nächsten Zwiebelgrasfleck in Angriff. Faolan starrte sie entsetzt an. *Was? Noch mehr?*, dachte er. Aber er fügte sich und grub mit der gespreizten Pfote weiter. Er wollte nicht wieder den Zorn der Bärin herausfordern. Nicht auszudenken, wenn sie ihm sagen würde, er dürfe nicht saugen! Das wäre noch viel schlimmer als ein Hieb mit ihrer Pranke.

Keine Milch, nur Zwiebeln? Undenkbar! Faolan grub wie besessen.

Der Wolfswelpe hielt sich tapfer. Die Bärin beobachtete ihn aus dem Augenwinkel. In Windeseile hatte er gelernt, die gespreizte Pfote so einzusetzen, dass er fast die gleiche Kraft damit aufbrachte wie mit der anderen Vorderpfote.

Doch Faolan lernte nicht nur schnell, er war auch erfinderisch. Trotzdem grämte sich die Bärin nach wie vor, dass sie so wenig über Wölfe wusste. Das war kein Wunder, denn Bären und Wölfe gingen sich im Allgemeinen aus dem Weg. Mit den Eulen hatten die Wölfe dagegen vor langer Zeit ein Bündnis geschlossen, damals in den Anfängen, als die ersten Wölfe in die Hinterlande gekommen waren. Oft dachte die Bärin, dass sie dem Wolfsjungen vielleicht eine bessere Mutter sein könnte, wenn sie eine Eule wäre. Aber mit solchen Gedanken verschwendete sie nur ihre Zeit.

Stattdessen kramte sie Tag und Nacht in ihrem Gedächtnis nach jedem Wissensbröckchen, das sie jemals über Wölfe gesammelt hatte. Zum Beispiel erinnerte sie sich lebhaft, wie sie einst von einem hohen Felsen aus zwei Rudel beim Jagen beobachtet hatte. Dass Wölfe anders jagten als Bären, war ihr dabei schnell klar geworden. Bären waren größer und kräftiger, aber Wölfe machten die mangelnde Stärke durch Klugheit wett. Bären jagten nicht in der Gruppe. Vielleicht hatten sie deshalb eine andere Art zu denken. Das Leben der Wölfe erschien ihr kompliziert und geheimnisvoll.

Und Eulen, spann die Bärin ihren Gedankengang weiter, *Eulen sind ja so klug!* Eulen konnten sogar Werkzeug und Waffen herstellen. Sie hielten irgendwelche Gegenstände ins Feuer ihrer Schmieden und formten Krallen, die über ihre Zehen passten. *Vielleicht*, sagte sie sich plötzlich, *sind Bären nicht so klug, weil sie größer sind. Größer als Wölfe und viel, viel größer als Eulen.* Dann kam ihr ein schrecklicher Gedanke: *Vielleicht bin ich nicht klug genug, um ein Wolfsjunges aufzuziehen.*

Bekümmert schaute sie zu dem kleinen Kerl zurück, während sie mit ihm nach Hause trottete. Faolan war todmüde und so wacklig auf den Beinen, dass er ständig von dem schmalen Trampelpfad heruntertaumelte. Wahrscheinlich war er sogar zu schwach, um sich an ihrem Buckel festzuklammern, wenn sie ihn huckepack nahm. Aber was half alles Grämen? *Klug oder dumm, er hat nun mal nur mich*, dachte sie seufzend. Sie drehte sich um und hob das Wolfsjunge hoch, indem sie seinen Kopf in ihr Maul nahm und den restlichen Körper in der Luft baumeln ließ. So hätte sie ein Bärenjunges getragen, das höchstens einen Mond alt war. Faolan war schon seit zwei Monden bei ihr. Trotzdem war er noch klein genug, dass sie ihn bequem im Maul tragen konnte.

Morgen mussten sie sogar eine noch weitere Strecke bewältigen, um die Eichhörnchennester zu plündern, die mit Weißkiefernrinde ausgepolstert waren. Diese weiße Rinde, die den Eichhörnchen als Nistmaterial diente, war eine der reichsten Nahrungsquellen, die ihnen im Frühjahr zur Verfügung stand. Mit einigem Glück erwischten sie vielleicht sogar ein Eichhörnchen. Die Frühjahrsnahrung bestand hauptsächlich aus Gräsern, Wurzeln und Nüssen. Fleisch kam später, aber sie konnten zumindest hin und wieder auf Aas hoffen, denn so manches ältere Tier überlebte den harten Winter nicht. Selbst jetzt noch, als die Bärin Faolan zum Bau zurücktrug, schwang sie beständig den Kopf hin und her und witterte in alle Richtungen nach dem unverwechselbaren Geruch von verwesendem Fleisch.

Die Bärin hatte für den Frühling und Sommer einen neuen Bau aufgestöbert, den schönsten, in dem sie je gelebt hatte. Er lag in einem Erlendickicht am Fluss in der Nähe eines Wasserstrudels, in dem es bald von

Forellen wimmeln würde. Direkt am Eingang des Baus wuchsen Gletscherlilien, die mit ihren hellgelben Köpfen nickten. Das Steilufer zum Fluss hinunter war mit wilder blauer Iris übersät.

Faolan war bereits eingeschlafen, als sie den Bau erreichten, aber er schlief nie so tief, dass er nicht auch saugen konnte. Die Bärin setzte sich mit ausgestreckten Beinen aufrecht hin und ließ Faolan saugen. Während der Kleine die Milch hinunterschlang, schaute sie zu, wie sich das lavendelblaue Zwielicht weich über das Land senkte. Die Wolken spiegelten sich in dem glasglatten Fluss wider. Alles war friedlich, ganz anders als in der Sturmnacht, in der Faolan zu ihr gekommen war. Die Bärin blickte auf den Kleinen hinunter, der von der Milch ganz benommen war.

Immer wieder brachte er sie zum Staunen. Die gespreizte Pfote kam ihr gar nicht so merkwürdig vor, aber die schwache Zeichnung auf seinem Fußpolster, diese kreisenden Linien, ließen ihr keine Ruhe. Obwohl das Muster so undeutlich war, hatte es etwas geradezu Hypnotisches. Was bedeuteten die Linien? Und woher war Faolan gekommen? Warum hatte der Fluss ihn gerade ihr geschenkt? Fühlte er sich einsam? Wölfe waren schließlich Rudeltiere und keine Einzelgänger wie Bären. Aber wie sollte sie es anstellen, nicht nur eine Mutter, sondern ein ganzes Wolfsrudel für ihn zu sein? „Urskadamus!“, brummte sie leise vor sich hin.

So viele Fragen gingen der Bärin durch den Kopf. Wölfe konnten nicht aufrecht sitzen wie Bären, das wusste sie. Also mussten sie ihre Jungen anders säugen, vielleicht im Liegen. Aber wie sollte sie das anstellen? Womöglich zerquetschte sie Faolan, wenn sie sich herumwälzte. Wölfe konnten sich auch nicht auf ihren Hinterbeinen aufrichten. Das war bedauerlich, weil man auf diese Weise viel besser sehen konnte. Zu dumm, dass Faolan es nicht konnte! Oder sollte sie ihn vielleicht lehren, wie man aufsteht und ein paar Schritte auf den Hinterbeinen geht? Einen Versuch war es zumindest wert. Wieder blickte sie auf Faolan hinunter, drückte ihn an sich und beschnüffelte ihn. Sie musste damit rechnen, dass andere Bären misstrauisch wurden. Aber das kümmerte sie nicht. Sollten sie doch denken, was sie wollten.

Faolan strampelte ein wenig und sank noch tiefer in seinen milchsatten Schlaf. Inzwischen war er an die donnernden Geräusche aus dem Inneren der Grizzlybärin gewöhnt – die Windzüge ihrer Gedärme beim Verdauen, das bellende Ein und Aus ihres Atems und vor allem das gewaltige Klopfen ihres riesigen majestätischen Bärenherzens. Das Geräusch durchrieselte Faolans kleinen Körper, während er selig und von Milchträumen gewiegt schlummerte. In seiner Vorstellung war die Bärin nicht mehr nur die Milchgeberin, sondern „Donnerherz“.

Am Ufer

Im ersten Licht der Morgendämmerung schleuderte Donnerherz Faolan ohne Umschweife von ihrem Schoß und gab ihm einen sanften Nasenstüber auf sein Mäulchen. „Schau zu, was ich mache!“

Sie verließ den Bau und er folgte ihr die Uferböschung hinunter zu einem Felsblock, der ins Wasser gerutscht war. Es war seine erste Lektion im Fischen. Um diese Zeit des Mondzyklus begannen die Forellen in dem Wasserstrudel beim Felsen zu schwärmen. Fischen erforderte Geduld. Donnerherz wusste, dass Wolfswelpen genau wie Bärenjunge kaum etwas davon besaßen – und Faolan schon gar nicht. Aber er lernte rasch. Donnerherz hoffte, dass er geschickt genug für die Technik des Fischens war.

Im Herbst, wenn die Lachse ihren Laichzug flussaufwärts antraten, wurde das Fischen natürlich einfacher. Dann musste man nur oberhalb eines kleinen Wasserfalls in den Bach waten und die Lachse abfangen, wenn sie hinaufschnellten, um in ihre Laichgründe zu gelangen. In ihrem Fortpflanzungsdrang, der sie ganz benommen machte, waren Lachse eine leichte Beute. Ganz anders als Forellen. Da sie um diese Zeit keinen Laichtrieb verspürten und folglich auch nicht flussaufwärts schwammen, stellten sie eine echte Herausforderung dar. Aber egal, Faolan musste es lernen. Er musste unbedingt zunehmen und kräftiger werden.

Geduldig spähte Donnerherz in das bernsteinfarbene Wasser und hielt nach dem ersten Aufblitzen einer Forelle Ausschau. Faolan neben ihr wurde unruhig. Sie wusste, dass er nicht mehr lange stillhalten konnte. Aber es kamen keine Fische. Das Wolfsjunge winselte ein wenig und schwang den Kopf zu einem Riedgrasbüschel hinüber, das in der Nähe wuchs. Die Bärin grunzte ihre Erlaubnis. Jetzt musste sie nicht nur die Fische, sondern auch den Welpen im Auge behalten.

Aber Faolan war glücklich. Im Riedgras konnte er nach Herzenslust Maden und Käfer fangen, besonders Marienkäfer, die ein besonderer Leckerbissen für Bären und jetzt auch für Faolan waren. Bald entdeckte er ein Nest und quiekte vor Entzücken.

Als er den Kopf hob, war seine Schnauze über und über mit roten Pünktchen gesprenkelt. Im selben Moment blitzte eine Forelle vor Donnerherz auf. Mit einem lauten Platscher hieb die Bärin ihre Vorderpfote ins Wasser, packte die Forelle und klatschte sie auf den Fels. Eine Blutfontäne schoss in die Luft und zerstäubte zu winzigen roten Lichtsplittern, die in der aufgehenden Sonne funkelten.

Faolan erstarrte. Er witterte ... Blut. Gierig hefteten sich seine Augen auf die wirbelnden Tröpfchen, die grell im Morgenlicht glitzerten. Sein Herz raste. Er spürte ein Prickeln im Maul und seine Zunge wurde plötzlich feucht. Ein neuer Hunger überwältigte ihn, ein Hunger, der tief in seinem Inneren erwachte. Er starrte Donnerherz ehrfürchtig an. Wild schüttelte er den Kopf, um sich von den lästigen Marienkäfern zu befreien, und trottete unterwürfig zu ihr hinüber.

Er senkte den Kopf, duckte sich tief hinunter, legte die Ohren an und ließ das Weiße in seinen Augen aufblitzen. Donnerherz schnaubte ihm leise zu. „Was machst du?“, fragte sie. Nie war ihr Faolan wölfischer erschienen und doch begriff sie instinktiv, dass er ihr Respekt zollte. Aber wo hatte er das gelernt?

Die Grizzlybärin kannte die Antwort: Blut. Mit dem aufgeschlitzten Fischkörper hatte sie Faolans Blutdurst erweckt. Das war bei Bärenjungen genauso, aber Donnerherz’ Junge hatten sich nie so verhalten. Bärenjunge balgten sich wild, um den ersten Bissen des frischen Fleischs zu ergattern. Sie schubsten und drängelten rücksichtslos in ihrer Gier, den neuen Geschmack zu kosten. Faolan dagegen kroch auf dem Bauch zu ihr hin. *Als wäre ich der Große Ursus und nicht nur eine einfache Bärenmutter!*

Mit einem Hieb zerfetzte sie die Forelle in zwei Hälften und ließ sie vor Faolan hinfallen. Doch der Welpe zögerte. Beinahe flehend blickte er zu ihr auf. Donnerherz konnte sehen, wie ihm der Speichel aus dem Maul tropfte. Als sie den Fisch näher zu ihm hinschob, drückte Faolan sich noch tiefer auf den Boden und stieß leise Quieklaute aus. Donnerherz beobachtete ihn genau. Ihr entging nicht, dass er verstohlene Blicke auf den Fisch warf und dann schnell wieder sie anschaute. Plötzlich begriff sie: *Ich muss zuerst fressen!*

Aber wie sollte das Wolfsjunge überleben, wenn es andere zuerst fressen ließ? War das etwa der Brauch bei Wölfen? Rudelverhalten? *Aber Faolan muss doch fressen! Fressen und dick werden! Er darf anderen nicht den Vortritt lassen, sonst wird er noch selbst gefressen!* Im Kopf der Bärin jagten sich die Gedanken.

Faolan blieb flach auf dem Bauch liegen. Meistens verdrehte er die Augen nach hinten, als wagte er kaum sie anzusehen. Endlich gab Donnerherz nach und biss den Schwanz der Forelle ab, damit der fleischigste Teil für Faolan übrig blieb.

Wie der Blitz stürzte sich der Wolfswelpe auf die Überreste.

Von diesem Moment an hätte Donnerherz keinen eifrigeren Schüler beim Fischen haben können. Den ganzen Morgen folgte Faolan ihr in den Fluss und schwamm hinter ihr her, um jeden Winkel nach schwärmenden Forellen abzusuchen. Die gespreizte Pfote leistete ihm dabei gute Dienste. Das war für Donnerherz der größte Triumph bei der ganzen Fischfanglektion. Faolan lernte schnell, mit der missgebildeten Vorderpfote nach den Fischen zu schlagen und sie geschickt aus dem Wasser zu angeln.

Am Nachmittag waren Faolan und Donnerherz so mit Fisch vollgestopft, dass sie fast platzten. Träge lagen sie auf einer sonnigen Uferböschung und schauten den Wolken nach, die am Himmel entlangwanderten. Donnerherz hob grunzend eine Pfote, um ihrem Schützling eine Wolke zu zeigen, die genauso aussah wie die Forellen, die sie gerade gefangen hatten. Faolan japste vor Entzücken und suchte den Himmel sofort nach einem anderen Wolkenbild ab. Plötzlich sprang er in wilder Aufregung hoch und peitschte seinen Schwanz auf den Boden. Zwei turmhohe Wolken waren lautlos zusammengestoßen. Aus der einen Wolke ragte oben an der Spitze ein Buckel auf. Um den Buckel herum zeichneten sich Schultern ab. Donnerherz setzte sich ebenfalls auf. Eine kleinere Wolke ließ sich auf dem Buckel nieder. Faolan konnte seine Freude kaum bezähmen. „Das sind wir!“, rief er. „Das sind wir! Ich reite auf dir am Himmel!“

Mit diesen Worten warf er sich auf Donnerherz’ Rücken. Die Grizzlybärin brüllte vor Freude. Der Boden bebte, als sie mit dem Wolfsjungen davonsprang, das fröhlich auf ihrem Buckel schaukelte.

Blutlektion

Sie waren noch nicht weit gekommen, als Faolan auf Donnerherz' Rücken plötzlich erstarrte. Die Bärin erkannte sofort, was seine Aufmerksamkeit erregt hatte. In einer Lichtung tauchte eine Grizzlymutter mit zwei Jungen auf und trottete zum Fluss hinunter. Sobald sie Faolan und Donnerherz entdeckten, erstarrten sie ihrerseits. Faolan purzelte von Donnerherz' Rücken herunter und versteckte sich hinter ihr. Er klammerte sich an ihr Hinterbein und drückte sich Schutz suchend in ihr Fell. Die Bärenmutter und ihre beiden Jungen näherten sich vorsichtig. Faolan spähte hinter Donnerherz hervor. Die Bärenjungen stießen schnaubende Laute aus. Sie lachten Faolan aus! Ihre Mutter stand nur da und starrte ihn und Donnerherz an. Donnerherz spürte, wie Faolan zitterte.

Er weiß, dass er anders ist! Irgendwann musste er es ja merken. Im ersten Moment wollte Donnerherz ihn beschützen, die Bärenfamilie daran hindern, dass sie Faolan anstarrten. Aber je mehr die Bärenmutter starrte und je mehr die Jungen schnaubten – eines so wild, dass es sich schließlich vor Lachen am Boden wälzte –, desto weniger war Donnerherz bereit, sich vor Faolan zu stellen. Er musste lernen, sich selbst zu wehren. Also bewegte sie ihre Beine, damit Faolan ganz zu sehen war, und stellte schaudernd fest, wie winzig er im Vergleich zu den Bärenjungen war.

Faolan stieß einen kläglichen Schrei aus und schaute zu Donnerherz auf. Wenn sie die Macht dazu gehabt hätte, hätte sie das Wolfsjunge doppelt so groß gezaubert. Aber sie blieb still und reglos wie ein Fels. Kein Laut ging zwischen ihnen hin und her. Donnerherz konnte die ganze Zeit nur an die Nacht denken, in der sie ihn aus dem Fluss gezogen hatte, an diesen Lebensfunken, der beinahe erloschen war, aber immer noch flackerte. So viel Lebendigkeit, so viel Wildheit!

Faolan fing etwas in ihrem Blick auf. Langsam drehte er den Kopf zu den Bärenjungen um, die sich jetzt gemeinsam schnaubend und lachend im hohen Gras wälzten. Plötzlich verwandelte sich der Körper des kleinen Wolfs. Das Zittern hörte auf. Er reckte den Kopf hoch in die Luft und trat in königlicher Haltung vor, mit aufgerichtetem Schwanz und wachsam spielenden Ohren. Die Mutter der beiden Bärenjungen erstarrte vor Angst. Dann streckte sie die Pfote aus und schlug nach dem Bärenjungen, das am nächsten bei ihr war. Der Kleine jaulte. Als seine Schwester vom Herumpurzeln aufschaute und Faolan entdeckte, schnappte sie nach Luft.

Verwirrt beäugte die Bärenfamilie den Wolfswelpen. Wie konnte dieses winzige Geschöpf so furchterregend sein? Donnerherz war selbst verblüfft. Faolan war kein bisschen größer geworden, und doch wirkte er auf einmal dominant. Einen Augenblick war ihr Schützling zwischen zwei Welten gefangen gewesen, obwohl er die eine nie erlebt hatte. Es war, als hätte Faolan etwas sehr Wichtiges und sehr Altes wiederentdeckt, als sei er vom Geist eines unsichtbaren Rudels umgeben.

Dann geriet sein Schwanz ganz leicht ins Wanken. Donnerherz trottete zu ihm hinüber, grunzte ihm zu, dass er ihr folgen solle, und ermunterte ihn mit einem leichten Klaps gegen die Schulter.

Die Grizzlymutter blinzelte. Wer war dieses seltsame Geschöpf, das wie ein Wolf aussah, sich aber plötzlich genauso verhielt wie ein Bärenjunges?

Faolan war nicht weniger verwirrt als die Bärenfamilie. Während er hinter Donnerherz hertappte, ging ihm nur ein Gedanke durch den Kopf: *Ich bin anders. Ich bin anders. Ich bin anders.*

Auf dem Weg zurück zu ihrem Bau kamen sie an einem kleinen Flussarm vorbei, in dem sie vorher gefischt hatten. Das Wasser war still, ohne jede Strömung. Faolan hielt an und spähte auf die schimmernde Oberfläche hinunter. Donnerherz trottete zu ihm auf die Böschung hinauf, in der Hoffnung, dass er noch mehr Fisch entdeckt hatte. Stattdessen kräuselten sich ihre beiden Spiegelbilder in der dunklen Wasserfläche. *Ich sehe ihr überhaupt nicht ähnlich. Ich sehe keinem Tier ähnlich, das ich kenne. Warum sind meine Augen so grün? Warum ist mein Gesicht so schmal? Donnerherz' Gesicht ist riesig, breiter als meine Brust. Und ihr Fell ist so dick und dunkel. Meines ist viel zu hell.*

Endlich kamen sie in den Bau zurück und Faolan schnappte nach Donnerherz' Zitze. Während er saugte, blickte er ihr ernst ins Gesicht. Sie sah eine Frage in seinen tiefen grünen Augen. *Warum bin ich nicht wie du?*

Donnerherz knurrte sanft und leckte ihm als Antwort die Nase. *Liebe*, dachte sie, *nur Liebe zählt*. Aber sie sprach diese Worte nicht laut aus. Als Einzelgänger sind Bären eher zurückhaltend und geben starken Gefühlen nur selten Ausdruck – als würden diese dadurch entzaubert und abgeschwächt. Aber als sie in Faolans Augen schaute, begegnete der Wolfswelpe ihrem Blick, als hätte er die Bräuche der Bären erlernt. Eingehüllt in das tiefe bernsteinfarbene Licht von Donnerherz' Augen verstand der kleine Wolf, dass er von seiner Milchgeberin geliebt wurde, als sei er ihr eigenes Junges.

Lange würde er jetzt nicht mehr saugen können. Donnerherz spürte, dass ihre Milch versiegte. Zum Glück war ihre Lektion im Forellenfischen so erfolgreich verlaufen. Jetzt musste sie Faolan lehren, richtiges Fleisch zu erbeuten, rotes Fleisch. Das war vielleicht leichter, als sie gedacht hatte, denn der Wolfswelpe hatte die Bärenfamilie als Erster entdeckt. Er musste ihren Geruch schneller aufgenommen haben als sie selbst. Bei der Jagd nach rotem Fleisch war das für ihn von Vorteil. Donnerherz und Faolan schliefen in der wachsenden Tageshitze bis in den späten Nachmittag hinein.

Donnerherz glaubte zu wittern, wie ein Bär sich näherte. Doch sie konnte sich nicht rühren. Ihre Glieder fühlten sich bleischwer an. Es war, als sei sie in den Kaltschlaf gesunken. Es ist doch nicht Winter, *dachte sie verwirrt.* Ich muss mich bewegen. Meine Jungen … meine Jungen. Aber wenn ich im Kaltschlaf bin, dann ist doch nicht Paarungszeit. Warum also sollte ich

Duftmarken gesetzt haben? Warum bin ich so benommen? Ist es Zeit zum Duftwälzen? *Sie konnte kaum den Kopf heben, geschweige denn sich zu ihrer vollen Größe aufrichten, um die Bäume in der Nähe des Baus zu markieren. Ein Blutschwall zerschnitt die makellose Bläue des Himmels, als das riesige Grizzlymännchen den Rücken ihres Jungen bis auf die Knochen aufschlitzte. Donnerherz bäumte sich auf, brüllte und griff den Grizzly an. Ihr Hieb zerfetzte ihm den Arm – ein tiefer Schnitt. Der Grizzly kreischte vor Schmerz und stürzte davon. Aber war es eine tödliche Wunde? Wahrscheinlich nicht. Er würde zurückkommen. Bestimmt würde er zurückkommen …*

Donnerherz schreckte so heftig aus dem grässlichen Traum auf, dass sie den Wolfswelpen von ihrem Schoß herunterschleuderte.

„Urskadamus!", knurrte sie.

Faolan blinzelte sie erschrocken an und zog die Lefzen zu einer Angstgrimasse zurück. Sein Nackenfell sträubte sich und er klemmte den Schwanz zwischen den Hinterbeinen ein. Die Bärin schnaubte verstört. Jetzt war die Zeit, da die Männchen den Drang nach ihrer Gesellschaft verspürten. Wenn sie die Umgebung des Baus markieren konnte, bevor sie fruchtbar wurde und ein brünstiges Männchen in ihr Gebiet eindrang, wäre das nur von Vorteil.

Donnerherz wusste, dass auch Wölfe Duftmarken setzten, was andere Bären ziemlich verwirren konnte. Sie selbst spürte keine Neigung, sich zu paaren. Faolan war ihr letztes Junges. Sie würde ihn hüten wie ihren Augapfel. Kein Männchen durfte ihm etwas antun oder ihn von ihrer Seite vertreiben.

Aber konnte ein Wolfsjunges lernen, auf den Hinterbeinen zu gehen, ja sogar zu rennen wie ein Bär? Faolan konnte sehr hoch springen, wenn er auf ihrem Buckel reiten wollte. Er kam fast auf ihre Schulter hinauf und er konnte Duftmarken setzen. Faolan hatte bestimmt um den Bau herum uriniert, aber das reichte nicht. Eine stärkere Duftmarkierung war nötig. Eine von der speziellen Art, die sie manchmal gewittert hatte, wenn sie durch Wolfsterritorium gekommen war.

Das war eine praktische Lektion. Anders als der Begriff „Liebe“, der nicht in Worten ausgedrückt werden konnte, ließ sich das hier aussprechen. Mit klaren Handlungen konnte sie den Worten Nachdruck verleihen. Faolans Sprachfähigkeiten waren gewachsen. Donnerherz hatte Wölfe und Eulen gelegentlich sprechen gehört. Sie hatte angenommen, dass die Worte, die sie verwendeten, ganz anders waren als ihre eigenen. Doch das erwies sich als Irrtum. Nur der Tonfall, die Tonhöhe erschienen ihr fremd. In Gedanken verglich sie es mit dem Wasser. Das Plätschern des Wassers in einem schnell fließenden Bach unterschied sich ja auch vom Tosen eines Wasserfalls oder vom Tröpfeln eines Rinnsals in der Trockenzeit. Trotzdem war alles Wasser. Man musste nur zuhören.

Faolans Stimme war flacher, nicht so tief wie ihre eigene. Der Tonfall der Eulen war sehr unterschiedlich. Bei manchen klangen die Worte fast hohl – dumpf –, bei anderen laut und melodisch, während wieder andere kreischten. Keine der Eulenstimmen erinnerte auch nur entfernt an einen Bären. Doch die Worte waren fast gleich. Faolan klang inzwischen beinahe ein bisschen „bärisch“, wenn er redete. Er hatte sich einiges von den rauen, kehligen Lauten angeeignet, die unter Grizzlys üblich waren.

Sobald sie aus dem Bau waren, huschte er auf die Flussböschung hinauf. Donnerherz knurrte leise und gab ihm einen festen Kopfstoß in die Flanken, der Faolan in die Richtung wirbelte, in die er ihr folgen sollte. „Da entlang!“

Donnerherz schwang den Kopf zu einer großen Weißkiefer herum, erhob sich halb auf ihre Hinterbeine und rieb sich an dem Stamm. Ein raues Kratzen und Schaben ertönte, und sie hinterließ eine durchdringende Duftspur. Aber es war nicht der Geruch eines Weibchens, das fruchtbar und paarungsbereit war. Faolan musste auch einen Duft hinterlassen, seinen eigenen.

Donnerherz starrte ihn auffordernd an. Irgendwie fühlte sie, dass Faolan mit seinem Hinterteil markieren musste. Also setzte sie die Vorderpfoten wieder auf, legte sich der Länge nach auf den Boden und wuffte leise, um ihn zu sich herüberzulocken. So machte sie es immer, wenn sie miteinander balgten. Faolan kletterte sofort auf ihren Rücken. Ein beißender Geruch stieg von den stimulierten Duftdrüsen unter ihrer Haut aus ihrem dicken Pelz auf.

„Was ist das?“

„Mein Geruch.“

Faolan hatte den Geruch auch früher schon aufgefangen, wenn er auf ihr geritten war, aber jetzt war er stärker. Es roch ganz anders als die klebrig-süßliche Milch und Faolan musste beinahe würgen. Es war eine Warnung an potenzielle Eindringlinge. Dieser Bau und alles ringsum von der Weißkiefer bis zur Flussböschung und zu dem Erlengehölz hinauf gehörte Donnerherz – und ihm, ihrem Wolfswelpen. Diese Botschaft rief etwas in Faolan wach. „Das kann ich auch“, prahlte er.

Er vergrub sich in Donnerherz' dickem, stark riechendem Pelz und kitzelte sie am Hals, leckte die Innenseite ihres Ohrs und purzelte dann von ihr herunter, um zum nächstbesten Baum zu rennen. Donnerherz schaute zu, wie er sein Hinterteil an den Baum drückte und seine Rute herunternahm. *Er begreift schnell!*, dachte sie zufrieden. *Ich muss ihm gar nicht viel erklären.* Faolan hatte sofort verstanden, wie wichtig diese Duftbotschaft war. *Was für ein schlauer kleiner Kerl!*

Ein Muskel an Faolans Schwanzansatz zog sich zusammen, als er sich an dem Stamm rieb. Dann spürte er, wie etwas freigesetzt wurde. Sofort rannte er herum und markierte jeden Baum, jeden Felsen und Stumpf, den er nur finden konnte. *Meins! Meins! Meins!* Der Gedanke durchrieselte sein ganzes Wesen. Aber das war erst der Anfang. Während er markierte, regte sich etwas in anderen Teilen seines Körpers. Plötzlich scharrte er wütend im Boden. Ein anderer Geruch drang aus den Zwischenräumen seiner Zehen. Der Ruf in seinem Kopf: *Meins! Meins! Meins!*, verwandelte sich in *Bär! Bär! Bär!* Etwas in ihm, das bisher tief in seiner Wolfsgeschichte geschlummert hatte, war aufgebrochen.

Aber Donnerherz war das einzige Tier, das er kannte. Er hielt inne und schaute sie wieder an. Die

Bärin rieb sich an einem Baum. Nicht halb kauernd wie vorher, sondern hoch aufgerichtet und majestätisch. Sie sah ihn mit dem warmen bernsteinfarbenen Licht in ihren Augen an, das er so liebte, und doch lag auch eine Herausforderung in ihrem Blick. Schnaubend und bellend befahl sie ihm: „Na komm schon, komm!"

Faolan legte den Kopf schief. Dann sprang er hoch, um auf ihrem Buckel zu reiten. Doch bevor er sie einholen konnte, war sie schon bei einem anderen Baum, schwenkte dabei die Arme und schlug nach den Ästen über ihr.

Ein paar hellgrüne Blätter flatterten herunter und fingen das letzte Licht der sinkenden Sonne ein. Diesmal sprang Faolan hoch, um eines der Blätter in der Luft zu fangen. Donnerherz stieß ein leises, freundliches Grunzen aus, dann schüttelte sie die Äste erneut. Und wieder sprang Faolan hoch. Mit diesem Spiel vergnügten sie sich eine Weile und jedes Mal sprang Faolan ein bisschen höher.

Schließlich wandte sich Donnerherz von dem Baum ab und ging immer noch auf den Hinterbeinen weiter. Als sie zurückschaute, sah sie, dass Faolan ihr auf allen vieren folgte. Abrupt hielt sie an, drehte sich zu ihm um und ließ sich kurz auf den Boden hinunter. Dann richtete sie sich wieder auf und schwenkte die Arme wie vorher, als sie ihn dazu ermuntert hatte, zu den Blättern hochzuspringen. „Zwei Beine!“, kommandierte sie.

Faolan stand ganz still. Sie konnte geradezu sehen, wie er den Befehl, den sie ihm soeben gegeben hatte, in seinem Kopf herumwälzte. Dann richtete er sich auf die Hinterbeine auf. Donnerherz wagte kaum zu atmen. Zögernd machte Faolan einen Schritt vorwärts.

Die Bärin grunzte vor Freude und ließ sich wieder herunter, um Faolan unter dem Kinn zu lecken, wobei sie sanfte, schnaubende Laute von sich gab. Ihr Blick fiel auf einen niedrigen Strauch mit ein paar dicken Beeren und sie brach einen Zweig davon ab. Erneut richtete sie sich auf und schwenkte den Zweig vor Faolan hin und her. Er liebte diese Beeren und ging sofort auf die Hinterbeine. Diesmal machte er sogar vier Schritte! Donnerherz jubelte im Stillen.

Er machte Fortschritte und sie war stolz auf sich, weil sie es ihn gelehrt hatte. Bärenjunge konnten fast von Anfang an auf den Hinterbeinen gehen. Das war ganz natürlich für sie. Aber nicht für Faolan. Allmählich wurde ihr klar, dass Faolan nicht nur ein prächtiger kleiner Wolfswelpe war, sondern ein ganz und gar außergewöhnliches Geschöpf.

Als es dunkel wurde, ging Faolan schon fast so gut

auf den Hinterbeinen wie ein Bärenjunges. Und in dem schmalen Zeitfenster zwischen dem letzten Tropfen Tageslicht und der ersten tiefvioletten Dunkelheit lernte er seine wichtigste Lektion. Er fing ein weißes Blitzen auf, als ein Hermelin in seinen Bau hinter einem hohen Gebüsch huschte. Das hätte er nicht gesehen, wenn er nicht aufrecht gegangen wäre. In hohem Bogen sprang er über den Strauch, landete auf allen vieren und buddelte wie verrückt. Die gespreizte Vorderpfote war kräftiger geworden, seit er sie nicht mehr schonte. Inzwischen dachte er kaum noch daran.

Donnerherz trottete zu ihm hin. Im selben Moment flog eine riesige Staubwolke auf und ein Fellpfeil schoss aus dem Nest hervor. Erschrocken taumelte Faolan zurück und überschlug sich, als ihm etwas ins Genick sprang. Scharfe Wühlklauen bohrten sich in seinen Nacken. Faolan sprang in die Luft und wirbelte herum, versuchte den grässlichen Angreifer loszuwerden. Das Hermelin war viel kleiner als er, kaum größer als ein Eichhörnchen, aber es war stark. Die scharfen Klauen und Zähne bohrten sich noch tiefer in Faolans Fleisch, sodass er laut aufjaulte. Donnerherz brüllte, aber was sollte sie tun? Sie konnte das Hermelin nicht von seinem Rücken herunterschlagen, ohne Faolan zu verletzen. Die beiden Gegner kämpften erbittert: Der Wolfswelpe hatte gerade das Nest des Hermelinweibchens zerstört, dessen Junge vor Angst zitterten. Wenn das Hermelin an die lebenswichtige Schlagader an Faolans Hals kam, war es aus mit dem Wolfsjungen.

Donnerherz geriet in Panik. Faolan wurde sichtlich schwächer. Das hier war sein erster blutiger Kampf. Die Bärin unternahm einen Scheinangriff, aber das Hermelin beachtete sie nicht. Faolan ging in die Knie, richtete sich wieder auf und schoss diesmal zur Flussböschung. Mit einem himmelhohen Sprung warf er sich ins Wasser. Die Bärin tauchte hinter ihm her. Angstvoll schaute sie zu, wie sein Kopf die Wasserfläche durchstieß. Rote Striemen zogen sich an seinem Nacken hinunter. Doch dann sah sie, wie das Hermelin auf der gegenüberliegenden Seite des Flusses an der steilen Schlammböschung hinaufschlich.

Nachts im Bau, während draußen die Blätter im warmen Sommerwind raschelten, leckte Donnerherz Faolans Wunden. Zum Glück waren sie nicht so tief, wie sie befürchtet hatte. Die Wunden würden verheilen, aber Donnerherz spürte die neue Rastlosigkeit in dem Welpen. Er saugte nicht. Milch interessierte ihn nicht mehr. Er wollte Blut.

Goldene Augen

Den ganzen Sommer über gingen die Lektionen weiter. Faolan lernte begeistert. Er konnte sich immer besser aufrichten und legte jetzt auch größere Strecken aufrecht zurück. Seine Hinterbeine wurden unglaublich stark. Da sie beweglicher waren als die eines Bären, konnte er sehr hoch springen. Nichts machte ihm mehr Vergnügen, als seine neuen Fähigkeiten vorzuführen.

In der Nähe des Baus stand eine gewaltige Fichte, deren unterste Äste beinahe so hoch waren wie Donnerherz' Schultern, wenn sie aufrecht stand. Fast jeden Nachmittag gingen sie zu diesem Baum. Faolan übte und übte: Er hatte sich in den Kopf gesetzt, die Äste zu erreichen, indem er auf seinen Hinterbeinen hochsprang.

„Schau her! Schau her!“, bellte er. Jeden Tag kam er seinem Ziel ein wenig näher. „Schau her zu mir, Donnerherz! Du passt ja gar nicht auf!“, knurrte er. „Ich bin fast oben!“

Und eines Tages war es so weit. *Schwupp!*, hing er über einem der Äste. Faolan konnte es selbst kaum glauben. „Urskadamus!“, japste er. Der Fluch ließ Donnerherz aufhorchen.

„Wo hast du denn das gelernt?“, brummte sie.

„Na, von dir!“

Die Bärin schnaubte belustigt.

„Lach mich nicht aus! Ich hänge fest!“

„Du bist zu hoch gesprungen! Du hast nicht aufgepasst!“, rief sie ihm verschmitzt zu.

„Und wie komme ich jetzt wieder runter?“

„Ich weiß es nicht. Mir ist so was noch nie passiert“, erwiderte Donnerherz.

Faolan stieß ein klägliches Winseln aus.

„Kein Gewinsel!“, schimpfte die Bärin. Dann drehte sie sich um und trottete davon.

Faolan starrte entsetzt auf ihren breiten Rücken. „Du lässt mich hier einfach zurück?“

„Dir wird schon was einfallen, wie du da wieder herunterkommst“, sagte die Bärin, ohne sich umzudrehen. „Du bist das klügste Junge, das ich je gesehen habe.“

Ein paar Sekunden später hörte sie einen dumpfen Aufprall. Faolan war auf den Boden geplumpst.

Bald darauf lief er neben ihr und wedelte mit dem Schwanz. „Ich hab’s geschafft!“

„Das wusste ich doch!“ Die Bärin drehte den Kopf herum und gab ihm einen sanften Stoß mit der Schnauze.

Den ganzen Sommer lang wuchs der Wolfswelpe. Nur im Vergleich zu ihren eigenen Jungen erschien er Donnerherz immer noch sehr klein. Für einen Wolfswelpen war Faolan jedoch groß und sehr stark. Er besaß Fähigkeiten, die gewöhnliche Wölfe nicht hatten. Er war ein Wolf ohne Rudel und folglich viel unabhängiger. Und weil er auf den Geschmack von Fleisch gekommen war, hatte er sich zu einem geschickten Jäger entwickelt, der vierbeinige Tiere und hin und wieder ein Schneehuhn oder andere Bodenbrüter zur Strecke brachte. Faolan war schneller und erfinderischer als Donnerherz. So war es ihm gelungen, ein verletztes Rentier in einen Engpass zu treiben, wo es in der Falle saß. Als Donnerherz eintraf, streckte sie das Tier mit einem einzigen Schlag nieder. Diese Strategie funktionierte so gut, dass Donnerherz und Faolan sie seit jenem ersten Jagderfolg schon mehrmals angewendet hatten.

„Ich liebe Rentierfleisch“, sagte Faolan eines Tages, nachdem sie wieder eines erbeutet hatten. „Woher kommen die Rentiere eigentlich?“

„Das kommt darauf an, in welcher Zeit du sie

fängst. Im Frühling kommen sie aus den Frostlanden."

„Aus den Frostlanden?"

„Ja, weit, weit nördlich von hier. Im Frühjahr ist der Geschmack der Rentiere aus den Frostlanden am besten."

„Und wie kommt man dorthin?"

Donnerherz zeigte auf den Nordstern. „Im Vorfrühling, wenn das Sternbild des Großen Bären aufsteigt, folgt man der letzten Zehe im Fuß, die auf den Nordstern zeigt. Ich hatte mal einen Bau dort. Eines Tages ..."

„Eines Tages was?", fragte Faolan.

Donnerherz machte ein bekümmertes Gesicht und gab keine Antwort.

„Eines Tages gehen wir dahin zurück?"

„Vielleicht. Aber ich bin mir nicht sicher, ob es gut ist für deine Art."

„Für meine Art?" Faolan spürte, wie sein Herz schneller schlug. „Aber für deine Art ist sie gut, die Frostwelt? Warum dann nicht auch für meine Art?"

„Schon gut, schon gut. Iss auf." Die Bärin wollte noch etwas sagen, aber Faolan fiel ihr ins Wort.

„Ich weiß", sagte er müde. „Ich muss mich fettmästen, bis der Winter kommt."

„Ja, iss die Leber hier auf." Donnerherz fetzte die

blutige Leber aus dem toten Tier und warf sie ihm hin.

Faolan fraß gehorsam, aber seine Gedanken kehrten zu den geheimnisvollen Worten der Bärin zurück. *Ich bin mir nicht sicher, ob es gut ist für deine Art.* Das hatte einen Beiklang, der ihm nicht gefiel. Er wollte nichts mehr davon hören, weder laut ausgesprochen noch in seinem Kopf. Er würde ganz einfach seine Ohren und Gedanken davor verschließen.

Die Bärin und der Wolfswelpe jagten oft bis in den späten Abend. Faolan schlief am liebsten vor dem Eingang zu ihrem Bau, wo er die Sterne sehen und den Sternengeschichten lauschen konnte, die Donnerherz ihm erzählte. Inzwischen waren die Worte und die geheime Bärensprache, die hinter den Worten lag, vollkommen verständlich für ihn geworden.

Donnerherz zeigte zum Beispiel mit ihrer Pfote zum Himmel hinauf und zeichnete das Sternbild des Großen Bären mit ihrer längsten Klaue nach. „Er weist uns den Weg nach Ursulana", wisperte sie. Nach Ursulana, zum Bärenhimmel, wo die Geister ihrer ermordeten Jungen wohnten – daran glaubte Donnerherz ganz fest.

Jeder Stern hatte eine eigene Geschichte und jedes Tier ein Sternbild. Faolan staunte, was seine Bärenmutter alles wusste. Einmal zeigte sie westlich des Großen Bären auf das Sternbild des Großen Wolfs. „Jetzt, im Hochsommer, verschwindet es. Im Frühling leuchtet es am hellsten und steigt am höchsten auf. Aber sieh mal, dort sind die Großen Klauen."

Faolan starrte blinzelnd auf das klauenähnliche Sternbild, das sich am violetten Horizont heraufschob. „Das Klauenbild bleibt am längsten. Es erscheint im Frühwinter und bleibt den ganzen Sommer über. Wenn du zu den Ufern des Hoolemeers gehst, siehst du die jungen Eulen vom Ga'Hoole-Baum ihre Navigationsübungen machen, indem sie seine Umrisse nachfliegen. Die Eulen nennen die ‚Großen Klauen' die ‚Goldenen Krallen'."

„Hoolemeer? Navigation? Der ... wie nennst du ihn noch mal ... Ga'Hoole-Baum?", fragte Faolan verwirrt. Er verstand gar nichts mehr.

Donnerherz stieß ein Schnauben aus, was manchmal ihre Art zu lachen war. „Du bist jung. Und du hast noch nicht viel gesehen. Das Hoolemeer ist ein gewaltiger Ozean. Dort gibt es eine Gruppe von Eulen, die auf einer Insel in einem riesigen Baum mitten in diesem Meer wohnen. Diese Eulen nennen sich die Wächtereulen von der Insel Hoole. Es sind sehr intelligente Eulen."

„Du meinst klug?", fragte Faolan nach.

„Ja, sehr klug."

„So klug wie du?"

„Ach, noch viel klüger! Sie finden den Weg zu vielen Orten, indem sie einfach die Sterne und ihre Bahnen beobachten. Das nennt sich Navigation – wenn man seinen Weg mithilfe der Sterne findet."

„Aber du hast mir doch von dem Stern im Norden erzählt. Du findest auch deinen Weg mit seiner Hilfe."

„Das ist leicht. Der Stern bewegt sich nie. Er steht immer hoch am Himmel. Er ist mein einziger Wegweiser. Aber die Eulen nehmen alle Sterne zu Hilfe – über den ganzen weiten Himmel."

„Vielleicht liegt es daran, dass sie fliegen können und den Himmel deshalb besser kennen."

Donnerherz drückte den Welpen kurz an sich. Was war er doch für ein kluger kleiner Wolf!

Faolan gähnte und sagte schläfrig: „Eines Tages gehe ich zu den Ufern des Hoolemeers. Vielleicht schwimme ich sogar zu der Insel hinüber. ‚Hoole' ist ein komisches Wort. Was bedeutet es denn?"

„Nun ja", seufzte Donnerherz, „manche sagen, es sei ein Wolfswort. Das Wort der Wölfe für ‚Eule'."

Aber Faolan hörte schon nicht mehr zu – er war in ihren Armen eingeschlafen.

Als der Sommer langsam zu Ende ging, hatte Donnerherz nur noch einen Gedanken im Kopf: *Fressen!* Fressen, so viel sie nur konnten, bis der Winter kam. Der Kaltschlaf nahte und bis dahin mussten sie fett genug sein. Doch außer ihrer ständigen Sorge um Faolans Größe und der drängenden Fettfrage plagte sie noch etwas anderes – die Furcht vor dem Kaltschlaf. Bald musste sie einen Winterbau finden, der weiter vom Fluss entfernt war. Donnerherz hatte jeden einzelnen Winter ihres Lebens verschlafen und wusste nicht, ob Wölfe sich im Winter in ihren Bau verkrochen und endlose Tage schliefen. Von der Winterwelt und was andere Tiere in dieser Zeit machten, wusste sie fast gar nichts. Wie sollte sie es also Faolan erklären? Sie wusste nur, dass sie sich während ihres Schlafs veränderte. Sie wurde dünner und wenn sie einmal aufstand, war ihr Verstand vernebelt. Wenn sie schlief und Faolan nicht – wie sollte sie ihn dann beschützen? Vielleicht sollte sie ihn warnen? Aber jetzt noch nicht.

Nein, jetzt war Lachszug. Die Lachse schwammen den Fluss hinauf zu ihren Laichgründen. Donnerherz und Faolan wateten in das Flachwasser oberhalb einer kleinen Stromschnelle, wo Dutzende von Lachsen hinaufschwärmten. Die Bärin schöpfte sie mühelos aus dem Wasser oder fing sie in der Luft, wenn sie emporschnellten.

So einfach hatte Faolan noch nie Fische gefangen. Er hielt einen Augenblick inne und schaute seiner Bärenmutter zu. Donnerherz stand nach Westen gewandt und die untergehende Sonne färbte ihre Augen golden. Eine tiefe Zuneigung strömte durch Faolans Körper, als ihm bewusst wurde, wie verschieden sie waren. Er hatte jenen Tag vor vielen Monden, an dem sie der Grizzlymutter und ihren beiden Jungen begegnet waren, ganz aus seinem Gedächtnis verbannt. Seither ließ er solche Gedanken gar nicht mehr in seinen Kopf. Aber jetzt erinnerte er sich, wie sie vor ein paar Tagen das Rentier zur Strecke gebracht hatten und Donnerherz ihm zum ersten Mal von den Frostlanden erzählt hatte – und dass es vielleicht kein guter Ort für „seine Art" war.

Die Bärin sprach hin und wieder von Wölfen, aber Faolan hatte noch nie einen gesehen. Er kannte nur das Sternbild des Großen Wolfs am Himmel und konnte sich nicht viel unter einem richtigen, lebendigen Wolf vorstellen. Aber Wölfe interessierten ihn nicht weiter. Er musste nur in Donnerherz' goldene Augen blicken, dann wusste er, dass sein Leben vollkommen war. Diese Augen bedeuteten die Welt für ihn. Mehr brauchte er nicht.

Endlich hieß es Abschied nehmen von dem Bau am Fluss. Eines Morgens, lange vor der Dämmerung, machten sie sich auf den Weg, um einen Winterbau in den höheren Regionen der Hinterlande zu finden. Donnerherz stellte hohe Ansprüche an ihren Winterbau. Die meisten Grizzlys gruben sich eine Höhle unter einer großen Baumwurzel aus. Aber Bäume waren dünn gesät in diesem Teil der Hinterlande oder sie wuchsen an tiefer gelegenen Hängen. Gute, natürliche Felsenhöhlen oder vielleicht sogar verzweigte Höhlengänge in den Lavaschichten waren nur oberhalb der Baumgrenze zu finden. Außerdem kam der Schnee im Hochland früher, sodass der Bau über einen längeren Zeitraum hinweg gut isoliert war.

Gegen Mittag hatten sie das weite, ebene Wiesental durchquert. Donnerherz zwängte ihren gewaltigen Rumpf durch das niedrige Farn- und Nesselgestrüpp am Fuß einer lang gestreckten Anhöhe. Inzwischen bewegten sie sich schon fast über der Baumgrenze. Die Luft wurde dünner und das Klettern mühsamer. Donnerherz atmete schwer und keuchend. Sie staunte über den Wolfswelpen, der nie ermüdete. Seine Brust war erheblich breiter geworden, was vielleicht von dem vielen Hochspringen kam, das er nach wie vor begeistert übte. Die Bärin konnte kaum glauben, dass er noch vor wenigen Monden – vier waren es höchstens – ein quengeliges kleines Wolfsjunges gewesen war, das sich in den Schmutz geworfen und mit der gespreizten Pfote in der Luft herumgewedelt hatte. Jetzt sprang Faolan leichtfüßig vor ihr her. Er hatte bereits ein Murmeltier gefangen und kurzen Prozess mit ihm gemacht. Seine Schnauze war noch blutverschmiert.

Donnerherz hatte Faolan gezwungen, die nahrhafte Leber allein aufzufressen, denn das war der beste Fettlieferant. Obwohl sie sich noch immer sorgte, hatte sie es bisher nicht übers Herz gebracht, ihm zu erklären, wie sie sich bald im Kaltschlaf verändern würde. *Noch nicht ... noch nicht*, sagte sie sich immer wieder.

Die Tage wurden jetzt erheblich kürzer. Am Spätnachmittag, als die schrägen Strahlen der untergehenden Sonne über das kurze Gras am Berghang fielen, fand Donnerherz den idealen Winterbau. Er lag in der Nähe eines Felsens, wo sie zu graben begonnen hatten. Donnerherz' Pfoten waren viel mächtiger als die von Faolan, aber Faolan krallte sich mit den vier Zehen seiner Hinterpfoten in der Erde fest und wühlte wie besessen mit seinen fünfzehigen Vorderpfoten. Die fünfte Zehe war ein wenig kleiner. Donnerherz konnte sich nicht vorstellen, wozu eine so winzige Klaue gut sein sollte. Aber wie sich jetzt zeigte, war es die perfekte Grabklaue.

Die Grizzlybärin und der Wolfswelpe hatten noch nicht lange gegraben, als beide gleichzeitig auf etwas Hartes trafen. Faolan blickte überrascht auf und hielt im Graben inne, aber Donnerherz geriet in helle Aufregung. Dieses Geräusch hatte sie schon einmal gehört. Es war ein dumpfer, hohler Laut. Einen Augenblick später grunzte sie vor Freude. Ohne es zu ahnen, hatten sie eine Lavaschicht mit einem natürlichen Gang freigelegt, der von dem Lavastrom eines inaktiven Vulkans geschaffen worden war. Vom ersten Gang ging ein erhöhter Bereich ab, der die Wärme speichern und einen guten Abfluss bieten würde, falls es von oben nass wurde.

„Perfekt", sagte Donnerherz und blickte sich um. „Besser könnte es nicht sein."

„Perfekt für den Winter?", fragte Faolan, der das Gefühl hatte, dass Donnerherz auf etwas anderes anspielte.

Die Grizzlybärin schaute ihn jetzt mit ernsten Augen an. „Ich muss dir etwas erklären, mein Kleiner", sagte sie.

Faolan spürte, wie sich die Angst in ihm regte. *Bitte sprich nicht wieder von Wölfen*, flehte er stumm. *Nicht von Wölfen!*

„Ich weiß nicht genau, ob Wölfe es auch so machen, aber Bären verschlafen den Winter. Unser Herz wird dann langsamer und schlägt nur noch wenige Male."

„Meins auch! Meins auch!", rief Faolan, obwohl er spürte, wie sein Herz zu rasen begann.

„Nein, Faolan, deins nicht."

„Ich bin genauso wie du, Donnerherz."

„Nein, du bist anders. Ich spüre, dass du nicht so tief schlafen wirst wie ich."

„Ich versuch's! Ehrenwort!"

„Du kannst es noch so sehr versuchen, es wird nichts helfen. Und wahrscheinlich wirst du dich hier drin bald langweilen." Donnerherz blickte sich in dem Gang um.

„Oh nein!", rief Faolan. „Bestimmt nicht! Ich schaue dir gern beim Schlafen zu!"

Donnerherz hob eine Pfote, um ihn zum Schweigen zu bringen.

„Unterbrich mich nicht. Du bist jetzt groß. Du wirst hungrig werden. Ich sage ja nur, dass du aus dem Bau gehen darfst, wenn du hungrig bist und dich langweilst. Ich erlaube es dir. Schneehasen gibt es hier in rauen Mengen. Sie schlafen nicht. Das weiß ich sicher."

Faolan schaute Donnerherz erschrocken an. „Was meinst du damit? Dass ich wie ein Schneehase bin?", fragte er. „Und dass ich rausgehen und mit den Schneehasen spielen soll?“ Seine Stimme bebte vor Entrüstung.

„Faolan!“, brüllte Donnerherz so laut, dass die Lavawände des Höhlengangs erzitterten. „Stell dich nicht dumm. Ich sage dir, du sollst rausgehen und Schneehasen töten. Du sollst sie fressen, nicht mit ihnen spielen!“

„Oh“, murmelte Faolan kleinlaut.

Der Winterbau

Bald nachdem die Bärin und der Wolf in den Winterbau umgezogen waren, fiel Donnerherz in den Kaltschlaf. Anfangs war es nur ein kurzes Hindämmern. Sie ermahnte Faolan häufig, dass er hinausgehen und die Hänge nach Hasen und Murmeltieren absuchen sollte. Ihr Schützling musste sich daran gewöhnen, allein zu jagen. Wenn er zurückkam, brachte er immer ein wenig Fleisch für Donnerherz in seinem Bauch mit. Instinktiv hatte er begriffen, dass er die großen Fleischbrocken, die in seinem ersten Magen landeten, wieder heraufwürgen konnte. In einem dampfenden Haufen spie er sie vor Donnerherz auf den Boden. Als er ihr das erste Mal Fleisch brachte, raffte die Bärin sich auf und schüttelte den Schlaf ab, der sie wie ein dicker Mantel einhüllte. Aber nach dem ersten starken Schneefall wurde es immer schwieriger, sie aufzuwecken. Donnerherz schlief jetzt so tief, dass ihr gewaltiges Herz nur noch leise und langsam schlug, so wie sie es ihm erklärt hatte. Eine große

Stille war über sie gekommen und sie sank immer tiefer in einen bewusstlosen Schlaf.

Faolan gefiel die Stille nicht. Sie machte ihm Angst. Der gewaltige Herzschlag der Bärin war seine erste Erinnerung. Jetzt war das vertraute Geräusch verschwunden. Nicht nur die Langeweile trieb ihn also aus dem Bau, sondern die Stille. Auch wenn die Bärin noch so riesig war, kam sie ihm in ihrer Stille und Reglosigkeit wie ein bloßer Schatten ihres Sommer-Ichs vor. Er verstand nicht, wie sie so viel schlafen konnte. Und während sich die Rhythmen von Donnerherz' Körper verlangsamten, wurde Faolan immer unruhiger.

Faolan war ganz wild auf Schnee – je höher er lag, desto besser. Begeistert sprang er durch frische Schneewehen und wirbelte riesige Pulverschneewolken auf. Unten in den Niederungen der großen Wiese hatte der Wind den Schnee zu einer riesigen harten Oberfläche festgebacken und Faolan schlitterte fröhlich darauf herum. Er war ein Meister der Hasenjagd geworden, spürte die großen Schneehasen auf und fraß ihr Fleisch, das köstlich schmeckte.

Faolan liebte alles am Winter – den merkwürdigen grauen Himmel, wenn die Dämmerung sich herabsenkte, das tiefviolette Licht der Nacht und den großen Funkelstern, der im Norden hing, sich nie bewegte und ihn immer zum Bau zurückführte. Das vereiste Farngestrüpp, das durch die Schneewehen hindurchblitzte, war so leuchtend wie die Sternbilder, die an der nächtlichen Himmelskuppel schwebten. Eines Nachts, kurz nach dem ersten Schneefall, hatte er in der Ferne ein grandioses Spektakel beobachtet. Es war der Wasserfall, den sie auf ihrem Weg zum Winterbau passiert hatten. Das Wasser war jetzt gefroren, mitten in der Luft erstarrt, wie Silberflammen in einem ewigen Winter gefangen.

Die Tage wurden immer kürzer, je mehr die Erde sich von der Sonne wegdrehte. Dafür wurden die Nächte länger. Eines Nachts glaubte Faolan etwas Neues zu hören – ein langes, melodisches Heulen, das sich langsam in der Schwärze entfaltete wie ein Banner aus Tönen. Faolan war wie elektrisiert. Was in aller Welt war das nur? Es war neu und doch seltsam vertraut. Und mit einem Mal verspürte er den Drang, zurückzuheulen. Staunend stellte er fest, dass er die Worte, die in das Heulen eingebettet waren, mühelos verstand: *Ich bin hier, hier mit meiner Wölfin. Unsere Schwestern und Brüder sind zurückgekehrt. In einem Mond, wenn die Paarungszeit beginnt, werden wir weiterziehen.*

Doch was bedeutete die Botschaft? Einiges kam ihm merkwürdig vor und ergab keinen Sinn. Was war eine Schwester? Oder ein Bruder?

Nacht für Nacht ging er hinaus, um dem Heulen zu lauschen. Er verstand immer mehr, aber trotz seiner wachsenden Neugier wagte er sich nicht näher heran. Denn in der Botschaft lag auch eine Warnung. *Das ist unser Gebiet. Wage es nicht, die Grenze zu überschreiten.* Die Warnung war so klar wie jede Duftmarke. Am Ende des Mondzyklus verstummte das Heulen. Die Wölfe waren fortgegangen, so wie sie es angekündigt hatten.

Zum ersten Mal fühlte Faolan sich ein wenig einsam. Nach der ersten gesanglosen Nacht kehrte er in den Bau zurück, um nach Donnerherz zu sehen. *Will sie denn ewig schlafen?*, fragte er sich. Die Bärin schlief jetzt nicht mehr im Sitzen, sondern lag auf der Seite. Faolan rollte sich neben ihr ein und lauschte dem langsamen Schlagen ihres Herzens. *So langsam, so langsam*, dachte er. Und dennoch fand er noch immer Trost darin.

Dann kam der Tag, an dem die Erde sich wieder der Sonne zuneigte. Die Schwärze am Eingang des Baus erschien ihm heller. Er spürte sogar, wie der Herzschlag der Bärin sich leicht beschleunigte.

Noch immer machte Faolan seine Ausflüge, um saftige Schneehasen und Murmeltiere zu jagen. Eines Tages – der Morgen ging schon in den Vormittag über – lief er weiter vom Bau fort, als er es seit Langem getan hatte. Die Luft war wärmer geworden. Von den Anhöhen rutschten die ersten dicken Eisbrocken herunter und schälten den Schnee von den Hängen, bis das stumpfbraune Gras durchschimmerte. Es war ein prächtiger Jagdtag und Faolan ignorierte die Sturmwolken, die sich am westlichen Horizont zusammenballten.

Unterdessen regte sich Donnerherz im Winterbau. Eigentlich war es noch zu früh für die Bärin, sich aus ihrem Kaltschlaf zu erheben. Doch sie spürte eine Abwesenheit, eine Leere im Bau, die sie aus dem Schlaf rüttelte.

Für Bären war es gefährlich, zu dieser Zeit des Jahres draußen zu sein, wenn der Winter sein letztes Wort noch nicht gesprochen hatte. Der Bär war dann geschwächt und seine Reflexe langsam, trotz des Hungers, der gegen Ende des Kaltschlafs fast unerträglich wurde. Wenn er sich hinauswagte, war die Begegnung mit einem anderen Bären, der genauso hungrig war, die größte Gefahr für ihn, abgesehen von einem plötzlichen Wetterumschwung. Das Territorium war noch nicht markiert, die Gemüter waren reizbar und Bärenkämpfe unvermeidlich. Donnerherz wusste das, trotz ihrer Schläfrigkeit. Sie war auch noch nicht besonders hungrig, aber als sie merkte, dass Faolan verschwunden war, geriet sie in Panik. In ihrer Verwirrung vergaß sie ganz, dass sie ihm selbst erlaubt hatte, den Bau zu verlassen und auf die Jagd zu gehen.

Donnerherz war entschlossen, ihren Schützling zu suchen. Doch als sie aus dem Bau hinauskroch, blieb ihr fast die Luft weg. Ein Schneesturm war von Westen herangetobt und hatte die ganze Welt in Weiß verwandelt. Alle Spuren waren verwischt. Als sie aufblickte, konnte sie nicht den winzigsten Schimmer des Nordsterns sehen. Aber sie ging trotzdem los, um den Welpen zu suchen. Zum Glück kannte sie Faolans Geruch, den der Schneesturm nicht völlig überdecken konnte. Wenn der Wolfswelpe Beute geschlagen hatte, hatte er vielleicht ein kleines Jagdgebiet markiert. Verzweifelt und verwirrt trottete Donnerherz in den Sturm hinein. Sie hatte nur einen Gedanken im Kopf: ihr Junges finden.

Der Schneesturm tobte inzwischen so heftig, dass es schwierig war, die Tageszeit zu erkennen. Die ganze Welt war in undurchdringlichem Weiß versunken. Aber Faolan kämpfte sich zum Bau zurück – und ihm stockte der Atem vor Entsetzen, als er ihn leer vorfand! War Donnerherz tiefer in die Gänge hineingekrochen, um dem Sturm zu entgehen? Faolan machte einen kurzen Erkundungsgang, aber nirgends fing er auch nur den geringsten Hauch ihres Geruchs auf. Unruhig lief er hin und her. *Was war geschehen? Wo war sie hingegangen?* Auch auf dem Rückweg zum Bau hatte er nichts gewittert. Donnerherz war wie vom Erdboden verschluckt. *Aber sie würde mich doch nicht im Stich lassen … Nein, niemals! Das würde sie nicht tun.* Bei dem bloßen Gedanken daran lief ein Schauder durch Faolans Körper, bis sein Nackenfell sich sträubte und jedes einzelne Härchen kerzengerade in die Höhe stand. Tief in ihm regte sich die Erinnerung an etwas, das vor langer, langer Zeit passiert war. *Aber Donnerherz kommt zurück*, dachte er bekümmert. *Sie muss einfach wiederkommen!*

Er wartete die ganze Nacht und bis in den nächsten Tag hinein, ohne auf seinen knurrenden Magen zu achten. Essen bedeutete ihm jetzt nichts. Er wollte nur eines: Donnerherz. Im Bau war es noch stiller. Das Schlagen ihres gewaltigen Herzens, selbst in seinem langsamen Winterrhythmus, war verstummt. Doch ohne dieses Geräusch konnte Faolan nicht leben. Er kannte nichts anderes. Verzweifelt trat er aus dem Bau hinaus und heulte in das Toben des Schneesturms hinein. Heulte nach der großen Grizzlybärin, nach seiner Milchgeberin. Heulte nach allem, was er kannte und liebte.

Und während er heulte, stieg ein merkwürdiges Beben durch den Tiefschnee herauf. Es kam aus dem gefrorenen Land unter ihm, aus dem Mittelpunkt der Erde. Ganz schwach nur drang das Beben zu ihm. Faolan presste die gespreizte Vorderpfote tief in den Schnee und die Erschütterungen wurden deutlicher. Einen Augenblick lang kam es ihm vor, als habe sich das ganze Schneefeld unter seinen Pfoten verlagert. Dann sah er in der Ferne den gefrorenen Wasserfall aufbrechen und zum Leben erwachen.

Doch Faolan dachte in diesem Moment nur an den Tod. Er wusste mit niederschmetternder Gewissheit, dass seiner geliebten Milchgeberin etwas Schreckliches passiert war.

Eine dunkle Erinnerung

Am anderen Ende der Hinterlande hatte sich die Wölfin Morag in ein neues Rudel eingefügt. Sie hatte einen neuen Gefährten gefunden und einen gesunden Wurf zur Welt gebracht. Niemand kannte ihre Geschichte, sogar sie selbst hatte beinahe alles vergessen. Sobald die Obea mit dem Jungen im Maul davongetrottet war, um es zu einem *Tummfraw* zu bringen – dem Ort, an dem das missgebildete Junge ausgesetzt wurde –, hatte Morag bereits tief in ihrem Inneren Schranken des Vergessens aufgebaut. Diese Schranken waren wie ein unsichtbares Narbengewebe. Es stärkte sie, damit sie weitermachen – weiterleben – konnte. Das war bei allen Wolfsmüttern so, die den unaussprechlichen Schmerz erlitten, ein *Malcadh*-Junges an die Obea zu verlieren. Sie vergaßen schnell. Und im Kielwasser des Vergessens nistete sich dort, wo das Junge in ihrem Leib herangewachsen war, eine Zeit lang tiefe Dunkelheit ein. Aber bald verblasste das Dunkel und zurück blieb nur ein grauer Schatten, dessen sie sich kaum bewusst waren. Nur so konnten sie einen neuen Gefährten finden und neue Junge gebären.

Morag war im Moment voll und ganz von ihrem Wurf in Anspruch genommen, einem übermütigen Trio von schönen, gesunden Welpen mit rötlichem Fell. Fast einen Mondzyklus waren die Jungen jetzt schon auf der Welt und erkundeten eifrig die Wurfhöhle mit ihren winzigen Milchzähnen. Allmählich wurden sie auch kühner und drängelten sich näher an das weiße Licht am Eingang des Baus heran. Morags Partner half ihr, sie im Zaum zu halten. Aber es würde nicht mehr lange dauern, bis die Jungen regelmäßig hinauslaufen und unter der Obhut ihrer Eltern die Umgebung erforschen durften. Dann würden sie auch schon ein wenig Fleisch fressen. Schließlich mussten sie entwöhnt und ein anderer Bau näher beim restlichen Rudel gefunden werden, das dem Clan der MacDonegal angehörte.

An diesem Tag wollte Morag die Jungen bei ihrem Vater zurücklassen und einen Ausflug ins Herz des MacDonegal-Territoriums machen, um nach einem geeigneten Bau zu suchen. Nach dem heftigen Schneesturm, der von Norden hereingefegt war und starken Schneefall im Grenzgebiet zwischen den Hinterlanden und den Frostlanden gebracht hatte, war es dort noch recht stürmisch. Bei ihnen war dagegen nur Regen und Graupel niedergegangen. Im Westen hellte der Horizont sich auf und verhieß besseres Wetter.

Morag wanderte an einem Bachbett entlang. Seit dem Erdbeben war das ganze Gebiet wie umgewälzt. Felsblöcke, die sie nie zuvor gesehen hatte, waren von den Bergen hinabgestürzt und blockierten mehrere Flussabschnitte, sodass sich überall kleine Wasserbecken bildeten. Es war jetzt nicht mehr so einfach, dem Bach tiefer in das MacDonegal-Territorium zu folgen. Nach mehreren Stunden Marsch stellte Morag fest, dass sie das MacDonegal-Land längst hinter sich gelassen hatte. Also hielt sie sich näher am Fluss, der in die Frostlande führte.

Dann erregte etwas ihre Aufmerksamkeit – nicht die riesigen Felstrümmer, sondern ein kleiner Bachkiesel, der vom Wasser ganz blank poliert worden war. Morag hatte gerade ihre Vorderpfoten in einen flachen Tümpel gesetzt, als sie den Stein entdeckte. Er schimmerte wie ein dunkler Mond und bei näherem Hinsehen entdeckte sie ein Muster aus wirbelnden Linien. Wie die Stromschnellen in dem Bach, in dem sie stand, kreisten diese Linien endlos umeinander. Das Spiralmuster hatte etwas geradezu Hypnotisches. Aber vor allem rührte es eine dunkle Erinnerung in Morag auf. Eine verstörende Erinnerung. Steifbeinig watete sie in den Bach hinein, mit pfeilgerade ausgestrecktem Schwanz, und schlug heulend Alarm.

Doch statt einer Antwort von anderen Wölfen zerriss nur ein heiserer Laut die Luft. *Kra! Kra!* Es war der Ruf eines Raben, der einen Kadaver entdeckt hatte. Aber es war nicht nur eine Ankündigung, sondern auch ein Hilferuf. Ohne die scharfen Reißzähne der Wölfe kamen die Raben nicht an das Fleisch eines großen Tieres, weil die Haut viel zu zäh war. Normalerweise hätte dieser Laut Morag sofort aufhorchen lassen. Aber nicht an diesem Tag. Wenn sie ihre Jungen dabeigehabt hätte, hätte ihr der Ruf des Raben als wichtige Lektion für die Kleinen gedient. Aber da sie allein war, schreckte sie davor zurück.

Noch immer stand sie im Bach und richtete den Blick wieder auf die kreisenden Linien in dem polierten Stein. *Was ist das? Warum verfolgt es mich so?*

Erneut erklang das *Kra! Kra!* des Raben. Die kreisenden Linien und das heisere Krächzen vermischten sich in den Tiefen ihres Gedächtnisses miteinander. Zögernd machte sie ein paar Schritte auf das gegenüberliegende Ufer zu.

Kaum hatte Morag den Bach verlassen, entdeckte sie gleich zwei Raben, die ein Stück weiter vorn in der Luft kreisten. Auf einer Lichtung erspähte sie den riesigen Kadaver eines Grizzlybären. Im ersten Moment konnte sie es kaum glauben. Warum sollte ein Grizzly um diese Jahreszeit so weit nach Süden kommen? Er müsste doch noch in seinem Winterbau schlafen.

Langsam richtete sie den Kopf erst nach Norden und dann nach Westen, zu den fernen Regionen der Hinterlande, den Gebirgsausläufern, in denen die Grizzlys häufig lebten und überwinterten. Von ihren Wanderungen mit dem Clan der MacDuncan wusste sie, dass es immer schlecht war, wenn ein Grizzly zu früh aus seinem Winterbau kam.

Morag fasste den Kadaver näher ins Auge. Falls der Bär in einem Kampf gestorben war, konnte er nur wenige Wunden davongetragen haben. Zumindest nicht genug, um den Raben die Arbeit zu erleichtern. Langsam wanderte sie um den Kadaver herum, bis sie eine klaffende Kopfwunde in der Nähe des Ohrs entdeckte. Dort hatten die Raben schon alles Fleisch weggerissen, an das sie herangekommen waren. Der Bär lag auf der Seite. Aus seinem Rücken stachen blanke Knochen hervor. Morag blieb stehen und studierte die Wunde.

Der Rücken des Grizzlys war von einer gewaltigen Kraft zertrümmert worden. Als die Wölfin aufblickte, sah sie in geringer Entfernung einen riesigen, blutverschmierten Felsbrocken. Natürlich, das Erdbeben!

Der Felsbrocken war vom Bergkamm heruntergestürzt. Der Bär musste ihm direkt in den Weg gelaufen sein. Kein Tier hatte das Leben dieses Bären beendet, sondern die Erde selbst, als ihr Inneres von Krämpfen geschüttelt worden war.

Die beiden Raben hockten auf der Hüfte des Bären und gaben Morag auf diese Weise zu verstehen, welchen Teil des Kadavers sie aufreißen sollte, um ihnen zu ihrem Festmahl zu verhelfen. Die Vögel waren schon ganz berauscht vom Blutgeruch. Aber Morag fing den Hauch eines anderen Geruches auf. Das Narbengewebe, das sich so unmerklich in ihrem Inneren aufgebaut hatte, löste sich auf. Die ersten Schatten der Dunkelheit stahlen sich in ihr Bewusstsein zurück.

Morag wurde unruhig. Beklommen lief sie um den Kadaver herum und vergrub die Nase in dem dichten Pelz des Bären, erst unter seinem riesigen Arm, dann unter seinen Hüften. Die Raben schrien sich heiser und waren bald völlig durcheinander. Was machte die Wölfin da?

Morag kehrte zur Schulter des Grizzlys zurück, zu der Stelle, an der ein riesiger Buckel wie ein Berg aufragte. Noch bevor sie ihre Schnauze hineindrücken konnte, wehte ihr ein vertrauter Geruch aus dem dichten Fell entgegen. Ihr Nackenfell sträubte sich und ihre Augen verdrehten sich nach hinten. Sie kannte diesen Geruch. Das Junge vom Vorjahr. Das Junge aus der Zeit, als sie durch die Hinterlande gewandert war, um eine Wurfhöhle zu finden, die weit genug von ihrem alten Rudel entfernt war. Das Junge, das die Obea mitgenommen hatte, weil es eine gespreizte Pfote hatte – und ein Spiralmuster am Fußpolster.

Mit aller Macht flutete diese traurige Zeit in ihre Erinnerung zurück, jeder einzelne Moment: wie sie gezwungen worden war, mit der Obea und den restlichen Jungen zurückzukehren. Wie sie den Clan verlassen musste. Danach war sie einen ganzen Mondzyklus lang Nacht für Nacht auf den höchsten Punkt des Landes gestiegen, hatte den Kopf zum Himmel erhoben und nach der Sternenspur gesucht, dem Geisterpfad, der zum Sternbild des Großen Wolfs und zur himmlischen Höhle der Seelen führte. Sie wartete auf *Lochinmorrin*, auf das Zeichen, dass ihr namenloses Junges mit der gespreizten Pfote den Sternenpfad erklimmen würde. Dann wusste sie, dass seine Aussetzung mit dem Tod geendet und es Frieden in der Höhle der Seelen gefunden hatte. Aber das Zeichen war nie gekommen. Morag hatte nie den zarten Nebel seiner *Lochin* gesehen, wie die Seele eines verstorbenen Wolfs genannt wurde.

Das Junge war also nicht gestorben. Aber bis zu diesem Moment hatte sie es völlig aus ihrem Gedächtnis gelöscht. Morag setzte sich so dicht wie nur möglich neben dem Kadaver auf ihre Hinterläufe und drückte den Kopf in die Flanken des riesigen Tiers. Diese Bärin hatte für ihr Junges gesorgt. Deshalb würde sie ihren Kadaver nicht zerfetzen, sondern die Nacht über Wache halten. Kein Raubtier sollte in ihre Nähe kommen, so wie bei *Lochinvyrr*, dem Ritual, das die Wölfe der Hinterlande abhielten, wenn ein Beutetier zur Strecke gebracht war und starb. Es war ein Zeichen der Achtung, der Anerkennung, dass das Leben, das sie genommen hatten, ein würdiges war. Obwohl Morag diese Grizzlybärin nicht getötet hatte, hielt sie es für ihre Pflicht, ihr Respekt zu zollen und anzuerkennen, dass sie ein würdiges Geschöpf war, denn sie hatte einen Wolfswelpen – ihr eigenes Junges – aufgezogen. Die *Lochin* dieser prachtvollen Bärin würde den Sternenpfad zu ihrer eigenen Seelenhöhle besteigen. Es war das Mindeste, was sie für die Bärin tun konnte.

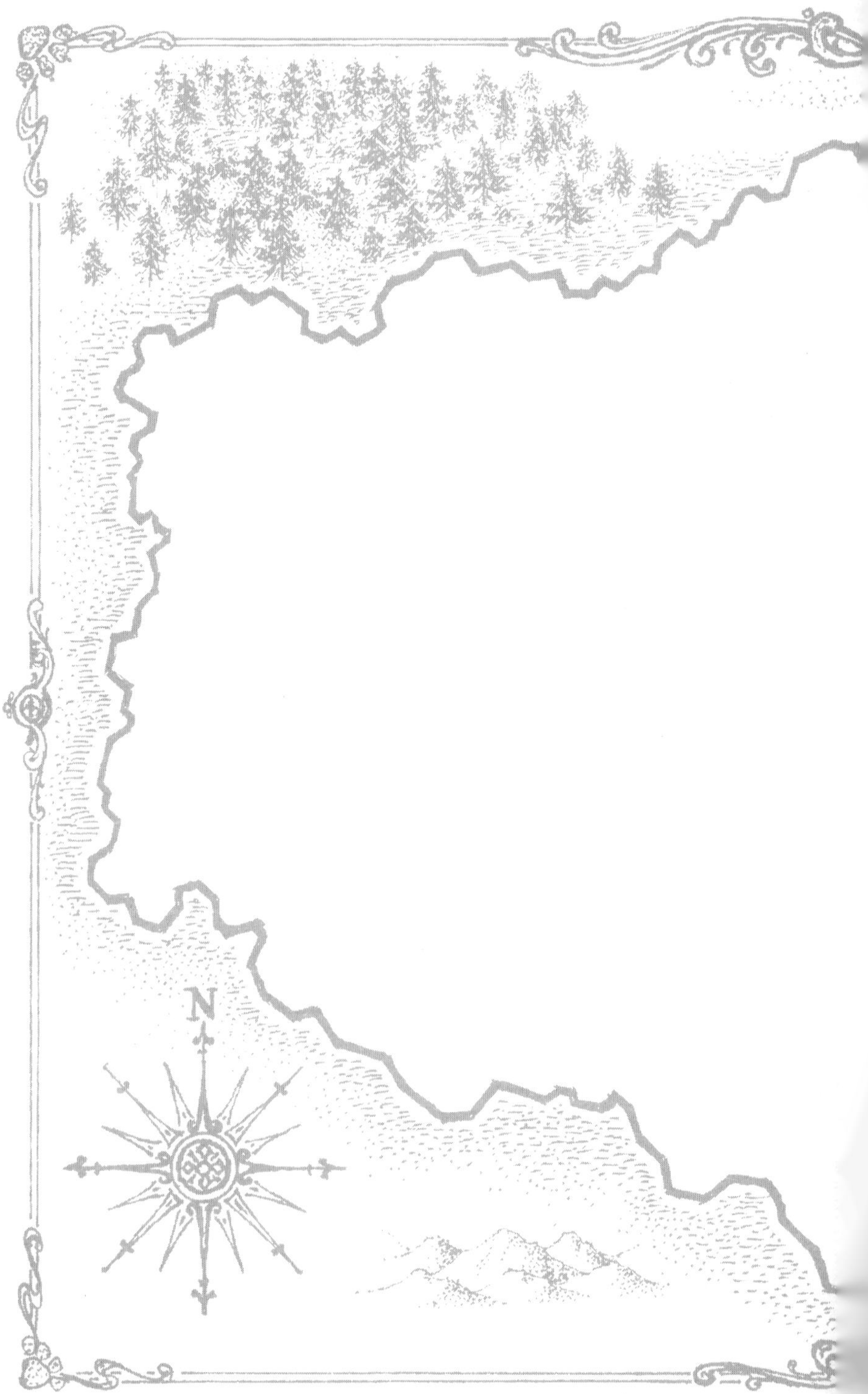
N

Teil II

Die Frostlande

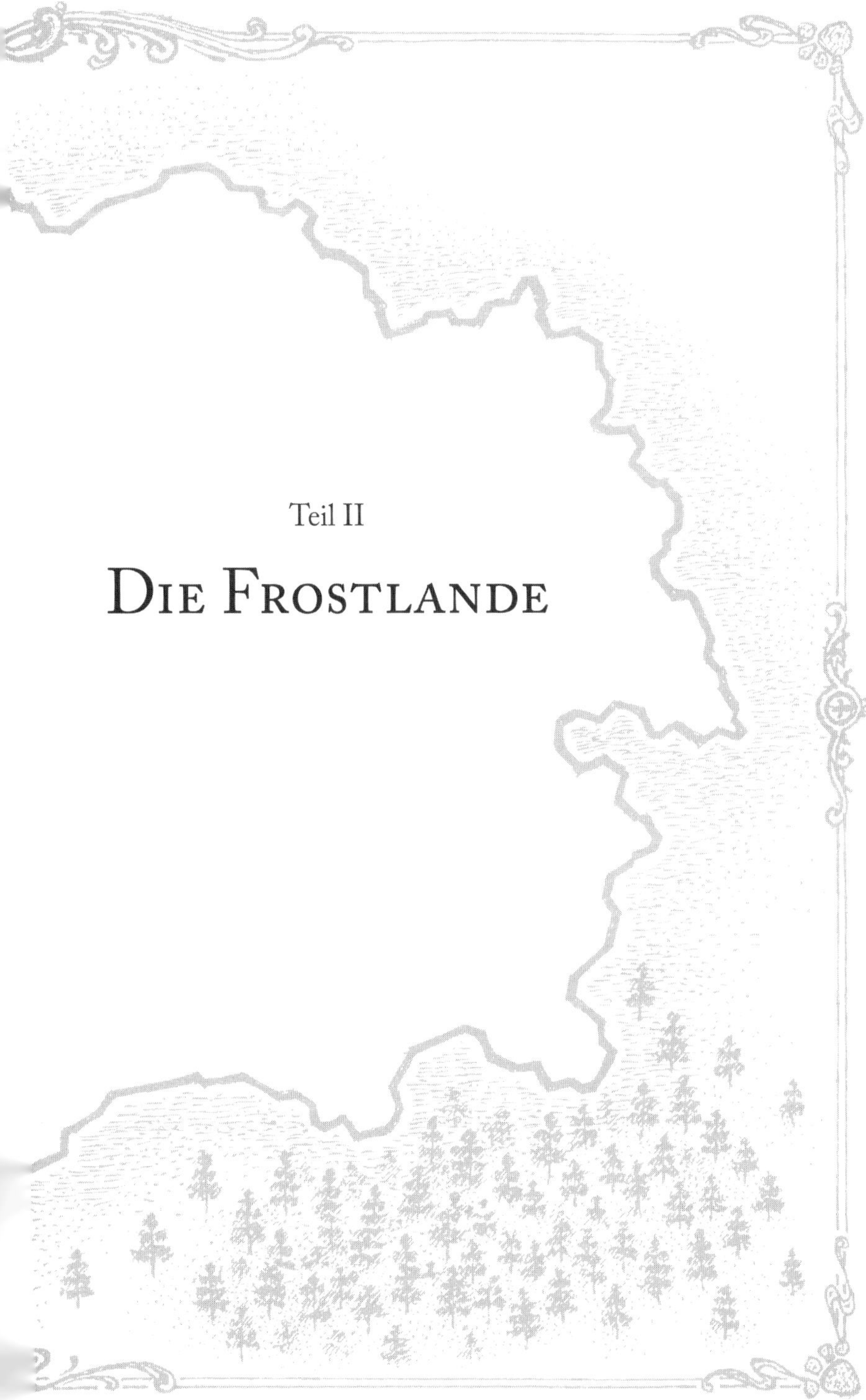

Der Eiswald

Etwas Schreckliches musste Donnerherz zugestoßen sein. Zehn Tage waren vergangen, seit die Erde gebebt und sich der gefrorene Wasserfall aus seinem Eispanzer befreit hatte. Die Landschaft hatte sich völlig verändert. Riesige Spalten klafften im Schneefeld und gewaltige Felsblöcke hatten sich aufgetürmt. Einige Gräben waren so tief, wie die Berge hoch waren. Am Tag nach dem Erdbeben hatte Faolan mit angesehen, wie ein riesiger Elch plötzlich verschwunden war. Dabei gab es ringsum weder Bäume noch Höhlen. Das Tier war wie vom Erdboden verschluckt. Neugierig hatte Faolan sich zu der Stelle vorgetastet, wo der Elch verschwunden war. Er folgte einer Linie – nicht mehr als eine Furche im Schnee –, die plötzlich weit aufklaffte. Genau an der Stelle, an der gerade noch der Elch gestanden hatte. Das Tier war einfach hineingefallen. Faolan hörte es tief unten in der Erde blöken. Abrupt blieb er stehen. Er steckte mitten in einer Todesfalle. Um ihn herum erstreckte sich ein ganzes

Labyrinth aus diesen schneeverhüllten Nähten, unter denen sich tiefe Spalten verbargen. War Donnerherz in eine davon gestürzt und allein am Grund einer eisigen Spalte gestorben? Faolan schauderte bei dieser Vorstellung.

Aber noch schlimmer als Donnerherz' Tod war ein anderer Gedanke für ihn: *Verlassensein*. War es möglich, dass die Bärin ihn verlassen hatte? Faolan hatte zwar hin und wieder mit Donnerherz über die Nacht geredet, in der sie ihn aus dem Fluss gezogen hatte, aber an diesem Punkt war ihr Gespräch immer abgebrochen. Er hatte seine Milchgeberin nie gefragt, warum er ausgesetzt worden war – warum man ihn ertrinken lassen wollte. Die Vorstellung, dass seine Wolfsmutter ihm das angetan hatte, war einfach zu schrecklich. Deshalb hatte er den Gedanken nie zugelassen.

Stattdessen hatte er sich eingeredet, dass es ein schrecklicher Unfall gewesen sein müsse, der zum Glück gut ausgegangen war. Er war nicht verlassen, sondern gefunden worden. Von Donnerherz.

Doch jetzt überfluteten ihn die Fragen, die er so sorgfältig ausgeklammert hatte. War er damals als winziges Neugeborenes ausgesetzt worden, weil er sterben sollte? Hatte Donnerherz ihn verlassen, weil er nicht von ihrer Art war? Das hässliche Wort zuckte ihm durch den Kopf, durchbohrte ihn wie ein Messer. Aber zugleich rief es eine Erinnerung in ihm wach.

Die Erinnerung an einen geheimnisvollen Ort: die Frostlande. Donnerherz hatte vom Geschmack der Rentiere aus den Frostlanden gesprochen, der im Frühling am besten war. Und dass sie dort früher einen Bau gehabt hatte. Doch als Faolan vorgeschlagen hatte, eines Tages mit ihr dorthin zu gehen, hatte sie geantwortet: „Vielleicht. Aber ich bin mir nicht sicher, ob es gut ist für deine Art."

Ja, natürlich!, dachte Faolan. *Dorthin wird sie gegangen sein!* Donnerherz hatte ihn nicht verlassen. Sie war fortgegangen, um Rentiere zu jagen. Und sie würde ihm Fleisch mitbringen, wenn sie wiederkam.

Vorsichtig bahnte er sich seinen Weg durch das Labyrinth der Schneerillen zum Winterbau zurück. Aber als die Bärin nach ein paar Tagen immer noch nicht zurückgekehrt war und die Jagd in dem rissigen Schneefeld immer gefährlicher wurde, brach Faolan nach Norden auf – in die Frostlande, um Donnerherz zu suchen. Es war ihm egal, ob dieses Land gut für Wölfe war oder nicht. Er wollte nur bei seiner Bärenmutter sein. Und er wusste, wie er dort hinkommen würde. Er brauchte nur der letzten Klaue am Fuß des

Sternbilds des Großen Bären zu folgen, die zum Nordstern zeigte. „Und dazwischen liegen die Frostlande.“ Das waren Donnerherz’ Worte gewesen.

Es war ein weiter Weg, aber davon ließ Faolan sich nicht aufhalten. Unterwegs suchte er sich zeitweilige Schlafplätze, die jedoch nie so schön und gemütlich waren wie die Höhlen, die er mit Donnerherz bewohnt hatte. Obwohl das Wetter langsam wärmer wurde, fror er an diesen einsamen Orten, ohne das tröstliche Dröhnen des gewaltigen Bärenherzens. Dieser Rhythmus hatte zu seinem Leben gehört wie das Pochen seines eigenen Herzens.

Nach einem kurzen Schlaf in einer Höhle weit nördlich von Donnerherz’ Winterbau brach Faolan wieder auf. Ein ganzer Mondzyklus war vergangen, seit die Bärin verschwunden war. Trotz der milderen Luft lagen immer noch Schneereste in dem Gebiet, das er jetzt erreicht hatte. Selbst die Bäume waren hier anders, wie er staunend feststellte. Bäume mit breiten Blättern waren hier kaum zu sehen. Es gab fast nur die Sorte mit den spitzen grünen Nadeln und den Zapfen, die Donnerherz so gern fraß. Ob er vielleicht schon in den Frostlanden angekommen war?

Da es hier kälter war, blieben Äste und Zweige auch länger froststarr. Während er sich einen Weg zwischen den eng stehenden Bäumen bahnte, blitzten die Nadeln vor winzigen Eiskristallen, die den Wald in einen blendenden Glanz hüllten. Manchmal lichtete sich der Wald und das Land wurde über weite Strecken vollständig kahl. Der Boden war von Flechten überwuchert, mit denen die Rentiere sich fettmästeten, wie Donnerherz ihm erzählt hatte. Entschlossen wanderte Faolan weiter.

Ein paar Nächte lang hörte er das Heulen von Wölfen. Zuerst geriet er ganz außer sich vor Freude. Aber das Heulen war anders als die Wolfsgesänge, die er in den Hinterlanden gehört hatte. Es klang kein bisschen melodisch und erschien ihm seltsam nichtssagend. Mehr wie ungehobeltes nächtliches Knurren. Dieses Heulen erinnerte ihn an den schrecklichen Moment, als er gespürt hatte, wie die Erde unter ihm erbebte. Damals hatte er gedacht, die ganze Welt sei von der Geiferseuche erfasst worden, vor der Donnerherz ihn immer wieder gewarnt hatte. Die Bärin hatte ihn gelehrt, sich vor jedem Tier mit schäumendem Maul in Acht zu nehmen. Ein solches Tier durfte er niemals jagen. Er musste ihm aus dem Weg gehen, selbst wenn es nur ein winziges Erdhörnchen war.

Faolan war jetzt überzeugt, dass er die Frostlande erreicht hatte, aber leider fing er keinerlei Bärengeruch auf. Er sehnte sich nach dem alten Sommerbau, wo die gelben Gletscherlilien wuchsen und die Steilufer mit blauer Iris übersät waren. Er träumte von jenen goldenen Sommermorgenstunden, als sie zusammen im Fluss geplanscht und Forellen gefischt hatten. Das alles erschien ihm jetzt so flüchtig und zerbrechlich wie die ziehenden Wolkenbilder, die er so gern mit Donnerherz betrachtet hatte.

Je länger die Tage wurden, desto leerer erschienen sie ihm. Überall setzte er seine Duftmarken, damit vielleicht Donnerherz ihn aufspürte, falls er sie nicht fand. Aber die Bärin kam nie. Trotzdem erlosch sie nicht in seiner Erinnerung. Faolan gab die Hoffnung nicht auf.

Doch das Leben ging weiter und er musste jetzt selbst für sich sorgen. Vor allem brauchte er Fleisch. Er musste fressen und fett werden, wie Donnerherz es ihn gelehrt hatte. Auch wenn er im Winter nicht schlief, musste er stark und fett sein, um die Kälte auszuhalten, wenn sie wiederkam.

Das Schlimmste aber war die Einsamkeit. Die Leere tief in seinem Inneren dehnte sich immer weiter aus, bis er sich nahezu hohl fühlte. Eines Tages kam er an einem Baum vorbei, der vom Blitz getroffen worden war. Der Stamm war völlig ausgebrannt. Nur ein tiefer schwarzer Schlund war übrig geblieben. Die Äste waren grau und kahl wie ein Knochengerippe. Gebannt starrte Faolan auf das Baumskelett. Und plötzlich wurde ihm bewusst, dass er genau wie dieser Baum war. Er stand noch, er lebte noch – und doch war er tot. Faolan ging weiter und die Leere folgte ihm. Seine sinnlosen Schritte brachten ihn Donnerherz kein bisschen näher.

Faolan hörte weiterhin das Heulen von anderen Wölfen, das ihm jedoch genauso nichtssagend erschien wie die ersten Male. Er fühlte keine Verwandtschaft mit ihnen. Sie hatten nicht mehr mit ihm gemeinsam als das Murmeltier, das er vor ein paar Nächten getötet hatte. Vielleicht hatte Donnerherz das gemeint, als sie gesagt hatte, dieser Ort sei für seine Art nicht gut?

In der Nacht jagte er am liebsten, aber die Nächte wurden immer kürzer. Als der Eiswald sich voll der Sonne zuneigte, verschwand die Nacht ganz, zusammen mit den letzten Überbleibseln des funkelnden Winterfrosts. Donnerherz hatte ihm auch davon erzählt. In den nächsten paar Mondzyklen würde es keine Nacht mehr geben, keine Dunkelheit – nur noch die Sonne.

Als die Nacht verschwand, nahm Faolan die Witterung eines Pumas auf. Pumas waren gefährlich. Donnerherz' Junges war von Pumas getötet worden, kurz bevor sie ihn gefunden hatte. Es waren ziemlich große Raubkatzen, größer als Murmeltiere oder Vielfraße, und sie waren schnell und schlau. Donnerherz hatte ihm erklärt, dass er noch lange brauchen würde, bis er es mit einem Puma aufnehmen konnte. Aber Faolan fühlte sich inzwischen stark genug. Irgendwo in seinem Hinterkopf regte sich ein aberwitziger Gedanke, der ihn nicht mehr losließ. *Wenn ich den Puma töten kann,* dachte er, *den Puma, der Donnerherz' Junges gerissen hat, vielleicht kommt sie dann zu mir zurück.*

Er war dem Puma den ganzen Tag auf der Spur, bis die Sonne irgendwann tief am Himmel hing. Endlos schwebte sie über dem Horizont wie ein wachsames goldenes Auge, das auf die Erde blickte. *Genau wie ich*, dachte Faolan, der dem Puma unermüdlich folgte. Die träge Sonne beflügelte ihn.

Der zweite Tag neigte sich schon dem Ende entgegen, als Faolan spürte, dass der Puma erlahmte. Er würde ihn tatsächlich einholen. Gleichzeitig wurde ihm bewusst, dass er seinerseits verfolgt wurde. Noch nicht so lange, wie er dem Puma nachspürte, aber beharrlich und unbeirrt. Ein mulmiges Gefühl stieg in ihm auf.

Faolan hatte eine Schnelligkeit des Denkens, eine Geistesgegenwart entwickelt, die es ihm ermöglichte, tief in Gedanken zu sein, ohne dabei seine Wachsamkeit zu verlieren. Aus dem Augenwinkel erhaschte er einen ersten Blick auf seinen Verfolger – einen lohfarbenen Fleck hinter einem Farngestrüpp, der ihm jetzt dicht auf den Fersen war. Doch Faolan ließ sich nicht von der Spur abbringen, geschweige denn zu einem überstürzten Angriff auf den Puma verleiten.

Jetzt sah er den Puma, der sich gerade mit einem Hasen niederließ. Er war ein wenig größer als Faolan, länger und geduckter. Dafür war er schmaler und seine Brust sah schmächtiger aus. Faolan hatte sich die ganze Zeit windabwärts gehalten, damit sein Geruch nicht zu dem Puma getragen wurde. Er hatte ihm so geschickt nachgespürt, dass der Puma nichts von seiner Gegenwart bemerkt hatte. Zugleich wusste Faolan, dass dem Puma noch zwei andere Wölfe auf der Spur waren. *Die wollen auch sein Fleisch. Aber ich bin kein Rabe. Ich fresse keine Reste.*

Faolan schlich sich an den Puma heran. Er war fast in Sprungweite, als ein plötzlicher Windwechsel der Raubkatze seinen Geruch zutrug. Er sah, wie die Nüstern des Pumas flatterten – und schon war die Beute fort. Aber Faolan gab nicht so leicht auf. Der Puma lief wie der Wind, schien kaum den Boden zu berühren. Doch Faolan hielt mit ihm Schritt. *Ich werde dich töten und fressen. Ich werde mich an dem*

Fleisch mästen, das Donnerherz' Junges verschlungen hat. Für Donnerherz! Mühelos jagte Faolan dahin. Das Geräusch seiner Schritte hüllte ihn ein, berauschte ihn. Der gewaltige Herzschlag der Bärin, das rhythmische Dröhnen, wurde zu seinem. Vor ihm tauchte ein lichtes Waldstück auf. Er hatte den Puma fast eingeholt, als die Raubkatze sich auf einen Baum hinaufflüchtete.

Ein Bild blitzte in Faolans Geist auf. Die baumhohe Gestalt von Donnerherz, die sich unter der blendenden Sonne aufrichtete. Hellgrüne Blätter, die die letzten Strahlen der Sonne einfingen, während sie zu Boden flatterten. Faolan sprang, wie er es mit Donnerherz geübt hatte. Er sprang so hoch, dass der Puma einen seltsamen Laut ausstieß, eine Mischung aus Fauchen und Schreien. Es war ein Schreckensruf. Faolan hatte die Fänge in die Pfote der Raubkatze geschlagen und zerrte sie von dem Ast herunter.

Der Puma war so benommen vor Schreck, dass er nicht schnell genug reagierte. Blitzschnell hieb Faolan die Zähne in den Hals des Pumas, direkt unter den Kiefer, in die Ader, die das Lebensblut durch den Körper pumpte und die er durchtrennen musste, um die Beute zu töten. So hatte Donnerherz es ihn gelehrt. Der Puma zuckte zweimal, dann sackte er zusammen.

In Faolan regte sich ein Instinkt, der ihn selbst überraschte. Er nahm die Fangzähne aus der Kehle des Pumas und legte den Kopf auf den Boden, sodass er direkt in die Augen der sterbenden Raubkatze sehen konnte. Sekundenlang starrten sie einander an. In diesem Moment dachte Faolan nicht an Donnerherz. Er sah jetzt in dem Puma nicht mehr den Mörder eines hilflosen Bärenjungen. Er dachte nur an seine Anmut und Schnelligkeit. Und er sagte zu ihm: „Du bist ein würdiges Geschöpf. Dein Tod wird mich am Leben erhalten.“

Der Puma blickte in die grünen Augen des jungen Wolfs. Das Licht in seinen eigenen, bernsteinfarbenen Augen trübte sich. Dennoch flackerte etwas wie Verstehen darin auf, wie eine verschlüsselte Botschaft: *Ich gebe dir die Erlaubnis, mein Leben zu nehmen. Möge mein Fleisch dich nähren und am Leben erhalten.*

Eine raue Welt

Faolan hatte gerade angefangen, die Flanke des toten Pumas aufzuschlitzen, als etwas im Gebüsch raschelte. Er hob den Kopf, aber nicht mehr in der Hoffnung, dass Donnerherz vor ihm stehen würde. Als er in die Augen des sterbenden Pumas geblickt hatte, war ihm klar geworden, wie falsch der Gedanke war, er könne Donnerherz' Junges rächen, indem er den Puma tötete.

Die Wölfe traten aus dem Gebüsch. Die ersten Wölfe, die Faolan je erblickt hatte, abgesehen von seinem eigenen Spiegelbild im Flusswasser. Er war wie vor den Kopf geschlagen. *Sie sind wie ich und doch so anders!* Faolan war größer, viel größer als diese Wölfe, obwohl sie älter aussahen. Sie wirkten schäbig, zottig und ungepflegt. Ihr Fell hatte kahle Stellen, die alte Narben preisgaben. Beide waren männlich, der eine dunkelgrau, der andere rötlich. Dem Rötlichen fehlte ein Auge. Die Gesichtshälfte mit dem fehlenden Auge war fast kahl. Die Klauenspuren darauf stammten von einem anderen Wolf, das sah Faolan sofort. Es drehte ihm den Magen um.

Lange silbrige Speichelfäden troffen von den dunklen Lefzen der beiden Wölfe. Immer näher rückten sie an Faolan heran, der knurrend über dem Kadaver stand. Eine Weile beäugten sie sich stumm und Faolan fielen mehrere Dinge auf. Die beiden fremden Wölfe schubsten und drängelten rücksichtslos, während sie auf den Kadaver zukrochen. Jeder von ihnen wollte als Erster zum Zug kommen. Obwohl sie den Puma gemeinsam verfolgt hatten, bildeten sie keine Jagdgemeinschaft, arbeiteten einander nicht in die Hände, wie Donnerherz und Faolan es getan hatten. Faolans Schnelligkeit und Donnerherz' Bärenkräfte hatten sich perfekt ergänzt, wenn sie gemeinsam ein Rentier zur Strecke brachten. Die beiden Wölfe hier hatten keinerlei Strategie.

Ganz anders Faolan. Ihm schoss eine brillante Idee durch den Kopf. *Sie wollen mein Fleisch, aber ich lasse es mir nicht wegnehmen. Sie müssen mit mir kämpfen, aber sie wissen nicht, wie man gemeinsam kämpft. Ihre Gier gibt mir die Chance, sie abzulenken.*

Er riss einen Klumpen Fleisch aus dem Kadaver und warf ihn in die Luft. Die beiden Wölfe stürzten sich gierig darauf und purzelten in einem knurrenden, zappelnden Haufen auf den Boden. Faolan sprang kerzengerade in die Höhe und warf sich obendrauf. Ein lautes Knacken ertönte, dann ein Schrei. Die untere Körperhälfte des dunkelgrauen Wolfs verdrehte sich, ein abgesplitterter Knochen bohrte sich durch sein Fell. Der Aufprall hatte ihm das Rückgrat zerschmettert.

Der rötliche Wolf knurrte und wich zurück. Er schwang den Kopf herum, damit er mit dem gesunden Auge sehen konnte, das jetzt wild zwischen dem grauen Wolf, Faolan und dem Fleischklumpen hin- und herschoss.

Faolans Nackenfell sträubte sich, er hielt den Kopf hoch erhoben, seine Ohren waren steil nach vorn gerichtet. Drohend ging er auf den rötlichen Wolf zu. Der Wolf duckte sich und zog die Lefzen zu einer Angstgrimasse zurück. Dabei zuckte sein Auge immer noch zwischen dem Fleischklumpen und dem toten Wolf hin und her. Faolan knurrte ungeduldig und setzte zum Sprung an. Doch zu seiner Verblüffung lief der rötliche Wolf zu seinem toten Gefährten und schleifte den Kadaver ins Gestrüpp.

Faolan wusste, dass er von dem einäugigen Wolf nichts mehr zu befürchten hatte, aber sein Verhalten machte ihn neugierig. Warum schleppte der Rötliche den Kadaver des anderen Wolfs mit sich? Faolans Ohren schnellten nach vorn, als er das Reißen von

Fleisch hörte. Das war doch nicht möglich! Leise schlich er an das Gestrüpp heran und spähte durch das Gewirr der dornigen Äste.

Der Kopf des rötlichen Wolfs steckte bis zu dem gesunden Auge im aufgeschlitzten Bauch des toten Wolfs. Gierig schlang er die Eingeweide hinunter. In seinem Blutrausch bemerkte er nicht einmal, dass Faolan ihn beobachtete. Als er endlich aufblickte, war sein Gesicht über und über mit Blut und glitschigen Eingeweiden verschmiert. In seinem Auge stand die nackte Gier. Mit flach angelegten Ohren wich der rötliche Wolf zurück – nicht weil er sich für seine Tat schämte, sondern aus Angst. *Er glaubt, ich will sein Fleisch!*

Faolan wandte sich ab und ging zu dem Puma zurück. Er hatte nur einen Gedanken: *Ich muss fressen, damit ich fett werde. Und stark. Noch stärker als jetzt.* Er würde seine Kräfte brauchen – mehr als jemals zuvor. Was war das nur für eine raue Welt?

Clanlose

Mit vollgefressenem Bauch irrte der rötliche Wolf durch ein Labyrinth von Gerüchen. Eine dumpfe Angst trieb ihn vorwärts. Noch nie hatte er eine Kreatur wie den silbernen Wolf mit der gespreizten Pfote gesehen. Einen Wolf, der so groß und stark war und eine so mächtige Brust hatte. Die gespreizte Pfote sah zwar nicht besonders groß aus, war aber äußerst kräftig. Zum Glück war der graue Wolf über ihm gewesen, sonst wäre ihm an seiner Stelle das Rückgrat zertrümmert worden. Doch nun war er auf sich allein gestellt und ihn plagte die Angst. Er musste so schnell wie möglich eine andere Wolfsrotte finden, mit der er eine Weile umherziehen konnte.

Die Wölfe der Frostlande waren nicht wie andere Wölfe. Sie verstießen gegen alles, was normales Wolfsverhalten ausmachte. Sie waren roh und verkommen. Ihre Lebensweise war eine Beleidigung für die Werte und Traditionen der Hinterland-Wölfe. Diese Wölfe hier lebten gesetzlos, achteten keine der hochentwickelten Verhaltensregeln anderer Clans und Meuten und wurden daher als „Clanlose" bezeichnet.

Begriffe wie Ehre und Treue existierten für diese Clanlosen nicht. Gier und Niedertracht waren die Triebkräfte ihres Handelns, Überleben ihr einziger Instinkt. Nachdem sie über Generationen hinweg in ungezügelter Wildheit gelebt hatten, waren sie völlig abgestumpft. Von den ausgeklügelten Jagdstrategien der Wolfsclans, die im Rudelgeist des *Hwlyn*, der nährenden Harmonie, miteinander lebten und arbeiteten, ahnten sie nichts.

Der einäugige Wolf – er hieß Morb – bildete darin keine Ausnahme. Er war durch den Fluss geschwommen, um das Blut des grauen Wolfs abzuwaschen. Wenn er sich einer neuen Rotte anschließen wollte und der Geruch von Wolfsblut an ihm haftete, würden die anderen Wölfe womöglich misstrauisch werden. Falls sie doch etwas rochen, konnte er sich vielleicht damit herausreden, dass er den Blutgeruch bei einem *Craw* aufgenommen hatte, einem Zweikampf auf Leben und Tod. Meist fand dieser Kampf zwischen Tieren unterschiedlicher Arten statt, zum Beispiel einem Vielfraß und einem Wolf, die von der Rotte eingekreist wurden. Es kam aber auch vor, dass zwei Wölfe miteinander kämpften. Die Wölfe einer Rotte arbeiteten nie zu Jagdzwecken zusammen, sondern einzig und allein, um sich an der Qual ihrer Opfer zu weiden. Ein Wolf, der einen solchen Zweikampf gewonnen hatte, genoss eine gewisse Berühmtheit, die jedoch nicht von Dauer war. Den Clanlosen fiel es schwer, Ereignisse für längere Zeit im Gedächtnis zu behalten.

Während sich Morb durch das Dickicht des Immergrünwalds hindurchwand, hatte er Faolans Geruch schon fast vergessen. Deshalb erkannte er die Duftmarke nicht, die ihm in die Nase stieg, als der Wind sich plötzlich drehte. Es war der Geruch des silbernen Wolfs, vor dem er sich so fürchtete. Doch der Geruch vermischte sich mit anderen Duftspuren. Morb nahm an, dass vielleicht eine Wolfsrotte irgendwo in der Nähe war. Bald darauf hörte er vereinzeltes Bellen und Heulen.

Ein *Craw*! Dort war ein *Craw* im Gang, ein Zweikampf! Noch dazu ein richtig guter! Ein Moschusochse kämpfte gegen eine kranke alte Elchkuh.

Faolan glitt als lautloser Schatten dahin. Seine Pfoten waren weich wie Moos. Fasziniert beobachtete er, wie die Wölfe den Moschusochsen und die Elchkuh umzingelten und die beiden großen Tiere aufeinanderhetzten. Der Moschusochse hatte ein abgebrochenes Horn, das ihm vor der Nase baumelte und ihm die Sicht versperrte. Die Wölfe waren sichtlich berauscht von seiner Qual. Die Elchkuh hinkte schwer und brach schon halb in die Knie. Faolan sah ihr an, dass sie nur noch sterben wollte. In diesem Moment stürzte sich eine große, knochige Wölfin mit scharfen Fangzähnen auf die Elchkuh und biss und stieß sie, um sie zum Aufstehen zu zwingen. Das Ganze war so entsetzlich, dass Faolan der Atem stockte. Es war fast noch schlimmer als der Anblick des einäugigen Wolfs, der seinen toten Jagdgefährten verschlungen hatte.

Zitternd stand Faolan im Schatten, obwohl es nicht kalt war. Nicht nur sein Nackenfell, sondern jedes einzelne Haar an seinem ganzen Körper sträubte sich. Hätten ihn die clanlosen Wölfe so gesehen, wären sie vor Schreck erstarrt. Allein die Größe! Und der Zorn in den funkelnden grünen Augen! Ganz zu schweigen von dem verstörenden Licht hinter all dieser Wildheit, ein Licht, das sie nicht hätten benennen können – das Licht des Verstandes.

Faolan spielte mit dem Gedanken, die Wölfe anzugreifen und den Kreis aufzubrechen, damit die alte Elchkuh in Frieden sterben konnte. Aber damit würde er nur sein eigenes Leben aufs Spiel setzen. Früher oder später würde diese verkommene Wolfsrotte das Tier wieder aufspüren und auf noch viel grausamere

Weise töten, nur um sich an seiner Qual zu ergötzen. Faolan wusste, dass er diesen Wölfen mühelos davonlaufen konnte, wenn sie sich ihm an die Fersen hefteten, aber im Grunde genommen wollte er nichts mit ihnen zu tun haben. Am liebsten hätte er vergessen, dass sie überhaupt existierten.

Mit diesen Gedanken im Kopf kehrte er dem grausigen Spektakel den Rücken und wanderte weiter. Im Gehen dachte er an das lange, melodische Heulen, das er vor Donnerherz' Winterbau gehört hatte. Waren es vielleicht doch keine Wölfe gewesen? Hatte er sich getäuscht? Das Geheul dieser Clanlosen war so hässlich und misstönend wie splitternde Knochen, die die Stille der Nacht zerrissen. Er konnte einfach nicht glauben, dass die Wölfe, deren schönes, melodisches Heulen er in den Hinterlanden gehört hatte, so wie diese hier waren. Das war doch nicht möglich. Andererseits – was wusste er schon von Wölfen? Er war bei einer Grizzlybärin aufgewachsen. Plötzlich erkannte er mit glasklarer Gewissheit, dass er mehr mit einem Grizzlybären als mit einem Wolf gemeinsam hatte. Hier am Fluss gab es bestimmt Grizzlybären. Vielleicht konnte er einen schönen Sommerbau über den Steilufern aufstöbern, die mit Gletscherlilien und Iris gesprenkelt waren.

Die Einsamkeit, die schon so lange wie ein leerer Raum in ihm gähnte, diese Leere, die ihm das Gefühl gab, wie ausgehöhlt zu sein, hatte sich so stark ausgebreitet, dass sein Körper sie kaum noch zu fassen vermochte. Unaufhaltsam sickerte sie aus ihm heraus und schuf eine noch größere Leere, die immer an seiner Seite war. Einen Raum, in dem Donnerherz neben ihm gehen würde, wäre sie noch da. Ein Schweigen, das von ihrem Schnauben und Keuchen ausgefüllt wäre, wenn sie zusammen jagten oder grasten, oder vom unverwechselbaren Tappen ihrer gewaltigen Pfoten, die neben ihm ihre Spuren im Boden hinterließen. *Wie war es nur möglich, dass sich das Nichts so schwer anfühlte?*, fragte Faolan sich immer wieder. *Wie konnte Hohlheit so erdrückend sein? Ob die Wölfe der Hinterlande jemals diese Leere ausfüllen konnten?* Faolan arbeitete einen einfachen Plan für seine Zukunft aus. Als Erstes musste er zum Fluss kommen, dem Fluss, der in die Hinterlande zurück führte. Entschlossen setzte er seinen Weg fort und träumte von einem Sommerbau und langen, trägen Nachmittagen, die er mit Lachsfischen verbrachte. Vielleicht konnte er sogar andere im Fischen unterrichten, ein paar Bärenjunge zum Beispiel.

Nach tagelangem Wandern fiel ihm auf, dass das Licht allmählich dahinschwand und die Nacht zurückkehrte. Es war immer noch Hochsommer, wie er an den Hecken mit den süßen Brombeeren erkannte, die zu dieser Jahreszeit wuchsen. Aber wenn die endlosen Tage aufhörten, musste er sich dem Grenzgebiet zwischen den Frostlanden und den Hinterlanden nähern, das wusste er.

Er hatte den Fluss noch nicht erreicht, als er eine gähnende Dunkelheit vor sich wahrnahm. Eine Höhle! Es war eine große Höhle, der ideale Sommerbau für ein großes Tier wie Donnerherz. Und doch fing Faolan keinerlei Gerüche darin auf, von keinem Lebewesen. Das war merkwürdig. Der Mond stieg gerade auf, als er in die Höhle trat. Ein blasser Lichtstrahl durchbohrte die Schwärze des Höhleninneren. Im Flirren des silbrigen Mondlichts fing Faolan das Bild eines vierbeinigen Tiers auf, das direkt aus der Steinwand hervorzubrechen schien. Über dem Tier schlugen Vogelschwingen – die Flügel einer rüttelnden Eule. Die Wand pulsierte geradezu vor Leben. Er glaubte nicht nur den Atem zahlloser Geschöpfe zu hören, sondern auch das Donnern von Hufen, das Tappen von Pfoten, das Schwirren von Flügeln – und all das ging nur von dieser Felswand aus!

Die Bitterkeit der Obea

Wie viele? Wie viele sind es gewesen?, fragte sich die Obea, während sie ein neues Wolfsjunges in ihrem Maul davontrug. Lange würde es nicht überleben. Es war spät im Jahr geboren, fast schon im Mittsommer, mit einer verstümmelten Hinterpfote. Und es atmete nicht richtig. Diese Spätlinge waren selten normal. Die Obea war müde. Sie wusste selbst nicht, warum sie sich so elend fühlte. Der Winter war hart gewesen. Das Erdbeben zu Beginn des Frühjahrs hatte nicht nur das Land verwüstet, in gewisser Weise waren selbst die Jahreszeiten aus den Fugen geraten. Der Frühling war nur zögernd gekommen, fast als fürchtete er sich davor, mitten in all der Zerstörung zu erscheinen, die das Erdbeben hinterlassen hatte. Wildblumen und Moosblüten, die sonst das Grasland sprenkelten, hüteten sich, ihre Köpfe hervorzustrecken, ehe sie nicht darauf zählen konnten, einen Boden unter sich zu haben, der nicht zu beben begann. Aber jetzt schlug das Wetter um. Die Schmerzen und Kümmernisse der Obea schwanden mit der Hitze des Sommers dahin. Nur die Bitterkeit, von der sie geglaubt hatte, sie habe sich im Lauf der Zeit gelegt, regte sich wieder in ihr. Nicht wie der scharfkantige Kiesel, der sich in ihre Pfoten bohrte, sondern brennender, lebendiger. Es war ein Gefühl, das sich in ihr eingeringelt hatte wie eine Schlange, deren Fänge sie bei jedem Schritt spüren konnte. *Warum ich? Warum gerade ich?*

Unablässig ging ihr diese jammervolle Frage im Kopf herum. Die Obea trauerte nie um die Jungen, die sie forttrug, sondern nur um die, die sie nie geboren hatte. *Warum ich? Warum gerade ich?* Die Worte hallten in ihrem Kopf wider wie ein Refrain. Wie das Ächzen des Nordwindes, der aus den Frostlanden herunterfegte.

Wehmütig dachte sie an die Zeit, als ihr zum ersten Mal der Verdacht kam, dass sie vielleicht unfruchtbar war. Ein Gefährte nach dem anderen hatte sie verlassen, weil sie keine Jungen gebären konnte. Nachdem der dritte Gefährte gegangen war, zog sie weiter zu einem anderen Rudel innerhalb des Clans. Dabei hatte sie einst als schöne Wölfin gegolten. Ihr Fell war von einem satten, schimmernden Goldbraun gewesen und sie hatte zahlreiche Verehrer angezogen. Aber mit dem Älterwerden verlor ihr Fell seinen Glanz. Ihre

Zitzen schrumpelten ein, bis sie nur noch die Größe von harten kleinen Bachkieseln hatten.

Die Obea wanderte von Rudel zu Rudel, bis die Nachricht sich überall verbreitet hatte, dass sie unfruchtbar war. Sie musste sich einen neuen Clan suchen und die MacDuncans waren eine gute Wahl. Dort hatte sie die Aufmerksamkeit eines großen schwarzen Wolfs namens Donegal MacDuncan erregt. Donegal war ein anständiger Wolf. Als sich zeigte, dass sie keine Jungen austragen konnte, hatte er das Oberhaupt des Clans gebeten, ihr das Amt der Obea anzuvertrauen. Damit hatte er ihr einen Gefallen getan, denn in ihrem damals schon fortgeschrittenen Alter wäre es hart für sie gewesen, als Einzelgängerin herumzuziehen. Trotzdem war ihr Kummer groß, als Donegal sich eine neue Wölfin nahm, die kurz darauf fünf gesunde Junge in die Welt setzte.

Der Platz einer Obea in der vielschichtigen Sozialstruktur eines Wolfsclans ließ sich mit nichts vergleichen. Die Obea war ranglos, weder hoch noch niedrig, und es gab kein festgelegtes Ritual, wie sie begrüßt oder die Nahrung mit ihr geteilt werden musste. Sie hatte auch keine feste Position im *Byrrgis*, der Laufordnung, die die Wölfe des Hinterlandes bildeten, wenn sie auf die Jagd gingen oder neues Territorium erkundeten. Trotz ihrer einzigartigen Stellung führte die Obea ein Außenseiterdasein am Rand des Rudels, genau wie die Knochennager. Jedenfalls bis zu dem Tag, an dem diese Wölfe eine höhere Stufe in der Rangleiter erklommen und in die Garde am Kreis der Heiligen Vulkane aufgenommen wurden.

Die anderen Rudelmitglieder mieden sie. Am schlimmsten waren die Weibchen. Einige von ihnen behaupteten sogar, die Obea hätte einen anderen Geruch und ihre Duftmarken verrieten ihre Unfruchtbarkeit. Die Obea wusste nur zu gut, wie über sie geredet wurde. Die hochträchtigen Weibchen, die den Bauch voller Junge hatten, warfen ihr heimliche Blicke zu. Manche Weibchen glaubten sogar, die Obea könne durch sie hindurchsehen, direkt in ihre Gebärmutter hinein. Deshalb wisse sie im Voraus, ob eines der Jungen, die sie in sich trugen, ein *Malcadh* war. Es ging sogar das Gerücht, dass die Obea andere Weibchen verfluchte und ihnen ein missgebildetes Junges anhexte. Die wenigen *Malcadh*, die überlebten und den Weg zum Clan zurückfanden, um dort als Knochennager zu dienen, glaubten der Obea ein Dorn im Auge zu sein. Sie gingen ihr aus dem Weg, als fürchteten sie, die Obea könne sie am Nackenfell packen und wieder forttragen. Die Rüden hatten natürlich keinerlei Interesse an ihr und behandelten sie wie Luft. Im Grunde hatte Shibaan überhaupt kein Leben gehabt.

Aber was hilft es?, seufzte sie im Stillen. *Ich muss meine Pflicht erfüllen.* Mehr gab es nicht für Shibaan – nur eine Aufgabe, ein Amt, mit dem sie ihren Unterhalt im Clan verdienen konnte. Und sie machte ihre Arbeit gut – sehr gut sogar. Mit der Zeit wurde sie äußerst geschickt darin, geeignete *Tummfraws* zu finden, wie die Plätze genannt wurden, an denen sie die *Malcadh* aussetzte. Shibaan wählte ihre *Tummfraws* mit Bedacht – Orte, die von Raubtieren aufgesucht wurden oder anfällig für Naturkatastrophen waren, zum Beispiel Überschwemmungen oder Lawinen. Wenn ein Junges überlebte und zu einem der MacDuncan-Rudel zurückfand, bewies es damit, dass es würdig war. Es konnte ein Knochennager werden und später sogar in die Vulkangarde aufsteigen. So gesehen standen die Wölfe der Hinterlande tief in ihrer Schuld. Hamisch, der gegenwärtige Anführer und Fengo des Heiligen Kreises, galt als größter Fengo seit dem ersten Clanführer in den Anfängen des Großen Königreichs Hoole.

Und wie wurde es ihr gedankt? Überhaupt nicht. Shibaan erinnerte sich noch an den Tag, an dem sie den Welpen Hamisch, der mit einem verkrümmten Bein geboren war, in die östlichen Steilhänge der Hinterlande getragen hatte. Sie hatte ihn an einer Stelle ausgesetzt, an der die Spätwinterstürme hereinfegten.

In jenem Winter war auf eine plötzliche Wärmeperiode ein letzter Sturm gefolgt. Wegen der Steilheit des Hangs waren mehrere Lawinen heruntergekracht, kurz nachdem sie das winselnde Junge dort zurückgelassen hatte. Die Lawinen waren von Weitem zu sehen und nicht zu überhören gewesen. Wie groß war daher Shibaans Schreck gewesen, als das krummbeinige Junge einen Mondzyklus später ins Lager hinkte. Duncan MacDuncan gab dem Welpen den alten Wolfsnamen Hamisch, der von dem Wort *hamycch* abgeleitet war, was „springen" bedeutete. Trotz des verkümmerten Beins war Hamisch über die Lawinen gesprungen, oder durch sie hindurch, und hatte irgendwie überlebt.

Shibaan erspähte jetzt den idealen *Tummfraw* direkt vor ihrer Nase, auf einem Pfad, der von wandernden Elchen benutzt wurde. Sie brauchte das Junge nur auf die ausgetretene Erde zu legen, damit es von den Hufen der riesigen Tiere zerquetscht wurde. Falls die Elche nicht kamen, würden die Eulen das Junge holen. Der Pfad lag direkt unter der Flugroute der Glutsammlereulen. Diese Eulen tauchten in tollkühnen Sturzflügen in die Feuergruben an den Hängen des Vulkans und waren immer hungrig. Ein halb totes Wolfsjunges war leichte Beute für sie.

Shibaan ließ das maunzende Junge fallen. Und dann

machte sie etwas, das sie sich in all den Jahren als Obea streng verboten hatte – sie drehte sich nach ihm um. Zum ersten Mal versuchte sie sich vorzustellen, wie dieses kleine Wesen sterben würde – das Knacken seiner winzigen Knöchelchen, wenn es von einer langen Reihe wandernder Elche zertrampelt wurde, oder sein schmerzvolles Winseln, wenn eine Eule es mit ihren Fängen packte und hochriss. Letzteres war schlimmer, weil es ein langsamerer Tod war. Zuerst kam das schreckliche Gefühl, vom Boden gezerrt zu werden, dann der Moment, in dem das arme Kleine von den scharfen Krallen und dem Schnabel der Eule zerfetzt wurde. Shibaans Nackenfell sträubte sich, ihr Schwanz stand waagerecht vom Körper ab. Rasch wandte sie sich ab und nahm den schnellsten Weg über einen Steilhang zurück zum Rudel.

Sie war noch nicht weit gekommen, als sie ein leichtes Beben im Boden spürte. *Oh nein, nicht schon wieder!*, dachte sie schaudernd. *Noch mehr Nachbeben.* Doch das hier war schlimmer. Mit einem Mal brach der Hang vor ihr auf. Ein großer Riss klaffte plötzlich in der Erde, sie stolperte und hörte Felstrümmer hinter sich herunterkrachen. Dann folgte ein anderes Geräusch – das Knirschen ihrer Knochen, als diese zermalmt wurden.

Die Obea konnte nicht sagen, wie lange sie bewusstlos dagelegen hatte, aber als sie wieder zu sich kam, war der Mond aufgegangen. Sie schaute zum funkelnden Sommerhimmel auf und suchte das Sternbild des Großen Wolfs – des Großen Lupus –, das die Nacht zur Höhle der Seele geleitete. *Ich sterbe*, dachte sie, *aber komme ich auch in die Höhle der Seelen? Oder ende ich in der Dunkelwelt?* Bei diesem Gedanken schauderte sie. All die Jahre hatte sie die missgebildeten Welpen fortgetragen, weil das Gesetz des Clans es verlangte. Nicht sie machte diese Gesetze. Sie hatte sie nur befolgt – zum Wohl des Clans, wie Duncan MacDuncan immer erklärte. Es würde der Blutlinie schaden, wenn man *Malcadhs* leben ließe, ohne dass sie um ihr Überleben kämpfen mussten. Die wenigen, die es in den Clan zurückschafften, waren außergewöhnliche Welpen, die oft zu außergewöhnlichen Wölfen heranwuchsen. Aber um diejenigen, die nicht überlebten, durfte das Rudel nicht trauern. So lautete das Gesetz der Wildnis. Shibaan hatte nie getrauert, bis zu diesem Moment ... jetzt, da sie starb. *Werde ich dafür bestraft? Gibt es irgendwo ein Oberhaupt, das noch über Duncan MacDuncan steht und mich aus der Höhle der Seelen verbannen wird?*

Eine große Angst stieg in ihr auf. Obwohl die untere Hälfte ihres Körpers taub war und sie keinen richtigen Schmerz spürte, quälte sie etwas noch viel Schlimmeres. Es war ein neues Gefühl: Trauer, vermischt mit Angst. Und plötzlich erinnerte sie sich an jedes einzelne dieser Jungen – das erste mit den milchigen Augen, das blind geboren war. An eines, das nur drei Beine hatte, an das Ohrenlose, das Schwanzlose, an einige mit verdrehten Hüften, die nie laufen gelernt hätten. Und schließlich an das Junge vom Vorjahr mit der gespreizten Pfote und jener seltsamen Zeichnung aus kreisenden Linien an seinem Fußpolster. Irgendwie hatte ihr dieses Junge mehr zugesetzt als alle anderen – sie konnte es damals gar nicht schnell genug loswerden.

An dem winzigen Jungen mit der halben Pfote, das sie an diesem Tag ausgesetzt hatte, war nichts Erschreckendes oder Verstörendes gewesen. Während die Taubheit in ihrem Körper hochkroch, stellte sie sich vor, wie sie zurücklaufen und das kleine Halbpfoten-Junge retten würde.

Plötzlich kam es ihr vor, als träte sie aus ihrem Körper heraus. Leichtfüßig sprang sie den steilen Hang hinauf, hüpfte über Felsblöcke und rannte, so schnell sie konnte, zu dem Elchpfad. Bald hatte sie ihn erreicht. Sie erinnerte sich an jede Biegung, jeden Kieselstein. Ein winziges Geschöpf tauchte direkt vor ihr auf. Erleichterung durchströmte sie. Im selben

Moment überfiel sie eine seltsame Empfindung, eine Regung, die sie noch nie in den eingeschrumpelten Zitzen an ihrem Bauch wahrgenommen hatte. Auf einmal fühlten sie sich nicht mehr klein und hart an. *Milch*, dachte sie. *Da kommt Milch! Ich werde dieses Junge säugen.* Eine ungeahnte Freude stieg in ihr auf. Die Elche waren noch nicht gekommen. Der Himmel war frei von Eulen. Nur der Sternenpfad schimmerte über ihr.

Duncan MacDuncan, das weise Oberhaupt des Duncan-MacDuncan-Clans, trat aus dem Heulen der Nacht und verkündete den weit verstreuten Rudeln seines ehrwürdigen alten Clans, dass Carreg Gaer, das Rudel des Clanführers, das Erdbeben heil überstanden hatte. An die Obea und ihre Mission dachte er nicht mehr – bis er den Kopf zurückwarf und heulte. Sein Blick fiel auf das Sternbild des Großen Wolfs, das am Osthimmel aufging. Er sah, wie sich ein goldbrauner Nebel am Kopf des Sternenwolfs sammelte, und da wusste er, dass Shibaan gestorben war. Er erkannte sie sofort, denn er hatte sie einmal gesehen, lange bevor sie sich dem Clan der MacDuncan angeschlossen hatte, als sie noch jung und golden gewesen war. Und so heulte er seinen Abschiedsgruß in die Grenzenlosigkeit der Nacht. „Du hast uns verlassen, Obea. Dein Opfer hat uns stärker gemacht. Jetzt folgst du dem Sternenpfad, Shibaan. Du hast uns gut gedient.“ Er blinzelte und dann heulte er vor Glück, denn ein gutes Dutzend kleiner Sternenwölfchen lief aus der himmlischen Höhle der Seelen hervor, um Shibaan zu begrüßen. Ein Wolfsjunges folgte der Obea und dort, wo seine Hinterpfote den Pfad hätte berühren müssen, leuchtete nur ein kleiner Stern.

Die Höhle der Vorzeit

Faolan trat näher an die wundersame Felswand mit den Tiergestalten heran. Waren diese Geschöpfe lebendig oder bloß Fantasie? *Atmet die Wand? Oder ist es nur Felsgestein? Träume oder wache ich?* Die Bilder glichen irgendwie den Sternbildern, die Donnerherz ihm immer mit ihren scharfen schwarzen Klauen gezeigt hatte. Sie sahen nur viel echter aus. Und er hatte die Tiere, die hier über den Stein sprangen, richtig keuchen gehört! Er ging dicht an die Felswand heran, um sie zu beschnüffeln. Aber es war nur Felsgestein – stumm, kalt und unbewegt.

Faolan hob die Schnauze und erkundete den Geruch der Höhle. Er suchte nach einer Duftspur, die ihm verriet, dass ein Bär hier gelebt hatte. Donnerherz' Geruch würde er überall erkennen, obwohl sie unterschiedlich roch, je nachdem was sie gefressen hatte. Im Frühling, wenn sie gierig Wurzeln, Gras und Knollen verschlang, lag etwas Feucht-Grünes in ihrem Geruch. Davon war hier nichts zu wittern, nicht der geringste Hauch. Genauso wenig wie der trockene Kleegeruch des Sommers oder der beißende Fischgeruch, der an Donnerherz' Fell haftete, wenn im Herbst die Lachse sprangen. Wie seltsam, dass sich so viele Tiere auf den Wänden tummelten. Sie wirkten springlebendig, obwohl die Höhle unbewohnt war.

Unbewohnt, aber nicht leblos. Faolan scharrte mit der Pfote über die harte Oberfläche, bis die Drüsen in seinem Fuß seinen eigenen Geruch freisetzten. *Bin ich das erste Tier, das hier seine Duftspur hinterlässt? Wie kann das sein?* Sein Blick fiel auf ein weiteres Bild. Er trat näher, um es genauer zu betrachten. Es war eine Spirale, die wie die kreisenden Linien auf seiner gespreizten Pfote aussah! Faolans Herz schlug schneller. Er blickte sich um, legte die Ohren an, senkte den Schwanz und duckte sich in der klassischen Unterwerfungshaltung. Das war die größte Achtungsbezeigung gegenüber einer höheren Macht. Obwohl außer ihm keine Lebewesen in der Höhle waren, spürte er den Geist, der die Luft erfüllte. Und diesem erhabenen Geist musste er seine Verehrung erweisen.

Als er sich wieder aufrichtete und in der Höhle umblickte, entdeckte er noch ein Bild hoch oben an der Decke – das Sternbild des Großen Wolfs, zu dem ein Sternenpfad hinaufführte. Gab es einen Ort, eine

Himmelshöhle, zu der die Wölfe reisten, wenn sie ihr Erdenleben beendet hatten? Einen Ort wie Ursulana, den Bärenhimmel, in den Donnerherz' Junge gegangen waren? Erneut blickte er sich um. *Das hier ist auch eine Höhle. Nur kommt sie mir nicht wie ein Ende vor, sondern wie ein Anfang.*

Es war, als stünde er auf einem irdischen Sternenpfad, einem Übergang in eine Zeit vor der Zeit, als die Geschichten der Wölfe und der Eulen sich gerade erst miteinander zu verweben begannen.

Faolan fühlte diese Dinge, wenn auch anders, als er zum Beispiel instinktiv wusste, wie man einer Beute nachspürt, einen Vielfraß in die Enge treibt oder in der Laichzeit oberhalb einer Stromschnelle auf Lachse lauert. Nein, das hier fühlte er mit einem anderen Teil seines Geistes, der nicht nur ihm allein gehörte, sondern größer war als der Geist eines einzelnen Wolfs. Es war ein Wissen, das alle Grenzen sprengte, das größer als ein Rudel war, größer als ein Clan, größer noch als eine einzelne Art.

Diese scheinbar leere Höhle vibrierte vor Leben, war von einer Geschichte erfüllt, die unverzichtbar für Faolans Wesen war. Er hatte seine Wolfsmutter und seinen Wolfsvater nie kennengelernt, und die Grizzlybärin, die ihn aufgezogen hatte, war verschwunden. Wenn er die Geheimnisse dieser Höhle enträtseln konnte, würde er vielleicht erfahren, wer er wirklich war. Und wozu er bestimmt war.

Langsam folgte er dem gewundenen Pfad, der tief in die Erde hineinführte. Das Licht wurde immer schummriger. Doch wie alle Wölfe konnte Faolan bei schwachem Licht hervorragend sehen. Selbst in den dunkelsten Nachtstunden war seine Sicht immer noch gut.

Er drückte sich enger an die Wand, um einen silbrigen Streifen zu studieren. Es war die Abbildung eines schimmernden Wolfsstroms – Wölfe, die in einer langen Linie auf einen Horizont zuliefen. Eine wilde Sehnsucht stieg in ihm auf. Wie gern würde er mit diesen Wölfen laufen. Es lag etwas so Anmutiges, Majestätisches in der Art, wie sie sich bewegten, nicht als einzelne Tiere, sondern als Einheit. Der Wolfsstrom war wie ein irdisches Sternbild. Keine kalten, fernen Sterne, sondern Wölfe aus Fleisch und Blut, die so lebendig in die Felswand geritzt waren, dass sie zu atmen schienen.

Über ihre Köpfe hinweg flog ein Vogel. Faolan erkannte ihn als Eule. Er hatte nicht viele gesehen. Aber wenn ihnen Eulen begegnet waren, hatte Donnerherz ihm ihre Namen genannt. Hätte er doch nur besser aufgepasst! Es gab verschiedene Eulenarten und Donnerherz kannte sie alle. Manche hatte sie

Fleckenkauz genannt, andere Schnee-Eulen. Aber die Eule, die über den Wölfen flog, war wie das Urbild aller Eulen. Sie war mehr der Geist einer Eule als eine Eule aus Federn, Knochen und Blut – wie ein weißer Blitz, der den Himmel durchschnitt.

Faolan verlor jedes Zeitgefühl. Später konnte er nicht sagen, wie lange er in der Höhle gestanden hatte – der „Höhle der Vorzeit", wie er sie nannte. Hier brauchte er weder Schlaf noch Essen, als nährte ihn die Geschichte, die sich vor ihm entfaltete. Er entdeckte Lücken in der Geschichte. Die Bilder auf anderen Wänden stellten offenbar keine Fortsetzung dar. Die ersten Bilder zeigten Rentiere. In der Mitte kam der geschmeidige Wolfsstrom, ein *Byrrgis*, wie er später erfahren sollte, obwohl er doch am Anfang der Geschichte hätte stehen müssen. Für Faolan war gerade dieses Bild der Kern der Geschichte. Es gab ihm Hoffnung, denn es erinnerte ihn an die schönen Gesänge der Wölfe, die er gehört hatte, wenn er sich in den kalten Nächten aus dem Winterbau hinauswagte, während Donnerherz schlief. Jetzt wusste er, dass nicht alle Wölfe so waren wie die rohen, abgestumpften Kreaturen, die er in den Frostlanden gesehen hatte.

Es grenzte fast an Hexerei, wie gut die fließende Bewegung der Wölfe durch das Verwischen ihrer Beine eingefangen war. Aber nicht nur die Darstellung der Bewegung beeindruckte Faolan zutiefst. Ihn fesselte vor allem die Einmütigkeit, die darin zum Ausdruck kam, die Art, wie die Wölfe zu einem Ganzen verschmolzen, wie sie einander in die Hände arbeiteten und zusammenstanden, zum Wohl des Rudels und jedes einzelnen Mitglieds. Diese Wölfe waren das genaue Gegenteil der Clanlosen aus den Frostlanden. Und doch war das nur ein winziger Ausschnitt aus einer größeren Geschichte, die Faolan sich in der Höhle der Vorzeit zusammenzureimen begann.

Eine Geschichte in Stein

Faolan erinnerte sich, wie Donnerherz ihm von den hervorragenden Navigationskünsten der Eulen erzählt hatte. Anders als die meisten Tiere, die sich nur am Nordstern orientierten, nahmen die Eulen alle Sterne zu Hilfe. Und so erkannte er, dass die Wölfe vom äußersten Osten nach Westen wanderten und dass die nebelhafte Eule sie leitete. Dann fügten sich andere Teile der Geschichte in seinem Kopf zusammen.

Der Wolf an der Spitze des *Byrrgis* war ein großer *Canis dirus,* ein Urzeitwolf, der Fengo genannt wurde. Er war das Oberhaupt des Clans aller Clans, wie er damals genannt wurde – der spätere Clan der MacDuncan. Faolan entdeckte noch mehr Bilder in der Höhle, die den Clan in derselben Laufordnung zeigten. Normalerweise war das die Jagdaufstellung, aber jetzt begriff er, dass sie auch noch einem anderen Zweck diente. Die Wölfe waren auf Wanderschaft. Er las an den Bildern ab, dass sie einen Ort des Eises verlassen hatten – Groß-Eis nannte er es in Gedanken. Im Lauf der Jahre hatte eine große Kälte im Land der Wölfe eingesetzt. Eine Kälte, die die warme Zeit nach und nach verdrängte. Die Winter wurden immer länger, bis das Eis das ganze Land bedeckte und auch im Sommer liegen blieb. „Eismarsch“ nannten die Wölfe diese Zeit – der Eismarsch der langen Kälte. Wo immer sie sich in ihrem Territorium hinwandten, das Eis folgte ihnen unerbittlich. Als Anführer des Clans fasste der Fengo den Entschluss, dass sie fortgehen mussten. Viele Monde lang waren sie unterwegs. Wann oder wie sie zum ersten Mal dem Geist des seltsamen Vogels begegnet waren, konnte Faolan jedoch nicht sagen.

Dann blitzte eine weitere Erkenntnis in ihm auf: Die Eule hieß Hoole. Ja, genau – Donnerherz hatte ihm von den sagenhaft klugen Eulen erzählt, die auf einer Insel mitten im Hoolemeer in einem riesigen Baum lebten, der Ga’Hoole-Baum hieß. „Hoole“ sei ein altes Wolfswort für „Eule“, hatte sie ihm erklärt. Der Name erschien ihm jetzt nicht mehr fremd, sondern hatte einen seltsam vertrauten Klang. Wie in Trance spürte er den Bildern an den Höhlenwänden nach, die sich oft in tiefere Regionen hineinwanden, wieder aufstiegen und schließlich in riesige Galerien mit himmelhohen Räumen mündeten. Es war, als folgte er dem Geist von Hoole, der die Wölfe in ein neues Land führte – die Hinterlande, wie Faolan nach und nach erkannte. Es war ein wildes, trostloses Land, anders als alles, was die Wölfe je gekannt hatten. Seltsamerweise war es zugleich ein Reich des Eises und des Feuers. Hoole hatte sie in den östlichen Teil der Hinterlande geführt, in dem der Kreis der Vulkane aufragte. Dort war der Fengo mit seinem Clan aller Clans zunächst geblieben.

Die Höhle selbst war ein Labyrinth aus zahllosen Stollen und Gängen, in dem man sich leicht verirren konnte. Tatsächlich wanderte Faolan mehrere Tage darin herum. Hunger verspürte er kaum in dieser Zeit. Wasser war genug da, aber nur wenig zu fressen. Ein, zwei Ratten und hin und wieder eine Fledermaus, das war alles. Faolan lernte schnell, die Fledermäuse von den Wänden zu pflücken, wenn sie sich dort kopfüber zum Schlafen niedergelassen hatten, was sehr komisch aussah. In Wahrheit aber nährten ihn nicht die wenigen Fledermäuse und Ratten, sondern die Geschichten und Bilder, die das Schönste waren, was er je gesehen hatte. Mit der Zeit entwickelte er einen wahren Kennerblick und lernte immer besser zu würdigen, wie gut der Künstler, der die Figuren gemalt hatte, Bewegung, Geschwindigkeit und Masse auf die Steinfläche gebannt hatte.

Das Ganze war so lebendig, dass er die Bewegungen fast körperlich spüren konnte.

Nur das Spiralmuster, das der Zeichnung auf seiner gespreizten Pfote glich, blieb ihm rätselhaft, obwohl er auf seinen Erkundungsgängen durch die Höhle immer wieder darauf stieß.

Manchmal waren die Durchgänge in der Höhle blockiert. Als er das erste Mal in einer solchen Sackgasse landete, war er tief enttäuscht, weil er gerade zu einem interessanten Teil der Clan-Geschichte gekommen war: Der Fengo lebte nun schon mehrere Jahre mit seinen Wölfen in den Hinterlanden und hatte Bekanntschaft mit einer Eule geschlossen. Es war die erste Eule, die Glut sammelte, das Urbild aller Glutsammlereulen. In diesem Abschnitt tauchte das Spiralmuster besonders häufig auf. Faolan wollte schon den Rückzug antreten, als er einen feuchten Luftzug spürte. Woher sollte so tief unten in der Höhle ein Luftzug kommen? Er schnüffelte ein wenig herum und die vermeintliche Sackgasse entpuppte sich als ein Haufen Felstrümmer, die wohl bei einem Erdrutsch heruntergekracht waren.

Mit Feuereifer begann er zu graben. Bei jedem Felsbrocken, den er mit der gespreizten Klaue aus dem Weg räumte, dankte er Donnerherz im Stillen dafür, dass sie ihn gezwungen hatte, nicht nur seine gesunde Pfote zu benutzen. Die gespreizte Klaue wäre sonst nie so kräftig geworden. Allmählich konnte er es kaum noch erwarten, das Geheimnis des Spiralmusters zu lüften.

Als der ganze Schutthaufen endlich fortgeräumt war, trat Faolan in eine weite Ausbuchtung. Dort waren Bilder versammelt, die alles Bisherige in den Schatten stellten. Der Raum war rund, ideal für den Gegenstand der Bilder, die hier zu sehen waren. Staunend blickte Faolan sich um. Er stand inmitten der fünf Heiligen Vulkane: Dunmore, Morgan, H'rathgar, Kjell und Sturmwind. Auf den ersten Blick sahen diese Vulkane ziemlich gleich aus. Doch bei genauerem Hinsehen wiesen zwei von ihnen feine, aber deutliche Unterschiede auf – H'rathgar und Dunmore, auch wenn er die Namen der beiden Vulkane in diesem Moment noch nicht erspüren konnte. Eulen flogen um die Vulkane herum. Einige von ihnen schossen in die heißen Glutströme hinunter, die über die Hänge der Vulkane quollen. H'rathgar war beinahe durchsichtig. Die Glut in dem blubbernden Vulkantrichter sah ganz anders aus als die Glutströme an den Hängen. Diese besondere Glut war orange mit einem Hauch von Blau, das in der Mitte mit Grün vermischt war, demselben Grün wie Faolans Augen. Ein brodelnder Lavakessel fasste die Glutbröckchen ein. Und in diesen Kessel schoss eine Eule mit weißem Gesicht und goldbraunem Gefieder hinunter, um die Glut heraufzuholen. Faolan stockte bei diesem Anblick der Atem: Wollte die Eule sich etwa umbringen? Aber dann sah er einen zweiten Vulkan direkt gegenüber, der von einer gewaltigen Eruption erschüttert wurde. Aus dem Flammenwall flog eine prächtige Eule hervor. Sie hatte ein gesprenkeltes Gefieder und in ihrem Schnabel trug sie dieselbe rätselhafte Glut, auf die es auch die weißgesichtige Eule abgesehen hatte. Zwei Vulkane und zwei Eulen, die sich in eine lodernde Flammenwand stürzten, nur um diese besondere Glut zu bergen. Was hatte das zu bedeuten? Faolan spürte, dass die beiden Eulen durch große Zeiträume getrennt waren. Aber ihre Geschichten waren miteinander verflochten – und sie waren mit der Geschichte der Wölfe verbunden.

Langsam durchwanderte er den runden Raum und zerbrach sich den Kopf, wie die verschiedenen Teile dieses Bilderrätsels zusammenpassten. Dann fiel sein Blick auf turmhohe Knochenhügel, die er anfangs gar nicht bemerkt hatte. Auf jedem dieser Hügel hockte ein Wolf. Irgendwie dämmerte ihm, dass die Wölfe dort hockten, um Wache zu halten oder etwas dergleichen. Wahrscheinlich beschützten sie die Glut vor den Schattengestalten, die wie die kühnen Glutsammlerinnen am Himmel flogen. Diese Schattengestalten waren gefährliche, verräterische Eulen, das spürte Faolan. Und noch etwas bedrückte ihn: Er fand keinerlei Hinweis auf die Bedeutung des geheimnisvollen Spiralmusters. Merkwürdig. Das Muster tauchte überall in der Höhle auf, immer über dem Kopf eines Tiers. Manchmal war es ein Wolf, manchmal eine Eule oder sogar ein Bär, ein Fuchs oder ein Hase.

Vor lauter Grübeln war Faolan bald so erschöpft, dass er in dem runden Raum, in dem sich die Geschichten der Wölfe und Eulen vermischten, in einen tiefen Schlaf fiel.

Erste Milch

Faolan schlief und träumte von einem Geruch, der sich in die Bilder einschlich, die er in der Höhle gesehen hatte. Der Geruch hatte etwas Fließendes wie der Silberstrom, den die laufenden Wölfe bildeten. Aber je stärker der Geruch wurde, desto klarer erkannte Faolan, dass er nichts mit den Wölfen auf der Höhlenwand zu tun hatte. Er spürte etwas Weiches um sich herum, zappelnde, kleine Körper, die miteinander balgten und sich nach dem warmen Milchgeruch drängten. *Milch! Milch!*, hieß das Zauberwort. Sofort wurde wild geschubst und gedrängelt. Alle schnappten nach einer Zitze in dem engen, dunklen Raum, der so wunderbar warm und still war. Faolan konnte in seinem Traum weder sehen noch hören. Nur riechen und fühlen konnte er. Und als er endlich eine der heiß umkämpften Zitzen ergatterte, spürte er noch etwas: einen Herzschlag. Nicht das gewaltige Hämmern eines Bärenherzens, sondern einen leiseren, schnelleren Rhythmus. Immer enger drängte er sich an das leichte Pochen und die Milch. Diese Milchgeberin war ganz anders als Donnerherz. Plötzlich spürte er einen kalten Luftzug. Etwas zerrte an ihm, riss ihn von der Zitze weg und aus dem Knäuel der zappelnden kleinen Körper heraus. Dann wurde es kalt. Er baumelte in der Luft und wurde von einer Kreatur ohne jeden Geruch davongetragen, weg von der Wärme, weg von seiner ersten Milch.

Mit lautem Schreckensgeheul fuhr er aus dem Traum hoch und stand auf. Er zitterte am ganzen Körper. Vorsichtig schnüffelte er. Kein Milchgeruch hing im Raum. Aber es war doch so *wirklich* gewesen! So lebendig!

Donnerherz hatte die Nacht, in der sie ihn gefunden hatte, fast nie erwähnt und auch nicht von einer Wolfsmutter gesprochen. Trotzdem wusste Faolan, dass er von einer Wölfin geboren sein musste, weil er doch so anders aussah als die Grizzlybärin. Aber tief in seinem Inneren hatte er nie wirklich daran geglaubt, jedenfalls nicht bis zu diesem Moment. *Kann man denn zwei Mütter haben?*, fragte er sich. *Eine, von der man geboren, und eine, von der man aufgezogen wurde?* Der Geruch der ersten Mutter aus seinem Traum hing ihm noch in der Nase.

Er durfte nicht länger in der Höhle bleiben, das wusste er. Die Höhle war „vor der Zeit". Er aber musste in seine eigene Zeit zurück, in sein eigenes Land. Faolan fasste einen Entschluss: Er würde die Grenze zu den Hinterlanden überschreiten und dem Fluss folgen, auf der Suche nach seiner ersten Mutter und den kleinen Fellknäueln, die sich zappelnd um ihn gedrängt hatten. Warum war nur er von seiner ersten Mutter weggerissen worden? Wie vom Blitz getroffen blieb er stehen. Er starrte auf die gespreizte Pfote hinunter, hob sie hoch und verbog den Körper, bis er den Blick auf das Spiralmuster an seinem Fußpolster richten konnte. Das war der Grund dafür!

Seltsamerweise schmerzte ihn der Gedanke nicht. Stattdessen breitete sich ein tiefer Frieden in ihm aus. Das Wort „malcadh" – „verflucht" – kannte er nicht. Und er fühlte sich weder verflucht noch gesegnet. Eine Ahnung stieg in ihm auf: Er war Teil von etwas Größerem, einem größeren Muster, einem größeren Plan, einer endlos kreisenden Harmonie.

Es wurde Nacht. Als die Dunkelheit sich über ihn senkte, hielt er die Pfote zum Neumond hoch, der gerade aufging. Eine niedrige Wolke huschte zu beiden Seiten der silbernen Sichel hervor wie ein großer, leuchtender Vogel, der am Horizont schwebte.

Die Sterne begannen ihren majestätischen Aufstieg am Nachthimmel. Stumm schaute Faolan zu. Die Bewegung der Sterne erschien ihm wie das geschmeidige Strömen der Wölfe. Auch die Sterne bewegten sich nicht einzeln, nicht getrennt voneinander, sondern in vollkommener Übereinstimmung. Sie waren ebenfalls Teil von etwas Größerem. Selbst der Himmel schien sich um die Erde zu drehen, die vielleicht auch nur ein Stern war, ein Stern, der sich seinerseits drehte, ein winziger Teil in einem großen, fließenden Ganzen. *Immer im Kreis herum wie die Linien auf meiner Pfote. Ich bin Teil eines endlosen Kreislaufs.*

Geister-*Byrrgis*

Tagelang war Faolan schon gewandert. Der Mond, der als dünne Sichel am Himmel gestanden hatte, als er aus der Höhle getreten war, war zu einer gewaltigen Silberkugel angeschwollen. Andere Wölfe waren ihm in dieser Zeit nicht begegnet. Er hatte nicht mal ein Heulen gehört. Wenn es am Tag zu heiß wurde, legte er sich an einem kühlen Felsen am Fluss nieder. Am Spätnachmittag ging er ins Wasser und fischte. Doch allmählich sehnte er sich nach einer richtigen Fleischmahlzeit. Der Wald war lichter geworden und eines Tages folgte er einem Pfad am Steilufer hinauf zu einer breiten Ebene. Es war die Stunde der Abenddämmerung. Ein tiefblaues Glühen erfüllte nach und nach die Luft. Plötzlich schnellten Faolans Ohren nach vorn. Ein seltsames Schnappen, das er im Wind aufgefangen hatte, ließ ihn aufhorchen. Er kannte dieses Geräusch und er wusste, was es bedeutete: Rentiere! Die Sehnen in ihren Beinmuskeln schnappten beim Gehen. Die großen Tiere waren auf dem Weg in ihre Kalbgründe.

Faolans Magensäfte schossen auf. Er schmeckte bereits das Blut. Aber er hatte weder die Bärin an seiner Seite, die ihm immer bei der Jagd geholfen hatte, noch gab es einen Engpass in der Nähe, in den er ein Rentier hätte treiben können, bis es hoffnungslos in der Falle saß. Diese Jagdstrategie nützte ihm hier gar nichts. Und wenn schon. Er hatte schließlich schon einmal einen Puma erlegt. Der Puma war allerdings allein gewesen. Die Rentiere waren in der Herde unterwegs. Also musste er ein schwaches oder krankes Tier aussondern und dann zur Strecke bringen. Im Geist kehrte er in die Höhle zurück – zu dem prachtvollen Strom von Wölfen, die lautlos durch die Landschaft glitten. Wölfe, die zielstrebig und einmütig zusammenarbeiteten. Ein Schwall von Gerüchen schlug ihm entgegen. Er würde es auch allein schaffen.

Entschlossen folgte er dem Geruch und hielt sich dabei sorgfältig windabwärts. Ein fernes Grollen stieg aus dem Boden auf, der spürbar zu beben begann. Immer stärker wurde das Grollen und bald darauf brach die Herde hinter einem Felsvorsprung hervor. Die Rentiere strebten zur Mitte der Ebene, die in ein flaches Tal abfiel. Das bot Faolan gewisse Vorteile. Er konnte sich oberhalb der Herde und weiterhin windabwärts halten. So hatte er einen guten Überblick und konnte sich das schwächste Tier aus der Herde herauspicken. Faolan war schlanker und schneller als noch vor wenigen Monden, denn er verlor bereits sein Winterunterfell. Rasch kletterte er auf einen Felskamm, lief den schmalen Grat entlang und beobachtete den Lauf der Herde. Zwei Raben kreisten über ihm und warteten darauf, dass er die Herde angriff. Faolan ärgerte sich. Die krächzenden Vögel würden ihn noch verraten. Doch die Rentiere zogen unbeirrt weiter, blindlings, unermüdlich, in einem stetigen Marsch, der so unverrückbar war wie der Lauf eines Flusses.

Am Rand der Herde erspähte Faolan jetzt eine ältere Kuh, der es sichtlich schwerfiel, mit der Herde Schritt zu halten. Das war seine Beute. Lautlos schlich er den Hang hinunter. Der Wind änderte plötzlich die Richtung, wenn auch nur ganz leicht. Das Schnappen der Rentiersehnen beschleunigte sich, die Tiere steigerten ihr Tempo. *Sie riechen mich,* dachte Faolan. Er sah, wie die alte Rentierkuh sich näher zur Mitte der Herde schob, aber sofort wieder an den Rand gedrängt wurde. Faolan lag noch ein gutes Stück zurück, während die Herde ihre Geschwindigkeit mehr als verdoppelt hatte. *Ich muss ein stetiges Schritttempo einhalten. Und ich muss so tun, als wäre ich nicht allein.*

Gleichmäßig lief er dahin und behielt dabei die

Kuh im Auge. Instinktiv wusste er, dass in einem *Byrrgis* die Weibchen am schnellsten waren und deshalb an der Spitze des Rudels liefen. Er musste die Geschwindigkeit der Rentiere sorgfältig abschätzen und zugleich seine eigenen Kräfte schonen.

Als die Herde eine leichte Anhöhe hinaufzog, blieb die Kuh zurück. Sie konnte keinen Hang mehr bewältigen. Abrupt machte sie kehrt, beschleunigte ihre Schritte wieder und lief in die andere Richtung weiter. Faolan schwenkte sofort herum und folgte ihr. Das ebene Gelände verlieh der Kuh neue Kräfte. Sie erreichte eine beachtliche Geschwindigkeit, aber Faolan war ihr so dicht auf den Fersen, dass er ihren keuchenden Atem hörte. Dieses Tempo konnte sie nicht ewig durchhalten.

Oder doch?, fragte er sich nach einer Weile, als sie bereits ein großes Stück zurückgelegt hatten. Die Sterne waren inzwischen aufgegangen und an der anderen Seite der Himmelskuppel wieder hinabgesunken. Der Mond stand am fernen Horizont. *Aber ich bin nicht allein*, dachte er und rief sich die fließende Linie der Wölfe in Erinnerung. Jeder Wolf erfüllte eine bestimmte Rolle in der Laufordnung, ob beim Jagen oder Reisen. Faolan dachte daran, wie er dicht an der Felswand gestanden und das Bild stundenlang betrachtet hatte, bis er sich tatsächlich als Teil dieses

Wolfsstroms fühlte. Fast konnte er den Druck der zahllosen geschmeidigen Leiber fühlen, die ihn umdrängten, um dann wieder einen langen, schnellen Strom zu bilden, während sie sich lautlos miteinander verständigten, in diesem Geister-*Byrrgis*. Einer für alle, alle für einen!

Und jetzt? Die Rentierkuh sollte glauben, dass er aufgegeben hatte. Aufmerksam suchte Faolan mit den Augen die Landschaft ab. Vor ihm lag eine Senke und dahinter ein kleiner Hügel. Wenn die Kuh sich täuschen ließ, konnte er sich von der anderen Seite anpirschen und sie auf die Anhöhe zutreiben.

Er keuchte hörbar, stieß eine Reihe von kurzen, atemlosen Schnaufern aus und heulte kurz auf. Dann machte er kehrt. Eine spannungsgeladene Stille erfüllte die Nacht. Das Schnappen der Sehnen hörte auf. Langsam, fast tänzelnd drehte Faolan sich um. Er spürte, wie die Kuh ihn beobachtete. Rasch verschwand er in der Senke und umrundete einen niedrigen Felsvorsprung. Die Kuh war langsamer geworden. Wenn er es schaffte, sie die Anhöhe hinaufzudrängen …

Faolan handelte schnell. Er durfte ihr keine Zeit lassen, neue Kräfte zu sammeln. Blitzartig schoss er hinter dem Felsen hervor, den er gerade umrundet hatte, und jagte sie in einem gewaltigen Spurt die Anhöhe hinauf. Kaum war die Kuh oben, stürzte er sich mit einem einzigen großen Satz auf sie. Er schlug die Vorderpfoten in ihre Hüfte, zog sich strampelnd hoch und packte sie an der Kehle. Mit zurückgezogenen Lefzen hieb er die Zähne in ihren Hals, um ihr die Luftröhre zu zerquetschen. Die Kuh sollte sterben, aber nicht zu schnell. Erneut überwältigte ihn der Drang, ihre Stärke und Ausdauer anzuerkennen, wie er es bei dem Puma gemacht hatte. Die Rentierkuh sollte wissen, dass er sie achtete und für würdig hielt. Der Instinkt des *Lochinvyrr* war so alt wie die Geschichte der Wölfe selbst. Faolan konnte nicht anders – er *musste* der sterbenden Kuh in die Augen blicken, ihr zeigen, dass er ihr Leben wertschätzte, es als Geschenk an ihn betrachtete. Nur dann war das Fleisch *morrin*, geheiligt, und das Rentier für einen guten Zweck gestorben. Von all dem wusste Faolan natürlich nichts – ihn leitete nur ein uralter Instinkt.

In den Augen der sterbenden Rentierkuh flackerte ein Licht auf, als sie Faolan anblickte. Er hörte das letzte, qualvolle Rasseln in ihrer zerquetschten Luftröhre. *Ich habe ein langes Leben geführt, ein gutes Leben. Ich habe gekalbt und bin mit der Herde gelaufen. Ich bin bereit zu gehen. Meine Zeit ist vorbei.* Einen Augenblick schien es, als nickten die beiden Tiere einander zu, dann starb das Rentier.

Knochenhügel

Die Raben kreisten schon über ihnen, noch ehe das Rentier seinen letzten Atemzug getan hatte. Zorn stieg in Faolan auf. Er knurrte nicht aus Hunger oder Selbstsucht, als zwei Rabenpaare sich auf einen Felsen in der Nähe des Kadavers setzten. Auch nicht, weil diese Raben dreist von dem Fleisch schmarotzen wollten, das er sich hart verdient hatte. Nein, Faolan konnte den Gedanken nicht ertragen, dass diese lärmenden Vögel mit ihrem heiseren Kra-Kra-Geschrei im Fleisch dieses edlen Tieres herumstocherten. Sein Nackenfell sträubte sich, wenn er nur daran dachte. Auch wenn Faolan seinen Hunger reichlich stillte, bliebe noch Fleisch übrig, aber die Raben machten ihn krank mit ihrer Gier. Er musste den Kadaver an einen Ort bringen, wo er vor den Aasvögeln in Sicherheit war.

Und so schleifte er das Rentier an den Geweihstangen über die flache, baumlose Ebene. Die Raben folgten ihm. Sobald er einmal anhielt oder ausruhte, ließen sie sich in der Nähe nieder. Aber Faolan war ein unermüdlicher Wächter. Er fletschte die Zähne und zeigte seine langen Fänge, von denen die Vögel gehofft hatten, dass sie die zähe Haut des Rentiers zerfetzen und ihnen so die Arbeit erleichtern würden. Faolans Verhalten verwirrte sie. Normalerweise überließen Wölfe die Überreste den Vögeln, wenn sie sich satt gefressen hatten. Nicht umsonst wurden Raben auch „Wolfsvögel“ genannt, weil sie beharrlich den Rudeln folgten.

Während Faolan den Kadaver über die Ebene schleifte, schoss ihm eine Idee durch den Kopf. Er dachte an die klaren Sommernächte, als Donnerherz ihm Geschichten über die Sternbilder erzählt hatte. Vor allem erinnerte er sich an die Nacht, in der sie von Ursulana, dem Bärenhimmel, gesprochen und dabei auf das Sternbild des Großen Bären gezeigt hatte. Dorthin, so glaubte sie fest, war der Geist ihres getöteten Jungen gegangen. Seit er die Bilder in der Höhle gesehen hatte, glaubte Faolan, dass es eine solche Zuflucht auch für Wolfsgeister geben müsse. Wenn es aber einen Himmel für Bären und Wölfe gab, warum nicht auch für Rentiere? Der Gedanke beflügelte seine Schritte.

Einer der Raben schoss dreist auf den Rentierkadaver zu. Wütend sprang Faolan hoch und schnappte den Vogel einfach aus der Luft. Die anderen Raben erstarrten vor Schreck mitten im Flug. Noch nie hatten sie einen Vierbeiner so hoch springen sehen. Faolan tötete den Raben sofort. Die anderen erholten sich nach einem kurzen Moment von ihrem Sturzflug, der beinahe tödlich ausgegangen wäre, und flogen davon. Faolan sah sie nie wieder.

Eigentlich wollte er den Rentierkadaver zum Steilufer des Flusses schleppen. Es lag weit genug von den Fischgründen entfernt, die hungrige Tiere in der Laichzeit aufsuchten, und dort zogen auch keine Rentierherden vorbei. Solche Knotenpunkte lockten nur Räuber an, die es auf Elche, Rentiere, Rotwild und Moschusochsen abgesehen hatten. Faolan schwor sich, dass kein Tier diese Knochen entweihen sollte, solange noch Fleisch an ihnen war. Er würde von dem Kadaver abfressen, so viel er konnte, und die Knochen verstecken.

Endlich fand er einen guten Platz über einem tiefen Flussabschnitt. Unter der stillen Wasserfläche verbargen sich reißende Strömungen, sodass es für wandernde Herden gefährlich wäre, an dieser Stelle hinüberzuschwimmen. Außerdem hatte Faolan nicht die geringste Duftspur aufgefangen. Fuchsfamilien hielten sich fern, weil sie vermutlich befürchteten, ihre

Jungen könnten über die Böschung purzeln. Vielfraße nisteten sich eher am Fuß eines steilen Bergsturzes oder ganz oben in einer Geröllhalde ein. Diese Tiere waren sehr geschickt darin, geschützte Räume zwischen den Felsen aufzuspüren. Marder und Wiesel hausten im tiefen Wald. Der Platz hier war perfekt.

Faolan knurrte der Magen, nachdem er das Rentier so lange mitgeschleift hatte, und er nagte es bis auf wenige Knochen ab. Sogar die Haut schabte er sauber und rollte sich zum Ausruhen darauf ein. Das Licht verharrte noch kurz vor der Dämmerung, während der Mond wie ein Geist im Osten aufging und die Sonne im Westen verschwand. Dann breitete die Nacht ihre Flügel aus und färbte die Luft zuerst hellviolett, dann dunkellila und schließlich schwarz. Am Himmel gingen die Sternbilder auf, Faolan legte den Kopf zurück und begann zu heulen. Mit seinem Gesang rief er die Sterne an:

Oh zeige mir die Zuflucht am Himmel
für die edle Rentierkuh.
Zeige mir den Sternenpfad,
den sie gehen muss.
Ihr Weg ist der Weg der Ehre.
Sie ist ein Rentier.
Ich bin ein Wolf.

Ich lebe, weil sie starb.
In dieser silbrigen Sternennacht
verneige ich mich vor ihrer Güte.
Ich bitte dich – zeige mir den Weg,
damit ihre Knochen die letzte Ruhe finden.

Faolan heulte bis tief in die Nacht hinein. Kein Windhauch regte sich und endlich sah er die Geweihstangen des Rentiersternbilds – nicht am Himmel, sondern als Spiegelung im mondblanken Fluss. Die Wasserfläche kräuselte sich leicht, Faolan trat näher ans Ufer und schaute hinab. Sein Herz raste vor Freude, als das Sternbild aufging. Langsam erkannte er darin die vertrauten Umrisse eines Rentiers – zuerst das Geweih, dann den Kopf, der von den hoch aufragenden Geweihstangen fast erdrückt wurde. Sein Blick folgte der leichten Vertiefung der Halslinie, die sogleich wieder zu dem fleischigen Buckel über den Schultern anstieg. Allein für die Umrisse der großen Hufe waren sechs Sterne nötig. Erneut begann Faolan zu heulen.

Folge dem Sternenrentier!
Folge ihm zum Geisterhimmel.
Finde deine Mutter, die im Winter starb,
deinen Vater, den ein Bär zerfetzte.

Schließe dich der Geisterherde an,
die dich erwartet
in sternfunkelnder Nacht!

Als er geendet hatte, blickte er auf die sauber abgenagten Knochen hinunter, die sanft im Mondlicht schimmerten. Tief in seinem Inneren stieg ein Hunger auf, jedoch nicht nach Nahrung oder nach Blut. Es war der Drang zu nagen, etwas Schönes aus diesen schimmernden Knochen zu schaffen, so wie die Bilder, die er an den Wänden der Höhle der Vorzeit gesehen hatte. Diesen Instinkt besaßen alle Knochennager, die als Welpen ausgesetzt worden waren und überlebt hatten – die wilde Gier, blank gefressene Knochen zu benagen. Nicht alle Wölfe erkannten jedoch so klar die Möglichkeit, etwas Besonderes daraus zu erschaffen. Kaum einer sah es so deutlich vor seinem geistigen Auge wie Faolan, der sich genau vorstellen konnte, wie aus den Linien machtvolle Zeichnungen wurden.

Er benagte die Knochen nicht nur, sondern ritzte Gestalten und Muster ein. Manche erzählten eine Geschichte, andere waren einfach nur kunstvolle Verzierungen, ohne Anfang, Mitte oder Ende. Stieg ein Knochennager in die Vulkangarde auf, wurden die Knochen, die er benagt hatte, auf die restlichen

Knochen aus früheren Jahrhunderten getürmt. Die Hügel, die dabei entstanden, hießen *Drumlyns*. Auf diesen *Drumlyns* hockten die Wölfe der Vulkangarde in ihren Wachzeiten. Faolan hatte die Hügel auf den Bildern der Höhle gesehen und obwohl er noch nie einen Knochen auf diese Weise benagt hatte, wusste er instinktiv, was er tun musste. Er würde ein Muster schnitzen, eine Botschaft für das Sternenrentier. Gleichzeitig stieg eine unstillbare Sehnsucht nach seinesgleichen in ihm auf. Er wollte mit den Wölfen laufen.

Bis zum Morgengrauen hatte Faolan seinen ersten *Drumlyn* geschaffen, auch wenn er das Wort noch nicht kannte. Er setzte sich darauf und heulte in die Dämmerung hinaus. Dann brach die Sonne über dem Horizont hervor und zerstäubte das Wasser des Flusses in unzählige Lichtsplitter – rosa, rostrot, blutrot. Der Fluss blitzte und funkelte, als Faolan seinen wilden Abschiedsgesang in den Morgen heulte.

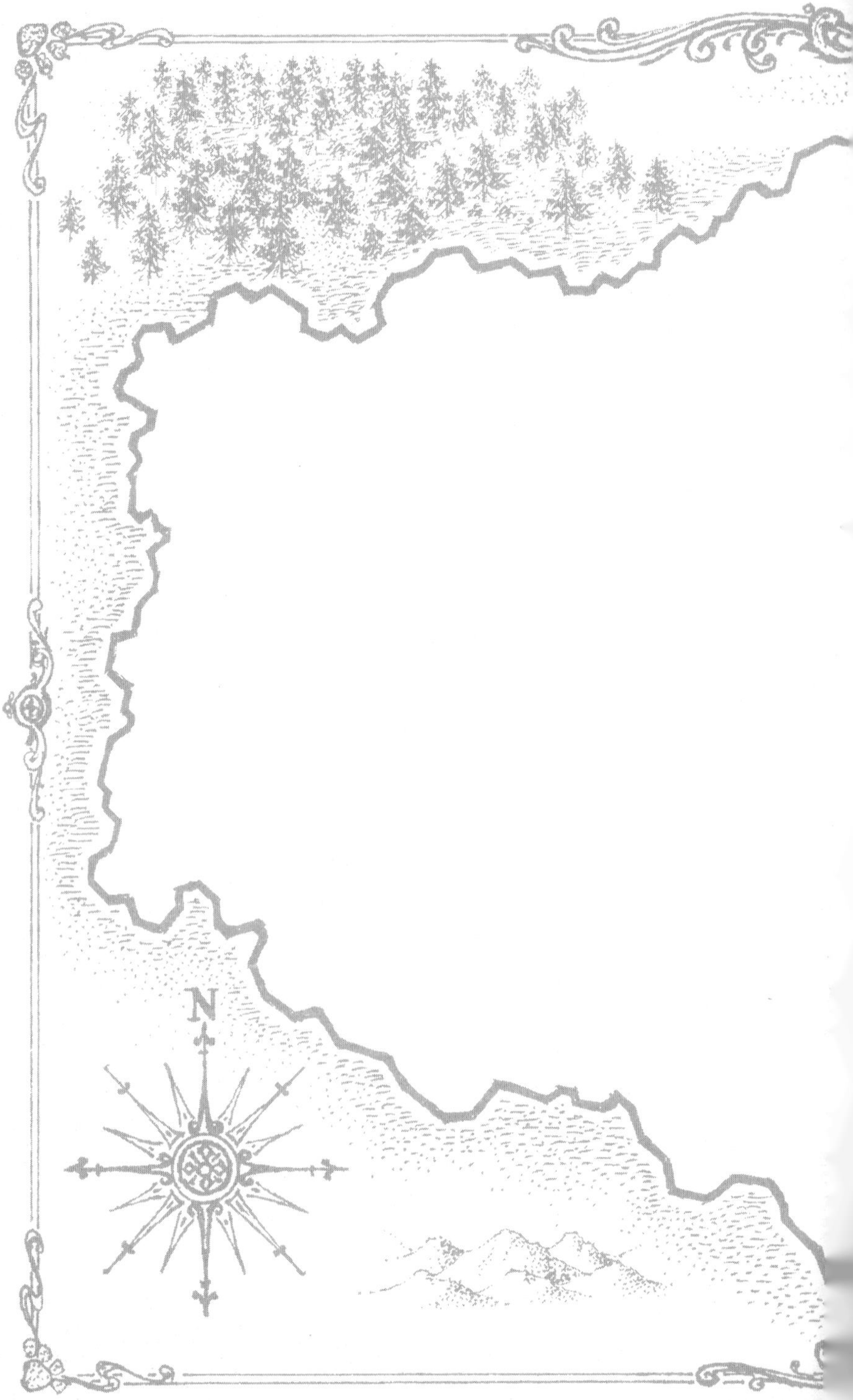
N

Teil III

Die Hinterlande

Der Schädel im Wald

Faolan hatte seinen Abschiedsgesang für den Geist der Rentierkuh zu Ende geheult. Jetzt wusste er, dass sie den Weg zum Rentier-Himmel gefunden hatte, gleich hinter den funkelnden Geweihsprossen des Sternbildes. Trotzdem verweilte er noch tagelang an seinem *Drumlyn* und ritzte neue Botschaften in jede freie Stelle – auf einem Schenkelknochen, einer Schulter oder einer Rippe. Er lernte schnell und setzte die Zähne so behutsam ein, dass nur die feinsten Linien entstanden. Hätte er das Heulen anderer Wölfe gehört, wäre er weitergezogen, um sich ihnen anzuschließen. Aber es blieb still. Dennoch war er überzeugt, dass er die Grenze zu den Hinterlanden überschritten hatte. Die Wölfe hier mussten wie die sein, die er gehört hatte, als er noch mit Donnerherz im Winterbau lebte. Sorgfältig hatte er das ganze Gebiet um den Knochenhügel herum markiert, damit keine anderen Tiere eindrangen. Aber wenn Wölfe in der Gegend gewesen wären, hätte er sie gehört.

Nicht nur die Wölfe ließen auf sich warten, es gab auch sonst nur wenig andere Tiere. Die Stelle, an der er den Knochenhügel errichtet und den größten Teil des Sommers verbracht hatte, war sehr abgelegen. Wenn er jagen ging, musste er ein gutes Stück wandern, um große Beute wie Rentiere aufzuspüren. Gejagt hatte er reichlich und die Knochen immer weiter aufgehäuft, sodass der *Drumlyn* inzwischen eine beachtliche Höhe erreicht hatte.

Es fiel ihm schwer, diesen friedlichen Ort zu verlassen, an dem der Geist des Rentiers seine Himmelsreise angetreten hatte. Aber der Sommer schwand dahin und die Erde drehte sich immer weiter von der Sonne weg. Das Sternbild des Rentiers sank tiefer am westlichen Himmel hinab, bis eines Nachts nur noch die Geweihsprossen über den Horizont heraufkamen. Am nächsten Abend würde das Sternbild ganz verschwunden sein. Er musste fort. Die Tage wurden kürzer, der Herbst hielt Einzug. Er musste einen Winterbau suchen.

Nein, dachte er plötzlich. *Ich muss ein Wolfsrudel suchen, keinen Winterbau.* In aller Klarheit stiegen die Bilder von den Höhlenwänden in ihm auf. Er sehnte sich danach, zu etwas Größerem zu gehören, vor allem aber zu etwas Besserem als die verkommenen Wolfsrotten aus den Frostlanden.

In der Höhle der Vorzeit hatte er zwei Wolfs-Anordnungen gesehen. Eine davon war das Sternbild an der Höhlendecke, die andere die Jagd- und Laufordnung der Wölfe. Was ihn daran so fasziniert hatte, war die Einmütigkeit, der Geist der Freundschaft, der darin zum Ausdruck kam. Je mehr er daran dachte, desto einsamer fühlte er sich. Seit er das Bild zum ersten Mal gesehen hatte, brannte er darauf, mit diesen Wölfen zu laufen, seinen Platz in dieser Einheit einzunehmen. Und wenn sie ihn nun zurückwiesen?

Andererseits wollte er zu Donnerherz zurück. Konnte er in beiden Welten leben – in der Welt seiner geliebten Bärenmutter und bei den Wölfen? Dass Donnerherz tot sein könnte, war inzwischen undenkbar für ihn. Diese Möglichkeit hatte er längst aus seinem Kopf verbannt. Deshalb hatte er auch nie den Blick auf dem Großen Bären ruhen lassen, während er den Himmel nach dem Sternbild des Rentiers abgesucht hatte. Vielleicht war es selbstsüchtig, aber Donnerherz fehlte ihm so sehr – beim Jagen und Fischen und nachts im Bau. Er konnte die Vorstellung einfach nicht ertragen, dass sie ganz von dieser Welt gegangen war. Der Weg nach Ursulana war so weit! Donnerherz hatte Ursulana als „Himmel“ bezeichnet, aber für Faolan war es eher die Dunkelwelt.

Auf jeden Fall musste er fort, bevor der Horizont die letzten Sternspitzen des Rentiergeweihs verschluckte. Widerstrebend machte er sich auf den Weg und ging in die Richtung, aus der der Fluss kam. Nur einmal drehte er sich zum Knochenhügel um, der im Mondlicht glitzerte.

Dann umrundete er eine Flussbiegung und fand bald eine Stelle, an der er den Fluss überqueren konnte. Als er auf der anderen Seite an der Uferböschung hinaufkletterte, fing er einen vertrauten Geruch im Flusswind auf und begann zu laufen. Das Wasser brodelte nur so vor silbrigen Fischleibern in der Morgensonne. Die Zeit des Lachslaichens war gekommen und direkt vor ihm lagen die Stromschnellen, in die er mit Donnerherz hineingewatet war und gefischt hatte. Plötzlich entdeckte er einen fremden Grizzly, eine Bärin mit drei Jungen, und erstarrte. Die Jungen bemerkten ihn nicht, aber die Mutter beäugte ihn misstrauisch. Faolans Herzschlag setzte kurz aus. Eine seltsame Mischung aus Enttäuschung und Erleichterung erfüllte ihn. Enttäuschung, weil nicht seine geliebte Donnerherz vor ihm stand. Erleichterung, weil er den Gedanken nicht ertragen hätte, dass Donnerherz neue Junge aufzog, die sich, so wie er einst, an ihr großes, dröhnendes Herz schmiegten.

Die Bärin stieß ein leises, warnendes Fauchen aus. Faolan nahm den Schwanz herunter und zog den Kopf ein, um ihr zu zeigen: *Keine Angst, ich werde deinen Jungen nichts tun.* Die Bärin verstand ihn sofort, blinzelte aber verwirrt. Einen Augenblick war Faolans leichte Kopfbewegung so typisch „Bär" gewesen, dass sie ins Grübeln kam, ob der Wolf womöglich ein Bär war, auch wenn er nicht so aussah.

Faolan hatte lange keinen Lachs mehr geschmeckt, aber er war so niedergeschlagen, dass ihm der Appetit verging. Mehr denn je sehnte er sich nach Donnerherz. Zumindest wusste er jetzt, dass er wirklich in die Hinterlande zurückgekehrt war. *Hierher gehöre ich*, dachte er. *Ich bin ein Wolf der Hinterlande.* Aber sein Herz machte keinen Freudensprung dabei.

Einen Tag und zwei Nächte wanderte er weiter. Hin und wieder hörte er jetzt das ferne Heulen von Wölfen, das ihm ein bisschen Angst machte, obwohl er sich doch so sehr danach gesehnt hatte. Er verstand sie, aber sie erinnerten ihn daran, dass er anders war. Die Verwirrung der Grizzlybärin, die ihn am Fluss angeblinzelt hatte, war ihm nicht entgangen. *Was bist du?*, hatte sie ihn stumm gefragt.

Er selbst hatte sich diese Frage oft genug gestellt. In gewisser Weise war er ein Wolf, aber würden ihn die anderen Wölfe akzeptieren? Je weiter er wanderte, desto unsicherer wurde er.

Bald sah er die Zeichen der Verwüstung, die das Erdbeben hinterlassen hatte. Selbst der Flusslauf hatte sich verändert, denn jetzt gingen viele Bäche von ihm ab, die vorher nicht da gewesen waren.

Faolan wusste instinktiv, dass der Sommerbau, den er mit Donnerherz bewohnt hatte, von einem dieser zahllosen neuen Bäche überflutet worden war, denn es war nichts mehr davon zu sehen. Das Erlendickicht war halb im Wasser versunken. Nirgendwo entdeckte er Gletscherlilien, geschweige denn das blaue Irisgesprenkel. Und doch hatte der Wald etwas Vertrautes, das ihm das Herz schwermachte, als die frühen Erinnerungen an Donnerherz in ihm aufstiegen.

Faolan wollte gerade ins Flachwasser eines Baches waten, als sein Blick auf einen blank polierten schwarzen Stein fiel, der im Sonnenlicht aufblitzte. Er senkte den Kopf und stupste ihn mit der Schnauze an. Der Stein gefiel ihm. Und dann entdeckte er die Spirallinien darauf, dasselbe Muster, das er an der gespreizten Pfote trug. Er stockte, nahm den Stein zwischen die Zähne und hob ihn vorsichtig auf. Am Ufer ließ er ihn fallen und starrte ihn lange Zeit an. Der Anblick des Musters war seltsam tröstlich – als sei ein Teil von ihm in diesen Stein eingeschrieben.

Behutsam legte er den Stein in den Bach zurück, wandte sich ab und ging weiter.

Die Sonne versank bereits und ein kaltes blaues Licht stahl sich durch die Kiefern. Der Wald schimmerte gespenstisch bleich, als wäre er in ein Reich eingetreten, das weder Erde noch Himmel war. Geisterhafte Nebelgirlanden schlangen sich um die Bäume, sodass die Stämme in der Luft zu schweben schienen. Trotzdem spürte Faolan festen Boden unter den Füßen. Vorsichtig ging er weiter, die Ohren nach vorn gerichtet, den Schwanz leicht erhoben. Sein Nackenfell sträubte sich knisternd.

Vor ihm war etwas Weißes, weißer als die Nebelschwaden. Blendend weiß. Zuerst sah er nur Bruchstücke, gestaltlos wie der Nebel. Dann erkannte er den Schädel eines gewaltigen Grizzlys. Faolan stockte kurz – und stürzte darauf zu. Der Schädel seiner geliebten Donnerherz ragte im milchigblauen Licht des Waldes auf, so majestätisch, so hoheitsvoll, dass Fao lan auf die Knie fiel. Er hob den Kopf und blickte zum Himmel empor, der jetzt tiefblau und sternfunkelnd war. Verzweifelt suchte er nach dem Großen Bären. Als er das Sternbild fand, warf er den Kopf zurück und heulte, heulte Donnerherz nach Ursulana. Die ganze Nacht heulte er und blickte in die Sterne, die langsam über den nachtblauen Himmel zogen.

In der Bilderhöhle hatte Faolan gesehen, dass sich die Zeit zu einem unausdenklichen Nebel ohne Anfang oder erkennbares Ende zurückspulen konnte. Und als er jetzt am Himmel den Sternenpfad nach Ursulana suchte, begriff er, dass die Erde, auf der er stand, ein Stern von vielen in einer grenzenlosen Weite war, so gewaltig wie die Zeit. *In all dieser Zeit, unter all diesen Sternen waren Donnerherz und ich für einen Augenblick vereint. Es gibt andere Sterne, andere Himmel und so viel Zeit. Und doch …*

Kreisend, für immer kreisend,
Bär, Wolf, Rentier.
Wer kann sagen, wann alles begann
und wann es enden wird?
Wir alle sind Teil eines Ganzen,
von einfachsten Anfängen nur.
Jeder ist anders
und doch sind wir eins.
Eins und immerdar,
Donnerherz währt ewig,
jetzt und für alle Zeit.

Eine Eule lauscht

Langsam drehte die Maskenschleiereule Gwynneth die Zange im Feuer. Es war ihr dritter Versuch, ein Weidenblatt aus Metall zu schmieden. In den Hinterlanden gab es keine Weidenbäume oder Weidenblätter, nicht ein einziges. Und ein solcher Gegenstand war auch nicht besonders gefragt. Die meisten Schmiede begnügten sich damit, praktische Alltagsdinge herzustellen – Töpfe, Kessel, Kampfkrallen und verschiedene Waffen. Aber seit dem Ende des Glutkrieges war der Waffenbedarf stark zurückgegangen. Gwynneths Vater Gwyndor, der an seinen Kriegswunden gestorben war, war ein berühmter Waffenschmied gewesen, der Meister der doppelten Kampfkralle. Gwynneth dagegen arbeitete mehr im künstlerischen Bereich, zumal sie ihr Handwerk zu einem großen Teil von ihrer Tante erlernt hatte. Nicht von ihrer richtigen Tante, sondern von einer Schnee-Eule, die ihre Talente nicht für militärische Zwecke vergeuden wollte und sich daher fast ausschließlich mit Kunstschmiedearbeiten befasste. Doch sie hätte besser daran getan, auch ein paar Kampfkrallen anzufertigen und in ihrer Schmiede bereitzuhalten. Denn eines Tages war die Schnee-Eule von Nyra ermordet worden, dem skrupellosen Anführer eines Volks von Eulen, die sich „die Reinen“ nannten.

Gwynneth hätte die Schmiede ihrer Ziehtante in den Ruinen eines ummauerten Gartens übernehmen sollen, aber irgendwie schreckte sie davor zurück, nachdem die Schnee-Eule dort ums Leben gekommen war. Der Gedanke, dass die Schnee-Eule ihr über die Schulter blicken würde, sobald sie die Zange in die Hand nahm, war ihr unheimlich.

Im Übrigen waren Schmiede von Natur aus Eigenbrötler und lebten gern abseits. Hin und wieder kamen sie zum Kreis der Heiligen Vulkane, um Glut von den Vulkanhängen zu sammeln. Und bei Waldbränden errichteten sie manchmal zeitweilige Schmieden am Rand des Feuers. Aber meistens hausten sie an trostlosen Orten. Dass Schmiede sich einen Gefährten nahmen, kam selten vor. Geschweige denn, dass sie Kinder aufzogen. Gwynneth hatte ihre Mutter nie gekannt, aber ihr Vater hatte eine enge Beziehung zu der Schnee-Eule unterhalten, der er seine Tochter für längere Zeiten anvertraute.

Gwynneth hatte beide lieben gelernt, so unterschiedlich sie auch waren. Wenn ihr Vater sich sorgte, dass Gwynneth „zu künstlerisch“ wurde, nahm er sie in die Hinterlande mit. Gwyndor hatte sich im Lauf der Jahre gut mit den Wölfen angefreundet. Er kannte ihre Bräuche und hatte sein Ohr auf ihr Heulen eingestimmt. Als er merkte, dass seine Tochter ein noch viel feineres Gehör für Wolfsgesänge hatte, brachte er ihr alles bei, was er wusste. Gwynneth war eine gelehrige Schülerin. Sie kannte die Tonlage aller Vorheulerinnen, der sogenannten *Skrielin*. Im Gegensatz zu Gwyndor, der nur den ungefähren Sinn der Botschaft heraushörte, konnte Gwynneth viel mehr davon verstehen. Inzwischen beherrschte sie die Sprache der Wölfe nahezu fließend.

Mitten in ihrem dritten Versuch, dem Weidenblatt die richtige Form zu geben, hörte sie das Heulen. Einen gespenstisch-schönen Gesang. Sofort nahm sie die Zange aus dem Feuer und legte sie auf den Steintisch.

Der Gesang traf sie mitten ins Herz. Es war ein Lied des Schmerzes, aber auch der Ergebung, des Sich-Fügens ins Unvermeidliche. Er stammte von keiner Vorheulerin, die sie je gehört hatte.

Gwynneth dämpfte das Feuer und legte das Werkzeug beiseite, obwohl sie am liebsten alles auf einen Haufen geschmissen hätte, um so schnell wie möglich diesem Gesang zu folgen. Aber sie beherrschte sich. Nicht umsonst hatten ihr Vater und ihre Tante ihr eingebläut, dass ein Schmied nur so gut wie sein Werkzeug war. Wer mit rostigen Zangen arbeitete, ließ auch sein Können einrosten. Schlechte Handwerkskunst war *Skart*, ein unflätiges Eulenschimpfwort für viele Dinge, einschließlich verpfuschter Gebrauchsgegenstände, die von schlechten Schmieden hergestellt wurden.

Aber Gwynneth brauchte nicht lange, um ihre Schmiede aufzuräumen. Jetzt hockte sie auf dem Steintisch, auf dem gerade noch ihre Zange gelegen hatte, und breitete die Flügel aus, um die warmen Luftzüge von der schwelenden Glut in der Esse zu nutzen. In einer kühlen Herbstnacht wie dieser war eine kleine Aufstiegshilfe nicht zu verachten.

Sekunden später schoss Gwynneth über den Baumwipfeln dahin. Sie orientierte sich am zweiten Stern der Goldenen Krallen, drehte ab und nahm einen Kurs, der sie südwärts führte. Der Wind trug das Heulen durch die Nacht. Gwynneth war schon eine gute Meile geflogen, als sie einen jungen Wolf im Mondlicht entdeckte. Lautlos landete sie in den Ästen eines Baums und lauschte.

Der Gesang verwirrte sie, obwohl sie die einzelnen Sätze verstand. In ihrem Versteck hinter einem Schirm aus Kiefernadeln beobachtete sie den Wolf. Es war ein Rüde, der sich neben einem großen Grizzlybärenschädel niedergelassen hatte. Aber was bedeutete diese Stelle, die er unablässig heulte? „Wir alle sind Teil eines …“?

Aufmerksam lauschte sie, als sich der Wolf in ein zweites *Qualid* stürzte:

Milchgeberinnen, Milchgeberinnen,
wandelt ihr zwei dort oben am Himmel?
Steigt ihr die Sternenleiter hinauf
und wartet, dass auch ich sterbe?
Wenn meine Zeit gekommen ist,
wohin soll mein Geist sich wenden?
Bin ich Wolf oder Bär?
Ich weiß weder Anfang noch Ende.

Nachdem das Heulen verstummt war, wühlte der Wolf eine Gesichtshälfte in die Erde und rieb kräftig Kopf und Hals daran. Mit diesem Duftwälzen markierten die Wölfe ein Territorium und machten Gebietsansprüche geltend, das wusste Gwynneth. Aber dieser Wolf hatte offensichtlich nicht die Absicht, auf die Jagd zu gehen. Vor allem angesichts der Totenklage, die in seinem Heulen mitschwang. Der Wolf rannte um die Knochenreste herum und wälzte sich, wo immer er konnte und so nah an den Knochen wie möglich. Vermutlich hatte er einen zweiten Geruch aufgefangen. Doch plötzlich ging der Eule ein Licht auf – zwei Milchgeberinnen. Zwei Mütter!

Gespräch am Feuer

„Wir haben viel gemeinsam“, sagte Gwynneth, während sie von der hohen Kiefer herunterschoss und in respektvollem Abstand vom Bärenschädel landete. Faolan blickte auf. Er hielt einen Knochen, der einst zu Donnerherz’ Pfote gehört hatte, in den Zähnen und starrte die Maskenschleiereule an.

„Leg den Knochen weg und folge mir, mein Lieber.“ Kaum waren ihrem Schnabel diese Worte entschlüpft, wusste sie, dass sie einen Fehler gemacht hatte. Faolan schüttelte energisch den Kopf.

„Nein, natürlich nicht. Was rede ich denn da? Das ist der Knochen deiner Milchgeberin! Nimm ihn mit, aber folge mir“, verbesserte sie sich schnell. Dann breitete sie die Flügel aus und erhob sich in die Lüfte.

Faolan sah ihr nach. Im ersten Moment hatte er die Eule kaum wahrgenommen, so überwältigt war er von seinem Kummer. Aber allmählich drang der Gedanke in sein Bewusstsein, dass eine Eule, vielleicht sogar eine Eule vom großen Ga’Hoole-Baum, mit ihm gesprochen hatte. Wirklich und wahrhaftig! Mit wackligen Knien erhob er sich und lief ihr nach.

Er konnte kaum glauben, wie lautlos sie flog. Selbst als sie beim Auffliegen mit den Flügeln geschlagen hatte, war kaum ein Laut zu hören gewesen. *So viel stiller als Raben*, dachte er. Allein dadurch fühlte er sich zu ihr hingezogen. Ihre Stille tröstete ihn in seinem Kummer. Er wollte gern in ihrer Nähe sein. Donnerherz hatte ihm schließlich als Erste von den klugen Eulen des Ga'Hoole-Baums erzählt.

Mit zurückgelegtem Kopf beobachtete er den dunklen Umriss der Maskenschleiereule, der sich gegen den Vollmond abzeichnete. Stumm schlüpfte er durch die blauen Schatten der Bäume. Alle paar Schritte hob er den Kopf, um den Eulenflug vor dem Bogen der Sterne zu verfolgen. Nach einer Weile fing er den Rauchgeruch der schwelenden Schmiede auf.

Im ersten Moment schreckte er vor dem Feuer in der Esse der Maskenschleiereule zurück. Feuer hatte er bisher nur einmal aus der Ferne gesehen, als er mit Donnerherz das erste Mal gefischt hatte. Damals hatte es einen gewaltigen Waldbrand gegeben. Die Flammen waren hochgeschossen wie rote Klauen, als wollten sie die Sonne vom Himmel herunterreißen. Dieses Feuer hier sprühte Funken. Es knisterte und knackte wie die kleinen Knöchelchen eines Beutetiers, die er zwischen den Kiefern zermalmte. Hin und wieder wurde das Knistern des Feuers von lautem Knallen oder Zischen unterbrochen.

„Komm, komm“, sagte die Maskenschleiereule und holte ihre Zange hervor. „Hier bist du in Sicherheit. Das Feuer springt nicht aus meiner Esse. Hab nur keine Angst.“ Mit einer Drehung des Kopfes, bei deren Anblick ihm ganz schwindlig wurde, bedeutete sie Faolan, dass er sich mit seinem Knochen ans Feuer setzen möge.

Mehrere neue Geräusche drangen jetzt an sein Ohr. Geräusche, die er noch nie gehört hatte. Das Klirren der Eisenzange, das Knistern des Feuers, das Schnaufen der Blasebalgkralle, die die Eule zusammendrückte und auf die Glutbröckchen im Feuer richtete, um die Flammen wieder zum Leben zu erwecken.

„Was sind das für Krallen?“, fragte Faolan mit wachsam nach vorn gerichteten Ohren.

Gwynneth drehte sich um. „Das hier meinst du?“, schnurrte sie vor sich hin. „Das ist ein Blasebalg. Ich bin Schmiedin. Hammerschmiedin. Ich schmiede Gegenstände aus Eisen und anderen Metallen.“

„Was für Gegenstände?“, fragte Faolan.

„Wenn du willst, zeige ich sie dir. Aber zuerst wollen wir uns miteinander bekannt machen.“ Gwynneth musste den Wolf noch etwas mehr sprechen hören. Sein Heulen war einzigartig gewesen, und das galt auch für seine Sprechstimme. Eine seltsame Rauheit lag darin, die dem kehligen Knurren der Clanwölfe nicht unähnlich war. Und doch klang es anders. Zumindest war er kein Clanloser, so viel stand fest. Dazu war sein Benehmen zu höflich. Er besaß eine Anmut und Würde, die nur Wölfe kannten, die im Rudel aufgewachsen waren. Sie lernten Rang, Ordnung und vor allem die Älteren zu achten.

Gwynneth hatte die gespreizte Vorderpfote sofort bemerkt und schloss daraus, dass der junge Wolf ausgesetzt worden war. Wo aber hatte er dann seine Eigenschaften erworben, diese Verhaltensweisen, die untrennbar zur Wolfswelt gehörten? Von den beiden Milchgeberinnen? Vielleicht konnte sie ihn zum Reden bringen, indem sie das Gespräch behutsam auf seine Milchgeberinnen lenkte. Das wäre dann der „erste Streich", wie es in der Sprache der Schmiede hieß – der erste Schlag mit dem Hammer, wenn das Metall ausreichend erhitzt war.

„Ich bin Gwynneth. Den Namen habe ich von meiner Mutter, die gestorben ist, bevor ich geschlüpft bin. Eine andere Eule hat sich ihrer Eier angenommen und mich auch teilweise mit aufgezogen. Manchmal nannte sie mich Gwynnie. Und wie heißt du?"

Der Wolf horchte plötzlich auf und starrte die Eule durchdringend an.

„Faolan“, sagte er. „Faolan hat sie mich genannt.“

Gwynneth musste nicht fragen, wer „sie“ war. Er sprach natürlich von der Grizzlybärin. Der junge Wolf rückte ein bisschen näher heran, ohne die Pfoten von dem Knochen zu nehmen. „Du sagst, deine richtige Mutter ist gestorben? Und eine andere hat für dich gesorgt?“

„Ja, ich bin zum Teil bei ihr aufgewachsen. Und sie hat mir das Schmiedehandwerk beigebracht“, bestätigte Gwynneth.

„Dann hast du also einen Vater und eine zweite Mutter?“, fragte Faolan weiter.

„Ja, wir haben viel gemeinsam. Wie ich schon sagte.“

Faolan kroch mit dem Knochen noch näher ans Feuer heran. Eine solche Wärme hatte er noch nie gespürt. Das Feuer selbst war wie eine Landschaft und die Flammen tanzten in ihrem eigenen Wind. Wie Bäume wuchsen sie aus dem Glutnest empor, das ihre Erde darstellte. Das Knacken und Knistern des Feuers war von sprühenden Funken begleitet, die immer wieder aufstoben wie Sternschnuppen. Die Feuerlandschaft wurde zu einer ganzen Welt – zu einem großen Universum.

Die Augen auf die Flammen gerichtet, begann Faolan langsam mit seiner kehligen Stimme zu sprechen. Es klang, als hätte er lange nicht geredet. Seine Stimme krächzte und quietschte fast wie die rostigen Türangeln, die Gwynneth manchmal aus den verfallenen Häusern der Anderen – der Menschen – herausbrach, um sie in ihrer Schmiede einzuschmelzen.

„Ich weiß nicht, wer mein Vater war. Aber ich habe eine Milcherinnerung an meine Mutter. Ich erinnere mich an ihren Geruch, das ist alles. Nur an Donnerherz habe ich mehr als eine Milcherinnerung."

„Donnerherz?"

„Ja, sie hat mich aufgezogen." Faolan schwieg einen Augenblick, dann redete er weiter. Jetzt klang seine Stimme, als wäre die Türangel mitten entzweigebrochen. „Sie ist fortgegangen", stieß er mühsam hervor. „Ich weiß nicht, warum."

„Donnerherz war eine Bärin, nicht wahr? Eine Grizzlybärin", sagte Gwynneth.

Faolan riss den Blick vom Feuer los und nickte. Dass Gwynneth den Namen der Bärin laut ausgesprochen hatte, traf ihn zutiefst. Keine andere Kreatur außer ihm hatte den Namen bisher laut gesagt. Faolans Pfote ruhte noch immer auf dem Knochen. Er legte den Kopf auf die Pfote und sah Gwynneth in die Augen. „Sie ist fortgegangen. Das vorhin war ihr

Schädel. Jetzt habe ich nur noch ... diesen Knochen." Er leckte kurz daran. „Donnerherz hat mich im Arm gehalten, wenn ich an ihren Zitzen gesaugt habe. Ganz fest hat sie mich mit ihren riesigen Pfoten an sich gedrückt. Ich konnte das Donnern ihres Herzens hören."

„Und deshalb nennst du sie Donnerherz", sagte Gwynneth leise.

„Ja." Faolan hob erneut den Kopf. „Hat dein Vater dich auch verlassen? Und deine zweite Mutter?"

„Mein Vater ist im Krieg gestorben. Und meine zweite Mutter wurde ermordet."

„Was heißt *ermordet*?"

„Sie wurde grundlos getötet – nicht als Beute zur Nahrung, und auch zu keinem anderen Zweck."

„Aber das bedeutet, dass du nicht verlassen wurdest. Weder deine zweite Mutter noch dein Vater haben dich verlassen. Keiner von beiden."

„Donnerherz hat dich auch nicht verlassen. Und erst recht nicht deine erste Mutter. Da bin ich ganz sicher."

„Doch, natürlich hat mich meine erste Mutter verlassen", beharrte Faolan trotzig. „Und wenn Donnerherz mich nicht gefunden hätte, wäre ich jetzt ..."

Gwynneth schnitt ihm einfach das Wort ab. „Du wurdest deiner Mutter weggenommen, Faolan."

„Weggenommen?“, rief Faolan empört und richtete sich auf. Jedes einzelne Härchen in seinem Nackenfell sträubte sich.

„Faolan, mein Vater Gwyndor hat mich die Bräuche der Wölfe gelehrt, der Wölfe der Hinterlande.“

„Dann erzähl mir davon. Erzähl mir von den Wölfen und warum ich meiner Mutter weggenommen wurde“, flehte Faolan. Seine Stimme war noch rauer geworden und er mied ihren Blick. Seine funkelnden grünen Augen waren auf Donnerherz’ Knochen geheftet.

Gwynneth erzählte ihm alles – von der Obea, die nach den alten Wolfsgesetzen die Aufgabe hatte, missgebildete Junge an einem entlegenen Ort auszusetzen. Und dass die Eltern des unglücklichen *Malcadh* aus dem Rudel vertrieben wurden.

Der Himmel wurde immer dunkler. Faolan saß am Feuer der Schmiede. Eingehüllt in die Falten der Nacht, lauschte er den Worten der Eule, die ihm die Bräuche und Sitten der Wölfe erklärte. Während er lauschte, begann er behutsam, Donnerherz’ Knochen zu benagen, sodass Gwynneths Worte von leisen Ritzlauten begleitet wurden.

„Aber wenn ein *Malcadh* überlebt, darf es als Knochennager zum Rudel zurückkehren.“

„Als Knochennager? Was ist das?“

Gwynneth ließ sich Zeit mit ihrer Antwort. Sie legte den Kopf schief, um die Linien zu betrachten, die Faolan in den Knochen geritzt hatte. „Nun, du bist es schon – du bist ein Knochennager. Deine Zeichnungen sind deinen Jahren weit voraus. Sie sind besser als alles, was ich bisher gesehen habe, sogar besser als die *Drumlyns* von Hamisch, dem Fengo der Heiligen Garde."

Die letzten Worte schlugen eine Saite in Faolans Innerem an, als hätte er sie schon einmal gehört. Nein, nicht gehört! Er hatte es gesehen! Er dachte an die Bilder in der Höhle – an die fünf Vulkane und an die turmhohen Hügel, die *Drumlyns*, auf denen je ein Wolf hockte. Ihm schien sogar, als hätte er die Bilder nicht nur betrachtet, sondern irgendwann in grauer Vorzeit selbst darin gelebt.

„Wenn ich also zurückgehe, werde ich ein Knochennager?"

Gwynneth riss ruckartig den Kopf hoch und dann gleich wieder herunter. Noch nie hatte Faolan einen Vogel oder sonst ein Tier gesehen, das den Kopf in so atemberaubender Weise bewegen konnte wie diese Eule.

„Ja", erwiderte Gwynneth. „Doch das ist hart."

„Aber du hast doch gesagt, dass ich es schon kann."

„Umso härter wird es für dich sein."

„Das verstehe ich nicht."

„In der ersten Zeit nach seiner Rückkehr wird ein Knochennager besonders grob behandelt. Die anderen Jungwölfe sind eifersüchtig auf ihn. Er muss sich erst beweisen."

„Reicht es denn nicht, dass ich ausgesetzt wurde? Findest du nicht, dass ich mich schon bewiesen habe?" Faolan hielt inne und brummte in einem tiefen, dröhnenden Tonfall, der ziemlich bärisch klang, etwas Unverständliches vor sich hin. Es war tatsächlich ein Bärenfluch – das Wort, das Donnerherz oft vor sich hingeknurrt hatte, wenn sie wütend war. *Urskadamus*, das Schimpfwort für einen tollwütigen Bären.

Mit einem tiefen Seufzer fuhr Faolan fort: „Also hat mich meine erste Mutter, meine erste Milchgeberin doch nicht verlassen. Aber was ist mit meiner zweiten Mutter, mit Donnerherz?"

Gwynneth blinzelte mit ihren dunklen Augen. „Glaubst du wirklich, dass Donnerherz dich verlassen hat?"

„Bei ihr ist es anders als bei den Wölfen. Niemand nimmt einem Grizzly etwas weg", entgegnete Faolan trocken.

Die Antwort des Jungwolfs verschlug Gwynneth für einen Augenblick die Sprache. Er hatte Recht. Kein

Lebewesen, das noch alle Sinne beisammen hatte, legte sich mit einem Grizzly an oder wagte es gar, ihm etwas wegzunehmen. „Sie hat dich nicht verlassen, Faolan. Das darfst du nicht denken, sonst machst du dich nur verrückt."

„Aber warum ist sie fortgegangen?" Faolan ließ ein Ohr vorschnellen. Er zitterte und sein Nackenfell sträubte sich. Eine neue Angst stieg in ihm auf, eine Möglichkeit, die er bisher nicht in Erwägung gezogen hatte. Die Leere, die ihn stets begleitete, die ein allgegenwärtiger Raum neben ihm geworden war, drohte ihn zu verschlingen. In diesem Moment überwältigte ihn nicht nur die Einsamkeit, sondern auch die Angst, dass er hoffnungslos und für alle Zeiten verflucht war – ein *Malcadh*, ein Geschöpf, das niemand lieben konnte.

Die Angst legte sich wie ein Schatten über Faolan. Der helle Widerschein des Feuers, das gerade noch die Dunkelheit mit einem warmen orangefarbenen Licht und sprühenden Funkenschauern erfüllt hatte, erlosch. Selbst die Luft verdunkelte sich.

„Vielleicht ist sie fortgegangen, um dich zu suchen. Ja, so wird es sein. Sie hat dich gesucht. Wahrscheinlich dachte sie, du hättest dich verirrt."

Faolan zuckte zusammen und zog die Lefzen zurück, bis seine Fangzähne hervortraten. Angst und

Scham erfüllten ihn. Gwynneth sagte vermutlich die Wahrheit, so schrecklich sie auch klang. Er hatte sich im Winterbau gelangweilt. Er konnte nicht verstehen, warum Donnerherz so viel schlief. Ihr Schlaf war so tief, dass er wie eine dicke, schwere Pelzdecke in der Luft hing. Manchmal hatte es ihn einfach hinausgetrieben. Er musste ab und zu laufen und jagen. Er liebte es, durch die riesigen weißen Schneewehen zu springen. Und er dachte daran, wie langsam das Herz der Bärin geschlagen hatte. Nicht in dem vertrauten donnernden Rhythmus, sondern leiser, träger. So langsam klopfte es, dass er aufspringen, zweimal um sie herumlaufen und sich wieder an sie schmiegen konnte, ehe der nächste Schlag kam. Und wenn sie hin und wieder aufwachte, war sie schläfrig und benommen. Vielleicht war er gerade draußen gewesen, als sie wieder einmal wach geworden war. Sie hatte Angst bekommen und nach ihm gesucht. Das war gut möglich. Der Schatten der Leere, dieser allgegenwärtige Raum, wich ein wenig zurück. Die Angst verebbte und die flackernden, Funken sprühenden Flammen erhellten jetzt wieder das Dunkel.

„Du hast Recht. Sie ist fortgegangen, um mich zu suchen. Vielleicht hat sie vergessen, dass sie mir erlaubt hatte, den Bau zu verlassen, wenn ich hungrig war oder Bewegung brauchte."

„Der Kaltschlaf ist Bärenart."

„Ja, und ich weiß, dass ich kein Bär bin." Faolan hielt inne. „Aber ..." Er konnte den Gedanken nicht zu Ende bringen.

„Aber was, Faolan?", fragte Gwynneth sanft.

„Aber was bin ich dann?"

„Du bist ein Wolf."

„Ein verfluchter Wolf."

„Nicht für immer verflucht. Du wirst dich beweisen."

Faolan hielt die gespreizte Vorderpfote hoch. „Deshalb wurde ich verflucht."

„Ich weiß, deine Pfote. Ich habe es gesehen."

„Nein, gar nichts hast du gesehen. Hier, schau genauer hin." Faolan wälzte sich auf den Rücken und zeigte ihr das Fußpolster mit dem Spiralmuster. Gwynneth zuckte unwillkürlich zusammen und er schnellte sofort auf die Füße zurück. *Ich bin etwas Schlimmeres als ein Malcadh. Etwas viel, viel Schlimmeres!*

Gwynneth hüpfte näher zu ihm heran, breitete ihre riesigen Schwingen über seinen Kopf und tätschelte ihn sanft, während sie ihm mit dem Schnabel eine Klette vom Ohr zupfte. „Du bist ein guter Wolf, Faolan. Ein guter und anständiger Wolf. Deine Milchgeberinnen sind stolz auf dich."

Er blickte in das dämmrige Gesicht der Maskenschleiereule. Ihre Augen glänzten wie zwei schwarze Bachkiesel. Sie waren dunkler als die Augen der Bärin, aber er konnte sein Spiegelbild darin sehen. Genau wie bei Donnerherz. Plötzlich schoss ihm ein Gedanke durch den Kopf. Dies war das erste Gespräch mit einem anderen Lebewesen, seit Donnerherz ihn verlassen hatte. Und er hatte ein gutes Gefühl dabei. So vertraut. Er spürte, dass er dieser Eule alles sagen konnte. Sie würde ihn verstehen. Das Feuer, das ihm anfangs Angst gemacht hatte, hüllte ihn nun tröstlich ein.

Auf zu den Wölfen

„Darf ich bei dir bleiben? Ich kann jagen. Ich kann dir großes Fleisch bringen. Nicht nur so kleine Wühlmäuse.“ Faolan nickte zu den Kadavern der Nager hinüber, die unter einem Felsen lagerten.

Gwynneth drehte langsam den Kopf in einem weiten Bogen, der beinahe ein vollständiger Kreis war. Aber die Bedeutung dieser Geste war klar: Nein!

„Was soll ich mit einer Beute anfangen, die größer ist als eine Wühlmaus? Ich bin klein im Vergleich zu dir. Und ich komme nicht vom Boden hoch, wenn ich mich mit zu viel Fleisch vollstopfe.“

„Aber ich will bei dir bleiben.“

„Du gehörst zu den Wölfen. Du bist ein Wolf.“

„Du willst mich nicht“, klagte Faolan.

„Es geht nicht darum, ob ich dich will oder nicht.“ Das war nicht die ganze Wahrheit, aber anders konnte sie es ihm nicht erklären. Eulen, vor allem Schmiedeeulen, waren eingefleischte Einzelgänger. Also wiederholte sie nur: „Du gehörst in ein Rudel.“

„Ja, aber nur als Knochennager."

„Nicht für immer, nein. Du wirst dazulernen. Und mit der Zeit wirst du deinen Platz im Rudel finden. Wahrscheinlich wirst du in die Vulkangarde aufsteigen."

„Ich weiß nichts von den Bräuchen der Wölfe. Und ich pfeife auf diese Heiligen Vulkane", fauchte Faolan wütend.

„Wie kannst du so etwas sagen?"

Faolan senkte den Kopf und wandte den Blick ab. Auch er gab nicht die ganze Wahrheit preis. Er hatte Gwynneth nichts von der Höhle der Vorzeit erzählt. Und er bezweifelte, dass er es jemals tun würde.

„Wenn doch nur Donnerherz da wäre."

„Ist sie aber nicht. Sie ist weitergegangen." Gwynneth ließ den Kopf hochschnellen, sodass ihr Gesicht kopfüber nach hinten blickte. Sie suchte den Himmel nach dem Sternbild des Großen Bären ab. Faolan wurde schwindlig von dieser unnatürlichen Bewegung.

„Wie machst du das nur?", fragte er.

„Wie mache ich was?"

„Na, das mit deinem Kopf!"

„Wir Eulen haben spezielle Knochen in unserem Hals. Deshalb können wir unsere Köpfe in jede beliebige Richtung drehen." Gwynneth gab ihm eine kleine Kostprobe ihres Könnens.

„Bitte nicht!“, knurrte Faolan. „Mir wird ganz komisch davon.“

„Tut mir leid. Aber Donnerherz ist fort. Du kannst die Zeit mit ihr nicht zurückholen“, sagte Gwynneth energisch. Dann drehte sie den Kopf wieder in eine einigermaßen normale Stellung zurück und schaute Faolan in die Augen.

Faolan schnaubte. Die Zeit zurückholen – hatte er nicht genau das in der Bilderhöhle getan? Dort war er in eine Zeit vor der Zeit zurückgereist. Er dachte an die beiden Eulen, die nicht in dieselbe Zeit gehörten – die eine schoss in selbstmörderischem Tempo in den Krater hinunter, um die rätselhafte Glut zu bergen, die andere flog durch einen Flammenwall und hielt die Glutbröckchen in ihrem Schnabel.

„Doch, das kann ich“, sagte Faolan leise. *Oder etwa nicht?*, fügte er im Stillen hinzu.

„Zeit darfst du nicht als etwas Zählbares, als Abfolge, als Maß betrachten“, sagte Gwynneth. „Sieh zum Himmel hinauf. Der Mond ist jetzt in eine andere Nacht, in eine andere Welt fortgeschlüpft. Nicht die Zeit, in der er hier war, bleibt dir in Erinnerung, Faolan, sondern der Glanz in der Luft, die blauen Schatten, die die Bäume in diesem Licht werfen. Was du empfindest, ist nicht die Dauer, sondern die Schönheit des Mondlichts. Nur daran erinnerst du dich." Gwynneth hielt inne. „Was weiterlebt, ist der Wert der Dinge, ihre Beschaffenheit."

„Aber der Mond kommt morgen zurück. Und in der nächsten Nacht. Und jede weitere Nacht, nur Donnerherz nicht. Das … das ist …", stotterte Faolan. „Das ist ungerecht."

Gwynneth plusterte sich zu ihrer doppelten Größe auf. Dann rückte sie so nah an Faolan heran, dass ihr Schnabel fast seine Nase berührte. „Wie kann ein edler Wolf so kleinliche, selbstsüchtige und dumme Gedanken hegen?" Sie hob einen Flügel und schlug ihm damit auf den Kopf. „Und jetzt musst du fort. Geh zu den Wölfen!"

„Ich weiß doch gar nichts über sie!"

„Du weißt mehr, als du denkst!", erwiderte Gwynneth. Ihre Stimme klang jetzt wieder sanft.

„Kann ich dich besuchen kommen?"

Gwynneth seufzte. „Ja, aber erst wenn du ein Rudel gefunden hast und Knochennager geworden bist", sagte sie. Die weichen grauen Schatten kurz vor der Dämmerung verdichteten sich. „Ich muss jetzt schlafen. Es ist fast schon Frühstunde."

„Frühstunde? Was ist das?"

Gwynneth gähnte schläfrig. „Frühstunde ist die Minute zwischen dem letzten schwindenden Fünkchen Nachtlicht und dem ersten rosigen Schimmer der Morgendämmerung. Wenn ich nicht schlafe vor diesem rosigen Dämmerungsschimmer, ist das nicht gut für mich."

„Dann schläfst du am Tag?", fragte Faolan verblüfft.

„Hmm-mmh." Gwynneth nickte mit halb geschlossenen Augen. „So ist es Brauch bei uns Eulen."

Faolan seufzte. Die Welt erschien ihm plötzlich sehr kompliziert. Eulen schliefen am Tag, Bären den ganzen Winter. Und Wölfe? Hatten die auch eine besondere Art zu schlafen?

Das Feuer erkaltete. Der Tag wurde zusehends heller. Und wieder einmal sehnte Faolan sich verzweifelt danach, die Zeit zurückzudrehen. Vielleicht hatte Gwynneth Recht. Die Zeit war nicht wirklich messbar, jedenfalls nicht die schönen Momente, die er mit ihr im warmen Feuerschein unter dem funkelnden Sternenlicht verbracht hatte, eingelullt vom Knistern der Flammen, die in ihrem heißen Wind tanzten.

Widerstrebend stemmte er sich vom Boden hoch. Mit Donnerherz' Knochen zwischen den Zähnen trottete er davon. Noch nie hatte er sich so einsam gefühlt.

Die Metallspirale

Nach vielen Stunden Schlaf spürte Gwynneth, wie die Welt dunkler wurde. Die Zwischenstunde nahte. Die hellen Schatten, die auf der Innenseite ihrer Augenlider tanzten, vertieften sich langsam zu einem dämmrigen Violett. Und obwohl sie noch schlief, regte sich etwas in ihr – eine sanfte Ankündigung, dass die Dunkelheit, die alle Eulen liebten, näher rückte. Während ihr Körper reglos in der Nische gegenüber der Esse verharrte, erhob sich ihr schlafendes Ich zu einem Traumflug. Keine Feder rührte sich und doch trug ein Windhauch sie zur Grenze zwischen Schlafen und Wachen. Genau in dem Moment, als die echte Dämmerung anbrach und die Sonne hinter dem Horizont versank, erwachte Gwynneth. Ihr erster Gedanke war: *Ist er fort?*

Vorsichtig spähte sie aus ihrer Steinnische und trat in den Abend, wobei sie den Kopf in alle Richtungen drehte. Von Faolan keine Spur. Gut so. Doch in ihre Erleichterung mischte sich auch Traurigkeit: Sie war froh, wieder allein zu sein. Andererseits hatte sie die Gesellschaft des jungen Wolfs genossen. Er war ein liebenswertes, faszinierendes Geschöpf und die Zeichnung auf seiner Pfote ging ihr nicht aus dem Kopf. Immer wenn sie daran dachte, gab es ihr einen Stich in die Magengrube.

Ein paar Minuten grübelte Gwynneth über das Spiralmuster nach, dann ritzte sie die Zeichnung mit einer Kralle in die harte Erde neben der Schmiede. Was hatten diese Linien zu bedeuten? Und warum war sie beim Anblick der Spirale so erschrocken – wie ein Blitz aus heiterem Himmel hatte die Zeichnung sie getroffen. Was in aller Welt konnte ihr dieses Muster bedeuten?

Gwynneth stocherte ein wenig im Feuer herum, dann hob sie das Metallstück hoch, das sie zu einem Weidenblatt hatte formen wollen. Doch die kreisenden Linien an der Pfote des Jungwolfs tanzten vor ihrem inneren Auge herum. Bald merkte sie, dass sich das längliche Oval des Weidenblatts zu einer anderen Form auszudehnen begann. Ohne darauf zu achten, hatte sie die Zange kreisen lassen, mit der sie das Metall zum Erhitzen ins Feuer hielt. Die Bewegung war ihr irgendwie tröstlich erschienen, beinahe magisch, während sie im Geist das Muster auf Faolans Pfote studierte. Das Metallstück verwandelte sich langsam in einen Kegel. Als Gwynneth die Zange noch schneller kreisen ließ, wanden sich spiralförmige Linien von der Spitze des Kegels bis zu seinem Fuß hinunter.

Schnell zog Gwynneth die geschmolzene Form aus dem Feuer und klopfte die Vertiefungen zwischen den wirbelnden Linien mit ihrem kleinsten Hammer flach. Ihr Herz klopfte immer freudiger, als sie sah, was passierte. Es war unglaublich: Alles ging wie von selbst, als wären ihre Krallen direkt mit ihrem Magen verbunden. Unermüdlich hämmerte sie weiter. Sie war so tief in ihre Arbeit versunken wie noch nie. Wie in Trance ging sie von einer Aufgabe zur nächsten über, leicht und mühelos, und allmählich nahm ihr Werk Gestalt an. Unablässig musste sie die Hitze des Feuers anpassen, indem sie mit dem Blasebalg Luft hineinblies oder das Lodern der Flammen mit einer Schaufel Erde dämpfte. Alle paar Hammerschläge tauchte sie das Metallstück in eine Wanne mit Wasser und hielt es dann sofort wieder ins Feuer, damit es gut gehärtet wurde. Jetzt musste sie aufpassen: Wenn sie bei einem so zerbrechlichen Gegenstand nicht den richtigen Rhythmus zwischen Abkühlen und Erhitzen fand, würde der Innendruck des Metalls die Form sprengen.

Endlich war das Stück fertig. Gebannt hielt sie ihr

Werk in die Höhe. Es glühte immer noch kirschrot – das einzige Licht in der nebligen Nacht, außer dem Schmiedefeuer. Blinzelnd studierte sie die Spirale, die im Nebeldunst langsam abkühlte. Was sie geschaffen hatte, war eine dreidimensionale Wiedergabe der kreisenden Linien an Faolans Fußpolster. „Wie habe ich das nur gemacht?", wisperte sie fassungslos. Ein kunstvolleres Stück war ihr noch nie gelungen.

Leise vor sich hin glucksend, gestand Gwynneth sich ein, dass sie niemals zu einem solchen Unternehmen fähig gewesen wäre, wenn sie im Voraus gewusst hätte, was sie da machte – wenn sie es geplant hätte, so wie das Weidenblatt. Das hier war hundertmal anspruchsvoller als das Blatt. *Wie in Glaux' Namen habe ich das gemacht? Und warum?*

Plötzlich stieg der Wunsch in ihr auf, Faolan zu suchen, seine Spuren ausfindig zu machen. Nicht weil sie ihn sehen wollte, sondern aus reiner Neugier. Sie wollte wissen, ob er ihren Rat befolgt hatte und zu den Wölfen der Hinterlande ging.

Das Wetter kam von Westen her. Mond und Sterne verschwanden hinter flauschigen Wolken und einem dichter werdenden Nebel. Nächte wie diese waren ideal für Erkundungsflüge, weil man sich hinter der dichten Wolkendecke verbergen und allein nach Gehör navigieren konnte.

Maskenschleiereulen gehörten zur Familie der Schleiereulen, die für ihr scharfes Gehör bekannt waren. Bei einer Schleiereule saßen die Ohrenschlitze seitlich am Kopf, der eine etwas höher als der andere. Mit diesem ungleichmäßig angeordneten Ohrenpaar fingen sie Geräusche leichter auf. Außerdem war ihr Gesichtsschleier, dieses zusätzliche Hörorgan, an den Rändern dehnbar, sodass sich seine Oberfläche vergrößern ließ. Auf diese Weise entging den Eulen kein noch so winziger Laut. Sie konnten sich allein auf ihr Gehör verlassen.

Gwynneth hatte auch bald das Geräusch aufgespürt, das sie gesucht hatte – Faolans Fußtritte. Wegen der gespreizten Vorderpfote hatte er einen unverwechselbaren Gang. Das Spiralmuster an dieser Pfote war nicht ausgeprägt genug, um einen Abdruck zu hinterlassen, außer vielleicht in ganz frischem Schlamm. Trotzdem ließ es in Gwynneths Kopf eine Art Lautspur entstehen.

Jetzt wusste sie, wo Faolan war. Der Wolf kletterte den Geröllhang des Krummflügelrückens hinauf.

Gut, dachte sie. *Dann ist er jetzt mitten im Territorium des MacAngus-Clans.* Obwohl er wahrscheinlich bei den MacDuncans zur Welt gekommen war. Aber das machte nichts. Angus MacAngus würde schon dafür sorgen, dass der Jungwolf zu den Mac-

Duncans zurückkam, wenn das wirklich sein Clan war.

Aber niemals MacHeath. *Gebe Glaux, dass er kein MacHeath ist!*

Krummrücken

Die Eulen nannten den Bergrücken „Krummflügel“, weil die beiden Kämme, aus denen er bestand, einen Winkel bildeten, der an einen gebrochenen oder abgespreizten Flügel erinnerte. Die Wölfe dagegen nannten ihn „Krummrücken“. Der höchste Punkt hieß in ihrer Sprache „Rückgrat“.

Am ersten Morgen nach seiner Begegnung mit Gwynneth hatte Faolan den Geruch von Rentieren aufgefangen. Kurz darauf hörte er einen Wolf heulen. Aufmerksam lauschte er der Stimme, die vermutlich der *Skrielin* gehörte, der „obersten Heulerin“. Lauthals verkündete sie den anderen Wölfen, dass Fleisch in der Nähe war. Gwynneth hatte ihm von den *Skrielin* erzählt und ihm erklärt, dass manche von ihnen nur Nachrichten heulten, die mit der Jagd und dem Beutemachen zu tun hatten. Andere dagegen heulten, um dem Clan Auskünfte über den Aufenthaltsort der einzelnen Rudel zu erteilen. Gwynneth hatte gesagt, dass sie das Heulen der Wölfe sehr gut verstehen und einordnen, aber nie die vollständige Bedeutung der Botschaft entschlüsseln könne.

Faolan verstand dagegen alles, was diese Vorheulerin verkündete: die Ankunft einer großen Herde aus dem Nordwesten, die im Tock-Tock-Schritt dahinzuckelte. *Tock-Tock* war ein langsames, stetiges Lauftempo, das die Rentiere auf langen Strecken vorlegten und bei dem das Schnappen der Sehnen deutlich zu hören war. Erst wenn die Tiere schneller liefen, verwischte sich das Geräusch zu einem unverständlichen Lautgewirr. Faolan konnte hören, dass mehrere neugeborene Kälber dabei waren, ein halbes Dutzend ältere Tiere, mindestens drei junge Böcke und eine junge Kuh.

Nicht lange nachdem er die Botschaft der *Skrielin* aufgefangen hatte, kam die Vorhut der Rentierherde in Sicht. Faolan entdeckte vier Wölfe, die träge an den Rändern der Herde entlangtrotteten. Er wunderte sich, dass die Herde durch die Gegenwart der Wölfe nicht in Panik geriet. Faolan lief immer noch hoch oben auf dem Felsgrat. Jetzt schlängelte er sich durch die Schatten hinunter und behielt dabei die Wölfe im Auge, die der Herde folgten. Mühelos fing er die wenigen feinen Signale auf, die zwischen diesen vier Wölfen hin und her gingen – ein Schnaufen, ein Flackern der Ohren, ein Herumwerfen des Kopfes.

Bald ließen sich zwei der Wölfe hinter der Herde zurückfallen. Doch es dauerte nicht lange, bis sie mit dem restlichen Rudel zurückkamen. Die Rentiere steigerten sofort ihr Tempo. Dann spielte sich vor Faolans Augen eine genaue Wiedergabe der Jagdszenen ab, die er auf den Bildern in der Höhle der Vorzeit so sorgfältig studiert hatte. Vier Wölfinnen hetzten die Herde vorwärts und bissen die Tiere, die am äußersten Rand liefen, in die Flanken.

Blitzartig teilte sich die Herde. Die Wölfinnen, die an der Spitze liefen, stürzten sich auf die beiden älteren Böcke. Gebannt schaute Faolan zu. Acht Wölfinnen schnappten nach den Fersen eines einzigen Bocks, wechselten sich in atemberaubenden Spurts ab, um ihre eigenen Kräfte zu schonen und gleichzeitig das Rentier bis an die Grenzen seiner Leistungsfähigkeit zu treiben.

Faolan hatte ein Rentier zur Strecke gebracht, indem er seinen Verstand gebraucht und sich die Strategien zunutze gemacht hatte, die er von den Höhlenbildern kannte. Aber er war allein gewesen. Diese Jagd dagegen war von atemberaubender Schönheit – die Art, wie das Rudel zusammenarbeitete, geschmeidig und fehlerlos. Die Szene berührte ihn zutiefst. Die Wölfe hatten ein Wort dafür, das Faolan noch nicht kannte – *Hwlyn*, Geist des Rudels. Er sehnte sich mit aller Macht nach dem, was er nicht benennen konnte.

Nach diesem Morgen spürte Faolan den Wölfen tagelang nach. Meistens versteckte er sich auf dem Bergrücken, hielt sich windabwärts vom Rudel und ließ äußerste Vorsicht bei seinen Erkundungen walten.

Der Bergkamm zog sich ein gutes Stück über einem Tal dahin, das eine Durchgangsroute für viele Wolfsclans war. Soweit Faolan sehen konnte, wurden hier die normalen Territorialregeln nicht beachtet. Duftmarkierungen gab es kaum, was bedeutete, dass das Gebiet allen Clans offen stand.

Plötzlich entdeckte er etwas und schlich weiter hinunter. Zum ersten Mal hatte er ein Rudel mit einem Knochennager gesichtet. Zumindest glaubte er, dass es einer war. Er wollte dieses Rudel unbedingt genauer beobachten und sich davon überzeugen, ob Gwynneth die Wahrheit gesagt hatte. *Knochennager haben ein schweres Leben im Rudel und müssen sich zuerst beweisen*, hatte sie behauptet.

Das Rudel hatte gerade einen Elch zur Strecke gebracht. Gebannt beobachtete Faolan, wie sich eine Wölfin und ein Rüde langsam, ja beinahe ehrfürchtig dem Kadaver näherten. Sie gingen in die Knie und rissen den Bauch und die Flanken auf, die zartesten

Teile des Tiers. Als sie ein wenig gefressen hatten, hob der Rüde den Kopf und nickte vier anderen Mitgliedern des Rudels zu, die sich jetzt der Beute näherten. Der Knochennager, ein kleines gelbliches Tier, blieb zurück. Und nicht nur das – einer der anderen Wölfe gab ihm einen groben Kopfstoß und biss ihn ins Nackenfell, sodass der Knochennager jaulend nach hinten purzelte. Die Wölfin, die als Erste gefressen hatte, raste wie der Blitz zu ihm hinüber, zog ihre Lefzen zurück und knurrte drohend. Der gelbliche Wolf duckte sich auf den Boden und verdrehte die Augen, bis das Weiße darin aufschimmerte wie zwei zarte, duftige Mondschleier bei Tageslicht. Das arme Tier jaulte und winselte zum Erbarmen.

Die anderen Wölfe schlugen sich die Bäuche voll. Ganz allmählich wagte sich der Knochennager ein wenig näher heran, kroch buchstäblich auf dem Bauch vorwärts. Sobald er zu nahe kam, sprang einer der anderen Wölfe von seiner Mahlzeit auf und stürzte sich knurrend auf den Außenseiter.

Wird er je zu fressen kriegen?, dachte Faolan entrüstet. *Wie lange muss er denn noch warten?*

Doch obwohl der Knochennager unbarmherzig gequält wurde, erschienen Faolan diese Wölfe nicht so grausam und tückisch wie die in den Frostlanden. Irgendwie spürte er, dass ihr Verhalten einem höheren Zweck diente. Aber merkwürdig blieb es trotzdem. Als sich das ganze Rudel endlich satt gefressen hatte, wurde ein lautloses Zeichen gegeben und der Knochennager näherte sich erneut. Von dem Elchkadaver war kaum noch ein Fetzchen übrig. Der kleine Wolf zerrte an einer blutigen Sehne herum, da trottete die Wölfin, die als Erste gefressen hatte, zu ihm hinüber. Mit einem sanften Kopfstoß lenkte sie seine Aufmerksamkeit auf sich. Dann würgte sie einen dampfenden Haufen Elchfleisch hervor. Der Knochennager kroch vor Dankbarkeit vor ihr am Boden. Er jaulte und winselte unterwürfig. Faolans Nackenfell sträubte sich bei diesem Anblick – Kriechen war in seinen Augen das Schlimmste.

Nicht jedes Rudel hatte einen Knochennager. *Zum Glück*, dachte Faolan, nachdem er gesehen hatte, wie der gelbe Wolf gedemütigt wurde. In den nächsten Tagen beobachtete er ähnliche Szenen. Es fiel ihm schwer, die Behandlung der Knochennager mit der hohen Stellung in Einklang zu bringen, die sie laut Gwynneth erreichen konnten, wenn sie in die Vulkangarde aufstiegen. Soweit er sehen konnte, wurden sie von allen anderen Wölfen im Rudel nur verachtet und gequält.

Immer wieder stellte er sich die Frage: *Was für ein*

Leben erwartet mich? Bleibt mir denn keine andere Wahl, als allein umherzuziehen oder gequält und gedemütigt zu werden? Faolan wollte nicht zu einem Rudel gehören, in dem er der Sündenbock für alle war. Andererseits hatte er die Wölfe beim Jagen beobachtet. Was er da gesehen hatte, war unvergleichlich. Die Einmütigkeit, mit der die Wölfe im Rudel zusammenarbeiteten, die Schönheit, die darin lag und für die es nur *ein* Wort gab: *Hwlyn*. Der unnennbare Geist des Rudels war schließlich auch das Lockmittel, das ihn vom Bergkamm heruntertrieb. Trotzdem zögerte er noch. Jedes Mal hielt ihn im letzten Moment etwas davon ab, den Steilhang hinunterzuspringen und sich einem vorbeiziehenden Rudel zu zeigen.

Faolan hatte reichlich Gelegenheit, die verschiedenen Rudel zu beobachten, aus denen die großen Clans bestanden. Ihm erschien ein Rudel mehr oder weniger wie das andere. Er konnte nicht sagen, welches ihm am liebsten war. Nur einen Clan wollte er lieber meiden, weil ihn diese Wölfe an die heruntergekommenen Kreaturen in den Frostlanden erinnerten. Ihre Rudelführer quälten nicht nur die Knochennager, sondern bekriegten sich auch untereinander. Außerdem waren die MacHeath – so nannte sich dieser Clan – besonders grausam zu den Weibchen. Damit wollte Faolan nichts zu tun haben.

Ein anderer Clan war ihm aufgefallen, weil er fast nur aus Weibchen bestand und von einer Leitwölfin angeführt wurde. Faolan hatte ihn lange beobachtet. Die Leitwölfin war ein goldfarbenes, schon etwas in die Jahre gekommenes Tier. Ihr Name war Namara, wie er durch das Heulen der *Skrielin* erfahren hatte.

Das Territorium, das Faolan jetzt durchquerte, gehörte dem Clan der MacAngus. Dieser Clan ließ vor Faolans Augen die Szenen lebendig werden, die er in den Höhlenbildern gesehen hatte. Seit er auf dem Bergrücken herumstreunte, hatte er schon Wölfe aus mehreren MacAngus-Rudeln gesichtet. Er hielt sich daher weiter oben unter einem Felskamm, der einen dichten Vorhang von zackigen Schatten warf und gute Deckung bot.

Faolan hatte schnell gelernt, unbemerkt zwischen den Schatten hindurchzuhuschen. Im Stillen nannte er es „den Rhythmus der Schatten". Morgens und abends waren die Schatten der Sonne am längsten. Das war ein großer Vorteil für ihn, denn in der Mittagszeit ruhten die Wölfe häufig.

Während Faolan durch die Schatten schlich, kam es ihm vor, als lebte er in zwei Welten gleichzeitig. Die eine war wie ein schöner Traum. Er gehörte zu dem gemalten Rudel auf den Höhlenwänden und fügte sich leichtfüßig in den silbernen Wolfsstrom ein. In der anderen Welt, die er vom Bergrücken aus beobachtete, war er ein junger Knochennager, der in gebührendem Abstand vom Rudel geduldig darauf wartete, beim Fressen an die Reihe zu kommen. In seinen Augen war das eine schreiende Ungerechtigkeit, denn er hatte den kleinen gelben Wolf trotz seines verkümmerten Beins rennen sehen. Er hatte gesehen, wie er herumstürzte, um einem Rentier den Weg zu verstellen, das in eine andere Richtung auszubrechen drohte. Trotzdem musste er sich mit den Überresten begnügen, die meist nur aus Knorpel und Sehnen bestanden. Aber so war es Brauch bei den Wolfsclans.

Die Zeit der Herbststürme war gekommen. In den Nächten, in denen das Wetter am heftigsten tobte, wagte Faolan sich näher heran. Sintflutartige Regengüsse rauschten oft herunter. Wenn der Himmel von Blitz und Donner zerrissen wurde, sammelten sich die Wölfe in Höhlen und die *Skrielin* „lasen das Himmelsfeuer“.

Eines Abends, als Blitz um Blitz über den Himmel zuckte, schlich Faolan näher heran, als er es je gewagt hatte. Die Blitz-Vorheulerin erzählte die Geschichte von einem Clanführer aus der Zeit der Langen Kälte, der alt und zahnlos geworden war. Er hatte nicht nur sein Gehör verloren, auch sein Augenlicht trübte sich immer mehr. Nach der Sitte der Altwölfe war er an einen abgelegenen Ort gegangen, um die drei Schritte des *Cleave Hwlyn* zu vollziehen – die Trennung von seinem Clan, seinem Rudel und schließlich von seinem eigenen Körper. Der alte Clanführer verließ die Erde und erlebte, wie schön es war, aus seinem Pelz zu schlüpfen und sich in weichen Dunst aufzulösen. Noch einmal blickte er über die Schulter auf das Fell zurück, das im Mondlicht schimmerte. Stumm und kalt lagen seine Knochen am Boden und er wunderte sich, wie wenig sie ihm in Wahrheit bedeuteten. Dann lief er davon. Voll Übermut und quicklebendig wie ein junger Welpe sprang er auf die ersten Sprossen der Sternenleiter, die zum Sternenpfad und zur himmlischen Höhle der Seelen am äußersten Punkt des Sternbilds des Großen Wolfs führte.

Der alte Wolf war schon halbwegs die Sternenleiter hinauf, als der Himmel zu rumpeln begann. Ein scharfes Krachen ertönte, eine heiße weiße Zickzacklinie flammte auf und der Himmel riss mitten durch. Die Sternenleiter erbebte und der alte Clanführer stürzte ins Bodenlose. Hilflos scharrte er mit den Pfoten in der Luft und versuchte sich an die Sternenleiter zu klammern. Aber die Leiter war fort. Es gab keine Sterne mehr, nur die tosende Schwärze der Nacht, durchzuckt von grellen Blitzen. Der Lärm war ohrenbetäubend und die Welt viel zu hell. *Wie kann das sein?*, dachte der alte Clanführer. *Ich bin doch taub und fast blind!*

Er blickte sich um. Von seinem alten Fell und den Knochen war nichts mehr zu sehen. Ungläubig schaute er an sich hinunter: Seine Pfoten waren nicht neblig, sondern standen fest im Schlamm. Er hob eine davon hoch und starrte staunend auf den Pfotenabdruck. *Ich bin nicht alt, sondern jung. Ich bin auf der Erde und nicht in der Höhle der Seelen. Meine Zeit ist noch nicht gekommen!*

Sobald die *Skrielin* geendet hatte, drang ein vielstimmiges Heulen aus der Höhle, in der sich das Rudel versammelt hatte.

„Und seither", heulte das Rudel, „tragen unsere Oberhäupter Pelze und Halsketten aus Knochen. Zum Andenken an den großen Fengo, der uns aus der Langen Kälte geführt hat. Denn dies war der Grund, warum der Fengo ins Leben zurückkehrte."

Im Donnergrollen wird unsere Geschichte erzählt,
eine Schwelle ist sie von Welt zu Welt.
Die Sternenleiter vergiss fortan.
Die Arbeit ist noch nicht getan.
Ins Leben kehre zurück.

Der Tod ist nicht dein Geschick.
Nimm deine Knochen schnell.
Streife über dein Fell.
Sei vor dem Ruf des Fengo nicht bang.
Mach dich auf gen Sonnenuntergang.

Das Lied der Wölfe rührte etwas Tiefes und Geheimnisvolles in Faolan auf. Er verstand die Worte, aber er spürte etwas hinter ihrer Bedeutung, das er mit seinem Verstand nicht zu fassen vermochte. Als das Lied zu Ende war, wandte er sich zum Gehen. Der Wind trug aufgeregtes Getuschel aus der Höhle zu ihm. Das Rudel schien sich zu fürchten.

„Gefährlich!"

„Ein Feind naht."

„Nehmt euch vor Fremden in Acht!"

Wie können sie Angst haben?, dachte Faolan. *Sie sind ein starkes Rudel. In der Höhle sind sie geschützt und sie haben frisches Fleisch in Hülle und Fülle.* Er blieb nicht lange genug, um die Wahrheit herauszufinden.

Mondfäule und Untergang

Der Regen hatte vor Stunden aufgehört, als Angus MacAngus, das Oberhaupt des Clans, nach einer langen Wanderung in der Höhle eintraf, in der das Rudel der westlichen Geröllhalde die Sturmnacht verbracht hatte. Er war gekommen, weil er das Heulen der *Skrielin* gehört hatte. Ein *Ceilidh fyre* oder „Himmelstanz des Feuers", wie Blitze in der Wolfssprache heißen, konnte alles oder nichts bedeuten, das wusste der Clanführer. Aber dass die Vorheulerin die Geschichte des Wolfs gesehen hatte, der nicht starb, verhieß nichts Gutes. Dann stand meistens ein Unglück bevor.

Der Clanführer kam ohne zeremonielle Gewänder und Knochenhalskette. Er wollte keine Panik auslösen. Das Rudel würde nur unnötig erschrecken, wenn er in der feierlichen Aufmachung erschien, die er meist nur in der Streunerburg trug. Die Wölfe würden glauben, dass die Lage todernst war, wenn er alle zu einer Versammlung berief. Eine Streunerburg war die zeremonielle Höhle der einzelnen Clans, in der Dinge von höchster Bedeutung diskutiert wurden.

Jetzt kam die *Skrielin* heraus, um ihn zu begrüßen. Sie war eine hübsche Wölfin mit silbrigem Fell, das mit einem dunkleren Schimmer unterlegt war. Sofort duckte sie sich auf den Boden, kratzte sich am Bauch und wälzte eine Gesichtshälfte in der Erde. Ihre Ohren lagen flach am Kopf an und ihre Lefzen waren zu der traditionellen Grimasse der Unterwerfung zurückgezogen, wie es sich gegenüber dem Oberhaupt gehörte.

„Kein Feuer, Aislinn?“

„Nein, der Tanz hat keinen einzigen Funken auf den Boden versprüht.“

Das Gespräch zwischen dem Clanführer und der Vorheulerin, die ihm das *Ceilidh fyre* erklärte, verlief nach genauen Regeln. Obwohl der Anführer von höherem Rang war, war es ihm nicht erlaubt, an ihrem geheulten Zeugnis zu zweifeln. Er durfte nur nach Zeichen oder Hinweisen fragen, die das schreckliche Unglück bestätigten, das vom *Ceilidh fyre* heraufbeschworen wurde. Ein Feuer, das von einem Blitz verursacht war, oder auch nur ein angesengter Felsen galten als schlechtes Omen, als Ankündigung kommenden Unheils. Der Clanführer schnüffelte, prüfte, ob vielleicht ein verräterischer Asche- oder Brandgeruch in der Luft hing. Immer weitere Kreise zog er dabei. Das Rudel beobachtete ihn aufmerksam. Ein plötzlicher Windwechsel trug ihm einen neuen Geruch zu. Angus MacAngus runzelte die Brauen, weil er etwas erschnüffelt hatte.

„Sind hier vielleicht Bären in der Gegend?“, fragte das Oberhaupt.

„Nein, niemals“, erwiderte ein hochrangiger Wolf. „Bären entfernen sich nie so weit vom Fluss.“

„Das verstehe ich nicht. Ich rieche Bär, aber auch Wolf. Allerdings ist es kein Wolf von hier.“

„Du riechst zwei Duftspuren gleichzeitig?“, fragte die Vorheulerin.

„Ja, sie sind seltsam vermischt.“

„Als ob sie zusammen reisten? Seite an Seite gingen?“, bohrte die Wölfin weiter.

Angus MacAngus erstarrte plötzlich und spähte auf einen merkwürdigen Pfotenabdruck hinunter. Sein Nackenfell richtete sich steil auf und seine Ohren schnellten nach vorn. Das also war das Unheil, das von dem *Ceilidh fyre* angekündigt wurde! Die beiden Zehenpolster des merkwürdigen Pfotenabdrucks gingen weit auseinander, waren verdächtig abgespreizt. Es war der Pfotenabdruck eines Wolfs, der die Geiferseuche hatte, eine Krankheit, die mit dem Tod endete. Doch vor dem Tod kam die Tollwütigkeit. Und wenn der Wolf ein anderes Tier biss, wurde es auch tollwütig und starb daran.

Der Bärengeruch ergab jetzt einen Sinn. Er stammte von einem Grizzly, der von der Krankheit befallen war und einen Wolf angegriffen und angesteckt haben musste.

Angus MacAngus drehte sich um und heulte in den Sommermorgen hinaus. Am Himmel segelte noch der Schatten des Mondes von der vorigen Nacht. Mondfäule! Ein weiteres böses Vorzeichen, besonders weil es mit der Ankündigung drohenden Unheils zusammenfiel, die die *Skrielin* geheult hatte, und mit dem gespreizten Pfotenabdruck.

Angus kannte seine Pflicht. Er musste die anderen Clans vor der Gefahr warnen und alle Rudel des MacAngus-Clans sowie die Rudel ihrer Nachbarn, des MacDuncan-Clans, zusammentrommeln. Die Nachricht musste von den MacAngus an die MacDuncans weitergegeben werden, von den MacNab an die MacDuffs und sogar an die verhassten MacHeath. Denn diese Krankheit konnte sich schneller ausbreiten als jedes Heulen. Möglicherweise war es schon zu spät und das Rudel war dem Untergang geweiht. Vielleicht traf es sogar den ganzen Clan. Ja, alle Wölfe des Hinterlandes konnten ausgelöscht werden.

Und so hallte der Ruf durch die Hinterlande und führte die Oberhäupter der drei nächsten Clans in der Streunerburg des MacAngus-Clans zusammen. Im bleichen Mondlicht boten die Clanführer einen gespenstischen Anblick, als hätten sich ihre Körper aufgelöst und in Geistererscheinungen verwandelt. Sie waren mit Ketten aus Zierknochen behängt, trugen Federkronen und anderen Schmuck auf den Köpfen, und ihre Schultern waren in Umhänge aus Tierfellen gehüllt, zeremonielle Gewänder, die bei Versammlungen in der Streunerburg angelegt wurden.

Ein tiefer Bodennebel verbarg ihre Beine, sodass die Oberhäupter der Clans in der Landschaft zu schweben schienen. Jede ihrer Bewegungen war vom Klappern der benagten Knochen untermalt.

Sobald sie die Streunerburg des MacAngus-Clans betreten hatten, zollten sie Angus MacAngus ihren Respekt, indem sie sich duckten, bis ihre Bäuche den Boden berührten. Obwohl sie selbst Clanführer waren, verlangte der Brauch von den Gästen, die zu einer Versammlung in der Streunerburg eines anderen Oberhaupts einberufen wurden, dass sie sich der Vorherrschaft dieses Clans beugten. Selbst Duncan MacDuncan, der älteste der Clanführer, ging mühsam auf seine arthritischen Knie nieder.

„Das reicht, Duncan“, sagte Angus leise. Dann

wandte er sich schnell an die anderen. „Ich habe euch zusammengerufen, weil unsere *Skrielin* letzte Nacht die *Gwalyd* des ersten Fengo geheult hat."

In der Höhle knisterte es vor Spannung, fast so laut wie die Flammen in der Feuergrube.

Angus MacAngus schnaubte und fuhr fort: „Heute Morgen habe ich einen abgespreizten Pfotenabdruck im Schatten der Mondfäule entdeckt."

Lautes Aufstöhnen erfüllte die Höhle, gefolgt von betroffenem Gemurmel. „Schrecklich ... schrecklich."

„Es ist sehr lange her, seit die Geiferseuche zum letzten Mal diese Gegend heimgesucht hat."

„Aber nicht lange genug", knurrte Duncan MacDuncan. „Und wir sind weit weg von allen Glutsammler- oder Schmiedeeulen", fügte er hinzu und starrte in die Feuergrube. Im Gegensatz zu den Eulen des Ga'Hoole-Baums konnten Wölfe nicht gut mit Feuer umgehen. Feuer verwendeten sie nur bei ihren Versammlungen. Deshalb tauschten sie Fleisch, das sie erbeutet hatten, gegen die Glut der Eulen ein. Allerdings hatten sie noch eine andere Verwendung für die Glut in ihren Gruben. Sie töteten damit Tiere, die von der Geiferseuche befallen waren, indem sie die unglücklichen Kreaturen in die Flammen einer großen Feuerfalle trieben. Als diese Methode zum ersten Mal angewendet wurde, war das Feuermachen kein Problem gewesen, weil der erkrankte Wolf in die Nähe der Heiligen Vulkane geflüchtet war, wo es Holzkohle und Glutbröckchen in Hülle und Fülle gab. Doch diesmal waren sie meilenweit von einer solchen Hilfe entfernt.

„Und was ist mit der Sumpfhexe, der Sark vom Sumpfmoor?“, fragte Duffin MacDuff leise.

Bei der Erwähnung dieses Namens strich ein Eishauch durch die Höhle.

„Nur als letzten Ausweg“, wisperte Drummond MacNab.

„Haben wir denn eine Wahl?“, fragte Angus MacAngus.

„Umstürzende Sternenleitern, Mondfäule, Untergang – und die Sumpfhexe“, murrte MacDuncan mit seiner rauen Stimme. „Ich glaube kaum, dass wir eine Wahl haben. Nicht die mindeste.“

Die Sumpfhexe

Die Wölfe der Hinterlande glaubten, dass die Gesetze von Rang und Hierarchie, die auf der Erde galten, einer höheren Ordnung im Himmel entsprechen müssten. Wurde diese Rangordnung missachtet, übertreten oder verhöhnt, konnte das nur zu heillosem Chaos in der Welt der Wölfe führen. Diese Welt gehorchte einem höheren Plan, der vom Großen Lupus selbst ersonnen war – dem Himmelsgeist, der im Sternbild des Großen Wolfs funkelte. Was der Große Lupus beschlossen hatte, musste befolgt werden.

Die kunstvoll benagten Knochenketten der Clanführer waren nicht nur Hoheitszeichen, sondern ein Symbol für die Große Kette, die die Wölfe mit dem Himmel verband und alles widerspiegelte – Erde, Wasser, Fels, Luft und Feuer. In der Wolfswelt wurden alle Lebewesen in zwei Klassen eingeteilt: Wölfe und andere Tiere. Innerhalb dieser Klassen gab es weitere Kettenglieder, die sich vom Großen Lupus nach unten erstreckten. Die Große Kette wurde in absteigender Rangfolge erstmals auf den Zierknochen der Urzeit beschrieben:

Großer Lupus
Sternenwölfe (die Geister der toten Wölfe, die zur himmlischen Höhle der Seelen gereist waren)
Luft
Ceilidh fyre (Blitz)
Oberhäupter (Clanführer)
Lords (Rudelführer)
Skrielin
Byrrgis-Anführer
Hauptleute
Leutnants
Unterleutnants
Feldwebel
Rudelmitglieder
Knochennager
Ranglose Obeas
Eulen
Andere vierbeinige Tiere
Andere Vögel als Eulen
Pflanzen
Erdfeuer
Wasser

Fels
Erde

Diese Ordnung auf den Schnitzknochen festzuhalten, war auch die erste Aufgabe der jungen Knochenwölfe, nachdem sie ins Rudel zurückgekehrt waren. Sie mussten endlose Stunden damit zubringen, immer wieder das Muster der Großen Kette der kosmischen Ordnung zu nagen, der die Wölfe des Hinterlandes gehorchten. Die Wölfe der Frostlande hatten diese Ordnung gebrochen und waren dadurch in Chaos und Disharmonie gestürzt. Selbst ihr Heulen spiegelte die Disharmonie ihres Lebens wider.

Nur eine Kreatur hatte es gewagt, die Ordnung zu missachten und Elemente zu erforschen, die in der Großen Kette höher standen als sie selbst. Diese Wölfin war die *Sark vom Sumpfmoor*, die sich mit dem Feuer so vertraut gemacht hatte, dass es jeglicher Ordnung spottete. Seltsamerweise war weder Chaos noch Aufruhr daraus entstanden. Die Wölfe nannten sie *Sark*, was Hexe bedeutete, weil sie angeblich magische Kräfte besaß. Die Sark lebte in einem Sumpfgebiet der Hinterlande. Dort führte sie in einer weit verzweigten Höhlc Experimente mit den „Grundstoffen der natürlichen Welt“ durch, wie sie selbst es nannte.

In den Augen der Wölfe war das die erste Beleidigung. Feuer gehörte nicht zur natürlichen Welt. Höchstens die Eulen als Wesen der Lüfte durften damit umgehen.

Von den Wölfen hatte es nur die Sumpfhexe für nötig gehalten, mehr über das Feuer zu lernen. Nachdem sie das erforderliche Grundwissen über Glut, Holzkohle, Flammen und Feuer erworben hatte, hielt sie sich von den Eulen fern. Die Sark war eine Einzelgängerin und von Natur aus verschlossen. Niemand wusste genau, woher sie gekommen war oder zu welchem Clan sie gehörte.

Natürlich waren viele Gerüchte über sie in Umlauf. Manche behaupteten, die Sark sei so hässlich geboren, dass kein Wolf sich mit ihr paaren wollte. Weil sie als unfruchtbar galt, hätte sie zur Obea ernannt werden können, aber das lehnte sie ab. Danach war sie fortgegangen, um sich ihren Hexenkünsten zu widmen und ihre Schnauze in Dinge zu stecken, die für einen Wolf eher unnatürlich waren. Einem anderen Gerücht zufolge war das Gegenteil der Fall: Die Sark sei so schön geboren, dass sie von ihrer eigenen Mutter, einer Wölfin mit Hexenkräften, aus Eifersucht verwünscht worden sei. Erst dadurch sei ihr Gesicht so hässlich geworden.

Das Gesicht der Sumpfhexe war tatsächlich nicht

hübsch. Ihr eines Auge irrte ein wenig zur Seite ab und ihr Fell war wild und struppig, als sträubte sich ihr Nackenfell in ständiger Alarmbereitschaft. Hätte man ihr genauer in die Augen blicken können – was nicht einfach war, weil das eine immer weghuschte –, hätte man festgestellt, dass ihre Augen nicht dieselbe Farbe hatten. Das eine leuchtete in dem unverwechselbaren Grün der Wölfe der Hinterlande, das andere, schielende Auge war bernsteinfarben wie die Augen der Eulen.

Mit anderen Worten, die Sark war ein Sonderling. Hätte sie ihre Missbildungen von Geburt an gehabt, wäre sie natürlich als *Malcadh* von der Obea ausgesetzt und ein Knochennager geworden, falls sie überlebt hätte. Aber nichts davon traf auf sie zu. Deshalb wurde sie zur Hexe erklärt.

Die Sark knurrte oft vor sich hin, wenn sie ihre Experimente in der Höhle durchführte. Dass die anderen Wölfe sie für eine Hexe hielten, war in ihren Augen „reine Dummheit". In Wahrheit hatte sie gar nichts *Hexisches* an sich. Sie besaß auch keine magischen Kräfte. Sie hatte nur *Ideen*.

Mit Verwünschungen und anderem Hexenkram wollte sie nichts zu tun haben, denn sie hatte keinen bösen Knochen in ihrem Körper und keinen bösen Gedanken im Kopf. Im Grunde genommen war sie ein sehr sanftes Geschöpf. Der größte Schmerz in ihrem Leben war nicht, dass sie sich nie gepaart hatte, sondern dass sie wegen ihres Auges den Moment des *Lochinvyrr* nicht so würdig gestalten konnte, wie sie es gern getan hätte. Wie sollte man auch einer sterbenden Beute in die Augen sehen und ihr Leben als würdig anerkennen, wenn einem dabei der Augapfel wild im Gesicht herumhüpfte?

Die anderen Wölfe im Rudel wären entsetzt gewesen, wenn sie die Gedanken der Sark erraten hätten. Sie brauchten eine Hexe, weil der Glaube an die Existenz seltsamer und unerklärlicher Mächte sie mindestens genauso nährte wie blutiges Fleisch. Nicht weil sie dumm oder engstirnig waren. Nein, sie waren tiefgläubig – angefangen von den *Skrielin* mit ihren Sternenprophezeiungen bis hin zu den Oberhäuptern mit ihren komplizierten Ritualen, die dazu dienten, die Streunerburgen von bösen Omen zu befreien. Die Sark konnte sich nicht erklären, wie sie zu ihrer von Grund auf praktischen und unwölfischen Geistesverfassung gekommen war.

Über all diese Dinge grübelte sie nach, während sie eines der Feuer am Eingang der Höhle in Gang hielt und sich daranmachte, Bilsenkraut und Minze zu mischen, um den Durchfall einer Wölfin zu kurieren, die allein umherirrte. Die Wölfin war aus ihrem

Clan vertrieben worden, nachdem sie nur wenige Tage zuvor ein *Malcadh* zur Welt gebracht hatte. Viele Wölfinnen wurden krank, wenn sie ihr Junges verloren.

Diese Wölfin hier war aus dem MacDuff-Clan ausgeschlossen worden. Jetzt erholte sie sich in einer der Kammern tief im Inneren der Höhle. Die Sark stellte trauernden Müttern häufig einen Übergangsbau zur Verfügung. Sie jagte für sie und gab ihnen Stärkungsmittel, die sie selbst zusammenbraute. Das ganze Geschäft, das die Geburt eines *Malcadh* begleitete, war grausam, obwohl dieser Brauch zumindest noch einen gewissen praktischen Zweck hatte. Die Blutlinie des Clans wurde dadurch gesund erhalten. Normalerweise konnten die ausgestoßenen Eltern neue Rudel aus anderen Clans suchen und mit neuen Gefährten gesunden Nachwuchs zur Welt bringen. So wie diese Wölfin hier. In ein paar Tagen wollte die Sark mit ihr darüber reden, aber noch war es zu früh, dieses Thema anzuschneiden. Ein neues Rudel war das Letzte, was die trauernde Wölfin jetzt interessierte, geschweige denn, ob dort ein gut aussehender Rüde zur Verfügung stand, der kürzlich Witwer geworden war.

Plötzlich fing die Sark einen scharfen Duftschwall auf, der sich in die Bilsenkraut-Minz-Mixtur mischte.

Sie hörte auf zu rühren. Schnell trat sie aus der Höhle, um nachzusehen, ob die vier Oberhäupter schon eingetroffen waren. „Ach du gütiger Glaux! Was in Lupus' Namen haben sich die alten Trottel denn jetzt wieder ausgedacht?"

Der Pfad der gespreizten Pfote

„Ihr sagt, der Abdruck war klar und deutlich?"

„In der Tat", erwiderten die vier Oberhäupter im Chor und nickten.

Die Sark schüttelte bekümmert den Kopf. Gegen die Geiferseuche hatte sie weder Tränke noch Medizin oder Salben. Es gab nur eine Möglichkeit, das Unheil aufzuhalten: ein großes Feuer entfachen und die geiferkranken Wölfe hineintreiben. Dabei würde sie dem Clan natürlich helfen.

Also nahm sie ihren Kohleneimer, den sie vor Jahren gegen Fleisch eingetauscht hatte, und ging mit ihnen. Die Sark und die Oberhäupter der Clans reisten in Begleitung einiger Rudel-Hauptleute. Die Prozession wand sich aus den Schlammsümpfen hinauf in die Hochebenen des Zentralplateaus, wo die Oberhäupter den Abdruck der gespreizten Pfote zuletzt gesehen hatten. Den größten Teil des Nachmittags folgten sie der Spur, doch der Sark kamen langsam Zweifel. Der Abdruck war nicht so klar, wie die

Oberhäupter behauptet hatten. Noch verwirrender erschien ihr jedoch, dass der Wolf eine Pfote stärker belastete. Zumindest hinterließen die drei anderen nur undeutliche Abdrücke und konnten auch nicht als abgespreizt angesehen werden. Lag es etwa daran, dass die Schrittabfolge durcheinandergekommen war? Soweit sie sehen konnte, hinkte oder taumelte der Wolf aber nicht.

Die Prozession kam nur langsam voran, weil Duncan MacDuncan mit seinen arthritischen Beinen nicht mithalten konnte. Ein Feldwebel, ein schnelles Weibchen, lief an der Spitze. Zwei weitere sehr schnelle Weibchen, sogenannte Außenflankerinnen, begleiteten sie und deckten zu beiden Seiten einen breiten Streifen ab. Auch Schlussläufer waren dabei. Die beiden Rüden hielten nach Hinweisen Ausschau, ob der geiferkranke Wolf kehrtgemacht hatte und zurücklief, um seine Spuren zu verwischen. Die Sark fand das idiotisch, denn ein Geiferwolf wurde am Ende tollwütig und hatte nicht mehr den Verstand für solche Täuschungsmanöver.

Auch das beunruhigte die Sark. Die Spur des geiferkranken Wolfs verlief gerade, statt planlos hin und her zu gehen wie bei einer tollwütig gewordenen Kreatur. Am meisten aber quälte sie der Gedanke, dass nur eine Pfote abgespreizt war. Wieso war nur eine Pfote von der Krankheit befallen, und nicht alle vier?

Die Außenflankerinnen waren gerade mit der Nachricht zurückgekehrt, dass der Wolf nach Westen weitergezogen war, zu den Salzlagunen, wie die flachen türkisblauen Salzseen genannt wurden.

„Gut! Gut!“, rief Angus MacAngus. „In der Gegend dort gibt es einen Engpass, die ideale Stelle für eine Feuerfalle. Wir schicken eine Abordnung mit euch, die euch helfen soll, einen Graben zu schaufeln.“ Angus MacAngus wirbelte herum und richtete sich zu seiner vollen Größe auf. „Laird, Mac, Brienne, ihr drei führt die Brennstoffsammlung an.“ Dann wandte er sich an die anderen Oberhäupter. „Wollt Ihr uns die Ehre erweisen und drei Mittelrangige aus Euren Clans auswählen, die Feldwebel Laird, unserem Quartiermeister, bei der Brennstoffbeschaffung helfen?“

Die Sark schaute zu und war beeindruckt von den barschen Kommandos, der zügigen, fehlerlosen Organisation. Die Wölfe machten das irrationale Chaos in ihren Köpfen durch ein beachtliches Organisationstalent wett, das musste sie zugeben.

Jetzt schien der richtige Moment zu sein, um eine Frage einzuflechten. Aber vorher musste sie die ganzen idiotischen Unterwerfungsrituale ausführen. Anders ging es nicht, das wusste sie. Obwohl es in ihren Augen nur ein Haufen Rentierkacke war.

Trotzdem ging sie in die Knie und drückte sich eng an den Boden, während sie gleichzeitig ihre Lefzen zu einer Grimasse totaler Unterwürfigkeit zurückzog. Dann senkte sie den Kopf, wühlte ihren Kiefer in die Erde und drehte ihr Gesicht so herum, dass ihr gutes Auge das Oberhaupt anblickte. Jetzt noch das Auge verdrehen und das Weiße zeigen, als letztes Demutszeichen. Ihr krankes Auge war dafür hoffnungslos ungeeignet.

„Du hast eine Frage, Sark?"

„Herr, ich bitte Euch untertänigst darum, die Außenflankerinnen nach einer Beschreibung der Zehenabdrücke zu fragen."

Der Clanführer nickte Finola zu. Zögernd trat die Wölfin vor. Sie hatte solche Angst vor der Sumpfhexe, dass sie am ganzen Leib zitterte. „Die Abdrücke waren genau wie bei einer geiferkranken Kreatur. Die Zehen waren tief in die Erde gewühlt und ungefähr doppelt oder vielleicht sogar dreimal so weit auseinandergespreizt wie bei einem normalen Wolf."

„Und waren alle Zehenabdrücke so, wie du sie beschreibst?", fragte die Sark weiter. Das Sprechen war allerdings eine Tortur, wenn man mit der einen Gesichtshälfte in der Erde steckte. Aber der Clanführer hatte ihr noch nicht die Erlaubnis erteilt, sich zu erheben. Wahrscheinlich wollte er der Außenflankerin den Anblick ihres weghuschenden Auges ersparen. Das arme Ding war auch so schon verängstigt genug. Und es gab nichts, was einem anständigen Wolf schneller den Magen umdrehte als ein bernsteinfarbenes Auge, das im Gesicht herumrollte wie ein fauliger Eidotter.

„Ich verstehe nicht, was du mit allen Abdrücken meinst, ähm … ähm …“, stotterte Finola, die offenbar nicht wusste, wie sie die Sark ansprechen sollte. Die Hexe hatte keinen Rang. Das Oberhaupt hatte sie Sark genannt, aber …

Die Sark ersparte ihr weitere Peinlichkeiten, indem sie ihr die nächste Frage stellte: „Meine Frage ist, ob die Zehenabdrücke alle von einer Pfote waren. Wie wir wissen, bewegt sich der Wolf auf einer östlichen Route. Folglich müssten die gespreizten Zehenabdrücke nach Süden oder Norden aufspringen. Hast du bemerkt, ob sie alle in eine Richtung zeigen?“

Eine lange Pause entstand, ehe Finola antwortete. „Also, wenn ich es mir recht überlege … ja, die meisten deutlichen Abdrücke zeigten leicht nach Süden.“

„Und keiner nach Norden?“

„Ähm … ähm … ich …“, stotterte die Wölfin. Schließlich brachte sie heraus: „Das kann ich nicht mit Sicherheit sagen, aber es ist sehr wahrscheinlich.“

„Könnte das heißen, dass wir … also dass wir es nicht mit einer eindeutigen Sachlage zu tun haben, wenn nur eine Pfote die Symptome der Geiferseuche aufweist?“

„Eine Pfote, zwei, drei oder vier!“, knurrte Duffin MacDuff und trat vor. „Was bedeutet das schon? Diese Seuche bringt den Untergang.“

„Ja! Absolut!“ Aus der Menge stieg lautes Geheule und Pfotengetrommel auf, mit dem die Wölfe Duffin MacDuff ihre Zustimmung bekundeten.

Die Sark spürte, dass sie auf verlorenem Posten stand. Aber sie fühlte sich verpflichtet, noch einmal an die Vernunft zu appellieren. „Die Spuren deuten nicht darauf hin. Ich bitte darum, nicht voreilig zu handeln …“

Duffin MacDuff fauchte und schnitt ihr damit das Wort ab.

„Ich dulde keine weiteren Einwände. Wir müssen sofort die Feuerfalle errichten. Sind die Kohlen noch heiß?“, bellte Angus McAngus.

„Ja, Herr“, erwiderte die Sumpfhexe grimmig und

spähte in den Eimer mit den orangerot glühenden Glutbröckchen.

„Dann auf mit euch zum Engpass bei den Salzlagunen.“

Ein Sprung zur Sonne

Faolan trottete einen sanften Hang zu einem Felsvorsprung hinauf und blickte auf zwei schimmernde Seen hinunter, die wie Edelsteine in der klaren Luft funkelten und blitzten. Die Sonne, die so strahlend wie das bernsteinfarbene Auge der Eule war, sank stetig am Horizont herab. Faolan war ganz in dieses Schauspiel versunken, als ihn plötzlich das Gefühl beschlich, dass ihm jemand folgte. Seltsamerweise war ihm dieses Gefühl nicht neu und mit einem Mal wurde ihm bewusst, dass er sich schon eine ganze Weile beobachtet fühlte. Vielleicht sogar schon, seit die Sonne aufgegangen war. Er wanderte zu den Seen hinunter, aber das Gefühl ließ ihn nicht los.

Wer in aller Welt sollte mir nachspüren?, dachte er, kauerte sich nieder und presste ein Ohr an die Erde. Das Geräusch, das zu ihm drang, schnitt ihm ins Herz wie messerscharfe Krallen. Das war nicht einfach ein Räuber und auch kein einzelnes Tier. Es waren Wolfslaute. Und sie stammten von mehreren

Rudeln. Faolan schloss die Augen. Er konnte kaum glauben, was er da hörte. Die gemalten Bilder aus der Höhle der Vorzeit blitzten vor seinem geistigen Auge auf. Jene *Byrrgisse*, in denen er so gern mitgelaufen wäre – aber dazu würde es nie kommen.

Die Worte fielen in seinen Geist wie Kieselsteine ins Wasser. Die Ringe, die sich an der Oberfläche kräuselten, spiegelten die schreckliche Wahrheit wider. *Ich bin die Beute!* Die Wölfe hatten sich auf seine Spur gesetzt.

Das Geräusch kam näher und näher. Ihm blieb keine Zeit für Zorn oder Trauer. Er musste alle seine Verstandes- und Muskelkräfte mobilisieren. War er klug genug, um andere Wölfe zu überlisten? Konnte er vielleicht falsche Spuren legen? Aber wo? Die Landschaft war kahl. Was nun? Umdrehen und einen Bogen schlagen? Verzweifelt blickte er sich um. Dabei erhaschte er einen Blick auf die Meute, die über den Klippen hinter ihm hervorbrach.

Ein einzelner Wolf gegen eine ganze Meute! Ich bin verloren! Faolan hörte ihre Schritte jetzt ganz deutlich. Es war noch kein Presspfotenlauf. Die Wölfe würden sich erst richtig ins Zeug legen, wenn sie ganz nahe waren, um ihre Kräfte zu schonen.

Ein verzweifelter Gedanke schoss ihm durch den Kopf. Seine Brust war breiter als die von vielen Wölfen, die er gesehen hatte, nicht nur die der Jährlingswölfe, sondern auch der voll ausgewachsenen Rudelmitglieder. Donnerherz hatte ihn gelehrt, hoch in die Luft zu springen und auf zwei Beinen zu gehen. Und sie hatte ihm immer das fetteste Fleisch zu fressen gegeben. Jetzt konnte er tiefere und längere Atemzüge machen, wenn er vorwärtsschoss. Und das war seine Strategie: *Sollen sie mich ruhig auf ebener Strecke einholen. Wenn sie dann glauben, sie hätten mich fast erwischt, presche ich im Presspfotenlauf die Hänge hinauf.* Das war seine einzige Chance, ihnen zu entkommen.

Doch als er loslief, überwältigte ihn der Kummer. Wie war es möglich, dass die Wölfe der Hinterlande ihn töten wollten? Gwynneth hatte Unrecht gehabt. Schnell verbannte Faolan diesen Gedanken aus seinem Kopf und zügelte seinen Lauf. Jetzt hörte er schon ihr Keuchen. Vier lange Schatten tauchten rechts und links von ihm auf. Die Wölfe kamen näher. Direkt vor ihm lag die erste Felsenklippe. Als er den Fuß des Steilhangs erreichte, schnellte er vorwärts und schoss zum Kamm hinauf. Das Keuchen und die Schritte verhallten. Die Schatten der Außenflankerinnen verschwanden. Weiter vorn lag eine zweite Ebene, in der sie ihn erneut einholen konnten, das wusste Faolan. Wie lange schaffte er es, dieses Spiel mit ihnen zu treiben?

Bald erreichte Faolan die Ebene. Die Wölfe holten wieder auf und trieben ihn auf ein Licht zu, das heller als die Sonne strahlte. Zu spät erkannte er, was es war – eine Feuerwand in der Lücke zwischen den beiden Seen. Es war ein Engpass. Die Wölfe jagten ihn genau so, wie er mit Donnerherz das Rentier gejagt hatte.

Bis auf den Atem der Wölfe war kein Laut zu hören. Faolan wurde in die Feuerwand getrieben. Er spürte, wie die Hitze nach ihm griff. Eine gewaltige Hitze. Jetzt hörte er auch das Knistern und Zischen. Gierig fauchend leckten die glühenden Zungen nach ihm. Immer näher wurde Faolan getrieben. *Es ist vorbei. Ich werde sterben.*

Diese Worte, die ihm durch den Kopf zuckten, lösten eine wilde Wut in ihm aus. Das Feuer griff nach ihm, die Sonne wirbelte am Himmel und plötzlich explodierte das Wort *NEIN!* in seinem Kopf. Weit riss er das Maul auf, seine Brust dehnte sich von der Luft, die er einsog, als wollte er den Himmel verschlingen. *Ich bin nach einem Baum gesprungen, nach einem Raben und nach einem Puma. Jetzt springe ich nach der Sonne!*

Hoch über ihm schnitten die dunklen Umrisse von Eulenschwingen durch die Bläue des Himmels. Gwyneth jagte mit wachsendem Grauen in den warmen

Aufwinden des Feuers nach oben, als sie begriff, was hier vor sich ging. Sie hatte den Rauch aus der Ferne gesehen und war gekommen, um der Sache auf den Grund zu gehen. Feuer war ein ungewöhnliches Phänomen im Gebiet der Salzlagunen. Gelähmt vor Entsetzen hing sie auf ihrem warmen Luftsims. *Das ist Faolan! Gütiger Glaux, das ist Faolan! Sie glauben, dass er die Geiferseuche hat …*

Ohne ihren Gedanken zu Ende zu bringen, sauste sie im Beuteanflug laut kreischend auf die Wölfe hinunter. „Halt! Halt!" Aber ihre Schreie gingen im Prasseln des Feuers unter. Und dann stockten ihr die Flügel. Die Wölfe bremsten ihren Lauf, als ein Silberpfeil über den Feuerwall schoss, ohne die Flammen auch nur zu streifen.

„Flügelstarre" nannte sich der Zustand, der Gwynneth ereilte, als ihr die Flügel den Dienst versagten. Zum Glück erholte sie sich von dem Schock, bevor sie auf dem Boden aufschlug. Als sie wieder flugfähig war, hatten die Wölfe zu heulen begonnen.

„Idioten! Was seid ihr für elende Idioten!", schrie die Sumpfhexe die Oberhäupter an, die mit offenen Mäulern dastanden und glotzten. Der Sprung, den sie gerade mit eigenen Augen gesehen hatten, war von erschreckender Anmut und Schönheit gewesen. Waren dem Wolf plötzlich Flügel gewachsen? Wie konnte er nur so hoch springen? Das war unmöglich! Besser, sie redeten sich ein, dass er von der Sonne versengt worden war.

„Na los, macht schon und heult, ihr Dummköpfe! Er hat genauso wenig die Geiferseuche wie ihr. Und dafür gab es genügend Hinweise. Eine einzige abgespreizte Pfote! Nicht zwei oder drei. Oder vier oder … achtzehn!“, brüllte die erboste Sark mit Donnerstimme.

Duncan MacDuncan hinkte vorwärts.

„Nieder mit dir! Wirf dich nieder!“, knurrte einer der Hauptleute aus dem MacDuncan-Clan die Sumpfhexe an. „Erweise ihm deinen Respekt!“

„Nein, nicht nötig! Ich will keine Unterwerfungsrituale“, erwiderte der alte Clanführer müde. „Niemand soll mir Respekt erweisen. Es ist meine Schuld. Ich bin zu alt für meine Aufgabe.“

„Oh nein! Nein!“, protestierten mehrere Wölfe.

„Doch!“, knurrte MacDuncan. „Wenn einem das Gedächtnis schwindet und man vergisst, dass vor einem Jahr ein *Malcadh* mit einer abgespreizten Pfote zur Welt gekommen ist, dann ist man ganz bestimmt zu alt.“

Betroffenes Schweigen senkte sich über die Wölfe. MacDuncan blickte sich um und nickte einem Knochennager zu, einem Jährling ohne Schwanz und mit einer krummen Hüfte.

„Hast du deinen Knochen mitgebracht?“, fragte Duncan MacDuncan ihn.

„Oh ja, gewiss, ehrwürdiger Herr.“ Der Jungwolf Heep ging in die Knie und wühlte sein Gesicht in die Erde.

„Steh auf!“, fauchte Duncan MacDuncan ihn an. „Lass das Gewinsel und mach dich ans Schnitzen.“ Dann drehte er sich zu den anderen um und hob mit bebender Stimme zu sprechen an: „Möge dieser Zierknochen bekunden, dass im Mond der Frostblüten, als das Wasser noch im Flusseis gefangen war, ein Welpe mit einer gespreizten Pfote von Morag und ihrem Gefährten Kinnaird geboren wurde. Der Welpe wurde von der verstorbenen Obea Shibaan fortgetragen und ausgesetzt. Aber das Junge hat überlebt und sich jetzt einen Platz als Knochennager im MacDuncan-Clan verdient.“

Der Knochennager Heep blickte sich gehetzt um, als suchte er etwas. Dann widmete er sich wieder dem Knochen. Duncan MacDuncan wandte sich an die Sark. „Wo ist dieser Wolf jetzt?“

„Er ist auf der anderen Seite der Feuerfalle bei Gwynneth“, erwiderte die Hexe.

„Bei Gwynneth, der Schmiedin?“

Die Sark nickte.

„Dann hat er das Feuer überlebt?“, fragte der Clanführer.

„Oh, nicht nur das“, erwiderte die Sark in beißendem Ton. „Er ist im hohen Bogen über die Feuerwand gesprungen! Ihr habt es doch alle selbst gesehen!“ Sie konnte ihre Wut kaum noch bezähmen.

„Er hat gegen die Ordnung verstoßen“, wisperte ein Wolf aus dem MacDuff-Clan.

Heep blickte kurz auf. Ein Funkeln lag in seinen Augen. Er meißelte mit den Zähnen ein Muster in den Knochen, das die Große Kette darstellen sollte. Geschickt legte er die Kette über einen großen Riss in dem Knochen, sodass es aussah, als sei sie zerbrochen.

„Kannst du ihn holen und zu uns bringen?“, fragte MacDuncan.

Die Sark nickte. Bald darauf kehrte sie mit Faolan zurück. Er wirkte frischer als die Außenflankerinnen, die ihn so verbissen gejagt hatten. Da stand er, eine helle silbrige Gestalt. Eine leise Brise strich durch sein Fell, sodass es zu leuchten schien. Er spürte das Misstrauen der Wölfe um ihn herum, als er in ihren Kreis trat. Seine Augen waren starr nach vorn zum Horizont gerichtet. Die Versammlung der Oberhäupter, vor die er treten sollte, würdigte er keines Blickes.

Duncan MacDuncan trat vor. Die Luft vibrierte vor Spannung, als der Wolf mit der gespreizten Pfote sich nicht auf den Boden duckte, wie es sich gehörte. Aber Duncan MacDuncan nahm es ihm nicht übel. „Heep, tritt vor und lies, was du bisher auf deinem Schnitzknochen festgehalten hast."

Heep trottete eilfertig mit dem Knochen im Maul nach vorn, ließ ihn fallen und absolvierte eine Reihe von komplizierten Bewegungen und Demutshaltungen, bis er so flach am Boden lag, als sei er von einem Felsen zerquetscht worden.

„Ehrwürdiger Herr, Oberhaupt des MacDuncan-Clans, gestattet mir Nichtswürdigem, dass ich meines Amtes walte und in tiefster Untertänigkeit darbiete, was ich geschnitzt habe."

„Alles Kriecher und Schleimbeutel, diese Wölfe", wisperte die Sark der Eule zu.

„Sprich endlich!", donnerte Duncan MacDuncan.

Heep begann vorzulesen, ließ jedoch die letzten Zeichen aus, die er eingeritzt hatte, um die Große Kette darzustellen. Irgendwie schwante ihm, dass Duncan MacDuncan nicht erfreut darüber sein würde.

„Bring den Knochen her, den du gerade benagt hast, Heep, und zeige diesem Wolf deine Arbeit."

„Er ist noch nicht fertig, Herr."

„Das macht nichts. Der Wolf soll nur den Zierknochen sehen. Als Knochennager wird das künftig auch seine Aufgabe sein."

Ein wenig steifbeinig kam Faolan näher, die Lefzen halb zurückgezogen wie zu einem lautlosen Knurren. Im Geist reimte er sich zusammen, was genau geschehen war. Das hier waren die Wölfe, die ihn gerade noch töten wollten. Jetzt standen sie da und starrten ihn mit einer seltsamen Mischung aus Angst und Ehrfurcht an. Er wusste nicht genau, was sie von ihm erwarteten. Gwynneth hatte ihm auf dem Weg hierher noch kurz das Missverständnis erklärt – dass die Wölfe geglaubt hatten, er sei von der Geiferseuche befallen. Aber keiner von ihnen sagte, dass es ihm leidtue. Niemand entschuldigte sich bei ihm. Heep ließ den Knochen zwischen Faolan und den Clanführer fallen.

Sorgfältig studierte Faolan den Knochen, aber seine Bewunderung hielt sich in Grenzen. Die Linien waren plump und ungelenk, die Erzählung wirr und zusammenhanglos. Ein Teil war noch nicht fertig. Faolan hatte nie in einem Clan gelebt, und doch waren die Knochen, die er benagt hatte, viel kunstvoller. Er dachte an Donnerherz' Pfotenknochen, in den er ihre Geschichte geschnitzt hatte, die Geschichte jenes herrlichen Sommers, Herbsts und Winters in ihrem gemütlichen Winterbau. Er hatte diesen Knochen auf der Rückseite des Hangs begraben, auf den er gestiegen war, um die Salzlagunen zu betrachten. Doch ihm war keine Zeit mehr geblieben, den Knochen zu holen. Aber wenn schon. Der Knochen war in seinem Versteck gut aufgehoben. Wahrscheinlich war es sogar besser, wenn dieser junge Knochennager namens Heep ihn nie zu sehen bekam.

Faolan war misstrauisch – misstrauisch gegenüber all diesen Wölfen. Aber sein Instinkt warnte ihn, diese Gedanken laut auszusprechen.

Der Clanführer wandte sich jetzt an Faolan. „Du hast dich würdig erwiesen, als Knochennager aufgenommen zu werden. Wenn du gut nagst, kannst du eines Tages in die Garde am Kreis der Heiligen Vulkane aufsteigen. Du wirst dem Clan der MacDuncan angehören. Und bald werden wir entscheiden, welchem Rudel du dich anschließen darfst, und dir einen Namen geben."

Die Einsamkeit, die so lange neben ihm hergegangen war, wich nicht, sondern ballte sich zusammen und kehrte von dem Platz an seiner Seite in die Leere in seinem Inneren zurück. Obwohl Faolan von seinesgleichen umgeben war, fühlte er sich fremder denn je, erschöpft und ausgelaugt von seiner eigenen Einsamkeit.

Also gut, dachte er. *Dann gehöre ich jetzt zu einem*

Clan. Ich werde ein Wolf der Hinterlande. Forschend blickte er sich unter den Wölfen um, den Oberhäuptern, Außenflankerinnen und allen anderen aus dem *Byrrgis,* die ihn beinahe in den Tod getrieben hatten. War hier ein einziger Wolf, der ihm auch nur entfernt ähnlich sah? Der seine Mutter, sein Vater, seine Schwester oder sein Bruder hätte sein können? Gwynneth hatte ihm erklärt, dass seine Eltern sich neue Rudel hatten suchen müssen, weit entfernt von ihrer alten Wolfsgemeinschaft. Aber sie wären niemals in die Frostlande gegangen. Auch wenn Faolan noch so misstrauisch war, wusste er, dass diese Wölfe hier anständige Geschöpfe waren. Sie waren keine Clanlosen.

„Wirst du zu uns kommen?“, fragte Duncan MacDuncan. Es war eine echte Frage, kein Befehl.

Faolan nickte.

„Hast du verstanden, was ich gesagt habe?“

Faolan nickte wieder.

„Hast du noch Fragen?“

Faolan zögerte einen Augenblick. „Nein, keine Frage, Herr, aber …“

„Aber was? Einen Einwand vielleicht?“

„Ja, einen Einwand“, bestätigte Faolan.

Wieder stieg aufgeregtes Getuschel auf.

„Wie kann er es wagen?“

„Ein Knochennager hat keine Einwände zu machen."

„Der wird es schon noch lernen!"

„Sprich weiter", sagte Duncan MacDuncan leise.

„Lasst den Schnitzknochen bekunden, dass ich einen Namen habe, Herr."

„Einen Namen?" Duncan MacDuncan blinzelte verwirrt. „Wie bist du denn zu einem Namen gekommen?"

Die Frage brachte Faolan beinahe aus der Fassung. Sein Name war kein Zufall. Donnerherz hatte ihn für ihn ausgesucht.

„Ich wurde von meiner Milchgeberin benannt, von der Grizzlybärin Donnerherz."

„Deine Milchgeberin war eine Bärin?", fragte MacDuncan und geriet leicht ins Wanken vor Überraschung.

„Ja! Und mein Name ist Faolan." Er richtete den Blick auf den Knochennager Heep, dann ließ er das grüne Licht seiner Augen über die ganze Wolfsversammlung wandern. „Nennt mich Faolan."

Kathryn Lasky, preisgekrönte Autorin zahlreicher Kinder- und Jugendbücher, lebt mit ihrem Mann in Cambridge, Massachusetts. *Die Legende der Wächter*, eine Fantasy-Serie über die tapferen Eulen von Ga'Hoole, ist nicht nur in den USA und in Deutschland ein Bestseller, sie wurde auch 2010 verfilmt. In *Clan der Wölfe* entführt Kathryn Lasky ihre Fans in die Wildnis des Nordens, wo Jungwolf Faolan seinen Platz im Rudel erkämpfen und dunklen Mächten trotzen muss.

FROSTLANDE
PUMABAUM
HINTERLAN
Höhle
der Vorzeit
FROSTWALD
MacDoneg
Gebiet
Winterbau von Donnerherz
und Faolan
Sommerbau
von Donnerh
und Faolan
SALZSEE
N

Benjes

DAS GROSSE MEER
HOOLE-KÖNIGREICHE
MacHeath-Gebiet
MacDuncan-Gebiet
KRUMMRÜCKEN
lacAngus-
ebiet
Kreis der Heiligen Vulkane
Wo Faolan gefunden wurde
Sark vom Sumpfmoor
MacDuff-Gebiet
Gwynneths Schmiede
MacNab-Gebiet
SALZSEE
SCHATTENWALD

Kathryn Lasky

Der Clan der Wölfe

Schattenkrieger

Kathryn Lasky

DER CLAN DER WÖLFE

Schattenkrieger

Band 2

Deutsch von Ilse Rothfuss

Ravensburger Buchverlag

Bibliografische Information der Deutschen Nationalbibliothek:
Die Deutsche Nationalbibliothek verzeichnet diese Publikation in der Deutschen Nationalbibliografie. Detaillierte bibliografische Daten sind im Internet über http://dnb.d-nb.de abrufbar.

2 3 4 D C B A

Limitierte Sonderausgabe, erschienen 2015

Die deutsche Erstausgabe erschien 2014
im Ravensburger Buchverlag

Published by Arrangement with Scholastic Inc.,
557 Broadway, New York, NY 10012 USA

Die Originalausgabe erschien 2010
unter dem Titel *Wolves of the Beyond. Shadow Wolf*
bei Scholastic Press.

Dieses Werk wurde vermittelt durch die
Literarische Agentur Thomas Schlück GmbH, 30827 Garbsen.

Redaktion: Franziska Jaekel
Umschlaggestaltung: Hauptmann und Kompanie Werbeagentur, Zürich
Verwendete Fotos von Straublund/Getty Images und
Jorgen Larsson/Getty Images
Vorsatzkarte: Wahed Khakdan

Printed in Germany

ISBN 978-3-473-36929-4

www.ravensburger.de

Für Mary Alice Kier und Anna Cottle –
die Fengos meiner Garde

K. L.

Inhalt

Das Dunkelste des Dunklen

Es war der Grasgeruch – der Geruch nach Spätsommergras, Nelkenwurz und Gelbem Enzian, gemischt mit einem leichten Aschehauch. Wie ein Fluss durchströmte Faolan der würzige Duft und weckte verlorene Erinnerungen in ihm. Das ist mein Rudel, das Rudel vom Osthang. Mein Clan, der Clan der MacDuncan. Jeder einzelne dieser Gerüche bestätigte ihm, dass er endlich zu Hause war.

Der Geruch eines Wolfsrudels veränderte sich geringfügig, je nach Jahreszeit oder der Nahrung, die die Wölfe zu sich nahmen. Hinter diesen leichten Abweichungen verbarg sich jedoch ein ganz elementarer Geruch, der das innerste Wesen der Wölfe verkörperte. Im Schlaf war Faolan eingehüllt in diese vertrauten, lang ersehnten Gerüche wie in einen schützenden Kokon. Durch den Geruch war er fest mit seinem Clan verbunden.

Dabei schlief Faolan gar nicht in einem Rudelbau, im warmen, feuchten Atemdunst seiner Wolfsbrüder.

Nein, Faolan schlief allein. Als Knochennager lebte er am Rand des Rudels und musste sich seinen Unterschlupf selbst suchen. Die restliche Meute hauste in zwei geräumigen Höhlen, die sie im letzten Sommer am Krummrücken gegraben hatten. Die Höhlen waren weit entfernt, aber ihr Geruch hing noch in der Luft.

Faolan zitterte. Winzige Risse durchzogen seinen Schlaf und namenlose Schrecken schlichen sich ein, finsterer als die mondlose Nacht. Plötzlich stand die Schwärze in Flammen. *Aufwachen! Aufwachen!*, schrie er in seinem Traum. Aber es war kein Traum, sondern eine Erinnerung. Bis in den Schlaf hinein verfolgte Faolan das Grauen, das ihn erfasst hatte, als er von einem halben Dutzend Wölfen aus mehreren Clans gejagt worden war. Verfolgt von seinen eigenen Wolfsbrüdern, die ihn wegen seiner gespreizten Pfote ins Feuer hatten treiben wollen. Noch jetzt spürte er die Hitze der Flammen, die unter ihm gelodert hatten, als er in hohem Bogen über die Feuerwand gesprungen war. In seiner Panik schlug er mit der Pfote auf den Boden der Höhle, die er sich als Nachtlager gegraben hatte. Ein kleiner Erdschauer rieselte vom Dach und weckte ihn endlich auf.

Faolan richtete sich auf, soweit das enge Erdloch es zuließ. Nur in der tiefsten Finsternis, in den Nächten, in denen der Mond verschwand, nahm dieser Albtraum Gestalt an. Zu diesen Zeiten heulten selten Wölfe und es kam ihm so vor, als klafften Löcher in der Stille, durch die die Angst hereinschlüpfen konnte.

Vorsichtig hob er den Kopf und schnüffelte. Keine Spur von Rauch oder Feuer. Nur ein schwacher Hauch des vertrauten Rudelgeruchs wehte ihn im Dunkeln an. *Meine Nase sagt mir, dass ich zu Hause bin. Ich gehöre hierher, dies ist meine Familie, mein Clan. Und doch* … Tief in Faolans Innerem lauerte ein Schmerz, gegen den kein Geruch der Welt ankam.

Rentiermond

Zu einer bestimmten Zeit im Frühherbst zerschnitt der Mond die Nacht wie die schmale Sichel eines Rentiergeweihs. In dieser Zeit zogen die Herden langsam in Richtung Süden, zuerst die Kühe mit ihren Kälbern, dann die Bullen. Die Wölfe setzten sich auf ihre Fährten und folgten dieser Vorhut der großen Wanderung, um alte Kühe oder schwache Kälber zu reißen. Gesunde Kälber durften nicht getötet werden, das verboten die Jagdregeln. Außerdem begann die wahre Jagdzeit erst mit der Ankunft der Bullen.

Als an diesem Morgen die Sonne am Horizont hervorbrach, erfüllte ein Heulen die Luft. Es war die Stimme von Greer, der *Skrielin* des MacDuncan-Flussrudels, die die Wölfe zur Jagd rief. Aber nicht zur Rentierjagd. In der Nähe des Flusses war gerade die Fährte eines Elchbullen aufgespürt worden. Das Rudel hatte sofort Kundschafter ausgesandt, die seine Fährte aufnehmen sollten. In ihrer Abwesenheit bildete sich ein *Byrrgis*, die Jagdformation der Wölfe.

Elchbullen waren oft unberechenbar und trotz ihrer Masse erstaunlich wendig. Um eine solche Beute zur Strecke zu bringen, musste ein großer *Byrrgis* auf die Beine gestellt werden. Die Jagd war gefährlich, besonders jetzt, in der Paarungszeit der Elche. Selbst Faolans zweite Milchmutter, die Grizzlybärin Donnerherz, hatte in der Zeit des Rentiermondes einen großen Bogen um Elche gemacht. Faolan versuchte seine Aufregung zu bezähmen, als die Rudel sich versammelten und auf die Rückkehr der Kundschafter warteten. Der Lärm des Begrüßungspalavers, das sogenannte *Gaddergladder*, das einer Jagd auf Großwild wie diesen Elchbullen vorausging, drang an sein Ohr. Faolan spürte, wie das Blut schneller durch seine Adern rauschte, und scharrte mit den Pfoten.

Das hier war seine Chance. Er würde mit dem Rudel jagen und versuchen, alles richtig zu machen – was gar nicht so einfach war, bei den vielen Regeln und Bräuchen, die es zu beachten galt. Für alles gab es bestimmte Rudel- und Clanwörter, besondere Ausdrücke, die ihm fremd waren, denn Faolan war in seinem ersten Lebensjahr als Einzelgänger umhergestreift. Er war ein rudelloser Wolf gewesen, ein Clanloser. Wegen seiner gespreizten Pfote war er als Neugeborener zum *Malcadh* erklärt worden. *Malcadh* bedeutete „verflucht" und nach den starren Regeln, die das Leben der Wolfsclans in den Hinterlanden beherrschten, wurden alle *Malcadh* von der Obea eines Clans an einem abgelegenen Ort ausgesetzt. Dort verhungerten sie oder wurden von Eulen oder anderen Räubern verschlungen. Die Eltern der *Malcadh* wurden ebenfalls aus dem Clan verbannt und durften sich nie wieder miteinander paaren. Durch diese Maßnahme wurden die Blutlinien der Rudel gesund erhalten. Wenn ein *Malcadh* überlebte, was selten vorkam, konnte es in den Clan zurückkehren, aber nur als verachteter Knochennager, der von allen anderen Wölfen misshandelt wurde.

Faolan war nicht gestorben. Eine Grizzlybärin namens Donnerherz hatte ihn gerettet. Fast ein Jahr lang war Faolan bei seiner zweiten Milchmutter geblieben. Doch am Ende des Winters war sie bei einem Erdbeben ums Leben gekommen. Den ganzen Frühling und den größten Teil des Sommers über hatte Faolan allein gelebt, bis er vor einem knappen Mondzyklus zu den Wölfen zurückgekehrt war, weil er die Einsamkeit nicht mehr ertragen konnte. „Zurückgekehrt" klang seltsam in seinen Ohren, denn er hatte nie lange genug unter Wölfen gelebt, um sich wirklich heimisch im Rudel zu fühlen. Und das bekam er jetzt jeden Tag zu spüren. Sogar die frechen kleinen Welpen machten sich über ihn lustig. „Faolan, sag mal ‚Rentier'", neckten sie ihn. Und wenn er das Wort aussprach, japsten sie vor Vergnügen und riefen: „Der redet ja wie ein Bär!" Niemand wies sie zurecht. Selbst der winzigste Welpe durfte ihn verspotten, so viel er wollte, weil Faolan ein Knochennager war.

Lord Breac, der Anführer des Osthangrudels, näherte sich jetzt mit seinen Leutnants. Faolan nahm schnell die Unterwerfungshaltung ein, die von ihm erwartet wurde, sobald sich ein Rudelmitglied näherte. Das galt besonders für hochrangige Wölfe wie den Rudellord.

Noch bevor sein Bauch den Boden berührte, spürte Faolan einen stechenden Schmerz in der Flanke. Er war nicht schnell genug gewesen, wie üblich. Flint, einer der Leutnants, hatte ihn gebissen und in den Dreck geschleudert. Jetzt kam er zurück und packte Faolan an der Schnauze. Das war eine der schlimmsten und schmerzhaftesten Demütigungen, die einem Knochennager zugefügt werden konnte.

„Vergeude nicht deine Energie, Flint", bellte Lord Breac. „Lass ihn in Ruhe. Du brauchst deine Kräfte noch für den *Byrrgis*."

Und ich?, dachte Faolan. *Brauche ich meine Kräfte etwa nicht?* Er tröstete sich mit dem Gedanken, dass er bald nicht mehr unsichtbar sein würde, wenn sie ihn im *Byrrgis* laufen sahen.

Lord Breac hielt inne und drehte sich zu Faolon um. Er wollte sich überzeugen, ob der Knochennager ihm folgte, und zwar mit eingeklemmtem Schwanz und in geduckter Haltung, wie es sich für einen Wolf seines Ranges gehörte. „Denk daran: Die Knochen werden groß sein, sodass wir sehen können, wie gut du das Schnitzen gelernt hast!"

Ja, das Schnitzen – aber was ist mit dem Jagen?, fragte sich Faolan. Er konnte viel mehr, als nur Knochen benagen, von denen die höherrangigen Wölfe das Fleisch abgefressen hatten. Beim *Byrrgis* würde er ihnen zeigen, was in ihm steckte. Die Weibchen galten als schnellste Läuferinnen und ließen sogar die Rüden hinter sich. *Aber ich bin noch schneller*, dachte Faolan im Stillen. Und welcher andere Wolf konnte auf den Hinterbeinen gehen, wie Donnerherz, die Grizzlybärin, es ihm beigebracht hatte? Er hatte diese Fähigkeit noch keinem Rudelmitglied gezeigt. Er wusste auch nicht, ob er sie in einem *Byrrgis* einsetzen konnte. Aber wenn, würden den anderen Wölfen sicher die Augen aus dem Kopf fallen.

Knochennager dienten dem Rudel als Sündenböcke und durften von allen ungestraft verhöhnt und misshandelt werden. So war es seit jeher der Brauch. Da alle Knochennager irgendwelche Missbildungen hatten, galten sie als wandelndes Beispiel für die Gefahren, die schlechtes Blut mit sich brachte. Der Clan wusch sich von diesem Makel rein, indem er die Knochennager quälte und demütigte. Diese Wölfe mussten nicht nur viel einstecken, es wurde auch viel von ihnen verlangt. Vor allem mussten sie lernen, Knochen kunstvoll zu benagen, um die Chronik der Rudel und Clans der Hinterlande darin zu verewigen, wie es kein gewöhnlicher Wolf vermochte.

Während Faolan Lord Breac folgte, fiel ihm eine Wölfin auf, die den Bauch voller Junge hatte.

„Sie ist spät dran mit ihrem Wurf, was, Flint?“, knurrte Lord Breac.

„Allerdings. Und jeder weiß, dass diese Welpen oft zu früh auf die Welt kommen. Hoffentlich geht sie nicht abseits, aus Angst, dass ein *Malcadh* darunter sein könnte.“

Faolan bremste die Schritte und drehte sich nach der Wölfin um. Ihre Augen flackerten ängstlich und er beobachtete, wie eine andere Wölfin mit zwei Jungen zurückwich und einen großen Bogen um die werdende Mutter machte. Eines der Jungen wollte zu ihr hinlaufen, aber die Mutter versetzte ihm einen scharfen Biss und knurrte: „Bleib weg von ihr.“

Faolans Herz krampfte sich vor Mitleid mit der Wölfin zusammen. *Hoffentlich hat sie es nicht ge-*

hört, dachte er. Aber so wie sie den Kopf hängen ließ, war ihr die böse Bemerkung bestimmt nicht entgangen. Wen wunderte es, wenn sie „abseits" oder „auf Abwege" ging. So nannten es die Wölfe, wenn eine Wolfsmutter sich heimlich entfernte, um ihre Jungen weit weg vom Rudel zur Welt zu bringen, weil sie fürchtete, es könnte ein *Malcadh* darunter sein. *Ein Malcadh, wie ich eins war*, dachte Faolan. *Und noch bin!* War seine erste Milchmutter auch abseits gegangen? War sie weggelaufen, um ihr Ungeborenes vor den Gesetzen des Clans zu beschützen?

Die Ordnung herausfordern

Endlich näherten sie sich der Senge, dem Ort, an dem über zwei Dutzend Mitglieder der vereinten Rudel versammelt waren. Faolan spürte die Blicke der anderen Wölfe auf sich und hörte ihr betroffenes Murmeln.

„Viel zu groß für einen Knochennager."

„Zu gut genährt."

„Der wird sich nach der Jagd heimlich Fleisch nehmen, statt abzuwarten, was für ihn übrig bleibt."

„Unsinn, das würde kein Rudelwolf zulassen."

„Nein, der ist einfach nur groß."

„Nimm dir ein Beispiel an Heep dort drüben", sagte Lord Breac zu Faolan. „Der ist ein musterhafter Knochennager." Faolan hatte bis zu diesem Moment noch mit keinem der anderen Knochennager zu tun gehabt. Vielleicht konnte er wirklich etwas von Heep lernen? Die absolute Unterwürfigkeit zum Beispiel, die von einem Knochennager verlangt wurde und die ihm noch immer so schwerfiel. Neugierig drängte er sich bis zur Hügelkuppe der Senge vor.

Mitten in all dem Schwanzwedeln, Heulen und Buckeln entdeckte er einen gelben Wolf, der sich hingebungsvoll im Dreck wälzte.

Faolans Unterwerfungshaltung ließ einiges zu wünschen übrig. Seine Knie wollten einfach nicht einknicken und auch seine Schultern duckten sich nicht tief genug, dass sein Bauch den Boden streifte. Am schwersten fiel ihm jedoch, den Hals so zu verdrehen, dass er sein Gesicht in die Erde pressen konnte.

Angewidert starrte er auf den gelben Wolf. Das war der Musterknabe, an dem er sich ein Beispiel nehmen sollte? Noch nie hatte er einen Wolf gesehen, der sich so tief in die Erde wühlte. Heeps Schnauze war ganz im Staub verschwunden. Wie konnte er überhaupt noch atmen? Und seine Augen – mehr gelb als grün – hatte er so weit nach hinten verdreht, dass nur noch das Weiße darin zu sehen war. Trotzdem entging Faolan nicht, dass Heep alle paar Sekunden umherspähte, ob seine Darbietung auch gebührend gewürdigt wurde. Und die ganze Zeit zuckte sein Hinterteil, als wollte er den Schwanz zwischen die Beine klemmen. Aber da war kein Schwanz, den Heep unterwürfig einziehen, mit dem er fröhlich wedeln oder den er herausfordernd steif halten konnte.

Er trägt diese Demütigung wie einen zweiten Pelz, dachte Faolan, dem es fast den Magen umdrehte.

Aber egal – dieser Heep galt als Musterknochennager. Vielleicht konnte er ihm etwas über den *Byrrgis* und die Jagd erzählen.

„Und wann dürfen wir in das Heulen einstimmen?“, fragte Faolan und ließ sich neben Heep sinken.

„Was?“, keuchte der gelbe Wolf.

„Ich sagte, wann dürfen …“

„Ich habe genau gehört, was du gesagt hast, Knochennager. Ich bin nur erstaunt über deine Frage. Du weißt wohl gar nichts?“

„Es war doch nur eine Frage. Ich kenne noch nicht alle Bräuche.“

„Und wenn du so weitermachst, wirst du sie auch nie kennenlernen“, murrte Heep. „Knochennager heulen nicht bei einem *Gaddergladder*. Und auch bei keiner anderen Rudel- oder Clan-Versammlung.“

Faolan hätte gern nach dem Grund gefragt, hielt aber den Mund. Das Heulen war nicht so wichtig. Hauptsache, er konnte mehr über diesen *Byrrgis* in Erfahrung bringen. „Kannst du mir etwas über den *Byrrgis* erzählen? Ich kann …“ Er zögerte. *Genauso schnell laufen wie die Weibchen,* hätte er fast gesagt. Aber er schluckte es hinunter, weil er keinen Ärger wollte. Stattdessen fuhr er fort: „Ich bin stark. Ich kann lange und schnell laufen.“

Heep nahm seine Schnauze aus der Erde und warf ihm einen abfälligen Blick zu. „Das ist unerheblich für den *Byrrgis*."

„Warum?", fragte Faolan verwundert. „Warum soll das unerheblich sein?"

Im selben Moment stolzierte Lord Claren vorbei. Er blieb direkt vor Heep stehen, der sich sofort wieder zu wälzen begann. Der Lord starrte mit undurchdringlicher Miene auf ihn hinunter, was Heep so beflügelte, dass er vor lauter Unterwürfigkeit fast ganz im Boden verschwand.

„Meinen alleruntertänigsten Dank, Herr, dass ich mich auf meine bescheidene Weise bei diesem *Byrrgis* nützlich machen kann. Lasst mich den edleren Wölfen, dem Hauptmann und den Feldwebeln, als niedriger Fährtenputzer dienen, indem ich den Kot und den Urin der Beute beschnüffle. Es ist mir eine Ehre, genauestens über die Losung Bericht zu erstatten, wenn es dem größeren Ruhm des *Byrrgis* dient."

Losung? Kot und Urin? Wovon in aller Welt redete dieser Wolf? War es etwa ihre Aufgabe, die Exkremente der Beute zu beschnüffeln? Faolan traute seinen Ohren nicht. Damit hatte er nicht gerechnet, auch nicht als Knochennager. Die prickelnde Vorfreude, die ihn die ganze Zeit begleitet hatte, flackerte ein letztes Mal auf wie eine Kerzenflamme und erlosch.

Heep warf Faolan einen verstohlen Blick zu und wisperte: „Ja, ganz recht, das ist unsere Aufgabe, Knochennager. Laufen kannst du vergessen. Wir sind auch nicht beim Todessprint am Ende dabei. Wir schnüffeln nur am Kot und Urin“, fügte er genüsslich hinzu und drehte sich zu Lord Claren um, der seine Erklärungen mit einem Kopfnicken bestätigte.

„Und ich würde es Euch auch nicht als Hochmut auslegen, Lord Claren“, fuhr Heep fort, „wenn Ihr mich nach dieser geschätzten Jagd eine Weile zu meiden geruhtet – des Gestanks wegen, den ich mir in Erfüllung meiner bescheidenen Pflichten erworben habe.“ Der gelbe Wolf hielt einen Augenblick in seiner hündischen Selbsterniedrigung inne und fügte mit geziertem Winden hinzu: „Und seid gewiss, Herr, dass ich die Pflicht des Kotschnüffelns voll tiefer Dankbarkeit und Demut erfüllen werde. Den Gestank, der mir danach anhaftet, werde ich mit Stolz tragen, wie einen Orden für meine bescheidenen Dienste.“

Wortlos stolzierte Lord Claren davon. Sobald er außer Hörweite war, sagte Faolan: „Heep!“

„Was gibt’s, Knochennager?“

„Warum nennst du mich nicht bei meinem Namen?“

„Weil du ihn dir noch nicht verdient hast“, sagte Heep mit unverhohlener Verachtung.

„Das ist der Name, den mir meine zweite Milchmutter gegeben hat“, wandte Faolan ein.

„Oh!“, schnaubte Heep. „Dieser Bär.“

„Ja, dieser Bär, die Grizzlybärin Donnerherz.“

Heep trat einen Schritt näher. „Ich will dir mal was sagen, Knochennager. Für einen *Malcadh* gibt es keine Milchmutter – weder eine erste noch eine zweite oder eine dritte. Es beweist nur, wie dumm und eingebildet du bist, wenn du anders darüber denkst.“

Faolan ging knurrend auf Heep zu, der überrascht zurückwich. Als älterer Knochennager mit mehr Erfahrung war er zugleich der Ranghöhere. Mit einer so dreisten Herausforderung hatte er nicht gerechnet.

„Urskadamus!“, murrte Faolan. Das war ein alter Bärenfluch, den er von Donnerherz gelernt hatte. Ein paar Wölfinnen kicherten, aber er beachtete sie nicht und kehrte Heep den Rücken zu.

Als er sich umdrehte, fiel sein Blick auf eine Wölfin, die ihn von der anderen Wegseite aus beobachtete. Sie hatte lohfarbenes Fell und war etwa in seinem Alter, aber kleiner und eindeutig keine Knochennagerin. Dazu war sie zu gut genährt. Faolan konnte auch keine Missbildungen an ihr erkennen.

Neugierig schaute die Wölfin ihn an, aber er konnte ihren Blick nicht erwidern. Ein Knochennager durfte einem anderen Wolf nicht direkt in die Augen sehen, selbst wenn es ein gleichaltriges Tier war. Doch aus dem Augenwinkel bemerkte Faolan, wie die Wölfin vorsichtig näher kam. Er duckte sich, legte die Ohren an und verdrehte den Hals, so gut er konnte, um sein Gesicht in den Boden zu pressen. Dann trafen ihn ihre Worte, leise und unerwartet.

„Das ist hart für dich, was?“, sagte die Wölfin. Faolan wusste sofort, wovon sie redete. „Du kannst dich nicht verstellen, hab ich Recht? Du kannst nicht so heucheln wie Heep.“

„Nein, das kann niemand. Für mich ist Heep gar kein richtiger Wolf.“

„Ja, vielleicht. Aber manchmal muss man einfach mitspielen. Das ist leichter, verglichen mit …“

„Psst! Da kommt er!“

Heep rutschte auf dem Bauch zu ihnen herüber. „Ist es zu fassen?“, schleimte er. „Eine stolze und edle Jungwölfin wie Ihr lässt sich herab, mit niedrigen Kreaturen wie uns zu sprechen. Eine so begabte junge Läuferin aus dem vornehmen Carreg-Gaer-Rudel ist sich nicht zu schade, das Wort an uns Nichtswürdige zu richten!“

Carreg Gaer! Dann gehörte sie also nicht zum Flussrudel. Carreg Gaer war das Rudel des Oberhaupts Duncan MacDuncan. Aber warum war sie hier? Die Unterwürfigkeit, die Heep zur Schau stellte, in der er sich regelrecht suhlte, war ihr sichtlich zuwider. Wortlos machte sie kehrt, um zum Jagdpalaver zurückzugehen. Bald darauf ertönte die schrille Stimme der *Skrielin*. Sie rief die Wölfe ein letztes Mal zur Jagd.

„Mark und Knochen!“

Die beiden Rudel hetzten in Richtung Norden davon.

Eine Jagdformation bestand immer aus zwei Flanken: einer Ost- und Westflanke oder einer Nord- und Südflanke. Lief nur ein Knochennager mit, musste er beide Flanken abdecken. Da Heep und Faolan aber zu zweit waren, wurde Faolan die Ostflanke zugewiesen, die einem alten Aberglauben nach als minderwertig galt, während Heep die Westflanke übernahm. Gemeinsam bildeten sie die Schlusslichter des *Byrrgis*, in dem zweiunddreißig Wölfe mitliefen.

Der *Byrrgis* fächerte über einen halben Kilometer aus, als die Wölfe quälend langsam einen Steilhang erklommen. Faolan wusste, dass er an seinem Platz bleiben musste. Bald stieß er auf den ersten Kothaufen und beschnüffelte ihn. Dann lief er nach vorn, um dem Unterleutnant, einem großen Wolf namens Donegal, den Geruch zu beschreiben. Plötzlich tauchte Heep neben ihm auf. „Ich übernehme das, wenn du nichts dagegen hast.“

„Wieso? *Ich* habe doch den Geruch aufgenommen!“ Faolan beäugte Heep vorsichtig, bevor er weitersprach. „Ich weiß, dass ich als neuer Knochennager unter dir stehe, Heep. Aber ich glaube, es würde als äußerst … ähm … unbescheiden angesehen werden, wenn du den Geruch an meiner Stelle melden und dann auch noch einen zweiten Bericht von der Westflanke liefern würdest …“

Heep hob die gelben Augen. Das leuchtende Grün, das die Augen der Hinterlandwölfe kennzeichnete, war kaum darin zu erkennen.

„Egal, du berichtest ihm nichts“, erwiderte Heep mit unterdrückter Wut.

„Doch, natürlich! Du könntest den Unterleutnant erzürnen, weil deine Nase nicht feucht vom dampfenden Elchkot ist.“

Der gelbe Wolf machte kehrt und trottete davon. Dann drehte er sich noch einmal um und warf Faolan einen finsteren Blick zu.

Nachdem Faolan dem Unterleutnant Bericht erstattet hatte, kamen er und Heep als Letzte auf der Hügelkuppe an. Von dort konnten sie den ganzen *Byrrgis* überblicken. Die Wölfe waren schneller geworden und unten in der Ebene in den sogenannten Presspfotenlauf übergegangen. Eine gewaltige Welle lief durch den *Byrrgis*. Die fast drei Dutzend Wölfe bewegten sich mit vollkommener Einmütigkeit. Ihr Geist, ihr Verstand, ihre Muskeln verschmolzen nahtlos miteinander. Sie mussten nicht überlegen, nicht bellen. Sie gehörten zusammen – ein Silberstreif, der zwischen Himmel und Erde dem Horizont entgegenjagte.

Plötzlich schoss die lohfarbene Wölfin hinter einer Außenflankerin hervor. Faolan blinzelte verwirrt. Solange die Beute nicht in Reichweite war, hielten sich die Außenflankerinnen zurück. Erst wenn der Spitzenwolf das Signal gab, dass die Beute allmählich ermüdete, scherten die Läuferinnen aus und rannten los.

Wie Faolan sie beneidete, diese junge Wölfin aus dem Carreg-Gaer-Rudel! Er spürte geradezu, wie sich die Muskeln in ihrem lohfarbenen Körper streckten und ihr Hals sich dehnte. Speichelfäden troffen ihr vom Maul. Dennoch wirkte ihr Lauf wunderbar mühelos. Wenn er doch nur mit ihr rennen könnte! Er war schnell genug. Noch vor wenigen Monaten hatte er ganz allein ein Rentier von seiner Herde getrennt und zur Strecke gebracht.

Aus dem Augenwinkel sah Faolan Heep vorwärtshuschen. Wahrscheinlich hatte der gelbe Wolf ein paar Kothaufen oder eine Urinpfütze entdeckt. Na wenn schon! Er überließ ihm gern die „Ehre“, dem Unterleutnant Bericht zu erstatten.

Der Anblick der Wölfe beflügelte Faolan, bis er sich kaum noch bezähmen konnte. Er schnellte vorwärts, dass der Staub nur so aufwirbelte. Die ganze Ostflanke hatte sich zusammengezogen und bildete eine feste Einheit, die plötzlich Tempo gewann. Faolan wusste nicht genau, was die Wölfe vorhatten, aber er wollte dazugehören. Niemand würde etwas merken, wenn er ebenfalls beschleunigte und einfach mitzog.

Dann lief ein Signal durch den *Byrrgis* und Faolan spürte den Druck der Wölfe, die ihn umgaben. Er war jetzt einer von ihnen, ein Gedanke, der ihn bis ins Mark erschauern ließ. Wie Metall in der Glut des Schmiedeofens verwandelte er sich. Sein Schritt verschmolz mit ihrem, seine Muskeln wurden Teil von etwas Größerem. Sein Herz pumpte, vereinigte sich mit dem einen, gewaltigen Rhythmus des Herzschlags all dieser Wölfe. Endlich gehörte er dazu. Er war ein Mitglied des *Byrrgis*! Ein tiefer Rausch erfasste ihn.

Aber Moment mal … was war das? Faolan spürte einen abrupten Richtungswechsel. Der Elchbulle drehte scharf nach Norden ab. Das konnte nicht richtig sein. Auf diese Weise trieben sie den Elch ins Felsgelände, das voller Spalten und Schluchten war, durch die das Tier entkommen konnte. Faolan wurde noch schneller. Das war seine Chance. Vielleicht war jetzt der Zeitpunkt gekommen, auf die Hinterbeine zu gehen, dachte er in wildem Überschwang. Entschlossen scherte er aus dem dicht gedrängten Pulk aus, um der Beute den Weg abzuschneiden.

Heep sah nur einen Staubwirbel, als Faolan aus dem Rudel ausbrach. *In Lupus' Namen, was soll das jetzt wieder?*, knurrte er vor sich hin und ließ sich ein Stück zurückfallen. So konnte er hinüberhuschen und sich einen besseren Überblick über die Ostflanke verschaffen. Verwirrt kniff er die Augen zusammen. Was er da zu sehen bekam, war einfach unglaublich. Dieser Faolan begriff überhaupt nichts. Er hatte offenbar keine Ahnung, dass der *Byrrgis* den Elch in die Zange nehmen und zum Umkehren zwingen wollte. Mit ausgestrecktem Schwanz, der wie eine silberne Feder hinter ihm herwehte, schoss Faolan vorwärts und nahm die Zangenmanövrierer seinerseits in die Zange. Das war unerhört – ein schwerer Verstoß gegen die *Byrrgnock*-Gesetze, ein Vergehen ersten Ranges!

Tiefe Schadenfreude erfüllte Heep. Beim Mond der Singenden Gräser, der fremde Wolf würde aus dem Rudel und aus dem Clan verjagt werden und in der Dunkelwelt enden. Er, Heep, brauchte kein Wort zu sagen und keine Pfote zu rühren. Der Knochennager Faolan riss sich gerade selbst das Fleisch von den Knochen.

In vollem Lauf jagte Faolan dahin. Er streckte sich, spürte den Wind in seinem Fell und den Boden, den seine Füße kaum noch berührten. Ja, dafür war er gemacht – den Wind zu fangen und die Sonne zu beißen, die gerade hinter dem Horizont versank. Plötzlich schob sich die lohfarbene Flanke der jungen Wölfin in sein Blickfeld. Faolan konnte es selbst kaum glauben, dass er sie so schnell eingeholt hatte. Eine wilde Freude stieg in ihm auf, als er die Kraft in seinen Muskeln spürte.

Faolan überholte die lohfarbene Wölfin und zog schon fast mit den Vorläufern gleich. Dann fing er plötzlich Signale auf, die zwischen den Feldwebeln und Hauptleuten hin- und herflogen. Unmerkliche Gesten und Bewegungen – ein leichtes Ohrenschnellen, ein plötzliches Schwanzaufrichten. Er nahm die Signale wahr, verstand jedoch ihre Bedeutung nicht. Und als er sich vor das Rudel setzte, noch vor die Außenflankerinnen und die Spitzenwölfe, hörte er nicht, was im *Byrrgis* vor sich ging. Er merkte nicht, wie die Formation ins Stocken geriet und aus dem Tritt kam, fing nicht das ratlose, tiefe Knurren der Rudelmitglieder hinter ihm auf. Nein, Faolan hatte nur einen Gedanken im Kopf – den riesigen Elchbullen vor ihm aufhalten. Er schoss an dem Bullen vorbei und bremste scharf ab, weit genug von ihm entfernt, um herumzuwirbeln und auf die Hinterbeine zu gehen. Es war, als ob der Geist der Grizzlybärin Donnerherz von ihm Besitz ergriff, als er sich aufrichtete. Er hielt die Vorderpfoten, wie er es bei Donnerherz gesehen hatte, und spürte geradezu, wie seine Klauen länger und schärfer wurden. *Ich bin beides – Wolf und Bär. Ein Grizzlybär.* Sein Heulen grollte wie Donner durch die Luft.

Der Elch kam schlitternd zum Stehen. Ein wildes Licht flackerte in seinen dunklen Augen auf. Dann bellte der Elch, wirbelte herum – und griff den *Byrrgis* an! Wie ein Berg krachte er in die Wölfe und im nächsten Moment erfüllte panisches Heulen und Schreien die Luft.

Großer Ursus, was habe ich getan?

Aber Faolan brauchte keine Erklärung. Er hatte die Ordnung zerstört. Ein Knochennager hatte es gewagt, aus dem *Byrrgis* auszuscheren und sich vor die Außenflankerinnen zu setzen, vorbei an der Vorhut und den Spitzenwölfen! Der *Byrrgis* hatte sich aufgelöst. Der Elch war entkommen.

Die Wut der Aussenflankerinnen

Die Strafe würde nicht auf sich warten lassen. Knochennager wurden weggebissen, wenn sie sich ungebührlich früh an einen Kadaver heranwagten. Sie wurden misshandelt, oft mit einem Hieb auf die Schnauze bestraft und mussten als Zielscheibe für Hohn und Spott herhalten. All das konnte Faolan ertragen. Aber dass ausgerechnet Heep den Knochen schnitzen sollte, auf dem sein Verbrechen verewigt wurde, und dass der gelbe Wolf ihm zudem den gefürchteten Knochenbiss versetzen sollte, war zu viel für ihn. Es drehte ihm den Magen um.

Faolan hatte die Jagd vermasselt und den schwersten Verstoß gegen die Regeln begangen. Er hatte den *Byrrgis* gesprengt. Selbst wenn die Wölfe in der Lage gewesen wären, sich wieder zu sammeln, hätten sie den Elch nicht weiter gejagt. Fleisch, das durch einen Verstoß gegen die Ordnung erbeutet wurde, galt als nicht *morrin*. Es wurde für *cag mag* erklärt, ein altes Wolfswort für „beflecktes Fleisch". Weil man durch

„beflecktes Fleisch“ den Verstand verlieren konnte, bedeutete der Ausdruck auch „verrückt werden“.

Aber nicht nur das Fleisch, auch Faolan selbst galt nun als *cag mag*, wie er an den scheelen Blicken der anderen Wölfe ablesen konnte. Auch ihr Getuschel blieb ihm nicht verborgen. „Dieser Knochennager ist mehr Bär als Wolf“, hörte er ein Rudelmitglied zu seiner Gefährtin sagen.

„Und wir müssen jetzt seinetwegen hungern“, erwiderte die Wölfin.

Doch diese Worte waren harmlos im Vergleich zu dem, was noch kommen sollte. Faolan stockte das Blut in den Adern, als er Mairie, die lohfarbene Außenflankerin, auf sich zukommen sah. Er duckte sich hastig und diesmal berührte sein Bauch den Boden schneller als je zuvor. Er presste das Gesicht in die Erde, aber noch ehe er den ersten Laut der Zerknirschung von sich geben konnte, trafen ihn Mairies Worte wie ein stechwütiger Bienenschwarm.

„Was in Lupus’ Namen hast du dir dabei gedacht? Du hast mir eine einmalige Chance geraubt! Weißt du überhaupt, wie viele Wölfinnen in meinem Alter als Außenflankerin in einem *Byrrgis* mitlaufen dürfen?“ Mairie wartete nicht auf eine Antwort. „Nein, natürlich nicht. Du weißt überhaupt nichts. Du bist ein Idiot!“

„Ich weiß, ich weiß", sagte Faolan. Seine Stimme war heiser vor Verzweiflung.

„Jetzt müssen wir hungern. Und wir können froh sein, dass niemand getötet wurde, als der Elch in den *Byrrgis* gekracht ist."

„Was soll ich sagen? Wahrscheinlich ist es am besten, wenn ich fortgehe. Ich werde sowieso verbannt und dann ..."

Aber Mairie schnitt ihm das Wort ab. „Das entscheidet allein Duncan MacDuncan, nicht du!", fauchte sie ihn an.

„Ja, gut ... aber was soll ich denn noch hier?"

„Was du hier sollst? Zum Carreg-Gaer-Rudel gehen und vor den *Raghnaid* treten, du hasenherziges Stück Elchkot. Du gehst vor einem Elchbullen auf deine blöden Hinterbeine, aber du hast nicht den Mumm, vor einem Gerichtshof Rede und Antwort zu stehen? Und außerdem, wo willst du überhaupt hin?"

„Ähm ..." Faolan zögerte.

„Na los, sag schon! Nach Ga'Hoole, oder was?"

„Ehrlich gesagt ... ja. Der Gedanke ist mir durch den Kopf gegangen", murmelte Faolan.

Verblüfftes Schweigen war die Antwort. Dann begann Mairie langsam zu sprechen. „Bist du von allen Wolfsgeistern verlassen? Mondverrückt? Ist dein Verstand jetzt ganz *cag mag* gegangen?"

„War doch nur so eine Idee“, murmelte Faolan und versuchte sein Gesicht noch tiefer in die Erde zu wühlen, während er die Augen nach hinten verdrehte, damit er sie sehen konnte.

„Beim Großen Lupus, was bist du für ein Versager! Du weißt ja noch nicht mal, wie das Unterwerfungswälzen dritten Grades geht! Was übrigens sofort nach dem ersten Bauchscharren erfolgen müsste. Du glaubst wohl, du könntest dich da einfach durchtschurrlullen.“

„Ich weiß nicht, was durchtschurrlullen bedeutet“, gab Faolan zu.

„Genau meine Rede! Tschurlullu ist das Eulenwort für ‚etwas einfach weglachen‘, oder ‚auf die leichte Schulter nehmen‘. Geh nur nach Ga’Hoole. Du sprichst zwar die Sprache nicht und du kannst nicht fliegen, aber was macht das schon?“

„Ich kenne ein paar Eulenwörter. Ich hatte eine Schmiedeeule als Freundin.“

„Oh, fantastisch. Du hattest eine Schmiedeeule als Freundin“, höhnte Mairie. Dann legte sie den Kopf schief. „Vergiss Ga’Hoole. Du gehörst nicht dorthin.“

„Ja, aber hierher gehöre ich auch nicht“, erwiderte Faolan. Er versuchte die Ohren flach anzulegen, wie es sich gehörte, aber sie schnellten immer wieder hoch.

Mairie seufzte. „Ich kann einfach nicht glauben, was du dir auf diesem *Byrrgis* geleistet hast. Ich meine, verflixt noch mal, das sollte doch mein … mein …“ Mairie geriet ins Stottern, „mein großer Moment sein. Wenn du nicht gewesen wärst, hätte ich das Zangenmanöver zu Ende bringen können.“ Sie hielt einen Augenblick inne, dann fuhr sie fort: „Hör mal, ich weiß nicht, was der *Raghnaid* entscheiden wird. Und auch nicht, wann sie dich rufen werden. Solange Duncan …“ Wieder zögerte sie. „Solange Duncan so … so krank ist.“ Ihre Stimme sank kurz zu einem Wispern herab, doch dann wurde ihr Tonfall wieder beißend. „Und noch etwas! Der Ton, den du immer anschlägst – so redest du nicht mit mir. Und auch nicht mit anderen Wölfen, verstanden? Du bist ein Knochennager. Jeder weiß, dass du ungeheure Kräfte besitzt. Schließlich haben wir deinen Feuersprung gesehen. Aber Wölfe sind abergläubisch. Viele von ihnen finden, dass du die Ordnung herausgefordert hast, indem du über die Feuerwand gesprungen bist. Eine Missachtung der Großen Kette, obwohl es in Wahrheit nur der reine Überlebenswille war. Also kein Grund, in der Gegend herumzustolzieren und große Töne zu spucken oder unverschämte Fragen zu stellen.“

Warum redet sie so abfällig darüber?, wunderte sich Faolan. *„Der reine Überlebenswille.“ Als sei es ein Spaß, von einem Byrrgis gehetzt zu werden und über eine riesige Flammenwand zu springen.*

„Dein Verhalten bei der Elchjagd bestätigt nur, was viele hier befürchtet haben. Diese Wölfe wollen dich loswerden, weil sie glauben, dass du die Mondfäule über uns bringst. Für sie bist du sogar selbst die Mondfäule. Eine wandelnde Mondfäule, wenn du verstehst, was ich meine."

„Im Ernst? Das glauben sie wirklich?", fragte Faolan verwirrt. Mondfäule war der Schatten, den der Mond von der Nacht zuvor am folgenden Tag warf, und galt als schlechtes Omen.

„Und du kannst dich auch nicht damit herausreden, dass du als Einzelgänger gelebt hast und die Bräuche und Gesetze des Rudels nicht kennst. Du gibst dir ja gar keine Mühe, sie zu lernen."

„Aber was soll das alles für einen Sinn haben? Lupus hat mir starke Beine gegeben. Ich habe springen und laufen gelernt, doch nichts davon kann ich hier gebrauchen. Warum ist das so?"

„Du bist nicht der Nabel der Welt, Faolan! Das Rudel besteht nicht aus einem einzigen Wolf und der Clan nicht aus einem einzigen Rudel." Mairie warf ihm einen wütenden Blick zu. „Das wirst du schon noch merken, wenn du erst vor dem *Raghnaid* stehst."

Unwillkürlich klemmte Faolan den Schwanz ein. Der *Raghnaid* erwartete ihn – und damit seine bisher größte Demütigung.

Die Spur im Schlamm

Der Knochenbiss war eine Strafe, die selten angewandt wurde. Aber in den Augen der höherrangigen Rudelwölfe war der Verstoß gegen die Gesetze des *Byrrgis* so schwerwiegend, dass Faolan gebissen werden musste. Um ihn noch mehr zu demütigen und den Schmerz mit Schande zu würzen, war Heep dazu ausersehen worden, ihm den Knochenbiss zu verpassen. Lord Claren, Anführer des Flussrudels, und Lord Breac vom Osthangrudel führten Heep vorwärts. Heep hielt die gelben Augen gesenkt, aber Faolan entging sein schadenfroher Blick nicht.

Inzwischen nieselte es, sodass der Staub sich rasch in feinen, glitschigen Schlamm verwandelte. Der gelbe Wolf trat vor, um ein Stück aus Faolans Fell herauszureißen, vielleicht auch aus seinem Fleisch. Wenn der Biss tief genug ging, wäre Faolan von Heep bis auf die Knochen gezeichnet. Ein Gedanke, der ihm den Magen umdrehte.

Reglos starrte Faolan auf den Boden und wagte

nicht aufzublicken. Das Blut rauschte ihm in den Ohren und sein Herz hämmerte fast so laut wie das von Donnerherz. Tatsächlich kam es ihm vor, als liefe ein Donnergrollen durch seinen Körper. Angstvoll scharrte er mit der gespreizten Pfote in der Erde. Heeps heißer Atem drang ihm in die Nüstern, doch Faolan war entschlossen, weder zurückzuzucken noch wegzulaufen. Diesen Triumph gönnte er Heep nicht. Er biss die Zähne zusammen und wappnete sich gegen das erste Reißen von Fleisch. *Ich muss standhalten. Für Donnerherz. Ich tu's für Donnerherz.* Kaum hatte er diesen Gedanken gefasst, war es, als ergriffe das Herz der Grizzlybärin von ihm Besitz. Er spürte nicht mehr nur das gewaltige Dröhnen, nein, ihr Lebensblut strömte in ihm. Er verlagerte leicht seine Stellung und stemmte die Füße in den Boden, um sich gegen den Schmerz zu wappnen.

Eine Ewigkeit stand er so da, bis ihm plötzlich die Stille ins Bewusstsein drang, die sich über die versammelten Wölfe gesenkt hatte. Was ging hier vor? Da stimmte etwas nicht. Er spürte, wie die Wölfe enttäuscht zurückwichen, als verliefe das blutige Spektakel, das sie sich erhofft hatten, im Sande. Als er aufblickte, sah er, dass Heep vor Angst zitterte. Voll Entsetzen starrten seine gelben Augen auf den Abdruck, den Faolan mit der gespreizten Pfote im

Schlamm hinterlassen hatte. Eine vollendete Spirale zeichnete sich darin ab – wie von einem kreisenden Stern. Faolan blinzelte. Noch nie hatte er einen so deutlichen Abdruck hinterlassen, denn das Spiralmuster war nicht ausgeprägt genug. Hatte er die Pfote so fest in den Boden gestemmt? Aber warum zitterte Heep? Warum hatte sich plötzlich alles ins Gegenteil verkehrt? Er, Faolan, müsste doch vor Angst zittern, nicht Heep.

„Nun mach schon!“, knurrte Lord Claren und knuffte Heep.

„Oh, Lord Claren“, winselte Heep. Er ging in die Knie und wühlte das Gesicht in die Erde, wobei er ängstlich dem Pfotenabdruck auswich. „Ich bin einer solchen Ehre nicht würdig. Habt Dank für Eure Freundlichkeit, aber es gibt genügend Wölfe, die über mir stehen. Ehrwürdige, edle Wölfe, die auf mir, dem Niedrigsten unter ihnen, herumtreten. Dass ich diesem Wolf den Knochenbiss erteilen soll, ohne die Gefühle der anderen Wölfe zu verletzen, das ist … das ist …“

„Beim Lupus, was soll das?“ Der Rudellord sprang auf Heeps bibbernden Kopf und drückte ihn noch tiefer in den Schlamm. Knurrend schnappte er nach dem Gesicht des gelben Wolfs und schüttelte ihm heftig die Schnauze, bevor er ihn von sich schleuderte.

Faolan schaute fassungslos zu. *Er* sollte doch gebissen werden. Stattdessen zischte Heeps Blut durch die Luft wie die Leuchtspur eines roten Blitzes, während er selbst unblutig und ungebeugt dastand. Als Lord Claren mit Lord Breac näher kam, änderte Faolan schnell seine aufrechte Haltung. Er krümmte den Rücken und sank in die Knie. Doch bevor er sich herumwälzen und den Bauch zeigen konnte, warfen sich beide Lords auf ihn und nagelten ihn mit ihren Vorderpfoten am Boden fest.

Das Gewicht der beiden Wölfe war erdrückend. Erneut wappnete sich Faolan gegen die bevorstehende Misshandlung. Er konnte kaum atmen.

Die beiden Lords verständigten sich im Flüsterton.

„Das ist unmöglich", knurrte Lord Claren.

„Aber genau das ist der Punkt. Er muss sofort zum Carreg-Gaer-Rudel gebracht werden, damit das Oberhaupt mit ihm sprechen kann."

„Aber das Oberhaupt liegt im Sterben! Der *Raghnaid* kann sich später mit diesem Knochenwolf befassen. Es besteht keine Eile."

„Er muss hingehen, solange das Oberhaupt noch am Leben ist."

In Faolan erlosch etwas. Obwohl er von dem Gewicht der beiden Lords wie gelähmt war, brannte die Scham in ihm. Duncan MacDuncan hatte ihn mit

Geduld und Respekt behandelt. Dass er jetzt mit Schande bedeckt vor das Oberhaupt treten sollte, traf ihn schlimmer als jeder Knochenbiss.

Die letzten Worte des Oberhaupts

Das Lager des Carreg-Gaer-Rudels war kleiner, als Faolan erwartet hatte. Es lag zwischen wilden Felsklippen verstreut und ein Bach floss mitten durch. Ein paar übermütige junge Welpen jagten einander durch die Fluten und ihre Hinterpfoten wirbelten Wasser und Schlamm auf.

An den Ufern spielten ältere Wölfe *Bilibu* mit Bachkieseln und Würfelknochen. Es war ein strategisches Spiel, das große geistige Konzentration erforderte. Es wurde von vier Wölfen in Zweier-Teams gespielt. Die Steine mussten zwischen zwei Spielfeldern hin und her bewegt werden, die aus komplizierten, in die Erde geritzten Mustern bestanden. Die Pfade, auf denen die Steine bewegt wurden, waren kunstvoll verschlungen und folgten einem strengen Regelsystem. Faolan hatte oft versucht, sein eigenes Rudel dabei zu beobachten und die Feinheiten der Züge zu durchschauen. Die Spieler redeten kein Wort während des Spiels und die Steine glitten wie von selbst durch die Muster, als würden die Wölfe sie kaum mit den Schnauzen oder Pfoten berühren.

Faolan hatte den Befehl erhalten, vor einem rot gefleckten Felsen zu warten, bis er in die Höhle zum *Raghnaid* gerufen wurde. Sehnsüchtig blickte er zum flimmernden Nachthimmel auf und suchte nach den ersten Anzeichen der neuen Sternbilder, die im Rentiermond erschienen. Er tröstete sich mit dem Gedanken an die vertrauten alten Sternbilder, die in seiner Zeit mit Donnerherz die Nächte erhellt hatten.

Das Wetter erschien ihm in diesem Mond kälter als üblich. Vielleicht würde der Bach, in dem die Welpen spielten, am nächsten Morgen gefroren sein. Doch von den ersten Sternen der Schneemonde war noch nichts zu sehen. *Merkwürdig*, dachte er und hielt nach den anderen Sternbildern Ausschau. Eines davon, das Donnerherz als „Große Klauen" bezeichnet hatte, liebte er ganz besonders. Die Eulen nannten es „Große Krallen", hatte sie ihm erklärt, und die Wölfe „Große Reißzähne". Zu dieser Zeit des Jahres war es jedoch fast verschwunden und würde erst im Frühwinter wiederkehren. Andere Konstellationen stiegen allmählich auf. Das Sternbild des Rentiers würde jetzt immer höher steigen und den Geweihspitzen des Rentiermondes während der frostigen Herbstabende folgen. Bald würden die Gefährtin und das Kalb des

Rentiers durch die Nacht hinter ihm herwandern. Faolan vermisste die Großen Klauen. Ihm gefiel der Wolfsname für das Sternbild nicht. Große Reißzähne – also wirklich! Er dachte dabei an ein geiferndes Maul, an lange Speichelfäden, die am Nachthimmel baumelten wie an Mairies Maul, als sie im *Byrrgis* mitgelaufen war.

Wie zornig diese Wölfin werden konnte! So war er noch nie zusammengestaucht worden. Und es war ganz anders als die üblichen Demütigungen gewesen. Ihr Sabbermaul hatte einfach keine Ruhe gegeben. Obwohl Mairie gar nicht gesabbert hatte, als sie über ihm stand und ihn anbrüllte, das musste er zugeben.

Er wandte den Blick von den Sternen ab und bemerkte eine magere weiße Wölfin. Unverwandt schaute sie ihn an, als sie an dem Felsen vorüberlief, vor dem er wartete. Faolan erstarrte. Er wusste sofort, wer diese Wölfin war – Lael, die neue Obea des Clans. Als Obea war es ihre Aufgabe, missgebildete Welpen in ihrem Geburtsbau aufzuspüren, sie ihren Milchmüttern zu entreißen und zu einem *Tummfraw* zu bringen. Das war der Ort, an dem die *Malcadh* ausgesetzt und ihrem Schicksal – dem fast sicheren Tod – überlassen wurden. Wenn die trächtige Wölfin, die er mit Lord Breac und Lord Claren gesehen hatte, tatsächlich ein *Malcadh* zur Welt brachte, würde Lael es forttragen. Es sei denn, die Mutter stahl sich heimlich davon und versteckte sich mit ihrem Welpen weit weg vom Rudel. Faolan spürte, wie die grünen Augen der weißen Wölfin ihn musterten.

Jetzt kam einer der Welpen zu dem Felsen gelaufen, vor dem Faolan wartete.

„Du bist groß für einen Knochennager", sagte der Kleine. „Ich meine, du bist überhaupt sehr groß für einen Wolf."

„Ja", stimmte ein anderer Welpe zu.

„Er ist größer als mein Papa."

„Größer als mein Papa und meine Mama zusammen", warf ein dritter ein.

„He, warum wälzt er sich nicht vor uns?"

„Aber er ist doch so groß", wisperte ein kleiner rostroter Wolf.

„Na und? Er ist trotzdem ein Knochennager." Der zweite Welpe, eine kleine Wölfin, trat vor. Auch sie war rostrot, vermutlich die Schwester des Kleinen.

„Du musst dich ducken, verstehst du? Sonst kriegst du noch mehr Ärger."

„Ja, ich weiß. Tut mir leid." Faolan sank in die Knie.

„Du redest aber ulkig", sagte die vorwitzige kleine Rostrote.

„Meine Mama sagt, er redet wie ein Bär." Ein neuer Welpe war hinzugekommen, um das Schauspiel nicht zu verpassen.

„Meine zweite Milchmutter war eine Grizzlybärin", erklärte Faolan und verdrehte den Hals, um das Gesicht in den Boden zu pressen. *In Lupus' Namen, warum mache ich das? Ich bin fünfmal so groß wie diese Winzlinge!*

„Eine Bärin! So was Komisches! Wie war das denn?", fragte der erste Welpe. Der kleine Kerl war einfach neugierig. Er kauerte sich ein wenig nieder, um auf Augenhöhe mit Faolan zu sein.

„Hast du Angst davor, zum *Raghnaid* zu gehen?", fragte eine kleine graue Wölfin.

„Bist du *cag mag*, oder was? Wer eine Grizzlybärin als Milchmutter hatte, fürchtet sich doch nicht vor dem *Raghnaid*", sagte der neugierige Rostrote, der immer noch am Boden kauerte.

Aber das war ein Irrtum. Faolans Magen krampfte sich zusammen vor Angst. Nur fürchtete er weniger den *Raghnaid* als die Schande, vor Duncan MacDuncan treten zu müssen.

Die kleine Welpenschar langweilte sich bald und purzelte davon, um sich auf einem kahlen Erdfleck zu balgen. Zwei neue Welpen waren aus dem Bau ihrer Eltern geschlüpft und wollten sich ins Gewühle stürzen. Doch im nächsten Moment schossen ihre Mütter heraus, versetzten ihnen einen Hieb, dass sie in die Luft flogen, und knurrten sie an. Kleinlaut folgten ihnen die Welpen in den Bau zurück.

Plötzlich fiel ein Mondstrahl herab und riss eine andere Wölfin mit ihren zwei Jungen aus dem Dunkel. Ihr Fell war silbergrau, fast wie das von Faolan, und der Anblick gab ihm einen Stich ins Herz. Unwillkürlich stellte er sich vor, wie sein Leben wohl verlaufen wäre, wenn er mit vier gesunden Pfoten auf die Welt gekommen wäre. Wenn er eine Wolfsmutter, einen Wolfsvater und Wolfsgeschwister gehabt hätte, die mit ihm im Mondlicht gespielt, ihn geknufft, mit ihm geschimpft und ihn in einen gemütlichen Familienbau zurückgescheucht hätten.

Dann kam ein hochrangiger Wolf auf ihn zu und riss ihn aus seinen Gedanken. Stöhnend sank Faolan wieder in die Knie, aber er wollte sein Gesicht nicht in die Erde pressen. Stattdessen wälzte er sich auf die andere Seite und blickte zu den Sternen auf. Ein paar wirbelnde Wolken verdeckten den Mond. Die Wolken glitten rasch weiter, doch eine Sekunde lang sahen sie wie die spiralförmigen Linien an Faolans Fußpolster aus. Warum war der gelbe Wolf vor dieser Zeichnung so zurückgeschreckt? Heep hatte ihn nicht gebissen, weil er sich gefürchtet hatte. Ganz anders als Faolan, dem diese Linien seltsam tröstlich erschienen waren, als er sie zum ersten Mal bemerkt hatte.

„Hoch mit dir, Knochennager“, knurrte der Wolf, der wohl einer der Rudelältesten war. „Duncan MacDuncan ist jetzt bereit, dich zu empfangen. Und wehe, du zeigst ihm nicht die gebührende Achtung und den Gehorsam, den du ihm schuldest. Unser Oberhaupt liegt im Sterben. Umso wichtiger ist es, die Unterwerfungsrituale hochzuhalten. Also, keine Unverschämtheiten, wie du sie beim *Byrrgis* an den Tag gelegt hast, Hundesohn. Bist du bereit?“

„Ja“, sagte Faolan fügsam und stand auf, um dem Rudelältesten zu folgen. Er hielt den Schwanz sorgfältig eingeklemmt und legte die Ohren flach an den Kopf, obwohl er schrecklichen Juckreiz davon bekam.

Die Höhle des Oberhaupts war riesig und in der Mitte klaffte eine Grube, in der ein Feuer brannte. An den Wänden hingen geschabte Häute sowie eine Reihe von Geweihen und Hörnern, die alle mit kunstvollen Schnitzereien verziert waren und von Hirschen, Rentieren und Moschusochsen stammten. Faolan hielt die Augen gesenkt, doch sein Blick wurde immer wieder von den Flammen angezogen.

Die Clanältesten, die den *Raghnaid* abhielten, trugen ihren zeremoniellen Kopf- und Halsschmuck aus geschnitzten Knochen. In der Höhle war es totenstill.

Nur das Knacken und Knistern des Feuers drang an Faolans Ohren. Lange Zeit fiel kein Wort. Aber als Faolan aufblickte, sah er etwas, das er nicht in den Augen dieser Wölfe erwartet hatte – Angst. Glaubten die im Ernst, dass er die Mondfäule hatte?

Das greise Oberhaupt Duncan MacDuncan ruhte auf dem Fell eines Elchbullen. MacDuncans Fellhaar war einst dunkelgrau gewesen, mit den Jahren jedoch fast weiß geworden. Die kahlen Stellen an den Schultern waren mit Narben aus längst vergangenen Kämpfen bedeckt und seine Augen schimmerten milchig grün. Faolan musste dabei an die Wildbäche denken, die von den Gletschern im Hochland herabstürzten. In einem von MacDuncans Ohren klaffte ein Riss – wahrscheinlich war es von einem Puma zerfetzt worden.

Hinter dem greisen Oberhaupt ragten zwei Rentier-Geweihstangen aus dem Dunkel der Höhle – die größten, die Faolan je gesehen hatte. An MacDuncans Seite ruhte mit hoch erhobenem Kopf eine vornehme Wölfin. Das war Cathmor, seine Gefährtin. Ihr dunkelgraues Fell wirkte fast schwarz und ihre Augen schimmerten in einem herrlichen Grünton. Die Farbe erinnerte Faolan an die bemoosten Felsen in dem Bach, in dem er mit Donnerherz einen Sommer lang gefischt hatte – ihrem einzigen gemeinsamen Sommer.

„Bringt ihn zu mir“, keuchte das Oberhaupt.

Der Wolf, der Faolan hergeleitet hatte, versetzte ihm einen groben Stoß. Faolan ging in die Knie, um auf dem Bauch zum Oberhaupt zu kriechen, wie es die Regeln vorschrieben. Der Anblick des edlen alten Wolfs erschreckte ihn. Duncan MacDuncan sah so gebrechlich aus, als könne ihn der leiseste Windhauch umblasen.

„Das ist nahe genug“, knurrte der Rudelälteste nach ein paar Sekunden.

„Nein! Komm noch näher!“, keuchte Duncan MacDuncan.

Als Faolan den Rand des Elchfells erreicht hatte, verdrehte er den Hals und presste das Gesicht in den Boden. Aus dem Augenwinkel erhaschte er einen Blick auf das Feuer. Sein Nackenfell sträubte sich, legte sich aber schnell wieder, und eine seltsame Ruhe erfüllte ihn.

Duncan MacDuncan regte sich ein wenig auf seinem Fell. „Ganz ruhig, mein Lieber“, wisperte Cathmor und legte eine Pfote auf die Flanke des Oberhaupts.

Was hat dieser Junge in den Flammen gesehen?, fragte sich Duncan MacDuncan. *Vielleicht, dass der erste Schnee noch vor den Schneemonden fallen wird? Und dass das Eis in diesem Frühjahr nicht bersten wird, ehe der Mond der Singenden Gräser ins Land zieht? Kehrt etwa die Zeit der Großen Kälte zurück?*

Wenn Faolan den Feuerblick hat, ist er in der Tat ein besonderer Wolf, dachte das Oberhaupt, *und ein Künder kommenden Unheils.* MacDuncan schüttelte den Kopf, um die finsteren Gedanken daraus zu verbannen. Noch hatte er eine letzte Pflicht zu erfüllen. Als oberster Anführer des Clans und Großmeister des *Raghnaid* eröffnete er die Verhandlung.

„Faolan, Knochennager des MacDuncan-Clans, der *Raghnaid* ist zusammengekommen, um über dein Verhalten beim letzten *Byrrgis* zu befinden. Es besteht kein Zweifel daran, dass du unsere Gesetze missachtet hast. Vor nunmehr fast eintausend Jahren, als unsere Vorfahren vom ersten Fengo in die Hinterlande geführt wurden, haben wir Gesetze, Bräuche und Vorschriften in unseren Clan gepflanzt, so dicht und unverrückbar wie die Wälder, aus denen wir gekommen sind. Wir waren überzeugt, dass ein Land ohne Gesetze gefährlicher ist als ein Land ohne Bäume. Edle, würdige Wölfe könnten ohne diese Gesetze den Winden, die durch das Land fegen, nicht standhalten."

Das Oberhaupt wandte sich nun an Lord Adair, den zweitobersten Lord des *Raghnaid*, und rief: „Verlest die Anklage."

Lord Adair trat mit einem Knochen vor und begann zu lesen: „Folgendes wurde von dem Knochennager Heep aus dem Flussrudel des MacDuncan-Clans berichtet: Am Morgen nach der fünfzehnten Nacht des Rentiermondes sammelte sich ein *Byrrgis* auf der Senge, um einen Elchbullen zur Strecke zu bringen. Im ersten Viertel der Jagd erfüllte der Knochennager Faolan getreulich seine Pflichten, die darin bestanden, die Losung der Beute zu beschnüffeln und darüber zu berichten."

Das kannst du laut sagen, dachte Faolan, als stünde Heep leibhaftig vor ihm und läse den Knochen selbst vor. *Nur hast du zu erwähnen vergessen, dass du in deiner bodenlosen Dummheit unbedingt an meiner Stelle hingehen und Bericht erstatten wolltest, obwohl deine Nase staubtrocken und ohne einen Hauch von Elchkot war!*

„Ich selbst versah in aller Bescheidenheit und Demut meinen Dienst an der Westflanke, die für meine niedrige Herkunft viel zu großartig ist. Ich untersuchte Urinlachen des Elchbullen und konnte nach bestem Wissen und Gewissen bestätigen, dass das Tier gesund war. Erst als der Presspfotenlauf in den Angriff überging, bemerkte ich eine Störung, die sich durch den ganzen *Byrrgis* zog und bis zu meiner niedrigen Position als Fährtenputzer am hintersten Ende vordrang. Als ich aufblickte, sah ich, wie der Knochennager Faolan durch den *Byrrgis* schoss und schließlich ausscherte, um eine edle junge Außenflankerin namens Mairie zu überholen. Diese war wegen ihrer herausragenden Fähigkeiten vom Carreg-Gaer-Rudel des MacDuncan-Clans zum *Byrrgis* abkommandiert worden. Sobald nun der Knochennager Faolan Mairie überholt hatte, brach das Chaos aus und zerstörte den *Hwlyn* des *Byrrgis*."

Die Mitglieder des *Raghnaid* sogen scharf die Luft ein. *Hwlyn* war das Wolfswort für „Rudelgeist". Entsetzensrufe wurden in der Höhle laut. Viele Wölfe, die ihre Schwänze gerade noch locker hatten herunterhängen lassen, klemmten sie jetzt ein, so wie Faolan. Nur war es bei ihnen kein Zeichen der Unterwerfung, sondern die nackte Angst.

„Fahrt fort", befahl Duncan MacDuncan ruhig.

Lord Adair las weiter und endete mit der Schilderung, wie Faolan auf die Hinterbeine gegangen und der verstörte Elchbulle herumgewirbelt war, um den *Byrrgis* anzugreifen. „Auf diese Weise hat der Knochennager Faolan den Rudelgeist *gekliebt*", beendete er den Bericht.

„Wurde einer der Wölfe von dem Elchbullen getötet oder verletzt?", fragte MacDuncan. Seine Stimme klang jetzt wieder kräftiger.

„Nein, Herr“, erwiderte Lord Adair.

„In diesem Fall wurde der Ausdruck ‚gekliebt‘ wohl etwas leichtfertig gebraucht.“

Wieder lief ein Schaudern durch die Menge. Wie konnte ein alter Wolf, der dem Tod so nahe war, seelenruhig das Wort „klieben“ aussprechen, das in der Wolfssprache nicht nur „zerschlagen“, sondern auch „kaltmachen“ bedeutete. Das war unheimlich, zumindest den anderen Geschworenen, auch wenn das Oberhaupt sich offenbar nichts daraus machte.

„Wie ist noch mal der Name des Knochennagers, der den Knochen geschnitzt hat?“

„Heep, Herr.“

„Ah, Heep ... Dieser Wolf, der sich vor Unterwürfigkeit kaum zu fassen weiß. Bringt mir den Knochen, ich will ihn näher in Augenschein nehmen.“

Lord Adair trat vor und ließ den Knochen fallen. Er landete in dem dicken Fell des Elchbullen, nur wenige Zentimeter von Faolans Schnauze entfernt. Faolan hatte schon andere Schnitzknochen von Heep gesehen. Wie immer fielen ihm sofort die feinen Kerben auf, die Heeps missgebildeter Zahn hinterlassen hatte. Entweder war diese Zahnzacke schlimmer geworden oder Heep hatte schlampiger gearbeitet als sonst, denn diesmal zeichneten sich die Spuren ganz deutlich auf dem Knochen ab.

„Nun, was sagst du dazu, mein Junge?“ MacDuncans Atem war heiß und roch leicht faulig. Es war der Atem eines kranken Wolfs. Er redete leise und klopfte mit dem Schwanz auf den Boden, ein Zeichen für die anderen, sich zu entfernen. Er wollte ein Gespräch unter vier Augen mit Faolan.

„Ich? Was *ich* dazu sage?“, wiederholte Faolan und ließ wachsam ein Ohr vorschnellen. Sein Schwanz ging ein winziges bisschen in die Höhe. Noch nie hatte ihn jemand nach seiner Meinung gefragt, seit er in die Hinterlande gekommen war.

„Ja, du. Was hältst du von dem Schnitzknochen?“

Faolan blickte zum Oberhaupt auf. MacDuncans trübe grüne Augen schimmerten über seinem zottigen, ungepflegten Schnauzbart. Nur Clan-Oberhäupter und Mitglieder der Garde durften einen solchen Bartzopf tragen. „Ähm, also ich muss zugeben, dass jeder Ritzer, jedes Zeichen, das der Knochennager Heep geschnitzt hat, der Wahrheit entspricht“, stotterte Faolan. „Ich habe gegen die Ordnung verstoßen. Es tut mir unendlich leid.“

„Oh, das weiß ich. Und ich freue mich zu hören, dass du deine Tat bereust. Aber was hältst du von seiner Arbeit, von der handwerklichen Seite?“

Faolan erschrak. Er hob den Blick und schaute in die trüben Augen des alten Wolfs. War das ernst gemeint? Durfte ein niedriger Knochennager wie er tatsächlich seine Meinung äußern, noch dazu über das Werk eines anderen Knochennagers?

„Ich ... ich ...“, stotterte Faolan.

„Und verschone mich in Lupus’ Namen mit dem Wort ‚niedrig‘ oder ‚bescheiden‘. Sag mir einfach, was du denkst, mein Sohn.“

„Ich finde nicht, dass es eine gute Arbeit ist, Herr. Heep nagt zu tief in den Knochen, sodass alle Linien die gleiche Tiefe und die gleiche Breite haben.“

„Hmmmmm“, brummte MacDuncan. Er seufzte und bekam einen Hustenanfall, der seinen ganzen Körper durchrüttelte. Cathmor lief zu ihm, leckte ihm die Schnauze und strich ihm mit der Pfote beruhigend über das Fell.

„Was soll ich jetzt mit dir machen, Faolan?“, wisperte das Oberhaupt schließlich heiser.

„Ich weiß es nicht, Herr. Ich bin kein sehr guter Knochennager.“

„Nein! Nein! Das ist nicht das Problem ... ganz im Gegenteil. Du bist ein vermaleflixt guter Knochennager.“

Faolan konnte nur raten, was „vermaleflixt“ bedeutete. Vermutlich war es eines der harmloseren Schimpfwörter, die die Wölfe mit den Eulen teilten, denn Gwynneth hatte es auch ein paarmal benutzt.

„Aber du bist ein jämmerlicher Rudelwolf. Du verstehst es einfach nicht, oder? Dieses ganze Rudel- und Clangeschäft."

„Nein, wahrscheinlich nicht."

„Wahrscheinlich nicht? Das ist gut gesagt. Nichts verstehst du, mein Sohn, gar nichts. Oder zweifelst du etwa noch daran?"

„Heißt das, dass ich fortmuss?"

„Warum?"

„Weil ich wohl nie ein guter Rudelwolf sein werde. Ich bin nun mal ein Einzelgänger."

„Und damit willst du dich herausreden? Aber hier habe immer noch ich das Sagen!" Duncan MacDuncan brüllte jetzt. Es war, als fegte ein Windstoß durch die Höhle, der den anwesenden Wölfen das Nackenfell sträubte – jedes einzelne Härchen richtete sich auf.

In heiserem Flüsterton fuhr MacDuncan fort: „Weißt du, was ein *Gaddernag* ist, Faolan?"

Faolan schüttelte den Kopf.

„Nein, wie solltest du auch. Wir hatten seit Jahren keinen mehr. Ein *Gaddernag* ist ein Wettkampf, bei dem ein neuer Knochennager – der beste von allen – für die Vulkangarde ausgewählt wird. Die Anforderungen sind hoch. Nur ein einziger Wolf wird in die Garde gewählt, in seltenen Fällen auch zwei, aber niemals zwei aus demselben Clan. Für dich und Heep wird es dadurch noch schwieriger." Duncan MacDuncan hielt inne. „Du hast es in dir, Faolan."

Er fasste Faolan scharf ins Auge, als wollte er den Wolf heraufbeschwören, der vielleicht in seinem Inneren schlummerte. Als könnte er in Faolans tiefgrünen Augen das Spiegelbild eines wandernden Wolfs aus einer anderen Zeit erkennen. „Du hast das Zeug, in die Garde gewählt zu werden. Deine Zähne sind prächtig und du besitzt Stärke. Nur leider fehlt es dir an Vernunft. Aber der *Gaddernag* könnte deine Chance sein, Faolan!"

MacDuncan erhob sich wankend und wedelte dreimal mit dem Schwanz, um die anderen Wölfe wieder zu sich zu rufen.

„Der Schnitzknochen wurde verlesen. Er beweist zweifelsfrei, dass der Knochennager Faolan sich eines schweren Verstoßes gegen die *Byrrgnock*-Regeln des *Byrrgis* schuldig gemacht hat. Er hat die Ordnung in Frage gestellt. Er gibt zu, dass er schuldig ist, und bereut sein Verhalten zutiefst. Nach unserem Gespräch unter vier Augen bin ich guten Mutes. Faolan weiß in seinem tiefsten Inneren, dass mehr in ihm steckt. Er weiß, dass er ein guter Clanwolf werden kann, wenn er sich Mühe gibt."

Von welchem Gespräch redet er?, wunderte sich Faolan. *Als ob ich das je gesagt hätte!*

„Aus diesem Grund“, fuhr das Oberhaupt fort, „berufe ich mich auf das Vorrecht des Künders, wie es uns aus der Zeit des Eismarsches überliefert ist. Vernehmt also, dass Faolan im Osthangrudel verbleibt und dort seine niedrige Position als Knochennager wieder einnimmt. Um seinen Fehler wiedergutzumachen, wird er bei allen Außenflankerinnen sämtlicher Rudel des MacDuncan-Clans Abbitte leisten. Er wird den Läuferinnen den von Heep benagten Knochen bringen und die Unterwerfungsrituale dritten Grades ausführen, gemäß Abschnitt zweiunddreißig der *Gaddernock*-Gesetze. Er wird einen Knochen der Zerknirschung schnitzen und den Außenflankerinnen des Rudels zur Aufbewahrung überlassen. Nur so wird ihm verziehen werden.“

Duncan hielt inne. Er konnte sich vor Erschöpfung kaum noch auf den Beinen halten und seine Brust wogte vom vielen Reden. Cathmor berührte besorgt seine Flanke. „Bitte, mein Lieber, ruh dich jetzt aus.“

MacDuncan knurrte. „Ausruhen! Dafür bleibt mir noch die ganze Ewigkeit. Ich habe noch eine wichtige Ankündigung zu machen. Finbar, der Fengo der Vulkangarde, hat mir eine Botschaft gesandt. Wir haben gemeinsam beschlossen, einen neuen *Gaddernag* abzuhalten.“

Aufgeregtes Gemurmel stieg aus der Versammlung

auf. Die Wölfe spitzten die Ohren und wedelten mit den Schwänzen. Es war Jahre her, seit der letzte *Gaddernag* – der letzte Wettkampf der Knochennager – stattgefunden hatte.

„Alle Clans werden im Mond der Singenden Gräser zusammenkommen. Das ist die Weisung, die ich, Duncan MacDuncan, Oberhaupt des MacDuncan-Clans, euch hiermit verkünde."

Und lasst uns hoffen, seufzte MacDuncan im Stillen, *dass die Gräser tatsächlich singen werden und nicht im gefrorenen Boden stecken bleiben*. Die Augen des Oberhaupts trübten sich noch mehr. Ein unheilvolles Rasseln erschütterte seinen gebrechlichen Körper. Zu Tode erschöpft sank er auf sein Lager zurück.

In der Höhle wurde es still. Nur selten berief sich ein Oberhaupt auf das Vorrecht des Künders. Duncan MacDuncan hatte es soeben getan und das Wort des sterbenden Oberhaupts wog schwer.

Als Faolan weggeführt wurde, warf er einen letzten Blick ins Feuer. Täuschte er sich oder hatte er tatsächlich ein vertrautes Muster in den Flammen wahrgenommen? Einen Wirbel aus leuchtendem Orange und Gelb, der dicht über dem Glutbett waberte?

Ich sehe sie. Es ist die Spirale, die ich an meiner Pfote trage. Beim Mark meiner Knochen, ich sehe sie im Feuer der Streunerburg!

Mairies Bau

Mairie huschte den kurzen, steilen Gang in ihren Bau hinunter. Nur gut, dass sie diese Zuflucht hatte. Seit ihre Mutter Caila vor vier Monaten einen neuen Wurf zur Welt gebracht hatte, war der Familienbau viel zu eng geworden. Mairie und ihre Schwester Dearlea teilten sich die Höhle. Immer wenn eine von ihnen das Gewusel im Familienbau nicht mehr aushielt, zog sie sich hierher zurück, während die andere auf die Kleinen aufpasste.

Die Welpen waren jetzt im schwierigsten Alter. Groß genug, um sich in Gefahr zu bringen, aber zu klein, um sich allein daraus zu retten. Wie alle Welpen wurden sie von dem blendend weißen Licht angelockt, das in den Höhleneingang flutete. In ihren Augen war es eine weiße Wand, denn sie kannten ja noch kein Tageslicht. *War ich in dem Alter genauso?*, fragte Mairie sich manchmal. Aber sie konnte sich kaum daran erinnern.

Caila hatte einen Geburtsbau mit einem besonders

langen Gang ausgewählt. „Ich will sie möglichst lange vom Licht fernhalten“, hatte sie ihrem Gefährten Eric erklärt. „Ich kann ihnen nicht nachlaufen, wenn sie hinausrennen, was sie ja immer machen, sobald die Milchzähne durchkommen.“

Caila behielt Recht: Kaum waren die Milchzähne da, brach das Chaos im Bau aus. Kein Wunder bei sechs putzmunteren Welpen. Aber am schlimmsten war das Gekläffe. Die Rufe von Wolfswelpen hatten nichts mit dem melodischen Heulen erwachsener Wölfe gemeinsam. In den ersten sechs Monaten heulten sie nicht, sie bellten – ein kurzes, scharfes Kläffen, das wie das Krachen von schweren Felstrümmern klang. Mairie dachte an das Erdbeben im vorigen Winter, das im ersten Moment wie ein Pulk Zehntausender übermütiger Welpen geklungen hatte, die japsend und kläffend aus ihrem Geburtsbau stürmten. Und dann das jämmerliche Winseln, wenn die Kleinen bettelten. Es war nicht so laut wie das Bellen, aber nervtötend schrill.

In solchen Momenten fragte sich Mairie, ob sie je eine gute Mutter sein würde. Wie hielt ihre Mama das nur aus? Aber Caila ertrug es. Wer hätte gedacht, dass sie in ihrem fortgeschrittenen Alter noch sechs lebhafte Welpen zur Welt bringen würde? Und kein einziges *Malcadh* darunter.

Aber die Welpen waren im Augenblick Mairies geringste Sorge. Sie hatte sich in ihre Höhle geflüchtet, weil sie vor Wut und Enttäuschung weder ein noch aus wusste. Dieser elende Knochennager hatte ihr alles verdorben. Ihr Herz zog sich zusammen, wenn sie an die enttäuschten Blicke der anderen Außenflankerinnen des MacDuncan-Clans dachte, als sie zurückgekommen war. An die Wölfinnen, die sie zu diesem *Byrrgis* geschickt hatten. Alastrine, die Spitzenwölfin, hatte Mairie zu trösten versucht und in ihrer fremdartigen, melodischen Sprache mit ihr geredet. Denn Alastrine war nicht nur eine gute Läuferin, sondern zugleich die *Skrielin*, die Vorheulerin des Rudels. Alastrine liebte die alten Wolfsworte, die noch aus der Zeit des Eismarsches vor Tausenden von Jahren stammten. „Mein liebes Herz, du musst nicht knurmen."

„Knurmen" war ein alter Ausdruck für „grämen", ein ziemlich verstaubtes Wort. „Du bist noch so jung, Mairie. Jünger, als ich es bei meinem ersten Lauf als Außenflankerin in einem *Byrrgis* war. Morgen ist auch noch ein Tag und der bringt eine neue Jagd, einen neuen *Byrrgis*. Hab nur Geduld, mein Herz."

Aber Mairie konnte an nichts anderes mehr denken. „Alles hat er verpatzt, dieser elende Knochennager! Dieses sabbernde, hasenherzige Stück Maulwurfsdreck", schimpfte sie in ihrem dunklen Bau vor sich hin. In ihrer Wut kramte sie die schlimmsten Wolfsflüche hervor, die ihr nur einfielen. Schimpfwörter, die sie nicht laut sagen durfte, ohne von ihrer Mutter einen scharfen Knuff dafür zu ernten. Schaudernd stellte sie sich vor, wie Caila sie an der Schnauze packen und durch die ganze Höhle schleudern würde.

Aber das Problem war nicht nur, dass Faolan sie um ihren ersten Lauf als Außenflankerin gebracht hatte. Nein, da war noch mehr. Etwas, das Mairie zutiefst verwirrte und wütend machte. Wütend auf sich selbst, nicht nur auf den Knochennager. Was hatte dieser Wolf nur an sich, dass er ihr unters Fell gekrochen war wie eine Sommerzecke? Ihre Nackenhaare sträubten sich fast wie bei ihren kleinen Geschwistern. Und warum weckte er dieselben Beschützerinstinkte in ihr? Er war doch kein Welpe, verflixt noch mal. Gleichzeitig wäre sie am liebsten wie der Zorn von Lupus über ihn hergefallen, um ihm die Knochen zu Brei zu schlagen ...

Die Pfote der Grizzlybärin

Nachdem der *Raghnaid* ihn entlassen hatte, machte sich Faolan unverzüglich auf den Weg. Lord Adair hatte ihn bis zur äußersten Grenze des Carreg-Gaer-Gebiets gebracht und ihm den Weg zu den anderen Rudeln des MacDuncan-Clans gewiesen. Außerdem hatte er ihm die Zerknirschungsrituale erklärt. Faolan hörte sich alles an, aber sein Geist war mit anderen Dingen beschäftigt. Die Worte des Oberhaupts hallten ihm in den Ohren wider.

Weißt du, was ein Gaddernag *ist? Ein Wettbewerb, bei dem ein neuer Knochennager – der beste von allen – für die Vulkangarde ausgewählt wird ... Du hast es in dir, Faolan. Du hast das Zeug, in die Garde gewählt zu werden. Deine Zähne sind prächtig und du besitzt Stärke. Nur leider fehlt es dir an Vernunft. Aber der* Gaddernag *könnte deine Chance sein, Faolan!*

Jeder andere hochrangige Wolf hätte Faolan in einem solchen Fall mit einem scharfen Hieb auf die Schnauze fortgejagt. Aber Lord Adair nicht. Der

Schlag, den er Faolan verpasste, war unerwartet sanft – halb Tätscheln, halb Knuffen. Ja, eigentlich ging sein Hieb ins Leere, weil Lord Adair es nicht über sich brachte, Faolan ins Gesicht zu blicken. *Er sieht die Mondfäule in mir*, dachte Faolan. *Nur das Oberhaupt hat etwas anderes in mir gesehen.*

„Pack dich, Knochennager!“, fauchte Lord Adair. „Und lerne aus deiner Schande! Wälze dich im Geruch deiner Nichtswürdigkeit und vergiss alle Träume vom *Gaddernag*. Du hast keine Chance. Denn während du auf dem Pfad der Schande wandelst, wie du es verdienst, beginnen die anderen Knochennager mit ihren Vorbereitungen.“ Er hielt kurz inne und fügte schadenfroh hinzu: „Du wirst den Wettkampf versäumen.“

Und so brach Faolan stillschweigend im Dunkeln auf – mit dem Knochen der Schande im Maul.

In der tiefsten, dunkelsten Nachtstunde erscheint die Welt wie leer gefegt. Es ist, als klaffte ein gewaltiges Loch am Himmel, wenn der Mond in andere Welten verschwindet, wenn die Sternbilder in fremde Hinterlande davonschlüpfen und die letzten winzigen Lichtfünkchen mit sich nehmen. Die Nacht wird schwarz und tot, bis sich der erste schwache Schimmer der Morgendämmerung am Horizont zeigt.

Faolan war noch nicht sehr weit gekommen, als Alastrines Heulen die Stille zerriss. Wie angewurzelt blieb er stehen. Es war so weit – das Oberhaupt war gestorben. Ein Schauder durchrieselte ihn von seinem gesträubten Nackenfall bis zum Schwanz hinunter, der noch immer fest zwischen seinen Beinen klemmte. Zum ersten Mal seit Faolan sich dem Clan angeschlossen hatte, war seine Unterwerfungshaltung echt.

Bald mischte sich Cathmors dünne Stimme in das Heulen der *Skrielin*. Die Wölfin trauerte um ihren Gefährten. Welch ein Unglück, dass er gerade jetzt sterben musste, zu einer Zeit, da keine Spur der Sternenleiter zur Höhle der Seelen zu sehen war. So nannten die Wölfe die Himmelskonstellation, deren Sterne bereits im Westen untergegangen waren. In ein paar Nächten würde sie ganz verschwinden – bis zum Ende der drei langen Wintermonde, die bald anbrachen. Für die wenigen Nächte, die noch blieben, heulte Cathmor ihren Dank ins Dunkel hinaus. Wäre es bereits Winter gewesen, hätte MacDuncans Seele bis zum nächsten Frühjahr warten müssen, um die Sternenleiter zu erklimmen und in die Höhle der Seelen zu gelangen.

Die Tonhöhe der *Skrielin* veränderte sich. Jetzt rief sie alle MacDuncan-Rudel zusammen, forderte sie auf, in den äußersten Westen zu ziehen, wo die Nacht noch jung war. Im dreifach verstärkten Presspfotenlauf sollten die Wölfe dorthin eilen, um die Sternenleiter einzuholen. Während der folgenden drei Nächte sollten sie die *Morriah* heulen, die Totenklage für ihr verstorbenes Oberhaupt. Faolans Bußgang zu allen MacDuncan-Rudeln und die Zerknirschungsrituale, die er auszuführen hatte, waren daher fürs Erste aufgehoben. Dabei wollte er das alles so schnell wie möglich hinter sich bringen. Aber Duncan MacDuncan war der einzige Wolf gewesen, den Faolan aufrichtig bewundert hatte. Tief in seinem Herzen spürte er eine Zuneigung, wie er sie nur für Donnerherz empfunden hatte.

Donnerherz! Der Name explodierte wie ein Stern in Faolans Kopf. Seit er beim MacDuncan-Clan war, hatte er ihr Grab nicht mehr besucht. Plötzlich sehnte er sich danach, den Knochen der Pfote zu berühren, die ihn einst behütet hatte. Zumindest wollte er in der Nähe dieser Pfote sein – das allein wäre ihm Trost genug.

Abrupt schwenkte er nach Süden ab und hielt auf den Fluss zu, aus dem Donnerherz ihn gerettet hatte. Das Wort „fao“ bedeutete zugleich „Fluss“ und „Wolf“, hatte sie ihm erklärt. „Lan“ bedeutete „Geschenk“. Und weil sie ihn aus den tosenden Stromschnellen gefischt hatte, war er in ihren Augen ein

Geschenk, das der Fluss ihr gemacht hatte. Donnerherz hatte damals gerade ihr eigenes Junges verloren – ein Puma hatte es ihr genommen. Ihr Milchfluss war noch nicht versiegt und so wurde die Grizzlybärin Faolans zweite Milchmutter. Als Donnerherz gestorben war und Faolan ihre Überreste fand, hatte er den größten Knochen aus ihrer Pfote an sich genommen. In diesen Knochen hatte er die Geschichte jenes goldenen Sommers geschnitzt, den sie zusammen verbracht hatten. Er erzählte, wie sie hinter den Forellenschwärmen herschwammen und in den Stromschnellen standen, wenn die Lachse sprangen. Und wie sie die fetten Fische mühelos aus dem tosenden Wasser schöpften. Auch das erste Rentier, das sie erbeutet hatten, der Sommerbau und der Winterbau waren darin verewigt. Dann hatte Faolan den Knochen unter einem Felsüberhang auf einem hohen Bergrücken in der Nähe der Salzseen begraben. Es war ein guter Ort, weit genug von allen Wolfsrudeln entfernt, denn er wollte nicht, dass andere Wölfe den Knochen sahen. Es war seine Geschichte, seine Erinnerungen, die ihm heilig waren. Die Rudelwölfe hatten Regeln und Gesetze. Das hier war Faolans Gesetz. Und im tiefsten Mark seiner Knochen wusste er, dass er das Richtige getan hatte.

Als er den Felsüberhang erreichte, zeigte sich gerade der erste schmale rote Lichtstreifen am Horizont. Die Sonne stieg höher, verblasste zu Rosa und verschwamm im strahlend blauen Morgenhimmel. Faolan brauchte nicht lange, um den Knochen zu finden. Sobald er hörte, wie die Klauen seiner Hinterpfote gegen den Knochen klickten, nahm er die Zähne zurück und grub behutsam mit dem Maul weiter. Schließlich hob er den Knochen mit der Zunge aus der Erde und leckte den Staub ab. Seine Augen füllten sich mit Tränen, als er die Zeichen auf dem Knochen sah, die die Geschichte seines ersten Lebensjahres erzählten. Er blickte von Donnerherz' Pfote zu dem Knochen der Schande, den Heep geschnitzt hatte. Am liebsten hätte er den abscheulichen Knochen in die tiefste Stelle des Flusses geschleudert. Oder ins Feuer oder besser noch direkt in die Dunkelwelt. Aber dann breitete sich ein tiefer Frieden in ihm aus, als hätte eine Geisterpfote das Fell unter seinem Kiefer gestreichelt, die Stelle, an der ein Wolf am empfindlichsten ist.

Faolan leckte den Pfotenknochen blitzsauber und betrachtete ihn. Makellos hoben sich die fein geschnitzten Linien gegen das Weiß des Knochens ab. Einen Augenblick schien es ihm, als sei er aus seinem Körper, aus seinem Fell geschlüpft und schwebe jetzt in der Luft. Er sah sich selbst, wie er hinter Donnerherz herschwamm, um zu fischen. Dann sah er einen winzigen Welpen, der nach Wurzeln und Knollen graben sollte. Stattdessen schnüffelte der kleine Frechdachs an einem schmutzigen Sandhügel herum. Ehe er sichs versah, hatte er ein Ameisennest freigelegt und jaulte sich das Herz aus dem Leib. Donnerherz stürzte zu ihm und schabte ihm mit ihrer rauen Zunge die bösen Ameisen aus dem Fell. Wie gern würde er sich jetzt von wütenden Ameisen beißen lassen, nur um bei Donnerherz zu sein, ihre raue Zunge zu spüren und ihrem gewaltigen Herzschlag zu lauschen.

Oh Donnerherz, du fehlst mir so sehr,
mir fehlt dein großes, dröhnendes Herz.
Oh Donnerherz, du wirst immer bei mir sein,
auch wenn du hinter dem Fluss
im Sternbild des Großen Bären wohnst.
Wenn meine Zeit kommt, Donnerherz,
werde ich dich suchen.
In einer fernen Nacht,
im Himmel von Wolf und Bär
sehen wir uns wieder.
Ich werde dich finden, Donnerherz,
wohin du auch wanderst.
Dein Welpe, dein Bärenjunges
auf ewig.

Er sang für Donnerherz, aber er dachte die ganze Zeit an Duncan MacDuncan. An den Wolf, der ihm gesagt hatte, ihm fehle es an Vernunft, aber er habe die Chance, ein besserer Wolf zu werden.

Fern von dem Ort, an dem der einsame Wolf um seine zweite Milchmutter trauerte, brach jetzt die Nacht herein. Cathmor, die Gefährtin des toten Oberhaupts, heulte ihren Schmerz in den Nordwind. In dieser zweiten Nacht der *Morriah* bemerkte sie einen leuchtenden grauen Nebel ganz oben an der Sternenleiter des Geisterpfads, der zur Höhle der Seelen führte.

„Die *Lochin! Lochin!*", rief sie. Im tiefsten Herzen wusste sie, dass zwischen ihr und dem leuchtenden Geist ihres Gefährten fortan ein Abgrund klaffte, so tief wie das Meer und so breit wie der Weg von der Erde zu den Sternen. Trotzdem würde sie Abend für Abend nach diesem Nebel Ausschau halten, wenn im weißen Mondlicht die schillernden Tautropfen herabrieselten. Als *Lochin* lebten die Geister der Toten in den Herzen ihrer Lieben weiter. Und diese erschauerten bis ins Mark, um schließlich, wenn die Zeit gekommen war, ihrerseits die Sternenleiter zur Höhle der Seele zu erklimmen.

Der Pfad der Schande

Der MacDuncan-Clan bestand aus fünf Rudeln. Faolan hatte das Zerknirschungsritual bereits beim Carreg-Gaer-Rudel vor den drei Außenflankerinnen Elpeth, Stellana und Mairie ausgeführt. Jetzt musste er noch drei weitere Rudel mit dem Knochen der Schande aufsuchen. Erst dann konnte er in sein eigenes Rudel zurückkehren. Diese drei Rudel waren das Flussrudel, das Blaufelsrudel und das Feuergrasrudel. Das Revier des Blaufelsrudels grenzte direkt an das Gebiet der MacDuff. Es lag einen ganzen Tagesmarsch im halben Presspfotengang von seinem jetzigen Aufenthaltsort entfernt. Wenn er am nächsten Tag in aller Frühe aufbrach, konnte er von dort aus nach Westen zum Flussrudel weiterreisen. Er wollte diese Tortur so schnell wie möglich hinter sich bringen. Schon wegen Heep, der vor Schadenfreude fast platzen würde, wenn er mit dem Knochen der Schande im Maul vor ihm im Staub kriechen musste.

All diese Dinge gingen Faolan durch den Kopf, während er den Pfad der Schande zurücklegte.

In der blauen Dämmerung trottete bald ein zottiger Wolf auf ihn zu. Der fremde Wolf stieß einen seltsamen Laut aus, der weder ein Bellen noch ein Heulen war. Wie ein ersticktes Pfeifen klang es, also musste es wohl der Knochennager des Blaufelsrudels sein. Faolan hatte schon von dem Wolf mit der missgebildeten Kehle gehört, die jeden Laut, den er von sich gab, in ein Pfeifen verwandelte. Daher hatte er auch seinen Spitznamen: der Pfeifer.

Nur in einem einzigen Fall musste ein Knochennager sich einem anderen gegenüber unterwürfig zeigen: wenn er auf dem Pfad der Schande wandelte.

Faolan warf sich pflichtschuldig vor dem Pfeifer nieder, einem hellgrauen Wolf, der rappeldünn war und halb verhungert aussah. „Ich habe dich nicht so früh erwartet. Mir war nicht klar, dass ich das Gebiet des ehrwürdigen Blaufelsrudels schon fast erreicht habe“, sagte Faolan, nachdem er den Knochen aus dem Maul hatte fallen lassen.

„Hast du auch nicht. Ich war nur gerade hinter einem Hasen her. Die findet man oft dort, wo die Flechtenfresser grasen. Dann lassen sie sich viel leichter fangen.“

„Flechtenfresser – davon habe ich schon gehört.

Aber ich habe noch nie welche gesehen", erwiderte Faolan. „Ihr Fleisch soll besonders schmackhaft sein." Er wusste, dass sie Geweihe trugen und fast wie Rentiere aussahen. Sie waren jedoch kleiner und hatten eine Vorliebe für Moose und Flechten, auf die sie genauso versessen waren wie auf die Gräser, die die Rentiere fraßen. Dass der Pfeifer auf leichte Beute angewiesen war, sah man sofort. Er war so ausgemergelt, dass sich seine Knochen fast durch sein Fell bohrten.

„Du kannst jetzt aufstehen", sagte der Pfeifer.

„Wirklich?", fragte Faolan, um nur ja nichts falsch zu machen. Er wollte ein guter Knochennager werden, der beste von allen, damit er die Clans verlassen und ein Mitglied der Garde werden konnte.

„Ja, bitte komm mit. Du wirst erwartet."

Faolan schaute ihn fassungslos an. Noch nie hatte ein Wolf „bitte" zu ihm gesagt. Mit einem zufriedenen Lächeln klemmte er den Knochen unter sein Kinn und marschierte los. Doch dann hielt er inne. Dieser arme Wolf sah aus, als hätte er seit Monaten keine anständige Mahlzeit mehr bekommen.

„Was ist?" Der Pfeifer drehte sich zu ihm um.

„Wieso jagen wir nicht ein paar von diesen Flechtenfressern? Du siehst aus, als könntest du eine Mahlzeit gebrauchen."

Der Pfeifer ließ die Ohren herumschnellen. „Nun ja, du weißt doch, wie es ist. Besonders in einem großen Rudel wie dem Blaufels. Ich darf erst als Letzter fressen, wenn schon fünfundzwanzig andere dran waren."

„Fünfundzwanzig! Was bleibt da noch für dich übrig?"

„Manchmal gar nichts", gab der Pfeifer seufzend zu. „Meistens jage ich Hasen und anderes Kleinzeug. Gibt aber nicht viel her. An Hasen ist kein Fett dran, verstehst du?"

„Ich weiß. Dann lass uns die Flechtenfresser aufspüren. Wir haben noch Zeit. Du hast gesagt, ich bin früh dran."

„Im Ernst? Glaubst du wirklich, dass wir es schaffen, einen Flechtenfresser zur Strecke zu bringen? Nur wir beide?"

„Jedenfalls schmeckt ein Flechtenfresser besser als ein Hase. Und zu zweit ist es leichter als allein", erwiderte Faolan.

„Richtiges rotes Fleisch – mir läuft schon das Wasser im Maul zusammen. Dort hinten können wir vielleicht eine Fährte aufnehmen." Er nickte zu einem ausgetrockneten Flussbett hinüber. „Da kommen sie oft durch, wenn sie auf Wanderschaft sind."

„Na dann, auf geht's!", rief Faolan.

Sie fanden die Fährte sofort.

„Kann sein, dass einer von ihnen hinkt“, stellte der Pfeifer nach ein paar Minuten fest. „Er setzt die östliche Vorderpfote nicht gleichmäßig auf.“

Faolan war beeindruckt. Der Pfeifer war ein scharfer Beobachter und guter Fährtenleser.

Es war keine richtige Herde. Nur vier Flechtenfresser, die zusammen umherzogen, zwei Kühe, ein Kalb und ein älteres Männchen.

Das Männchen hatte eine tiefe Wunde in der Fessel. Es hinkte wirklich und würde vermutlich leichte Beute sein. Die Strategie war einfach: Sie mussten das Männchen von den anderen trennen und dann jagen. Faolan und der Pfeifer arbeiteten gut zusammen. Sie hetzten das alte Männchen eine Zeit lang in vollem Tempo, bis es müde wurde. Dann ließen sie sich zurückfallen und taten so, als hätten sie das Interesse verloren. Damit wiegten sie den Flechtenfresser in trügerischer Sicherheit. Seine Wachsamkeit ließ nach und vielleicht würde er sogar anhalten, um kurz zu verschnaufen. Doch plötzlich nahm Faolan eine Bewegung im Gestrüpp an einem Hang wahr. Ein großer, kräftiger Bock stürmte die Halde herunter, kam kurz vor ihnen zum Stehen und scharrte mit dem Huf. Flechtenfresser waren normalerweise kleine, leichtfüßige Kreaturen. Aber dieser Bock war riesig. Herausfordernd schwenkte er das gewaltige Geweih. Faolan kannte diese Drohgebärde von den Rentieren. Es war das typische Imponiergehabe, das häufig einem Revier- oder Paarungskampf zwischen den männlichen Tieren einer Herde vorausging. Dass aber ein Rentier sich gegen einen Wolf wandte und ihn auf diese Weise herausforderte, hatte er noch nie erlebt.

„Oh nein", stöhnte der Pfeifer. „Lass uns lieber abhauen!" Doch Faolan wirbelte herum und stemmte alle vier Beine in den Boden. Er ließ die Ohren nach vorn schnellen und knurrte den Bock an, der sofort den Kopf zum Angriff senkte.

Was in aller Welt macht dieser Wolf?, dachte der Pfeifer verblüfft. Dann sah er einen Silberstreif wie einen tief fliegenden Kometen in der Dämmerung aufblitzen.

Es dauerte ein paar Sekunden, bis der Pfeifer begriff, dass Faolan dieser Silberstreif war, der vor ihm durch die Luft schoss. Ein grässliches Krachen drang an sein Ohr, dann ein Ächzen und ein hoher, wiehernder Schrei. Im nächsten Moment saß Faolan rittlings auf der Schulter des Bocks, der sich wild aufbäumte und pfeilschnell davonschoss. Faolan klammerte sich eisern fest und der Pfeifer raste hinterher.

Unglaublich, dieser fremde Knochennager! Der Pfeifer hatte Faolans Sprung über die Feuerwand mit eigenen Augen gesehen. Er wusste, wie übertrieben die Gerüchte waren, die später in Umlauf kamen – am Ende hieß es sogar, Faolan sei in die Sonne gesprungen. Aber was er jetzt zu sehen bekam, spottete jeder Beschreibung. Faolan ritt auf einem riesigen Bock, dessen Blut nur so spritzte.

Faolan hatte die langen Fangzähne in den Hals der Beute gerammt und die lebenswichtige Halsschlagader zerfetzt. Seine Klauen bohrten sich so tief in die Schultern des Bocks, dass es ihm die Muskeln zerriss. Der Bock geriet ins Stolpern und stürzte zu Boden. Sein Bauch und sein Brustkorb wogten und er rang keuchend nach Atem. Der Pfeifer lief schnell hinüber und sank neben Faolan auf die Knie. Beide Wölfe legten die Köpfe neben den sterbenden Bock und sahen ihm in die Augen, um das letzte Aufflackern des Lichts darin zu erhaschen. Das Todesritual des *Lochinvyrr* war keine Regel, kein Gesetz, das auf einem Schnitzknochen festgehalten wurde. Jeder Wolf folgte diesem Drang, mit dem er das erlegte Tier ehrte und ihm zeigte, dass er das Leben würdigte, das es für ihn hingab.

Sekundenlang blieben Faolan und der Pfeifer stumm. Ihre Gedanken waren ganz auf die Schönheit dieses Tiers gerichtet, auf seine Anmut, seinen Kampfgeist. *Du bist würdig, dein Leben ist würdig und dein Fleisch wird uns am Leben erhalten.* Kurz bevor das Herz des Bocks aufhörte zu schlagen, flackerte ein Licht in seinen Augen auf. Als sei es zu einem Einverständnis zwischen Beute und Jäger gekommen. Nur eine Sekunde später starb das Tier.

Dünne, zerfranste Wolken schwebten tief am dunkler werdenden Horizont wie Spinnweben, die sich im Tag festkrallten. Faolan und der Pfeifer fraßen lange – bis der Mond bereits am Osthimmel aufstieg. Dann kehrten sie mit schweren Bäuchen zum Blaufelsrudel zurück.

Normalerweise hätte Faolan hinter dem Pfeifer gehen müssen, aber bald trotteten sie einträchtig Schulter an Schulter wie gute alte Freunde. Faolan erschien es so natürlich, dass er kaum noch daran dachte, bis der Pfeifer den Mund aufmachte. „Ich war da, als du über die Feuerwand gesprungen bist." Die Worte trafen Faolan wie ein Windstoß, der aus einer tiefen Schlucht emporfegte. „Ich war einer der Wölfe, die dich hineingehetzt haben. Und nun hast ausgerechnet du mir die erste anständige Mahlzeit seit Wochen verschafft." Der Pfeifer hielt inne. „Ich danke dir."

Ein langes Schweigen trat ein. Zum ersten Mal hatte ein anderer Wolf zugegeben, dass er in dem *Byrrgis* mitgelaufen war, der Faolan in den Tod hatte hetzen wollen. Die Wölfe hatten ihn fälschlicherweise für einen Geiferwolf gehalten, was ihnen jedoch kein bisschen leidtat. Im Gegenteil, die meisten bedauerten, dass Faolan bei dem Sprung über das Feuer nicht gestorben war. Es hätte ihn aufhalten sollen. Und was machte dieser fremde Wolf? Er sprang in die Sonne und stellte die Große Kette infrage. Das war eine schwere Sünde, die fortan nicht mehr erwähnt, sondern im Schweigen eines Schnitzknochens begraben wurde. Einfach „frei vom Knochen weg" darüber zu sprechen, wie der Pfeifer es gerade getan hatte, war unverzeihlich.

„Du solltest besser nicht darüber reden", sagte Faolan endlich.

Der Pfeifer zuckte die Schultern. Dann erwiderte er mit einem sonderbaren Kichern: „Ich rede doch gar nicht wirklich darüber. Oder würdest du mein Gekrächze als Reden bezeichnen?"

Na ja, dachte Faolan, *aus seiner Kehle kommen Wörter, die man verstehen kann, auch wenn sie komisch klingen.* „Kann ich dich etwas über den *Gaddernag* fragen?"

„Ich weiß selbst nicht viel darüber. Seit ich im

Blaufelsrudel bin, hat es nie einen gegeben." Der Pfeifer schwieg einen Augenblick. „Aber es heißt, dass die Knochennager während dieser Zeit mit großem Respekt behandelt werden. Kein Knuffen, kein Schnauzenbeißen."

„Und nach dem Wettbewerb?"

„Tja, ich fürchte, dann geht das Leben wie gewohnt weiter. Außer für den Wolf, der in die Garde kommt."

Dann geht das Leben wie gewohnt weiter. Das waren bittere Worte. Faolan *musste* einfach gewinnen. Es war seine einzige Chance. Aber wie sollte er das schaffen, wenn ihm die anderen Wölfe so weit voraus waren? „Hast du schon mit den Vorbereitungen angefangen?", fragte er.

„Oh ja, einer der *Gadder*-Lords, die den Wettkampf leiten, ist zu mir gekommen und hat mir erklärt, welche Knochenarten wir schnitzen müssen."

„Und was sind das für Knochenarten?"

„Die üblichen. Es müssen Worte der Weisheit aus der Großen Kette geschnitzt werden. Nichts, was dich überraschen könnte. Nur einen Knochen muss man selbst gestalten."

„Wie meinst du das?"

„Na, einen eigenen Geschichtenknochen. Ich glaube, das ist am schwierigsten. Als wir alle nach

Westen geeilt sind, um die Trauerrituale für das große Oberhaupt des MacDuncan-Clans zu vollziehen, durften wir an ein paar Knochen üben. Wir haben Trauerknochen für Duncan MacDuncan geschnitzt. Die Rudelführer sind danach zu uns gekommen und haben uns gesagt, was gut an unserer Schnitzarbeit war und was nicht."

Faolan erschrak. Erneut wurde ihm bewusst, wie weit er hinter den anderen zurücklag, weil er nicht an diesen ersten Vorübungen teilgenommen hatte.

„Außerdem wird ein *Byrrgis* aufgestellt, in dem wir nicht die Fährtenschnüffler spielen müssen." Der Pfeifer nickte Faolan zu. „Da kannst du Punkte machen."

Faolan ließ den Kopf sinken. „Na hoffentlich", murmelte er.

„Oh, bestimmt. Das weiß ich. Du bist wie dafür gebaut."

Inzwischen hatten sie das Lager des Rudels erreicht und es blieb keine Zeit mehr für weitere Gespräche.

Das Blaufelsrudel hauste unter einem riesigen Felsüberhang aus blauem, weiß geädertem Gestein, das vor winzigen Kristallen nur so blitzte. Faolan ging jetzt hinter dem Pfeifer her, wie es sich gehörte. Den Knochen der Schande trug er nicht mehr unter das

Kinn geklemmt, sondern im Maul. Niemand durfte erfahren, dass die beiden Knochennager unterwegs wie gute alte Freunde miteinander geredet hatten.

„Schön, nicht wahr?“, wisperte der Pfeifer Faolan zu und nickte zu dem Felsen hinüber.

Aber mit dem Knochen im Maul konnte Faolan nicht antworten.

Stumm bewunderte er den Felsen, der aussah, als wären die Sterne vom Himmel gepurzelt und hätten im Stein Wurzeln geschlagen.

Ein schöner schwarzer Wolf kam jetzt hinter dem Fels hervor und empfing den Pfeifer mit einem knurrigen Gruß, während er Faolan grob am Ohr knuffte. Faolan machte sich nichts daraus, obwohl es bitter war, plötzlich wieder wie Dreck behandelt zu werden, nachdem er zum ersten Mal die Freundschaft mit einem anderen Wolf genossen hatte.

„Lachlana und Tamsen warten dort drüben.“ Der schwarze Wolf nickte zu dem Felsüberhang. Faolan sah, dass andere Wölfe dort in den Schatten herumschlichen, und er spürte ihre misstrauischen Blicke auf sich. Ihre Neugier machte ihn nervös. Vor seiner Zerknirschungsrunde war er für die anderen nur ein Verrückter gewesen. Doch jetzt kam er mit Schande bedeckt in dieses fremde Rudel, als einer, der den *Byrrgis* gesprengt und die Ordnung zerstört hatte.

Der Pfeifer hielt sich etwas abseits und beobachtete die Wölfe. Alle waren beeindruckt von Faolans Größe und Stärke, das konnte er sehen. Selbst als Faolan sich im Staub wälzte, sah er nicht wie ein Knochennager aus. Sein Fell war zu glatt, er hatte nichts Struppiges oder Heruntergekommenes an sich. Die Blaufelswölfe starrten ihn verwundert an.

„Und das soll ein Knochennager sein?“, knurrte ein junger Wolf mit einem Anflug von Neid in der Stimme.

Was würden diese Wölfe erst sagen, wenn sie wüssten, dass Faolan einen riesigen Flechtenfresser zu Tode geritten hatte? Dem Pfeifer wurde ein wenig bange um diesen merkwürdigen jungen Knochennager, der so ganz anders war, als er es sich jemals hätte vorstellen können.

Obwohl Faolan sofort auf den Bauch ging und im vorgeschriebenen Unterwürfigkeitsgang zu den beiden Außenflankerinnen robbte, gelang es ihm, einen Hauch seiner Würde zu wahren.

Faolan hatte nur einen kurzen Blick auf die beiden Außenflankerinnen werfen können, ehe er zu kriechen begann. Zumindest wusste er, dass er zwei kraftvolle Wölfinnen vor sich hatte, deren Fell cremeweiß schimmerte. Wahrscheinlich waren sie Schwestern. Als er ihre Pfoten erreicht hatte, hielt er an und ließ den Knochen der Schande fallen. Die etwas kleinere Wölfin riss den Knochen schnell an sich, aber vorher biss sie Faolan scharf in die Nase. Dann reichte ihm ihre Schwester einen frischen Knochen, ein Stück von einem Geweih. Das war der Zerknirschungsknochen, den Faolan benagen musste. Zuerst trat jedoch der Rudelführer vor, um den Knochen der Schande zu verlesen. Die beiden Außenflankerinnen wichen mehrere Schritte zurück.

Lord Dain, der direkt über Faolans Kopf stand, begann mit tiefer, wohlklingender Stimme zu lesen: „Wie von dem Knochennager Heep aus dem Flussrudel des MacDuncan-Clans berichtet …"

Faolan krümmte sich innerlich, als er Heeps Namen hörte. *Du wirst dich daran gewöhnen müssen*, ermahnte er sich. *Du wirst ihn noch oft genug zu hören bekommen.*

„Am Morgen nach der fünfzehnten Nacht des Rentiermondes bildete sich ein *Byrrgis* auf der Senge, um einen Elchbullen zur …"

Nach dem fünften „bescheiden" und „untertänigst" in Heeps Geschichte lief ein unterdrücktes Kichern durch die Reihe der anwesenden Wölfe. Das tröstete Faolan ein wenig, aber nicht sehr lange.

„Der ist aber ein böser Wolf, oder, Mama?", hörte er einen kleinen Welpen sagen.

„Ja, sehr böse“, bestätigte seine Mutter.

Faolan klemmte den Schwanz noch fester zwischen die Beine und kniff die Augen zusammen. Warum war er nur so ein Idiot gewesen? Duncan MacDuncans Worte hallten ihm erneut in den Ohren wider: *Nur leider fehlt es dir an Vernunft.*

Ich bin groß, aber dumm, schoss es Faolan durch den Kopf. *Wie konnte ich nur so blöd sein und auf die Hinterbeine gehen wie ein Grizzly?* Selbst Donnerherz wäre vermutlich entsetzt über sein Benehmen gewesen. Vielleicht hätte sie gedacht, dass er ihre Lehren missbraucht hatte. Der Gedanke war ihm unerträglich – ein Wolf, der gleich zwei Tierarten beleidigte. Noch nie in seinem Leben hatte Faolan sich so geschämt.

Lastendes Schweigen folgte, als Dain zu Ende gelesen hatte – bis ein ganz kleiner Welpe herausplatzte: „Mama, warum hat der Wolf das Wort ‚bescheiden‘ so oft geschnitzt?“ Der Kleine erntete einen scharfen Knuff von seiner Mutter und lief quiekend davon.

„Hört, hört!“, knurrte Dain. „Wir haben uns versammelt, um die Rituale der Zerknirschung zu bezeugen. Nur so kann das Unrecht, das den Außenflankerinnen geschehen ist, wiedergutgemacht werden.“ Dann funkelte er Faolan an. „Fahre fort, Knochennager.“

Faolan wölbte den Rücken so hoch wie möglich, kniff den Schwanz ein und ging auf die beiden Außenflankerinnen zu. Direkt vor ihnen sank er in die Knie und presste den Bauch auf den Boden. Dann verdrehte er den Hals, wälzte sich auf den Rücken und bot den beiden Außenflankerinnen die Unterseite dar. In dieser Haltung bekannte er seinen Fehler. „Ich, Faolan, Knochennager des Osthangrudels, habe mich des Vergehens schuldig gemacht, das von Heep auf dem Knochen der Schande festgehalten wurde. Ich schwöre beim Mark meiner Knochen, dass die Wahrheit und nichts als die Wahrheit geschnitzt wurde. Ich erkläre mich bereit, meinen Fehler wiedergutzumachen, indem ich den Knochen benage, der mir von den geschätzten Wölfinnen Lachlana und Tamsen, den hervorragenden Außenflankerinnen des Blaufelsrudels, überreicht wurde."

Lord Adair hatte Faolan erklärt, dass er die Große Kette in seinen Zerknirschungsknochen schnitzen musste. Genau an der Stelle, an der sein Verhalten die Ordnung gestört hatte, sollte er sein *Malcadh*-Zeichen einritzen – die Spirallinie an seiner gespreizten Pfote.

Faolan schnitzte die Große Kette, seit er zu den Wölfen der Hinterlande gekommen war. Am Anfang durften die Knochennager eine vereinfachte Version dieser Kette wiedergeben. Mit der Zeit lernten sie jedoch, dass die Große Kette viel umfassender war, als es zunächst den Anschein hatte. Es gab unzählige Verknüpfungen zwischen den einzelnen Klassen. Als geschickter Schnitzer hatte Faolan den Auftrag erhalten, kompliziertere Darstellungen der Großen Kette anzufertigen. Wussten die Blaufelswölfe, dass er bereits bis zur vierten Ordnung vorgedrungen war? Wenn nicht, konnte er eine Version schnitzen, die einfacher war und weniger Zeit kostete.

Genau in diesem Moment hörte er den ersten Ton eines Heulens, das klar und makellos in die Nacht aufstieg. Er drehte den Kopf herum und stellte verwundert fest, dass der Laut aus der verkorksten Kehle des Pfeifers kam. Wie eine wunderschöne Nachtblüte entfaltete er sich in der Dunkelheit. Die anderen Wölfe stimmten mit ein, denn auch sie hatten jetzt den Geistnebel von Duncan MacDuncan entdeckt. Vielleicht war dies die letzte Nacht, in der sie ihn sehen konnten, ehe der Mond des ersten Schnees kam und das Sternbild des Großen Wolfs bis zum Frühjahr verschwand.

Faolan wandte die Augen von dem Knochen ab. Das verstorbene Oberhaupt hatte die oberste Sprosse der Leiter erreicht. Sein Bartzopf war jetzt wieder sauber geflochten und Faolan kam es vor, als blickte er direkt auf ihn herunter. *Ich muss die ganze Kette schnitzen,* dachte er beschämt. Nein, er würde nicht den bequemen Weg wählen. Sorgfältig studierte er den Geweihknochen und leckte mehrmals daran, um sich mit der Oberfläche vertraut zu machen. Dann begann er zu nagen.

„Hast du die Sonne gesehen, die er schnitzt?“, wisperte ein Wolf in seiner Nähe. „Man kann ja fast die Hitze spüren!“

„Das ist ... unheimlich. Viel zu lebensnah“, murrte ein anderer.

Faolan versuchte die Ohren zu verschließen, hörte aber trotzdem noch, wie ein dritter Wolf mit bebender Stimme sagte: „Meint ihr, er kommt aus der Dunkelwelt?“

Faolan hatte sein Bestes gegeben. Er wollte einen guten Knochen schnitzen. Aber er konnte es diesen Wölfen einfach nicht recht machen, so sehr er sich auch anstrengte. Trotzdem musste er weitermachen. Ihm blieb nichts anderes übrig. Am nächsten Morgen würde er im ersten Dämmerlicht zum Feuergrasrudel aufbrechen.

MacDuncans Geistnebel

Inzwischen beherrschte Faolan das Zerknirschungsritual im Schlaf. Er zuckte auch nicht mehr zusammen, wenn Heeps Geschichte laut verlesen wurde. In wenigen Tagen hatte er drei Knochen der Schande abgeliefert, die so kunstvoll geschnitzt waren, dass viele Wölfe Angst bekamen. Er sei ein Abgesandter der Dunkelwelt, wurde gemunkelt. Aber selbst das brachte Faolan nicht mehr aus der Fassung. Sollten sie denken, was sie wollten. Er würde seine Arbeit so gut wie möglich machen, was immer sie davon hielten. Und damit basta. Die Wölfe der Garde galten als die besten Schnitzer der Hinterlande und nur diese Wölfe zählten für ihn. Wenn sie wirklich so herausragende Künstler waren, würden sie seine Arbeit nicht unheimlich oder *cag mag* finden.

Der wunderschöne Ton, den der Pfeifer von sich gegeben hatte, als MacDuncans *Lochin* die oberste Leitersprosse erreichte, ging Faolan nicht mehr aus dem Kopf. Aber warum kam es ihm vor, als verweilte MacDuncans Geistnebel noch am Nachthimmel, obwohl er nicht mehr zu sehen war? Als folgte das Oberhaupt einer Geruchsspur, die von den Sternen herab direkt zu Faolan führte. Das war unmöglich und doch spürte Faolan ganz deutlich, dass Duncan MacDuncans Nebel direkt über ihm schwebte.

Mit diesen Gedanken im Kopf erklomm Faolan einen Bergrücken, als plötzlich eine Wölfin vor ihm auftauchte. Lael! Die Obea des MacDuncan-Clans. Ihm stockte der Atem. Wenn die Obea sich so weit vom Carreg-Gaer-Rudel entfernte, konnte das nur eines bedeuten: Im Flussrudel musste ein *Malcadh* zur Welt gekommen sein.

Da er sich windaufwärts von der Obea hielt, konnte sie seinen Geruch nicht auffangen. Lautlos duckte er sich in einen Graben und spähte über den Saum der Wintergräser. Er konnte nur einen Geruch ausmachen – den des Neugeborenen, das die Obea am Nackenfell trug. Es musste das Junge der trächtigen Wölfin sein, die er direkt vor dem *Gaddergladder* gesehen hatte.

Die Unfruchtbarkeit hatte der Obea nicht nur ihren Uringeruch und alle anderen Duftmarken geraubt, sondern wahrscheinlich auch ihre Gefühle. Lael trug das Junge im Maul wie einen Klumpen Erde. Faolan konnte von Weitem sehen, dass mit ihren Augen etwas nicht stimmte. Sie waren zwar grün wie die Augen aller Hinterlandwölfe, aber ohne jedes Licht darin. Augen, die so kalt und fern wie die Sterne wirkten. Faolan dachte an die Wintersterne, die von den Wölfen „gefrorene Sternbilder" genannt wurden und in den sturmdurchtosten Nächten der Hungermonde erschienen.

Von seinem Versteck aus konnte er keine auffälligen Missbildungen an dem Welpen erkennen. Wahrscheinlich war das Kleine nur zu früh auf die Welt gekommen, denn jetzt war nicht der Geburtsmond der Wölfe. Frühgeborene wurden ausgesetzt, selbst wenn sie keine wirklichen *Malcadh* waren, weil ihre Aufzucht als zu schwierig galt. Oft hatte so ein früher Welpe aber auch innere Fehlbildungen und würde sowieso bald sterben.

Lael kletterte einen Steilhang zum höchsten Teil des Bergrückens hinauf. Ihr Schritt war gleichmäßig, das winzige Geschöpf baumelte in ihrer Schnauze und strampelte schwach mit den Hinterbeinen. Als Lael oben auf dem Kamm angekommen war, setzte sie das *Malcadh* ab – mitten auf einer Eulenflugroute zu den Heiligen Vulkanen, wo Gwynneth ihre Schmiedeglut sammelte. Und nicht nur das, der Weg war auch ein Elchpfad.

„Wie umsichtig“, murrte Faolan vor sich hin. Wenn die Eulen das Junge nicht holten, wurde es von den Elchen zertrampelt. Schaudernd stellte er sich vor, wie das winzige Geschöpf von den riesigen Hufen zermalmt wurde. Hoffentlich ging es schnell. Aber wer weiß, wie lange das Neugeborene in dieser grenzenlosen Weite nach seiner Mutter winseln würde. Und wie einsam und verlassen es sich fühlte.

Faolan erinnerte sich nicht an seine eigene Aussetzung. Er wusste nur, was Donnerherz ihm erzählt hatte, und die hatte sich das meiste zusammengereimt. Er sei irgendwann im Eisbruchmond am Ufer des großen Flusses ausgesetzt worden und der Eissims, auf dem er lag, müsse sich losgerissen haben. Wenn Faolan sich nicht an Donnerherz' Fuß verfangen hätte, wäre er gestorben. Aber so war er aus der Kälte und dem Nichts in eine Welt der Wärme und der überströmenden Milch eingetaucht. An Donnerherz' Brust und ihrem riesigen, dröhnenden Herzen hatte er sich geborgen gefühlt. Die Angst vor dem Nichts war ihm nur dunkel in Erinnerung geblieben, aber er wünschte diesen Albtraum nicht einmal seinem ärgsten Feind. Dabei wusste er, dass der Tod des kleinen Welpen ein geringer Preis für die Gesundheit eines ganzen Wolfsclans war. Es musste so sein. Es war das heiligste aller *Gaddernock*-Gesetze.

Gebannt verfolgte er die Szene von seinem Versteck aus. Die Obea hatte den Welpen nicht einfach auf dem benachbarten Kamm abgelegt, sondern auf einem flachen Tafelfelsen, der eigens zu diesem Zweck geschaffen schien. Der ideale *Tummfraw*. Dann drehte die Obea sich um, ohne einen Blick zurückzuwerfen, und trottete den Pfad wieder hinunter, den sie gekommen war.

Faolan schwankte zwischen Angst und Neugier. Fragte sich das kleine Wesen, was aus dem Milchgeruch seiner Mutter geworden war? Was fühlte es in diesem Moment? Fror es? Ein eisiger Wind war aufgekommen. Konnte er das Junge vielleicht retten, so wie Donnerherz ihn gerettet hatte? Aber nein, das war unmöglich. Er hatte ja keine Milch. Und außerdem verstieß es gegen die Gesetze der Hinterlandwölfe, dass ein anderer Wolf sich um ein *Malcadh* kümmerte.

Als die Obea im dichter werdenden Nebel der Abenddämmerung verschwunden war, konnte Faolan nicht länger an sich halten. Er hievte sich aus dem Graben und kletterte den Steilhang zu dem *Tummfraw* hinauf. Als er fast oben war, drang hin und wieder das leise Wimmern des Welpen an sein Ohr. Mit jedem Schritt fühlte er sich mehr als Verräter am heiligsten der Wolfsgesetze. Aber er wollte ja nur nachsehen.

Nein, du lügst, sagte eine Stimme in seinem Kopf. *Du gehst hin, um das Kleine zu trösten.* Beim Lupus! Faolan hatte das Gefühl, dass MacDuncans Geistnebel ihm bis auf den Bergkamm gefolgt war. Doch als er die sternfunkelnde samtblaue Kuppel des Nachthimmels absuchte, war vom Sternbild des Großen Wolfs nichts zu sehen. Auch die Sternenleiter und die himmlische Höhle der Seelen war verschwunden. Doch warum spürte er dann den Geist des Oberhaupts so deutlich?

Faolan wagte sich noch einen Schritt näher. Und da lag es, das *Malcadh*, winziger, als er es sich je hätte vorstellen können. Ein lohfarbenes Weibchen, ein schimmernder goldener Flauschball, ohne jede Missbildung. Im Gegenteil – etwas so Vollkommenes hatte Faolan noch nie gesehen. Aber die Kleine war so winzig, dass ihr ganzes Körperchen bei jedem Herzschlag bebte. Am liebsten hätte er sie geleckt, ihr ein wenig Trost und Wärme gespendet, bevor sie starb. Lange würde sie nicht mehr leben, das stand fest. Die ersten Schneeflocken des Winters rieselten herab. Vielleicht würde sie darunter begraben werden und in den Kälteschlaf fallen. Angeblich war das eine gute Art, aus dem Leben zu gehen. Ja, Faolan wünschte ihr eine weiche, dicke Schneedecke. Vielleicht wäre das auch ein gutes Versteck, in dem sie vor den Eulen oder vor Raubkatzen wie Rotluchsen und Pumas geschützt war. Auch Elche würden diesen Weg bei Tiefschnee nicht nehmen.

Faolan wusste, dass er das kleine Wesen nicht anfassen durfte. Vom höchsten Punkt des Bergkamms aus heulte er ein Gebet an den Großen Lupus in die Dämmerung, dass er Schnee schicken möge, viel Schnee.

Die Nacht ist gekommen, die Sterne leuchten,
lass jetzt Schnee auf das Kleine rieseln,
das hier auf dem *Tummfraw* liegt.
Ein Wolfskind, ausgesetzt,
ohne Mutter, ohne Milch.
Kalt ist ihm und es ist so allein.
Das große Nichts ist sein Zuhause,
die große Leere, endlos wie das Meer.
Ohne Zuflucht, ohne Zukunft.
Sag mir, wohin bist du gegangen,
Großer Wolf der Nacht?
Wo bist du,
wenn das Welpenmädchen um sein Leben kämpft?
Sag mir, was siehst du von deinem Himmelsbau?
Siehst du die kleine Wölfin nicht?
Wie ein winziger Goldstern erlischt ihr Licht.
Ihr Atem wird flach,

ihr Wimmern dünn.
Behüte sie vor den Zähnen des Fuchses
und vor den Krallen der Eule.
Töte sie sanft, wenn du sie nehmen musst.
Hörst du ihr Wimmern nicht?
Leise, ach so leise,
ihr Herz schlägt so schwach.
Eine Schneedecke gib ihr, dick und weiß.
Damit ihre Seele sich zum letzten Flug aufschwingt,
dorthin, wo fröhliche Welpen spielen.
In den Sternen oben, wo die Bäuche voll
und *Malcadh* willkommen sind.
Wo es keine Jagd und keinen Hunger gibt.
Wo man auf einem Stern steht
und nach der Sonne greifen kann.
Wo Wölfe, Bären und Rentiere eins sind.

Die Sark vom Sumpfmoor

Die Sark stand vor ihrer Höhle und fachte das Feuer im Brennofen an, als die Wölfin mit letzter Kraft den Weg heraufraumelte. „Ach du liebe Güte“, seufzte die Sark. „Ich bin gleich bei dir, meine Liebe.“

Einladend nickte sie zum Höhleneingang. Ihr schielendes Auge – böse Zungen verglichen es mit einem fauligen Eidotter – verdrehte sich dabei in die entgegengesetzte Richtung. Der Sark entging nicht, wie die Wölfin bei diesem Anblick erschauerte. Gut, dachte sie, zumindest hat die Arme noch genug Kraft, um sich ein wenig vor meinem dummen Augapfel zu fürchten.

Steifbeinig ging die Wölfin zum Eingang. Sie brauchte dringend Trost und Hilfe und trotzdem zögerte sie, den Bau dieser seltsamen Wölfin zu betreten. Die Sark lebte außerhalb des Clans und experimentierte mit Feuer – es wurde sogar gemunkelt, dass sie eine Hexe sei. Aber sie nützte das Feuer nur, um ihre Heiltränke zu brauen. Den Trank des

Vergessens zum Beispiel – und die Wölfin lechzte danach, vergessen zu können.

Als sich ihre Augen an die Dunkelheit gewöhnt hatten, entdeckte sie einen Fellstapel an der hinteren Wand, umkreiste ihn dreimal und sank dann erschöpft darauf nieder. Vorsichtig beschnüffelte sie das Fell und fing eine schwache Duftspur der *Malcadh*-Mutter auf, die zuletzt hier geschlafen hatte. Der Geruch war mindestens ein Jahr alt. Obwohl sie zu Tode erschöpft war, konnte die Wölfin nicht schlafen. Ihr Blick wanderte rastlos durch die Höhle. Es war der sonderbarste Wolfsbau, den sie je gesehen hatte. Fellsäcke hingen an Spießen aus Rentiergeweih, die aus der Wand ragten. Auf Steinsimsen standen Töpfe und Krüge aus Ton. Die Wölfin hatte gehört, dass die Sark magische Kräfte besitze und gewöhnliche Erde in allerlei Gebrauchsgegenstände verwandeln könne. Eine Fähigkeit, die auch die Eulen besaßen. Nur dass die Eulen ihr Feuer meist für Metalle, nicht für Erde und Lehm nutzten. An den Wänden hingen Felle mit Zeichen, die aussahen, als seien sie mit einem verkohlten Holzsplitter eingeritzt worden. Die Wölfin hatte keine Ahnung, was die Zeichen bedeuteten. Einige davon waren sehr hübsch und bildeten gefällige Muster. Auch Federn entdeckte sie – keine Eulenfedern, sondern die Federn von Schnee-

und Moorhühnern, die zu prallen Büscheln angeordnet waren. Von der Decke hingen getrocknete Gräser, Kräuter und Moose.

Jetzt trat die Sark in die Höhle und zog mit den Zähnen einen Stöpsel aus einem Krug, der auf der Seite lag. Sie ließ ein dünnes Wassergerinnsel in eine kleine Lehmschale darunter rieseln. Aus einem der Kräuterbüschel an der Decke schüttelte sie ein paar Blätter heraus, nahm getrocknete Flechten aus einem Tontopf und streute sie ins Wasser.

„Trink das“, sagte sie und schob der Wölfin das Elixier hin. „Damit du vergessen kannst.“

Sobald eine *Malcadh*-Mutter aus dem Rudel verbannt wurde, setzte das Vergessen ein. Dort, wo das Junge in ihr gewachsen war, breitete sich eine tiefe Dunkelheit aus. Mit der Zeit verblasste die Dunkelheit zu Grau, bis nur noch der Schatten ihrer Trauer übrig war. Nur so konnte die Wölfin weiterleben, einen neuen Clan, ein neues Rudel und einen neuen Gefährten finden. Bei manchen dauerte das Vergessen allerdings länger. Sie taumelten am Rand der Schwärze dahin, ohne je ganz von ihr ausgefüllt zu werden.

Misstrauisch beäugte die Wölfin die Lehmschale. Das war alles so seltsam – die Schale, das Wasser aus einem Krug, die Gras- und Kräuterschnipsel, die darin herumschwammen.

„Nun komm, meine Liebe, nimm einen Schluck. Du bist nicht eine dieser Wölfinnen …“, die Sark vermied bewusst das Wort „Mutter“, „ich meine, du bist doch nicht abseits gegangen, oder?“ Manche Wölfinnen spürten irgendwie, dass sie ein *Malcadh* in sich trugen, und stahlen sich heimlich davon, um der Obea zu entkommen.

„Nein, dazu war keine Zeit“, schluchzte die Wölfin. „Sie war kein *Malcadh*. Sie war so schön, so vollkommen.“

„Nur war es zu früh dran …“ Die Sark sagte immer „es“, wenn sie von einem ausgesetzten Welpen sprach. „Das ist aussichtslos und gibt nur Probleme, Herzchen. Trink jetzt.“

Manche Mütter wehrten sich gegen die Dunkelheit, das wusste die Sark. Sie hatte am eigenen Leib erfahren, wie es war, wenn man nicht vergessen konnte. Ihr ganzes Leben war der Erinnerung geweiht. Als die Wölfin endlich schläfrig wurde und in einen langen Schlummer fiel, fing die Sark einen Dufthauch auf, der eine dunkle Erinnerung in ihr aufrührte.

Die Wölfin hat in den letzten Sommermonden Süßgras von den Hochebenen gefressen, dachte sie. In einem Spätsommermond hatte die Sark den Entschluss gefasst, nie in einem Clan zu leben – damals, als sie zum ersten Mal ihre Milchgeberin, ihre Mutter erblickt hatte. Jedenfalls glaubte sie, dass es ihre Mutter gewesen war. Seufzend widerstand sie der Versuchung, zu ihrem Erinnerungskrug zu gehen. Sie war jetzt nicht in der Stimmung, alte Ängste zu wecken.

Die Erinnerungskrüge gehorchten ihren eigenen Gesetzen, die der Sark genauso wichtig und teuer waren wie den Clanwölfen die Regeln der Großen Kette oder des *Gaddernock*. Nein, die Sark ließ sich nicht von hochrangigen Wölfen vorschreiben, wie und wann sie sich zu verneigen hatte. Diese ganzen Unterwerfungs- und Ehrerbietungsrituale waren in ihren Augen völlig übertrieben.

Ihr waren nur die Erinnerungen heilig, nicht irgendwelche sinnlosen Rituale. Obwohl sie die Notwendigkeit der Gesetze der Hinterlande einsah, erschienen sie ihr oft so tot und verstaubt wie die Knochen, in die sie eingeritzt waren. Erinnerungen waren dagegen so lebendig wie ein rauschender Fluss, nur dass der Erinnerungsfluss statt Wasser die Überreste von Gerüchen mit sich führte. Gerüche, die die Erinnerungen wachriefen.

Ohne Erinnerungen würden die Knochen, die die *Gaddernock*-Gesetze bewahrten, zu Staub zerfallen. Davon war die Sark überzeugt. Ihr ging es um Erfahrungen, Gefühle und Farben. Das Leben der Rudelwölfe drehte sich viel zu oft nur um die Jagd und die verzwickten Verhaltensregeln des Clans. Es gab nur blinden Gehorsam, statt echter Bewusstheit. Die Wölfe der Hinterlande lebten in einer eng begrenzten, farblosen Welt, die ihr ohne jeden Sinn erschien. Unwillkürlich schweifte ihr Blick zu den tiefen Schatten der Höhle ab. Dorthin, wo die Erinnerungskrüge wie Wächter der Vergangenheit standen. Dann warf sie einen Blick auf die Mutter des *Malcadh*. Die Wölfin lag in einem tiefen Schlaf, der die nächsten zwei Tage anhalten würde. Wenn sie erwachte, würde ihr vor Hunger der Magen knurren. Sie würde fortgehen, um zu jagen, und nicht zurückblicken.

„Sie wird mich erkennen!“

Der Schnee, den Faolan erfleht hatte, war nicht gekommen. Eisige Windböen hatten erst Regen und dann Hagel gebracht. Faolan schauderte bei dem Gedanken an die Reißzähne und Klauen, die vielleicht den Weg zu dem Welpen finden würden. Einmal sah er eine kleine Rentierherde, die dem Unwetter die Stirn bot. Aber er hatte keine Lust zu jagen. Er spürte keinen Hunger, sondern nur tiefes Mitgefühl mit diesem kleinen Wesen, das er sterbend auf dem Hügelkamm zurückgelassen hatte.

Er lief den gewundenen Pfad in das flache Becken hinunter, das zum Sumpfmoor und zu der seltsamen Wölfin führte, die dort lebte. Die Sark faszinierte ihn. Sie lebte allein und obwohl die Rudelwölfe zu ihr kamen, um Glut und Heiltränke von ihr zu holen, fürchteten sie ihre Magie. Vielleicht sahen sie die Mondfäule in ihren Augen? Faolan war sicher, dass sie viel über Wolfsbräuche wusste, auch wenn sie fernab von ihnen lebte. Vielleicht konnte er etwas von ihr lernen, das ihm beim *Gaddernag* helfen würde. Vor allem aber konnte er ihr von dem *Malcadh* erzählen. Er sehnte sich danach, über das kleine lohfarbene Wolfsweibchen zu reden.

Am Eingang der Sümpfe fing Faolan zum ersten Mal den Rauchgeruch auf. Dann sah er einen Rauchfaden von einem Gebilde aufsteigen, das wie eine Erdhütte mit einem Kuppeldach aussah. Er hatte das Lager der Sumpfhexe gefunden. Die Höhle, in der sie lebte, war von einem kahlen Bereich umgeben, auf dem sie mehrere Feuer unterhielt. Aber diese hier waren anders als die offene Esse der Eulenschmiedin Gwyneth. Die Sark hatte kleine Höhlen gebaut, in denen das Feuer geschützt war.

Seltsamerweise schien sie ihn erwartet zu haben. Dabei war Faolan windabwärts von ihr gewesen. Wie hatte sie also seinen Geruch aufgefangen? Oder hatte sie ihn schon vor Stunden aufgespürt, als er noch den Hang heruntergelaufen war und der Wind in eine andere Richtung geweht hatte? Heiße Scham stieg plötzlich in ihm auf, weil er mit Heeps Knochen der Zerknirschung im Maul den Weg heraufkam. Als die Sark auf ihn zutrat, legte er den Knochen ab, sank in die Knie und dann auf den Bauch. Was musste sie nur von ihm denken? Das letzte Mal hatte er die Sark an der Feuerwand gesehen. Dort hatte sie ihn in Schutz genommen und gegen die Anführer gewettert. „Wie könnt ihr ihn jagen, ohne einen Beweis dafür zu haben, dass er wirklich die Geiferseuche hat?", hatte sie geschimpft. „Ihr hirnverbrannten Idioten!" Und jetzt? Wie weit war es mit ihm gekommen? Er kroch vor ihr im Staub, ein entehrter Knochennager, der auf dem Pfad der Schande wandelte.

„Also wirklich", begrüßte ihn die Sark mit ihrer rauen Stimme, in der immer ein unterdrücktes Knurren mitschwang. „Mir brauchst du nicht mit diesem dummen alten E- und G-Kram zu kommen!"

„E- und G-Kram? Was ist das?"

„Ehrerbietung und Gehorsam. Die Unterwerfungsrituale."

„Nein, eigentlich sind es die Zerknirschungsrituale. Ich habe gegen den *Byrrgnock* verstoßen, die Gesetze, die den *Byrrgis* beherrschen."

„Ja, ja, ich weiß. Du musst mir nicht erklären, was der *Byrrgnock* ist oder was du getan hast. Ich habe es nicht anders erwartet", schnaubte sie verächtlich.

Faolan zuckte zusammen. Er konnte nicht sagen, ob ihr Zorn gegen ihn gerichtet war oder nicht.

„Steh auf, in Lupus' Namen. Für diesen Unsinn fehlt mir die Geduld." Sie nickte zum Eingang der Höhle, in der ein weiteres Feuer brannte. „Geh schon hinein. Ich muss noch diese Töpfe aus dem Ofen holen."

Das Feuer in der Höhle verströmte eine starke Hitze. Faolan wollte sich gerade so dicht wie möglich davorsetzen, als er eine schlafende Wölfin auf einem Stapel Felle bemerkte und ihren Geruch auffing. Die Mutter des *Malcadh*! Faolan zitterte am ganzen Körper. Steifbeinig blieb er stehen, legte die Ohren flach an und verengte die Augen zu Schlitzen. Er konnte den Blick nicht von der Wölfin abwenden.

„Keine Sorge, sie schläft", sagte die Sark, die gerade in die Höhle getreten war.

„Ich habe ihr Junges auf dem Hügelkamm gesehen."

„Ich weiß."

„Woher?"

„Ich rieche es an dir."

„Aber ich habe es nicht berührt. Das schwöre ich!"

„Auch das weiß ich." Die Sark ging um ihn herum und er sah, dass sie einen Fellbeutel in der Pfote hielt. Vielleicht war einer der Töpfe darin, von denen sie gesprochen hatte.

„Ist meine Mutter auch hierhergekommen, als … als …" Faolan wurde schwindlig bei dem Gedanken, als taumelte er am Rand eines Abgrunds und würde jeden Moment hinunterstürzen. Wenn seine Mutter noch lebte, war er der glücklichste Wolf der Welt. Er würde sie suchen und finden. Er würde die ganzen Hinterlande durchqueren und bis ans Ende der Erde reisen, wenn es sein musste.

„Nachdem die Obea dich fortgetragen hat?"

Faolan nickte.

„Nein." Die Sark war froh, dass sie nicht lügen musste. Und das hätte sie getan, wenn Faolans Mutter damals zu ihr gekommen wäre. Die Sark verachtete die meisten Wolfsbräuche, aber in einem gab sie den Clanwölfen recht: Je weniger ein *Malcadh* über seine Mutter wusste, desto besser. Doch dieser junge Wolf würde es ihr nicht leicht machen, das war ihr klar.

„Warum machen sie das?"

„Das weißt du doch, Faolan. Stell dich nicht dumm. Es ist eines der wenigen Clan-Gesetze, die einen Sinn haben, nämlich die Blutlinie gesund zu erhalten."

Faolan wirbelte herum und funkelte sie an. „Wie oft muss ich mir das noch anhören?", knurrte er. „Ich kann nun mal keinen Sinn darin sehen. In keinem der Gesetze. Ich ... ich ...", stammelte er. Und dann brach alles aus ihm heraus. „Ich bin jetzt einsamer als früher, als ich noch allein war." Die Sark hörte nur mit einem halben Ohr hin, weil ihre Aufmerksamkeit auf etwas am Rand der Höhle gerichtet war, das er nicht sehen konnte. Er schaute sie an. Diese Wölfin war anders. Sie lebte allein und wirkte trotzdem zufrieden. Wenn sie ihm doch nur zuhören, seinen Schmerz verstehen, ihn trösten würde …

Aber natürlich konnte die Sark ihn nicht in die Arme nehmen, wie die riesige, sanfte Grizzlybärin Donnerherz es getan hatte. Sofort schämte er sich für seine Gedanken – dafür war er doch viel zu groß. Er war ja längst kein flauschiger kleiner Welpe mehr. Damals musste er nicht um Trost betteln. Er wurde geliebt und gehätschelt. Wieder schaute er die Sark an. Hatte sie auch eine Milchmutter gehabt? War sie je geliebt worden?

Er ertrug es nicht mehr, seinen Wolfsbrüdern so nahe zu sein und sich doch so fremd zu fühlen, so anders, so einsam. Er gehörte zu einem Clan, ohne wirklich ein Mitglied zu sein, zu einem Rudel, das ihn verachtete. Kein Wunder, dass er vor dem Gespräch mit dem Oberhaupt mit dem Gedanken gespielt hatte, das Rudel zu verlassen und nach Ga'Hoole zu gehen. Wie gern würde er noch einmal neu anfangen. Laut seufzend sagte er: „Ich habe das alles so satt – diese Wölfe und ihre dummen Bräuche."

„Na gut, dann hab sie satt", erwiderte die Sark, die in einer Nische mit ihren Töpfen hantierte. Faolan legte den Kopf schief, denn plötzlich erwachte die

Neugier in ihm. Diese Töpfe waren merkwürdige Dinger, fremdartig und schön. Manche waren mit bunten Steinen verziert und mit kunstvollen Zeichen und Mustern versehen. Aber er wollte sich nicht ablenken lassen.

„Hast du meine Mutter gekannt? Oder meinen Vater?"

Die Sark fuhr zu ihm herum und ihr weghuschendes Auge kreiste wild in seiner Höhle. Ihr Fell war sowieso schon zerzaust und struppig, aber jetzt sträubten sich ihre Nackenhaare wie in einem Sturmwind. Als redete sie mit einem begriffsstutzigen Welpen, sagte sie ganz langsam: „Verstehst du denn nicht? Ich bin rudellos. Clanlos. Ich habe keine Freunde, keine Verbündeten. Ich kenne keine Wölfe."

„Aber sie kommen doch zu dir. So wie damals, als die Clans hinter mir her waren."

„Ja, und das war ein großer Fehler. Ich hätte nach einem Beweis für deine angebliche Geiferseuche fragen sollen."

Faolan nickte zu der Wölfin hinüber. „Und die da ist auch zu dir gekommen."

„Das ist was anderes. Die Wölfinnen kommen, weil sie in Not sind. Nicht, um mir Gesellschaft zu leisten oder mit mir zu heulen. Deine Mutter war nicht hier. Ich kenne sie nicht."

Faolan winselte, legte sich nieder und vergrub die Schnauze zwischen den Pfoten.

„Hör mit dem Gewinsel auf. Winselnde Wölfe kann ich nicht ausstehen."

Faolan schniefte. „Ich will es doch nur wissen, das ist alles. Ich hatte eine zweite Milchgeberin, nachdem die Obea mich fortgebracht hatte, verstehst du?"

„Ich weiß, eine Grizzlybärin."

„Und woher weißt du das?"

„Ich habe ihren Geruch aufgefangen, als der *Byrrgis* dich gehetzt hat. Die anderen übrigens auch. Sie dachten aber, dass dich ein Geiferseuchenbär gebissen und mit der Krankheit angesteckt hat."

„Und du hast das nicht geglaubt?"

„Ehrlich gesagt, war ich mir nicht sicher. Es gab nicht genug Beweise, das sagte ich ja bereits. Aber ich habe den Milchgeruch aufgefangen – von längst vergangener Milch."

Diese Wölfin musste einen unglaublich scharfen Geruchssinn haben. „Wenn du den Geruch meiner zweiten Milchmutter aufgefangen hast, wie konntest du dann glauben, dass sie mich je beißen würde? Ich war wie Donnerherz' eigenes Junges. Selbst wenn sie rasend von der Geiferseuche gewesen wäre, hätte sie mich niemals gebissen", sagte Faolan.

Die Sark legte den Kopf schief und ihr weghuschendes Auge stand auf einmal still. Sie schaute nicht Faolan an, sondern auf den Boden. „Oh“, wisperte sie müde, „du ahnst ja nicht, wozu eine Milchgeberin fähig ist.“

„Wie meinst du das?“

Die Sark überlegte eine halbe Ewigkeit, dann drehte sie langsam den Kopf zur hinteren Höhlenwand um, wo die tiefsten Schatten sich sammelten und einige ihrer Erinnerungstöpfe in den Nischen thronten.

Faolan beobachtete sie neugierig, aber sie merkte es nicht.

„Was sind das für Dinger?“, fragte er.

Die Sark drehte den Kopf herum, sodass ihr weghuschendes Auge auf die Krüge gerichtet war und das andere auf Faolan. „Das sind meine Erinnerungskrüge.“

„Deine Erinnerungskrüge? Hast du auch welche von den *Gaddernag*, diesen Knochennager-Wettkämpfen?“

„Nein. Warum fragst du?“

„Weil bald einer abgehalten wird – wenn der Mond der Singenden Gräser kommt.“

„Der wird nie kommen.“ Die Sark schüttelte müde den Kopf.

„Was willst du damit sagen?“

„Dass mit dem Wetter in letzter Zeit etwas *cag mag* ist. Und mit den Jahreszeiten. Ich komme nur nicht dahinter, was es ist.“ Sie seufzte. „Dann soll also wieder ein *Gaddernag* stattfinden? Der letzte ist schon eine Weile her.“

„Ja, und das könnte meine Chance sein.“ Faolan zögerte. Er wagte nicht, hinzuzufügen, was Duncan MacDuncan ihm gesagt hatte.

„Deine Chance? Wofür?“

„Von hier wegzukommen. Ein Wolf der Garde zu werden. Ich hatte gehofft, dass du vielleicht ein paar Ratschläge für mich hast, die mir weiterhelfen.“

„Da musst du mir schon einen besseren Grund nennen, mein Lieber.“

„Warum? Wie meinst du das?“

„So wie ich es gesagt habe. Einfach weglaufen ist ein dummer Grund. Wo willst du hin? Nein, dafür stecke ich meine Schnauze nicht in einen Topf.“ Sie hob eine Pfote und tippte sich an die Stirn. „Das hab ich alles hier drin, in meiner guten alten Birne. Außerdem warst du jetzt lange genug in meinem Bau. Du musst gehen, bevor sie aufwacht. Es wäre zu schmerzlich für sie, wenn sie ihr Junges an dir riecht.“

„Ja, gut“, erwiderte Faolan. Er stand auf und dachte wieder an seine beiden Milchgeberinnen.

Donnerherz würde er auf dieser Erde nicht mehr begegnen. Er würde sie erst wiedersehen, wenn er starb und sich zu dem Ort aufmachte, den die Bären „Ursulana“ und die Wölfe „Höhle der Seelen“ nannten. Aber seine richtige Wolfsmutter oder sein Wolfsvater waren vielleicht noch am Leben.

Die Sark konnte anscheinend Gedanken lesen. Mit einem tiefen Knurren sagte sie: „Tu das nicht, Faolan. Versuch nicht, deine Mutter zu finden. Sie wird dich sowieso nicht erkennen. Und wie wird es dir dann erst gehen?“

„Ach, sie erkennt mich schon. Ganz bestimmt“, erwiderte Faolan mit unerschütterlicher Gewissheit. „Ihr Herz wird es ihr sagen, wenn sie mich sieht.“ Er hob die Vorderpfote und drückte sie in die Erde. Und wieder einmal hinterließ die gespreizte Pfote den Abdruck mit dem seltsamen Spiralmuster.

Ein schreckliches Verbrechen

Der Wind war gegen sie. Er tanzte irgendwie aus der Reihe, wie so oft im Mond des ersten Schnees. Gwynneth, Eulenschmiedin und Tochter des verstorbenen Gwyndor, hatte die halbe Nacht gegen diesen Wind angekämpft, um nach Norden zum Kreis der Heiligen Vulkane zu kommen. Wie immer um diese Jahreszeit brachen die Vulkane aus. Gwynneth konnte jetzt „Rumser" sammeln, wie das alte Schmiedewort für die Glutbröckchen lautete, die am heißesten brannten. Die mit dem blauen Kern in der Mitte, der von Grün umhüllt war.

Gwynneth hatte sich vorgenommen, schon früh in diesem Schneemond zu den Vulkanen zu fliegen, um den Eulen aus den Ga'Hoole-Reichen im Süden zuvorzukommen. Sie hatte einen Umweg genommen, weil sie nicht ständig in den widrigen Gegenwinden absacken wollte.

Ein Aufwind mit etwas wärmerer Luft kam aus dem Nirgendwo und verschaffte ihr eine kurze Atempause im Kampf gegen die launischen Winde. Endlich konnte sie mühelos dahingleiten. Ihre strapazierten Flügel brauchten dringend eine Erholung, doch mitten im Gleitflug fing sie einen dünnen Geräuschfaden auf. Was war das nur? Es klang irgendwie merkwürdig. Und beängstigend. Ein ganz schwaches, hohes Winseln. Gwynneth neigte den Kopf mal auf die eine, dann wieder auf die andere Seite. Als Maskenschleiereule gehörte sie zur Familie der Schleiereulen, die für ihr feines Gehör berühmt waren. Da ihre Ohrenschlitze seitlich versetzt angeordnet waren, konnte sie die winzigsten Geräuschspuren auffangen. Und dank ihres dehnbaren Gesichtsschleiers konnte sie sich auf nur eine bestimmte Geräuschquelle einstellen.

Das Maunzen steigerte sich zu einem markerschütternden Schrei, gleichzeitig fing Gwynneth einen grässlichen Reißlaut auf. *Großer Glaux! Da wurde ein Welpe ermordet! Von ... von ... von ... einem Wolf?*

Der Mord an einem *Malcadh* war das schlimmste Verbrechen, das ein Wolf begehen konnte. Das wusste Gwynneth. Und sie war sich hundertprozentig sicher, dass der Killer ein Wolf sein musste, denn sie hatte das Geräusch erkannt. Das waren eindeutig Wolfszähne gewesen. Die langen vorderen Fangzähne zerfetzten die Beute und bald hörte Gwynneth das Knirschen der Backenzähne, die wie Klingen arbeiteten und das Fleisch in kleinere Stücke zerteilten. Wegen der dichten Wolkendecke konnte sie nichts sehen, aber sie wusste auch so, was dort geschah. Sie erkannte es an den grässlichen Geräuschen und dem Keuchen des Mörderwolfs.

Gwynneth ließ sich in den sogenannten Todessturz fallen, obwohl es in diesem Fall ein Lebenssturz war, ein Rettungssturz. Wenn sie rechtzeitig unten ankam, konnte sie den kleinen Welpen vielleicht noch retten und den Mörder in die Flucht schlagen. Wenn … wenn … wenn …

Aber es war zu spät. Während Gwynneth durch die Wolkendecke brach, raste der Wolf bereits den Hang hinunter. Als sie endlich auf dem Tafelfelsen landete, war das kleine Wesen tot. Entsetzt starrte sie auf den leblosen Körper. Es war ein winziges Ding, ein Weibchen, kein wirkliches *Malcadh*. „Einfach zu früh geboren“, wisperte Gwynneth leise. Der Körper der Kleinen war übel zugerichtet. *Warum hat er sie nicht erstickt*?, dachte sie schaudernd. *So ein schrecklicher Tod!* Der Wolf hatte den kleinen Körper regelrecht zerfleischt. Bis auf die Knochen hatte er gebissen.

Gwynneth wurde so schlecht, dass ihr das Gewölle hochkam. Eulen stießen häufig auf *Malcadh*, die auf ihrer Flugroute ausgesetzt wurden, und fraßen sie.

Gwynneth selbst hatte diese Gewohnheit aufgegeben, als sie in die Hinterlande gezogen war. Aber niemals würde eine Eule ein Wolfsjunges so erbarmungslos zerfleischen. Meist genügte ein kurzer Schnabelhieb in die weiche Stelle im Schädel des Welpen, um ihn rasch zu erlösen. Aber dieser Welpe hier war nicht schnell und schmerzlos gestorben, sondern unter entsetzlichen Qualen.

Oh, dachte sie, *möge das kleine Geschöpf schnell den Weg zur Höhle der Seelen finden*. Das Sternbild des Großen Wolfs war zwar in den nächsten beiden Monden nicht sichtbar, aber der Sternenwolf war gewiss nicht so herzlos, die Seele des *Malcadh* hilflos umherirren zu lassen.

Am liebsten hätte Gwynneth die Überreste der kleinen Wölfin an sich genommen und selbst in die Höhle der Seelen gebracht. Aber das war natürlich Unsinn. Wer hatte je gehört, dass einem Tier eine solche Abkürzung in den Himmel gewährt wurde? Gwynneths Verstand sagte ihr, dass die irdischen Qualen des *Malcadh* ausgestanden waren und ihm nicht in den Tod folgen würden. Mit dem letzten Atemzug, den das winzige Wesen getan hatte, war sein Leidensweg zu Ende. Seine Seele hatte sich schmerzlos vom Körper getrennt. So schmerzlos wie das Unterfell in den Sommermonden ausfiel. Doch als Gwynneth auf das blutige Körperchen schaute, stiegen erneut ein tiefer Schmerz und ein nie gekannter Abscheu in ihr auf. Schon wieder kam ihr das Gewölle hoch, obwohl sie doch gar nichts mehr im Magen hatte. Sie fühlte sich so hohl wie ihre Knochen.

Denk praktisch!, ermahnte sich Gwynneth. Hier konnte sie nichts mehr tun. Und sie hatte noch einen langen Flug zu den Heiligen Vulkanen vor sich. Schließlich wollte sie beim ersten Aufflackern der Lava dort sein. Was blieb ihr auch anderes übrig? Eine Schmiedin ohne zwei Rumser, die sie aneinanderreiben konnte – einfach undenkbar!

Also breitete sie die Flügel aus, um abzuheben – doch dann faltete sie sie wieder zusammen. Mit den hohen, gellenden Schreien, die typisch für eine Schleiereule waren, stimmte sie das Klagelied an, das gesungen wurde, wenn ein Nestling starb.

Glaux segne und bewahre dich, mein Kind.
Lass deine Schmerzen hinter dir
und schwing dich auf in die große Nacht.
Dann schau auf uns herab,
denn wir werden dich immer lieben.
Auch wenn du niemals alt wirst,
sollst du wissen,
dies Lied ist für dich.

Das dunkle Tal

Als Faolan den Pfad der Schande beendet hatte und zum Osthangrudel zurückkehrte, war der Mond der Froststerne bereits am Himmel aufgestiegen.

Endlich war Schnee gefallen. Die Osthänge, die sich vom Krummrücken herabsenkten, wogten wie Schneewolken nieder. Der Krummrücken war in Eis gehüllt und durchschnitt die Schneewehen wie ein Kristallmesser einen wolkenlos blauen Himmel. Der Mond der Froststerne galt als kältester aller winterlichen Hungermonde und die Nerven lagen blank. Im Rudel brachen häufig Streitereien aus. Die Wölfe ließen ihre Wut an den Knochennagern aus. Faolan war schon ganz wund von den vielen Bissen und Hieben, die er einstecken musste. Wenn die Wölfe auf der Jagd eine Beute erlegten, war das Tier meist so winterdünn, dass kein Fleisch für die Knochennager übrig blieb.

An diesem Frosttag hatte der *Byrrgis* einen Rothirsch zur Strecke gebracht. Als die Rudelwölfe sich satt gefressen hatten, warfen sie den Pansen, den ersten Magen des Wilds, samt Inhalt aus unverdauten Gräsern und Flechten den Knochennagern hin.

Die höherrangigen Wölfe verschmähten den Pansen mit dem faserigen Mageninhalt, aber Faolan war an diese Nahrung gewöhnt. Als Welpe hatte er unter Donnerherz' Anleitung im Vorfrühling Zwiebelknollen ausgegraben, und was sonst noch aus der frostharten Erde spross. Donnerherz hatte die Knollen für ihn gründlich durchgekaut. Besonders zähe Wurzeln hatte sie oft im Ganzen verschlungen, um sie dann für Faolan wieder heraufzuwürgen, so wie Wolfseltern es für ihre Welpen tun. Und das, sagte sich Faolan, konnte er auch selbst. Er zerkaute die halb verdauten Pflanzen des Pansens zu einem feinen Brei und schluckte sie hinunter.

Pflanzennahrung war für normale Wölfe ungenießbar. Ein Knochennager, dem ein Pansen zugeworfen wurde, konnte nur die Magenwand fressen und musste die Pflanzenfasern übrig lassen. Aber Faolan fraß alles auf. Deshalb blieb sein Fell glänzend und er wirkte kaum dünner als zuvor. Den anderen Wölfen wurde er dadurch noch unheimlicher.

Seit dem Tag, an dem Faolan von der Sark zurückgekommen war, quälten ihn Träume von seiner ersten Milchgeberin. Tausend Fragen gingen ihm durch den Kopf. Hatte er Geschwister? Und wenn ja, waren sie normal und hatten überlebt? Und wo waren sie jetzt? Nach den Gesetzen des Clans hätten sie beim Rudel bleiben und von einer anderen Wölfin gesäugt werden können, die genug Milch hatte. Waren sie ihm ähnlich, abgesehen von seiner gespreizten Pfote natürlich?

Faolan grübelte und grübelte, während er sein Bestes gab, um ein pflichtbewusster Knochennager zu werden. Er nahm die Hiebe mit dem gebührenden Winseln hin und spulte die Unterwerfungsrituale so perfekt ab, als hätte er sie sich ins eigene Mark geritzt und nicht nur in die Knochen, die er mühsam benagen musste. Am häufigsten beschäftigte ihn die Frage, wohin seine Eltern gegangen waren. Und je angestrengter er darüber nachdachte, desto mehr verflüchtigten sich die Antworten. Es war, als ob er durch ein tiefes Schattental purzelte.

Er ahnte nichts von der Wölfin, die weit weg im Gebiet der MacDonegal lebte. Eines Abends, in der letzten Mondsichel des zweiten Hungermondes, wehte ihr ein Geruch entgegen, den sie vor fast einem Jahr am Schädel eines Bären aufgefangen hatte. Sobald ihr dieser Geruch in die Nase gestiegen war, hatte das Vergessen aufgehört. Es war wie im Frühjahr, wenn das aufbrechende Eis die nackte, rohe Erde freigab. Plötzlich war sie schutzlos ihren Erinnerungen und Gefühlen ausgeliefert, die lange unter dem starren Schneemantel des Winters eingesperrt gewesen waren. Die Schranken, die sich wie ein unsichtbares Narbengewebe tief in ihrem Inneren aufgebaut hatten, wurden einfach weggefegt. Und die Erinnerungen kehrten mit Macht zurück. *Er war silbern, mein einziger silberner Sohn.*

In keinem ihrer anderen Würfe war ein Welpe mit silbernem Fell gewesen. Nur damals, als sie drei Junge zur Welt gebracht hatte – zwei lohfarbene Weibchen und das silberne Männchen mit der gespreizten Pfote. In der kurzen Zeit, die Morag vergönnt war, bis die Obea sie aufstöberte, hatte sie den Kleinen gewärmt und gesäugt und ihre Nase tief in sein flauschiges Fell gesteckt. Selbst jetzt war dieses Gefühl noch lebendig in ihr. Wie schön sein Fell gewesen war! Absolut einzigartig. Als seien die Sterne vom Himmel gefallen und hätten ihm das Fell aufgewirbelt. Wäre er ihr geblieben, hätte sie ihn nach einem Sternbild benannt. Vielleicht nach Skaarsgard, dem springenden Wolf, der kleine Wolfswelpen auffing, wenn sie auf dem Weg zur Höhle der Seelen von der Sternenleiter purzelten.

Das Grau des Vergessens hatte sich bei Morag verändert. Es wurde wieder schwärzer. Doch die Dunkelheit breitete sich nicht nur in ihrer Gebärmutter aus, sondern auch in ihrem Kopf.

In der Zeit des Vergessens hatte Morag einfach weitergelebt und getan, was von einer *Malcadh*-Mutter erwartet wurde. Sie hatte sich einen neuen Clan und einen neuen Gefährten gesucht. Bald darauf hatte sie einen neuen Wurf zur Welt gebracht, drei gesunde Welpen mit rötlichem Fell. Sie war eine gute Außenflankerin geworden. Und obwohl ihre Beine noch stark waren und sie über lange Strecken pfeilschnell rennen konnte, trübte diese Dunkelheit jetzt manchmal ihre Sicht.

So wie beim letzten *Byrrgis*. Die Spitzenwölfin hatte das Zeichen zum Angriff gegeben. Morag war ausgeschert und zu den Außenflankerinnen geschossen, um ihre übliche Position einzunehmen. Wie eine Sturmwolke, die sich am Horizont erhob, brach die Moschusochsenherde über sie herein. Morag und die anderen Außenflankerinnen sollten die Herde nach Osten abdrängen, der aufgehenden Sonne entgegen, die die Beute blenden sollte. Aber Morag war jetzt schon geblendet. Die Herde, die sie nur als Staubwolke wahrnahm, blieb auch aus der Nähe verschwommen. Es war, als versinke sie im Nebel. Wie sollte sie da jemals das schwächste Tier ausmachen, das von der Herde getrennt werden musste? Das war immer ihre Stärke gewesen. Morag konnte in vollem Lauf dahinsausen und trotzdem die Herde blitzschnell nach einem *Cailleach* absuchen, einem altersschwachen Tier, das bald sterben würde. Moschusochsen waren langsam im Vergleich zu Rentieren oder Rotwild. Sie hätte das *Cailleach* mühelos erkennen müssen. Doch plötzlich stolperte Morag und im nächsten Moment lag sie am Boden. Sie spürte, wie die *Byrrgis*-Jäger an ihr vorbeistrichen. *Großer Lupus, ich bin gestürzt!* In diesem Moment wusste sie, dass ihr Leben als Außenflankerin zu Ende war.

Rothirschjagd

Mairie strich an der Westflanke einer großen Rothirschherde entlang. Es war eine neue Chance für sie, sich ihre Position zu verdienen. Lupus sei gepriesen, der Knochennager schien seine Lektion gelernt zu haben. Er lief ein gutes Stück hinter ihr, aber sie würde sich jetzt nicht nach ihm umsehen. Wieder einmal war sie ausgewählt worden, mit dem Osthangrudel, dem Flussrudel und dem Blaufelsrudel zu jagen. Diesmal waren Alastrine und Stellana vom Carreg-Gaer-Rudel abkommandiert worden, um Mairie zu begleiten. Mairie stand unter scharfer Beobachtung und konnte sich keinen Fehler leisten. Wenn dieser verfluchte Knochennager sich wieder aufspielte, würde sie ihm höchstpersönlich ihre Zähne in die empfindlichste Stelle seiner Schnauze hauen. Und zwar mit dem größten Vergnügen.

Im Augenblick jagten sie die Herde durch ein Gebiet, das Yellow Springs oder Gelbquellen genannt wurde. Gerade war ein Signal durch den *Byrrgis* gelaufen, dass sie mit dem Zangenmanöver beginnen sollten. Die Herde musste leicht gewendet und dann getrennt werden. Es war ein riskantes Manöver. Aber bei einer so großen Herde blieb ihnen keine andere Wahl. Nur so konnten sie die schwachen Tiere ausmachen, die so lange wie möglich in der Mitte der Herde blieben. Faolan sah Stellana dicht bei Mairie. Die Wölfin übermittelte ein paar Signale und innerhalb von Sekunden hatte Mairie ein *Cailleach* entdeckt. Jetzt war Faolan an der Reihe. Er musste näher kommen, um jeden Urin- oder Kotgeruch aufzunehmen, der ihm nicht gesund erschien.

Was für eine elende Arbeit, dachte er und schaute neidvoll zu, wie Mairie zu dem *Cailleach* vorpreschte. Dann bremste die Außenflankerin ihr Tempo zu einem lockeren Lauf herab, als hätte sie das Interesse verloren. Die Rothirsche würden jetzt ebenfalls langsamer werden, aber Mairie würde nur zu bald mit Stellana und einer anderen Außenflankerin zurückkommen.

Faolan hatte dieselbe Jagdstrategie angewandt, als er im Vorjahr ein Rentier zur Strecke gebracht hatte. Nur hatte es keine Signale gegeben, die zwischen den Jägern hin- und hergingen, und keine Außenflankerinnen, die ihm halfen, das Tier in die Zange zu nehmen. Er hatte alles allein gemacht.

Die Endphase der Jagd begann. Sie hatten das alte *Cailleach*, eine Hirschkuh, umzingelt. Verwirrt stand sie da und starrte auf die Blutfontänen, die aus den Wunden in ihren Flanken schossen. Die Verletzungen reichten aus, um die Hirschkuh aufzuhalten, aber nicht, um sie zu töten. Dazu mussten sie an ihren Hals herankommen und die lebenswichtige Schlagader durchtrennen. Mairie und die anderen Außenflankerinnen ließen sich zurückfallen. Ihre Arbeit war getan. Ein paar von den großen Rüden umzingelten jetzt die Beute und griffen sie abwechselnd an. Aber die Hirschkuh bäumte sich auf und traf einen von ihnen mit den Hufen.

„Die hat Nerven!", murrte Heep.

„Ja, unfassbar!", stimmte der Pfeifer mit der verknoteten Kehle zu und es klang wie ein hohles Ächzen.

Der Pfeifer sprach Faolan aus dem Herzen. Woher nahm dieses alte Weibchen den Kampfgeist, sich aufzubäumen und mit den Hufen nach ihren Angreifern – vier riesigen Wölfen – zu schlagen?

„Das *Cailleach* hat einen kühnen Geist", fuhr der Pfeifer fort.

„Möge ihr Geist bald den Körper verlassen, damit unsere großartigen Oberhäupter nicht allzu sehr ermüden", schleimte Heep lautstark.

Der Pfeifer warf ihm einen verächtlichen Blick zu. „Ach, halt den Mund und steck deine Nase in Moschusochsenkacke."

Faolan wollte schon loslachen, aber das Lachen blieb ihm in der Kehle stecken, als Heep vor dem Pfeifer in die Knie sank.

„Oh, mein lieber Pfeifer, ich bitte dich untertänigst um Verzeihung." Heeps spitze Nüstern zogen sich angstvoll zusammen, während er eine Gesichtshälfte im Dreck wälzte. „Niemals würde ich mir erlauben, mich über dieses großartige, würdige Tier zu erheben, das stirbt, um unsere verehrten Oberhäupter am Leben zu erhalten. Falls mir eine Respektlosigkeit unterlaufen sein sollte, so bitte ich in aller Demut um Vergebung. Denn nur dank des nahrhaften Fleisches dieser edlen Hirschkuh werden unsere Anführer, unsere heldenhaften Oberhäupter, und unser ruhmreiches Rudel gedeihen."

Aber der Pfeifer trottete bereits davon, um sich einen besseren Blick auf das bevorstehende Ende der tapferen Rothirschkuh zu verschaffen.

Faolan hatte fassungslos zugehört, wie Heep sich vor dem Pfeifer erniedrigte. Nicht nur das abstoßende Kriechertum des gelben Wolfs sträubte ihm das Fell. Er spürte auch etwas zutiefst Falsches darin. Heep bereute seine Respektlosigkeit nicht, das stand fest. Dieser Wolf war auf eine heimtückische Art verletzend, denn die Kränkung, für die er sich entschuldigte, kam als Unterwürfigkeit getarnt zur Hintertür wieder herein. Wie eine Verhöhnung des *Lochinvyrr* erschien es Faolan. Beim *Lochinvyrr* wurde nie gesprochen. Der Dank musste einfach und schweigend erfolgen, mit tiefer Empfindung, um den Wert des geopferten Lebens nicht zu schmälern.

Faolan wandte sich ab und ging zu den Jägern, die das *Cailleach* umzingelten. Alle waren jetzt verstummt. Kein Bellen oder fröhliches Japsen war zu hören. Tiefe, respektvolle Stille breitete sich aus. Der Hauptmann war in einer Haltung vollkommener Unterwerfung in die Knie gesunken. Er schaute dem sterbenden Tier direkt in die Augen, denn dies hier war der Moment der Wahrheit. Als das Ritual vollzogen war, erhob er sich und zerfetzte ohne ein weiteres Wort den Bauch der Hirschkuh, um mit der Fleischverteilung zu beginnen.

Faolan stand im Schatten des kargen Birkenwäldchens und verfolgte die Fleischverteilung. Als Erstes fraßen die Anführer des Rudels, dann kamen die Hauptleute des *Byrrgis* und die Außenflankerinnen an die Reihe. Mairie wurde als Erste aufgerufen, denn sie hatte eine wichtige Rolle beim Zangenmanöver gespielt. Lautes Johlen und Heulen stieg auf, als sie vortrat, um ihren Anteil an der fetten, nahrhaften Leber in Empfang zu nehmen. Wie üblich, wenn eine junge Wölfin sich zum ersten Mal bewährt hatte, warfen sich die anderen Außenflankerinnen auf sie und rieben ihren Kopf und ihr Gesicht mit dem dicken Leberblut ein. Als Mairie sich erhob, war ihr lohfarbenes Gesicht mit einer roten Maske bedeckt, aus der ihre tiefgrünen Augen leuchteten.

„Ein Rothirsch für einen Rotwolf!“, bellte jemand. Das Geheul würde die ganze Nacht andauern, denn die Beute war fetter, als sie erwartet hatten. Der Geruch von Blut, zerfleischtem Muskelgewebe, zerfetzten Eingeweiden und abgenagten frischen Knochen erfüllte die Luft. Mitten in diesem Fressrausch trat Mairie plötzlich zu Faolan in das Birkenwäldchen.

„Hier“, sagte sie und warf ihm einen Knochen zu, den Oberschenkelknochen aus einem Hinterbein. „Heute hast du deine Arbeit gut gemacht. Es wäre mir eine Ehre, wenn du die Geschichte dieses *Byrrgis* hineinritzen würdest, in dem ich zum ersten Mal als Außenflankerin eine Beute zur Strecke gebracht habe. Du könntest sie …“ Mairie senkte beinahe beschämt den Blick, „vielleicht ‚Mairies Rothirschjagd bei den Gelbquellen‘ nennen.“

„Ja, mal sehen“, erwiderte Faolan. Es war das einzige Vorrecht eines Knochennagers, den Bericht, den er in einen Knochen schnitzte, selbst zu benennen. Heep hatte Faolans Knochen der Schande „Verbrechen und Sühne des Knochennagers Faolan“ genannt. Und als sei das noch nicht demütigend genug, hatte er einen Untertitel hinzugefügt: „Eines Knochennagers unerhörter Verstoß gegen die *Byrrgnock*-Gesetze.“

Mairie schaute Faolan aus ihrem blutverschmierten Gesicht an. „Ich wollte nur sagen, dass ... na ja ... ich bin froh, dass du mir diesmal meine Chance gelassen hast. Obwohl du wirklich schnell bist ...“ Erneut hielt sie inne. „Für einen Rüden, meine ich. Also, danke.“ Damit wandte sie sich um und ging.

„Na, so was. Danke, hat sie gesagt. Und dass ich schnell bin – für einen Rüden! Urskadamus!“, brummte Faolan vor sich hin. *Zu gütig von Mairie.* Aber falls sie geglaubt hatte, dass er sich vor Dankbarkeit im Staub wälzen würde, wie Heep es vermutlich getan hätte, war sie auf dem Holzweg. *Du beschämst mich mit deiner überströmenden Dankbarkeit, geschätzte Mairie. Das ist eine viel zu große Ehre für einen niedrigen Knochennager wie mich ...*

Ein winziger Knochen

Der untergehende Mond glühte tiefrot auf, als wäre er in das Blut des *Cailleach* getaucht worden, bevor er hinter dem westlichen Horizont versank. Die Sterne kamen hervor und die erste Pfote des Großen Wolfs zeigte sich langsam wieder am Nachthimmel. Für die Clans der Hinterlande war das immer ein Grund zum Feiern. Im zweiten Frühlingsmond, dem Mond der Singenden Gräser, sollte der *Gaddernag* abgehalten werden. Doch als Faolan sich auf den Weg zu dem *Tummfraw* auf dem Hügelkamm machte, dachte er nicht an den Wettkampf. Er hatte nur eines im Sinn: die Knochen der kleinen lohfarbenen Wölfin zu finden.

Sein Plan war, einen *Drumlyn* zu Ehren des Welpen zu bauen. Wenn er genug Knöchelchen fand, würde er sie nehmen und zu einem Haufen aufschichten. Von dort konnte der Geist des Welpenmädchens auf die erste Sprosse der Sternenleiter springen und zur Höhle der Seelen laufen.

Faolan stieg bis zu dem Tafelfelsen hinauf, auf dem die Kleine ausgesetzt worden war. Er blickte sich ein wenig um, dann fiel ihm plötzlich ein, dass die winzigen Knochen, sofern sie zurückgelassen worden waren, den Hang hinabgerollt sein mussten. Es hatte nicht geschneit, aber er erinnerte sich, dass ein heftiger Regen gefallen war, gleich nachdem er das sterbende Welpenmädchen zurückgelassen hatte.

Faolan spähte die Halde hinunter und überlegte, wo die Knochen hingewandert sein könnten. Der Winter war kalt gewesen, aber schwere Schneefälle hatte es nicht gegeben. Am Ende des letzten Wintermondes hatte es sogar noch mehr geregnet. Folglich musste er in den Rinnen, die der Regen hinterlassen hatte, nach den Knochen Ausschau halten.

Er suchte die halbe Nacht lang, bis der Himmel bereits wieder heller zu werden begann. Erst als der Horizont in dunstigem Rosa erglühte, entdeckte er etwas blendend Weißes, das aus dem Boden ragte. Behutsam grub er es mit den Pfoten aus, fasste den Knochen nur mit den Lippen und zog ihn aus dem Boden. Er legte ihn ab und betrachtete ihn. War das vielleicht eine winzige Rippe? Bei genauerem Hinsehen bemerkte er tiefe Einschnitte, die ihn bis ins Mark erschauern ließen. Ein leises Knurren stieg aus seiner Kehle, ein Knurren der Angst und Wut.

Mit gesträubtem Nackenfell saß er da. Der Räuber, der das Leben dieses Welpen genommen hatte, war mit roher Gewalt vorgegangen. Der Knochen war an der Oberfläche mit zahllosen wilden Bissspuren verunziert. Von welchem Tier sie stammten, war kaum zu erkennen. Aber das war nicht mehr wichtig. Hauptsache, er hatte den Knochen gefunden. Er würde ihn an einem sicheren Ort verstecken und später zurückkommen, um nach den restlichen Knochen zu suchen.

Er brauchte auch nicht lange zu überlegen, wo er den Knochen lassen konnte: bei Donnerherz' Pfotenknochen natürlich. Es war ein tröstlicher Gedanke, dass die winzige Rippe bei seiner Milchmutter ruhte. Er würde sich sofort auf den Weg machen. Endlich hatte er die Gewissheit, dass das kleine Wesen seine irdischen Leiden hinter sich gelassen hatte. Obwohl der Gedanke an den gewaltsamen Tod, den es erlitten hatte, wie ein dunkler Schatten über ihm hing. Aber jetzt, da der Sternenwolf zurückkehrte, konnte die kleine Wölfin endlich die Sternenleiter zur Höhle der Seelen hinaufklettern. Faolan war nun noch fester entschlossen, zu der Halde unter dem Tafelfelsen zurückzukehren, um noch mehr von ihren Knochen zu finden. Ja, von *ihren* Knochen. Für Faolan war das kleine Wesen kein „es" wie für die Sark, die immer „es" sagte, wenn sie von einem *Malcadh* sprach.

Am folgenden Abend kehrte er auf den Bergrücken zurück. Als er zu der Halde kam, spürte er ein anderes Tier in der Nähe, wenn auch nur schwach. Er hob die Nase in den Wind, konnte aber keinen Geruch ausmachen. Vielleicht waren Wölfe in der Gegend, denn der Ort lag nicht weit vom Feuergrasrudel entfernt. Wahrscheinlich Jäger, die der anderen Hälfte der Rothirschherde nachspürten.

Es war ein dunkler, mondloser Abend. Kein Licht am Himmel warf Schatten und trotzdem spürte Faolan überall Schatten um sich herum. Wie konnte er nur so schreckhaft sein? *Ich werde langsam genauso abergläubisch wie diese Rudelwölfe*, schimpfte er vor sich hin und machte sich an die Arbeit.

Er fand mehrere Knochen von dem kleinen Welpenmädchen, alle mit tiefen Bissspuren. Trotz dieser grässlichen Verstümmelung war einer der Knochen besonders schön geformt und schrie geradezu danach, die kurze Geschichte der Wölfin aufzunehmen. Und so begann Faolan mit der Schnitzarbeit. Er war noch nicht weit gekommen, als ihn ein mulmiges Gefühl überkam.

Ich kann das jetzt noch nicht, dachte er. Die Geschichte des kleinen Wesens war noch nicht abgeschlossen. Plötzlich erschien es ihm falsch, sie einzuritzen, fast als zerstörte die rohe Gewalt, die diesem

Knochen zugefügt worden war, die Wärme und Schönheit seiner Zeichen. Er musste aufhören.

Er suchte weiter und fand noch ein paar Knochen, zu viele, um alle auf einmal zu Donnerherz' Pfote zu tragen. Er würde die Hälfte davon hinbringen und wenn er zurückkam, war er vielleicht in einer besseren Stimmung und konnte die Schnitzerei beenden.

Doch als er zurückkam, war der teilweise benagte Knochen verschwunden. Ein Schauder lief durch seinen Körper. Hatte ein anderes Tier ihn hier gesehen? Und warum sollte es gerade diesen Knochen wegnehmen, und nicht die anderen, die er zurückgelassen hatte?

Nachdenklich kehrte Faolan zu seinem Clan zurück, in dem der wilde Rausch von der Jagd vor zwei Tagen noch nicht verebbt war. Der Blutgeruch war allerdings etwas verblasst. Mehrere Knochenhaufen lagen bereit und warteten darauf, von den Knochennagern bearbeitet zu werden. Faolan nahm sich den Schenkelknochen vor, den Mairie ihm überreicht hatte.

Der Mond der Froststerne war jetzt ganz verschwunden und die erste dünne Sichel des Eisbruchmondes stieg am Himmel auf. Alastrine stimmte in den Gesang von Greer mit ein, der *Skrielin* des Flussrudels, die das Aufgehen des ersten Frühlingsmondes in die Nacht hinausheulte. Auf diese Weise feierten sie das Ende der winterlichen Hungermonde.

Im tiefsten Nachtdunkel ging ein wahrer Platzregen nieder. Am Himmel zuckte ein Heer von Blitzen auf, die wie Hunderte winziger weißer Knochensplitter aussahen.

Die beiden *Skrielin* heulten das *Ceilidh fyre*, den Tanz des Himmelsfeuers. Heute Nacht trugen sie Skaarsgards Geschichte vor, die Geschichte des Springenden Wolfs, der den kleinen Welpen die Sternenleiter hinaufhalf. Faolan nahm es als Zeichen, dass das winzige Wolfsmädchen auf dem Weg dorthin war. Wenn er Recht hatte, würde alles gut werden. Er konnte friedlich einschlafen und von dem Wolfsmädchen träumen, das in der Höhle der Seelen mit seinen Freunden spielte.

Aber die *Skrielin* erzählten die Geschichte von einem dickköpfigen kleinen Welpen, der immer wieder die Leiter hinuntersprang. Es war ein beliebtes Motiv, eine Ruf- und Antwort-Geschichte. Der kleine Welpe war jedoch kein *Malcadh*, sondern einfach so gestorben. Alastrine sang den Part von Skaarsgard, Greer den Part des kleinen Welpen.

Skaarsgard ruft: „Warum gehst du, kleiner Welpe, kleiner Welpe?“

Und der kleine Welpe antwortet: „Ich gehe das Fleisch des Fuchses fressen, den meine Mama im nächsten Frühjahr fangen wird."

Skaarsgard ruft: „Du brauchst kein Fleisch in der Höhle der Seelen, kleiner Welpe, kleiner Welpe."

Darauf der Welpe: „Aber ich habe noch nicht die Lachse gekostet, die im Fluss schwimmen."

Skaarsgard ruft: „Aber du hast deine Zähne zurückgelassen, kleiner Welpe. Du bist ein Geist, so frei, so frei. Deine Seele ist zum Himmel aufgestiegen, kleiner Welpe. Lass deine Fleischträume hinter dir, kleiner Welpe, kleiner Welpe."

Da antwortet der kleine Welpe: „Wie soll ich träumen, wenn ich noch nie Fleisch geschmeckt habe? Lass mich fressen, lass mich fressen."

Skaarsgard ruft: „Aber du wirst nicht verhungern, weil du keinen Hunger hast. Du hast keine Zähne und keinen Magen. Du bist eine Seele auf der Sternenleiter."

Der Welpe antwortet: „Aber ich bin hungrig."

Skaarsgard ruft: „Hungrig wonach, kleiner Welpe, kleiner Welpe?"

„Nach den Träumen, die ich nie haben werde", antwortet der kleine Welpe. „Denn Fleisch werde ich niemals fressen. Und niemals im Fluss schwimmen."

Faolan hatte diese Geschichte zum ersten Mal gehört. Er konnte nicht darüber lachen, so wie die anderen Wölfe. Der friedliche Schlaf, den er sich erhofft hatte, der ihn einhüllen und ihm Träume von den Knochen des *Malcadh* bringen sollte, wollte nicht kommen. Stattdessen quälten ihn Visionen, wie sein kleiner Schützling auf die Erde zurückpurzelte, nicht um das Fleisch eines Fuchses zu fressen oder Lachse im Fluss zu fangen, sondern weil er gerächt werden wollte.

Als Faolan im Morgengrauen erwachte, waren seine Fußpolster feucht und salzverkrustet. Salz vom Nachtschweiß. Böse-Träume-Schweiß. Angstschweiß.

Der Nebel von Morag

Brangwen sah seine Gefährtin Morag steifbeinig aus der großen Höhle kommen, in der sie ihre drei Jährlinge aufgezogen hatten. Die Höhle lag im äußersten Westen des MacDonegal-Gebiets und ihr Rudel nannte sich „Die Tanzenden Riesen“, nach den imposanten Steingebilden, die auf der Hochebene in der Nähe ihrer Baue aufragten. Morag war herausgekommen, um Brecco nachzujagen, dem mittleren Welpen, der einen blutenden Hasen in die Höhle geschleppt hatte. Das verstieß gegen alle Regeln. Brecco war ein geschickter Jäger geworden. Das war gut, aber er benahm sich manchmal unmöglich. Wollte er etwa fremde Räuber mit seiner blutigen Beute in ihre Höhle locken? Tiere, die größer und wilder waren?

Brangwen wäre gern selbst hinter Brecco hergejagt, um ihm einen ordentlichen Knuff gegen die Ohren zu verpassen, aber Morag war ihm zuvorgekommen. „Nein, ich gehe!“, hatte sie schnell gesagt und war aufgesprungen. Brangwen wusste, dass er ihr nicht im Weg stehen durfte. Morag war nicht mehr die Alte, seit sie bei dem Moschusochsen-*Byrrgis* gestolpert war. Wahrscheinlich hatte sie Angst, dass sie fallen könnte, denn sie bewegte sich nur langsam und zögernd wie eine uralte Wölfin. Dieser Wurf hier war vermutlich ihr letzter. Viele Wölfinnen, besonders Außenflankerinnen wie Morag, hatten trotzdem noch viel Jagdgeist in sich.

Brangwen zuckte zusammen, als Morag gegen einen der gewaltigen aufrechten Steine stieß. Brecco warf den Kopf zu seiner Mama herum und sah, wie sie stolperte. Erschrocken riss der Kleine die Augen auf. Sein Blick traf Brangwen bis ins Mark.

Ich darf nicht zu ihr laufen, dachte Brangwen. *Sie muss das allein machen.* Er sah, wie Brecco sich seiner Mutter näherte. Breccos Ohren waren angelegt und sein Schwanz so fest zwischen die Beine geklemmt, dass er fast wie der verhasste gelbe Knochenwolf aus dem Flussrudel des MacDuncan-Clans aussah. Morag fauchte und schalt den Jährling, aber sie knuffte ihn nur halbherzig. Brecco stand ein paar Sekunden nur da, als wollte er sie auffordern, ihn noch einmal zu knuffen. Aber Morag wandte sich ab und stakste in die Höhle zurück.

Wortlos drehte sie sich zweimal im Kreis, dann ließ sie sich auf ein Rentierfell sinken. Ihre Lider waren halb geschlossen, sodass nur zwei schmale grüne Schlitze zu sehen waren. Brangwen erschrak, weil das Grün nicht so hell und klar wie früher war. Ein seltsamer, dünner Schleier lag darüber. Leise legte er sich auf ein anderes Fell neben sie.

Um diese Jahreszeit flutete die Sonne direkt in die Höhle, bis sie hinter dem Horizont versank. Als die blassvioletten Schatten der Dämmerung in die Höhle sickerten, glaubte Brangwen, dass seine Gefährtin eingeschlafen sei. Doch das war ein Irrtum. Morag dachte darüber nach, wie sie mit dem Zwielicht, das immer mehr in ihr hochkroch, zurechtkommen sollte. Aber vor allem überlegte sie, was sie Brangwen erzählen musste.

Es hatte schon lange vor dem Stolpern im *Byrrgis* begonnen. Schon damals, als die Welpen noch in der Wurfhöhle hausten und Morag fortgegangen war, um einen neuen Bau für sie zu suchen. Sie war weiter gewandert, als sie vorgehabt hatte, denn plötzlich lag das Gebiet der MacDonegal hinter ihr und sie hatte den großen Fluss durchquert. Aber es war so schön gewesen, einfach nur umherzustreifen, nachdem sie so lange mit diesen unbändigen Welpen eingesperrt gewesen war. Morag hatte der Versuchung einfach nicht widerstehen können.

Kurz nachdem sie den Fluss durchquert hatte, war

sie auf den Schädel eines Grizzlybären gestoßen – und im nächsten Moment hatte sie ein schwacher Geruch angeweht, den sie sofort als den Geruch ihres schönen silbernen Jungen mit den Sternen im Fell wiedererkannt hatte.

Von da an hatte sich die Dunkelheit in ihr ausgebreitet. Sie verstand nicht, warum die Erinnerung ihre Sicht trübte, und zu allem Übel hatte sie Brangwen nie von ihrem Leben im MacDuncan-Clan erzählt. Das Vergessen hatte damals noch voll gewirkt. Sie hatte keine Erinnerung mehr an den silbernen Welpen oder seine Geschwister gehabt, als sie ihrem neuen Gefährten begegnet war.

Das Vergessen hatte gewirkt. Unablässig gingen ihr diese Worte im Kopf herum. *Gewirkt. Gewirkt. Gewirkt.* Morag hatte so oft darüber nachgedacht, wie sie es ihrem Gefährten sagen sollte. Jedes Wort hatte sie sich überlegt, aber jetzt begann sie einfach zu reden.

„Brangwen“, sagte sie leise. Ihr Gefährte schreckte hoch, denn er hatte nach wie vor geglaubt, dass sie schlief. „Das Vergessen hat aufgehört.“

„Was? Wovon redest du? Was für ein Vergessen?“

Morag hätte wissen müssen, dass männliche Wölfe darüber nicht so gut Bescheid wussten wie weibliche, auch nicht die Väter von *Malcadh*. Erschöpft kniff sie die Augen zusammen. Seit sie auf den Grizzly gestoßen war, schien es ihr manchmal, als könne sie mit geschlossenen Augen besser sehen. „Brangwen, du musst mir glauben, dass ich keine doppelzüngige Wölfin bin. Ich habe dich nie belogen."

„Nein, natürlich nicht. Wie kannst du so etwas nur denken, Morag?"

Dann erzählte sie ihm, was ihr zugestoßen war, vor ihrer gemeinsamen Zeit, als sie das silberfarbene *Malcadh* geboren hatte.

„Ein *Malcadh*", wisperte Brangwen ungläubig. „Aber unsere Welpen sind doch kerngesund!"

„Weil wir beide, du und ich, mit guten Welpen gesegnet wurden", erwiderte sie leise.

„Ja, das ist richtig." Brangwen rückte näher an seine Gefährtin heran und leckte ihr das Gesicht. Er schmeckte die dicken öligen Tränen, die aus ihren Augen quollen.

„Ich hätte es dir erzählt, aber das Vergessen, verstehst du ... Es hat gewirkt. Es wirkte so gut, bis ..."

„Bis du den Geruch deines Sohnes, des silbernen Welpen, aufgefangen hast."

Morag schaute Brangwen mit ihren verschleierten Augen an. Er nannte den Welpen nicht „*Malcadh*". Er sagte auch nicht „es", sondern „dein Sohn". „Oh, Brangwen, du hast ihn meinen Sohn genannt."

„Ja, natürlich. Ich bin zwar kein Weibchen und ich habe nie einen Welpen zur Welt gebracht, geschweige denn, dass mir einer von der Obea fortgenommen und zu einem *Tummfraw* getragen wurde. Aber ich habe ein Herz." Er hielt inne. „Und ich weiß, dass dieser silberne Welpe, dem du nie einen Namen gegeben hast, wie ein leuchtender kleiner Stern in dir brennt."

„Wie ist das möglich? Wie kannst du das alles fühlen?", fragte sie mit zitternder Stimme.

„Wir sind pfotenfest, oder nicht?"

„Ja, das sind wir!", erwiderte Morag aus vollem Herzen.

„Haben wir unser Pfotenfest-Gelübde nicht vor zwei Herbstzeiten im Rentiermond abgelegt?"

„Nein, im Mond der Roten Blätter", sagte Morag. „Ich erinnere mich genau." Im Flüsterton fügte sie hinzu: „Nur zu gut erinnere ich mich. An so vieles ..."

„Wir müssen noch über etwas anderes reden", sagte Brangwen und schmiegte den Kopf dicht an ihr Ohr. „Du musst mir von deinen Augen erzählen. Was ist damit?"

„Die Dunkelheit, die in meiner Gebärmutter war, dort, wo der silberne Welpe heranwuchs, ist zurückgekehrt und hat sich bis in meine Augen ausgebreitet."

„Und jetzt siehst du nur Schwärze. Ist es immer dunkel? Wie in der Nacht?“

„Nein, eher so, als versänke ich in einem Nebel. Und ich sinke schnell.“ Morag hielt inne. „Ich hatte Zeit, darüber nachzudenken, Brangwen. Ich muss zur Sark vom Sumpfmoor gehen.“

Sie spürte, wie sich Brangwens Nackenfell sträubte. Männliche Wölfe fürchteten die Sark viel mehr als weibliche. Die Macht dieser Wölfin verunsicherte sie. Morag war nicht zur Sark gegangen, als sie ihre Welpen verloren hatte. Vielleicht war das ein Fehler gewesen. Es hieß, dass die Sark Tränke braute, die beim Vergessen halfen. Und sie kannte auch Stärkungsmittel, die die Gebärmutter heilten, damit sie aufnahmefähig für einen neuen Wurf wurde. Aber jetzt musste Morag zu ihr gehen, um sich von dem Nebel zu befreien.

„Ich gehe mit dir“, erklärte Brangwen.

„Hast du denn keine Angst vor der Sark?“, fragte Morag.

„Mir macht es mehr Angst, dass du stolpern oder dich verirren könntest.“

„Aber Gerüche fange ich jetzt schneller auf. Meine Nase ist schärfer denn je.“

„Ein Loch im Boden kann man nicht riechen. Auch nicht den Weg zur Sark“, wandte Brangwen ein.

„Wahrscheinlich hast du Recht. Aber was ist mit den Jährlingen? Wer wird auf sie aufpassen?“

„Ihre Tante Daraigh natürlich“, sagte Brangwen.

„Aber Daraigh ist so streng.“

Nicht so streng wie du früher, hätte Brangwen am liebsten geantwortet. Aber er hielt den Mund.

Damit war es beschlossene Sache. Am nächsten Morgen in aller Frühe würden sie zum Sumpfmoor aufbrechen und die Sark aufsuchen.

Gwynneths Magen

Zur selben Zeit, als Morag und ihr Gefährte zum Sumpfmoor aufbrachen, schwang Gwynneth sich von einem Felssims am Kreis der Heiligen Vulkane auf. Ihre Rumser-Ausbeute war fantastisch. Sie war einen ganzen Mond lang dort geblieben. Doch das grässliche Verbrechen, das sie auf dem Hügelkamm beobachtet hatte, steckte ihr noch in den Knochen. Pausenlos musste sie daran denken. Die Todesschreie des *Malcadh* hallten ihr in den Ohren und sie sah sein armes zerfleischtes Körperchen vor sich. Es war wie ein Albtraum aus den dunkelsten Regionen von Hägsmir. Wäre Hamisch, der alte Fengo der Garde, hier gewesen, hätte sie mit ihm darüber gesprochen. Aber es gab jetzt einen neuen Fengo, einen Wolf namens Finbar, dem sie sich nicht nahe fühlte.

Vielleicht sollte ich die Sark vom Sumpfmoor besuchen, dachte sie. Gwynneth war eine Eule – eine Eule mit Rumsern. Die Sark liebte Glut und Gwynneth handelte damit, so wie ihr Vater früher. Außerdem wurde gemunkelt, dass die Sark sich besser mit Eulen verstand als mit ihrer eigenen Art.

Die Sark räumte gerade Töpfe aus ihrem Brennofen, als Gwynneth landete. „Ich habe sehr gute Rumser für Euch, Madame." Die Sark wurde von den Eulen immer mit „Madame" angesprochen. Das schien ihr zu gefallen, sonst hätte sie es ihnen sicher gesagt.

„Auch minderer Güte?"

„Minderer Güte? Was in aller Welt wollt Ihr damit anfangen?"

Die Sark drehte den Kopf herum und warf Gwynneth einen verschmitzten Blick zu. „Ich weiß schon, ihr Glutsammler und Schmiede denkt immer, je heißer, desto besser. Aber meine liebe Gwynneth, du arbeitest ja auch mit Metall. Ich dagegen mit Erde, Lehm und Glasuren – Glasuren aus Knochen, Sand, Borax und anderen Mineralien, die ich aus dem Fluss gewinne und zerstampfe. Das wahre Geheimnis dieser Glasuren ist allerdings nicht die Zusammensetzung, sondern die richtige Temperatur im Brennofen. Und jetzt rate mal, wie ich diese Temperatur erreiche? Mit welcher geheimen Zutat?"

„Na womit denn?"

„Mit Losung."

„Losung?"

„Du kannst es auch Kacke nennen."

„Redest du etwa von Weißpladder oder Schleimpupsern oder etwas in der Art?", fragte Gwynneth fassungslos. Eulen sind stolz auf ihr reinliches Verdauungssystem, auf den „edlen Vorgang", wie manche es zu nennen pflegten.

„Ja, bisweilen auch das. Aber Weißpladder – besonders die von Seemöwen – sind mir zu weit weg." Die Sark bückte sich und kickte einen Haufen getrockneten Elchkot zu Gwynneth.

„Igitt!"

„Ach, hab dich nicht so. Ihr Eulen habt doch keine Nasen. Euer Geruchssinn ist keinen Kackhaufen wert, wenn du mir diesen kleinen Scherz gestattest." Die Sark nahm den Elchkot und formte kleine Fladen daraus. „Diese Elchfladen sind genau richtig, weil sie langsam und stetig brennen. Damit kann ich die prächtigsten Glasuren machen, die du je gesehen hast", erklärte sie und blickte auf. Ihr schielendes Auge hüpfte herum, als führte es ein Eigenleben. Das andere blieb dagegen fest. „Nanu, was ist denn mit dir?", fragte die Sark, während sie Gwynneths Gesicht studierte.

„Wieso? Was soll mit mir sein?"

„Du siehst krank aus ... krank wie ... nein, nicht wie gekotzte Filzknäuel. Nennt ihr das nicht so, wenn euch das Gewölle hochkommt?" Die Sark wartete keine Antwort ab, sondern nahm die Maskenschleiereule noch schärfer ins Visier.

Großer Glaux, dachte Gwynneth. *Woher weiß sie das?* Diese Wölfin hier war wirklich weise – auf eine Art, die ihresgleichen suchte. Nicht dass die anderen Wölfe dumm waren, beileibe nicht. Aber die Sark erschien ihr wie eine jener Heilerinnen vom Großen Baum, zu denen die Eulen gingen, wenn sie krank waren. Auf jeden Fall hatte es keinen Sinn, der Sark etwas zu verheimlichen. Gwynneth musste mit ihr über die Vorgänge auf dem Hügelkamm sprechen. Allein der Gedanke war eine solche Erleichterung für die Eule, dass ihr prompt das Gewölle hochkam.

„Oh, Verzeihung, Madame. Jetzt ist's mir doch tatsächlich hochgekommen. Das wollte ich nicht."

„Ach, stell dich nicht so an", schnaubte die Sark. Behutsam nahm sie das Gewölle mit ihrem Maul auf und ließ es auf den Elchkot fallen. „Ich hoffe, du hast nichts dagegen."

„Wogegen?"

„Dass ich dein Gewölle verwende. Ich bin mir nämlich fast sicher, dass diese Mischung – wie soll ich sagen – ein echter Knaller im Brennofen sein könnte. Du ahnst ja nicht, wie lange ich schon daran arbeite, eine türkisblaue Mattglasur hinzubekommen."

Gwynneth verstand kein Wort von dem Gerede der Sark, aber da sie beide experimentierfreudige Künstlerinnen waren, sagte sie bereitwillig: „Kein Problem, Madame, bedient Euch nur.“

Sobald die Sark den Elchkot und das Gewölle in den Brennofen befördert hatte, drehte sie sich wieder zu Gwynneth um. „Schön, jetzt hast du ein Gewölle ausgewürgt und siehst einen Tick besser aus. Dann komm jetzt herein und erzähl mir, was du auf dem Herzen hast.“

Gwynneth folgte der Sark in die Höhle und holte tief Luft.

„Ich bin hier wegen … eines *Malcadh*.“

„Was du nicht sagst …“ Die Sark, die für Gwynneth ein Fell aufgeschüttelt und näher ans Feuer geschoben hatte, drehte sich um. Ihr weghuschendes Auge verharrte. „Seit wann interessieren sich Eulen für ein *Malcadh* … außer dem Üblichen natürlich?“

Gwynneths Gefieder sträubte sich vor Entrüstung über diesen Kommentar. „Das kann ich dir sagen: Weil ein Wolf sich für das *Malcadh* interessiert hat, bevor Eulen, Füchse oder Elche zum Zug kommen konnten“, fauchte sie.

Das Nackenfell der Sark, das sowieso schon ziemlich zottig war, sträubte sich, als sei es in einen Wirbelsturm geraten. „Was sagst du da? Ist etwa die Mutter zurückgekommen?“

„Nein, nicht die Mutter. Das arme kleine Wesen wurde auch nicht zur Beute für ein anderes Tier. Es wurde nicht gefressen.“

„Willst du etwa behaupten ...“ Die Sark rang nach Luft. Ausnahmsweise schien es ihr die Sprache verschlagen zu haben.

„Ja, das *Malcadh* wurde ermordet.“

Das Schielauge der Sark rollte wild in der Augenhöhle herum und ihre Beine zitterten. „Das kann nicht dein Ernst sein!“, stieß sie mühsam hervor. Aber sie wusste, dass die Eule die Wahrheit sagte. Wie schrecklich, dass ein *Malcadh* auf diese Weise enden musste.

„Also ... also so was hab ich in meinem ganzen langen Leben noch nicht ...“ Keuchend ließ sich die Sark auf einen Stapel Kaninchenfelle sinken. „Gut, sag mir, was du gesehen und gehört hast. Erzähl mir alles.“

Und Gwynneth erzählte. Das Feuer drohte bereits zu erlöschen, als die Sark endlich aufstand, um neuen Elchdung nachzulegen.

„Seid Ihr sicher, dass Ihr keine Rumser wollt?“, fragte Gwynneth, nur um das lange Schweigen zu brechen, das auf ihren Bericht gefolgt war.

„Nein“, knurrte die Sark. „Wozu einen guten Rumser an ein Herdfeuer verschwenden? Ich habe ein Fell, falls du das vergessen hast. Ich brauche keine derartige Hitze in meiner Höhle.“ Nachdem sie das Feuer neu angefacht hatte, setzte sie sich wieder. „Das ist schlimm, sehr schlimm. Und du hast keine Vorstellung, wer dieser Wolf gewesen sein könnte?“

„Nein. Deshalb bin ich ja hier. Ich dachte, Ihr wüsstet es vielleicht.“

„Ich kann mir nur einen Wolf denken, der zu so etwas fähig wäre. Sofern man eine solche Kreatur noch als Wolf bezeichnen kann: einen Geiferwolf. Hast du keinen Geruch aufgefangen? Ach, Unsinn, was rede ich da. Du kannst ja nicht richtig riechen.“

„Und wenn es ein Clanloser aus den Frostlanden war?“

„Davon hätten die Clans Wind bekommen. Die haben ihr Alarmsystem.“ Die Sark vergrub die Schnauze zwischen den Pfoten. *Warum? Warum sollte ein Wolf so etwas tun?* Ein paar Minuten blieb sie still. Schließlich zog sie die Schnauze zwischen den Pfoten hervor und fragte: „Dann bist du also die Einzige, die von diesem abscheulichen Verbrechen weiß?“

„Ja, wahrscheinlich. Aber ich bin bald darauf weitergeflogen. Vielleicht sind andere Tiere des Weges gekommen und … und …“, stotterte Gwynneth,

„und haben die Überreste gefunden. Nur woher sollten sie dann wissen, dass das *Malcadh* von einem Wolf ermordet wurde? Ich bin über den Berg geflogen, als es passiert ist, das sagte ich ja bereits. Ich habe einen Wolf keuchen und seine Zahngeräusche gehört …"

„Was für Zahngeräusche? Willst du damit sagen, dass unsere Zähne unverwechselbare Geräusche machen?"

„Also für unsere Ohren schon. Wir Eulen gehen mit Krallen und Schnäbeln auf unsere Beute los. Fuchszähne sind viel kleiner als Wolfszähne und machen eher schabende Geräusche. Pumazähne sind dagegen riesig, das kracht wie verrückt."

„Und Wolfszähne? Wie hören die sich an?"

„Na ja, bei euch machen die Backenzähne so unverkennbare Schneidegeräusche. Es ist nicht besonders laut, nur so ein glatter, sauberer Ton, als würden zwei Klingen aneinandergewetzt."

Die Sark riss das Maul weit auf, um die furchterregenden scherenartigen Zähne in ihrem Rachen zu entblößen.

„Ja, sehr eindrucksvoll", brummte Gwynneth und wandte mit einer abrupten Kopfdrehung den Blick davon ab.

Die Sark klappte das Maul wieder zu. „Dann können wir also davon ausgehen, dass außer uns beiden keiner von diesem schrecklichen Mord weiß."

Gwynneth nickte.

„Nun, wenn es nach mir geht, soll das auch so bleiben. Ich muss erst eine Weile darüber nachdenken. Aber wenn du mir den Ort beschreibst, kann ich vielleicht hingehen und einen Geruch aufnehmen."

Gwynneth zeigte ihr die Stelle auf einer Karte, die sie in den Höhlenboden kratzte. Die Sark wusste sofort, welchen Geruch sie dort auffangen würde: den von Faolan. Er hatte ihr genau dieselbe Stelle beschrieben, als er ihr von dem *Malcadh* erzählt hatte, dessen Mutter gerade in ihrer Höhle schlief.

„Faolan war dort", sagte die Sark beiläufig.

„Wollt Ihr etwa andeuten, dass Faolan der Mörder war?", rief Gwynneth entsetzt.

„Oh nein, nie im Leben. Aber er hat das *Malcadh* gesehen. Mindestens einen Tag und eine Nacht bevor du auf deinem Flug zum Heiligen Kreis der Vulkane daran vorbeigekommen bist. Faolan war völlig durcheinander, als er hier ankam, und das ist kein Wunder. Ich meine, was muss in ihm vorgegangen sein, als er die Aussetzung des *Malcadh* auf dem *Tummfraw* mit angesehen hat? Er war ja selbst ein *Malcadh*."

„Ja, natürlich“, murmelte Gwynneth betroffen. Seufzend fügte sie hinzu: „Wenn Ihr fliegen könntet und ich riechen, wären wir ein unschlagbares Team.“

Die Sark blinzelte heftig und ihr weghuschendes Auge blieb einen Moment still. „Aber das können wir doch!“, rief sie plötzlich.

„Was können wir? Ihr könnt nicht fliegen und ich habe keinen Geruchssinn. Das habt Ihr mir doch gerade selbst gesagt.“

„Oh doch, gemeinsam haben wir beides, verstehst du? Wenn wir zusammenarbeiten, können wir dieses schreckliche Verbrechen aufklären.“

Das leuchtete Gwynneth ein und die beiden schmiedeten einen Plan. Als Erstes wollten sie zu dem *Tummfraw* auf dem Bergrücken gehen und nach Spuren suchen – Knochen, vielleicht Fellbüschel, die in kleinen Spalten stecken geblieben waren.

„Wie erkläre ich dir das am besten? Wir sind von einer Art … Geruchskarte umgeben. Diese Gerüche muss man nur richtig einordnen“, verkündete die Sark. Ihr schielendes Auge rollte jetzt vor Aufregung noch wilder herum. „Als Erstes nehme ich also den Geruch auf. Dann versuche ich herauszufinden, aus welcher Richtung er gekommen ist.“

„Ein Vektor – so was wie ein Geruchsvektor?“, erwiderte Gwynneth. Eulen waren hervorragende Navigatoren. Deshalb verwendeten sie häufig Navigationsbegriffe, wenn sie sich an den Sternen orientierten oder Geräusche orteten.

„Genau! Dann weißt du ja, was ich meine."

Plötzlich begannen die Nüstern der Wölfin zu zucken. Der Wind hatte gedreht und trug einen Geruch in ihre Höhle, der ihr irgendwie vertraut erschien. Ein beunruhigender Geruch.

„Eule!", krächzte sie. „Du musst gehen. Ich werde gleich Besuch bekommen. Es ist besser, wenn ich dann allein bin. Komm in zwei Nächten wieder her."

Gwynneth war klug genug, keine Einwände zu erheben. Unverzüglich flog sie davon.

Unentschieden auf der Schrappe

Alle sechs Knochennager, die im Mond der Singenden Gräser am *Gaddernag* teilnehmen würden, waren zum Üben an den unteren Hängen des Krummrückens versammelt. Ein Ort, der für alle Rudels und Clans gut erreichbar war. An diesem Morgen bildeten die Knochennager einen Schnitzkreis auf einer Schrappe. So wurde der kleine kreisförmige Bereich genannt, von dem alles Gras weggekratzt war. In der Mitte ragte ein Knochenhaufen auf, aus dem die Wölfe sich ihre Schnitzknochen auswählen konnten. Während der Arbeit unterhielten sie sich leise miteinander. Sie tauschten den neuesten Klatsch und Tratsch aus, redeten über die bevorstehenden Prüfungen und erzählten sich alles, was sie über die Geschichte der Heiligen Vulkane und über die Wölfe der Garde wussten.

„Ich habe gehört, dass ein paar Clanlose die Grenze überschritten haben sollen", sagte Tearlach, der ohrenlose Knochennager aus dem MacAngus-Clan. „Wisst ihr zufällig was darüber?"

„Wo? Etwa hier in der Gegend?“, fragte Edme, die einäugige Wölfin aus dem MacHeath-Clan, ängstlich.

„Bestimmt nicht“, schnaubte Heep. „Das sind doch alles nur Gerüchte. Und falls tatsächlich irgendwo Clanlose herumstreunen, dann wohl eher in der Nähe des MacDonegal-Gebiets. Das liegt direkt an der Grenze zu den Frostlanden.“

„Kein besonders angenehmer Gedanke“, bemerkte Edme schaudernd.

Tearlach wechselte schnell das Thema und sagte: „Wisst ihr, was ich neulich noch gehört habe? Als der alte Fengo Hamisch von seinen Pflichten erlöst wurde, hat sich sein verdrehtes Hinterbein zurückgebogen. Der Mond hatte sich einen Augenblick hinter einer Wolke versteckt. Als er wieder hervorkam, war das Bein gerade.“

„Wirklich?“, fragte Edme ungläubig.

„Ja, natürlich!“, fauchte Heep. „Oder zweifelst du etwa daran?“

„Ich dachte, es ist vielleicht nur eine Legende.“

„Nein!“, bellte Heep. Ein bedrohliches Knurren schwang in seiner Stimme mit, sodass alle zurückwichen.

Doch Edme ließ sich nicht beirren. „Daran sollten wir lieber gar nicht denken. Es würde nämlich bedeuten, dass der gute König Soren vom Großen Ga'Hoole-Baum sterben und eine andere Eule an seiner Stelle nach der Glut tauchen müsste."

„Ich hab das alles noch nie verstanden. Glutkönig oder Glutloskönig ...", murmelte Faolan.

„Das liegt daran, dass du neu bist." Heep hob den Kopf. „Du kennst unsere Geschichte und unsere Traditionen nicht."

Faolan widmete sich wieder seinem Schnitzwerk. Er war fest entschlossen, sich nicht von Heep provozieren zu lassen.

„Aber wir müssen es ihm erklären, Heep! Sonst lernt er es nie." Creakle, dem eine Pfote fehlte, holte zu einer ausführlichen Erklärung aus. „Wie du weißt, ist es die Pflicht der Garde, die Glut von Hoole zu bewachen, die in einem der fünf heiligen Vulkankrater eingelagert ist. Jedenfalls solange ein Glutloskönig wie Soren im Großen Baum herrscht. Glutkönige tragen die Glut bei sich, sodass keine Garde nötig ist, die sie bewacht.

Was mit Hamischs Bein passierte, kann nur geschehen, wenn die Hoole-Glut von Coryn zurückerobert wurde, der vor langer Zeit Glutkönig war. Damals wurden alle Wölfe aus ihrem Dienst entlassen und konnten wieder ein normales Wolfsleben führen. Alle Gebrechen in ihren Körpern wurden geheilt, alles

Krumme geradegebogen und alles Verkrüppelte wendete sich zum Guten."

„Und das sagen die Gesetze?", fragte Faolan.

Heep schnaubte, als wollte er sagen: Wie kann man nur so dumm sein? Aber Creakle warf ihm einen finsteren Blick zu. „Oh, nein. Das war keine Verordnung des *Gaddernock*. Es hat nichts mit den Wolfsregeln oder -gesetzen zu tun. Es war eine Prophezeiung." Er senkte die Stimme zum Flüsterton herab. „Die Prophezeiung des ersten Eulenkönigs der Hoole-Welt."

„Aber sie hat sich erfüllt!", sagte Edme.

Ja, in gewisser Weise hatte sie sich erfüllt. Faolan dachte an das wunderschöne Heulen, das plötzlich aus der Kehle des Pfeifers gekommen war. Und erneut fragte er sich, wie diese verwachsene Kehle, diese vernarbte Luftröhre einen so herrlichen Ton hervorbringen konnte. Natürlich sagte er das nicht laut. Aber die Geschichte von den Wölfen der Garde, die nach ihrer Entlassung ein neues Leben führen konnten, war wie eine Verheißung, die ihn nicht so schnell wieder losließ.

Nach Creakles Erzählung blieb es lange still auf der Schrappe. Faolan genoss das freundschaftliche Verhältnis, das mittlerweile zwischen ihnen herrschte. Dumm war nur, dass er direkt neben Heep arbeiten musste. Die ganze Zeit glaubte er das Klicken zu hören, das der gelbe Wolf mit dem kaputten Backenzahn beim Nagen machte. Aber so waren die Vorschriften: Wölfe aus demselben Clan mussten nebeneinandersitzen. Und deshalb arbeiteten Heep, der Pfeifer und Faolan immer Seite an Seite.

Am anderen Ende der Schrappe saßen der MacDuff-Wolf Creakle, Tearlach vom MacAngus-Clan und Edme, die einäugige Knochennagerin aus dem MacHeath-Clan. Die Arme musste in ihrem verkommenen Rudel schlimme Misshandlungen erdulden. Es hieß sogar – und das war eines der übelsten Gerüchte, die über diesen Clan verbreitet wurden –, dass die MacHeath gesunde Neugeborene verstümmelten, um auf diese Weise einen Platz in der Vulkangarde zu ergattern. Früher kamen die Gardewölfe nur aus dem MacDuncan-Clan. Aber als Hamisch zum Fengo wurde, setzte er sich mit den besten *Gaddernock*-Gelehrten zusammen und arbeitete mit ihnen eine Gesetzesänderung aus. Seither durften auch andere Wölfe in die Garde gewählt werden. Hamisch war überzeugt gewesen, dass die Garde frisches Blut brauchte, um stark und lebendig zu bleiben. Es war eine seiner letzten Handlungen gewesen, bevor er starb.

Während auf der Schrappe eifrig geredet und geschnitzt wurde, arbeitete Faolan an einer Zeichnung, die ihm hoffentlich eines Tages noch viel besser gelingen würde. Dann würde er sie in Donnerherz' riesigen Pfotenknochen einritzen. Es war die Geschichte jener Sommernacht, in der sie zusammen die Sterne beobachtet hatten. Donnerherz hatte ihm die Namen der Sternbilder genannt und den Großen Bären gezeigt. Faolan wollte dieses Sternbild in seinen Übungsknochen schnitzen – jeden einzelnen Stern von der Schnauze des Bären bis zu den Spitzen seiner Hintertatzen.

Edme war aufgestanden, um sich ein wenig die Beine zu vertreten. „Ach du liebe Güte! Seht mal, was Faolan gemacht hat!", rief sie aus.

„Was?", grunzte Heep.

„Etwas ganz Fantastisches! Das schönste Sternbild, das ich je gesehen habe. Mit allen Sternen, aus denen es besteht."

„Das sieht ja gar nicht wie ein Wolf, sondern wie ein Bär aus. Oder war das etwa deine Absicht?"

„Ja, genau das war meine Absicht. So sehen Bären die Sterne. Der Große Wolf heißt bei ihnen Großer Bär. Meine zweite Milchmutter hat mich diese Namen gelehrt. Der Große Bär zeigt nach Ursulana, dem Ort, zu dem der Geist eines Bären geht, wenn er stirbt."

„Der immer mit seinen Bären", knurrte Heep.

„Aber es ist schön, Heep!", sagte Edme. „Und was macht es schon, welchen Namen man dem Sternbild gibt? Sterne bedeuten für alle Tiere etwas anderes. Auch der Himmel hat viele verschiedene Namen. Ach, das bringt mich auf eine Idee.“ Sie huschte in die Mitte des Kreises und nahm einen Knochen vom Stapel. Dann kehrte sie an ihren Platz zurück und begann eifrig zu nagen. „Ich fange noch einmal ganz von vorn an, mit einer neuen Geschichte. Das verdanke ich dir, Faolan!“ Edme war ein fröhliches Geschöpf, trotz ihrer bedauernswerten Erscheinung.

„Ja, Faolans Zeichnung ist die schönste, die ich je gesehen habe.“ Der Pfeifer hatte sich über Faolan gebeugt, um den Knochen zu betrachten. Seine mühsam hervorgekeuchten Worte streiften Faolans Schultern wie ein Windzug. „Edme hat Recht. Was macht es für einen Unterschied, wie man das Sternbild nennt?“

„Das fragst du noch? Es ist eine Verhöhnung des Großen Lupus“, murrte Heep.

„Jetzt übertreibst du aber“, sagte Creakle.

„Das ist deine Meinung, Creakle. Für andere ist es eine Entweihung, dem Großen Wolf den Namen eines anderen Tieres zu geben.“

„Ach wirklich?“, ächzte der Pfeifer. Seine Stimme klang wie das Rattern von kahlen Ästen im Wind.

Faolan wusste, dass seine Schnitzarbeiten für Aufsehen sorgten, besonders seit er den Knochen der

Zerknirschung genagt hatte. Die Eleganz und Schönheit seiner Arbeiten hatte zu Gemurre und Gemunkel unter einigen besonders abergläubischen Wölfen geführt. *Dieser Faolan kommt aus der Dunkelwelt*, hieß es hinter vorgehaltener Pfote. *Vielleicht ist er auch der Nachkomme eines Clanlosen!* Die Rudelwölfe behielten ihn scharf im Auge und das machte ihn nervös. Wenn Heep über das Sternbild redete, das Faolan gerade geschnitzt hatte, und im Clan verbreitete, dass er den Großen Lupus entweiht hätte, würde es Ärger geben. Aber sollte er deshalb seine Zeichnung ändern, nur damit sie mehr nach einem Wolf aussah? Das erschien ihm unaufrichtig und wie ein Verrat an Donnerherz. Er wollte doch nur zeigen, wie Bären den Nachthimmel sahen. Den Blickwinkel der Bären darstellen. Oder durfte das ganze Universum nur mit den Augen der Wölfe betrachtet werden?

Edme hielt in ihrer Arbeit inne. „Komisch, mir fällt gerade ein, dass Wölfe und Pumas das Wort Schrappe verwenden, obwohl die Bedeutung ganz unterschiedlich ist."

Das nervtötende Klicken neben Faolan verstummte. Heep ließ seinen Knochen fallen. Dann wand er sich nach allen Regeln der Kunst am Boden. Wie immer, wenn er eine seiner Unterwürfigkeitsreden vom Stapel ließ. „Ich weiß nur zu gut, dass ich der bescheidenste und nichtswürdigste von allen Knochennagern bin, die hier versammelt sind. Und vielleicht steht es mir in meiner niedrigen Stellung nicht zu, etwas Derartiges zu sagen. Aber ich finde, die geschätzte Knochennagerin des MacHeath-Clans geht zu weit mit ihren Äußerungen."

Faolans Nackenfell sträubte sich. Heep verstand es meisterhaft, die schlimmsten Kränkungen in kriecherische Worte zu verpacken. Die arme Edme wusste genau, wie sehr sie verachtet wurde. Sie galt als die niedrigste aller Knochennager in den Hinterlanden, weil der verkommene Clan, aus dem sie stammte, kaum eine Schnurrhaaresbreite über den Clanlosen stand. Heeps Worte brannten wie Salz in ihren Wunden.

„Nach meiner bescheidenen Meinung ist es eine Herabsetzung unserer edlen Anführer, Vergleiche zwischen Wölfen und Pumas zu ziehen. Allein der Gedanke ist eine Entweihung." Damit stand Heep auf, ging zu Edme hinüber und versetzte ihr einen scharfen Biss ins Ohr.

„Autsch!", schrie Edme. Ein Blutgerinnsel lief ihr am Hals hinunter.

Alle saßen da wie vom Donner gerührt. Dann stürzte Tearlach an Edmes Seite. Die anderen Wölfe sprangen ebenfalls auf. Mit gesträubtem Nackenfell standen sie da.

„Alles in Ordnung, Edme?“, fragte Tearlach.

„Ist schon gut. Es war nicht tief. Wirklich, es ist in Ordnung.“ Doch jeder konnte sehen, dass das nicht stimmte.

Edmes Gesicht war ganz eingefallen. Ihre Schnauze zitterte und dicke Tränen tropften aus ihren Augen. Fassungslos schaute sie Heep an. „Warum? Warum machst du so was?“

„Ich musste dir eine Lektion erteilen. Deine Worte waren eine Beleidigung für unsere Art.“

„Ich … ich …“, stammelte Edme.

Sie wird sich doch nicht entschuldigen!, dachte Faolan entsetzt. *Das ertrage ich nicht.* Von dem gelben Wolf hatte er für heute genug. Er wusste genau, warum Heep so aufgebracht war. Nicht wegen Edme selbst, sondern weil sie vorher die Aufmerksamkeit auf Faolans Schnitzarbeit gelenkt hatte. Das wollte Heep ihr heimzahlen. Faolan ging direkt auf ihn zu und baute sich so herausfordernd vor ihm auf, wie er nur konnte. Als Knochennager hatte er nur wenig Übung in den wichtigsten Drohgebärden und Dominanzsignalen. Auch die anderen Knochennager ließen jetzt ihre Knochen fallen, als sie Faolan so dastehen sahen – mit gerade ausgestrecktem Schwanz, den Kopf hoch erhoben, die Ohren flach nach vorn gerichtet.

Faolan umkreiste Heep und stolzierte drohend um ihn herum. Direkt vor ihm hielt er an und fletschte die Zähne. Schließlich begann er zu sprechen und was er sagte, war so unglaublich, dass die anderen Wölfe nach Luft schnappten. „Heep, du bist hochmütig, auch wenn du noch so bescheiden tust. Und du bist ein Heuchler. Dein Hochmut und deine Falschheit haben dich verdorben und zu einer niederträchtigen Kreatur gemacht. Was du gerade zu Edme gesagt hast, war grausam. Du bist eitel und deine viel gerühmte Bescheidenheit ist nichts als Lug und Trug. Du lechzt doch immer danach, gedemütigt zu werden, oder? Nun, das kannst du haben."

Dann machte Faolan etwas Unerhörtes. Er ging auf die Hinterbeine, legte Heep beide Vorderpfoten auf die Schultern und drückte ihn hinunter. Es war das aggressivste Dominanzverhalten, das einem Wolf zu Gebote stand.

Es gab keinen Kampf, kein Tropfen Blut wurde vergossen. Die vier anderen Knochennager standen fassungslos daneben. Was sich hier abspielte, ging weit über einen Streit hinaus. Keiner von ihnen mochte Heep, aber Faolans Verhalten erschreckte sie zutiefst. Es verstieß gegen alle Regeln und Gesetze des *Gaddernock*, dass ein Knochennager sich so dominant gebärdete.

Als Faolan die Vorderpfoten herunternahm, rappelte Heep sich auf und blickte hasserfüllt um sich. Seine Augen waren zu schmalen Schlitzen verengt. „Du hast einen Fehler gemacht, Knochennager“, zischte er mit zusammengebissenen Zähnen. Seine Ohren lagen flach am Hinterkopf und er wich Faolans Blick aus. „Ich könnte dich anzeigen. Und das wäre dein Ende.“

Der Pfeifer trat vor und begann zu sprechen. Seine Stimme war wie ein Windstoß, der durch eine tiefe Schlucht fegt. „Nein, das wäre nicht das Ende, sondern der Anfang. Du verlierst kein Wort darüber, Heep. Verlass dich darauf!“ Auch er ging auf die Hinterbeine und legte Heep die Pfoten auf die Schultern. Sobald er auf alle viere zurückfiel, folgte Creakle seinem Beispiel. Da er nur eine Vorderpfote besaß, verdrehte er den Körper, bis seine beiden Hinterpfoten fest auf Heeps Schultern lagen. Unerbittlich drückte er ihn hinunter. Der ohrlose Tearlach kam als Nächster an die Reihe und schließlich trat Edme vor.

Ihr gesundes Auge war von einem tiefen, leuchtenden Grün und funkelte vor unvergossenen Tränen. Bevor sie auf die Hinterbeine ging, sagte sie mit ihrer hohen, klaren Stimme: „Du hast mir wehgetan, Heep. Ich spreche nicht von dem Biss in mein Ohr, aber deine Worte waren grausam. Und ich bin Grausamkeit gewöhnt, das kannst du mir glauben. Ich komme schließlich aus dem MacHeath-Clan. Auch wenn wir auf dieser Schrappe nur niedrige Knochennager sind, benehmen wir uns wie anständige Wölfe. Nur du nicht, Heep. Du bist kein anständiger Wolf."

Als sie die Pfoten von Heeps Schultern nahm, trat Pfeifer erneut vor. „Jetzt, Heep, bist du wirklich gedemütigt. Aber spar dir deine scheinheiligen Kommentare. Das will niemand hören."

Faolan war tief bewegt von dem Zusammenhalt, den die Knochennager bewiesen hatten. Eigentlich hätte er nach diesem Erlebnis gut schlafen müssen. Aber wieder einmal drängte sich die Geschichte der *Skrielin* in seine Träume – die Geschichte des dickköpfigen Welpen, der immer wieder die Sternenleiter hinuntersprang. Bald vermischten sich die Bilder mit dem verhassten Klicken von Heeps Zähnen. Warum ließ ihm das keine Ruhe? Wie viele Knochen musste er denn noch aufspüren?

Er war noch einmal zum Hügelkamm gegangen und hatte ein paar weitere Knochen gefunden, die er neben Donnerherz' Pfote gebettet hatte. In ihrem Erdenleben war die Grizzlybärin seine Mutter gewesen. Im Tod würde sie über das kleine Welpenmädchen wachen. Damit hatte sie ja Erfahrung. Donnerherz hatte Faolan nicht nur gesäugt, sondern ihn auch jagen und springen gelehrt. Vielleicht konnte sie das kleine Wesen dazu bringen, die Sternenleiter hinaufzuklettern.

Doch jedes Mal wenn er an das *Malcadh* dachte, fiel ihm die Geschichte von Skaarsgard ein – wie er dem Sternenwelpen nachjagte, der immer wieder die Sternenleiter hinuntersprang, weil er das Fleisch des Fuchses kosten und im Fluss nach Lachsen fischen wollte. Und dass der Welpe nicht träumen konnte, weil er nicht lange genug gelebt hatte. In solchen Momenten spürte Faolan bis ins tiefste Mark, was ihn nicht mehr losließ, seit er die Geschichte gehört hatte: Das winzige Wesen, das er auf dem *Tummfraw* zurückgelassen hatte, kam nicht wegen Fuchs- oder Lachsfleisch zurück, sondern weil es gerächt werden wollte.

Der Knochen wendet sich

Zitternd vor Wut und Angst hatte Heep die Schrappe verlassen. Er fürchtete und hasste Faolan, seit der fremde Wolf damals über die Feuerwand gesprungen war. Damit hatte Faolan das erste Mal die Ordnung herausgefordert und diesen Ruf wurde er nicht mehr los. Heep konnte das nur recht sein. Bis jetzt war auch alles gut gelaufen. Allein der gesprengte *Byrrgis* – besser hätte Faolan ihm gar nicht in die Pfoten arbeiten können. Aber plötzlich hatte sich der Knochen gewendet – wie ein alter Wolfsausdruck lautete – und Heep stand als hochmütiger Knochennager da. Dabei war der Knochen, den Faolan auf der Schrappe geschnitzt hatte, ein Skandal. Eine Beleidigung des Großen Lupus. Das wichtigste Sternbild am Nachthimmel in einen Knochen zu schnitzen und ihm die Gestalt eines Bären zu geben, war unerhört. Es war ein erneuter Verstoß gegen die Ordnung und Heep würde dafür sorgen, dass es sich herumsprach. Faolan war den Clans, besonders den Mac-

Duffs, ohnehin ein Dorn im Auge. Sie betrachteten ihn mit tiefem Misstrauen. Vielleicht würde es Heep doch noch zum Vorteil ausschlagen, was auf der Schrappe geschehen war.

Heep hatte sich sein Leben lang selbst bemitleidet. Von allen Gebrechen, mit denen ein Knochennager zu kämpfen hatte – fehlende Augen und Pfoten, missgebildete Kehlköpfe –, war seines das schlimmste. Nichts kam der Demütigung gleich, ohne Schwanz durchs Leben gehen zu müssen.

Der Schwanz war der eindrucksvollste Körperteil eines Wolfs. Ein hochgehaltener, wedelnder Schwanz stand für Selbstvertrauen, Glück und Dominanz in einem Rudel. Steif ausgestreckt stellte er eine klare Drohgebärde dar, die einen bevorstehenden Angriff ankündigte. Ein halb eingeklemmter Schwanz war ein Zeichen der Unterwerfung und ein voll eingeklemmter bedeutete, dass der Wolf Angst hatte. Heep, der sein Leben lang den Demütigen gespielt hatte, besaß nicht einmal das wichtigste Instrument, um allen von Weitem zu zeigen, wie unterwürfig er war. Das erbitterte ihn am meisten.

Es war so ungerecht. Manchmal wünschte er sich, er wäre auf seinem *Tummfraw* gestorben. Doch dann war dieser neue Wolf in sein Rudel getreten und hatte gegen jede einzelne *Byrrgis*-Regel verstoßen. Wie hätte er sich da nicht überlegen fühlen sollen, selbst ohne Schwanz?

Es war die dunkelste Stunde in einer mondlosen Nacht. Heep hörte, wie Faolan sich regte. Wollte dieser Dummkopf etwa wieder umherstreunen? Merkwürdig, dass seine gespreizte Pfote keine deutlichere Spur hinterließ, besonders in Regennächten. Aber der silberne Wolf war gerissen und hatte wahrscheinlich eine Möglichkeit gefunden, seine Pfotenabdrücke zu tarnen. Es war nicht leicht, ihm zu folgen, und er war schnell wie der Wind. Erneut kehrten Heeps Gedanken zu seinem fehlenden Schwanz zurück und er suhlte sich regelrecht in Selbstmitleid. Ein Wolf mit einer verkrüppelten Pfote konnte seine Missbildung irgendwie verbergen. Aber was sollte Heep gegen den fehlenden Schwanz tun? Sich einen wachsen lassen? Dazu müsste schon ein Wunder geschehen.

Lautlos stand er auf und schlich zum *Gaddernag*-Lager. Er würde Faolan folgen. Diesmal würde er sich nicht abhängen lassen. Die Nacht war stockdunkel, aber Faolans silberner Schwanz wehte in der Schwärze vor ihm her wie eine Fahne.

Der Abend war anstrengend gewesen. Faolan hatte doppelt so lange gebraucht wie sonst, um den Bergrücken zu erreichen. „Welpenkamm" nannte er diesen traurigen, düsteren Ort inzwischen. Auf der ersten Weghälfte hatte er ständig das Gefühl gehabt, dass ihm jemand folgte. Er hatte mehrere Umwege gemacht, wodurch er noch länger unterwegs gewesen war. Aber es hatte sich gelohnt. Er hatte noch ein paar winzige Knöchelchen gefunden und war damit schnell zu Donnerherz' Pfote gelaufen. Jetzt wartete er sehnlichst auf die Dämmerung, den Moment, da die Schwärze der mondlosen Nacht vom grauen Zwielicht verdrängt wurde.

Irgendwann im Morgengrauen kam ein Nordostwind auf, der dicken, feuchten Nebel mit sich brachte. Bald begann es zu nieseln. Faolan schaute auf die Knochen hinunter, bevor er sie in die Erde bettete.

Stirnrunzelnd studierte er die Bissspuren. Das war rohe, sinnlose Gewalt. Etwas anderes konnte er sich nicht denken. Eine Gewalt, die aus den Knochen sickerte, die ihm aus dem wilden Zickzack der Bissspuren entgegenschlug. Was war das nur für ein Tier gewesen? Und welches Tier konnte so voller Hass auf eine Beute sein? Töten war eine Notwendigkeit, eine Tatsache des Lebens. Wer Beute machte, hatte keinen Grund für Hassgefühle. Ein hilfloses Geschöpf wie dieses winzige *Malcadh* hätte sich niemals wehren können. Warum also dieser Irrsinn?

Faolan grub ein noch tieferes Loch in die Erde und bettete die Knochen des *Malcadh* hinein, damit sie dicht bei Donnerherz ruhten. Dann wandte er sich in Richtung Norden und lief zum Osthang zurück. Die *Gaddernag*-Versammlung an den Westhängen des Krummrückens hatte sich inzwischen wahrscheinlich aufgelöst und die Rudel waren in ihre eigenen Gebiete zurückgekehrt. Der Nebel wurde noch dichter, aber Faolan kannte den Weg. Es war ein tröstliches Gefühl, in den dunstigen Bodennebel eingehüllt zu sein. Eine wohltuende Einsamkeit umgab ihn und sein immer noch dicker Winterpelz hielt ihn schön warm. Ungestört hing er seinen Gedanken nach und stellte sich vor, wie Donnerherz und das kleine Wolfsmädchen gemeinsam die Sternenleiter erklommen. In seinen Wachträumen purzelte die Kleine nie von der Leiter und lief auch nicht wieder auf die Erde hinunter.

Die Sark bekommt Besuch

Die Sark hatte immer geglaubt, nichts könne sie nach ihrem langen Leben noch aus der Fassung bringen. Aber das war ein Irrtum. Zweimal an diesem Tag war ihr Weltbild schwer erschüttert worden. Das erste Mal durch die Nachricht von der Ermordung des *Malcadh*. Das zweite Mal durch das Erscheinen von Faolans Mutter! Den Geruch dieser Wölfin hatte sie sofort mit dem kühnen Fremdling in Verbindung gebracht, der damals über die Feuerwand gesprungen war. Morag und ihr zweiter Gefährte waren den ganzen Weg vom MacDonegal-Clan im äußersten Nordwesten bis hierher gekommen.

Nur ein Wolf mit dem feinen Geruchssinn der Sark vom Sumpfmoor konnte die Geruchskette entschlüsseln, die Morag mit ihrem verlorenen Sohn verband. Es war völlig ausgeschlossen – jedenfalls in den Augen der Sark –, dass Faolans Mutter sich an den Geruch eines Welpen erinnerte, der vor zwei Jahren zur Welt gekommen war. Und doch schnüffelte Morag nervös an der Stelle herum, wo Faolan sich zusammengerollt hatte.

„Kommen viele Wölfe zu dir?", fragte Morag mit einem Anflug von Misstrauen in der Stimme.

„Ja, einige."

„Meinst du, du kannst ihr helfen?", fügte Brangwen hinzu.

„Schwer zu sagen. Komm auf die andere Seite des Feuers, meine Liebe." Die Sark wollte Morag von Faolans Platz weglocken. Ihre Pfoten zitterten, als sie die Umschläge aus Borretsch und geschredderter Birkenrinde zusammenrollte. „Ich mache dir jetzt ein paar Umschläge, die im Bachwasser einweichen müssen, ehe du sie auflegst. Wenn sie aufgebraucht sind, kannst du dir selbst neue machen. Borretsch und zerkleinerte Birkenrinde, das wird reichen. Wenn du Moos dazugibst, musst du die Umschläge nicht mal einweichen." Auch die Stimme der Sark zitterte. Hoffentlich merkten die beiden Wölfe nichts. Aber da sie noch nie hier gewesen waren, hielten sie es wahrscheinlich für ihre normale Sprechweise.

„Und wenn es nicht wirkt?", bohrte Brangwen nach.

Was in aller Welt sollte die Sark ihm darauf antworten? *Wenn es nicht wirkt, wird sie blind. Dann wird sie nicht mehr jagen können und dem Rudel zur Last fallen. Ihr Fleischanteil wird sich verringern.* Die Sark hatte auf Anhieb gesehen, dass diese Wölfin eine gute Jägerin gewesen war. Vielleicht eine schnelle Außenflankerin, denn sie hatte massige Schultern und muskulöse Hinterbeine. Doch jetzt hatte ihr Augenlicht nachgelassen und die Wölfin machte nur noch zögernde, tastende Schritte. Dadurch wirkte sie schwächer, als sie in Wahrheit war. Das war immer so bei Wölfen, die erblindeten. Auch wenn sie sonst kerngesund waren, veränderte sich ihr Verhalten. Es begann damit, dass sie sich viel langsamer und vorsichtiger bewegten als zuvor. Und je mehr die Welt um sie herum verblasste, desto mehr zogen sie sich zurück. Selbst die Muskeln schienen dahinzuschwinden und sie verkrochen sich in sich selbst, lebten in ihrer eigenen Welt. Am Ende blieb nur noch eine brüchige Hülle zurück, ein Schatten des einstigen Wolfs, ein lebender Toter. Es war wie ein langsames Dahinschwinden von Körper und Geist.

„Wenn es nicht wirkt …“ Die Sark seufzte. „Das ist eine Frage, die ich nicht beantworten kann. Aber sollte es tatsächlich nicht wirken, empfehle ich euch den MacNab-Clan. Wie ihr vielleicht wisst, ist man dort sehr großzügig gegenüber Wölfinnen, die gute Dienste geleistet haben, aber vor der Zeit gealtert sind.“

„Aber zum MacNab-Gebiet ist es so weit“, wandte Brangwen ein.

Morag blieb stumm und rührte sich nicht – als wäre sie längst nicht mehr da.

Die Sark schaute Morag und Brangwen nach, als die beiden den schmalen, gewundenen Pfad hinuntertrotteten, der vom Bau der Sark wegführte. Dann schaufelte sie frische Elchfladen in den Brennofen und ging in ihre Höhle zurück. Sie holte den Krug hervor, der alle ihre Erinnerungen an Faolan barg. Die erste Begegnung, als sie den Abdruck der gespreizten Pfote erblickt hatte. Faolans Sprung über die Feuerwand. Sein jüngster Besuch bei ihr. Sie holte tief Luft, presste die Schnauze in den Krug und begann zu wispern.

„Am heutigen Tag, dem letzten der Wintermonde, kam die Wölfin Morag, Mutter des *Malcadh* Faolan, zu mir. Sie ist jetzt die Gefährtin von Brangwen und gehört zum MacDonegal-Clan. Ich habe die Befürchtung, dass sie eine Duftspur ihres Sohnes aufgefangen haben könnte. Morag ist eine starke Wölfin mit breiter Brust und mächtigen Flanken. Sie war vermutlich eine gute Außenflankerin, aber ihre Tage als Läuferin im *Byrrgis* sind vorüber. Morag leidet an der Milchaugenkrankheit. Ich fürchte, sie wird bald erblinden. Möge Lupus über sie wachen, bis sie die Sternenleiter erklimmt."

Die Sark verließ ihren Bau, hob den Kopf und suchte den Himmel nach Gwynneth ab.

Der Fremde

Faolan hatte den Überblick verloren, wie oft er zum Welpenkamm gelaufen war und wie viele Knochen er dort gefunden hatte. Trotzdem brachte es ihm keine Erleichterung. Solange er noch keine Klarheit über die Todesumstände hatte, zögerte er, den geplanten *Drumlyn* zu bauen. Er wollte die Knochen nicht noch mehr entweihen, indem er die mörderischen weißen Linien zernagte, um die kurze Geschichte des *Malcadh* zu erzählen, das traumlos auf dem Kamm gestorben war.

Kaum hatte Faolan den Tafelfelsen verlassen, durchkämmten zwei andere Geschöpfe der Hinterlande den Hang darunter. Gwynneth schwebte über der Sark, viel zu dicht für den Geschmack der Wölfin, die das Felsterrain ausschnüffelte.

„Kannst du mir bitte etwas mehr Raum geben? Ich habe ja kaum noch genug Luft zum Atmen, geschweige denn, dass ich einen Geruch auffangen könnte“, fauchte die Sark.

„Tschuldigung!“, murmelte Gwynneth.

„Und denk dran, was ich dir gesagt habe. Du hast die Augen, ich den Riecher. Es wäre besser, wenn du hoch über mir fliegst und in den Schmelzwasserrinnen nach Knochen Ausschau hältst. Ich versuche so lange, einen Geruch aufzunehmen.“

„Ja, natürlich“, sagte Gwynneth.

Aber die Sark wusste genau, dass Gwynneth der Versuchung nicht widerstehen konnte, dicht über ihr zu schweben, und dass sie bald wieder zurückkommen würde. Das Dumme war nur, dass die Sark sich irgendwie selbst im Weg stand – als sei sie in einem Netz von Gerüchen gefangen.

Den Geruch des *Malcadh* hatte sie schnell aufgespürt, nachdem die Mutter des Welpen zwei Tage und drei Nächte in ihrem Bau geschlafen hatte. Faolan war nicht lange nach der Mutter zu ihr gekommen. Auch ihm haftete der Geruch des Welpen an. Aber in diese drei Grundgerüche – die des *Malcadh*, der *Malcadh*-Mutter und des Knochennagers Faolan – mischten sich andere Gerüche, ähnlich und doch wieder anders. Und alle waren hoffnungslos durcheinandergewirbelt. Fest stand nur, dass ein Elch und ein Puma auf diesem Weg vorübergezogen waren. Doch verbarg sich noch ein fremder Wolfsgeruch darin. Vielleicht von einem Mitglied des

MacDuncan-Clans oder von einem MacDuff-Wolf. Zu welchem Rudel er gehörte, ließ sich nach so vielen Monden noch weniger einordnen.

Schließlich fing die Sark einen Geruch auf, der alle anderen überlagerte – einen ganz frischen Geruch von Faolan. Er musste den *Tummfraw* viele Male besucht haben. Merkwürdig. Die Gerüche überlagerten sich in einer Art zeitlichen Abfolge, auf die sich die Sark keinen Reim machen konnte. Nur eines wusste sie mit Sicherheit: Faolan hatte den Geruch eines lebenden Welpen in ihre Höhle mitgebracht. Und während Gwynneth den brutalen Mord miterlebt hatte, war Faolan noch bei ihr gewesen. Als Gwynneth nach der Tat gelandet war, war das kleine Wesen tot gewesen, und der Wolf verschwunden.

„Ich hab was! Ich hab was!" Gwynneth schoss mit einem winzigen Rippenknochen in den Krallen herunter und ließ ihn vor die Pfoten der Sark fallen.

Die Sark beugte sich hinunter und stupste den Knochen sanft mit ihrer Schnauze an. „Was du hier hast, meine liebe Gwynneth, ist der Knochen eines sehr kleinen Welpen, vielleicht zwei Tage alt."

„Ja, das kleine Weibchen. Das *Malcadh*."

„Was du nicht sagst, Gwynneth! Du übertriffst dich wieder einmal selbst. Und nicht nur dich, sondern auch meine eigenen bescheidenen Ergebnisse.

Obwohl ich dich nicht gerade als Geistesleuchte bezeichnen möchte, scheinst du doch hin und wieder einen lichten Moment zu haben." Die Sark spähte in Gwynneths pechschwarze Augen. Maskenschleiereulen gehörten zu den wenigen Eulenarten, die keine gelben oder bernsteinfarbenen, sondern schwarze Augen hatten.

Gwynneth hatte so langsam das Gefühl, dass die Worte der Sark alles andere als schmeichelhaft für sie waren. Die Sark war ein wenig eingeschnappt, weil Gwynneth den ersten klaren Hinweis auf das Opfer entdeckt hatte.

„Es gibt Geschöpfe", fuhr die Sark fort, „die vielleicht selbst keine Leuchten sein mögen, es aber meisterhaft verstehen, sich als solche auszugeben." Wenn die Sark beleidigt war, ließ sie sich gern zu hochtrabendem Geschwafel hinreißen.

„Soll ich mich etwa noch dafür bedanken, dass Ihr mir vorhaltet, keine Leuchte zu sein?", erwiderte Gwynneth, so ruhig sie konnte.

„Oh, entschuldige", rief die Sark ganz erschrocken. Wie hatte sie nur so taktlos sein können? „Tut mir leid, Gwynneth." Ihr schlechtes Auge huschte hektisch umher. „Das war nicht nett von mir. Du hast mir einen guten Knochen gebracht. Und sieh dir mal die Bissspuren an – als hätte ein sinnloser Sturm gewütet. Das spricht von Gewalt und Mord. Und es bestätigt, was du gehört hast. Aber *warum*? Dieser Frage müssen wir nachgehen. Ich glaube, das bringt uns weiter als der rätselhafte Geruchswirrwarr, der hier herrscht." Die Sark blickte auf den Knochen hinunter. „Faolan können wir jedenfalls ausschließen. Er war bei mir in der Höhle, als der Mord geschah. Er kann nicht der Schuldige sein. Und weiter? Wir wissen, dass es ein Wolf gewesen sein muss. Das hast du mit deinem hervorragenden Gehör erkannt. Auch die Zahnabdrücke beweisen das. Sie gehen tief, viel tiefer als Fuchszähne. Ein Puma kann es auch nicht gewesen sein, weil die typischen Schlitzspuren fehlen. Aber die Gerüche sind zu chaotisch, als dass ich viel daraus ablesen könnte. Bis jetzt kann ich ...", sie kratzte ein paar Linien in den Boden, „also bis jetzt kann ich fünf verschiedene Wolfsgerüche ausmachen."

„Fünf!", wiederholte Gwynneth ungläubig.

„Ja, fünf. Einige davon sind direkte Hinterlassenschaften, wie ich es nenne. Andere sind indirekt hinzugekommen. Man kann sie auch als ‚ferner liegend' bezeichnen – Gerüche, die durch Kontakte mit einem der Hauptakteure aufgelesen wurden. Der Geruch des *Malcadh* ist natürlich eine direkte Hinterlassenschaft, genau wie der Geruch der Obea und der von

Faolan. Aber unter diese drei mischen sich mindestens zwei fremde Geruchsspuren. Eine davon ist eine direkte Hinterlassenschaft, vermutlich vom Mörder. Aber die andere ist indirekt. Da bin ich mir ziemlich sicher. Außerdem sind diese beiden fremden Gerüche unauflöslich miteinander verbunden."

„Dann könnt Ihr also nicht herausfinden, welches der Geruch des Mörders ist, Madame?"

„Nein."

„Einer könnte ein Komplize gewesen sein", überlegte Gwynneth.

„Wie wahr! Wie wahr!" Das gute Auge der Sark leuchtete auf.

Bitte keine zweifelhaften Komplimente mehr!, flehte Gwynneth in Gedanken.

„Du hast Recht. Ein Komplize wäre denkbar. Ich muss diese Möglichkeit näher in Betracht ziehen", verkündete die Sark.

Die *Gaddernag*-Spiele beginnen

Der größte Teil der Hinterlande war kahl und unwirtlich. Da das Land jahrtausendelang vereist gewesen war, wuchsen kaum richtige Wälder darauf. Die dünne, karge Erdschicht vertrug nicht viel Pflanzenbewuchs. Aber im Süden, an der Grenze zu den Hoole-Reichen, dehnten sich weite Grasländer aus. Und die Gräser sangen wirklich, wenn der trockene Südostwind hindurchfegte. Im Augenblick ging ihr Gesang jedoch im Bellen und Heulen der *Gaddergladder* unter, das den *Gaddernag*-Spielen entgegenfieberte. Alle Rudel aus allen Clans, auch die, die keine eigenen Knochennager hatten, nahmen daran teil. Es wurde bis tief in die Nacht gefeiert und über die Feinheiten der *Gaddernock*-Regeln geredet, was bisweilen in Streit ausartete. Die *Skrielin* der Clans heulten ihre Geschichten, dann erst begann der eigentliche Wettkampf. Das eindrucksvollste Schauspiel war jedoch die Ankunft des Fengo und der *Taigas* vom Kreis der Heiligen Vulkane.

Dieser Moment war fast noch spannender als die Verkündung des Siegers, der in die Vulkangarde gewählt wurde.

Faolan und der Pfeifer trotteten gerade zu den Knochenhügeln hinüber, um ihre Schnitzknochen für die erste Prüfung auszuwählen, als Mairie hinter einem der Hügel hervortrat.

„In dem Haufen da drüben sind die besten Knochen." Sie nickte zu einem Knochenhügel hinüber, der nicht annähernd so hoch war wie die anderen. „Sieht schon ziemlich ausgeplündert aus, aber das täuscht." Weder Faolan noch die anderen Knochennager konnten sich daran gewöhnen, dass sie plötzlich von allen Wölfen mit Achtung und Respekt behandelt wurden. Doch diese Atempause würde nicht lange anhalten. Sobald die Spiele zu Ende waren, würden alle Knochennager, die nicht das Glück hatten, in die Garde gewählt zu werden, in ihr altes Leben zurückkehren. Für Faolan war es undenkbar, bis an sein Lebensende als Knochennager weiterzumachen. Aber wie sollte er seine Chancen einschätzen? Er besaß zwar die Fähigkeiten, die ein Gardewolf brauchte, doch sein Ruf war leider nicht der beste. Es waren so viele Gerüchte über ihn in Umlauf. Er hatte die Ordnung herausgefordert. Hier und da hörte er auch Getuschel über das Sternbild des Großen Bären, das er geschnitzt hatte. Für viele Wölfe war das eine Beleidigung und Heep hatte natürlich dafür gesorgt, dass darüber geredet wurde. Faolan war trotzdem froh, dass er seine Zeichnung nicht geändert hatte. Er hatte nur keine Ahnung, ob dieses ungewöhnliche Kunstwerk ihm bei der Wahl zum Gardewolf nützen oder schaden würde.

„Dann lass uns mal rübergehen, ehe die anderen uns zuvorkommen!“, ächzte der Pfeifer und trottete davon.

Faolan folgte ihm auf dem Fuß. „Ähm, klar.“

„Ich ... ich ...“, stammelte Mairie. „Ich wollte dir nur Glück für den Wettkampf wünschen, Faolan. Du wirst deine Sache im *Byrrgis* gut machen, das weiß ich. Diesmal kannst du zeigen, wie schnell du bist. Du läufst in den Positionen des Unterleutnants – als Pulker oder Linienwolf. Manchmal gibt es Gerempel, wenn die Pulker in die Hauptleute hineinlaufen. Man braucht eine Menge Erfahrung dafür. Passiert dauernd. Also denk dir nichts dabei.“

„Und *wenn* es passiert, ist es kein Verstoß gegen die Regeln, nehme ich an“, sagte Faolan. Es war keine Frage, sondern eine Feststellung.

„Nein, warum auch?“

„Natürlich nicht. Knochennager laufen bei einem normalen *Byrrgis* nicht in diesen Positionen. Warum sollte man einen Wolf misshandeln, der kein Knochennager ist?"

„Ich glaube, du hast mich falsch verstanden, Faolan. Du wirst nicht bestraft, wenn so was passiert."

„Oh doch, ich habe dich sehr gut verstanden. Ich werde in diesem Fall nicht bestraft, weil es kein normaler *Byrrgis* ist. Aber wenn ich nicht in die Garde komme und ins Rudelleben zurückmuss, weht wieder ein anderer Wind."

„Ja, wahrscheinlich", sagte Mairie, die plötzlich verlegen wurde.

„Hast du sonst noch irgendetwas auf dem Herzen, Mairie?"

„Ja, das hab ich." Mairie hielt inne und schaute ihm direkt in die Augen. „Faolan, im Lager gehen gewisse Gerüchte um."

„Was für Gerüchte?"

„Über einen Knochen, den du während der Übungssitzung im Eisbruchmond geschnitzt hast. Es heißt, dass ..." Mairie senkte den Blick.

„Dass meine Arbeit eine Entweihung des Großen Lupus ist?"

„Ja." Mairie sah ihn jetzt wieder an. Ihr Nackenfell sträubte sich und zitterte, als liefe ein Schauder hindurch.

„Ich habe ein Sternbild geschnitzt. Ich habe nur den Großen Wolf aus der Sicht meiner zweiten Milchmutter dargestellt.“

„Der Grizzlybärin?“

„Ja, denn sie hat mir als Erste die Sternbilder erklärt. Ihre Art nennt den Großen Wolf nun mal Großer Bär.“

Mairie legte den Kopf schief. „Das ist interessant.“

„Genau, Mairie, es ist interessant, keine Entweihung.“

„Nicht im Mindesten“, stimmte Mairie ihm zu. „Aber sei trotzdem vorsichtig.“

Eine Meute kleiner Welpen, die einander jagten, stürmte vorbei.

„Auszeit! Auszeit!“, rief ein schneeweißes Weibchen und kam schlitternd zum Stehen. „Ich will nicht mehr Fangen spielen. Ich will lieber ‚Sark ärgern‘ spielen.“

Mairie drehte sich zu den Welpen um. „Das ist ein dummes Spiel“, knurrte sie und spazierte davon.

Faolan schaute dagegen fasziniert zu. Das kleine weiße Weibchen war die Anführerin der Bande. Sie zeigte auf einen gefleckten Welpen, dessen braunes Fell graue und schwarze Stellen hatte. „Du musst die Sark sein“, bestimmte sie.

„Aber ich bin ein Männchen.“

„Das macht nichts", fauchte die kleine weiße Wölfin. „Und du bist die Obea", fuhr sie fort und zeigte auf einen anderen Welpen, der die Farbe einer Sturmwolke hatte.

„Aber die stinken!", winselte der Welpe.

„Stimmt ja gar nicht. Im Gegenteil. Eine Obea hat keinen Geruch. Und jetzt hör mit dem Gewinsel auf. Es ist doch nur ein Spiel. Und du, Bryan", sagte sie zu einem anderen Wolf, der ebenfalls reinweiß und vermutlich ihr Bruder war, „du bist das *Malcadh*. Du kannst dein Hinterbein einziehen und auf drei Beinen laufen, so wie wir es geübt haben."

„Ja, gut", brummte der weiße Welpe in ergebenem Ton. Er war es offenbar gewöhnt, von seiner großen Schwester herumkommandiert zu werden.

„Und ich bin die Mutter." Kaum hatte sie den Satz zu Ende gesprochen, warf sie sich auf den Boden und schluchzte laut. „Nimm mir nicht mein Junges weg!" Das Schluchzen steigerte sich. „Das ist mein letzter Wurf. Ich schwöre, dass ich keine Jungen mehr zur Welt bringen werde. Oh bitte, ich flehe dich an, lass mir meine letzte Tochter!"

„Ich bin keine Tochter", protestierte der weiße Welpe. „Ich bin ein Sohn."

„In dem Spiel bist du eine Tochter. Und jetzt halt gefälligst die Schnauze."

Daraufhin sagte der Welpe, der die Obea spielte, streng: „Ich muss jetzt dieses *Malcadh* zum *Tummfraw* bringen. Und du gehst zur Sark, damit das Vergessen beginnen kann. Sie braut einen Trank für dich."

Die kleine weiße Anführerin warf den Kopf zu dem gefleckten Welpen herum und wisperte laut: „Na los, jetzt musst du den Trank mischen."

„Ich hab aber nichts zum Mischen. Hier gibt es keine Kräuter oder Gräser. Nicht mal Birkenrinde."

„Dann nimm einfach Erde und ein paar Steine und misch es zusammen. Wir tun doch nur so, als ob", fauchte die Anführerin. Zu einem anderen Welpen gewandt, fuhr sie fort: „Und wenn das *Malcadh* überlebt und in den Clan zurückkommt, darfst du es treten und ihm ins Ohr beißen. Aber nicht richtig, verstehst du? Du musst nur so tun!"

Faolan verfolgte die Szene gebannt. *Nur so tun! Was sie hier spielen, ist mein Leben!* Er wollte etwas sagen, aber ihm fiel nichts ein. Als Knochennager stand es ihm sowieso nicht zu, junge Welpen zurechtzuweisen.

Mairie trat hinter einem Felsen hervor. „Schluss mit dem Unsinn", sagte sie streng. „Das ist jetzt kein passender Moment."

„Warum nicht?", fragte die kleine weiße Anführerin herausfordernd. „Du meinst wohl, weil du größer bist, hast du hier das Sagen?“

„Nein!“, erwiderte Mairie leise. „Weil das hier ein Knochennager ist.“ Sie nickte zu Faolan hinüber. „Sein Leben ist kein Spiel, sondern bitterer Ernst. Wenn er gebissen oder getreten wird, dann richtig.“

Die Welpen verstummten. Da trat die kleine weiße Anführerin vor. „So einen großen Wolf wie dich hab ich noch nie gesehen. Du bist der Knochennager, der in die Sonne gesprungen ist, stimmt's?“

„Ich bin nicht in die Sonne gesprungen, sondern um mein Leben.“ Faolan richtete sich auf, warf sich in die Schultern und hob den Schwanz ein klein wenig in die Höhe. Sein Fell schimmerte silberhell im Abendlicht und die Welpen verstummten wieder. Einen Wolf von so edler Haltung hatten sie noch nie gesehen. Dabei war er doch nur ein Knochennager!

Plötzlich durchschnitt ein Heulen die Luft. Es war Alastrine, die *Skrielin* vom Carreg-Gaer-Rudel des MacDuncan-Clans. Bald stimmten die anderen *Skrielin* mit ein. Aufgeregtes Bellen und Japsen stieg von den Clans ringsum auf.

„Sie kommen! Sie kommen! Der Fengo Finbar und die *Taigas* kommen!“

„Komm mit", sagte Mairie zu Faolan. „Ich weiß einen guten Platz. Von dort können wir alles sehen."

Faolan folgte Mairie einen Steilhang hinauf. Bald erschien eine zweite Wölfin hinter ihnen. „Das ist meine Schwester Dearlea", sagte Mairie über die Schulter. Dearlea hatte dunkelbraunes Fell, das vielleicht einmal so hell gewesen war wie das goldfarbene ihrer Schwester. Doch trotz der unterschiedlichen Fellfarbe sahen sie sich sehr ähnlich.

„Oh, schaut mal!", rief Dearlea, als sie oben angekommen waren. Eine lange Reihe von Wölfen wand sich einen schmalen Pfad hinunter.

„Hört ihr das *Tinulaba*?", fragte Mairie.

„Das was?", wollte Faolan wissen.

Mairie und Dearlea wechselten einen entsetzten Blick.

„Du weißt nicht, was das *Tinulaba* ist?", fragte Dearlea ungläubig.

„Nein."

„*Tinulaba* nennt man das Klimpern der Knochen, wenn sie sacht aneinanderstoßen. Man sagt auch ‚Knochenläuten' dazu. Die Gardewölfe tragen Halsketten aus den kleinen Knochen von Tierschwänzen."

„Sie tragen Halsketten? Ich dachte, das dürfen nur die Clan-Oberhäupter und die Mitglieder des *Raghnaid*."

„Nein, die Wölfe der Garde dürfen auch Halsketten tragen. Aber ihre sind nur aus Schwanzknochen, die sie selbst geschnitzt haben."

„Sie schnitzen Zeichnungen in Schwanzknochen?", fragte Faolan verwundert. Schwanzknochen waren die kleinsten Knochen, die es gab.

„Ja, das wirst du auch lernen, wenn du …" Mairie bremste sich gerade noch. „Ich meine, falls du in die Garde kommst. Die *Taigas* bringen es dir bei."

Das Bellen und Heulen ringsum verstummte. Tiefe Stille senkte sich über das Land, während der Wind aus Richtung des Festzugs auffrischte und das Knochenläuten zu ihnen herübertrug. Das *Tinulaba* war nicht nur ein Klimpern, sondern richtige Musik, Klänge die Faolan durch Mark und Bein gingen und ihn zutiefst bewegten.

Als die Gardewölfe ihre Schritte auf dem steilsten Abschnitt des Pfads bremsten, konnte er sie genauer betrachten. Alle waren groß und kräftig. Die Missbildung eines *Malcadh* kann zu einer Quelle der Kraft werden, hieß es oft. Selbst aus der Ferne strahlte die Garde eine Macht und ein Selbstvertrauen aus, wie Faolan es noch nie erlebt hatte.

Der Fengo Finbar war der prächtigste von allen Wölfen. Er hatte sich mit den schönsten, kunstvollsten Knochenketten behängt und sogar kleine Knochensplitter in seinen Bart eingeflochten. Mairie und Dearlea tuschelten miteinander.

„Da ist Jasper", sagte Dearlea und zeigte mit ihrer Schnauze auf einen dunkelbraunen Wolf.

„Und das dort ist doch Briar, nicht wahr?", sagte Mairie.

„Der rote Wolf mit dem schlimmen Auge?", fragte Dearlea zurück.

„Ja. In der Garde gibt es zwei rote Wölfe. Ich bringe sie immer durcheinander, weil sie beide ein schlimmes Auge haben", erwiderte Mairie.

Woher wissen sie das alles?, dachte Faolan. Anscheinend kannten sie jeden einzelnen der Gardewölfe und konnten sogar die Missbildungen benennen. Dabei war der Festzug noch ziemlich weit weg.

„Außerdem sind sie Geschwister. Dadurch kann man sie noch schwerer auseinanderhalten."

„Geschwister?" Faolan konnte seine Überraschung nicht verbergen.

„Ja, sehr ungewöhnlich. Zwei *Malcadh* in einem Wurf. Ein Männchen und ein Weibchen."

„Das war bestimmt ein Trost für sie ... ich meine, für die Welpen." Faolan hasste das Wort *Malcadh*. „Dann waren sie wenigstens nicht allein."

„Aber für die Mutter war es weniger tröstlich." Dearlea seufzte. „Stell dir das mal vor – zwei *Mal-*

cadh auf einmal! Und wer weiß, vielleicht hatte sie in diesem Jahr nur diese zwei Welpen."

„Aber beide haben überlebt und sind in den Clan zurückgekehrt", wandte Mairie ein. „Ist das nicht toll?"

Ja, dachte Faolan, *wirklich toll*. Er betrachtete die Schwestern, die neben ihm standen. Sie waren heil und gesund auf die Welt gekommen. Und sie hatten noch mehr Geschwister. Faolan konnte einen Anflug von Neid nicht unterdrücken. Natürlich wünschte er dieses Schicksal niemandem, aber er hätte trotzdem gern einen Bruder oder eine Schwester auf dem *Tummfraw* bei sich gehabt.

Gwynneths Rat

Der *Gaddernag* begann wie immer mit einem *Byrrgis*. Die Kundschafter waren bereits losgelaufen, um nach der ersten nordwärts ziehenden Rentierherde Ausschau zu halten. Kurz nach Tagesanbruch kehrte einer von ihnen mit guten Nachrichten zurück. Eine kleine Herde hatte den Fluss überquert und zog jetzt auf einer nordöstlichen Route in Richtung Norden.

„Auf der West- oder Ostseite des Krummrückens?“, fragte Liam MacDuncan, der nach dem Tod seines Vaters den Clan anführte. Allerdings wurde gemunkelt, dass die wahre Macht bei seiner Mutter Cathmor liege, die alle seine Entscheidungen lenkte.

„Sie ziehen ostwärts.“

Zustimmendes Bellen wurde laut, denn das bedeutete, dass die Herde direkt ins MacDuncan-Territorium kam.

Cathmor trat vor. „Zählt nicht darauf. Die Herde könnte sich am Fuß des Bergrückens aufteilen. Mir wäre es lieber, wenn der Knochennager-*Byrrgis* etwas mehr Erfahrung im Zangenmanöver hätte. Ihre Pflichten als Gardewölfe verbieten es den Knochennagern, die Herde zu weit zu jagen. Ausgedehnte Jagden, wie sie bei uns üblich sind, kennen sie nicht. Deshalb sind Zangenmanöver unverzichtbar und wir sollten prüfen, wie diese jungen Knochennager darin abschneiden."

„Ein Zangenmanöver?", stieß Tearlach mit bebender Stimme hervor. „Das hab ich noch nie gemacht."

„Darf ich dich untertänigst daran erinnern, dass wir alle in derselben Lage sind? Keiner von uns hat je etwas anderes gemacht als die niedrigsten Fährtenputzerdienste", meldete Heep sich salbungsvoll zu Wort.

Ein leises, schneidendes Zischen drang aus der Kehle des Pfeifers. „Ich habe auch eine untertänigste Bitte, Heep: Hau ab und friss Elchkacke", knurrte er.

Die anderen Knochennager kicherten und wedelten mit den Schwänzen. Obwohl Tearlach im ersten Moment erschrocken war, konnten die Knochennager es kaum erwarten, als vollgültige Mitglieder in einem *Byrrgis* mitzulaufen, statt nur den Kot oder Urin der Beute zu beschnüffeln. Bei diesem *Byrrgis* mussten andere Wölfe die Pflichten der Fährtenputzer übernehmen.

„Hier, schau mal! Unschlagbar, was?" Die kleine

Edme gab Faolan einen sanften Stoß und warf den Kopf zu Heep herum, der nach der Bemerkung des Pfeifers davongetrottet war. Obwohl Edme nur ein Auge hatte, entging ihr so leicht nichts. Heep hatte sich auf den Boden geworfen und wand sich schamlos vor einem gut aussehenden schwarzen Wolf aus dem MacDuff-Clan, einem hochrangigen Mitglied des *Raghnaid*.

„Was sagt er?“, fragte Edme.

Faolan ließ die Ohren vorschnellen. Aber Tearlach, der ohrlose Knochennager, fing als Erster die Gesprächsfetzen auf, die zu ihnen herüberwehten. Faolan staunte immer wieder, wie gut seine neuen Freunde mit ihrer Behinderung zurechtkamen.

„Dunstan MacDuff, mir ist zu Ohren gekommen, dass dein geschätzter Sohn als Fährtenputzer im *Byrrgis* mitlaufen wird, damit wir niedrigen Knochennager in diesem einen Fall eine höhere Position einnehmen können. Haltet mich bitte nicht für anmaßend, wenn ich, als ein bescheidener, nichtswürdiger Knochennager …“

„Na bitte, das hätte man sich ja denken können“, sagte Edme. Die anderen Knochennager waren etwas näher gekrochen und konnten jetzt ohne Tearlachs Hilfe hören, was Heep von sich gab.

„… also es wäre mir eine Ehre, in aller Bescheidenheit ein paar kleine Ratschläge beizusteuern, wie man beim Beschnüffeln der Losung vorzugehen hat." Heep überschlug sich geradezu vor Diensteifer. Zum Glück gingen seine Anbiederungsversuche bald im Sammelheulen des *Gaddergladder* unter. Der *Byrrgis* formierte sich.

Faolan sollte als Pulker neben Mairies Schwester Dearlea laufen, die als Rechtsendpulkerin an der Westflanke eingesetzt war. Heep lief ebenfalls als Pulker an der Westflanke.

Warum können sie ihn nicht an die Ostflanke schicken?, dachte Faolan grimmig. Warum durfte er nicht neben Pfeifer laufen, statt an der Seite dieses Kriechers?

Plötzlich bellte Creakle: „Seht mal, Eulen! Und zwar jede Menge!" Er zeigte mit der Schnauze zum Himmel.

Dearlea, die gerade vorbeikam, blieb stehen. „Ja, die sind ganz wild auf unsere *Gaddernag*-Versammlungen. Vor allem die Glutsammler und Schmiede."

Vielleicht ist Gwynneth unter ihnen, dachte Faolan. Im selben Moment schoss die Maskenschleiereule zu ihm herunter.

„Oh, Gwynneth, bin ich froh, dass du gekommen bist! Wie du siehst, habe ich deine Ratschläge befolgt und bin ein Knochennager geworden."

„Ja, Herzchen, ich weiß."

„Ich hatte ein paar ... ein paar ..."

„Missgeschicke? Ja, auch das weiß ich. Ich habe von deinem ersten *Byrrgis* gehört." Faolan ließ den Schwanz fallen. „Nun, du wirst deine Lektion gelernt haben, nehme ich an." Gwynneth hielt inne.

Faolan hatte das Gefühl, dass sie ihm noch etwas sagen wollte. Er schaute in ihre glänzenden dunklen Augen. „Was ist, Gwynneth?"

„Ach, das kann warten bis nach dem *Byrrgis*. Wir reden später darüber."

Erneut stieg das Sammelheulen in die Luft. „Auf Mark und Knochen!" Gleich würde der *Byrrgis* beginnen.

„Ich muss jetzt gehen, Gwynneth."

„Ja, mein Lieber. Ihr Knochennager müsst in dem *Byrrgis* heute mehr Verantwortung übernehmen als je zuvor."

„Was willst du damit sagen?"

„Nun, es wurde gerade Alarm geschlagen. Clanlose halten sich in der Gegend auf. Einige der Kundschafter und ein paar Wölfe, die sonst im *Byrrgis* mitgelaufen wären, jagen ihnen nach. Ich habe mein Bestes getan, um zu helfen. Der springende Punkt ist jedoch, dass ihr Knochennager jetzt noch bessere Chancen habt, euch zu bewähren und zu zeigen, aus welchem Holz ihr geschnitzt seid. Ich möchte dir gern einen Ratschlag geben, wenn du gestattest."

„Und welchen?"

„Tempo ist nicht alles."

„Oh, in dieser Beziehung habe ich meine Lektion gelernt, Gwynneth. Ich remple keine Außenflankerin mehr an."

„Das weiß ich." Gwynneth hielt inne. „Hör mir zu, Faolan. Ich fliege nun schon länger durch die Hinterlande, als ich denken kann. Oft genug bin ich über einen *Byrrgis* hinweggeflogen und habe die Jagd aus einer Perspektive gesehen, die euch Wölfen verwehrt ist. Was zählt, sind die Signale – ein gespitztes Ohrenpaar, ein Schwanzzucken, ein schneller Schrittwechsel bei den Pulkern. Nicht Tempo ist das Zauberwort, sondern die richtige Verständigung. Nur so kann der *Byrrgis* wie ein Fluss über trockenes Land dahinströmen und schließlich die Beute verschlingen. Es ist eine lautlose Verständigung, kein Wort darf dabei fallen."

Der *Byrrgis* der Knochennager

Heep wusste, dass er keine Chance hatte, Faolan beim *Byrrgis* zu überholen. Aber vielleicht konnte er ihn überlisten? Faolan hasste das leise Klicken, das Heeps kaputter Backenzahn beim Schnitzen machte. Heep hatte gesehen, wie sich Faolans Nackenfell sträubte, sobald er zu nagen begann. Das Geräusch ging ihm sichtlich auf die Nerven, obwohl Heep nicht verstand, was so schlimm daran sein sollte. In seinen Ohren klang es auch nicht anders als die Schnitzgeräusche der anderen Knochennager.

Aber es brachte ihn auf eine Idee. Eine geniale Idee! Er musste keinen Knochen schnitzen, um dieses Geräusch zu produzieren. Es ging auch ohne. Und das Glück war auf seiner Seite. Er durfte an derselben Flanke laufen wie Faolan, sogar direkt neben ihm. Einen besseren Platz hätte er gar nicht finden können, um diesen elenden Knochennager *cag mag* zu machen!

Der *Byrrgis* war im Presspfotengang durch das hügelige Gelände aufgebrochen. Er wurde von den Kundschaftern angeführt und nach kurzer Zeit kam die Rentierherde in Sicht. Die Wölfe hielten sich windabwärts, sodass die Tiere ihren Geruch nicht aufnehmen konnten. Auf diese Weise kamen sie ein gutes Stück näher an die Herde heran, ehe sie entdeckt wurden. Je länger sie im Presspfotengang laufen konnten, um die Herde einzuholen, desto besser. Das sparte Kraft und ging viel schneller. Falls der Wind sich drehte, mussten sie ihre Strategie natürlich ändern.

Faolan lief so konzentriert wie noch nie in seinem Leben. Endlich war er in einem *Byrrgis* – nicht als Fährtenputzer oder ferner Beobachter auf einem Berghang, der sehnsüchtig auf die Wölfe hinunterstarrte. Es war auch kein Traum, nein, es war Wirklichkeit. Die harte Erde sauste unter ihm dahin und er spürte kaum noch, wie seine Pfoten den Boden berührten. Nur ein leichtes Prickeln lief ihm durch die Beine. Dagegen nahm er mit allen Sinnen die Vibrationen Hunderter von Pfoten wahr, die über die Erde trommelten. Es war wie ein Rausch, der ihn erfasste und ihn mit dieser Meute zusammenschweißte. Endlich gehörte er dazu.

Faolan war froh, dass Gwynneth mit ihm gesprochen hatte, denn ihr Ratschlag erwies sich jetzt als nützlich. Gerade hatte er ein zweites Signal aufgefangen, das von einer Reihe von Wölfen an einen Breitendpulker weitergegeben wurde. Er wusste also, dass die ganze Formation aus über vierzig Wölfen sich gleich zusammendrängen würde. *Der Byrrgis ist wie ein Fluss, der über trockenen Grund strömt. Wie die Sterne, die endlos am Himmel kreisen, bin ich Teil dieses Strömens hier unten auf der Erde.* Zum ersten Mal ging Faolan auf, was *Hwlyn* bedeutete, und die seltsamen Bräuche der Hinterlandwölfe erhielten endlich eine tiefere Bedeutung. Die lautlosen Gesten – ein Flackern hier, ein Zucken da – rauschten durch seinen Körper wie ein uralter Gesang, während er dahinraste.

Neue Signale liefen durch den *Byrrgis*. Faolan verstand die Sprache der Stille mit jedem Mal besser. Plötzlich fing er das Ohrenflackern eines anderen Breitendpulkers auf. Der Wind hatte gedreht und die Rentierherde witterte die Wölfe. Der *Byrrgis* steigerte sofort das Tempo. *Aufschließen! Aufschließen!* Das Signal erschallte so deutlich, als wäre es gesprochen worden. Faolan spürte, wie der *Byrrgis* zum Angriffstempo überging.

Schön, wie schön das ist!, dachte Faolan. Die Bewegungen waren glatt, fließend, makellos. *Wie beim Bilibu*, schoss es ihm durch den Kopf. Die Wölfe glitten wie Spielsteine über das Land, was ihm beinahe magisch erschien und ihn an die Sternbilder erinnerte, die nachts über den Himmel zogen.

In mondlosen Nächten, wenn die Sterne heller in der schwarzen Unendlichkeit strahlten, hatte Faolan oft das Gefühl, dass die Erde unter seinen Füßen nichts anderes war als ein kleiner Stern in der großen, kreisenden Nachtwelt. Erde und Himmel, Wolf und Eule, Stern und Stein, Lehm und Knochen – das alles verwob sich zu einem endlosen Muster.

Erneut fing Faolan ein Signal auf – das Signal für das Zangenmanöver. Der *Byrrgis* würde die Herde in einen Engpass treiben, damit sie sich nicht zu weit über die Hochebenen verstreuen konnte. Die Außenflankerinnen schnellten vorwärts, die Pulker der Ost- und Westflanke folgten ihrem Beispiel. In vollem Tempo hetzten sie los und trieben die Rentierherde von allen Seiten auf den Engpass zu. Zahlreiche Signale flogen hin und her, doch diesmal drängte sich etwas in die atemlose Stille und lenkte ihn ab.

Urskadamus! Schon wieder dieses elende Klicken, das Heep beim Nagen machte! Das Geräusch zerstörte die Stille. Warum hörte es niemand außer ihm? Faolan ließ den Blick suchend umherschweifen und geriet beinahe ins Stolpern. Er war aus dem Takt gekommen, war aus der tiefen Konzentration gerissen worden, mit der er gelaufen war. Dieser verdammte Zahn! Aber egal, er durfte sich nicht ins Boxhorn jagen lassen. Faolan erhaschte ein schadenfrohes Grinsen in Heeps Gesicht und sah das Funkeln in seinen Augen. Dieser elende Kriecher machte das mit voller Absicht!

Dearlea hatte das Stocken in Faolans Lauf wahrgenommen und versteifte sich neben ihm. Dabei war sie bisher tief beeindruckt von ihm gewesen. Nein, Faolan würde sich nicht aus der Fassung bringen lassen.

Wieder lief ein Signal durch die Meute. Ein schwaches Tier war gesichtet worden. Die Wendewachen sollten die Herde auf der Ostseite abdrängen, um es aus dem Pulk herauszulösen. Die beiden Spitzenwölfe und ein Blocker würden dann einen Blitzangriff starten und das *Cailleach* von der Herde trennen. Faolan hatte das alles verstanden, doch Heeps Klicken machte ihn so verrückt, dass er die Startsignale verpasste. Das hässliche Geräusch füllte seine Ohren wie das Sirren der Moskitos in den Sommermonden. Erneut stolperte Faolan und wieder warf ihm Dearlea einen Blick zu. Bald lief ein *Taiga* dicht hinter ihm. Faolan musste irgendwie von Heep wegkommen. Das Klicken trieb ihn in den Wahnsinn. Es machte ihn *cag mag*.

Das *Cailleach* war bereits von der Herde getrennt und auch das Signal an die Außenflankerinnen, sich zurückfallen zu lassen, war erfolgt. Acht Rüden schossen nach vorn. Das Endspiel begann, der faszinierendste Teil des *Byrrgis*. Die acht Rüden griffen abwechselnd an. Auf ein Signal der Spitzenwölfe lösten sie einander ab. In einem Knochennager-*Byrrgis* wurde manchmal einer der Knochennager aufgefordert, das *Cailleach* zu Boden zu reißen. Faolan hätte das mit Leichtigkeit geschafft, wäre da nicht das teuflische Klicken in seinen Ohren gewesen. Das Geräusch wurde immer lauter, während die Knochennager mit anderen Pulkern im Gras kauerten und auf das Ablösesignal warteten. Faolan knirschte mit den Zähnen. *So eine Gemeinheit!* Heep wollte ihn dazu bringen, gegen die oberste *Byrrgnock*-Regel zu verstoßen – das strenge Verbot, die Stille vor dem Todessprint zu brechen. Die anderen Wölfe hörten nichts. Wenn Faolan also nach Heep schnappte oder ihn anknurrte, würde er als der Schuldige dastehen, weil er das Schweigen gebrochen hatte.

Ich muss durchhalten, bis der Todessprint beginnt. Das schaffe ich! Aber das höllische Klicken hallte in Faolans Ohren wider und füllte seinen ganzen Kopf aus. Um dem Geräusch zu entkommen, versuchte er in Gedanken an einen anderen Ort zu flüchten. *Lausche den Singenden Gräsern*, beschwor er sich.

Heep rückte noch näher an ihn heran. Seine Augen

funkelten vor Falschheit und er riss den Rachen sperrangelweit auf. Faolan konnte die verfluchte Zahnzacke sehen, bevor Heep den Kiefer genüsslich wieder zuklappte und zu mahlen begann. Das Geräusch bohrte sich in Faolans Gehirn wie eine Handvoll scharfer Splitter.

Edme starrte ihn entsetzt an. Das erste Signal für den Todessprint war erfolgt und Faolan hatte es verpasst. Verzweifelt schnellte er hoch, doch es war zu spät. Er stolperte wieder und stürzte zu Boden. Edme schoss in die Lücke, die er gelassen hatte. Der Todessprint war jetzt in vollem Gang. Die Luft hallte vom Bellen und Heulen der Wölfe wider, die das *Cailleach* zur Strecke brachten.

Doch Faolan, der Wolf, der sich wie ein Grizzlybär aufgebäumt hatte, um einen Elchbullen zu stellen, lag hilflos am Boden.

Als Faolan vom *Byrrgis* zurückkam, wartete Gwyneth auf ihn.

„Und? Wie ist es gelaufen?“

Faolan ließ den Schwanz sinken. „Also …“ Er zögerte, aber eigentlich konnte er gleich mit der Wahrheit herausrücken. „Ich bin ein paarmal gestolpert und im entscheidenden Moment bin ich gestürzt.“

„Gestürzt!“ Gwynneth blinzelte ihn mit ihren dunklen Augen an. Ihr Kopf verdrehte sich in einem grotesken Winkel, wie nur Eulen mit ihren zahlreichen winzigen Halsknöchelchen es zustande bringen. „Du?“

„Oh bitte, ich will nicht darüber reden. Aber du wolltest mir doch noch etwas sagen?“

Gwynneth ließ den Kopf jetzt fast ganz herumwirbeln, als wollte sie die nähere Umgebung absuchen. Faolan wurde ein wenig übel bei dieser Bewegung. Es war unglaublich, was diese Eulen mit ihren Hälsen anstellten. Daran würde er sich wohl nie gewöhnen.

„Ja, ja, das ist richtig. Aber ich muss unter vier Augen mit dir sprechen. Es ist etwas Ernstes.“

Faolan erschauerte bis ins Mark. „Gut“, sagte er und folgte der Maskenschleiereule hinter einen großen Felsblock.

„Also was ist?“, fragte er.

Gwynneth holte tief Luft. „Du weißt doch von dem …“, ihre Stimme versagte und sie schluckte, „… also von dem Welpen auf dem Bergrücken nördlich des Sumpfmoors.“

Faolan nickte.

„Die Sark hat mir erzählt, dass du das *Malcadh* auf dem Weg zu ihr gesehen hast und ganz außer dir warst.“

Faolan nickte wieder.

„Nun, Faolan, ich hatte leider das Pech, den Mord an diesem armen kleinen Wesen miterleben zu müssen.“

Mord!, dachte Faolan. Die schrecklichen Bissspuren an den Knochen – natürlich! Was sollte es sonst gewesen sein? Aber trotzdem – Mord! Dann hatte er also Recht gehabt: Die Geschichte des kleinen Welpenmädchens war noch nicht abgeschlossen.

Gwynneth blinzelte. „Das scheint dich nicht zu überraschen.“

„Nein, ich habe die Knochen gesehen. Aber du hast den Mörder gesehen!“

„Gehört, nicht gesehen. Wir Maskenschleiereulen besitzen ein ausgezeichnetes Gehör, wie du weißt. Sehen konnte ich nichts, wegen der dicken Wolkendecke an diesem Tag. Aber ich habe die Schreie gehört, als das *Malcadh* zerfetzt wurde. Und dann das Keuchen. Es war ein Wolfskeuchen und es waren Wolfstritte, als der Mörder weggelaufen ist. Natürlich hat er keine Abdrücke hinterlassen, denn dort gibt es fast nur Fels und Geröll. Aber woher weißt du von den Knochen?“

„Der Mörder war ein Wolf!“ Der Boden unter Faolans Pfoten wankte und sein Nackenfell sträubte sich zu einer bibbernden Halskrause. Ein nie gekannter Abscheu stieg in ihm auf. „Mir ging das kleine Wesen nicht aus dem Kopf. Ich wurde schließlich auch auf einem *Tummfraw* ausgesetzt und musste an mein eigenes Schicksal denken. Aber von einem Wolf ermordet zu werden …"

„Ja, das verstehe ich", sagte Gwynneth leise.

„Ich wollte einen *Drumlyn* für das *Malcadh* machen."

„Einen *Drumlyn*? Das ist das alte Wolfswort für einen Knochenhaufen, nicht wahr?"

„Vielleicht, ich weiß es nicht genau. Ich kenne mich immer noch nicht so gut mit den Bräuchen und der Sprache der Rudelwölfe aus. Aber ich wollte das kleine Geschöpf ehren. Ich bin zurückgegangen, um noch mehr Knochen zu finden."

„Sei vorsichtig, Faolan. Du musst wirklich aufpassen. Es wäre nicht gut, wenn dich jemand mit diesen Knochen ertappt. Ich weiß, in welchem Ruf du stehst. Die meisten Wölfe hier warten nur darauf, dass du einen Fehler machst. Als du über die Feuerwand gesprungen bist, hast du nicht nur die Ordnung herausgefordert, wie sie sagen, sondern auch sie selbst. Im Moment ahnen sie nichts von diesem Mord. Aber wenn sie es erfahren, geben sie vielleicht dir die Schuld daran. Ich bin nur eine Eule, aber ich weiß, wie Wölfe denken."

„Wahrscheinlich besser als ich“, seufzte Faolan. „Manche Wölfe glauben allen Ernstes, dass ich aus der Dunkelwelt komme.“

„Genau! Sie sind unwissend und abergläubisch. Und das macht sie so gefährlich. Sie können falsch und hinterhältig sein, verstehst du. Ist es wegen deiner Schnitzarbeit?“

„Ja, einer hat gesagt, er könne die Hitze der Sonne spüren, die ich in den Knochen geschnitzt habe.“

„Das zeigt nur, dass sie nichts von Kunst verstehen, weil es über ihren Horizont geht. Sie können sich einfach nicht vorstellen, dass ein normaler Wolf etwas so Schönes zustande bringt.“

„Und wenn etwas Wahres dran ist? Vielleicht bin ich wirklich kein normaler Wolf.“

„Mein lieber Faolan, warum willst du unbedingt normal sein? Nur weil du anders bist als die anderen, heißt das noch lange nicht, dass du schlechter sein musst. Ich persönlich weiß längst, dass du kein normaler Wolf bist. Sondern ganz und gar außergewöhnlich.“ Gwynneth schwieg einen Augenblick. „Und? Hast du den *Drumlyn* gebaut?“

Faolan schüttelte traurig den Kopf. „Nein, noch nicht. Ich konnte nicht. Irgendwie erschien es mir nicht richtig. Ich wollte die Knochen erst einmal beschützen. Sie sind so winzig. Vielleicht habe ich gespürt, dass ich warten muss, bis der Mörder gefasst ist, bevor ich den *Drumlyn* bauen kann."

„Und wo bewahrst du die Knochen auf?"

Faolan hob den Blick zu der Maskenschleiereule. In seinen Augen blitzte etwas auf.

„Aaah", sagte Gwynneth leise. „Bei Donnerherz' Pfote natürlich."

Gwynneth wusste von Donnerherz, denn sie war Faolan beim Skelett der Grizzlybärin zum ersten Mal begegnet. Ein gespenstischer Klagegesang hatte sie dorthin gelockt. Dann hatte sie Faolan entdeckt, der seinen Schmerz in die Nacht hinausheulte, nachdem er die Knochen seiner zweiten Milchmutter gefunden hatte.

Gwynneth schaute Faolan mitfühlend an. Wie gern hätte sie ihm die Nachricht von dem grausamen Mord erspart. Faolans Erlebnis mit dem *Malcadh* war schlimm genug gewesen. Und jetzt auch noch das. Wenigstens hatte sie es ihm nicht vor dem *Byrrgis* erzählt. Das war ein Glück. Obwohl Faolan kaum noch schlechter hätte abschneiden können. Ein Sturz! Unglaublich.

Letzter Platz

Die Streunerburg des MacDuncan-Clans war geräumig, aber nicht groß genug, um die zahlreichen Wölfe und Eulen aufzunehmen, die gekommen waren, um das Ergebnis des *Byrrgis* zu hören. Die Verkündung wurde daher ins Freie verlegt, wo die Eulen in den kargen Birkengehölzen hocken konnten.

Die Leistungen der Knochennager wurden nach einem Punktesystem bewertet, das bestimmte Fähigkeiten und Handlungsweisen berücksichtigte. Zum Beispiel gab es Punkte für Ausdauer und Schnelligkeit, für besondere Wendigkeit und reibungslose Richtungswechsel, für das Einfügen in die Formation und die Fähigkeit, lautlose Signale aufzufangen und richtig einzuordnen. Wenn eine Aufgabe überdurchschnittlich gut gelöst wurde, konnten auch Zusatzpunkte vergeben werden. Noch vor der Verkündung der Ergebnisse wurde über diese Zusatzpunkte getuschelt. Alle waren gespannt, wer sie bekommen würde, und wofür.

Als Liam schließlich auf einen Baumstumpf sprang, stieg die Spannung ins Unerträgliche. „Die *Taigas* haben ihre Bewertungen abgegeben. Zu meiner Freude darf ich sagen, dass alle Teilnehmer in dieser ersten Runde der *Gaddernag*-Spiele sehr gut abgeschnitten haben. Wir beginnen mit der höchsten Punktzahl. Der erste Platz geht an den Knochennager Creakle aus dem MacDuff-Clan. Creakle erhält volle zehn Punkte für seine Schnelligkeit und weitere zehn für gutes Einfügen in den *Byrrgis*. Er hat seine Position stets gehalten. Fünf Punkte erhält er für seine Wendigkeit und seine glatten Richtungswechsel, vier Punkte für das Einordnen der Signale. Letzteres ist ein eher mittelmäßiges Ergebnis, aber Creakle konnte diesen Misserfolg durch den kraftvollen Sprung beim Todessprint wieder wettmachen. Dafür erhält er noch einmal zehn Punkte. Keine Strafpunkte für mangelhafte Aufmerksamkeit, Drängeln oder Stolpern. Insgesamt kommt Creakle auf neununddreißig Punkte!"

Die Wölfe brachen in lautes Beifallsjohlen aus. Neununddreißig Punkte waren ein hervorragendes Ergebnis, das jedoch nicht an die Leistungen des legendären Knochennagers Hamisch heranreichte, dem späteren Fengo der Garde. Hamisch hatte mit sagenhaften fünfzig Punkten den höchsten Punktestand aller Zeiten erreicht.

Liam MacDuncan fuhr mit der Verkündung der Ergebnisse fort. Der zweite Platz löste Unmut unter den Wölfen aus, denn er ging an die winzige Edme, die niedrigste unter den Knochennagern. Edme erhielt die begehrten Zusatzpunkte für die Geistesgegenwart, mit der sie für Faolan in die Bresche gesprungen war. Ein weiterer Zusatzpunkt wurde ihr für das schnelle Durchtrennen der Halsschlagader des *Cailleach* zuerkannt.

Faolan lauschte auf das Murren der Wölfe ringsum. Langsam dämmerte ihm, dass er schon wieder für Aufregung sorgte. Ein Wolf, der die Feuerfalle überlebt hatte, schaffte es nicht, den ersten Platz in einem *Byrrgis*-Wettkampf zu belegen. Selbst den zweiten Platz ließ er sich wegschnappen – von der kleinsten und niedrigsten der sechs Knochennager!

Auf dem dritten Platz landete Tearlach mit fünfundzwanzig Punkten. Die Menge schnappte entrüstet nach Luft. Faolan spürte, wie sich die Augen aller Wölfe und Eulen auf ihn richteten.

„Der vierte Platz geht mit zweiundzwanzig Punkten an den Pfeifer, den Knochennager des Blaufelsrudels."

Lautes Johlen erfüllte die Luft.

Jetzt blieben nur noch zwei Knochennager übrig. Gebannt starrten alle auf Faolan und Heep. Faolan hatte genug und wandte sich ab.

„Schließlich folgt an fünfter Stelle, ohne Extrapunkte und mit zwei Strafpunkten für wiederholte Unaufmerksamkeit ...“ Liam MacDuncan legte eine Pause ein, „der Knochennager Heep aus dem Flussrudel.“

Faolan hörte, wie Heep sich winselnd am Boden wälzte und zu schleimen begann. Niemals habe er, ein bescheidener Knochennager, mit einer solchen Ehre gerechnet. Er sei doch nur der Niedrigste der Niedrigen und kaum daran gewöhnt, mit Respekt behandelt zu werden. In diesem Tenor ging es endlos weiter.

„... und der sechste Platz geht an den Knochennager Faolan aus dem Osthangrudel des MacDuncan-Clans. Er erhält zwanzig Strafpunkte für zweimaliges Stolpern im letzten Viertel des *Byrrgis* und für das Verpassen seines Einsatzes beim Todessprint.“

Mairie stürzte zu Faolan. „Was ist denn passiert?“

„Na, jedenfalls hab ich dich nicht angerempelt.“

„Nein, du bist nur gestolpert und hast deinen Einsatz verpasst! Sonst hättest *du* den ersten Platz bekommen, nicht Creakle“, sagte sie ärgerlich.

„Was soll ich sagen? Ich war unaufmerksam, abgelenkt.“

„Genau wie Heep.“

„Ach wirklich?“, fragte Faolan überrascht.

„Hast du etwa nicht zugehört? Er hat Strafpunkte wegen Unaufmerksamkeit bekommen.“

„Du hast Recht, ich habe nicht zugehört. Aber egal. Heep ist zumindest nicht gestolpert, trotz seiner Unaufmerksamkeit.“

Im selben Moment tauchte Dearlea auf. „Er hat sich andauernd umgeschaut. Ich hab es genau gesehen und gleich nach dem *Byrrgis* den *Taigas* berichtet“, sagte sie. „Was war denn los, Faolan? Du bist so gut neben mir gelaufen und plötzlich warst du völlig aus dem Rhythmus. Ich hab’s schon vor deinem ersten Stolpern gespürt.“

Faolan schüttelte müde den Kopf. Wie sollte er ihnen erklären, dass Heeps nervtötendes Klicken ihn aus der Bahn geworfen hatte, wenn es außer ihm niemand gehört hatte? Vielleicht lachten sie ihn sogar aus?

Die beiden Schwestern waren verstummt. Mairie rückte ganz nah an Faolans Schnauze heran. In ihren tiefgrünen Augen entdeckte er lauter goldene Pünktchen. *Wie kleine Sternbilder,* dachte er. Mairie und Dearlea legten die Köpfe zur Seite und blinzelten, als hätten auch sie etwas in seinen Augen gesehen. Eine Sekunde lang waren die drei jungen Wölfe wie in einem Netz aus goldenem Licht gefangen.

Dann brach Faolan das Schweigen. „Also gut, ich will euch sagen, was mich abgelenkt hat. Aber vielleicht findet ihr es dumm."

„Nein, nein!", drängten Mairie und Dearlea. „Was war es?"

„Heep."

„Heep hat dich abgelenkt? Aber er hat sich doch selbst umgesehen."

„Ja, aber er hat noch etwas anderes gemacht. Habt ihr je seine Schnitzknochen gesehen?"

„Nein, nicht wirklich", sagte Mairie. „Er ist nicht in unserem Rudel."

„Seine Arbeiten sollen nicht besonders gut sein. Plump und fantasielos", fügte Dearlea hinzu.

„Das stimmt, er schnitzt nicht gut, aber das ist nicht der Punkt. Einer seiner Backenzähne hat eine Zacke. Das sieht man nicht nur an den Schnitzknochen, wenn man genau hinschaut. Man hört es auch, wenn man im Schnitzkreis direkt neben ihm sitzt."

„Ich weiß, was du meinst. Das ist wie bei Taddeus, unserem kleinen Bruder. Ich höre ihn beim Fressen immer schmatzen", sagte Dearlea.

„Und er schlürft beim Trinken", bestätigte Mairie.

Die Schwestern hatten ihn verstanden. „Aber dieses Geräusch ist noch viel, viel schlimmer. Es geht mir durch Mark und Bein. Ehrlich, es macht mich *cag mag*. Als ob mir ständig ein Moskito ins Ohr sirrt."

„Aber er hat doch während des *Byrrgis* keinen Knochen benagt, um Lupus' willen", protestierte Mairie.

„Nein, aber er hat das Geräusch trotzdem gemacht. Und zwar absichtlich, um mich abzulenken. Beim Schnitzen kann ich es irgendwie überhören. Ich weiß nicht, warum. Aber beim Laufen kann ich das nicht. Kurz vor dem Todessprint ist mir Heep ganz dicht auf den Pelz gerückt, hat sein Maul aufgerissen und mir direkt in die Ohren geklickt. Deshalb habe ich meinen Einsatz verpasst. Es war schrecklich – als würde er mir ein Maulvoll Knochensplitter ins Gehirn bohren. Dieser elende Kriecher hasst mich."

Mairie und Dearlea wechselten einen Blick.

„Bitte, ihr müsst mir glauben", sagte Faolan. In seiner Stimme lag die blanke Verzweiflung.

„Gut, wir kommen in die Schnitzkreise, die in den nächsten Tagen stattfinden", sagte Dearlea. „Die Knochen, die du schnitzt, Faolan, zählen mehr als deine Punkte beim *Byrrgis*. Damit kannst du deinen letzten Platz wieder wettmachen."

„Das hoffe ich. Und wie gesagt, beim Schnitzen stört mich das Geräusch nicht so sehr wie beim Laufen."

„Und du weißt wirklich nicht, warum das so ist?“, fragte Mairie.

„Nein.“

„Ich schon. Weil du ein Künstler bist, Faolan. Ein echter Künstler.“

Knochen schnitzen

Faolan saß im Schnitzkreis wie üblich neben Heep. Der gelbe Wolf klickte genauso laut wie beim *Byrrgis*, aber hier störte Faolan das Geräusch viel weniger. Dass er mit Mairie und Dearlea darüber gesprochen hatte, war eine große Erleichterung. Die beiden Schwestern hatten das Geräusch zwar nicht gehört, aber Faolan hatte zum ersten Mal, seit er in den Hinterlanden war, seine Sorgen mit anderen Wölfen geteilt. Aus dem Augenwinkel sah er Mairie und Dearlea näher kommen. Sein Herz klopfte vor Freude. Die beiden hielten ihr Versprechen. Er dämpfte die eigenen Nagegeräusche, damit die Wölfinnen das Klicken von Heeps Zahnzacke hören konnten.

Dearlea und Mairie blieben rechts und links neben Heep stehen. „Das ist interessant", sagte Dearlea. „Die natürliche Schattierung dieses Knochens wäre für andere vielleicht ein Hindernis, aber deine Zähne gehen tief." Sie hielt inne, weil ihr sonst nichts einfiel.

Die Linien waren tatsächlich tief – tief und plump – und sie entdeckte die Zacke darin. Jetzt wollte sie auch noch das Geräusch hören.

„Oh, deine Worte beschämen mich“, winselte Heep. Er rieb das Gesicht im Dreck und wälzte sich vor Unterwürfigkeit.

„Ach bitte, sparen wir uns die Formalitäten. Wir möchten dir einfach beim Nagen zusehen.“

Faolan hörte ganz mit dem Schnitzen auf und ölte seinen Knochen, indem er ihn zwischen den Schwimmhäuten seiner Pfoten rieb. Das Einölen bewirkte zweierlei: Er markierte auf diese Weise den Knochen mit seinem unverwechselbaren Geruch und entfernte zugleich den Knochenstaub, der sich beim Nagen ablagerte. Im Augenblick erfüllte das Einölen noch einen dritten Zweck: Stille, damit Dearlea und Mairie besser lauschen konnten.

Jetzt mussten die Wölfinnen das Klicken hören. Sie lauschten mit weit nach vorn gerichteten Ohren. Bestimmt hatten sie auch die verräterischen Zackenspuren in dem Knochen gesehen, den Heep benagte.

Nach einer Weile drehten sich Mairie und Dearlea um und trotteten davon. Heep ließ den Blick zu Faolan hinüberwandern. Dann sagte er im Flüsterton, aber laut genug, dass alle anderen im Schnitzkreis es hören konnten: „So eine Ehre! Zwei hochrangige

Wölfinnen, noch dazu aus dem Carreg-Gaer-Rudel, kommen extra hierher, um meine bescheidene Arbeit zu bewundern. Die Arbeit eines niedrigen Knochennagers. Wirklich, ich bin überwältigt. Ich kann mir beim besten Willen nicht denken, womit ich das verdient habe."

Niemand sagte etwas darauf. Die Knochennager schnitzten einfach weiter. Bis auf das Schaben der Zähne war kein Laut zu hören. Doch mit einem Mal hob Edme den Kopf. „Oh, seht mal! Da kommt der Fengo Finbar", sagte sie.

Heep ließ sofort seinen Knochen fallen und presste nicht nur den Kopf, sondern seinen ganzen Körper in die Erde.

„Auf, auf!" Finbar war ein prächtiger, gut genährter brauner Wolf mit schimmerndem Fell. Eines seiner Hinterbeine war verkrümmt, sodass die Pfote in die verkehrte Richtung zeigte. „Unterwürfigkeits- und Gehorsamsbekundungen sind während der Spiele aufgehoben. Bei einem so wichtigen Anlass ist das nur vergeudete Zeit.

Ich bin hier, um euch daran zu erinnern, dass ihr euch langsam Gedanken über eure Geschichtenknochen machen solltet. Früher war es erlaubt, drei oder sogar vier Knochen zu schnitzen, um eine Geschichte zu erzählen. Doch unter unserem verehrten Fengo

Hamisch, der leider nicht mehr unter uns weilt, wurde diese Regel geändert. Eine Geschichte so knapp wie möglich zu halten, ist die schwierigste Übung. Ich rate euch daher: Beschränkt euch auf das Wesentliche und arbeitet nur einen einzigen Punkt oder Gedanken aus. Natürlich müsst ihr dabei besondere Sorgfalt walten lassen, das versteht sich von selbst."

Edme hob die Pfote. „Verzeiht, Ehrwürdiger Fengo, könnt Ihr uns vielleicht ein Beispiel nennen? Einen richtig guten Geschichtenknochen, den ein Knochennager in der Vergangenheit geschnitzt hat?"

„Ah, eine sehr gute Frage. Den besten Knochen aller Zeiten hat zweifellos unser verstorbener Fengo geschnitzt. Er ritzte darin seine erste Begegnung mit Coryn ein, dem verstorbenen König von Ga'Hoole. Coryn war damals aus der Höhle seiner Mutter verbannt worden und in die Hinterlande gekommen. Das Besondere an seiner Geschichte waren nicht so sehr die Ereignisse, über die er berichtete, sondern die tiefen Gefühle, die darin zum Ausdruck kamen. Ein Ausgestoßener erzählt die Geschichte eines anderen Ausgestoßenen. Als hätte Hamisch erst aus seinem eigenen leidvollen Selbst herausfinden müssen, ehe er dieses und die Welt, in der er lebte, verstehen konnte. Hamisch stellte Coryns schweres Schicksal als Ausgestoßener dar – das Leid eines Wolfs, der von seiner eigenen Mutter, der tyrannischen Nyra, gehasst wurde. Und der zudem das Pech hatte, seiner Mutter so ähnlich zu sehen, dass er überall auf seinen Wanderungen Furcht und Schrecken verbreitete. Der Höhepunkt der Geschichte war Hamischs erste Begegnung mit Coryn. Er schilderte, wie ein Funke zwischen ihnen übersprang und ihre langjährige Freundschaft entfachte. Ein einfach geschnitzter, schlichter Knochen – ein Schienbein von einem Moschusochsen, glaube ich –, der die Geschichte einer tiefen Freundschaft erzählt."

Als hätte er erst aus seinem eigenen leidvollen Selbst herausfinden müssen, ehe er dieses und die Welt, in der er lebte, verstehen konnte. Die Worte des Fengo trafen Faolan bis ins Mark.

Finbar legte den Kopf zur Seite und schloss die Augen, bis nur noch zwei grüne Lichtschlitze zu sehen waren. „Ein Knochen, der so voller Mitgefühl geschnitzt ist, lässt keinen Wolf unberührt. Ein Klassiker. Ein echter Klassiker." Ohne ein weiteres Wort ging der Fengo davon, als stehe er noch immer im Bann des denkwürdigen Schnitzknochens.

Die Knochennager im Kreis schauten einander stumm an. Alle dachten dasselbe: *Wie soll ich je etwas Vergleichbares zustande bringen?* Nur Faolan dachte nicht an den Wettkampf. Er war wieder einmal weit weg, auf dem Bergkamm, wo das kleine Welpenmädchen ermordet worden war. Ermordet von einem Wolf!

Er sah den Mörder vor sich, wie er den Steilhang zu dem flachen Tafelfelsen hinaufkletterte. Wann war er aufgetaucht? Lange nachdem Faolan gegangen war? Und wenn er dageblieben wäre und über die kleine Wölfin gewacht hätte, wäre sie dann gestorben, bevor der Mörder sie zerfleischen konnte? Aber hätte er dann auch der Versuchung widerstanden, das kleine Wesen zu retten? Fragen über Fragen schossen Faolan durch den Kopf, während die anderen Wölfe schon wieder eifrig nagten. Er hatte instinktiv gespürt, dass mehr hinter der Geschichte des kleinen Welpenmädchens steckte. Doch er hätte nie geglaubt, wie verworren und grausam diese Geschichte in Wahrheit war.

Für die Knochennager, die am Wettkampf teilnahmen, war ein Schlafbau gegraben worden. Faolan schlief jedoch lieber allein. Selbst nach einem langen, harten Arbeitstag redeten die anderen Knochennager oft bis tief in die Nacht hinein und fast immer über den Wettkampf. Das ging ihm allmählich auf die Nerven. Zwar hüteten sie sich, zu viel über die Geschichte zu erzählen, die sie schnitzten, aber sie diskutierten eifrig über die Schwierigkeiten, auf die sie bei der Arbeit stießen. Faolan hatte noch keine zündende Idee für seine Geschichte und konnte folglich auch nichts verraten. Aber das kümmerte ihn nicht. Früher oder später würde ihm etwas einfallen, das wusste er. Die meisten Geschichten handelten von den Missbildungen der Knochennager und wie sie damit umgingen. Edmes Geschichte hatte Faolan besonders berührt – sie erzählte, wie ihr im Lauf der Zeit bewusst wurde, dass ihr das Auge, ohne das sie geboren war, im Grunde gar nicht fehlte. Stattdessen stellte sie sich vor, dass es irgendwo über ihr am Himmel schwebte, um über sie zu wachen und ihr Mut zu machen.

Creakle schnitzte einen Knochen über seinen kraftvollen Sprung beim Todessprint, mit dem er das Rentier zu Boden gestreckt hatte. Er erzählte, dass er statt der fehlenden Pfote eine *Lochin*-Pfote besitze, die ihm gute Dienste leistete und seine Beinmuskeln gezwungen hatte, kräftiger zu werden.

Heep hüllte sich zunächst in Schweigen, aber Tearlach ließ nicht locker. Da sagte Heep schnell – verdächtig schnell –, dass er einen Knochen über die unverhofften Freuden der Demütigung schnitze. „Es ist eine philosophische Geschichte über die innere Erfüllung, die darin liegt, als niedrigstes aller Geschöpfe seinen Platz zu kennen. Und über die Schönheit und Gerechtigkeit der Großen Kette, die unser Leben hier auf Erden bestimmt." Heep schaute verstohlen zu Faolan hinüber. Edme erschauerte bis ins Mark, als sie das schadenfrohe Funkeln in Heeps Augen auffing. Hatte Faolan es auch gesehen?

Der Pfeifer gähnte laut bei Heeps scheinheiligem Geschwätz. Er selbst nagte eine Geschichte über eine seiner frühesten Erinnerungen. Er erzählte, wie er den Weg zurück zum MacDuncan-Clan gefunden und sich gefragt hatte, ob es nicht besser gewesen wäre, als Einzelgänger weiterzuleben. Es war eine mutige, ehrliche Geschichte, aber Heep kicherte verächtlich. „Darf ich den Pfeifer in aller Bescheidenheit fragen, wie er auch nur eine Sekunde lang auf den Gedanken kommen konnte, diesen edlen Clan zu verlassen und als Einzelgänger umherzustreifen?"

„Nein", fauchte der Pfeifer, „darfst du nicht. Warte ab, bis mein Knochen fertig ist. Wenn du ihn siehst, geht deinem bescheidenen Verstand vielleicht ein Licht auf."

Tearlach behielt seine Geschichte für sich, machte aber hin und wieder eine Andeutung. Faolan gab dagegen gar nichts preis. Als er sich endlich für eine Geschichte entschieden hatte, ging er zu dem Knochenstapel, als niemand in der Nähe war. Er wählte den Beckenknochen eines Murmeltiers aus. Der Knochen hatte einen schönen grauen Sprung, der quer darüberlief und Faolan unwillkürlich an den Fluss denken ließ, aus dem Donnerherz ihn gerettet hatte. Außerdem zierte ein Fleck die Oberfläche, der ihn an Donnerherz' Sommerbau erinnerte. Faolan fand es merkwürdig, dass die anderen Knochennager sich so wenig Zeit nahmen, um ihre Knochen zu studieren und die faszinierenden natürlichen Zeichnungen zu entdecken, die sie manchmal besaßen – Brüche, Schatten, leichte Vertiefungen. Ein einziges Mal hatte Heep sich den Riss in einem Knochen zunutze gemacht ... um Faolans Sprung über die Feuerwand zu schnitzen. Aber dieser Riss war so auffällig gewesen, dass man ihn beim besten Willen nicht übersehen konnte. Ansonsten achteten weder Heep noch die anderen Knochennager auf diese Muster in ihren Schnitzknochen.

Wenn man genau hinschaute, zeichnete sich auf jedem Knochen eine Landschaft ab, die bereits existierte. Danach ging alles wie von selbst: Man musste die Schnitzarbeit nur noch um diese Landschaft herum anordnen. Im Beckenknochen des Murmeltiers entdeckte Faolan den Fluss, ein Stück Himmel und den Sommerbau – nur Donnerherz fehlte, aber die Bärin würde er selbst hineinschnitzen. Die Geschichte drängte mit einer solchen Macht aus dem Knochen, dass Faolans Zähne schmerzten, weil er mit dem Nagen kaum nachkam.

Ein paar Tage später, nach einem langen Arbeitstag, entdeckte Faolan einen Baum mit einer Astgabel, die sich gut als Schlafplatz eignete. Er war schon einmal auf einen Baum gesprungen – damals, als er den Puma in den Frostlanden gejagt hatte. Jetzt musste er ungefähr genauso hoch springen. Im Vergleich zu dem Sprung, mit dem er sich über die Feuerwand gerettet hatte, war das allerdings ein Kinderspiel.

Faolan musste kaum Anlauf nehmen, um sich in den Baum hinaufzuschwingen. In null Komma nichts saß er oben und legte die Beine über die Äste. Er entdeckte zwei weitere Astgabeln auf der Rückseite des Baums, die mit seiner verflochten waren. Der Anblick erinnerte ihn an die Körbe, in denen Glutsammler- und Schmiedeeulen ihre Glut transportierten – nur viel größer natürlich. Es war ein perfekter Bau, falls man dieses Gebilde so nennen konnte.

Faolan machte es sich darin bequem und blickte durch die schwarze Nadelstickerei der buschigen Fichte zum Himmel empor. Die Sterne gingen gerade auf und er sah das erste Geweih des Rentiersternbilds. Unwillkürlich dachte er an den *Drumlyn*, den er vor fast einem Jahr für die erbeutete Rentierkuh aufgeschichtet hatte. Er hatte es mit guten Gefühlen getan, nicht wie jetzt, wenn er die mörderisch zerbissenen Knochen des kleinen Welpen auf dem Tafelfelsen aufsammelte. Faolan erschauerte in seinem Himmelskorb – so nannte er den Bau in Gedanken. Hier oben fühlte er sich dem Himmel ganz nah, als müsse er nur die Pfoten ausstrecken, um an die Sterne zu reichen. Die Geweihspitze des aufsteigenden Rentiersternbilds war ein Zeichen. Der Große Sternenwolf würde bald zurückkehren, um den Geistnebel des ermordeten *Malcadh* in die Höhle der Seelen zu führen.

Faolan drehte sich um und hielt die gespreizte Pfote in das Mondlicht direkt über ihm. Da war es, das *Malcadh*-Zeichen – jenes schwache Spiralmuster, das wie ein kreisender Stern aussah. In seinen Gedanken verschmolz die Zeichnung an der Pfote mit einem Sternenwirbel am Himmel. Erneut überkam ihn das Gefühl, dass er Teil von etwas Größerem war – Teil eines größeren Musters. Doch dieses Muster war selbst nur ein winziger Bruchteil eines großen Ganzen, einer endlos kreisenden Harmonie. Er dachte an jene schreckliche Nacht, als er Donnerherz' Schädel gefunden und seinen Schmerz in die Dunkelheit geheult hatte. Damals hatte ihn der Gedanke getröstet, dass es in dieser ganzen kreisenden Unendlichkeit einen Moment gegeben hatte, der Donnerherz und ihn zusammenführte. Sein *Glaffling*, wie die Wölfe das Trauerheulen nannten, war nicht nur ein Klagegesang, sondern zugleich auch ein Dankgebet. Jetzt kehrten die Worte seines Trauerheulens in sein Gedächtnis zurück:

Kreisend, für immer kreisend,
Bär, Wolf, Rentier.
Wer kann sagen, wann alles begann
und wann es enden wird?
Wir alle sind Teil eines Ganzen,
von einfachsten Anfängen nur.
Jeder ist anders
und doch sind wir eins.
Eins und immerdar,
Donnerherz währt ewig,
jetzt und für alle Zeit.

Als Faolan die Grenze zum Schlaf überschritt, verhallte das Lied. Er trat in eine Traumwelt ein, wanderte durch eine sternfunkelnde Nacht und hielt nach dem kleinen *Malcadh* Ausschau. Er wollte sichergehen, dass es heil die Sternenleiter zur Höhle der Seelen hinaufgeklettert war.

Ich bin ein Sterngeher!, dachte er im Traum, während er durch die Sternbilder glitt und nach dem *Malcadh* suchte. Er wusste, dass er träumte. Aber dieser Traum war viel wirklicher, viel greifbarer als alle Träume, die er je gehabt hatte. Die Nachtluft blies um seine Pfoten und sein silbernes Fell fing das Flackern der Sterne ein, bis er in einen strahlenden Lichtnebel eingehüllt war.

Alles ist so wirklich. So wirklich und vertraut. War ich etwa früher schon mal hier? Aber das konnte nicht sein. Welcher sterbliche Wolf wäre je auf den Sternen gewandelt? Faolan war ja nicht tot. Ein langer Schatten fiel jetzt über die nächtliche Landschaft seines Traums und ließ ihn erschauern. Ihm war, als zöge sich das Mark in seinen Knochen zusammen. Und dann hörte er es – *Klick-klick-klick … Nein, nicht hier! Alles, nur das nicht!*

Er schreckte so heftig hoch, dass er fast von der Astgabel fiel. Mit gespitzten Ohren lauschte er in die Nacht. Aber da war nur Stille, kein nervtötendes Zahnklicken weit und breit. „Ich habe ihn nur im Traum gehört“, wisperte Faolan beschwörend vor sich hin. *Nur im Traum!*

Er spähte durch das Astgeflecht in die sternenübersäte Nacht, die er im Traum gerade durchwandert hatte. Mit zusammengekniffenen Augen betrachtete er die Sternbilder. Plötzlich entstand eine Vision in ihm, ein Bild von den winzigen Knöchelchen mit den nadelspitzen Bissspuren. Wäre er doch nur fähig, diese Spuren sinnloser Gewalt zu durchschauen! Er spürte, dass viel mehr dahintersteckte, als er bisher erkannt hatte.

Faolan sah die kleine Wölfin vor sich, wie sie von der Sternenleiter sprang und ihrem Mörder knurrend blutige Rache schwor. Erst wenn der Mörder entlarvt war, würde sie ihren Frieden finden. Plötzlich wusste Faolan, was er zu tun hatte. Er würde zum Welpenkamm gehen und die Knochen holen, die er bei Donnerherz vergraben hatte.

Lautlos stieg er vom Baum herunter und blickte noch einmal zum Himmel empor. Der Mond leuchtete hell. Hoffentlich bemerkte ihn niemand, wenn er das Lager verließ. Aber dann entdeckte er eine riesige Wolke, die von Osten heranzog. Er wartete ab und nachdem die Wolke sich über den Mond geschoben und das Land verfinstert hatte, brach er im Laufschritt auf.

Geisterwolf

Heep hatte schon im letzten Mond, dem Eisbruchmond, Verdacht geschöpft, dass Faolan etwas Böses im Schilde führte. Je näher das Ende des *Gaddernag* rückte, desto finsterer wurde es in seinem Herzen. Heep wusste im tiefsten Mark seiner Knochen, dass es ihm bestimmt war, zum Gardewolf auserwählt zu werden. Wenn der jetzige König von Ga'Hoole starb und ein neuer König die Glut von Hoole zurückeroberte, würden alle Gardewölfe von ihren Pflichten entbunden werden. Wie bei Hamisch, dem großen Fengo mit dem verdrehten Bein, würden ihre Missbildungen mit einem Schlag verschwinden. Dann endlich würde er einen Schwanz bekommen. Wie lautete die Prophezeiung noch? Alle körperlichen Gebrechen wurden geheilt, alles Krumme wurde gerade und alles Missgebildete wendete sich zum Guten und wurde zu einer Quelle der Kraft. Das war kein Traum, keine Legende. Sondern die Wahrheit.

Trotzdem war Heep der Verzweiflung nahe, denn er befürchtete, dass Faolan den Misserfolg beim *Byrrgis* durch seine Schnitzkunst wettmachen würde. Die anderen Knochennager konnten Heep nicht gefährlich werden. Er war schließlich ein MacDuncan. Die MacDuncans hatten die Vulkanwache ins Leben gerufen und wurden bei der Wahl bevorzugt, auch wenn neuerdings alle Teilnehmer berücksichtigt werden mussten.

Heep musste Faolan ein für alle Mal aus dem Wettkampf schlagen. Und vor ein paar Tagen war ihm endlich eine geniale Idee gekommen. Wieso war ihm das nicht gleich eingefallen? Mit funkelnden Augen sah er Faolan in der Nacht verschwinden. *Na warte*, dachte er. *Wenn du zurückkommst, hast du ausgespielt.* Als wollte er Heep verhöhnen, strich der prächtige Silberschwanz in die Nacht hinaus – wie eine siegreiche Flagge wehte er hinter dem verhassten Rivalen her. Heep durchzuckte der altbekannte Phantomschmerz an der Stelle, an der sein eigener Schwanz hätte wachsen sollen. *Sobald der Morgen graut, bist du erledigt*, dachte er grimmig.

Heep wartete, bis Faolan verschwunden war, dann lief er ein Stück weit in die entgegengesetzte Richtung. Dort kannte er eine einsame Stelle mit drei zusammengewachsenen Birken. Ihre Stämme hatten sich verknotet und die Wurzeln waren hoffnungslos verheddert. Ein solcher Ort galt unter den Wölfen als fluchbeladen, als Unglücksstätte. Es hieß, dass die Samen solcher Bäume bei Mondfäule aufgegangen wären – zu jener Zeit des Tages, wenn der Schatten des Mondes von der vorigen Nacht noch am Himmel hing. Aber das kümmerte Heep nicht. Es war ein ideales Versteck für seinen Knochen, den wahren Knochen, den er zu schnitzen begonnen hatte und der die Geschichte des *Malcadh* erzählte, das von einem Wolf ermordet worden war. Nicht von einem x-beliebigen Wolf, sondern von einem Knochennager! Heep hatte sogar noch einen weiteren Knochen, den er präsentieren konnte – einen Beweisknochen.

„Wach auf, Dearlea, wach auf!" Mairie stieß ihre Schwester gegen die Schulter und knuffte sie unsanft in die Wange.

„Was ist? Wieso weckst du mich? Lass mich in Ruhe!"

„Es ist wegen Faolan."

„Faolan? Was ist mit ihm?", murmelte Dearlea schläfrig. „Hat er noch einen schlimmen Knochen geschnitzt? Mach dir nicht so viele Gedanken. Die MacDuffs haben ihm nie über den Weg getraut. Aber die trauen keinem."

„Es geht nicht um den Knochen.“

„Was dann?“

„Faolan ist mitten in der Nacht fortgegangen.“

„Das ist sein gutes Recht. Solange er pünktlich zu allen Wettkämpfen erscheint, kann er tun, was ihm passt.“

„Aber mitten in der Nacht? Das ist doch komisch, gib’s zu.“

„Großer Lupus! Du wirst immer macduffiger!“

„Nein, ich mach mir nur Sorgen. Er bewegt sich auf dünnem Eis, bei all den Gerüchten über ihn.“

„Hast du ihn weggehen sehen?“ Dearlea hatte sich aufgesetzt. Sie schüttelte den Kopf, um ihren Geist zu klären, und gähnte, aber nicht aus Langeweile. Nachdenklich starrte sie auf ihre Pfoten. Dann legte sie eine über die andere, eine Geste, die Mairie nur zu gut kannte. Dearlea machte das immer, wenn sie nachdachte. „Ich weiß, was du meinst“, sagte sie schließlich. „Und ehrlich gesagt, mache ich mir auch Sorgen. Was hat dieser Faolan nur an sich, dass ... dass ...“

„Dass man ihn beschützen will?“, ergänzte Mairie den Satz ihrer Schwester.

„Ja, ich glaube, das ist es. Obwohl er so stark ist, wirkt er ... also nicht schwach oder so, aber irgendwie ... verletzlich.“

„Ja, genau. Und wenn er einfach so mitten in der

Nacht verschwindet, bekomme ich Angst, dass er sich in Schwierigkeiten bringt." Mairie hielt einen Augenblick inne. „Und er geht weit, verstehst du?"

„Woher weißt du das?"

„Ich bin ihm einmal gefolgt. Aber als ich sah, wie weit er läuft, wusste ich, dass ich nicht rechtzeitig bis Tagesanbruch zu Hause sein würde, um Mama und Papa bei den Kleinen zu helfen. Also bin ich umgekehrt."

„Aber er schafft es?"

„Ja, Faolan ist schnell. Ich hab ihn zurückkommen sehen und er wirkte ziemlich erschöpft. Aber heute Nacht habe ich den Schatten eines zweiten Wolfs bemerkt, als Faolan wegging."

„Jemand, den wir kennen?"

„Weiß nicht. So genau konnte ich ihn nicht sehen. War ja nur ein Schatten. Aber deshalb mach ich mir noch mehr Sorgen als sonst. Wenn ein anderer Wolf ihn beobachtet hat und etwas weiß ... Es gibt genug Wölfe, die nur darauf warten, dass er zu Fall kommt."

„Oder die ihn selbst zu Fall bringen möchten", fügte Dearlea hinzu.

Falsches Zeugnis

Faolan starrte erst auf den winzigen Rippenknochen und dann auf ein Stück des Kieferknochens. Er kauerte sich nieder, blinzelte ein paarmal und legte den Kopf von einer Seite auf die andere. Er betrachtete die Landschaft des Knochens, die durch die wütenden Bissspuren verstümmelt war. Jeder Knochen erzählte eine Geschichte, selbst der Knochen eines so winzigen Welpen. Aber hier konnte er nur eine einzige Geschichte ablesen – die von Mord und roher Gewalt. Der Knochen war teilweise zerquetscht worden. Das Mark war herausgesickert, sodass er hohl wie ein Eulenknochen war. Zuerst nahm Faolan einen der bröckeligen Ränder in Augenschein und ließ den Blick von dort aus zum festen Mittelteil des Knochens zurückwandern. Unter den wilden Zickzackspuren entdeckte er etwas, das ihm das Blut in den Adern stocken ließ. Es war das erste Wort der unvollendeten Geschichte – eine Zahnzacke. Nicht irgendeine, sondern *die* Zahnzacke! Der Abdruck, den Heeps kaputter Backenzahn hinterließ. Faolan hatte diesen Zahn genau gesehen, als Heep den Rachen aufgerissen hatte, um ihn vom Todessprint abzulenken. Noch immer hallte ihm das Geräusch in den Ohren.

„Großer Lupus, wieso fällt mir das jetzt erst auf?", knurrte er. Ihm kochte das Mark in den Knochen. Heep war der Mörder! Er hatte den Welpen zerfleischt.

Wann immer Faolan zum Welpenkamm gekommen war, hatte er den Beweis vor Augen gehabt, ohne dass ihm ein Licht aufgegangen war. Jetzt drängten plötzlich Dutzende von Zackenspuren an die Oberfläche der Knochen, als wollten sie ihn für seine Blindheit verhöhnen.

Faolan nahm so viele Welpen-Knöchelchen ins Maul, wie er nur tragen konnte. Im Angriffstempo rannte er zum Lager zurück. Die Wut beflügelte ihn, sodass er nicht einen Moment langsamer wurde. Hügel flogen an ihm vorbei und er sprang über Bäche, in denen er einst geschwommen war. Ein starker Westwind blies dicke Wolken vor sich her, doch im Vergleich zu Faolan, der wie ein Silberpfeil dahinflog, trieben sie wie träge Fettklöße über seinem Kopf. Sein Herz brannte vor Zorn und Liebe. Liebe zu dem kleinen Geschöpf, das nie groß werden durfte. Und Zorn auf Heep und seine abscheuliche Tat. Die Geschichte des *Malcadh* würde nun ein Ende finden.

Als Faolan das Lager fast erreicht hatte, überraschte ihn das Heulen der *Skrielin*. „Knochennager Faolan ist im Anmarsch!“

Es folgte ein hohes Schrillen von Dutzenden von Wölfen. Bald konnte er einzelne Worte ausmachen. „Dunkelwelt ... Wyrrwolf ... Dämonenwolf ... Hexer ... Mörder!“

Ehe er wusste, wie ihm geschah, stürzten sich zwei Wölfe von beiden Seiten auf ihn. Der eine biss ihn mit aller Kraft in die Hüfte. Ein paar andere Wölfe zerrten den Angreifer weg, aber im nächsten Moment warfen sich neue Rüden auf ihn und drückten ihn auf den Boden, sodass er kein Wort herausbringen konnte.

Das Gedränge vor ihm teilte sich, als wollten die Wölfe Platz machen. „Da kommt er. Da kommt er.“

Wer kommt?, dachte Faolan. *Was in aller Welt ist hier los?* Ihm wurde fast die Luft aus dem Körper gepresst und er konnte den Blick nicht heben, um nachzusehen, wer oder was auf ihn zukam.

„In aller Demut und Bescheidenheit bezeuge ich hiermit, dass dieser Wolf wirklich und wahrhaftig der Mörder des *Malcadh* ist. Den Beweis dafür werde ich, ein niedriger Knochennager, ein schwanzloser Wolf, mit der gebührenden Ehrerbietung dem *Raghnaid* vorlegen.“

Raghnaid? Mörder? Beweis? Faolan lauschte mit wachsendem Entsetzen Heeps verlogenem Gerede. Was für ein Beweis? Er, Faolan, hatte doch die Beweisstücke mitgebracht. Erdrückende Beweisstücke. Nur leider waren ihm die Knochen aus dem Maul gefallen, als er zu Boden gedrückt worden war.

Lord Adair trat vor und befahl den Wölfen, von Faolan abzulassen, damit er aufstehen konnte. „Faolan, du wirst unverzüglich in die Streunerburg vor den *Raghnaid* gebracht. Du bist des Mordes angeklagt!"

„Des Mordes?"

„Des Mordes an einem *Malcadh*."

„Das ist unmöglich. Nein!"

Gwynneths Warnung schoss ihm durch den Kopf: *Vielleicht geben sie dir die Schuld daran ...* Wie es schien, behielt die Eule Recht.

„Lasst das Zerfleischen beginnen!", schrie jemand. Erneut stieg ein schrilles, vielstimmiges Heulen in die Luft.

„Nein, noch nicht. Wartet das Urteil des *Raghnaid* ab!", bellte ein Wolf.

Zwei weitere Wölfe erschienen und drängten sich an Faolans Seite. Im nächsten Moment riss ihn eine Woge von Wölfen, die sich an seine Flanken hefteten, unerbittlich vorwärts.

„Meine Knochen! Meine Knochen!“, rief er verzweifelt.

„Welche Knochen?“, fragte Lord Adair.

„Die Knochen, die mir aus dem Maul gefallen sind. Das sind *meine* Beweise.“ Aus dem Augenwinkel glaubte er zu sehen, wie Lord Adair die winzigen Welpenknöchelchen aufhob. Hoffentlich täuschte er sich nicht. Die Knochen waren seine einzige Hoffnung.

Im Lager empfing ihn tödliches Schweigen. Faolan wurde schnurstracks in die Versammlungshöhle gebracht. Überall standen Gaffer herum und zwei Wölfe liefen bellend voraus, um den Weg freizumachen. Faolan entdeckte Mairie und Dearlea, die stumm vor sich hin weinten. Wie hatte es nur so weit kommen können? Benommen ließ er sich in die Höhle direkt vor Liam stoßen. An Liams Seite stand Cathmor, die Gefährtin des verstorbenen MacDuncan, und machte ein bitterböses Gesicht. „Fang endlich an!“, sagte sie zu ihrem Sohn und gab ihm einen Stoß.

„Faolan, Knochennager des MacDuncan-Clans, zum zweiten Mal in weniger als einem Jahr musst du vor dem *Raghnaid* erscheinen, um auf die Beschuldigungen zu antworten, die in einen Schnitzknochen eingeschrieben sind.“

„Wartet!“ Faolan blickte sich Hilfe suchend nach

Lord Adair um. „Bringt die Knochen her, die ich mitgebracht habe!“

Lord Adair trat vor und ließ das kleine Knochenhäufchen auf den Boden fallen. Faolan atmete auf, als er die winzigen weißen Knochenstücke sah. „Ich bitte Euch, Herr, werft einen Blick auf die Knochen zu meinen Füßen. Nur ganz kurz. Ich habe diese Knochen als Beweisstücke für die Ermordung des *Malcadh* hergebracht.“

„Was hat das nun wieder zu bedeuten?“, knurrte Lord Adair. „Warum sollte ein Mörder den Beweis für sein eigenes Verbrechen mitbringen?“

„Ganz einfach, weil ich nicht der Mörder bin. Der Knochennager Heep aus dem Flussrudel hat das kleine Welpenmädchen ermordet.“

„Aber Heep hat uns doch gerade den Beweis geliefert.“

„Was für einen Beweis?“, brüllte Faolan. Zwei große Wölfe warfen sich von hinten auf ihn und zerrten ihn am Schwanz, bis er auf den Rücken fiel. Mit wildem Blick sah er zu den Wölfen auf, die ihn grimmig anstarrten.

Ich muss ruhig mit ihnen sprechen. Ich muss mich vernünftig verhalten, wie Duncan MacDuncan es mir gesagt hat.

„Lasst ihn aufstehen“, befahl das Oberhaupt.

Faolan erhob sich wankend.

„Heep hat den Knochen genagt, der die Geschichte des Mordes an dem …“, begann Liam MacDuncan, doch als sein Blick auf das Häufchen winziger Knochen fiel, verschlug es ihm die Sprache.

„Genau das ist es!“, bellte Faolan scharf. „Eine elende Lügengeschichte, sonst gar nichts!“ Er ließ die Ohren vorschnellen und hielt den Schwanz steif ausgestreckt, eine Haltung, die kein Knochennager sich jemals erlauben durfte. Aber das war Faolan egal. Wenn er schon zu Unrecht verurteilt wurde, dann wenigstens nicht mit eingeklemmtem Schwanz! Ein Feldwebel des *Raghnaid* riss ihn grob zu Boden, doch Faolan stand wieder auf.

„Hat Heep Euch die Knochen des *Malcadh* gebracht? Nein! In diese Knochen ist die wahre Geschichte eingeritzt – und zwar von Heep höchstpersönlich! Hier, seht doch!“

Liam MacDuncan trat näher und funkelte Faolan zornig an. „Heep hat uns einen Knochen gebracht – einen Knochen, den *du* geschnitzt hast! Er wird ihn gleich dem *Raghnaid* vorlegen.“

Das war unmöglich! Doch dann fiel Faolan der Knochen ein, den er zu nagen begonnen hatte und der plötzlich verschwunden war. Natürlich! Heep war ihm zu dem Welpenkamm gefolgt. Der halb fertige Knochen war der Beweis, der ihm jetzt zum Verhängnis werden sollte.

Liam MacDuncan wandte den Kopf um. „Tritt vor, Heep. Lies den Geschichtenknochen, den du über die Ermordung des *Malcadh* geschnitzt hast."

Zögernd trat Heep vor. Er hielt den Knochen im Maul und mied ängstlich Faolans Blick, der ihm wütend in die Augen schaute – ein Blick, der Heep durch Mark und Bein ging.

„Eines Tages zu Beginn des ersten Schneemondes wanderte ich zu der großen Hügelkette, um in der Schmelzwasserrinne nach Knochen zu suchen. Es ist ein guter Fundort für Nageknochen, von denen es seit der großen Flut nicht mehr viele in Flussnähe gab."

Was für ein Haufen Elchkacke!, dachte Faolan im Stillen. Er selbst hatte Hunderte von Knochen seit der großen Überschwemmung gefunden.

„Als ich den Nordhang des Bergrückens absuchte, entdeckte ich die frischen Spuren von zwei Wölfen. Eine der beiden war etwas älter. Es war die Spur unserer geschätzten Obea Lael, wie ich sofort erkannte. Ich erinnerte mich, dass ich sie durch den Fluss zurückkommen sah, während ich auf der anderen Seite hineinwatete. Die andere Spur stammte eindeutig von einem Wolf mit einer gespreizten Pfote. Daran ließen die Abdrücke keinen Zweifel."

Faolan wollte protestieren, denn beim Laufen hinterließ er nie solche Spuren. Zwei Wölfe warfen ihn jedoch zu Boden, bevor er auch nur ein Bellen ausstoßen konnte.

„Noch so ein Ausbruch und ich lasse dich aus dem Saal entfernen!“, brüllte Liam.

„Als ich weiter den Hang hinaufkletterte“, fuhr Heep fort, „hörte ich die Todesschreie eines Welpen, der von einem Räuber gerissen wurde. Ich betete voller Demut, aber mit großer Inbrunst, dass seine Leiden schnell vorübergehen mögen. Natürlich dachte ich, eine Eule wäre über das *Malcadh* hergefallen. Aber nun lege ich diesen Knochen vor.“ Er ließ den teilweise benagten Knochen vor das Oberhaupt fallen. „Ich frage Euch, Herr, wäre eine Eule je dazu fähig, einen Knochen so zuzurichten?“

Bei der letzten Bemerkung stieg entrüstetes Gemurmel aus der Versammlung auf.

Plötzlich begann Heep hemmungslos zu schluchzen. „Stellt Euch mein Entsetzen vor, als ich den Mörder weggehen hörte, auf den Gipfel hinauflief und dort Faolan vorfand – mit blutverschmierter Schnauze!“ Heep schluchzte noch heftiger und drehte sich zu den Geschworenen des *Raghnaid* um. „Und nun erlaube ich mir in aller Demut, meine geehrten Wolfsbrüder, auf die meisterhafte Schnitzarbeit hinzuweisen. Nur der Knochennager Faolan bringt ein solches Kunstwerk zustande. Auf diesem Gebiet besitzt er eine große Begabung, wie wir alle wissen."

„Ach was, Begabung! Nur ein Dämon bringt so etwas zustande!"

„Oder ein Wyrrwolf!"

„Zerfleischt ihn endlich, wie das Gesetz des *Gaddernock* es verlangt!"

Das Knurren des Oberhaupts brachte die Wölfe zum Schweigen. „Warum hast du uns nicht schon früher von diesem schrecklichen Verbrechen berichtet, Heep?", fragte er.

„Weil ich Angst hatte. Dieser Faolan ist mir nicht geheuer. Wenn ihr mich fragt, stammt er aus der Dunkelwelt. Die Knochen, die er schnitzt, sind eine Beleidigung für den Großen Lupus und unsere verehrten Anführer. Aber ihre Macht ist unbestreitbar."

Ein paar der Ältesten aus dem MacDuff-Clan murrten zustimmend.

„Das ist nichts als abergläubischer Unsinn", knurrte Faolan.

Liam MacDuncan versetzte ihm einen scharfen Biss.

Niemand bemerkte die Eule, die heimlich in die Höhle schlüpfte. Eulen besitzen die Gabe, sich absolut still zu verhalten. Mit einer bestimmten Bewegung – sie nennen es „Schwundeln“ – können sie auf die Hälfte ihrer Größe zusammenschrumpfen. Gwyneth verschmolz nahtlos mit den Flammenschatten, die an den Wänden der Feuergrube tanzten. Nur eines ihrer Augen war einen Spaltbreit geöffnet und sie lauschte stumm.

„Sind das alle Knochen des ermordeten Welpen, Faolan?“

„Nein, Herr. Es gibt noch mehr davon.“

„Und wo, wenn ich fragen darf?“

„Ich habe sie vergraben.“

„Du hast sie vergraben? Bist du vollkommen *cag mag* geworden? Wo? Heraus mit der Sprache!“

„Da seht ihr es!“, stieß Heep hervor. „Dieser Wolf kommt aus der Dunkelwelt.“

„Ich habe die Knochen bei meiner zweiten Milchmutter Donnerherz begraben, am Nordhang der Salzlagune.“

Faolans Worte gingen im Fauchen der Wölfe unter, die immer lauter danach verlangten, ihn endlich zerfleischen zu dürfen. „Ich wollte das *Malcadh* ehren, indem ich seine Knochen benage.“

„Der Mörder ehrt das Opfer!“, kreischte Cathmor los. „Du bist ja krank, Knochennager!“

„Krank! Zerreißt ihn endlich! Lasst das Zerfleischen beginnen!“

Es dauerte eine Weile, bis Liam MacDuncan sich wieder Gehör verschaffen konnte. „Die Ermordung eines *Malcadh* ist das schlimmste Verbrechen, das ein Wolf begehen kann, und wird mit dem Tod bestraft. Der Mörder wird von den Rudeln aller Clans unter Anführung der Obea zerfetzt. Das Zerfleischen muss langsam und qualvoll geschehen. Dem Mörder wird nicht die Gnade eines schnellen Todes zuteil, indem seine Halsschlagader durchtrennt wird. Und es gibt für ihn auch kein *Lochinvyrr*, denn sein Leben ist nicht würdig. Sein Fleisch darf nicht angerührt werden, denn es ist nicht *morrin*. Es wird von den Knochen gerissen und den Raben zum Fraß vorgeworfen. Die Knochen selbst werden verbrannt und niemals benagt. Hast du das verstanden?"

„Warum sollte ich diese Frage beantworten, wenn ich das Verbrechen gar nicht begangen habe? Ich habe Euch die Knochen des *Malcadh* gebracht, denn diese Knochen bezeugen zweifelsfrei, wer der wahre Mörder ist." Faolan sprach mit ruhiger Stimme. Er hielt den Schwanz ausgestreckt und seine Ohren waren noch immer nach vorn gerichtet. „Auf all diesen Knochen zeichnet sich eine Zahnzacke ab. Und wenn Ihr genau hinschaut, seht Ihr diese Zacke nicht nur auf den Knochen des *Malcadh*, die ich euch mitgebracht habe, sondern auch auf dem Knochen, den

Heep als Beweis vorgelegt hat, sowie auf seinem Geschichtenknochen. Und eins steht fest: Diese Zacke stammt nicht von meinen Zähnen!“

Während Faolan redete, senkte sich betroffenes Schweigen über die Höhle. Die Wölfe konnten sich keinen Reim auf die Zacke machen, aber zumindest hörten sie Faolan zu. Dann raschelte etwas und ein Windstoß fegte durch den Raum. „Die Sark. Die Sark vom Sumpfmoor!“, murmelten die Wölfe rau. „Was will die denn hier?“

Die Sark drängte sich durch die Reihen der Anführer und Clan-Offiziere und lief vor dem Oberhaupt hin und her. „Es wäre ratsam, auf die Worte des Knochennagers Faolan zu hören“, hob sie an. Abrupt warf sie den Kopf herum und ging auf Heep zu, der sofort zurückwich und die übliche Unterwürfigkeitshaltung einnahm. „Und jetzt zu deinem sogenannten Beweis, Heep. Das ist interessant, wahrhaftig!“

Die Wölfe fürchteten die Sark und ihre magischen Kräfte, sonst wäre sie sofort aus der Höhle hinausgeworfen worden. Einer der Offiziere, der gerade Faolan zu Boden gerissen hatte, trat einen Schritt vor, zog sich jedoch auf ein Signal von Cathmor schnell wieder zurück.

„Sei so freundlich und gib mir deinen Geschichtenknochen, Heep“, sagte die Sark.

Der gelbe Wolf wälzte sich vor Unterwürfigkeit im Staub. „Ich lege diesen Knochen nicht nur als Kunstwerk vor, sondern als Zeugnis für ein grauenhaftes Verbrechen“, brachte er mit belegter Stimme hervor.

„Ah ja, *Zeugnis*. Du weißt doch, was das Wort bedeutet, Heep?“ Die Sark lief weiter auf und ab und peitschte den zottigen Schwanz hin und her. Ihre Halskrause sträubte sich, als sei ein Wirbelsturm vom Großen Nordmeer hindurchgefegt. Ein Auge rollte wild in der Augenhöhle, das andere war fest auf den Boden geheftet.

„Ja, ich denke schon“, erwiderte Heep. „Ein bescheidener Knochennager wie ich mag vielleicht nicht genug Verstand besitzen, um solche ... solche ...“

„... solche Feinheiten zu würdigen, meinst du? Die vielfältigen Abstufungen und Schattierungen der Welt? Wolltest du das vielleicht sagen?“

„Ja, ja! Genau das.“

„Nun, dann erlaube mir, dass ich dich aufkläre. Ein Zeugnis beinhaltet den Beweis für die Wahrheit. Die Wahrheit als solche duldet weder Abstufungen noch Schattierungen. Aber ein Beweis lässt sich auf die eine oder andere Art verändern, wenn er zum Beispiel bearbeitet oder benagt wird.“ Die Sark legte eine kleine Spannungspause ein, dann fuhr sie wie beiläufig fort, als sei nichts gewesen: „Darf ich den Knochen sehen – den Geschichtenknochen?“

„Ja, natürlich.“ Heep stand auf und ließ den Knochen vor der Sark fallen. In der Höhle war es jetzt so still, dass man ein Fellhaar hätte fallen hören.

„Ah!“, machte die Sark und rollte den Knochen unter ihrer Pfote. „Ein schöner Knochen. Der Rippenknochen eines Elchs, nehme ich an. Großzügige Arbeitsfläche, bietet reichlich Platz für deine Geschichte ...“, sie hielt inne, um sich zu verbessern, „für deinen *Beweis*, meine ich.“

„Ja, mein Beweis, verehrte Sark. Zusammen mit dem Knochen des *Malcadh*, den Faolan geschnitzt hat“, bestätigte Heep.

„Aha, und hier sehe ich eine deutliche Zahnspur, die von einem rechten Backenzahn stammt.“ Erneut hielt die Sark inne. „Eine Zacke! Und dieselbe Zahnspur ist auf dem Knochen mit Faolans kunstvoller Schnitzarbeit zu sehen. Das heißt also, dass dein Geschichtenknochen und der Knochen, den Faolan geschnitzt hat, mit derselben Zacke behaftet sind. Nun frage ich dich, wie soll das möglich sein? Dein Knochen ist eine Elchrippe, die Faolan nie angerührt hat. Und bei genauerer Betrachtung weisen alle Knochen, die Faolan vorgelegt hat, dieselbe Zackenspur auf.“ Die Sark blickte sich in der Höhle um. Als sie endlich weitersprach, wirbelte ihr Auge noch heftiger herum. „Es ist die Spur einer Zacke an deinem rechtslateralen Backenzahn – wissenschaftlich ausgedrückt –, der sich so hervorragend zum Zerquetschen und Zerkleinern von Fleisch eignet."

Faolan erschauerte bis ins Mark. Sein Herz raste. Worauf wollte die Sark hinaus?

„Fast so etwas wie dein Markenzeichen, könnte man sagen. Interessant, nicht wahr, Heep?" Die Sark hielt wieder inne. „Obwohl ich wetten möchte, dass dein größtes Problem nicht etwa deine Zähne sind, sondern dein Schwanz. Ich meine, dein nicht vorhandener Schwanz."

Heep begann zu zittern.

Die Sark wirbelte herum und wandte sich nun an die über drei Dutzend Wölfe, die in der Höhle versammelt waren. „Ich besitze einen winzigen Knochen des *Malcadh*, das auf dem Bergrücken ermordet wurde. Der *Raghnaid* möge mir gestatten, diesen Knochen vorzulegen, damit jeder in der Versammlung ihn begutachten kann. Ich bitte die Geschworenen, auf die gezackte Zahnspur zu achten. Da der Knochen unzählige Bissspuren aufweist, ist es nötig, sehr genau hinzusehen." Die Sark wartete ab, bis das Gemurmel der Wölfe um sie herum verstummt war. Ein boshaftes Grinsen huschte über ihr Gesicht. Jetzt sah sie wirklich wie eine Hexe aus. „Darüber hinaus kann ich bezeugen, dass der Knochennager Faolan zu mir kam, kurz nachdem er das *Malcadh* auf dem *Tummfraw* gesehen hatte. Er trug den Geruch eines lebenden Welpen an sich und ich habe nicht die geringste Spur von *Malcadh*-Blut an ihm gesehen. Zusammen mit den Knochen beweist dies zweifelsfrei …"

„Was? Was?" Heep sprang auf.

„Haltet ihn fest!", befahl das Oberhaupt.

Erneut fegte ein Luftzug durch die Höhle. Gwynneth schoss aus den Schatten hervor, in denen sie sich verborgen gehalten hatte. „Ich war Zeugin des Verbrechens. Ich hörte die Todesschreie des armen Welpen, als ich über den Bergkamm flog. Wegen einer dicken Wolkendecke konnte ich nichts sehen, aber ich hörte das Keuchen eines Wolfs, der das arme kleine Wesen auf dem *Tummfraw* zerfetzte."

„Du hast nichts gesehen? Wie kannst du dann wissen, dass ich es war, und nicht ein anderer Wolf?", kläffte Heep.

„Es war kein anderer Wolf. Ich hörte auch das Klicken eines beschädigten Zahns", erwiderte Gwynneth. „Damals dachte ich mir nichts dabei. Vor Entsetzen über diese schreckliche Tat konnte ich keinen klaren Gedanken fassen. Aber ich hörte das Klicken."

„Und wir auch!“ Jetzt traten Dearlea und Mairie vor.

„Ihr?“, keuchte Heep. „Wieso ihr?“

„Vor vier Tagen kamen wir in euren Schnitzkreis“, sagte Mairie. „Faolan hat uns erzählt, wie du ihn mit dem Klicken beim *Byrrgis* aus dem Rhythmus gebracht hast. Er sagte, du kannst dieses Geräusch auch machen, wenn du nicht nagst. Und dass es ihn fast in den Wahnsinn getrieben hat.“

„Außerdem hast du dieses Geräusch beim *Byrrgis* absichtlich gemacht“, fügte Dearlea hinzu. „Nur deshalb ist Faolan gestolpert und hat seinen Einsatz beim Todessprint verpasst.“

Faolan konnte kaum fassen, was hier geschah. Tränen traten ihm in die Augen, bis alles vor seinem Blick verschwamm. Seine Halskrause bebte vor Glück und er wedelte freudig mit dem Schwanz. Freunde! Plötzlich hatte er Freunde, die für ihn einstanden, die vortraten, um die Wahrheit zu offenbaren!

„So etwas würde ich nie tun!“, protestierte Heep.

„Und ob du so etwas tun würdest“, knurrte die Sark. „Ich habe eine Mischung aus mehr oder weniger deutlichen Duftmarken aufgefangen. Ich brauchte eine ganze Weile, um auf die Geruchsspur des Mörders zu kommen, denn sie war eng mit der des *Malcadh* verbunden. Das tapfere kleine Geschöpf hat sich gewehrt und dem Mörder einen blutigen Kratzer verpasst, wenn auch nur einen winzig kleinen. Aber es ist Blut geflossen, das Blut des Mörders!" Die Sark nickte zu Heep hinüber und holte tief Luft. „Ich habe den Geruch gefunden."

„Den Geruch ... Geruch ... die Sark ... ein Geruch." Wie ein Funke aus der Glut flogen jetzt die Wörter „Sark" und „Geruch" durch die Höhle.

„Und der Geruch, den ich gefunden habe, war ..." Bevor sie den Satz zu Ende bringen konnte, schoss ein gelber Blitz durch die dunklen Schatten der Höhle wie eine Flamme aus der Feuergrube.

„Er ist fort!", schrie jemand.

„Ihm nach! Bildet einen *Byrrgis*!"

Oh nein, dachte Faolan. *Lasst ihn gehen. Er ist fort, lasst es jetzt gut sein.* Faolan wollte Heep weder jagen noch zerfleischen. Der gelbe Wolf war weg und das genügte ihm. An seinem Tod wollte er sich nicht schuldig machen.

Zum Glück kehrte der *Byrrgis* ein paar Stunden später unverrichteteter Dinge zurück. Die Wölfe berichteten, dass sie Heeps Spur hoffnungslos verloren hatten. Der Mörder des *Malcadh* sei wie vom Erdboden verschluckt, erzählte einer der Jäger.

Ein Wolf der Vulkangarde

Am folgenden Tag stand Finbar, der fünfhundertzweite Fengo der Vulkangarde, auf einem *Drumlyn* aus Knochen, die im Lauf des *Gaddernag* geschnitzt worden waren.

„Ich trete heute vor euch, um die neuen Mitglieder der Garde des Kreises der Vulkane zu verkünden", hob er mit leiser, kehliger Stimme an.

„Mitglieder? Mehr als ein Wolf?", wisperten die Zuhörer überrascht.

„Ihr seid zu Recht verwundert. Es geschieht nur selten – vielleicht nur einmal in einem Jahrzehnt –, dass wir gleich zwei Knochennager finden, die für die Vulkangarde geeignet sind. Wie ihr wisst, sind unsere Anforderungen hoch. Wir sind eine kleine, erlesene Wolfsgemeinschaft, deren Amt bis in die frühesten Anfänge zurückreicht. Eine Eule hat unsere Vorfahren in die Hinterlande geführt. Aus Dankbarkeit gelobten wir, die Glut von Hoole zu bewachen, die tief im Krater eines der Heiligen Vulkane ruht.

Wir leisteten einen heiligen Eid, diese Glut vor jeglichem Feind der Ga'Hoole-Wächter zu schützen. Es ist eine alte, ehrwürdige Tradition, die Wölfe und Eulen verbindet.

Nun zu den Gewinnern des Wettkampfs. Wir haben zwei Wölfe ausgewählt, die nicht zu den Siegern im *Byrrgis* gehören. Ihre Geschichtenknochen zeugen jedoch von einer Kunstfertigkeit und Tiefe der Empfindungen, wie wir es selten erlebt haben. Mit großer Freude und Genugtuung verkünden wir daher die beiden neuen Mitglieder der Garde.

Tritt vor, Edme, Knochennagerin des Westrudels aus dem Clan der MacHeath."

Ungläubig stolperte Edme nach vorn. Eine Träne quoll aus ihrem Auge, als Finbar fortfuhr.

„Edme, du hast dich im *Byrrgis* durch deine Wendigkeit und Geistesgegenwart sowie deinen raschen, präzisen Todesbiss ausgezeichnet. Wir haben gesehen, dass du nicht nur eine schnelle Denkerin bist, sondern einen tiefen Geist besitzt. Mit deiner Geschichte hast du dein Schicksal für uns lebendig werden lassen. Du hast uns dein fehlendes Auge gezeigt, das dich lenkt und leitet wie ein Geist aus der Höhle der Seelen. Wahrhaftig, uns standen Tränen in den Augen, als wir deinen Knochen gelesen haben."

Edme trat nun mit hoch erhobenem, wedelndem

Schwanz vor den Fengo. Der Anführer der Garde legte ihr eine Kette mit nur einem Knochen um den Hals. Alle weiteren Knochen würde Edme später selbst schnitzen.

„Und nun“, fuhr der Fengo fort, „verkünde ich das zweite neue Mitglied.“ Tränen strömten ihm über das Gesicht. „Im Auftrag der *Taigas* der Garde rufe ich Faolan auf, Knochennager des Osthangrudels aus dem Clan der MacDuncan.“

Lautes Johlen stieg aus der Menge auf. Am lautesten bellten und heulten Dearlea und Mairie.

„Er hat es geschafft! Er hat es geschafft!“ Die beiden Schwestern sprangen hoch in die Luft und ihre Schwänze wedelten wie verrückt.

Der Lärm war so ohrenbetäubend, dass der Fengo kaum dagegen ankam. „Faolan, du wurdest zu Unrecht als Geiferwolf gejagt, als du in den Clan gekommen bist. Du bist über eine Feuerwand gesprungen und absurde Gerüchte – ich schäme mich, sie auszusprechen – wurden über dich verbreitet. Es wurde sogar gemunkelt, dass nur eine Kreatur aus der Dunkelwelt fähig sei, solche Knochen zu schnitzen.“

Der Fengo funkelte den MacDuff-Clan an, der dieses Gerücht in die Welt gesetzt hatte. „Doch wir Wölfe der Garde wissen, dass diese Schnitzkunst ein Geschenk des Großen Sternenwolfs höchstpersönlich ist. Dein Knochen, Faolan, erzählt die Geschichte von unwandelbarer Liebe und Treue, von Toleranz, Verständnis und Respekt den anderen Arten gegenüber, mit denen wir die Hinterlande teilen. Du wurdest misshandelt und geächtet wie kein zweiter Knochennager. Mag sein, dass du oft aufbrausend warst und es an Vernunft hast fehlen lassen. Aber die Würde, mit der du diese Wettkämpfe bestanden hast, und deine Schnitzkunst haben die Wölfe der Garde überzeugt. Es wird uns eine Ehre sein, dich zu unterrichten, in dein Amt einzuführen und Seite an Seite mit dir am Kreis der fünf Heiligen Vulkane zu dienen."

Faolan trat vor und senkte den Kopf, damit der Fengo ihm die Kette um den Hals legen konnte. Plötzlich stob ein Funke auf und das Spiralmuster an seinem Fußpolster wirbelte vor seinen Augen herum. Das hatte er schon einmal erlebt! Die Knochenkette um seinen Hals fühlte sich so vertraut an, geradezu unheimlich vertraut.

Edme und Faolan rührten sich nicht von der Stelle und starrten einander ungläubig an. Die anderen Knochennager umringten sie und schienen sich aufrichtig über ihren Erfolg zu freuen.

„Jetzt kommt schon", sagte der Pfeifer zu Faolan und Edme, die immer noch reglos dastanden, ohne zu bellen oder zu japsen oder ein einziges Wort zu sagen. „Zeigt mal ein bisschen mehr Begeisterung!"

„Ich kann es noch gar nicht glauben", keuchte Edme. „Ich weiß nicht einmal, ob ich es wirklich verdient habe."

„So ein Unsinn", rief Creakle und sprang auf. „Mit nur einem Auge siehst du mehr als wir alle. Dein Geschichtenknochen hat uns tiefer berührt, als du dir vorstellen kannst." Er hielt inne und wandte sich an Faolan. „Und du, Faolan – jeder von uns hat sich irgendwann nach einer zweiten Milchmutter gesehnt. Wir hätten unser letztes Fellhaar dafür gegeben, Donnerherz kennenzulernen. Wir haben nur einen Teil deiner Geschichte erfahren, Faolan. Aber heute Abend werden wir den Rest zu hören bekommen, nicht wahr? Deine und Edmes Geschichte."

„Ja, so steht es auf der Tagesordnung", bestätigte der Fengo. „Und eine bessere Nacht zum Geschichtenerzählen hätten wir uns nicht wünschen können. Heute Nacht ist der Große Wolf in all seiner Pracht zu sehen. Auch der Sternenwolf wird eure Geschichten hören."

Als Edme ihre Geschichte beendete, stiegen die ersten Sterne, die die Pfoten des Großen Wolfs bildeten, am dunstig-violetten Horizont auf. Nun war Faolan an der Reihe. Mit bebender Stimme trug er die *Qualids* seiner Geschichte vor: „Das ist die Geschichte meiner zweiten Milchgeberin, einer Grizzlybärin. Das Wort ‚fao' bedeutet in der Bären- und Wolfssprache zugleich ‚Fluss' und ‚Wolf'. Das Wort ‚lan' bedeutet in der Sprache der Bären ‚Geschenk'. Ein ‚Geschenk des Flusses' hat sie mich genannt.

Zu Anfang hatte ich keinen Namen für sie, nur meine frühesten Erinnerungen, wie ich in ihren Armen lag und auf das gewaltige Dröhnen ihres majestätischen Herzens lauschte. Das Geräusch verwob sich unauslöschlich mit meinen Milchträumen und mit der Zeit wurde die Bärin in meiner Vorstellung zu Donnerherz."

An dieser Stelle folgten drei weitere *Qualids*, eins für jede Jahreszeit, die Faolan mit Donnerherz verbracht hatte. Als er zu Ende geheult hatte, herrschte tiefe Stille in der Versammlung. Die Zuhörer waren zu Tränen gerührt. Wölfe aus allen Rudeln und Clans traten einer nach dem anderen zu Faolan.

Liam MacDuncan war der Erste. „Darf ich den Knochen lecken?", fragte das Oberhaupt.

„Und ich bitte auch", wisperte Cathmor. „Ich fürchte, ich war nicht gut zu dir, junger Wolf. In Zukunft werde ich es besser machen."

„Nicht nötig, Herrin", erwiderte Faolan. „Es genügt, wenn Ihr mich einfach wie ein Mitglied des MacDuncan-Clans behandelt."

Cathmor seufzte leise. „Aber du bist jetzt ein Mitglied der Vulkangarde."

„Trotzdem repräsentiere ich den MacDuncan-Clan. Ich bin als MacDuncan geboren und werde immer ein MacDuncan bleiben."

„Mein Gefährte hat an dich geglaubt", wisperte Cathmor.

Und ich glaube immer noch an ihn, hätte Faolan am liebsten erwidert. Auf geheimnisvolle Weise fühlte er sich vom Geistnebel des verstorbenen Oberhaupts eingehüllt, während er die Ehrenbekundungen entgegennahm. Der Murmeltierknochen, den Faolan geschnitzt hatte, glänzte von den Zungen der Wölfe.

Magengrimmen

Während Gwynneth hoch über den Wolken dahinflog und dem Geräusch der Tiertritte unter ihr folgte, spürte sie, wie sich ihr Magen verknotete. Obwohl ihr die Wolkendecke die Sicht versperrte, wusste sie, dass es Wölfe waren. Sie hörte es am Geräusch und Rhythmus der Tritte. Auf jeden Fall waren es mehr als zwei Wölfe. Die Sark würde sie vermutlich auslachen und behaupten, sie sei abergläubischer als ein Wolf. Aber was Gwynneth hörte, gefiel ihr gar nicht. Erst recht nicht, was sie zu sehen bekam, als sie durch die Wolkendecke brach.

Ihr kam fast wieder das Gewölle hoch. Es waren tatsächlich *drei* Wölfe: Heep und zwei zottige Kreaturen aus den Frostlanden. Clanlose! Was in aller Welt hatten die hier verloren? In dem Teil der Hinterlande gab es zu dieser Jahreszeit kein Wild. Das war ja, als ob … Nein! Unmöglich!

Gwynneth machte eine scharfe Kehrtwendung am Himmel. Sie wollte kein Risiko eingehen. Wenn sie nicht alles täuschte, führte Heep die Wölfe zu dem Ort, an dem Faolan die Pfote seiner geliebten Donnerherz begraben hatte. Heep hatte im *Raghnaid* mit angehört, wo Faolan die Knochen vergraben hatte. Jetzt wollte er vermutlich die schrecklichste Rache an Faolan nehmen, die er sich denken konnte. Gwyneths Magen schlingerte. Der Wind war mit ihr und sie flog wie ein Häg aus Hägsmir zum *Gaddernag*-Lager zurück. Sie musste Faolan warnen.

Als sie landete, wurde Faolan gerade von den Wölfen geehrt und dabei durfte sie nicht stören. Ungeduldig hockte sie in den Ästen einer Fichte und schaute zu. Doch sobald alle Wölfe den Knochen beleckt hatten, flog Gwynneth zu Faolan hinunter.

„Bist du ganz sicher, dass sie dorthin wollen?“, fragte Faolan.

„Nein, sicher bin ich nicht. Aber du willst es doch nicht drauf ankommen lassen, oder?“

„Nein, natürlich nicht.

„Gut, dann dürfen wir keine Zeit verlieren“, erwiderte Gwynneth. „Du brichst sofort auf, Faolan. Ich gehe zu den Oberhäuptern und erzähle es ihnen. Ich nehme an, sie werden einen *Byrrgis* auf die Beine stellen, aber das kann dauern. Ich weiß, wie schnell du läufst. Du wirst vor ihnen dort sein.“

Faolan stürzte davon und Gwynneth folgte ihm schon bald, aber der *Byrrgis* lag weit hinter ihnen. Gwynneth war normalerweise schneller als jeder Wolf, aber dieser Faolan lief wie der Wind. Die Eule staunte, als sie zu ihm hinunterschaute. Faolans starke Beine verschlangen geradezu den Boden. Er zischte durch die Gegenwinde wie brennende Glut durch dürres Laub. *Der Pfad unter seinen Pfoten muss schon glühen*, dachte sie. Großer Glaux, war je ein Wolf so schnell gerannt?

Der aufgehende Mond waberte als riesige Silberblase am Horizont und tauchte die Hinterlande in helles, gleißendes Licht. Gwynneth traf als Erste ein. In einem Streifen Mondlicht entdeckte sie Heep, der mit der Nase am Boden schnüffelte. Die beiden zottigen Clanlosen – der eine rötlich, der andere dunkelgrau mit braunen Flecken – schnüffelten hinter ihm herum. Auf der anderen Seite der Hügelkette lagen die Salzseen. Die Pfotenknochen von Donnerherz hatte Faolan jedoch hier an der Nordseite begraben.

Mit ausgestreckten Krallen kreiste Gwynneth auf Heep zu. Sie war zu klein, um ihn aufhalten zu können, und die beiden anderen Wölfe würden sie vermutlich auch angreifen. Aber vielleicht konnte sie

Heep einen ordentlichen Schreck einjagen oder ihn wenigstens einen Moment ablenken. Gesagt, getan. Heep bäumte sich auf und schlug mit den Vorderbeinen um sich. Die beiden anderen Wölfe stürzten sofort herbei.

„Weg da! Weg da!“, kreischte Gwynneth. „Beim Geist des Großen Lupus, haut ab!“

Die drei Wölfe starrten sie fassungslos an. Seit wann fluchten Eulen wie Wölfe?

„Was willst du hier?“, fragte Heep.

Gwynneth landete auf einem hohen Felsen. „Nein, mein Lieber, die Frage ist, was habt *ihr* hier verloren? Kein Wolf lässt sich zu dieser Jahreszeit bei den Salzlagunen blicken. Wozu auch, wenn es kein Wild gibt.“ Die Eule beäugte die beiden Clanlosen, die sie drohend anknurrten. *Großer Glaux, wie die stanken!* Aber das war kein Wunder, denn diese Wölfe fraßen sich in den Hungermonden gegenseitig auf. Daher ihr beißender Geruch, den selbst eine Eule wahrnahm und nicht ertragen konnte.

Alle drei Wölfe fletschten die Zähne, ließen die Ohren nach vorn schnellen und duckten sich in Angriffshaltung. Auf ein lautloses Signal hin schnellten sie auf den Felsen zu, auf dem Gwynneth hockte. Doch die Eule schwang sich mühelos in die Luft. Zu dumm, dass sie ihren Gluteimer nicht dabeihatte.

Dann könnte sie jetzt einen Rumser auf die Wölfe fallen lassen. Ihr Fell würde in Flammen aufgehen wie ein Saftbaum in der Trockenzeit!

Im nächsten Moment entdeckte Gwynneth Faolans langen Schatten, der über den Hang fiel. Endlich! Wurde auch langsam Zeit, dass Verstärkung kam. Erleichtert schoss sie noch höher in die Luft. *Wie schlau von Faolan, sich von hinten anzuschleichen*, dachte sie. Doch schon hatte auch Heep Faolan entdeckt. Mit wutschnaubender Stimme stieß er hervor: „Ah, Faolan, bist du zum Endspiel gekommen?"

Er ist wahnsinnig, dachte Gwynneth. *Irre. Der gelbe Wolf ist völlig übergeschnappt.*

„Ja, aber nicht zu meinem, sondern zu deinem."

„Nicht, wenn ich die Knochen deiner teuren Donnerherz in die Pfoten bekomme."

Gwynneth, die hoch über allem schwebte, hatte das Gefühl, aus ihrem Körper herausgeflogen zu sein. Wie in einem Traum verfolgte sie den sonderbaren Schattentanz im Mondlicht unter ihr. Die vier Wölfe bewegten sich im Kreis herum, knurrten und schnappten mit den Kiefern.

„Gib sie auf!", fauchte Heep. „Gib endlich die Knochen der Grizzlybärin auf!"

„Niemals!", knurrte Faolan.

„Du hast Angst! Du fürchtest dich davor, ohne

deine zweite Milchgeberin auf der Erde zu wandeln, was?"

„Das sind ihre *Knochen*. Sie ist tot."

„Aber du bist nicht tot. Und ohne diese Knochen bist du nichts, hab ich Recht?", zischte Heep.

„Nein, da irrst du dich", ertönte eine andere Stimme. Die vier Wölfe schreckten zusammen. Im nächsten Moment sprang die Sark den Hang herunter und stellte sich neben Faolan. Die beiden Clanlosen duckten sich drohend auf den Boden und zogen die Lefzen zu einer hässlichen Fratze zurück, doch Faolan ließ sich davon nicht beirren. Er hielt den Schwanz hoch erhoben, sein Blick war fest und ruhig. Er schwebte geradezu auf Heep und die beiden Clanlosen zu – wie ein silbriger Sternenschwarm im Mondlicht. Hinter ihm wallte ein Nebel auf und die drei Wölfe zitterten jetzt hemmungslos. Es war, als würde ihnen das Mark aus den Knochen gesaugt. Was hier auf sie zukam, war nicht nur Faolan, der neue Gardewolf, sondern ein ganzes Geisterheer – angefangen von dem kürzlich verstorbenen Duncan MacDuncan bis hin zum ersten Fengo, der die Wölfe in die Hinterlande geführt hatte.

„Lasst die Knochen meiner Milchgeberin Donnerherz in Frieden und packt euch fort in die Frostlande. Ich will nicht, dass euer Blut an meinen Pfoten klebt."

Heep und die beiden Clanlosen ließen sich das nicht zweimal sagen. Sie hetzten davon, als sei der Teufel hinter ihnen her.

Der *Byrrgis* kam zu spät. „Sie sind fort. Und Heep mit ihnen“, verkündete die Sark.

„Fort?“, wiederholte Liam MacDuncan. „Und wohin?“

„In die Frostlande“, erwiderte Faolan. „Verfolgt sie nicht. Sie werden nicht zurückkommen.“

Liam MacDuncan legte den Kopf von einer Seite auf die andere. Schließlich blickte er zum Großen Wolf über ihren Köpfen auf. „Merkwürdig, ich spüre den Geist meines Vaters.“

„Gut möglich“, sagte Faolan. „Gut möglich.“

Epilog

Ein Gebet

Gwynneth kehrte zu ihrer Schmiede zurück, während Faolan zum Carreg-Gaer-Rudel lief, um die Reise zum Kreis der Heiligen Vulkane anzutreten. Die Sark trottete in ihre Höhle zurück, nahm einen frisch gebrannten Erinnerungskrug aus dem Ofen und wisperte so leise hinein, dass ihre Worte kaum zu hören waren.

„Ich bin ein vernünftig denkendes Wesen. Ich glaube nicht an Magie und auch nicht an Geistnebel – *Lochin*, wie die Wölfe es nennen, oder *Geisterschnäbel*, wie die Eulen sagen. Aber heute Nacht habe ich die Geister der verstorbenen Wölfe unter dem vollen Mond der Singenden Gräser gespürt. Ich glaube, sie wurden von dem künftigen Gardewolf Faolan heraufbeschworen. Er scheint sich seiner Macht jedoch noch nicht bewusst zu sein und er kennt auch nicht den Grund für das merkwürdige Spiralmuster am Fußpolster seiner gespreizten Pfote. Kann es sein, dass er eine *Gyre*-Seele ist – eine ‚Strudelseele', wie die *Skrielin* der alten Zeit es nannten?"

Die Sark nahm die Schnauze aus dem Gedächtniskrug und stopfte einen Pfropfen Sumpflehm in die Öffnung, um den Krug luftdicht zu verschließen. Kein einziges Wort sollte sich verflüchtigen. Dann schürte sie das Feuer in ihrem Höhlenofen, kreiste dreimal eng um sich selbst und ließ sich zum Nachtschlaf auf den Fuchspelz fallen. Es war ein langer Tag gewesen. Die Sark war todmüde. Als sie das süße Klagelied der Singenden Gräser vom Sumpfmoor hörte, galt ihr letzter Gedanke nicht Faolan, sondern der Wölfin Morag. Wie stolz wäre sie auf diesen Sohn gewesen, den sie nie wirklich kennenlernen durfte und jetzt nicht vergessen konnte. *Möge es ihr wohl ergehen. Und möge ihr Ende friedlich sein, wenn ihre Zeit gekommen ist.*

Nachwort der Autorin

Ich habe mich beim Schreiben dieses Buches häufig von der Geschichte und der Literatur inspirieren lassen. Diese Einflüsse möchte ich hier mit tiefer Dankbarkeit benennen: Die literarische Vorlage für den Knochennager Heep lieferte natürlich kein anderer als Uriah Heep, eine Romangestalt, die Charles Dickens in seinem Meisterwerk „*David Copperfield*" geschaffen hat. Uriah Heep, wegen seiner Scheinheiligkeit und Niederträchtigkeit berühmt-berüchtigt, ist eine der abstoßendsten Gestalten der Romanliteratur.

Duncan MacDuncans Rede im fünften Kapitel, in der erklärt wird, warum die Wölfe der Hinterlande Gesetze brauchen, habe ich der Rede von Sir Thomas More aus dem Stück von Robert Bolt „*A Man for All Seasons*" nachempfunden. Darin heißt es: „Dieses Land ist von einer Küste zur anderen mit Gesetzen bepflanzt, Menschengesetze, nicht Gottesgesetze. Risse man sie aus – und Ihr seid mir genau der Mann dafür –, glaubt Ihr wirklich, Ihr könntet aufrecht in den Winden stehen, die Euch dann entgegenfegten?" (Erster Akt, siebente Szene).

Tiefen Dank schulde ich auch dem Musiker Bob Dylan. Die Rhythmen, Reimschemen und Phrasierungen vieler seiner Lieder und Balladen spiegeln sich in den Gedichten dieser Erzählung wieder. Das Lied, das Faolan am Ende des neunten Kapitels heult, sowie Gwynneths Trauergebet am Ende des zwölften Kapitels sind abgeleitet von Dylans Klassiker „*The Times They Are A-Changin'*".

Ich war immer der Meinung, dass Schreiben keine einsame Tätigkeit ist, sondern ein Dialog zwischen Autor und Vergangenheit – was man gelesen, gehört und aufgenommen hat. Die Schultern von Riesen sind nicht nur für Wissenschaftler da, wie Newton meinte. Auch Schriftsteller und Künstler lassen sich gern darauf nieder. Falls ich bei meinen Danksagungen den einen oder anderen Riesen übersehen habe, bitte ich um Nachsicht.

K.L.
Cambridge, Massachusetts
Juni 2010

Kathryn Lasky, preisgekrönte Autorin zahlreicher Kinder- und Jugendbücher, lebt mit ihrem Mann in Cambridge, Massachusetts. *Die Legende der Wächter*, eine Fantasy-Serie über die tapferen Eulen von Ga'Hoole, ist nicht nur in den USA und in Deutschland ein Bestseller, sie wurde auch 2010 verfilmt. In *Clan der Wölfe* entführt Kathryn Lasky ihre Fans in die Wildnis des Nordens, wo Jungwolf Faolan seinen Platz im Rudel erkämpfen und dunklen Mächten trotzen muss.

PUMABAUM
FROSTLANDE
HINTERLAND
Höhle
der Vorzeit
MacDonega
Gebiet
FROSTWALD
Winterbau von Donnerherz
und Faolan
Sommerbau
von Donnerhe
und Faolan
N
SALZSEE

DAS GROSSE MEER
HOOLE-KÖNIGREICHE
MacHeath-Gebiet
Die Grube
MacNamara-Gebiet
MacDuncan-Gebiet
Stummelkrallen-Spitze
KRUMMRÜCKEN
Schwarzglaswüste
cAngus-biet
Kreis der Heiligen Vulkane
Wo Faolan gefunden wurde
Sark vom Sumpfmoor
MacDuff-Gebiet
Gwynneths Schmiede
MacNab-Gebiet
SALZSEE
SCHATTENWALD

Kathryn Lasky

Der Clan der Wölfe

Feuerwächter

Kathryn Lasky

DER CLAN DER WÖLFE

Feuerwächter

Band 3

Deutsch von Ilse Rothfuss

Ravensburger Buchverlag

Bibliografische Information der Deutschen Nationalbibliothek:
Die Deutsche Nationalbibliothek verzeichnet diese Publikation in der Deutschen Nationalbibliografie. Detaillierte bibliografische Daten sind im Internet über *http://dnb.d-nb.de* abrufbar.

FSC
www.fsc.org
MIX
Aus verantwortungsvollen Quellen
FSC® C114500

2 3 4 D C B A

Limitierte Sonderausgabe, erschienen 2015

Die deutsche Erstausgabe erschien 2014
im Ravensburger Buchverlag

Published by Arrangement with Scholastic Inc.,
557 Broadway, New York, NY 10012 USA

Die Originalausgabe erschien 2011
unter dem Titel *Wolves of the Beyond. Watch Wolf*
bei Scholastic Press.

Dieses Werk wurde vermittelt durch die
Literarische Agentur Thomas Schlück GmbH, 30827 Garbsen.

Redaktion: Franziska Jaekel
Umschlaggestaltung: Hauptmann und Kompanie Werbeagentur, Zürich
Verwendete Fotos von Straublund/Getty Images und
Bruce Lichtenberger/Photolibrary/Getty Images
Vorsatzkarte: Wahed Khakdan

Printed in Germany

ISBN 978-3-473-36929-4

www.ravensburger.de

Inhalt

Teil I: Die Reise

Teil II: Der Vulkankreis

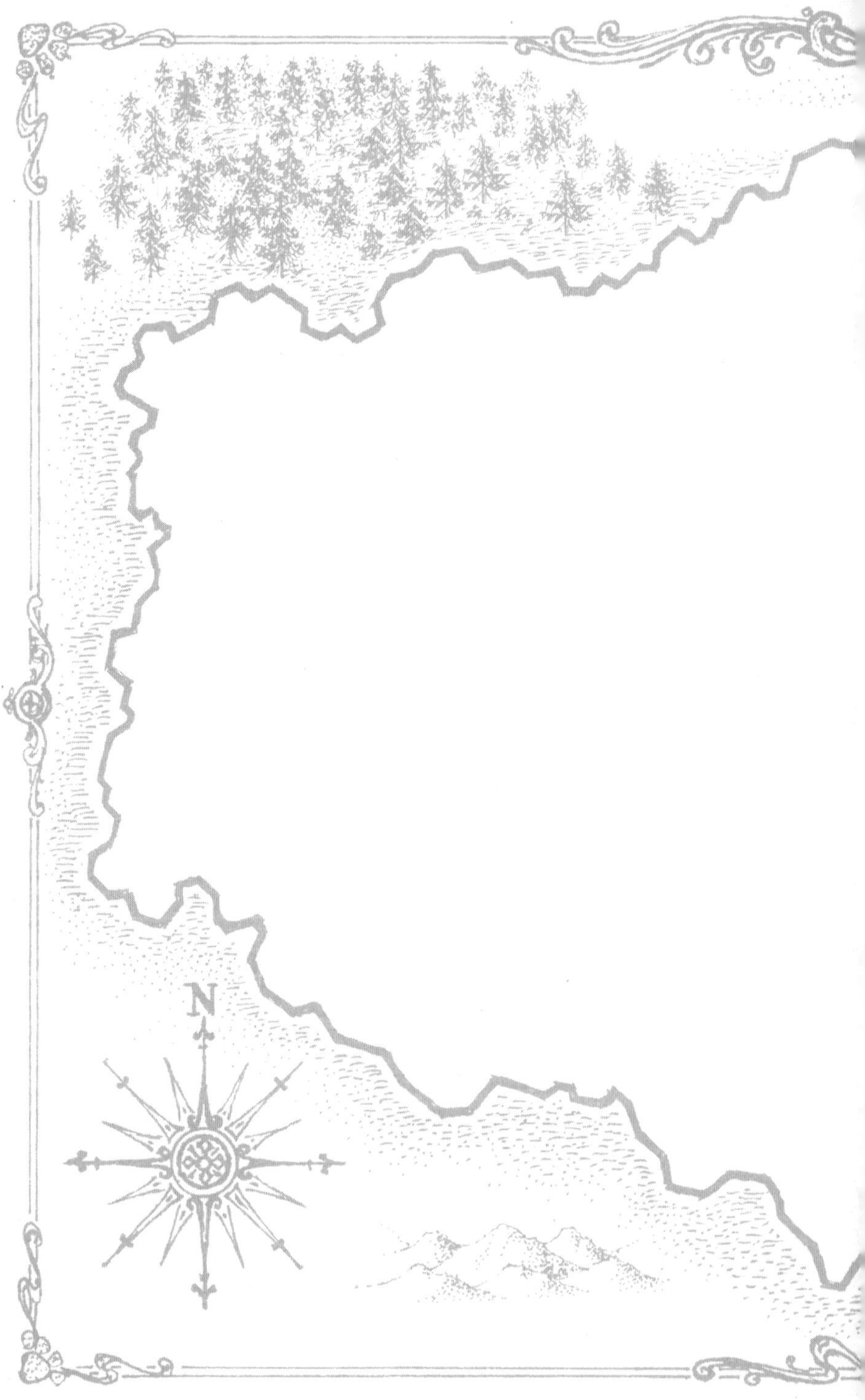
N

Teil I

Die Reise

Also spricht der Fengo

Zwei Wölfe standen auf einem windgepeitschten Felsen und blickten auf ein Lager hinunter, in dem noch vor wenigen Tagen ein Wettkampf stattgefunden hatte. Faolan, der größere Wolf, hatte ein silbernes Fell und eine missgebildete Pfote. Die kleinere Wölfin namens Edme war ein armseliges Geschöpf mit nur einem Auge. Trotzdem hatten beide den Wettkampf gewonnen und waren in die angesehenste Wolfsgemeinschaft der Hinterlande gewählt worden: in den Clan der Gardewölfe am Kreis der Heiligen Vulkane.

Jahrelang waren sie als Knochennager in ihren Clans verhöhnt und misshandelt worden. Nun durften sie endlich aufrecht stehen, die Ohren nach vorn legen und ihre Schwänze hoch in den Wind halten.

Doch bevor sie sich zum Kreis der Heiligen Vulkane aufmachten, um dort ein neues Leben zu beginnen, wartete noch eine letzte Aufgabe auf sie. Die *Slaan Leat* – die Abschiedsreise, auf der sie ihren Frieden mit sich selbst finden sollten. Es war eine Reise zur Wahrheit, zum Verstehen und zur Aussöhnung mit ihrem Schicksal, denn Faolan und Edme waren als *Malcadh*, als missgebildete Welpen, zur Welt gekommen.

Ein *Malcadh* wurde sofort nach seiner Geburt aus dem Wolfsclan ausgestoßen und in der Wildnis ausgesetzt. Dort wurde es dem Tod überlassen. Wenn es überlebte und aus eigener Kraft in den Clan zurückkehrte, wurde es als Knochennager aufgenommen. Die einzige Möglichkeit, zu Ehre und Ansehen zu gelangen, war ein Platz in der Wolfsgarde, die an den fünf Heiligen Vulkanen die sagenumwobene Glut von Hoole bewachte. Aber zuvor, so verlangte es ein uralter Brauch aus den Zeiten des Großen Eismarsches, musste der Knochennager den Ort aufsuchen, an dem er ausgesetzt worden war. Erst dann durfte er den Vulkankreis betreten. Es war wichtig, dass der neue Gardewolf die Stelle wiedersah, an der er als hilfloses Neugeborenes beinahe gestorben wäre. Dadurch sollte er begreifen, dass die Zeit der Demütigung und Misshandlung endgültig vorbei war.

Faolan und Edme hatten vom Fengo der Garde erfahren, wo ihre *Tummfraws* lagen. Faolan war am Ufer des großen Flusses ausgesetzt worden, der die Hinterlande in zwei Hälften teilte. Edmes *Tummfraw* lag auf dem nördlichsten Felsgipfel des Krummrückens.

Ein bitterkalter Wind fegte durch das Fell der beiden

Wölfe. Das Wetter war ungewöhnlich kalt für einen Frühlingsmond, den Mond der abgeworfenen Geweihe. Die beiden Wölfe blickten zum Himmel auf, an dem dicke Wolken dahinjagten, als würde jeden Moment ein Schneesturm losbrechen. Aber Faolan und Edme verschwendeten kaum einen Gedanken an das Wetter. Ihr Geist war ganz von ihrer Reise erfüllt und tausend Fragen gingen ihnen durch den Kopf. *Werde ich wirklich meinen Frieden finden? Kann ich das ganze Elend vergessen, das ich erlitten habe? Und werde ich endlich ein Zuhause bekommen? Werde ich endlich dazugehören?*

Die Worte des Fengo hallten ihnen noch in den Ohren: *Geht jetzt eures Weges, findet eure* Tummfraws *und erkennt, dass ihr fortan nicht mehr verflucht seid. Ihr seid keine* Malcadh *mehr. Ihr seid Wölfe der Vulkangarde. Verrichtet euren Dienst in Würde. Also spricht der erste Fengo, der uns vor über tausend Jahren aus dem Land der Langen Kälte in die Hinterlande geführt hat.*

Unter den Sternen

„Faolan, ich muss dich was fragen", sagte Edme zögernd. „Hast du irgendwie gespürt, wo dein *Tummfraw* ist, bevor der Fengo es dir gesagt hat?"

„Ich wusste, dass er am Flussufer liegt. Donnerherz hat es mir gesagt, aber wo genau, das wusste ich natürlich nicht."

„Und jetzt, wo du es weißt, Faolan, fühlt es sich da richtig an?" Edme heftete ihr eines Auge auf ihn. Faolan und Edme waren zusammen aufgebrochen, weil sie ungefähr in dieselbe Richtung mussten. Erst wenn die Sonne am nächsten Morgen über den Horizont stieg, würden sie getrennte Wege gehen. Und wenn sie ihre *Tummfraws* gefunden hatten, würden sie wieder zusammenkommen und gemeinsam zum Kreis der Heiligen Vulkane wandern.

„Warum fragst du mich das, Edme? Der Fengo muss es doch wissen."

„Ja, schon. Ich kann es dir nicht erklären. Dieser Felsgipfel auf dem Krummrücken ruft gar nichts in mir wach. Und ich habe gehört, dass jeder Knochennager ein Gespür für den Ort haben soll, an dem er ausgesetzt wurde. Ein untrügliches Gefühl."

„Und das hast du nicht?"

„Ich bin mir nicht sicher." Edme hielt inne. „Aber wenn, dann nicht für den nördlichen Gipfel des Krummrückens. Dieser Ort kommt mir völlig falsch vor." Sie schüttelte heftig den Kopf, als wollte sie etwas loswerden, das sie zutiefst beunruhigte.

Faolan blickte seine Freundin bekümmert an. Sie waren jetzt keine verachteten Knochennager mehr. Wie konnte Edme dann so unglücklich sein?

Edme war die schmächtigste und unansehnlichste von allen Knochennagern, aber ihr Geist war stark und kühn. Faolan hatte Edme noch nie jammern gehört. Im Gegenteil, sie war immer zuversichtlich und fröhlich, obwohl sie aus dem Clan der MacHeath stammte, der für seine Grausamkeit berüchtigt war. Auch jetzt versuchte sie ihre Angst zu verbergen und nach außen hin tapfer zu erscheinen, was Faolan vor Mitgefühl die Kehle zuschnürte.

„Sieh dir die Sterne am Himmel an, Faolan. Da vorne ist der Große Wolf, der zur Höhle der Seelen weist. Wie nannte Donnerherz die Höhle der Seelen noch mal?"

Faolan lächelte. Das war typisch Edme – immer voller Neugier und Anteilnahme für andere, auch wenn sie noch so sehr mit ihren eigenen Sorgen beschäftigt war.

„Bei den Bären heißt die Höhle der Seelen Ursulana."

„Was für ein schöner Name – Ursulana." Edme ließ sich Silbe für Silbe auf der Zunge zergehen.

„Manchmal denke ich, dass es in Wahrheit nur einen Himmel für alle gibt, ohne irgendwelche Grenzen."

„Oh ja, das wäre schön!", rief Edme und stimmte ein Lied an, das sie sich während des Heulens erst ausdachte. Lange, weithin hallende Laute erfüllten die Nacht. Im Osten gingen die Sternbilder auf und der Himmel funkelte vor Lichtern. Faolan lauschte andächtig. Er hoffte von ganzem Herzen, dass er Recht hatte, dass Edme die Wahrheit heulte und es letztendlich nur einen Himmel gab. Dann würde er eines Tages wieder mit der Grizzlybärin Donnerherz vereint sein, die ihn aufgenommen hatte, als er von seinem Wolfsclan ausgesetzt worden war. Donnerherz, die ihn geliebt und aufgezogen hatte, als sei er ihr eigenes Fleisch und Blut.

Die letzte Nacht verbrachten Faolan und Edme an einem kleinen Sumpf, der mit winzigen leuchtend gelben Magenwurzblüten übersät war. Unter einem Felsvorsprung legten sie sich schlafen. Eine Spinne hatte ihr Netz über den Felsen gewoben und die seidigen Fäden zitterten leicht im Nachtwind. Faolan war überwältigt von ihrer zarten Schönheit. „Weißt du was, Edme? Ich hab mal gehört, dass Spinnwebenseide unglaublich stark ist. Viel stärker, als man sich vorstellen kann."

„Wirklich?“ Edmes Augen funkelten begeistert. „Wo hast du das denn aufgeschnappt, Faolan?“

„Die Sark vom Sumpfmoor hat es mir gesagt. Sie verwendet Spinnenseide, um Blutungen zu stillen und Wunden zu verbinden.“

„Du bist sehr eng befreundet mit der Sark, stimmt's?“, fragte Edme, und ihre Stimme klang ein bisschen ängstlich. Das überraschte Faolan nicht. Fast alle Hinterlandwölfe erstarrten, sobald die Rede auf die Sark kam, denn die unheimliche alte Wölfin war überall als Hexe verschrien.

„Ja, das stimmt. Die Sark versteht mich auf eine Weise wie sonst niemand.“

„Meinst du, deine Mutter war bei ihr? Du weißt schon, nachdem ...“ Edme beendete den Satz nicht, aber Faolan wusste, was sie meinte.

Viele Wolfsmütter, die ein *Malcadh* geboren hatten und von ihrem Clan ausgestoßen wurden, suchten Trost und Hilfe bei der Sark. Die Einsiedlerin gab ihnen starke, selbst gebraute Tränke, die „das Vergessen“ einleiteten, wie sie es nannte. Das war nötig, damit die Wölfinnen weiterleben konnten. Wie hätten sie auch sonst die Kraft aufbringen sollen, einen neuen Clan und einen neuen Gefährten zu suchen und einen neuen Wurf gesunder Welpen zur Welt zu bringen?

„Nein, wer immer meine Mutter gewesen sein mag,

sie war nicht bei der Sark. Das hat mir die Sark erzählt. Und was ist mit deiner Mutter? War sie bei ihr?"

Edme zögerte mit der Antwort. „Ich weiß es nicht. Ich habe gar keine Vorstellung davon, genauso wenig wie dieser *Tummfraw* Erinnerungen in mir wachruft." Der Felsgipfel auf dem Krummrücken war ihr so fremd wie die fernsten Sterne im Universum.

Gleich nach ihrem Aufbruch hatten die beiden jungen Wölfe die Witterung von Elchen aufgenommen, die mit ihren neugeborenen Kälbern nach Norden zurückkehrten. Rentiere warfen in den Frostmonden ihr Geweih ab, Elche dagegen erst in den Frühjahrsmonden. Daher hieß diese Zeit „Monde der abgeworfenen Geweihe" oder manchmal auch „Monde der neuen Geweihe".

Die Mäuse machten kurzen Prozess mit den Geweihen, die überreich an Nährstoffen waren. Aber Faolan und Edme hatten trotzdem noch ein paar unversehrte gefunden und Zeichen hineingenagt, die die Geschichte ihrer *Slaan Leat* erzählten. Alle Gardewölfe besaßen diesen unwiderstehlichen Drang, Knochen zu benagen. Kein Gesetz verlangte von ihnen, einen *Slaan-Leat*-Knochen zum Kreis der Vulkane mitzubringen. Aber irgendetwas trieb sie dazu, die Erlebnisse ihrer Abschiedsreise festzuhalten. Ob die Geweihe jemals gelesen wurden, war unerheblich. Hauptsache, sie hatten diese Reise einem Knochen anvertraut – ihre *Slaan Leat*, die ein

Meilenstein auf ihrem Weg vom Knochennager zu einem Leben im Dienst der Heiligen Vulkane war.

Also schnitzten sie eifrig die Muster der Sternbilder hinein, die über ihnen schwebten, um diesen magischen Moment wiederzugeben. Und die gelben Magenwurzblüten, die sich gespenstisch über den Sümpfen wiegten, die zitternde Schönheit der Spinnweben, die im Dunkel glitzerten, und den langsamen, leisen Gesang der Gräser, die der Wind in dieser Spätfrühlingsnacht erschauern ließ.

Winterträume in einer Sommernacht

Als der Mond davonschlüpfte, schlummerten die Wölfe ein und schmiegten sich eng aneinander, denn die Nacht wurde spürbar kälter. Faolan träumte von dem Feuer, das in der Streunerburg des MacDuncan-Clans gebrannt hatte, als er vor den *Raghnaid*, den Obersten Gerichtshof der Wölfe, gezerrt wurde, weil er gegen die Jagdgesetze verstoßen hatte. Doch er träumte nicht von der Wärme dieses prasselnden Feuers, die in scharfem Kontrast zu den kalten Blicken der Ratsältesten gestanden hatte. Nein, er träumte von einer seltsamen Zeichnung, einem Wirbel aus leuchtendem Orangegelb, der sich tief im Inneren der Flammen verbarg. Dieses kreisende Muster hatte eine verblüffende Ähnlichkeit mit der Zeichnung an Faolans gespreizter Pfote. In seinem Traum wurde diese Spirale immer größer. Sie wirbelte wild herum, bis das Gebilde ihn zu verschlingen drohte und das Gesicht des verstorbenen Oberhaupts Duncan MacDuncan hinter den Flammen hervortrat.

„Er wusste es! Er wusste es!"

„Faolan! Wach auf!“

Faolan war mit einem Satz auf den Beinen und ragte jetzt über Edme auf. Edme schaute zu ihm hoch und ihr Auge schimmerte mitfühlend. „Wer hat was gewusst?“, fragte sie sanft.

„Hab ich was im Schlaf gesagt?“

„Im Traum, meinst du wohl. Es muss ein schlimmer Albtraum gewesen sein.“

„Nein, nein! Das war kein Albtraum. Jedenfalls glaube ich es nicht. Ich habe von einem Feuer geträumt, von Wärme“, sagte Faolan.

„Ich habe auch von Wärme geträumt, ein Wintertraum“, seufzte Edme.

„Schau mal!“ Faolan spähte aus ihrem Versteck.

Eine dünne Eisschicht versiegelte das flache Wasser der Sümpfe. Das Licht der Sonne, die gerade am östlichen Horizont aufstieg, zersplitterte in den scharfen Spitzen der Gräser, die starr vom Raureif waren.

„Beim Lupus, was geht hier vor?“, murmelte Edme. „Sieh nur, das Spinnennetz ist noch da, ganz vereist, aber ohne einen Riss. Dabei hat der Wind die ganze Nacht geblasen. Du hast Recht, Faolan, Spinnenseide muss wirklich sehr stark sein.“

„Ja, das Netz hält, obwohl es durch den Frost doppelt so schwer ist.“

Edmes Zähne klapperten vor Kälte und sie schmiegte

sich eng an Faolan. „Es ist doch fast Sommer, bald beginnt die Zeit des Fliegenmonds. Wie kann es da nur so kalt sein? Das macht doch keinen Sinn!"

„Die Elche und Rentiere und alle anderen Wandertiere werden umdrehen und wieder nach Süden ziehen, wenn es so bleibt", seufzte Faolan.

„Ja, und die Hungermonde werden das ganze Jahr über anhalten."

Am Rand des Sumpfs trennten sich die beiden Wölfe. Jeder trug sein geschnitztes Geweihstück unter dem Kinn. Faolan wandte sich nach Süden zum Fluss, Edme nach Norden zum Krummrücken. Zu Beginn des Fliegenmonds, dem ersten richtigen Sommermond, wollten sie hier wieder zusammentreffen.

„Hoffentlich werden aus den Fliegen keine Schneeflocken", scherzte Edme, und es klang fast so fröhlich wie früher. Faolan atmete einen Augenblick auf. Vielleicht war seine Freundin doch nicht so verzweifelt wegen dieser *Tummfraw*-Geschichte, wie er gedacht hatte. Und wenn sie erst auf dem Gipfel angekommen war, würde sie bestimmt etwas spüren.

Der unerwartete Nachtfrost war inzwischen verflogen und die Sonne stand hell an der leuchtenden Himmelskuppel. Edme hatte damit gerechnet, dass die Gipfel des Krummrückens verschneit sein würden. Trotzdem erschrak sie, als sie sah, wie tief die Schneegrenze gesunken war. Aber die Felshänge waren dennoch mit Blüten übersät, den „Hinterlandblumen“, die berühmt für ihre Widerstandskraft waren. Sie wuchsen selbst im kargsten Felsland, wo es mehr Steine als Erde gab und die eisigen Winde alles wegfegten, was sich nicht mit aller Kraft festklammerte. Ihre Blütezeit war kurz, aber die Frostnacht hatte sie nicht abgeschreckt. Edme hielt an und setzte ihr Geweihstück ab, um das zarte Antlitz eines Eisveilchens zu betrachten. Eisveilchen gehörten zu den allerersten Hinterlandblumen, die schon am Ende der Eisbruchmonde aus der Erde sprossen. Staunend spähte Edme in den violetten Blütenkelch mit den winzigen strahlenförmig angeordneten Staubgefäßen in der Mitte und wunderte sich, wie dieses zerbrechliche Gebilde überlebt hatte. Die Blume reichte nur bis zur Hälfte einer ihrer Krallen und schien direkt aus dem Fels zu wachsen. *Sie ist so zart und doch so stark – wie das Spinnennetz nach dem Frost. Ich muss auch stark sein*, dachte Edme, während sie weiter zum Kamm des Krummrückens hinaufwanderte. Aber mit jedem Schritt wuchs ihr Unbehagen. Ihr Herz klopfte schwer. In ihren Augen war das keine Reise zur Wahrheit, sondern ein Irrweg.

Als sie endlich den Kamm erklommen hatte und nach Norden zu dem Felsgipfel wanderte, war es fast Mittag. *Du musst es hinter dich bringen*, ermahnte sie sich. *So schnell wie möglich.* Der Gipfel konnte keine steile Felszacke sein, das wusste sie. Wie denn auch? Aus der Ferne zeichneten sich alle Gipfel klar und himmelhoch ab, als wollten sie nach den Sternen greifen. Je größer die Entfernung, desto schärfer trat der Gipfel hervor, doch beim Näherkommen flachte das Land ab. Vor ihr ragte jetzt der *Tummfraw* auf, ein breiter Tafelfelsen. Edme blieb stehen und wartete. Aber sie spürte nichts. *Ich war nie hier – nie im Leben. Das ist nicht der Ort, an dem ich ausgesetzt wurde!*

Der Geruch des Flusses

Der Geruch des Flusses veränderte sich kaum, egal in welcher Jahreszeit. Selbst im Winter, wenn er mit einer dicken Eisschicht bedeckt war, drang der Flussgeruch durch. Nach dem Eisbruchmond im Frühjahr erwachte der Fluss aus seiner Winterstarre. Der Moderhauch des Grundschlamms vermischte sich mit dem Holzgeruch der Baumwurzeln, die an den Ufern wuchsen und von dem strömenden Wasser blank gescheuert wurden. Faolan ging das Herz auf, als er an dem Frühlings- und Sommerbau vorbeikam, in dem er seine frühe Kindheit verbracht hatte. Dort hatte er in den Armen seiner zweiten Milchmutter gelegen – der großen, warmherzigen Grizzlybärin Donnerherz.

Er erkannte den Bau sofort wieder. Er lag an einem Steilufer, direkt über einer großen Höhle, vor der Donnerherz' letztes Junges von zwei Pumas getötet worden war. Faolan blieb stehen. Nach all dieser Zeit waren noch Reste einer Schlitterspur zu sehen, die vom höher gelegenen Gelände der Höhle ins Wasser hinabführte.

Abgebrochene Baumstümpfe zeugten noch von der Wut der Grizzlybärin, die sich halb wahnsinnig vor Schmerz in den Fluss gestürzt hatte. Das Wasser war aber an dieser Stelle zu flach, sodass sie nicht darin ertrinken konnte. Stundenlang hatte Donnerherz dort in den Wind geheult und den Großen Ursus angefleht, ihr Leben zu nehmen, bis sich plötzlich etwas an ihrem Bein verfangen hatte. Zuerst hielt sie es für einen Erdklumpen, der sich in dem tosenden Schmelzwasser vom Ufer losgerissen hatte. Aber es war kein Erdklumpen und auch kein Treibgut, sondern ein winziges Wolfsjunges.

Wie oft hatte Donnerherz ihm diese Geschichte erzählt. Ihre Worte hallten in seinem Kopf wider und er starrte auf die Stelle, an der Donnerherz ihn gefunden hatte. Der *Tummfraw*, auf dem ihn die Obea ausgesetzt hatte, war nur eine halbe Meile davon entfernt. Aber das hatte noch Zeit. Faolan musste erst nachdenken. *Ich habe den Tod gesucht*, hatte Donnerherz zu ihm gesagt, *und du das Leben. Du warst ein Geschenk des Flusses.* Die Geschichten waren versiegt, seit Donnerherz gestorben war. Faolan waren nur ihre Knochen geblieben, in die er seine Erinnerungen einritzen konnte.

Endlich brach er zu seinem *Tummfraw* auf. Die Stelle war viel leichter zu finden, als er gedacht hatte. Er spähte zu dem Ufer hinunter, das von den Schmelzwassern der letzten drei eisreichen Winter unterhöhlt war. Auf einmal nahm er ein Pulsieren tief in seinem Inneren wahr und sein Nackenfell sträubte sich. Ja, das hier war der Ort, kein Zweifel. Eine verwitterte Furche, die vielleicht entstanden war, als der Eissockel, auf dem die Obea ihn ausgesetzt hatte, vom Ufer weggerissen wurde. Das also war sein *Tummfraw*, dieser winzige Uferfleck, an dem er als winselndes Neugeborenes zum Sterben zurückgelassen worden war.

Er umkreiste die Stelle dreimal. Der Ort hatte etwas Vertrautes an sich, das die Duftdrüsen zwischen seinen Zehen anregte. Und ehe er wusste, wie ihm geschah, markierte Faolan den Boden um die Stelle herum. Dann ließ er sich auf den Hinterläufen nieder und blickte auf den Fluss hinaus, der sanft an ihm vorüberströmte. Nebel stieg aus dem Wasser auf, das noch kalt vom Winter war und sich mit der wärmeren Luft vermischte. Der Nebel wurde dicker, zog sich zusammen und löste sich in wellenförmige Muster auf, die etwas nahezu Hypnotisches hatten. Das Donnern der reißenden Sturzbäche in jener Nacht, in der er ausgesetzt worden war, drängte sich in sein Gedächtnis zurück und rauschte in seinen Ohren. Verzweifelt klammerte er sich am Ufer fest, so wie er sich damals als winziger Welpe an sein Eisfloß geklammert hatte. Und mit einem Schlag waren alle Empfindungen, die ihn in diesem Moment überwältigt hatten, wieder da – der Schwindel und die Übelkeit, wenn die

Eisscholle im Fluss herumgewirbelt wurde, die entsetzliche Kälte, wenn das Eiswasser über ihn hinwegschwappte, und das Brüllen, das immer lauter wurde. Faolan klammerte sich noch fester an die Uferböschung und schaute tief in den Nebel hinein, bis er ein vertrautes Muster erkannte. Dieselbe Zeichnung, die er letzte Nacht im Feuer gesehen hatte, kreiste jetzt in diesem Nebel vor ihm.

Mit einem Mal wusste Faolan, was er tun musste. Er würde einen Teil von Donnerherz' Knochen in die Höhle am Steilufer bringen. Dann würde er einen *Drumlyn* errichten – einen kleinen Knochenhügel zu Ehren seiner zweiten Milchmutter. Ihn quälte schon lange der Gedanke, dass er nie gesehen hatte, wie Donnerherz' Seele, ihre *Lochin*, die Sternenleiter zum Bärenhimmel hinaufgeklettert war. Der *Drumlyn* half ihr vielleicht, den Himmel zu erreichen. Damit würde seine *Slaan Leat* sich für ihn erfüllen.

Der Nebel hatte sich inzwischen gelichtet und der Fluss strömte glatt und dunkel dahin wie ein bernsteinfarbenes Band. In zügigem Tempo lief Faolan weiter, und wie aus dem Nichts schossen plötzlich Fragen durch seinen Kopf: *Meine erste Milchmutter! Wo ist sie? Was hat sie gedacht, als sie meine Pfote sah? Fühlte sie sich verflucht, weil sie ein* Malcadh *geboren hatte? Und wo ist der Rest meiner Familie? Leben meine Geschwister vielleicht noch in dem Clan, in dem ich geboren wurde?*

Eine echte Knochennagerin?

Als Edme vom nördlichen Gipfel des Krummrückens herunterschlitterte, fragte sie sich, was Faolan beim Anblick seines *Tummfraw* empfunden hatte. Ganz sicher nicht die Leere, die sie in sich gespürt hatte, als sie auf den Tafelfelsen getreten war. Wenn sie an diesen Moment dachte, war ihr erster Impuls, die Schuld bei sich selbst zu suchen. Aber das ergab keinen Sinn. Es lag nicht an ihr. Der *Tummfraw* war falsch oder der Fengo hatte einen Fehler gemacht. Einen Augenblick spielte sie mit dem Gedanken, zur Obea des MacHeath-Clans zu gehen und sie ohne Umschweife zu fragen, ob der Fels auf dem Krummrücken der richtige Ort war. Aber sie brachte es nicht übers Herz. Der ganze Clan war ihr so sehr verhasst, dass sie keine Lust hatte, noch einmal in das Gebiet der MacHeath zurückzukehren.

Die Obea des Clans war eine weiße Wölfin namens Airmid, ein grausamer Name, der in der alten Wolfssprache „unfruchtbar" bedeutete. Alle Obeas waren unfruchtbar, aber nur die MacHeath-Wölfe waren herzlos genug, der Obea ihren wahren Namen wegzunehmen und sie nach ihrem traurigen Schicksal zu benennen. Diese Niedertracht lag den MacHeath im Blut. Wölfe, die sich nicht mit ihren grausamen Sitten abfinden konnten, wurden krank und starben oder verließen den Clan. Die einen machten sich in die Frostlande auf und lebten dort mit den Clanlosen in der Wildnis, die anderen zogen weit nach Nordosten zum Clan der MacNamara. Edme schauderte. Mit den MacHeath wollte sie nichts mehr zu tun haben. Sie war sowieso schon viel zu nah an ihren Grenzgebieten.

Vorsichtig kletterte sie die steilen Hänge des Krummrückens hinunter. Dabei fiel ihr etwas ein: Wie hätte ein winziger einäugiger Welpe aus eigener Kraft diesen gefährlichen Abstieg schaffen und zum Clan zurückfinden sollen? Es hieß, dass alle *Malcadh*, die ihre Aussetzung überlebten, von einem untrüglichen Instinkt in das Gebiet ihres Clans zurückgeführt wurden. Aber Edme konnte das nicht glauben. Sie hatte immer nur den Drang verspürt, so weit wie möglich von ihrem Clan wegzukommen.

Am Fuß des Bergrückens wurde sie unsanft aus ihren Gedanken gerissen. Wie aus dem Nichts tauchten Ingliss und Kyrana vor ihr auf, zwei Jährlingswölfinnen aus dem Häuptlingsrudel der MacHeath. Der Schreck fuhr Edme durch Mark und Bein. Die beiden Jungwölfinnen hatten sie besonders oft gequält und verhöhnt, als sie noch eine Knochennagerin gewesen war. Sie wussten genau, wie sie Edme einschüchtern und verletzen konnten. Immer wieder hatten sie ihr nah an ihrem Auge ins Gesicht gebissen.

Instinktiv senkte Edme den Schwanz und duckte sich in die erste Unterwerfungshaltung. Doch dann erinnerte sie sich, dass sie das gar nicht mehr tun musste. *Ich bin keine Knochennagerin mehr. Ich bin Mitglied der Vulkangarde. Von Rechts wegen müssen die beiden vor* mir *in die Knie gehen, nicht ich vor ihnen.* Edmes Nackenfell sträubte sich. Sie legte die Ohren nach vorn und ihr eines grünes Auge funkelte drohend.

„Du hast schnell dazugelernt, was?“, höhnte Ingliss, die größere der beiden Wölfinnen.

„Ja, aber ein einäugiger Wolf sieht irgendwie komisch aus, wenn er sich so aufplustert“, sagte Kyrana, die der getreue Schatten von Ingliss war und immer auf ihr Stichwort wartete. Zusammen waren die beiden eine wahre Pest.

„Du denkst doch nicht, dass du zu Recht in die Vulkangarde gewählt wurdest, oder?“, stichelte Ingliss.

Edme wandte sich ab und ging ohne ein Wort einfach weiter. Aber Ingliss und Kyrana folgten ihr und rückten ihr immer dichter auf den Pelz.

„Jetzt geht endlich weg!“, japste Edme. „Ihr könnt nicht mehr mit mir machen, was ihr wollt. Ihr dürft mich weder mit Worten noch mit Bissen misshandeln.“

„Oh ja, das stimmt“, säuselte Ingliss. „Eigentlich hätten wir dir nie etwas tun dürfen. Ich meine, wenn man bedenkt, dass du gar keine echte Knochennagerin warst.“

Edme erstarrte. „Bist du *cag mag*, oder was? Wovon redest du da?“

„Das möchtest du wohl gern wissen, was?“ Zu Kyrana gewandt, fügte Ingliss hinzu: „Sollen wir es ihr sagen?“

„Ja, warum nicht?“, erwiderte Kyrana zerstreut, als wäre sie mit ihren Gedanken ganz woanders.

„Liebe Edme, wir müssen uns in aller Form für unser früheres Benehmen bei dir entschuldigen“, sagte Ingliss.

Edmes Kopf schnellte hektisch zwischen den beiden Wölfinnen hin und her. Sie durfte auf keinen Fall die Fassung verlieren. „Eine Entschuldigung ist nicht nötig, wirklich“, sagte sie. „Und jetzt geht eures Weges. Ich muss zum Kreis der Heiligen Vulkane.“

„An deiner Stelle hätte ich es nicht so eilig“, stichelte Kyrana.

„Nein, bestimmt nicht“, fügte Ingliss hinzu. „Denn wie werden sie dich dort empfangen, wenn sie herausfinden, dass du nicht als *Malcadh* geboren bist, sondern erst dazu gemacht wurdest?“

Edme stockte der Atem. „Was wollt ihr damit sagen?“, stieß sie hervor und fletschte drohend die Zähne. Jedes einzelne Härchen in ihrem Nackenfell stellte sich auf, sodass sie doppelt so groß wirkte wie sonst.

Ingliss und Kyrana duckten sich erschrocken. „*Er* hat dir das angetan ... unser Oberhaupt ... Dunbar MacHeath“, stotterte Kyrana.

„Was angetan?“

„Dir ein Auge ausgerissen!“, murmelte Ingliss kleinlaut.

„Du meinst ...“ Edme fiel der Kiefer herunter und sie brachte vor Bestürzung eine Weile kein Wort heraus. „Du meinst, ich bin nicht so zur Welt gekommen?“, sagte sie endlich mit bebender Stimme.

„Nein, überhaupt nicht“, versicherten die beiden Wölfinnen gleichzeitig. Ihr Selbstbewusstsein kehrte langsam zurück und auf Ingliss’ Gesicht breitete sich ein tückisches Grinsen aus. „Wir haben gehört, wie in der Streunerburg darüber getuschelt wurde. Du warst also gar keine echte Knochennagerin“, trumpfte sie auf.

„Du bist eine Hochstaplerin“, rief Kyrana. „Sie werden dich fortjagen, wenn sie das herauskriegen.“

„Und wenn ich es ihnen sage? Was dann?“, gab Edme zurück und trottete zielstrebig über die Grenze in das Land der MacHeath hinein.

„Wenn du es ihnen sagst? Wenn du was sagst? He, Edme, wo willst du denn hin?“

„Zu eurem Oberhaupt!“

„Was?“, kreischten Ingliss und Kyrana.

„Bitte, Edme, du darfst ihm nicht erzählen, dass wir es dir verraten haben. Sonst sind wir verloren“, flehte Ingliss, die jetzt verzweifelt neben Edme herlief.

„Daran hättet ihr vorher denken sollen.“

„Aber was nützt es dir, wenn du es Dunbar MacHeath sagst? Und was genau willst du ihm sagen?“

„Was genau?“ Edme funkelte Ingliss mit ihrem einen Auge drohend an. „Ich werde ihm sagen, dass ich nicht als Mitglied des MacHeath-Clans am Kreis der Vulkane dienen werde, sondern als Freigängerin.“

Ingliss und Kyrana warfen sich auf den Bauch, krochen auf allen vieren hinter Edme her und flehten sie an, nicht zum Oberhaupt zu gehen. Aber Edme verschloss ihre Ohren und setzte ihren Weg zum Gebiet des Carreg-Gaer-Rudels fort, dem Häuptlingsrudel der MacHeath. Jetzt wusste sie, warum der *Tummfraw* keine Empfindungen in ihr wachgerufen hatte. Sie hatte keinerlei Verbindung zu diesem Ort. Tausend Fragen schossen ihr durch den Kopf. Hatten die MacHeath auch die üblichen Rituale ausgeführt und ihre Mutter und ihren Vater aus dem Clan verbannt? Aber was bedeutete das schon? Alles war nur vorgetäuscht.

Trotzdem hatte Edme ihr elendes Leben mit all seinen Demütigungen nicht umsonst erlitten. Auch der *Gaddernag*-Wettkampf, an dem sie teilgenommen hatte, war nicht vergeblich gewesen. Sie hatte sich ihren Platz in der Vulkangarde redlich verdient, das konnte ihr niemand nehmen. Vielleicht war sie kein echtes *Malcadh* gewesen, aber sie war ein echter Gardewolf. Und sie würde ihren Dienst ehrenhaft verrichten, auch wenn ihre Herkunft nicht ehrenhaft war. Mutig und selbstbewusst würde sie ihre Aufgaben erfüllen, egal was vorher geschehen war. Tief in ihrem Mark spürte Edme, dass es ihr bestimmt war, ein Wolf der Vulkangarde zu sein.

Unterdessen schleifte Faolan Donnerherz' gewaltigen Schenkelknochen von der Stelle fort, an der sie gestorben war. Donnerherz war bei einem Erdbeben ums Leben gekommen, als Faolan kaum ein Jahr alt gewesen war. Ein riesiger Felsbrocken war auf sie heruntergekracht und hatte sie erschlagen. Ein paar Monde nach ihrem Tod war Faolan auf ihren Schädel gestoßen, der riesig und blendend weiß im Mondlicht aufragte.

Jetzt, nach zwei Jahren, hatte sich neues Leben darin eingenistet. Flechten und Moose krochen über das Schädeldach und die lange Schnauze. Aus einer Augenhöhle quoll ein Büschel Sternblumen hervor. Faolan hätte den Schädel niemals wegbringen können und das wollte er auch nicht. Donnerherz' Schädel war selbst zu einem Mahnmal des Lebens geworden. Aber von den kleineren Knochen trug er so viele weg, wie er konnte. Der *Drumlyn*, den er bauen wollte, sollte nicht nur ein Tribut an das Leben, sondern auch an Donnerherz' Nachleben in Ursulana sein.

Erneut grübelte Faolan darüber nach, ob Donnerherz bereits in den Bärenhimmel gereist war oder nicht. Obwohl sie so lange tot war, schien ihr Geist noch auf der Erde zu weilen. Hielten unerledigte Aufgaben sie womöglich zurück? So wie es bei den Geisterschnäbeln verstorbener Eulen der Fall war? Die Maskenschleiereule Gwynneth, eine seiner besten Freundinnen, hatte ihm davon erzählt. Keine Eule würde jemals den Weg nach Glaumora antreten, bevor sie ihre irdischen Angelegenheiten nicht vollständig erledigt hatte. Mit dem Bau des Knochenhügels wollte Faolan Donnerherz' Seele, ihrer *Lochin*, ein Zeichen geben. Der *Drumlyn* sollte ihr sagen, dass Faolan lebte und dass es ihm gut ging. Vielleicht konnte Donnerherz dann ihre Wache auf der Erde beenden. Faolan hatte die Geschichte ihres gemeinsamen Lebens bereits in einen Pfotenknochen geschnitzt, kurz nachdem er auf ihr Skelett gestoßen war. Er musste also keinen neuen mehr schnitzen. Behutsam legte er Donnerherz' Schenkelknochen auf die Pfote, die er so kunstvoll benagt hatte, und eine schwere

Last fiel ihm von den Schultern. Er blickte zum Himmel hinauf, an dem die Sterne hervortraten, und fing an zu heulen:

Donnerherz,
geh jetzt fort.
Schließe deine Augen auf dieser Erde.
Die Zeit ist gekommen,
lass deine Knochen zurück
und steig die Sternenleiter
nach Ursulana hinauf.
Denn dort ist dein Platz.
Wenn ich zum Himmel aufschaue,
möchte ich deinen warmen Glanz
unter den Sternen der Nacht erblicken.
Geh jetzt, geh.
Reihe dich ein in das strahlende Sternbild.
Hier hast du nichts mehr zu verlieren,
nun, da du weißt,
dass dein Sohn nichts zu fürchten hat.
Obwohl dein Tod,
Donnerherz,
mich noch immer schmerzt.
Deine Milch war so süß auf meiner Zunge
und deine großen Pfoten, die mich wiegten,
ließen mich nie im Stich.

Du hieltest mich eng an deiner Brust,
sodass mir das Dröhnen deines großen Herzens
noch immer in den Ohren hallt.
Donnerherz, oh Donnerherz.
Es ist Zeit, zu gehen.

Blut und Dornen

An der Schwelle zum Sommer, wenn die Erde sich steiler der Sonne zuneigt, kommt ein Tag, an dem Sonne und Mond Seite an Seite am Himmel stehen. An diesem einen Tag und der darauffolgenden Nacht blühen die Litharöschen. Die winzigen roten Blütenköpfe wenden ihre Gesichter den Gestirnen zu – der strahlenden Sonne und ihrem sanfter leuchtenden Bruder, dem Mond.

Die Rosen sind tief dunkelrot und ihre Dornen so scharf wie Wolfsfänge. Ihre Blätter sind prall und fleischig und enthalten einen Saft, der stark genug ist, um einen Wolf betrunken zu machen. Allerdings ist es nicht einfach, ohne blutige Kratzer an den spitzen Dornen vorbei zu dem begehrten Trank zu gelangen. Das Erscheinen der Röschen markiert den längsten Tag des Jahres und ist zugleich ein Zeichen, dass die Erde sich wieder dem Winter zuneigt. In den warmen Tagen danach schlüpft die Sonne bereits ein wenig früher hinter den Horizont. Der letzte Schimmer des Tageslichts vergeht schneller und die Abendschatten drängen früher herein. Die Nacht, in der die Rosen erblühen, wird die „Blut- und Dornennacht" genannt. Alle Clans der Hinterlande strömen zum Litha-Fest zusammen und feiern ausgelassen. Und niemand feiert diese Nacht wilder und zügelloser als der Clan der MacHeath – manchmal mit schlimmen Folgen, denn nicht selten wird ein Wolf bei einem „freundschaftlichen" Zweikampf getötet.

Edme hatte diese Nacht gefürchtet, als sie noch Knochennagerin im Häuptlingsrudel der MacHeath gewesen war. Zitternd vor Angst hatte sie sich in den hintersten Winkel verkrochen. Als sie jetzt das Lager betrat, verebbte das Heulen und Kläffen der Wölfe. Eine gebannte Stille senkte sich herab und die Rudelwölfe starrten fassungslos auf die einstige Knochennagerin, die mit erhobenem Schwanz und aufgestellten Ohren zurückkehrte. Doch dann verzerrten sich ihre Schnauzen vor Wut, denn Edme ging zielstrebig auf die Streunerburg zu, die Versammlungshöhle des Häuptlingsrudels. Unterdrücktes Knurren und Tuscheln drang an ihr Ohr.

„Was macht die denn hier? Was fällt ihr ein, in die Streunerburg zu gehen?"

„Und noch dazu am Litha-Fest!"

„Seht euch nur ihren Schwanz und ihre Ohren an! Diese Knochennagerin hat aber schnell gelernt, wie man Dominanzverhalten zeigt."

„Beim Mark meiner Knochen, ich werde mich nicht vor ihr ducken!"

Edme hörte die letzte Bemerkung und grinste still in sich hinein. *Spätestens morgen kommst du angewinselt, du Dummkopf! Aber dann bin ich schon weit fort, im Kreis der Heiligen Vulkane, um dort als Freigängerin zu dienen.*

„Freigänger" war der Ausdruck für einen Wolf, der clanlos in der Wildnis geboren und von seiner Mutter ausgesetzt worden war. Freigänger durften am *Gaddernag* teilnehmen und wenn sie genügend Punkte sammelten, konnten sie in die Vulkangarde gewählt werden. Edme hatte immer gedacht, dass Faolan in seinem Herzen ein Freigänger war, weil er so spät zum MacDuncan-Clan zurückgefunden hatte – lange nach seinem ersten Jahr. Und jetzt wollte Edme sich vor dem *Raghnaid* der MacHeath zur Freigängerin erklären und danach vor dem Fengo der Vulkangarde. Die *Slaan Leat* war eine Reise zur Wahrheit, eine Reise zum Frieden. Die Wahrheit hatte Edme gefunden und folglich ihre Aufgabe erfüllt.

Als sie zum Eingang der Streunerburg kam, rappelte sich Dunbar MacHeath mühsam hoch. Einer seiner Leutnants musste ihn stützen. Das Oberhaupt des Clans sah fürchterlich aus. Eine lange Narbe lief von seinem Augenlid bis zu seinem Hals hinunter, der an dieser Stelle ganz kahl war. Die Narbe war rot und runzlig, was Dunbar noch wilder und grimmiger aussehen ließ. Im Moment wirkte er allerdings eher lächerlich, so wie er auf seinen vier Pfoten schwankte. Seine Lefzen trieften von seinem eigenen Blut, weil er sich bei dem Versuch, an die Rosenblätter heranzukommen, die Schnauze zerkratzt hatte. Aber zumindest war die Ausbeute gut gewesen, denn Dunbar war schwer betrunken.

Der wird schnell wieder nüchtern, wenn ich ihm sage, warum ich hergekommen bin, dachte Edme mit leisem Spott.

„Im Namen der Dunkelwelt, was hast du hier zu suchen, Verfluchte?“, knurrte er. „Haben sie dich etwa zurückgewiesen?“

„Niemand hat mich zurückgewiesen. Es ist an mir, die Zurückweisung auszusprechen.“

„Was sagt sie?“, fragte das Oberhaupt seinen Leutnant und erbrach sich auf den Boden.

Edmes Nackenfell sträubte sich – noch nie hatte sie sich so aufgeplustert. Der Blick aus ihrem einen grünen Auge wurde schärfer und bohrender. Dunbar MacHeath und sein Leutnant wandten sich ab, als wären sie vom grellen Licht der Sonne geblendet.

„Geht in die Streunerburg und ruft Euren *Raghnaid* zusammen“, sagte Edme.

Dunbar MacHeath war so verdattert, dass er sich trotz seiner Trunkenheit zu voller Größe aufrichtete. Nur sein

Schwanz hing in einer halb unterwürfigen Haltung herunter. Malan, sein Leutnant, ging auf die Hinterbeine und ließ hektisch seinen Schwanz hin- und herschnellen, um das Oberhaupt daran zu erinnern, dass er auf keinen Fall klein beigeben durfte.

Edme ging wortlos an ihnen vorbei und betrat die Streunerburg. Es war unglaublich – als wäre die Welt auf den Kopf gestellt. Sie, Edme, führte das Oberhaupt des MacHeath-Clans in seine eigene Versammlungshöhle. In dieser seltsamen Mittsommernacht hatte sie das Kommando – zumindest schien es so.

Etwa ein Dutzend Wölfe in verschiedenen Stadien der Trunkenheit torkelten in die Streunerburg. Ihre Blicke blieben als Erstes an Edme haften, die auf unerklärliche Weise völlig verwandelt schien. Ja, doch – vor ihnen stand die kleinwüchsige Wölfin mit dem entstellten Gesicht, in dem ein Auge fehlte. Aber mit ihrem gesträubten Nackenfell und dem erhobenen Schwanz wirkte sie viel größer. Dann wanderten die Blicke der Wölfe zu ihrem Oberhaupt, das ihnen plötzlich kleiner und schwächer vorkam. Dunbars dornengespicktes, blutverschmiertes Fell klebte ihm an den Knochen, als wäre er irgendwie geschrumpft. Seine Haltung war dominant und aggressiv wie immer, doch in seinem jetzigen Zustand wirkte es fast komisch. Als würde sich ein dummer kleiner Welpe zum ersten Mal in die Brust werfen.

Als Letztes schlüpfte die Obea des Clans in die Versammlungshöhle. Mit ihrem reinweißen Fell, das nicht von dem Saft der Rosen befleckt war, hätte man Airmid für einen Nebelschwaden halten können, der von einem Windstoß hereingeweht wurde.

Dunbar raffte seine ganze Würde zusammen und ging auf Edme zu. „Warum bist du zurückgekehrt, wenn der Fengo dich nicht hinausgeworfen hat?“

„Beim Lupus, wie kommt Ihr auf die Idee, dass der Fengo mich hinausgeworfen hat? Gibt es etwa einen Grund dafür?“ Edme ließ ihre Frage in der Luft hängen, die für eine Litha-Nacht ungewöhnlich kalt geworden war.

„Nein! Nein, natürlich nicht!“

Er protestiert viel zu heftig, dachte Edme. *Er lügt, so viel steht fest.* Sie nickte und ließ einen Anflug von Unterwürfigkeit in diese Geste einfließen. „Ich bin als armes *Malcadh* zur Welt gekommen, nicht wahr?“, fuhr sie fort und wandte sich an die Obea, die sich bis jetzt im Hintergrund gehalten hatte.

Dunbar bemühte sich, die brenzlige Lage in den Griff zu bekommen. „Ja, tritt nur vor, Airmid!“, knurrte er. „Du hast das *Malcadh* schließlich selbst zum *Tummfraw* gebracht. Willst du das nicht bezeugen?“

„Nein, das möchte ich lieber nicht, wenn Ihr gestattet, Herr.“

„Was erlaubst du dir, du Unverschämte? Niemand fragt dich nach deiner Meinung", bellte Dunbar MacHeath. Steifbeinig stolzierte er auf die Obea zu, packte sie am Nackenfell und schleuderte sie auf den Boden.

„Wage es nicht, deine Pfote gegen die Obea zu erheben!" Edme rammte Dunbar mit ihrem Kopf und brachte ihn aus dem Gleichgewicht, obwohl er doppelt so groß war wie sie. „Ich kenne meine Geschichte. Ich bin nicht als *Malcadh* geboren, ich wurde dazu gemacht. Und wer hat mir das Auge ausgerissen? Du, Dunbar!"

Die Wölfe schnappten nach Luft. Noch nie hatte ein Clan-Mitglied es gewagt, das Oberhaupt so offen anzugreifen. Edme hatte Dunbar mit dem Kopf gerammt, und – was noch schlimmer war – ihn nicht mit seinem Titel angeredet, sondern nur mit seinem Vornamen.

„Wer hat dir das gesagt?", stieß Dunbar MacHeath zähneknirschend hervor. „Sag mir, wer?"

„Das spielt jetzt keine Rolle. Aber hör mir gut zu." Die Luft in der Höhle vibrierte vor Spannung. Edme spürte, dass sie sich auf gefährlichem Terrain bewegte, denn immer mehr betrunkene Wölfe drängten jetzt in die Höhle. Einige von ihnen waren Mitglieder des *Raghnaid*, des Clangerichts, das für die Einhaltung der komplizierten Regeln und Gesetze der Hinterlandwölfe sorgte. Alle waren mit einer dünnen Schicht Pulverschnee bestäubt, der sich mit den blutigen Striemen an ihren Schnauzen vermischte.

Wie merkwürdig dieses Wetter ist! Schnee in der Litha-Nacht, das hat es noch nie gegeben, dachte Edme. Aber vielleicht spielte ihr das Wetter in die Hände. Sie brauchte nur den tief verwurzelten Aberglauben zu schüren, der alle Wölfe beherrschte, besonders die Mitglieder des MacHeath- und des MacDuff-Clans. „Hört, was ich euch sage", fuhr sie mit kräftiger Stimme fort. „Das Wetter ist sonderbar, nicht wahr? Ich glaube kaum, dass seit dem Großen Eismarsch jemals ein Wolf im Mond der Singenden Gräser mit Schnee auf der Schnauze gesehen wurde." Mit einer Kopfbewegung deutete sie zu den Wölfen hinüber, die gerade in die Höhle gekommen waren.

„Sehr seltsam", bestätigte ein Wolf namens Blyden. „Das Wetter ist irgendwie *cag mag* geworden, falls ihr mich fragt."

„Halt's Maul", bellte das Oberhaupt. „Dich fragt niemand!"

Edme nickte Blyden zu, als sei er der klügste Wolf in der Höhle, was eindeutig nicht der Fall war. Der schlanke aschgraue Wolf war ein gefürchteter Raufbold. Er war sehr stark, hatte scharfe Fänge und ging keinem Kampf aus dem Weg. Er war ein Mitglied der *Slink Melfs,* der Mordkommandos, die das Oberhaupt auf unliebsame Feinde hetzte. Diese Leisetöter waren speziell dafür ausgebildet, jeden niederzustrecken, der den Clan angeblich bedrohte.

Edme setzte eine ernste, nachdenkliche Miene auf, als wälzte sie schwere Gedanken in ihrem Kopf. „Könnte es nicht sein, dass das Wetter wegen eures Betrugs *cag mag* geworden ist? Bedenkt doch bitte, ehrwürdige Mitglieder des *Raghnaid*, in welch sträflicher Weise das Gesetz in diesem Fall gebrochen wurde. Ihr habt einem gesunden Welpen ein Auge ausgerissen, damit es Mitglied der Vulkangarde werden konnte. Das allein genügt, um den Großen Lupus auf ewig zu erzürnen. Und nun frage ich euch: Habt ihr damit nicht den Geist jenes ersten Fengo beleidigt, der uns auf dem Eismarsch aus der Langen Kälte geführt hat? Vielleicht ist das die Erklärung für den Wetterumschlag."

Ein ersticktes Winseln stieg in der Höhle auf, als hätte man einen Milchwelpen von seiner Zitze weggerissen. Die Feigheit, die tief im Mark der MacHeath-Wölfe lauerte, war stärker als jede Grausamkeit.

Edme trat näher an die Mitglieder des *Raghnaid* heran. „Ich begebe mich jetzt zum Kreis der Heiligen Vulkane, aber nicht als Mitglied des MacHeath-Clans, sondern als Freigängerin. Ich sage mich von euch los. Ich verleugne euch. Ich erkenne euch nicht mehr als meinen Clan an."

Dunbars glasige Augen rollten in ihren Höhlen und sein Maul hing ungläubig herunter. Dicke Speichelfäden, die vom Saft der Lithablüten und seinem Blut dunkelrot gefärbt waren, tropften auf den Boden der Streunerburg.

Edme drehte sich um und verließ wortlos die Höhle. Die MacHeath-Wölfe waren wie vom Donner gerührt. Reglos saßen sie da, ohne zu begreifen, was Edme ihnen gerade an den Kopf geworfen hatte.

Die Welt versank in wirbelndem Schnee. Ein Schneesturm in der Litha-Nacht, dem Beginn der Sommermonde!

Sobald Edme verschwunden war, brach in der Streunerburg ein ohrenbetäubender Tumult los.

„Tötet sie!", heulte einer der Wölfe.

„Reißt ihr das andere Auge auch noch aus!", knurrte ein zweiter.

„Nein, reißt ihr die Zunge heraus, damit sie nicht mehr sprechen kann!"

So ging es weiter, bis das scharfe Bellen des Oberhaupts die anderen Wölfe zum Schweigen brachte. Dunbar MacHeath hatte seine fünf Sinne wiedergewonnen und nahm jetzt eine unheilverkündende Haltung ein. Jedes Härchen in seinem Nackenfell stellte sich auf, bis er doppelt so groß war wie sonst.

„Hört mir zu, Wölfe des MacHeath-Clans. Hört auf euer Oberhaupt. Hier wird nicht getötet …“, er legte eine dramatische Pause ein und durchbohrte seine Leutnants mit Blicken, „bis ich es sage!“ Wieder hielt er inne. „Aber wenn die Zeit gekommen ist, wird diese Verräterin Edme etwas weit Schlimmeres erleiden als den Tod.“

„Was kann schlimmer sein als der Tod?“

„Wir werden sie scharf im Auge behalten“, erwiderte Dunbar nur.

Die Leutnants wechselten verstörte Blicke. Ihr Verstand war nicht der hellste und sie konnten sich keine andere Rache als Mord und Totschlag vorstellen.

„Wir werden sie beobachten und ihre Schwächen ausspähen“, fuhr das Oberhaupt mit tückischer Miene fort. „Und wenn wir wissen, wo wir sie am empfindlichsten treffen können, bekommt sie ihre Strafe.“ Dunbar MacHeath bebte vor unterdrückter Wut. Er hatte so lange darauf gewartet, dass endlich ein Wolf aus seinem Clan in die Heilige Garde gewählt wurde. Aber was war schon ein Platz in der Vulkangarde? Warum nicht gleich höher greifen? Eine neue Idee entstand in Dunbars Gehirn, das wieder völlig nüchtern war. Er spürte, wie ein verheißungsvoller Schauer durch die Wolfsversammlung lief, und ließ ein paar Sekunden vergehen. Dunbar MacHeath war ein Meister der Manipulation. Er wusste, wie er die anderen Clan-Mitglieder dazu bringen konnte, ihm aus der Hand zu fressen. Die nächsten Worte sprach er so leise aus, dass alle die Ohren spitzen mussten, um ihn zu verstehen. „Meine Freunde, seht mich an! Wenn alles gut geht, steht der nächste Fengo vor euch.“

Die Wölfe schnappten nach Luft – dann trat Totenstille ein.

Die Obea packt aus

Mitten im wirbelnden Weiß zeichnete sich ein noch hellerer Fleck ab. Die Obea war hinter Edme in den Schneesturm hinausgerannt. Jetzt heulte sie ihr zu: „Warte, Edme! Halt! Ich bin es, Airmid!"

Ihr bloßer Name genügte, um die Wut des Sturms zu brechen, denn der Name einer Obea wurde nur selten ausgesprochen. Und dass eine Obea sich selbst beim Namen nannte, war fast undenkbar.

Obeas waren ranglose Wölfinnen. Als unfruchtbare Weibchen fristeten sie ihr Dasein innerhalb des Rudels in völliger Isolation, als seien sie unsichtbar. Es war die Hölle auf Erden, aber Airmid hatte gehört, dass die Obeas in anderen Clans längst nicht so schlecht behandelt wurden. Nur eins war überall gleich: Trächtige Wölfinnen fürchteten die Obea, aus Angst, sie könnte ihre ungeborenen Jungen verhexen.

Für Airmid war die Zeit gekommen, das dunkle Geheimnis des MacHeath-Clans zu lüften, über das schon seit vielen Jahren gemunkelt wurde. Tief in ihrem Mark war etwas aufgebrochen und seltsamerweise war es ein gutes Gefühl.

Als der Name der Obea durch die Luft schallte, blieb Edme wie angewurzelt stehen. Sie spreizte die Zehen auseinander, um in dem weichen Schnee nicht zu versinken.

Bald stand Airmid neben ihr. „Folge mir“, sagte die Obea. „Lass uns eine Schneehöhle graben, obwohl der Sturm schon wieder aufhört, wenn mich nicht alles täuscht.“

Eine Schneehöhle graben – mit der Obea?, dachte Edme ungläubig. Seit wann setzte sich ein *Malcadh* mit einer Obea zusammen? Das war in der ganzen Geschichte der Hinterlande noch nie vorgekommen. Und nun sollte Edme eine Schneegrube mit der Wölfin teilen, deren Aufgabe es war, die missgebildeten Jungen des Clans auszusetzen und dem Tod zu überlassen?

„Was willst du von mir?“, fragte Edme schließlich.

„Du musst die Wahrheit hören.“

„Ich kenne die Wahrheit. Ich weiß, was sie mir angetan haben. Ich weiß, dass du mich nie zu einem *Tummfraw* gebracht hast.“

„Ich habe noch nie ein *Malcadh* zu einem *Tummfraw* gebracht – in all den Jahren nicht, seit ich die Obea des MacHeath-Clans bin.“

„Was? Noch nie?“, stieß Edme überrascht hervor.

„Noch nie.“

Kaum hatten sie sich in der Schneegrube niedergelassen, hörte der Sturm tatsächlich auf und die Sonne zeigte sich wieder am Himmel. Als Airmid ihre Geschichte beendet hatte, schimmerten bereits große Flecken nackter Erde in der rasch schmelzenden Schneedecke. „Die MacHeath haben nie ein echtes *Malcadh* hervorgebracht, obwohl sie doch so verdorben und heruntergekommen sind. Vielleicht liegt es daran, dass ihr Geist verkrüppelt ist, und nicht ihr Körper. Doch in gewisser Weise ist das schlimmer als jeder körperliche Makel." Die Obea stieß einen tiefen Seufzer aus. „Ich war fast erleichtert, als ich gemerkt habe, dass ich unfruchtbar bin. Ich wollte das schlechte Blut dieses Clans nicht weitervererben."

„Aber sieh dir doch die MacNamara-Wölfe an", wandte Edme ein. „Der Clan bringt prächtige Wölfe hervor, obwohl er von den MacHeath gegründet wurde."

„Ja, aber das war vor beinahe tausend Jahren. Die erste Namara war eine MacHeath-Wölfin namens Hordweard. Und selbst heute noch finden manche Wölfinnen aus dem MacHeath-Clan den Weg zum MacNamara-Clan. Der Name Hordweard ist natürlich in unserem Clan verflucht."

„Das ist nicht mehr mein Clan", beharrte Edme. „Und den Namen Hordweard habe ich in meinem ganzen Leben noch nicht gehört."

„Ja, natürlich – weil es ein verbotener Name ist. Aber

du weißt ja: Wenn etwas verboten ist, wird es umso reizvoller. Im Lauf der Jahrhunderte hat sich ein Hordweard-Geheimbund im Clan der MacHeath gebildet. Manchmal verschwand er über mehrere Generationen hinweg, aber irgendwann tauchte er wieder auf und ein paar unerschrockene Wölfinnen verließen den Clan und gingen zu den MacNamara."

Die Schneegrube, die Airmid und Edme gegraben hatten, war inzwischen nur noch eine Matschpfütze.

„Ist dieses Wetter nicht komisch?", murmelte Airmid. „Es war sehr klug von dir, die Wölfe bei ihrem Aberglauben zu packen. Vielleicht hält das ihre Wut eine Weile in Schach."

„Du meinst, ihre Wut darüber, dass ich mich vom Clan losgesagt habe?"

„Ja, nichts auf dieser Welt war ihnen wichtiger, als endlich in der Vulkangarde vertreten zu sein."

„Ich habe ihnen nicht verraten, wer mir das mit meinem Auge erzählt hat."

„Sie werden es herausfinden, verlass dich darauf."

„Und was werden sie tun, wenn sie es wissen?"

„Das ist unwichtig."

„Warum?"

„Weil ich dann fort bin." Airmid zögerte, dann fügte sie hinzu: „Ich glaube, ich bin eines der letzten Mitglieder des Hordweard-Bundes. Und ich trage mich mit dem

Gedanken, zum Clan der MacNamara zu gehen. Es hat lange gedauert, bis ich mich zu diesem Entschluss durchringen konnte. Wenn die MacHeath herausfinden, dass ich weg bin, werden sie einen *Byrrgis* auf mich hetzen und mich in Stücke reißen."

„Gab es in deiner Lebenszeit außer dir noch andere Mitglieder?"

„Ja, eines."

„Und wer war das?"

Airmids Augen waren von einem so klaren Grün, dass sie fast durchsichtig wirkten. Ihr Kiefer zitterte.

„Wer? Nun sag schon", drängte Edme.

„Deine Mutter, Edme."

Ein heftiger Schwindel erfasste die kleine Wölfin und sie musste die Augen zukneifen.

„Der Name deiner Mutter war Akira", fuhr Airmid fort. „Sie hat das Rudel verlassen, als sie dir das Auge ausgerissen haben."

„Und hat sie es zum MacNamara-Clan geschafft?"

Airmid senkte den Blick und schüttelte traurig den Kopf. „Sie war eine mutige Wölfin, Edme. Unglaublich tapfer! Was meinst du, woher Dunbars schreckliche Narbe stammt?"

Edme nickte langsam.

„Sie wollte ihm ein Auge ausreißen, so wie er dir deines genommen hatte."

Traumschwaden

Faolan sog scharf die Luft ein. „Was? Deine Mutter hat Dunbar MacHeath diese schreckliche Wunde beigebracht?“

Edme nickte.

Die beiden Wölfe hatten sich in der Nähe der Sümpfe wiedergetroffen, bei dem Felsen mit dem gefrorenen Spinnennetz. Faolan schwirrte der Kopf, nachdem Edme ihm alles erzählt hatte. Der falsche *Tummfraw*. Die grausame Verstümmelung, die sie erlitten hatte. Die Tapferkeit ihrer Mutter und Edmes eigener Mut, als sie in die Streunerburg der MacHeath gegangen war, um sich von ihrem Clan loszusagen.

„Ach ja, eins hab ich noch vergessen“, sagte Edme plötzlich.

Was? Noch mehr?, dachte Faolan entsetzt. *Was kann jetzt noch kommen?*

„Mir war nie wirklich klar, wie abergläubisch die MacHeath-Wölfe sind. Aber als es zu schneien anfing, habe ich ihre Feigheit ausgenutzt. Sie waren so betrunken vom Saft der Lithablüten, dass es ganz leicht war, sie zu verwirren."

„Und wie hast du es gemacht?"

„Ich habe nur darauf hingewiesen, wie seltsam das Wetter für diesen Mond ist. Und dass es seit dem Eismarsch in der Litha-Nacht nicht mehr geschneit hat."

Faolan legte den Kopf zur Seite. „Im Ernst?", fragte er. Ein sonderbares Licht schimmerte in seinen Augen und er rieb die gespreizte Pfote auf dem Boden.

„Meinst du, das war falsch?" Edme wurde plötzlich unsicher.

„Nein, nein, überhaupt nicht", erwiderte Faolan, aber er nahm Edme gar nicht mehr richtig wahr. Sein Blick war leer, als hätte er sich an einen fernen, unerreichbaren Ort zurückgezogen. Edmes Worte hatten etwas in ihm geweckt. Verstreute Fetzen eines längst vergessenen Traumes wirbelten durch seinen Kopf.

„Aber was wird der Fengo dazu sagen?", fragte Edme.

„Wozu?" Faolan blinzelte benommen. Er schaute Edme an, als käme er von einer Reise in fremde Welten zurück und sei gerade erst wieder in sein Fell geschlüpft.

„Wird er mich verstoßen, weil ich keine echte Knochennagerin bin?"

„Aber du hast beim *Gaddernag* gewonnen. Du bist so würdig wie jeder andere Knochennager, Edme."

„Vielleicht befürchtet der Fengo, dass er andere Clans

dazu ermutigt, auch ihre Welpen zu verstümmeln, wenn er mich annimmt?“

„Nie und nimmer!“, rief Faolan entsetzt. „Kein anderer Clan würde so was Schändliches tun. Das darfst du nicht mal denken, Edme. Und nun komm, wir müssen uns auf den Weg machen.“

Erst jetzt wurde Edme bewusst, dass sie Faolan kaum nach seinem *Tummfraw* gefragt hatte. Aber dieser Ort schien ihrem Freund gar nicht das Wichtigste gewesen zu sein. Stattdessen war er zu der Stelle zurückgekehrt, an der Donnerherz ihn gefunden hatte, um einen *Drumlyn* für die Bärin zu errichten. Dieser Knochenhügel musste ein Kunstwerk sein, denn kein anderer Wolf schnitzte so meisterhaft wie Faolan. Edme dachte an ihre eigene Mutter, deren Knochen sicher längst verschwunden waren. Es schmerzte sie, dass sie keinen *Drumlyn* für Akira bauen konnte.

Akira. Stumm wiederholte sie den Namen ihrer Mutter. Er hatte einen schönen Klang, der in Edmes Geist nachhallte, während sie Seite an Seite mit Faolan zum Kreis der Heiligen Vulkane trottete.

Sie liefen nach Osten, um die äußersten Grenzen des MacHeath-Gebiets zu umgehen, eine Gegend, in der die MacHeath im Sommer oft jagten. Faolan wollte gerade etwas über den Schnee sagen – ein seltsamer Anblick zu dieser Jahreszeit –, als er eine blutverschmierte Stelle entdeckte. Die beiden Wölfe blieben wie angewurzelt stehen. Ihr Nackenfell sträubte sich und ihre Augen verengten sich zu Schlitzen. Dann kam ein Windstoß auf, der einen unverkennbaren Geruch mit sich trug: Wolfsblut!

Edme erschauerte bis ins Mark. *Großer Lupus, lass es nicht Airmid sein*, betete sie. Die Worte der Obea schossen ihr durch den Kopf: *Wenn sie herausfinden, dass ich weg bin, werden sie einen* Byrrgis *auf mich hetzen und mich in Stücke reißen.*

„Was ist da passiert?", stieß Faolan hervor.

Es war ein grausiger Anblick. Überall lagen blutige Fell- und Fleischfetzen verstreut – die Überreste von Wölfen.

„Ingliss", murmelte Edme.

„Was?", fragte Faolan.

„Das sind Ingliss und Kyrana. Ich erkenne ihr Fell wieder." Edme war froh, dass Airmid nicht unter den toten Wölfen war. Trotzdem blutete ihr das Herz, dass Ingliss und Kyrana ein so schreckliches Ende gefunden hatten, auch wenn die beiden Jungwölfinnen sie noch so sehr gequält und verhöhnt hatten.

„Aber warum?"

„Weil sie mir die Wahrheit erzählt haben. Dunbar MacHeath muss es irgendwie herausgefunden haben."

Edme holte tief Luft und fuhr dann leise fort: „Sie finden es immer heraus. Aber das hier … Warum haben sie nicht die Grube gewählt?"

„Die Grube?", wiederholte Faolan verständnislos. „Was soll das sein?"

„Ach, vergiss es", erwiderte Edme grimmig.

Die beiden Wölfe machten einen großen Bogen um den blutverschmierten Schnee. Mehr als rote Fetzen war von den beiden jungen Wölfinnen nicht übrig geblieben. Und was hatten sie schon verbrochen, außer dass sie manchmal über die Stränge schlugen? Mit jedem Schritt fühlte sich Edme in ihrem Entschluss bestärkt, dem MacHeath-Clan für immer den Rücken zu kehren. Zugleich fühlte sie sich ihrer Mutter Akira auf einmal ganz nah. Sie stammte von einer tapferen Wölfin ab und dieses Wissen bedeutete ihr unglaublich viel. Der Fengo hatte nicht übertrieben: Ihre *Slaan Leat* war eine Reise zur Wahrheit gewesen, eine Reise zum Verstehen, zur Aussöhnung mit ihrem Schicksal. Edme fühlte sich gesegnet, weil sie eine Mutter wie Akira gehabt hatte. *Mama*, dachte sie. *Ich habe meine Mama gefunden.*

Während die beiden Wölfe schweigend weitergingen, fiel der Schnee immer spärlicher. Das Wetter beruhigte sich langsam und war bald wie immer im Mond der abgeworfenen Geweihe. Merkwürdig war nur, dass keine Geweihe am Boden lagen. Waren die Elch- und Rentierherden etwa nicht so zahlreich zurückgekehrt wie sonst? Der Gedanke ließ Faolan innehalten. Hatte er diesen Geweihmangel nicht schon einmal erlebt? Irgendwie erschien ihm das alles seltsam vertraut. Dabei war es doch erst sein dritter Sommer. Wieder spürte Faolan ein seltsames Rauschen in sich, wie von einem fernen Wind, der Erinnerungsfetzen von einem fremden Ort mit sich brachte.

Er drehte sich zu Edme um. „Als du in der Streunerburg der MacHeath warst, hast du von dem Eismarsch aus der Langen Kälte gesprochen ..."

„Ja, und das hat sie völlig verwirrt, glaube ich."

Mich auch, dachte Faolan.

Die Heiligen Vulkane waren jetzt nur noch eine Tagesreise entfernt. Trotz ihrer Aufregung gingen Faolan und Edme nicht weiter. Sie hatten gehört, dass es am schönsten sei, in der Dämmerung einzutreffen. Um diese Zeit jagten die Vulkane oft wilde Flammen- und Aschesäulen zum Himmel hinauf. Also suchten sie Unterschlupf in dem verlassenen Bau einer Bergkatze. Die Nacht war mondlos, aber die Sterne gingen auf und leuchteten heller denn je. Ein eisiger Nieselregen fiel und Faolan und Edme wunderten sich erneut über die verrückten Wetterlaunen. Aber sie waren zu müde, um weiter darüber nachzugrübeln. Bald schliefen sie tief und fest.

Im Traum lief Faolan durch eine Landschaft, die weder Erde noch Himmel war. Immer tiefer wanderte er in diese neblige Welt hinein, in der es keine Jahreszeiten gab. Es war, als wanderte er durch die Untiefen der Zeit. Und doch spürte er ein Kribbeln in seinen Gliedern. Ich bin nichts und zugleich alles. *Wie betäubt trottete er durch die aufsteigenden Nebelbänke. In der Ferne erspähte er eine Spur, die von einem uralten Wolf stammte – einem der „Alten", wie die ersten Wölfe der Hinterland-Clans genannt wurden. Der Wolf war fast zahnlos und seine einst leuchtend grünen Augen waren trüb und milchig. Er musste nahezu blind sein und doch starrte er auf die Spur hinunter, als suchte er etwas.* Hufabdrücke, er hält nach Elchen Ausschau! *Instinktiv wusste Faolan, dass dieser Wolf sich dieselben Fragen stellte, die ihm gerade noch durch den Kopf gegangen waren. Warum gab es kaum abgeworfene Geweihe? Warum blieben die Elche aus? Faolan sah, wie die Knie des altersschwachen Wolfs einknickten. Und plötzlich dämmerte ihm, warum der Alte an diesen abgelegenen Ort gekommen war: Er vollzog die einzelnen Schritte des* Cleave Hwlyn – *das Abstreifen der irdischen Hülle. Es bedeutete die Trennung von seinem Clan, seinem Rudel und schließlich seinem eigenen Körper.* Er stirbt, *dachte Faolan.* Er hat ein erfülltes Leben hinter sich. Jetzt ist es Zeit für ihn, zu gehen. *Gebannt beobachtete er, wie die Sterne hervor-*

traten. Als die erste Sprosse der Leiter erschien, die zur Himmlischen Höhle der Seelen führte, erschauerte Faolan bis ins Mark. Gleich werde ich mit ansehen, wie der Alte sein Fell abwirft und die Sternenleiter hinaufsteigt. Aber darf ich das überhaupt? *Faolan fühlte sich wie ein Eindringling, denn Sterben war eine sehr persönliche Angelegenheit – und doch erschien ihm alles so vertraut!*

Als der letzte Stern der Nacht im Grau der Dämmerung verblasste, erwachte Faolan. Er wusste, dass er einen wunderbaren, tief traurigen Traum gehabt hatte, aber er konnte sich an keine Einzelheiten erinnern. Er fühlte sich nur seltsam getröstet, in Frieden mit sich selbst. Er warf einen Blick auf Edme, die noch schlief, und spürte, dass auch sie träumte, vielleicht von ihrer Mutter Akira.

N

Teil II

Der Vulkankreis

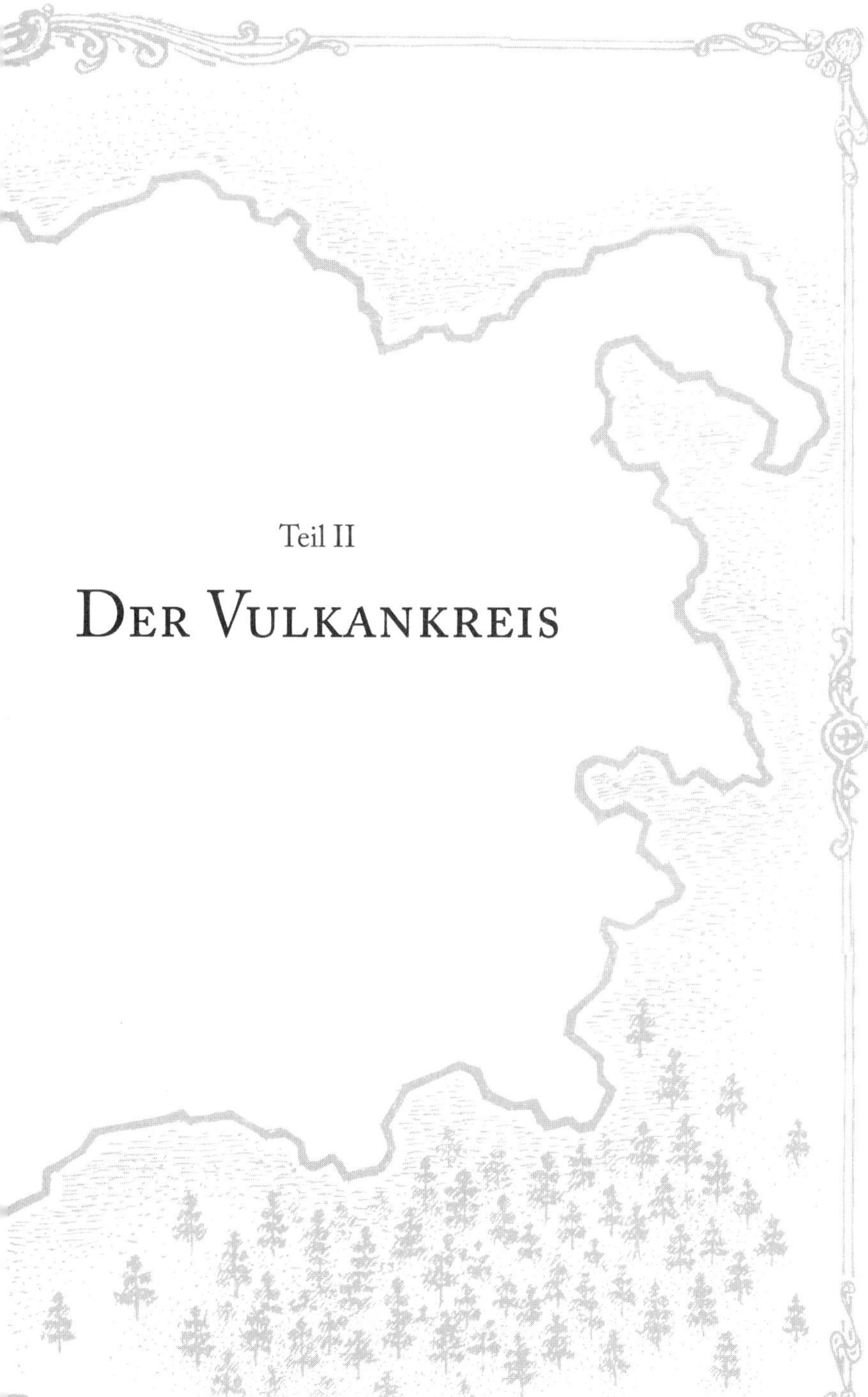

Auf dem Bergkamm

Faolan und Edme wanderten ostwärts zum Kreis der Heiligen Vulkane. Unterwegs begegneten sie Scharen von Eulen, die aus den Hoole-Reichen nach Süden flogen. *Zumindest etwas, das in diesem Mond richtig ist,* dachte Faolan.

„Lass uns auf diesen Bergkamm hinaufsteigen, Faolan“, bat Edme. „Von dort erhaschen wir vielleicht einen Blick auf die Vulkane.“

„Ja, das machen wir!“, stimmte Faolan zu und die beiden Wölfe kletterten den steilen Hang hinauf.

Als sie oben angekommen waren, konnten sie die fünf Vulkankegel in der Ferne erkennen. Ein trüber rosafarbener Schimmer zeichnete sich über zwei Kratern ab. „Wir sind zu weit weg, um die Flammen zu sehen“, sagte Edme. „Aber ich habe ja auch nur ein Auge.“

„Ich habe zwei und sehe trotzdem keine Flammen. Aber wenn wir in der Dämmerung näher herankommen, werden wir sie schon erblicken.“

„Vor uns liegen noch mehr Bergrücken. Ich kann sie ganz deutlich von hier aus erkennen“, japste Edme.

Faolan hatte seinen Blick abgewandt und starrte jetzt nach unten auf den Fluss. „*Tine smyorfin*“, flüsterte er.

„Was?“ Edme schaute Faolan an. „Was hast du gesagt? Das hört sich nach alter Wolfssprache an.“

„Wieso? Wovon redest du?“, fragte Faolan verwundert.

„Dieser Ausdruck, *tine* irgendwas.“

„Ich habe ‚beim Mark meiner Knochen‘ vor mich hin gemurmelt“, sagte Faolan kopfschüttelnd.

„Nein, hast du nicht“, beharrte Edme. „Du hast etwas geflüstert, das sich nach der alten Wolfssprache anhörte. Ich hab vielleicht nur ein Auge, aber zwei gesunde Ohren, verstehst du, Faolan?“

„Na ja, ich hab auf den Fluss runtergeschaut.“

Das Wasser war jetzt nicht mehr bernsteinfarben, sondern tiefgrün, so grün wie Wolfsaugen. Viel aufregender war jedoch die Szene, die sich dort unten abspielte. In einem flachen Teil des Flusses fraßen zwei Wölfe und ein großer Grizzlybär einträchtig an einem Elchkadaver. Die beiden Jungen der Grizzlybärin tollten weiter oben an der Uferböschung herum. In geringer, aber respektvoller Entfernung warteten ungefähr zehn andere Wölfe geduldig, bis sie beim Fressen an die Reihe kamen. Von Zeit zu Zeit würgte die Bärin große, dampfende Fleischbrocken herauf, um ihre Jungen damit zu füttern.

Faolan schaute gebannt zu. Er hatte schon gehört, dass Wölfe und Bären sich in seltenen Fällen die Beute teilen. Aber das war angeblich schon lange her. Vermutlich war es seit der Zeit des Großen Eismarsches nicht mehr vorgekommen. Nur die Wölfe der Vulkangarde hatten viele dieser alten Bräuche beibehalten, erzählten die Oberhäupter der Clans.

„Das müssen Gardewölfe sein", wisperte Faolan.

„Ja, das denke ich auch. Ist doch merkwürdig, dass sie so etwas machen, oder?"

Faolan gab keine Antwort. Er fand nichts Merkwürdiges daran, obwohl er nicht sagen konnte, warum. Vielleicht weil ihn die Bärin dort unten an seine frühesten Welpentage erinnerte. An eine Zeit, als er geduldig darauf wartete, dass Donnerherz das Fleisch heraufwürgte, das sie ihm von der Jagd mitgebracht hatte. Der Geruch der frischen Fleischbrocken, vermischt mit den Säften aus Donnerherz' Maul und Eingeweiden, stieg ihm plötzlich wieder in die Nase.

„Du denkst an Donnerherz, nicht wahr, Faolan?", fragte Edme.

„Ja." Faolans Stimme klang erstickt. „Wenn wir doch nur zu diesen Wölfen hinuntergehen könnten!"

„Das dürfen wir aber nicht, Faolan. Der Fengo hat

gesagt, wir müssen gleich zu diesem Gluttor gehen, damit wir gebührend begrüßt und im Kreis der Vulkane herumgeführt werden können."

„Und woher sollen wir wissen, wie das Gluttor aussieht? Ein komischer Name ist das."

„Ich weiß auch nicht, Faolan. Vielleicht sind es kleinere Vulkane, die in den Kreis hineinführen", sinnierte Edme. „Schau mal, Faolan, da unten ist ein Felsvorsprung, der windabwärts von den Bären liegt. Vielleicht können wir die Wölfe von dort aus beobachten, ohne dass sie es merken."

Faolan zögerte, aber der Gedanke war einfach zu verlockend. Die Bärin und ihre beiden Jungen zogen ihn unwiderstehlich an. Er fing so schöne, tröstliche Gerüche im Wind auf, während die Bärenmutter das Fleisch für ihre Jungen auswürgte. Bestimmt konnte es nichts schaden, wenn sie aus sicherer Entfernung und windabwärts noch eine Weile länger zuschauten.

Als Faolan und Edme den Felsvorsprung erreichten, hatten die Wölfe sich bereits von dem Elchkadaver zurückgezogen. Die Grizzlymutter und ihre zwei Jungen verweilten noch an der Uferböschung.

„Ihr Bau muss hier irgendwo in der Nähe sein. Bären suchen sich ihren Sommerbau meistens irgendwo am Flussufer. Das ist gut fürs Fischen", erklärte Faolan.

„Schau nur, Faolan, wie süß die Kleinen sind. Wie zwei winzige Fellknäuel! Und so verspielt!“

Faolan verlor sich in Erinnerungen an sein sorgloses Leben mit Donnerherz. Er sah sich selbst auf ihren Schultern reiten oder hinter ihr herspringen, wenn sie in den ersten Vorfrühlingstagen nach Wurzeln suchten. Damals hatte er die bitteren Knollen verabscheut, aber jetzt würde er alles dafür geben, wenn er wieder mit seiner zweiten Milchmutter Wurzeln ausgraben könnte.

Die Bärenmutter hatte den Bauch voll und streckte sich in der Mittagssonne zu einem kurzen Nickerchen aus. Bei ihrem Anblick wurde Faolan ebenfalls schläfrig, was irgendwie seltsam war. Fast als hätte *er* dieses ganze Fleisch hinuntergeschlungen und könnte jetzt kaum noch die Augen aufhalten, um den Jungen beim Spielen zuzusehen.

„Was meinst du, Faolan? Die Wölfe sind weg und die Bärenmutter hat sich satt gefressen. Vielleicht können wir uns ein paar Reste von dem Elch holen?“

„Ja, ich denke schon“, gähnte Faolan. „Aber ich bin gar nicht so hungrig.“ Er war satt bis oben hin, obwohl er doch gar nichts gefressen hatte. Kurz darauf fiel er in einen traumlosen Schlaf.

Faolan konnte nicht sagen, was ihn geweckt und wie lange er geschlafen hatte. Aber er war sofort hellwach.

Hier stimmte etwas nicht. Er legte die Ohren zurück, reckte die Schnauze in die Luft und verengte die Augen. *Nein! Das gibt's doch nicht!* Obwohl er am liebsten sofort zu der Grizzlymutter gestürzt wäre, hatte Faolan der Versuchung widerstanden – und jetzt spielte Edme mit den Bärenjungen! Nur gut, dass die Bärin noch schlief. Wenn sie aufwachte, wäre Edme tot, ehe er auch nur einen Warnruf ausstoßen konnte. Zitternd richtete Faolan sich auf. Sein Nackenfell sträubte sich und er schlich steifbeinig auf Edme und die herumtollenden Bärenjungen zu. Aus dem Augenwinkel warf er einen Blick auf die Mutter. Sie schlief tief und fest. Als er näher kam, entdeckten ihn die Jungen. Faolan warnte Edme mit einem tiefen Knurren.

Edme wirbelte herum und starrte ihn erschrocken an. „Faolan, was ist denn los mit dir?"

„Geh von den Bärenjungen weg! Schnell! Sonst tötet dich die Mutter, wenn sie aufwacht!"

Die Bärenjungen fuhren erschrocken auf. Edme las die Angst in Faolans Blick und wich sofort zurück.

„Folge mir!", kommandierte er und stürzte unverzüglich im Presspfotenlauf davon. Als er noch einen Blick über die Schulter warf, sah er, dass eines der Bärenjungen hinter ihnen herstolperte. Aber bald merkte der Kleine, dass er nicht mithalten konnte, und hielt an. Ein verlorener Ausdruck trat in seine Augen.

Beim Mark meiner Knochen, gleich fängt er an zu weinen!, dachte Faolan, aber er lief unbeirrt weiter.

Sobald sie genügend Abstand zwischen sich und die Bärin gebracht hatten, blieb Faolan stehen. Wütend funkelte er Edme an.

„Was hast du denn, Faolan? Du … du bist ja gar nicht wiederzuerkennen. Du machst mir richtig Angst!“, klagte Edme.

„Tut mir leid, Edme, aber ich bin so erschrocken. Wenn die Grizzlymutter aufgewacht wäre, hätte sie uns beide getötet. Du darfst nie einfach zu einem Grizzlyjungen gehen, hörst du, nie! Die Mütter werden verrückt – vollkommen *cag mag*! *Cag maglosc!* Verstehst du?“

Edme blinzelte. Faolan redete schon wieder in der alten Wolfssprache. Im Schlaf hatte er auch ein paar merkwürdige Ausdrücke gemurmelt.

„Tut mir leid, Faolan, das war mir nicht klar“, sagte Edme zerknirscht.

„Aber du weißt doch, wie Wölfinnen mit ihren Welpen sind. Und Grizzlymütter sind noch tausendmal schlimmer. Wolfswelpen sind nie ganz unbewacht, verstehst du? Weil immer ein paar Tanten oder andere Aufpasser in der Nähe sind. Aber Grizzlybären leben nicht im Rudel so wie wir. Das sind Einzelgänger, die ganz auf sich gestellt sind.“

„Ich mach das nie wieder, Faolan, ehrlich. Ich verspreche es dir.“ Edme zögerte einen Augenblick, dann fügte sie hinzu: „Aber süß war der Kleine schon, das musst du zugeben.“

„Ja, das stimmt“, seufzte Faolan sehnsuchtsvoll. Tief in seinem Inneren spürte er einen Stich. War es Bedauern oder Schmerz? Trauer um etwas Verlorenes? Er konnte es nicht sagen.

Das Gluttor

Immer deutlicher zeichneten sich die Vulkankegel in der Ferne ab. Und jetzt sahen die beiden Wölfe auch, dass mindestens drei der fünf Vulkane Feuer spien. Die Eulen am Himmel wurden zahlreicher. Ihr Ziel konnte also nicht mehr fern sein. Die Ränder der Krater, die vor ihnen aufragten, sahen aus wie gezackte Kronen. Himmelhohe Flammen schossen daraus hervor und züngelten an dem zartvioletten Dämmerungshimmel.

Verschwommen traten jetzt die riesigen Knochenhügel hervor, auf denen die Gardewölfe hockten, um die Vulkane gegen Eindringlinge zu verteidigen.

„Ich kann es immer noch nicht glauben, Faolan", sagte Edme, als sie nahe genug waren, um die Wölfe in die Luft springen zu sehen. Manchmal wirbelten sie so halsbrecherisch in der Luft herum, dass Faolan und Edme bei diesem Anblick ganz schwindlig wurde. So bewegte sich doch kein Wolf!

„Bald sind wir da. Bist du auch so aufgeregt?" Edme hielt inne. „Und wir sind keine *Malcadh* mehr, das ist das Beste. Wir sind jetzt Mitglieder der Vulkangarde!" Ihre Stimme hatte einen ehrfürchtigen Klang angenommen.

Faolan erschauerte. Mitglieder der Vulkangarde! Wie vornehm das klang! Von jetzt an gehörten sie zur angesehensten Wolfsvereinigung der ganzen Hinterlande. Ihre Aufgabe war, die Glut von Hoole zu bewachen, die die Welt der Wölfe mit der Welt der Eulen verband. Damit die Hinterlande blühten, musste die Glut sorgfältig gehütet und bewahrt werden.

„Die Vulkane haben komische Namen, finde ich", sagte Faolan nachdenklich.

„H'rathgar, Kjell – ich glaube, das sind die Eulennamen der nördlichen Königreiche", erwiderte Edme. „H'rathgar", wiederholte sie.

„Nicht H'-rath... Es ist mehr wie ein Knurren ganz tief hinten in der Kehle", verbesserte Faolan sie. Er legte den Kopf zurück und gab einen kehligen *hrrrr*-Laut von sich, um Edme die richtige Aussprache beizubringen.

„Woher weißt du das alles?", fragte Edme verwundert. Wenn Faolan knurrte, klang der Name des Vulkans unglaublich echt. Obwohl sie natürlich keine Ahnung hatte, wie sich die Eulensprache der nördlichen Königreiche anhörte.

Faolan zuckte die Schultern. „Weiß nicht." Er konnte sich diese Wissensfetzen, die ihm von irgendwoher zuflogen, selbst nicht erklären. Als würden sie von einem reißenden Gebirgsbach mitgeführt, der durch seinen Geist schoss. Donnerherz hatte ihm erzählt, dass sie ihn Faolan genannt hatte, weil „fao“ das Wort für „Wolf“ und „Fluss“ war, und „lan“ das Wort für „Geschenk“. In dem Fluss, der sein Geist war, spürte Faolan zwei Strömungen: eine, die er als das „Jetzt“ betrachtete, und eine, die das „Damals“ verkörperte. Das Jetzt war leicht zu verstehen. Was ihn verwirrte, war das Damals. Hatten alle Wölfe zwei Strömungen in ihrem Geist?

„Und dann sind da noch drei andere Vulkane“, sagte Edme. „Lass mich mal überlegen ... Dunmore, Morgan und Sturmwind. Ich bin froh, dass wir nur fünf Namen auswendig lernen müssen.“

„Einige klingen wie Wolfsnamen“, überlegte Faolan.

„Ja, Morgan zum Beispiel und Dunmore. Aber ich habe noch nie einen Wolf getroffen, der Sturmwind heißt.“ Edme hielt inne. „Na ja, dafür werden wir bald einen Vulkan mit diesem Namen sehen.“

Im Osten kam Wind auf und sie blieben abrupt stehen. Ihr Nackenfell sträubte sich und sie hielten ihre Nasen in die Höhe.

„Das ist der Geruch der Vulkane, oder?“, sagte Faolan.

„Nicht gerade angenehm. Erinnert mich an ein paar faule Enteneier, über die ich mal gestolpert bin“, erwiderte Edme.

„Faule Enteneier?", wiederholte Faolan. „*Tine smyorfin!*"

„Da, bitte, jetzt hast du es wieder gesagt", stieß Edme hervor.

„Was gesagt?"

„Diese alten Wolfsworte, die du schon am Fluss benutzt hast."

„Das waren keine alten Wolfsworte. Ich hab nur ‚beim Mark meiner Knochen' vor mich hingesagt."

Edme schaute ihren Freund mit schief gelegtem Kopf an. *Wie seltsam*, dachte sie. *Faolan merkt es wirklich nicht, wenn er so redet. Er spricht in der alten Wolfssprache, aber seine Ohren hören es anders.*

„Ist auch egal. Lass uns weitergehen", seufzte sie und trottete weiter.

Der Vulkankreis rückte immer näher. Bald tauchten seltsame Felsformationen auf, die sich in den Himmel schraubten wie erstarrter Rauch. Diese Felsen nannten sich *Yondos*. Zwei davon waren besonders riesig und überragten alle anderen.

„Das Gluttor!", riefen Faolan und Edme fast gleichzeitig.

„Der Fengo hat gesagt, wir sollen bei dem Gluttor anhalten", sagte Faolan. Ratlos schauten sie sich an. Ein einfaches Wort wie „bei" konnte viele Bedeutungen haben.

Edme, die wie immer praktisch dachte, legte den Kopf schief und studierte die beiden riesigen Felsformationen. „Also, er hat nicht gesagt ‚dazwischen‘ und auch nicht ‚daneben‘. Lass uns einfach direkt unten an einem der Felsen warten.“

Im selben Moment ertönte ein zweifaches Heulen von den Spitzen des Gluttors und zwei Wölfe kletterten daran herunter. Faolan und Edme schauten ungläubig zu. Die Felsen fielen fast senkrecht ab. Wie konnten die Wölfe diesen steilen Abstieg bewältigen, ohne in den Tod zu stürzen?

„Großer Lupus, schau dir das an!“, rief Edme, als die beiden Wölfe mit einem gewaltigen Satz aus etwa zehn Metern Höhe auf den Boden sprangen. Nach dem Aufprall hüpften sie noch ein paar Meter weiter, dann trotteten sie auf Faolan und Edme zu.

Sie haben uns zur Begrüßung zwei Wölfe geschickt, die unsere Zwillinge sein könnten!, dachte Faolan überrascht. Denn als die beiden Gardewölfe näher kamen, stellte sich heraus, dass der eine Wolf eine nach hinten verdrehte Vorderpfote hatte. Der andere war eine Wölfin mit nur einem Auge. Faolan hatte die beiden schon beim *Gaddernag*-Wettkampf gesehen.

Edme und Faolan sanken in die Knie und stürzten sich in eine Reihe von Unterwerfungshaltungen.

„Auf, auf! Schnell!“, drängte der Wolf mit der verdrehten Pfote, der spiralförmige dunkel- und hellbraune Flecken auf dem Fell hatte. „Es gibt viel zu lernen!"

Faolan und Edme richteten sich auf.

„Ich bin Blink und das hier ist mein *Taiga*-Gefährte Zwirbel", sagte die Wölfin.

„Eigentlich Zwirbeling, aber Zwirbel geht auch. Ich glaube, meine Pfote spricht für meinen Namen." Der gefleckte Wolf hob die verdrehte Pfote und schwenkte sie herum.

„Für übertriebene Formalitäten haben wir nicht viel übrig", fuhr Blink fort. „Das kostet nur Zeit und ihr habt eine Menge zu lernen."

„Aber lasst euch davon nicht täuschen", fügte Zwirbel hinzu. „Falls ihr glaubt, euer Leben als Knochennager sei hart gewesen, werdet ihr euch wundern. Was euch hier erwartet, stellt alles andere in den Schatten."

„Du musst sie nicht gleich erschrecken, Zwirbel", mahnte Blink.

„Ich glaube kaum, dass die beiden Neulinge so schreckhaft sind." Zwirbel wandte sich um. „Folgt uns, wir führen euch in den Kreis."

Der Vulkankreis war kleiner im Durchmesser, als Faolan und Edme erwartet hatten – obwohl es fast einen halben Tag dauerte, den Kreis im Presspfotenlauf zu umrunden. Sie wurden durch das Dunmore-H'rathgar-

Viertel hineingeführt, das nach den beiden Vulkanen benannt war, die diesen Abschnitt beherrschten. Zwischen den beiden Vulkanen ragten vier große *Drumlyns* in eindrucksvoller Höhe auf. Auf jedem dieser Hügel aus benagten Knochen hockte ein Wolf, der hin und wieder hoch in die Luft schnellte und Sprünge vollführte, die genauso atemberaubend waren wie die von Blink und Zwirbel am Gluttor. Faolan war für seine gewaltigen Sprünge berühmt, die er bei Donnerherz gelernt hatte. Aber diese Wölfe schlugen richtige Saltos und drehten und wendeten sich in der Luft. *Wollen sie nur ihr Können vorführen oder haben diese Akrobatenkünste einen praktischen Zweck?* Kaum war Faolan diese Frage durch den Kopf geschossen, wurde sie auch schon von Zwirbel beantwortet.

„Ihr wundert euch wahrscheinlich, was diese Luftsprünge zu bedeuten haben. Die Wölfe wollen damit nicht angeben, obwohl ihnen solche Eitelkeiten wahrscheinlich nicht fremd sind. Nein, sie überwachen die Aschesäulen und beobachten den Kühlglanz der Glutbröckchen."

„Kühlglanz?", wiederholte Edme.

„Das ist einer der vielen Ausdrücke, die ihr noch lernen müsst und die euch helfen, das Verhalten der Vulkane zu verstehen", erklärte Blink. „Kommt jetzt mit."

„Das sind die Neuen!", rief ein Wolf mitten im

Sprung. Er schnellte hoch in die Luft, beschrieb einen Bogen, zog die Hinterbeine an und landete wieder auf seinem Knochenhügel. „Willkommen im Kreis!“, heulte er ihnen zu. Sofort stieg ein Chor von freudigen Willkommensrufen auf.

Alles war ganz anders, als Faolan und Edme erwartet hatten. Bei den Clans der Hinterlande waren die Gardewölfe als steif und zugeknöpft verschrien. Es hieß, dass sie sehr ungesellig seien und lieber unter sich blieben. Edme und Faolan wurden jedoch mit großer Herzlichkeit und geradezu überschwänglich begrüßt.

Der Knochen aller Knochen

Als die beiden jungen Wölfe die Streunerburg der Vulkangarde betraten, erhob sich der Fengo von seinem Felllager und begrüßte sie.

„Willkommen im Kreis“, sagte Finbar. „Wir Gardewölfe repräsentieren die oberste Wolfsgemeinschaft der Hinterlande. Wir legen Gebietsgrenzen fest, schlichten Clan-Streitigkeiten und bilden den Obersten *Raghnaid*, den höchsten Gerichtshof, der bestehende Gesetze verändern und neue erlassen kann. Unsere wichtigste Aufgabe ist jedoch, die Glut von Hoole zu hüten, die in einem der fünf Vulkane eingebettet liegt. Diese mächtige Glut darf nicht in die Krallen der Grimalkin-Eulen geraten. Das würde eine tödliche Gefahr für alle Bewohner der Hinterlande bedeuten, angefangen von den Wölfen, Eulen und Rentieren bis hin zum kleinsten Nager.“ Die leuchtend grünen Augen des Fengo verengten sich. „Für euch beide bricht eine neue Zeit an. Ihr müsst lernen, wie ein Gardewolf zu denken.“

Edme trat unruhig von einem Fuß auf den anderen

und senkte den Blick. *Bin ich denn auch wirklich ein Gardewolf, wenn ich nicht als* Malcadh *geboren wurde?* Sie hatte so viel Mut bewiesen, als sie vor die MacHeath getreten war, um sich von ihnen loszusagen. Doch jetzt brachte sie vor Angst kein Wort hervor.

Der Fengo fuhr fort: „Wenn ihr euren Wachdienst auf den *Drumlyns* antretet, müsst ihr euch eines klarmachen: Nicht auf die Höhe eurer Sprünge kommt es an, sondern auf die Erkenntnisse, die ihr dabei sammelt. Auf das, was ihr seht, fühlt und riecht. Eure Aufmerksamkeit gilt allein den Vulkanen. Ihr werdet erfahren, wie sie entstanden sind, und ihr werdet nach und nach ihre Launen kennenlernen.“ Er trat einen Schritt auf Edme und Faolan zu. „Wir leben in enger Gemeinschaft mit den Eulen von Ga'Hoole. Diese Verbindung reicht weit zurück, bis in unsere allererste Zeit in den Hinterlanden. Als der gute König Hoole die Glut entdeckte, schloss er einen Pakt mit den Wölfen. Darin heißt es, dass wir die Glut bewachen müssen, bis ein erwählter König erscheint, um sie in sein Reich zu holen.“ Wieder hielt er einen Moment inne. „Es gibt viel zu lernen, nicht wahr?“

Faolan und Edme nickten einmütig.

„Hamisch, unser letzter Fengo, hat einen Großteil unserer Geschichte in den Hinterlanden auf dem Knochen aller Knochen festgehalten. Und diesen Knochen werde ich euch jetzt überreichen." Er drehte sich zu einer ohrenlosen silbernen Wölfin um, die den Knochen unter ihrem Kinn hervorholte und vor ihre Füße fallen ließ.

„Hier, meine jungen Freunde", sagte sie leise. Der Knochen mit Hamischs feiner, aber kühner Schnitzarbeit schimmerte sanft.

„A-aber ... a-aber", stotterte Edme. „Woran erkennen wir eine Grimalkin-Eule? Steht das auch auf dem Knochen aller Knochen?"

Der Fengo und die silberne Wölfin namens Collien schüttelten die Köpfe. „Ihr könnt sehr viel von dem Knochen aller Knochen lernen, aber das meiste lernt ihr durch Erfahrung", erklärte der Fengo. „Der Knochen verrät euch nicht, woran ihr eine Grimalkin-Eule erkennt. Ihr müsst einen Instinkt dafür entwickeln, einen siebten Sinn, der euch sagt, dass die Eule nicht einfach nur nach Glutbröckchen sucht. Grimalkin-Eulen kreisen meist über den Kraterrändern und stürzen sich manchmal zum Schein in den Glutstrom, der an den Hängen hinabfließt."

„Aber woran erkennt man, ob sich die Eulen nur zum Schein hinunterstürzen oder ob es echte Glutsammler sind?", fragte Faolan.

„Eure *Taigas* werden es euch zeigen. Von ihnen erfahrt ihr fast alles, was ihr wissen müsst." Er nickte zu Blink und Zwirbel hinüber.

Aber verdiene ich überhaupt einen Lehrer?, dachte Edme. *Wie werden sie mich behandeln, wenn sie die Wahrheit erfahren? Ich muss es ihnen sagen.*

Aber schon sprach der Fengo weiter: „Blink und Zwirbel stehen euch jederzeit zur Verfügung. Ihr beginnt euren Dienst auf den Knochenhügeln, die ihnen gegenwärtig zugewiesen sind. Doch zuerst bringen sie euch zu eurem Bau. Auf uns wartet viel Arbeit. Habt ihr noch Fragen?“

Edme warf Faolan einen angstvollen Blick zu und er nickte ihr leicht zu. Jetzt war der Zeitpunkt, dem Fengo zu gestehen, dass sie nicht als *Malcadh* geboren, sondern durch die Niedertracht der MacHeath dazu gemacht worden war. Langsam trat Edme vor. Sie hob den Kopf und kniff ihr Auge zusammen, damit sie den Fengo besser sehen konnte. Sie wollte aufrecht und in Würde vor ihm stehen, wenn sie ihm diese grässliche Geschichte eröffnete, und nicht vor Angst und Scham auf dem Bauch kriechen.

„Ehrwürdiger Fengo, ich habe viel auf meiner *Slaan Leat* gelernt. Wie Ihr uns vor unserem Aufbruch vorausgesagt habt, war es eine Reise zur Wahrheit und ich habe ein schreckliches Geheimnis entdeckt.“

Der Fengo legte den Kopf zur Seite, ohne eine Miene zu verziehen. Edme erschauerte unter seinem durchdringenden Blick. „Sprich weiter“, sagte er und in seiner Stimme lag eine Strenge, die vorher nicht da gewesen war.

„Ich bin kein echtes *Malcadh*."

Der Fengo sog scharf die Luft ein. „Was sagst du da?"

„Ich bin normal geboren und wurde verstümmelt. Das Auge wurde mir ausgerissen." Edme hätte dem Fengo gern noch mehr erzählt. Zum Beispiel, dass Dunbar MacHeath die hässliche gezackte Narbe von ihrer Mutter Akira hatte. Aber sie durfte seine Geduld nicht allzu lange auf die Probe stellen. „Ich komme nicht als Vertreterin des MacHeath-Clans hierher, sondern als Freigängerin. Ich vertrete nur mich selbst." Edme starrte auf ihre Vorderpfoten hinunter. Sie wagte es nicht, dem Fengo in die Augen zu schauen.

„Sieh mich an, Edme", herrschte Finbar sie an. Doch als sie endlich aufblickte, lag kein Zorn in seinen Augen, sondern nur Traurigkeit. „Die MacHeath haben dir das angetan, sagst du?"

„Es war Dunbar", erwiderte Edme.

Der Fengo seufzte tief. „Ich kann es kaum glauben. Aber es wird ja schon lange von solchen Gräueln gemunkelt", sagte er. „Und nun hast du mir meine schlimmsten Befürchtungen bestätigt. Die MacHeath verdienen es nicht, ein Clan der Hinterlande zu sein. Sie haben hier nichts mehr zu suchen. Als Fengo der Heiligen Garde und als Vorsitzender des Obersten *Raghnaid* mache ich von meinem Recht Gebrauch, ein *Crait*-Gericht einzuberufen."

Die Wölfe schnappten nach Luft. Noch nie war zu ihren Lebzeiten ein solches Gericht zusammengetreten. Wenn die MacHeath verurteilt wurden, bedeutete das die Verbannung. Dann mussten sie die Hinterlande verlassen und als Clanlose leben.

Totenstille senkte sich herab. Niemand wagte zu atmen, als sei plötzlich alle Luft aus der Höhle herausgesaugt worden. Edme wankte leicht, dann ließ sie den Schwanz sinken, kniff ihn zwischen die Beine und drehte sich um. Niedergeschlagen schlich sie davon.

„Wo willst du hin?", fragte der Fengo. Aber Edme hörte ihn kaum. „Edme, warte! Ich frage dich, wohin du willst!"

Endlich blieb Edme stehen und drehte sich um. Eine riesige Träne schimmerte in ihrem einen Auge. „Der Clan, aus dem ich stamme, soll als *crait* verurteilt werden. Also bin ich hier nicht mehr willkommen."

„Was redest du da, meine Liebe?", sagte der Fengo. „Das ist Unsinn."

In diesem Moment trat eine einäugige rote Wölfin vor. Edme hatte sie schon beim *Gaddernag* gesehen und heute noch einmal bei ihrer Begrüßung in der Streunerburg.

„Verzeiht, ehrwürdiger Fengo. Darf ich reden?"

„Ja, Banja, was hast du zu sagen?"

„Ich wollte Euch bitten, keine voreiligen Entscheidungen zu treffen. Edme hat selbst zugegeben, dass sie kein geborenes *Malcadh* ist, sondern von den MacHeath dazu gemacht wurde. Folglich ist es vielleicht nicht angemessen, dass ... dass ..."

„Dass was?", fragte der Fengo mit einem Anflug von Schärfe in der Stimme.

„Dass sie als vollgültige Gardewölfin aufgenommen wird, so wie wir anderen. Vielleicht wäre es ratsam, wenn sie ihren Rang als Knochennagerin beibehalten würde, jedenfalls fürs Erste."

Steifbeinig und mit erhobenem Schwanz ging der Fengo auf die Wölfin zu. „Banja", knurrte er zähnefletschend, „du bist so stachlig wie eine Klette geworden. Welchen Zweck sollte es haben, wenn diese Jungwölfin eine Knochennagerin bleibt? Sie wird als Gardewolf ausgebildet. Oder muss ich mich auf das Vorrecht des Künders berufen, das mich ermächtigt, Mitglieder der Garde zu bestrafen? Ich habe noch nie Gebrauch davon gemacht – verleite mich jetzt nicht dazu!"

Banja wurde ganz klein, als schrumpfte sie unter ihrem Fell zusammen. Zitternd wich sie zurück und ihr Auge, das eben noch herausfordernd geglitzert hatte, wirkte jetzt stumpf und leblos wie ein Bachkiesel.

Geduckt schlich sie in den Schatten im hinteren Teil der Höhle und der Fengo wandte sich wieder Edme zu.

„Du bist nicht *crait*, Edme. Du hast nichts verbrochen. Dein Clan hat dir das angetan. Wir stellen die MacHeath vor ein *Crait*-Gericht, damit sie nicht noch mehr Welpen verstümmeln können. Wenn das Gericht sie für schuldig befindet, wird ihnen das Mitspracherecht in den Versammlungen der Hinterlande aberkannt. Sollen sich die MacHeath doch selbst zerstören. Aber du, Edme, stehst für dich allein. Du bist eine großartige Knochennagerin. Du hast dich hervorragend im *Gaddernag-Byrrgis* bewährt, als du die Beute mit dem Todesbiss erlöst hast." Er schaute kurz zu Faolan, der zerknirscht den Blick senkte, denn er hatte sich im entscheidenden Moment der Jagd von dem boshaften Knochennager Heep ablenken lassen.

Edme hat ihren Platz in der Vulkangarde viel mehr verdient als ich, dachte er. *Sie hat in dem ganzen Wettkampf keinen einzigen Fehler gemacht.* Er selbst war nur dank seiner kunstvollen Schnitzarbeit in die Vulkangarde gewählt worden. Damit hatte er seine Fehler beim *Byrrgis* wieder wettgemacht.

„Lass dir also sagen, Edme, dass du trotz des Betrugs der MacHeath ein echter Gardewolf bist. Du bist wahr und treu. Du kannst nichts dafür, dass dein Clan gegen unsere heiligsten Gesetze verstoßen hat. Du wirst in Ehre und Würde im Vulkankreis dienen, auch wenn du in einem ehrlosen, verkommenen Clan aufgewachsen bist. Wir heißen dich hiermit als Freigängerin in unseren Reihen willkommen."

Edme zitterte bis ins Mark. Die Träne, die ihr ins Auge geschossen war, lief jetzt langsam an ihrer Wange hinunter.

Der Fengo hielt inne und schaute Faolan an. „Auch dich, Faolan, heißen wir als den Besten deines Clans herzlich willkommen. Und jetzt lasst euch von Blink und Zwirbel zu eurem Bau führen. Eure Ausbildung beginnt in der ersten Phase der Erneuerung."

„Erneuerung?", wisperte Edme, während sie den beiden *Taigas* nach draußen folgten. „Was ist das denn?"

„Das ist das Eulenwort für den zunehmenden Mond. Die Zeit, in der der Mond wieder abnimmt, nennen die Eulen das ‚Schwinden'."

„Von wem hast du nur so viel Hoolisch gelernt?", fragte Edme staunend.

„Von Gwynneth, der Schmiedeeule." Freie Schmiedeeulen wie Gwynneth stellten Werkzeuge, Waffen und manchmal auch andere Gegenstände her, lebten aber getrennt von den anderen Eulen.

Zwirbel hatte Faolans Erklärungen mit angehört. „Ah, Gwynneth! Sie wird bald eintreffen, wenn die Zeit von Morgan und Sturmwind kommt. Schmiedeeulen ziehen die Glut dieser beiden Vulkane vor. Wenn die

Windsbräute blasen, brechen Morgan und Sturmwind gleichzeitig aus. Solche Glutschwälle habt ihr noch nie gesehen! Dann wimmelt es nur so von Eulen, als strömten alle Schmiedeeulen aus dem ganzen Ga'Hoole-Reich in den Kreis der Vulkane. Das ist eine großartige Zeit. Aber hier ist nun endlich euer Bau. Gönnt euch ein wenig Ruhe, bevor eure Ausbildung beginnt."

„Schau nur, Edme", murmelte Faolan staunend, nachdem sie durch einen steilen Gang in den Bau hinuntergeschlittert waren. „Sogar neue Felle liegen für uns bereit. Im Clan musste ich mich immer mit den abgelegten begnügen, in die die Welpen so oft reingemacht hatten, dass sie stanken."

„Und ich hatte überhaupt nie welche", seufzte Edme. „Selbst die vollgepinkelten waren noch zu gut für mich."

Nachdem sie ihre Lager dreimal umkreist hatten, wie es die Art der Wölfe war, legten sie sich zum Schlafen nieder. Die Felle stammten von Rentieren – und es waren sogar Winterfelle, die noch viel weicher und dicker waren als die Sommerfelle.

„Edme", sagte Faolan. „Ich glaube, ich bin zu aufgeregt zum Schlafen."

„Ich auch, aber wir müssen es versuchen."

„Ja, gut."

Eine Weile blieb es still. Dann flüsterte Faolan: „Edme, schläfst du schon?“ Keine Antwort. Er wartete einen Augenblick. „Edme? Schläfst du?“

„Ja, aber jetzt nicht mehr“, sagte Edme gähnend.

„Oh, tut mir leid.“

„Ist schon gut“, erwiderte sie. „Was ist los?“

„Ich wollte dir nur sagen, wie tapfer es von dir war, dem Fengo die Wahrheit über dich zu erzählen.“

„Danke, Faolan.“ *Was? Und deshalb weckst du mich auf?*, dachte Edme im Stillen. *Nur um mir zu sagen, wie tapfer ich war?*

„Das Fell riecht richtig gut, was? Nicht nach Welpenpipi“, sagte Faolan.

„Ja, nicht nach Welpenpipi.“

Edme war schon fast wieder eingeschlummert, als Faolan erneut fragte: „Du schläfst doch noch nicht, Edme, oder?“

„Doch, fast“, schnaubte sie.

„Ich wollte dir nur noch etwas sagen.“

„Ja, was denn?“

„Du hast deinen Platz in der Heiligen Garde redlich verdient, Edme – viel mehr als ich. Du hast schließlich der Beute beim *Byrrgis* den Todesbiss verpasst.“

Edmes Nackenfell sträubte sich. „Was redest du für dummes Zeug, Faolan? Das ist doch *cag mag*. Hör auf, dich verrückt zu machen. Du hast dich oft genug bewährt, hörst du? Und jetzt lass mich endlich schlafen."

Aber Faolan konnte immer noch nicht schlafen. Deshalb nahm er sich den Knochen aller Knochen vor. In der dunklen Höhle war die Schnitzarbeit nicht leicht zu entziffern, aber bald stellte er fest, dass einige Zeichen tiefer eingeritzt waren als andere. Wenn er mit der Zunge darüberfuhr, konnte er die Schrift ertasten. An einer Stelle war sie besonders tief eingeritzt, um die Botschaft hervorzuheben. Faolan erschauerte bis ins Mark, als er zu lesen begann:

Seit alters her besteht ein Bündnis zwischen Wölfen und Grizzlybären im Gebiet der Heiligen Vulkane, das von allergrößter Wichtigkeit ist. Nur dank dieser Übereinkunft können zwei so große Arten friedlich zusammenleben. Nirgendwo sonst in den Hinterlanden gehen Wölfe und Bären so freundlich und respektvoll miteinander um. Doch um diese Harmonie zu bewahren, müssen bestimmte Verhaltensweisen eingehalten werden. Eine der wichtigsten Regeln lautet, dass ein Wolf niemals und unter keinen Umständen ein Bärenjunges anrühren darf. Ein Verstoß gegen dieses Gesetz würde zu sinnlosem Blutvergießen führen und zumindest jenem Wolf das Leben kosten.

Auch andere Regeln sorgen dafür, dass die guten Beziehungen zwischen den Grizzlybären und den Garde-

wölfen bestehen bleiben. Sie sind ungeheuer wichtig, da unsere Jagdreviere begrenzt sind. Wir müssen in Frieden zusammenleben.

„Urskadamus“, murmelte Faolan. Es war ein alter Bärenfluch, den er von Donnerherz übernommen hatte und der ihm jedes Mal entschlüpfte, wenn er verblüfft oder zornig war. Und diesmal hatte er Edme damit aufgeweckt.

„Was machst du denn da?“

„Ich lese den Knochen aller Knochen.“

„Im Dunkeln?“

„Die Schrift ist tief eingeritzt. Ich kann sie mit meiner Zunge nachfahren.“ Faolans Stimme klang auf einmal bedrückt und angstvoll.

„Faolan, was ist denn?“

Faolan blickte zu Edme hinüber. *Nur gut, dass sie nicht weiß, wie nahe sie dem Tod war!*, dachte er.

„Hast du eins der Bärenjungen angefasst?“, wisperte Faolan.

Jetzt bekam es auch Edme mit der Angst zu tun. „Ich glaube nicht“, antwortete sie mit zitternder Stimme.

Finstere Pläne

„Ich bin ihnen einen Tag und eine Nacht lang gefolgt, bis zu einem Felsvorsprung direkt über dem Fluss, auf dem sie gerastet haben. Auf der Sandbank darunter lag ein Elchkadaver, den sich eine Grizzlybärin und ein *Byrrgis* der Vulkangarde teilten."

„Was?" Die Wölfe, die in der Streunerburg der MacHeath versammelt waren, sogen hörbar die Luft ein. Aufgeregtes Stimmengewirr erfüllte die Höhle.

„Ruhe!", brüllte das Oberhaupt. „Die Gardewölfe machen das so. Sie hatten schon immer eine besondere Verbindung zu den Grizzlybären. Fahre fort, Fretta, das ist höchst interessant."

„Die Jungen der Grizzlybärin tollten am Ufer herum und die Bärin brachte ihnen Fleisch. Als sich alle satt gefressen hatten und die Gardewölfe fort waren, hielt die Mutter ein Mittagsschläfchen. Die Jungen waren kein bisschen müde."

„Ja, natürlich, die Mutter hat ja die ganze Arbeit gemacht", murmelte Katria, eine Wölfin mit einem Fell so schwarz wie eine mondlose Nacht. Sofort stürzte sich das Oberhaupt auf sie und hieb ihr seine Fänge in die Flanke. Dabei spritzte Blut von seinen Lefzen, die er sich an den Dornen der Litharöschen geritzt hatte, und das machte ihn noch wütender. Mit einem Pfotenhieb schleuderte er Katria durch die ganze Höhle. „Kein Wort will ich mehr von dir hören!“, knurrte er böse.

Katria verkroch sich in einen Winkel und drückte sich so flach auf den Boden wie nur möglich. Dann vergrub sie ihre Schnauze in den Pfoten und wünschte sich weit weg. Wie lange sollte sie diese Grausamkeiten noch ertragen? Kyrana war ihre Tochter gewesen, ihre leichtsinnige, törichte Tochter. Donaidh, Katrias Gefährte, war seltsam gleichgültig geblieben, als Dunbar seine Leisetöter auf Kyrana und Ingliss gehetzt hatte. Wahrscheinlich hatte er eine Chance gewittert, im Rang der Rudellords eine Sprosse höher zu steigen. Etwas anderes zählte offenbar nicht für ihn.

In der alten Wolfssprache bedeutete das Wort „Donaidh“ „Herrscher der Welt“. Vielleicht glaubte er deshalb, ihm stünde das Recht zu, eines Tages Dunbars Nachfolger zu werden. Und dieser Tag war nicht mehr fern, denn das Oberhaupt war in letzter Zeit sehr gealtert und wurde immer unberechenbarer.

Katria wandte ihre Aufmerksamkeit wieder der Kundschafterin zu, die in ihrem Bericht fortfuhr: „Edme und Faolan hatten von dem Felsvorsprung zugeschaut", erzählte Fretta. „Es war in der heißen, trägen Mittagszeit. Faolan schlief bald tief und fest, aber Edme nicht. Sie lief zu den Bärenjungen und spielte mit ihnen, bis Faolan erwachte. Er stürzte sofort zu ihr und scheuchte sie von den Kleinen fort."

Das Oberhaupt lachte höhnisch. „Wenn die Bärin aufgewacht wäre, hätte sie kurzen Prozess mit den beiden gemacht."

„Ja, schade", knurrte Blyden.

„Nein, überhaupt nicht", widersprach Dunbar. „Was nützt uns schon der Tod einer Wölfin wie Edme? Aus dieser Sache lässt sich viel mehr machen, als ihr glaubt."

„Ist unser ehrwürdiges Oberhaupt nicht ein richtiges Schlitzohr?", murmelte einer der Wölfe.

„Aber da ist noch etwas, Herr", fing Fretta wieder an.

„Was denn?"

Fretta wurde plötzlich unsicher. Nervös wandte sie den Blick von Dunbar ab und wich einen Schritt zurück. „Also ... mir ist da ein Gerücht zu Ohren gekommen ... ein dummes Gerücht, aber ..."

„Nun sag schon", rief Dunbar MacHeath misstrauisch.

„Ich habe es von den Eulen. Sie erzählen sich, dass der Fengo der Heiligen Garde unseren Clan vor ein *Crait*-Gericht bringen will."

„Ein *Crait*-Gericht!“ Dunbar MacHeath schoss so heftig in die Höhe, dass er fast mit dem Kopf an die Decke stieß. Entrüstetes Heulen stieg aus der Wolfsversammlung auf.

„Ruhe“, donnerte das Oberhaupt und sofort wurde es wieder still in der Höhle. Dunbar lief schweigend hin und her, dann blieb er stehen und seine Augen verdrehten sich nach hinten, bis nur noch das Weiße zu sehen war. Endlich fing er sich wieder. „*Crait*, sagst du“, knurrte er. „*Crait!* Die werden schon sehen, wer hier *crait* ist und wer nicht. Diese dumme kleine Wölfin hat also eine Schwäche für Bärenjunge, wie?“, fuhr er nachdenklich fort. „Wenn das bekannt wird, könnte es ihr eine Menge Ärger einbringen. Die Clans der Hinterlande lassen sich schon viel zu lange von den Gardewölfen beherrschen. Und jetzt auch noch diese Unverschämtheit mit dem *Crait*-Gericht. Der Fengo will uns allen Ernstes verbannen lassen. Das gab es noch nie. Es wird Zeit, dass alle Macht und Ehre wieder an die Clans und ihre Oberhäupter zurückfällt.“

Mit Ehre hat das nichts zu tun, dachte Katria bitter, *sondern nur mit Macht. Und mit roher Gewalt.*

Dunbar MacHeath fixierte die Wölfe, die ihn umringten. „Was ist Ehre? Ehre ist, das Richtige zu tun. Seit vielen Jahren legen die Gardewölfe unsere Clan-Gebiete und unsere Jagdgründe fest. Warum lassen wir es zu, dass der Fengo unser Land beherrscht? Nicht der Vulkankreis ist der Mittelpunkt der Hinterlande, sondern der Große Lupus höchstpersönlich. Lupus wird uns sagen, was wir tun müssen, um unsere Ehre wiederherzustellen. Viel zu lange schon lassen wir uns von diesem sogenannten Heiligen Kreis und seiner Garde knebeln und unterdrücken. Es ist unsere Pflicht, diese Knechtschaft abzuschütteln!"

Begeistertes Knurren und Bellen schallte durch die Höhle, bis das Oberhaupt „Ruhe!" brüllte. Die Wölfe verstummten und warteten ab, was Dunbar ihnen noch zu sagen hatte. „Mit der Knochennagerin Edme hätten wir eine Chance gehabt, endlich die Macht über den Vulkankreis an uns zu reißen. Und was tut diese Schwachsinnige stattdessen? Sie verrät uns! Kann es etwas Schändlicheres geben? Ich verstehe eure Wut. Und natürlich sagt ihr euch: Schade, dass die Grizzlybärin es ihr nicht heimgezahlt hat. Aber was bedeutet schon eine getötete Wölfin, frage ich euch? Nicht viel! Nein, ich habe eine bessere Idee. Wir werden Edmes sträfliches Verhalten für unsere Zwecke nutzen und einen Krieg anzetteln, mit dem wir unsere Ehre wiederherstellen können."

Ach ja? Das also würde der Große Lupus tun?, dachte Katria. *Einen Krieg anzetteln?*

„Was für einen Krieg?", fragte Blyden.

Dunbars knorrige Pfote schoss vor und schleuderte

Blyden brutal zur Seite. „Unterbrich mich gefälligst nicht! Ich spreche von einem Krieg zwischen den Gardewölfen und den Bären. Im Tal am Vulkankreis leben viele Bären. Wenn die sich erheben, ist es aus mit der Vulkangarde."

„Und was dann?", fragte die Gefährtin des Oberhaupts.

„Dann übernehmen wir die Macht!"

„*Wir die Macht!*", wiederholten die Wölfe. Erst klang es noch zögerlich, dann immer lauter und triumphierender: „*Wir die Macht! Wir die Macht!*" Wie ein magischer Gesang liefen die Worte durch die Versammlung.

Der Hass, der seit vielen Jahren in den Herzen der MacHeath-Wölfe schwelte und von ihren Anführern sorgfältig geschürt wurde, machte sich endlich Luft.

„Und was ist nun Euer ...", begann Malan, der zweithöchste Wolf nach dem Oberhaupt. „Was ist Euer Plan, Herr?"

„Ganz einfach: Wir nehmen eine Geisel. Und zwar eines der Bärenjungen, mit denen Edme gespielt hat."

„Aber wo sollen wir die Geisel gefangen halten?", wandte Malan ein.

„In der Grube", sagte Dunbar mit einem leisen Knurren.

Katria stockte das Blut in den Adern. Schreckte dieser elende Dunbar denn vor gar nichts zurück?

„Aaaah!“, heulten die Wölfe, dass die ganze Streunerburg davon widerhallte.

„Ja, euer altes Oberhaupt hat noch so einige Tricks auf Lager.“ Dunbars Nackenfell hatte sich steil aufgestellt und er warf Donaidh einen giftigen Blick zu.

Die Grube wurde von Old Cags bewacht, einem MacHeath-Wolf, der an der Geiferseuche erkrankt war. Der alte Geiferwolf wurde als Schreckgespenst eingesetzt, um aufmüpfige Welpen zur Vernunft zu bringen. „Wenn du nicht brav bist, kommst du zu Old Cags in die Grube!“, drohten die Erwachsenen ihrem Nachwuchs. „Der wird dir die Flausen schon austreiben, falls du es überlebst.“ Zwar starben nur wenige Welpen in der Grube, weil Old Cags kaum noch Zähne im Maul hatte, mit denen er beißen konnte. Aber wenn sie zurückkamen, waren sie wie versteinert, ohne jede Gefühlsregung, und machten alles, was man ihnen sagte. Sie waren nur noch willenlose Werkzeuge in der Hand der Clan-Ältesten. Old Cags hatte sie zwar nicht mit der Geiferseuche angesteckt, aber sie litten an einem unerklärlichen Gehirnfieber und starben meistens jung. Katria schwirrte der Kopf von all diesen Gedanken. *Das arme Bärenjunge*, dachte sie verzweifelt. *Es wird elend zugrunde gehen in dieser Hölle auf Erden, die von unserem Clan geschaffen wurde.*

Übelkeit stieg in ihr auf. Wenn Dunbar MacHeath

seine Drohung wahr machte, würde in der Tat ein Krieg zwischen den Bären und Wölfen ausbrechen. Ja vielleicht würden sogar die Eulen hineingezogen, mit unabsehbaren Folgen für alle. Die Hinterlande würden im Chaos versinken. Aber genau das wollten die MacHeath. Wenn sie schon aus dem Land gejagt wurden, sollten alle anderen mit ihnen untergehen.

Erste Wache

„Schnell jetzt! Wir haben keine Zeit zu verlieren! Ihr dürft nicht gleich am ersten Abend zu spät kommen!“ Blink und Zwirbel schlitterten in vollem Tempo durch den steilen Gang in den Bau hinunter.

„Ihr habt sicher kein Auge zugetan“, sagte die braune Wölfin und blinzelte mit ihrem einen Auge, als wollte sie ihrem Namen alle Ehre machen.

„Nein, wohl kaum“, lachte Zwirbel. „Ich weiß noch, wie aufgeregt ich in meiner ersten Nacht hier war. Aber ich würde euch nicht raten, zu spät zu kommen. Snowden wird fuchsteufelswild, wenn er auch nur eine Sekunde länger Dienst tun muss. Und Collien auch.“

„Collien? Snowden? Sind das auch *Taigas*?“

„Nein, nein, Faolan“, sagte Blink. „Wir sind eure *Taigas*. Collien und Snowden halten in diesem Zyklus nur Wache bei Morgan und Sturmwind. Bald steigt die Mondklaue auf.“

„Die Mondklaue?“, fragte Faolan.

„Das ist die erste Phase der Erneuerung“, warf Edme

schnell ein. „Weil die Mondsichel dann wie eine Wolfsklaue aussieht.“

„Ja, richtig“, bestätigte Blink. „Du hast offenbar den Knochen aller Knochen studiert.“

Faolan und Edme folgten ihren Lehrern aus dem Bau hinaus und liefen zügig zur Ostseite des Vulkankreises. Die Landschaft war bizarr und fremdartig. Ein trockenes Knirschen ertönte unter ihren Füßen, als sie die Lavaströme überquerten, die an den Hängen herabgequollen waren und sich zu dicken schwarzen Glasplatten verfestigt hatten. Flammen leckten wie Feuerzungen am Nachthimmel. Die Gardewölfe streiften fast die Sterne, so hoch schnellten sie in die Luft, während sie nach Grimalkin-Eulen Ausschau hielten.

In den Kratern brodelte es und die mondlose Nacht wurde von roten Funkenschauern erhellt. Himmelhohe Glutfontänen vermischten sich mit den eishellen Sternen am Firmament zu einem Astraltanz in samtiger Dunkelheit. Im Hintergrund stieg der wilde Gesang der Gardewölfe auf. Es war ein Heulen, wie Faolan und Edme es noch nie gehört hatten. Jeder Schrei, jede Stimme wurde von einer anderen verstärkt und gewann so einen tiefen, betörenden Klang. Eine ganz neue Welt von Tönen eröffnete sich den beiden jungen Wölfen. Das Heulen war längst nicht so laut, wie sie es von ihren eigenen Rudeln gewöhnt waren, aber dafür hallten die

Stimmen umso mächtiger in ihren Ohren wider. Als hätten die Gardewölfe eine Musik entdeckt, die nur aus den stärksten Akkorden bestand.

Edme und Faolan spürten, wie ihnen die Kehle aufging. Am liebsten hätten sie mitgeheult, aber sie wussten, dass das nicht richtig war.

Zwirbel schien ihre Gedanken zu lesen und drehte sich zu ihnen um. „Nur Geduld, ihr kommt auch bald dran, aber erst wenn ihr die Knochenhügel erklommen habt. Ich weiß nur zu gut, wie unwiderstehlich dieser Gesang ist."

Edme seufzte sehnsüchtig. „Aber werden wir jemals auch so schön heulen?", fragte sie.

„Ja, natürlich", erwiderte Blink. „Es braucht Zeit, aber ihr werdet es lernen. Die Töne sickern in euch ein und dringen euch bis ins Mark."

„Das wurde aber auch Zeit!" Snowden, ein aschgrauer Wolf, sprang von dem Knochenhügel herunter, der direkt vor Sturmwind aufragte. Im ersten Moment hätte man ihn für einen gewöhnlichen Wolf ohne Missbildungen halten können. Er hatte gerade Beine und Pfoten und ihm fehlten weder ein Auge noch Ohren oder der Schwanz. Faolan und Edme konnten ihre Verwunderung kaum verbergen, dass dieser schöne Wolf ein Mitglied der Garde war.

„Ihr merkt es nicht, was?", bellte Snowden mit rauer Stimme, die ganz anders klang als sein Heulen. Dann streckte er seine Zunge heraus. Edme und Faolan zuckten entsetzt zurück. Die Zunge war gegabelt wie die einer Schlange. Snowden lachte.

„Typisch Snowden", murmelte Blink. „Hört nicht auf ihn. Er erschreckt gern die Neuen hier."

„Er geht jetzt in seinen Bau zurück. Und wisst ihr, was er als Erstes macht, bevor er sich schlafen legt?", fragte Zwirbel.

„Was denn?", wollte Faolan wissen.

„Er benagt einen Knochen, um alles festzuhalten, was er während der Wache gesehen hat: ob Eulen zum Glutsammeln gekommen sind oder verdächtige Grimalkins den Kraterrand unsicher gemacht haben. Außerdem beschreibt er die Vulkanaktivität. Aber jetzt beeil dich, Faolan. Das hier ist dein Knochenhügel. Du wachst über Sturmwind. Blink führt Edme zum Morgan-Hügel. Steig schon mal hinauf, ich komme gleich nach."

Es gab viel zu lernen in dieser ersten Nacht.

„Nicht nur ich bin dein *Taiga*, sondern auch Sturmwind", sagte Zwirbel, als er sich neben Faolan auf dem Knochenhügel niederließ. Er nickte zu dem Vulkan hinüber, aus dessen Krater dicke, wogende Dampfsäulen schossen, die sich ausbreiteten und in der Nacht verteilten. „Du wirst erleben, wie der Geruch der Schwefeldämpfe sich im Rhythmus der Jahreszeiten verändert. Lavaströme sind selten, aber du wirst lernen, die Lavaströme von Sturmwind und Kjell auf der anderen Seite des Kreises zu unterscheiden."

Am östlichen Horizont kroch der erste helle Schatten des Monds herauf und stieg höher. Im selben Moment entdeckte Faolan die Eulen von Ga'Hoole. Lautlos segelten sie durch die Nacht. Ihre breiten Schwingen hoben sich gegen die Dunkelheit ab und ihre Federspitzen schimmerten wie in Silber getaucht. Ein gespenstischer, majestätischer Anblick.

„Sie kommen meistens, wenn der Mond aufsteigt, und von den Knochenhügeln von Sturmwind und Morgan kannst du sie am besten sehen. Wenn du mehr über die Eulen und ihr Reich erfahren willst, musst du den Knochen aller Knochen lesen. Dort findest du alles bis hin zu den ersten Eulen, die uns in die Hinterlande geleitet haben."

In Faolans Mark regte sich etwas. Seine Augen weiteten sich und er legte die Ohren nach vorn. Wie alle Hinterlandwölfe wusste er von der sagenumwobenen Glut in den Vulkanen, und dass sie oft durch die Lavagänge von einem Krater zum anderen wanderte. Er kannte die Legenden vom Heiligen Kreis der Vulkane, besonders die vom ersten König, der über das Hoole-Reich herrschte und die magischen Kräfte der Glut erkannt hatte. Der

König nannte sie „die Glut von Hoole“ und warnte die ersten Glutsammler, dass diese Glut nicht für die Schmiedeesse bestimmt war.

„Ich weiß“, sagte Faolan leise.

Zwirbel legte den Kopf zur Seite und schaute Faolan neugierig an. „Du hast also diesen Teil des Knochens schon gelesen?“

„Nein, noch nicht.“

„Woher weißt du es dann?“

Verwirrt schaute Faolan seinen *Taiga* an. „Keine Ahnung. Ich weiß es einfach.“

Faolans Worte rührten etwas in Zwirbel auf. Ein Gefühl, das ihn im Innersten erschauern ließ, ohne dass er es in Worte fassen konnte. „Nun, du wirst noch mehr über die Fengos lernen und über die großen Glutsammlereulen – zum Beispiel Gränk, den ersten Glutsammler.“

Faolan zuckte zusammen, als er diesen Namen hörte.

„Was ist denn?“, fragte Zwirbel. „Hast du etwas?“

„Nein, nein, alles gut. Erzähl bitte weiter.“ Der Name Gränk hatte Faolan bis ins Mark getroffen. Ein Eishauch durchlief ihn, als ob ein fremder Wolf über sein künftiges Grab spazierte – über die Stelle, an der er eines Tages seinen letzten Atemzug tun würde.

„Gut, dann lass uns jetzt mit den Spähsprüngen beginnen.“

„Spähsprünge?“

Als Antwort auf seine Frage schoss Zwirbel schneller als jeder Glutschwall in die Luft und wirbelte auf dem höchsten Punkt seines Sprungs herum. Er schlug ein paar Vorwärtssaltos und landete leichtfüßig wieder auf dem Knochenhügel. Faolan blinzelte ihn staunend an.

„Das war ein Vollschneller mit Doppelspirale und ein paar kleinen Tricks am Ende, die ich mir selbst ausgedacht habe. Aber es kommt nicht darauf an, wie hoch oder schön du springst, sondern wie viel du siehst, während du in der Luft bist. Wichtig ist, dass du in kürzester Zeit möglichst viel auskundschaftest. Wir Wölfe können nicht fliegen wie die Eulen, aber …“, Zwirbel hielt inne und lachte verschmitzt, „aber wir tun unser Bestes. Fürs Erste genügt es, wenn du etwas über die guten Eulen lernst. Wie man die Grimalkins erkennt und wer sie sind, erfährst du später.“ Zwirbel holte Luft und fuhr dann fort: „Und jetzt, mein junger Freund, wird es Zeit für deinen ersten Sprung. Wichtig ist, dass du von den Hinterbeinen abspringst und sofort die Vorderbeine anziehst. Und mach nicht den Fehler, bei deinem ersten Sprung etwas Ausgefallenes zu probieren. Einfach nur hoch, runter und dann wieder auf den Hinterbeinen aufkommen.“

Der *Taiga* zählte bis drei und bei drei sprang Faolan. Brennende Glutbröckchen zischten an ihm vorbei. Er spürte die Hitze der Flammen und roch den Glutbrei, der dick und zäh im Krater brodelte. Heiße Windstöße streiften sein Fell und sekundenlang fühlte er sich eins mit dem Himmel – mit den Sternen, dem Mond, den jagenden Wolken –, bis er eine Eule hoch über sich fliegen sah. *In was für einer wunderbaren Welt sie leben!*, dachte er sehnsüchtig. Im nächsten Moment landete er wieder auf dem Knochenhügel.

„Dein Sprung war sehr hoch. Das ist gut. Aber fürs Erste wäre es besser, wenn du ein wenig Höhe opferst, um deine Wendigkeit in der Luft zu verbessern."

Auch Edme arbeitete auf dem Morgan-Knochenhügel hart an ihren Sprüngen. Sie erreichte nicht die Höhe, die sie anstrebte, aber ihre Leistungen waren ausgezeichnet, bis sie Banja unten entdeckte, die höhnisch zu ihr hinaufstarrte. Vor Schreck landete Edme hart auf ihrem Hinterteil.

„Autsch!"

„Du warst abgelenkt!", sagte Blink. „Das darfst du nicht zulassen. Was hat dich denn aus deiner Konzentration gerissen?"

Edme wollte nicht sagen, dass Banja der Grund war. Sonst würde Blink noch glauben, dass sie sich beschweren und die Schuld auf andere schieben wollte. Aber im Stillen verfluchte sie Banja, die sich seit dem Treffen im Bau des Fengo wie eine Klette in ihrem Kopf festgesetzt hatte. *Sie will mich fertigmachen, aber das lasse ich nicht zu!*, dachte Edme.

Dann duckte sie sich zu ihrem nächsten Sprung. Sie kam gut ab und zog die Vorderbeine an, um den Luftwiderstand zu verringern. Diesmal schoss sie so hoch hinauf wie noch nie. Aber das Gelächter unter ihr brachte sie aus der Fassung und so landete sie wieder auf dem Hinterteil.

„He, Ruhe da unten!“, rief Blink.

„Oh, Entschuldigung, wir haben gar nicht gemerkt, dass wir so laut waren“, säuselte Banja. „Tut mir leid, Blink. Ich habe Paddy nur gerade den Witz von dem Rentier erzählt, das *Bilibu* spielen wollte. Du weißt schon, den hab ich doch von dir.“

„Also erstens war das ein Limerick und kein Witz. Und zweitens muss dir doch klar sein, dass deine Worte in voller Lautstärke zu uns hinaufschallen, wenn der Wind in dieser Richtung steht. Das geht nicht. Ich unterrichte hier gerade.“

„Ja, und Edme hat es auch bitter nötig. Tut mir wirklich leid. Ich entschuldige mich bei euch beiden“, erwiderte Banja.

Blink schaute Edme an und ein ratloser Ausdruck trat in ihr eines Auge. „Hmmm“, machte sie nur.

Klang diese Entschuldigung in Blinks Ohren genauso verlogen, wie Edme sie empfand?

Auf dem Sturmwind-Hügel übte Faolan unermüdlich seine Sprünge, bis die Wache zu Ende war. Zwirbel führte ihn auf einem längeren Weg zu seinem Bau zurück, damit Faolan den Schichtwechsel auf den anderen Vulkanen mit ansehen konnte.

„Die Wölfin, die gerade auf den Knochenhügel vor Kjell steigt, heißt Litha."

Faolan sah eine dreibeinige schwarze Wölfin mit glänzendem Fell auf den *Drumlyn* hinaufklettern. Kaum hatte sie die Spitze erreicht, schnellte sie in die Luft und schlug einen atemberaubenden Salto rückwärts.

„Und das schafft sie mit nur drei Beinen?", rief Faolan fassungslos.

„Ja, in der Tat", erwiderte Zwirbel. „Litha gilt bei einigen hier als die beste Springerin der Vulkangarde."

Faolan schämte sich im Stillen, dass er früher immer so stolz auf seine Sprünge gewesen war.

Inzwischen hatten sie den Rundgang beinahe vollendet und näherten sich Dunmore. Plötzlich hielt Zwirbel direkt vor einem Knochenhügel an, auf dem aber kein Wolf hockte. Dieser Hügel war nicht so hoch wie die anderen, doch als Faolan genauer hinsah, überlief es ihn kalt und sein Nackenfell sträubte sich.

„Der *Drumlyn* der Fengos", sagte Zwirbel leise. „Hier ruhen ihre Gebeine und viele der Schnitzknochen, die sie zu ihren Lebzeiten angefertigt haben. Wenn die Zeit gekommen ist, schnitzen sie den letzten Knochen, den Übergangsknochen. Darauf halten sie ihre letzten Gedanken fest, bevor sie diese Welt verlassen und den Aufstieg zur Himmlischen Höhle der Seelen beginnen. Der Knochen wird dann zusammen mit ihren Überresten tief in diesem Hügel begraben. Die Fengos schnitzen in einer Geheimschrift, die nur sie selbst entziffern können."

Faolan legte den Kopf zur Seite und starrte den Knochenhügel an. Zwirbels Stimme und das Bellen der Wölfe verhallte, und für einen Augenblick fühlte er sich wie aus der Zeit gefallen. Als stünde er neben seinem eigenen Fell und blickte darauf hinunter. *Ich kenne diese Geheimschrift.*

„Faolan! Was ist mit dir?", fragte Zwirbel.

Im Handumdrehen kehrte Faolan in sein Fell zurück. „Nichts, alles ist gut." Seltsamerweise fühlte er sich so erholt wie nach einem langen Schlaf.

„Sieh mal, Dunmore erwacht!", sagte Zwirbel.

Die beiden Wölfe drehten sich zu dem Vulkan um, der jetzt zischende Glutfontänen in die schwarzen Falten der Nacht hinaufjagte. Der Himmel war gespickt mit brennenden Glutbröckchen. Zum ersten Mal seit Donnerherz gestorben war, kehrte Frieden in Faolans Herz ein und er fühlte sich ganz mit sich im Reinen. *Ich bin glücklich*, dachte er staunend. *Richtig glücklich.*

Die Flucht der Wölfinnen

Katria hielt es kaum noch in ihrem Bau aus, seit Kyrana ermordet worden war. Die Höhle erschien ihr so entsetzlich leer ohne ihre Tochter. Kyrana hatte oft über die Stränge geschlagen, aber sie hatte es nicht wirklich böse gemeint. Ingliss war immer die treibende Kraft bei ihren Streichen gewesen, das wusste Katria. Aber natürlich wollte sie auch nicht alle Schuld auf Kyranas Freundin schieben. Ingliss hatte früh ihre Mutter verloren, die vor einem Jahr bei einem Paarungskampf getötet worden war. Solche Kämpfe kamen im MacHeath-Clan häufig vor. Wenn ein hochrangiger Lord Interesse an einer Wölfin zeigte, musste er die Angelegenheit mit ihrem Gefährten ausfechten. Aber in diesem Fall war Ingliss' Mutter Pegien dazwischengegangen und hatte den Lord einen „räudigen Köter" genannt. Das war ihr Todesurteil gewesen. Malan, der Lord, vergaß Pegiens Schönheit, stürzte sich auf sie und schlitzte ihr die Kehle auf. Noch im Sterben gelang es Pegien, ihn bis aufs Blut zu beißen.

Ingliss hatte Pegiens Kampfgeist geerbt. Katria beneidete Pegien jetzt beinahe, weil sie nicht mehr miterleben musste, wie ihre eigene Tochter zerfleischt wurde. Was war das auch für ein Leben?

Katrias Gefährte kam in den Bau und riss sie aus ihren Gedanken. „Du hast dich ja vorhin ganz schön zum Narren gemacht“, knurrte Donaidh. „Wie steh ich denn jetzt vor dem *Raghnaid* da?“

Katria gab keine Antwort.

„Und jetzt auch noch die Beleidigte spielen, was?“ Drohend trat er auf Katria zu, um sie mit einem Biss zu bestrafen. Er wollte schließlich nicht hinter Dunbar zurückstehen, der Katria durch die ganze Streunerburg geschleudert hatte. Aber diesmal kuschte Katria nicht vor Donaidh. Diesmal sank sie nicht unterwürfig in die Knie, wie es von ihr erwartet wurde. Stattdessen stand sie auf, legte die Ohren nach vorn und fletschte knurrend die Zähne.

Donaidh erstarrte. „Was soll denn das?“, fauchte er. „Bist du *cag mag* geworden?“

Wortlos ging Katria einen Schritt auf ihn zu. Ihr Knurren wurde noch drohender.

„Dann pass mal auf, was ich dir jetzt sage, dumme Wölfin! Ich werde mit dem Oberhaupt, Malan, Blyden und Fretta mitgehen. Ja, ganz richtig, da kannst du knurren so viel du willst! Ich hole mir das Bärenjunge und dann werde ich im Rang aufsteigen. Vielleicht sogar noch höher als Malan."

Katria schloss daraus, dass Donaidh den hinterhältigen Blick nicht bemerkt hatte, den ihm das Oberhaupt in der Streunerburg zugeworfen hatte. Donaidh wollte Dunbars Nachfolger werden, das wusste sie, aber Dunbar hatte andere Pläne. Und Donaidh war dumm und eitel genug, um dem Oberhaupt in die Falle zu tappen. Er war noch nie für einen Leisetöter-Trupp ausgewählt worden. Wenn Dunbar ihn jetzt mitnahm, bedeutete das nichts Gutes.

Aber Donaidh war außer sich vor Freude, dass er an der Entführung des Bärenjungen teilnehmen durfte. „Wir werden schon sehen, wer hier der Herr im Bau ist. Und vergiss nicht, dass Dunbar keine Söhne hat, die ihm als Oberhaupt nachfolgen können. Und seine Gefährtin ist zu alt. Aber ich bin nicht alt und du auch nicht. Vielleicht bist du bald die Gefährtin des nächsten Oberhaupts und eines Tages die Mutter des übernächsten."

Nie und nimmer, dachte Katria. *Ich werde keinen neuen Wurf in diesem Clan großziehen.* Aber dann senkte sie mit gespielter Unterwürfigkeit den Blick. „Ich werde dir nicht im Weg stehen", entgegnete sie fügsam.

„Das will ich dir auch geraten haben."

Donaidh lief aus dem Bau, um sich mit Dunbar, Malan, Blyden und der Kundschafterin Fretta zu treffen.

Katria schaute ihm vom Eingang des Baus nach, bis er aus ihrem Blickfeld verschwunden war. Ihr Entschluss stand fest. Sie würde den Clan verlassen und Zuflucht bei den MacNamara suchen. Die Umstände waren günstig. Dunbar verließ mit seinem obersten Leutnant das MacHeath-Gebiet, und er nahm Katrias Gefährten und zwei der besten Kundschafter mit, um das Bärenjunge einzufangen. Diese einmalige Chance musste sie nutzen.

Sie würde am helllichten Tag aufbrechen, damit es so aussah, als wollte sie Murmeltiere oder anderes Kleinzeug jagen. Ihr Pfad führte nach Nordosten, zu einer Halbinsel, die ins Hoolemeer hinausragte.

Im Lauf der Jahrhunderte hatte sich unter den misshandelten MacHeath-Wölfinnen eine Geheimsprache entwickelt, die in der alten Wolfssprache *Banuil caint* hieß – Wölfinnen-Palaver. Wie die misshandelten Wölfinnen das *Banuil caint* erlernten, blieb allerdings ein Rätsel. Den Gerüchten nach war die Sprache von Hordweard ersonnen worden, der Gründerin des MacNamara-Clans. Hordweard hatte vor tausend Jahren gelebt, in der Zeit des ersten Glutherrschers, des Königs Hoole. Sie hatte den Clan verlassen, weil sie die schlechte Behandlung nicht mehr ertrug, doch ihr Gefährte, das Oberhaupt Dunlevy MacHeath, war ihr nachgejagt. Bei einem Felsen namens Stummelkrallen-Spitze hatte Hordweard ihn gestellt und getötet.

Hordweard gründete ihren eigenen Clan und nannte ihn *Namara*, was in der alten Wolfssprache „Erschafferin starker Geister“ bedeutete. Seit dieser Zeit waren Gerüchte im Umlauf, dass die MacNamara Schnitzknochen in Hordweards Geheimsprache im MacHeath-Gebiet verteilten, um die Wölfinnen dort zur Flucht zu ermuntern.

Katria hatte kurz nach der Geburt ihres ersten Wurfs einen *Banuil-caint*-Knochen gefunden. Sie konnte die Schrift nicht entziffern, spürte aber, dass dieser Knochen für sie bestimmt war. Es dauerte Jahre, bis sie ihn lesen konnte, aber dann entfachte die Botschaft einen Funken in ihr, der bis heute nicht erloschen war. Die Worte waren einfach. *Du bist gut. Du bist weise.* Katria hatte sie plötzlich verstanden, als Donaidh sie wieder einmal grausam misshandelt hatte. Er hatte sie geschlagen und beschimpft und ihr die fünfte Zehenkralle an einer ihrer Vorderpfoten ausgerissen. Seitdem hatte Katria noch mehr Botschaften empfangen. Keine davon war speziell an sie gerichtet, sondern an jede Wölfin, die ein hartes Leben bei den grausamen MacHeath führte. Aber Katria fand die Schnitzknochen immer in Augenblicken tiefster Verzweiflung und Hoffnungslosigkeit. Die letzte Botschaft hatte sie kurz nach Kyranas Tod erhalten. Sie vergrub die Knochen an einem Ort, an dem niemand sie finden würde.

Mit der Zeit hatte sie die geheime Sprache immer besser verstanden. Die Botschaften waren nie fordernd oder belehrend. Sie sagten ihr nie, was sie tun oder lassen sollte, sondern machten ihr Mut, an sich selbst und ihre eigene Kraft zu glauben. Und mit diesem Glauben wuchs das Vertrauen in ihre Würde, die ihr zustand wie allen Lebewesen auf dieser Erde. Sie wusste, dass ihr nichts in den Schoß fallen würde. Wenn sie ein neues Leben führen wollte, musste sie dafür kämpfen.

Jetzt, da die MacHeath einen Krieg anzetteln wollten, wusste Katria, dass sie gehen musste. Nicht die Weisen Wölfe der Vulkangarde konnten diesen Krieg aufhalten, sondern nur der Clan der MacNamara. Niemand kannte die üblen Sitten der MacHeath besser und kein Wolf war tapferer als eine MacNamara-Wölfin. Die MacNamara galten als sanft und gütig, aber wenn ihr Zorn erst entfacht war, gab es kein Halten mehr. Tief in ihrem Inneren entzündete sich ein Funke, der ihr Mark erstarren ließ, und ihr Herz verhärtete sich zu Stein.

Katria brach kurz vor dem Morgengrauen auf, nachdem das Oberhaupt mit seinem Gefolge das Lager verlassen hatte, um dem Bärenjungen aufzulauern. Zum Glück stand der Wind günstig, sodass sie schnell vorankam. Dunbars teuflische Pläne hingegen wurden aufgehalten, weil der Leisetöter-Trupp in die entgegengesetzte Richtung lief. Katrias Weg war länger, aber sie würde ihn im Presspfotenlauf zurücklegen. Wölfinnen waren die stärksten Läufer in einem Wolfsrudel, vor allem die Außenflankerinnen. Und Katria spürte, wie ein Feuer in ihren Knochen aufloderte. War es der berühmte Funke der MacNamara? Der Funke, der ihr Mark zu Stein verwandelte? Katrias Entschluss stand fest: Sie musste es schaffen, rechtzeitig zu den MacNamara zu kommen.

Lange Zeit lief sie nun schon dahin und war noch kein bisschen müde. Im Gegenteil, mit jedem Schritt fühlte sie sich kräftiger und lebendiger. Gegen Mittag, als ihr Schatten kürzer wurde, kam es ihr vor, als wüchse in ihr selbst ein heller Schatten, für den sie keinen Namen hatte. Ihr kühn gewordener Geist breitete sich in ihrem Körper aus, und das war ein ganz neues, berauschendes Gefühl.

Plötzlich drang aus einem kleinen Birkenwäldchen ein Laut an ihr Ohr. Katria verharrte einen Augenblick. Falls Donaidh ihr doch gefolgt war, würde sie ihn töten. Das wusste sie im tiefsten Inneren. Dann bewegte sich etwas Weißes durch das Dickicht. Katrias Nackenfell sträubte sich. War es ein Leisetöter-Trupp?

In Verteidigungshaltung duckte sie sich auf den Boden, legte aber die Ohren nach vorn. Die Zeit der Unterwürfigkeit war vorbei. Wie eine stumme Rebellion summten die Worte des *Banuil caint* in ihren Knochen.

Aber kein MacHeath-Tyrann trat aus der Lichtung, sondern Airmid, die Obea. Wie aus dem Nichts tauchte sie vor Katria auf, als wäre sie aus der Rinde der Birken gekrochen.

„Du!“, keuchte Katria.

„Du warst nicht die Einzige, die diese Knochen gelesen hat. Aber du warst viel mutiger. Ich bin erst gegangen, als ich sicher war, dass du gehst.“

„Aber woher wusstest du das? Hat mich noch jemand weggehen sehen?“

„Ich habe dich nicht weggehen sehen, Katria. Ich habe nur gemerkt, dass du dazu entschlossen warst.“

„A-aber ...“, stammelte Katria. „Du warst doch gar nicht im Bau, als ich mich mit Donaidh gestritten habe.“

„Nein, aber ich war in der Streunerburg, als Dunbar dich durch die Höhle geschleudert hat. Und ich habe deine Augen gesehen, als du deine Schnauze zwischen den Pfoten vergraben hast. Da wusste ich, dass du bald gehen würdest.“ Airmid hielt einen Augenblick inne und fuhr dann fort: „Ohne diese Kriegsdrohung hätte ich vielleicht nie den Mut aufgebracht, wegzugehen. Hundertmal hab ich mir geschworen, dass ich es tun würde. Aber ich hatte Angst davor, allein zu gehen. Und mach dir keine Sorgen, ich habe meine Spuren gut verwischt und viele falsche Duftmarken hinterlassen.“

Katria war es nicht in den Sinn gekommen, falsche Duftmarken zu legen. Ihr Kopf war viel zu sehr von ihrer Flucht erfüllt gewesen. „Daran hätte ich auch denken müssen“, murmelte sie. „Ich habe nur darauf geachtet, in Bäche zu urinieren.“

„Das ist gut.“ Airmid schwieg eine Weile. „Ich glaube, wir können es schaffen, Katria. Ich glaube, wir haben eine Chance. Das Oberhaupt und die Lords sind vollauf damit beschäftigt, dieses Grizzlyjunge zu fangen und einen Krieg zwischen den Gardewölfen und den Bären anzuzetteln.“ Sie seufzte. „In meinem ganzen unfruchtbaren Leben als Obea musste ich nie ein *Malcadh* zu einem *Tummfraw* bringen. Aber ich muss zugeben, dass mir bisweilen der gegenteilige Gedanke durch den Kopf geschossen ist.“ Erneut hielt sie inne und senkte den Blick. Inzwischen fiel Schnee, und das im ersten Viertel des Fliegenmonds.

„Wie meinst du das?“, fragte Katria.

„Nun, statt ein armes *Malcadh* dem Tod auszuliefern, könnte ich dieses Bärenjunge vor Old Cags retten und damit vielleicht einen Krieg verhindern.“

„Ein einzelner Wolf kann keinen Krieg verhindern“, wandte Katria ein und wühlte ihre Krallen tiefer in den Boden, auf dem der Schnee allmählich liegen blieb. „Dunbar MacHeath würde einen anderen Weg finden. Wir müssen zu den MacNamara gehen und ihnen erzählen, was er im Schilde führt. Wir haben nicht viel Zeit. Es ist eine gute Vier-Tage-Reise bis ins MacNamara-Gebiet."

„Ja, aber Dunbar braucht mindestens zwei Tage bis zu dem Fluss, an dem die Grizzlybärin mit ihren Jungen lebt. Und dann mindestens noch mal so lange zurück zur Grube. Außerdem sind die Winde auf dem Weg dorthin gegen ihn, während wir die ganze Zeit mit dem Wind laufen."

„Ja, das stimmt, aber wir müssen trotzdem schnell sein. Bist du stark genug, um den größten Teil der Reise im Presspfotenlauf zurückzulegen?"

„Ich werde es versuchen. Ich bin keine Außenflankerin wie du, Katria. Ich musste nie in einem *Byrrgis* mitlaufen und die Beute über endlose Meilen hinweg verfolgen. Und jetzt, bei diesem Wetter …" Sie zögerte. „Wenn es weiter schneit, wird es hart für mich. Aber ich werde mein Bestes tun."

Airmid hatte Recht. Es würde nicht leicht werden. Schon gar nicht, wenn wieder ein Schneesturm losbrach. Katria schaute auf den Boden hinunter. Der Schnee füllte jetzt fast die Vertiefung aus, die ihre Krallen hinterlassen hatte. *Warum sind in diesem Mond Schneeflocken statt Fliegen am Himmel? Kommt vielleicht noch Schlimmeres als Krieg auf uns zu?*

Die Windsbräute

„Sperlingskauz!“, rief Faolan.

„Höhlenkauz!“, sagte Edme.

„Raufußkauz!“, stießen beide gleichzeitig hervor.

„Bartkauz!“ Faolan machte einen kleinen Satz, während der bejahrte *Taiga* Malachy den Springknochen mit dem eingeschnitzten Profil eines Eulenkopfs hochhielt.

„Waldohreule!“

„Nein, Faolan“, mahnte Malachy.

„Uhu!“, rief Edme.

„Ja, klar“, murrte Faolan. „Wenn es keine Waldohreule ist, kann es ja nur ein Uhu sein. Das war leicht zu erraten.“

„Stimmt“, gab Edme zu.

„So leicht nun auch wieder nicht“, sagte Malachy, ein gefleckter Wolf mit verkrümmten Hüften, streng. „Du vergisst, dass Kreischeulen auch Ohrbüschel haben. Machen wir die Feuerprobe. Edme, kannst du mir sagen, wie sich die *sogenannten* Ohren der drei Arten unterscheiden? Was sind ihre charakteristischen Merkmale?“

„Ähm … das hab ich vergessen."

Faolan legte den Kopf schief. „Ich glaube, dass die Ohrbüschel der Waldohreulen weiter herausragen und enger zusammenstehen."

„Sehr gut, Faolan. Die Ohrbüschel des Uhus stehen dagegen weiter auseinander und sind abgewinkelt. Während die Ohrbüschel der Kreischohreule, sagen wir, irgendwo dazwischenliegen." Malachy schwieg einen Augenblick und zwinkerte den beiden jungen Wölfen zu. In seinen Augen lag ein lustiges Funkeln, das Faolan an die grünen Lichtblitze im Fluss an einem schönen Sommertag erinnerte. „Und jetzt kommt eine ganz schwierige Frage."

„Was denn?", fragte Edme eifrig. Vielleicht konnte sie ihren Fehler mit dieser Frage wettmachen.

„Es hat nichts mit Eulenköpfen zu tun."

„Oje", seufzten Edme und Faolan gleichzeitig.

„Habt doch ein bisschen mehr Selbstvertrauen, meine jungen Freunde. Welche Eule hat federlose Beine?"

„Federlose Beine?", wiederholte Edme.

„Keine einzige Feder", bestätigte Malachy und klappte zur Bekräftigung mit dem Kiefer. „Kahl wie der Hintern eines Bärenjungen!"

Faolan und Edme sogen scharf die Luft ein.

„Ähm", sagte Edme verlegen, „seid Ihr sicher, dass Bärenjunge einen kahlen Hintern haben?"

„Oh, ja, Bärenjunge haben direkt nach ihrer Geburt kaum ein Fellbüschel am Leib. Erst später, wenn sie aus dem Bau dürfen, sind sie richtige kleine Fellkugeln. So was Süßes habt ihr noch nie gesehen. Aber ihr dürft ihnen auf keinen Fall zu nah kommen. Und fasst sie niemals an."

Faolan und Edme wurden ganz still, beängstigend still.

„Na kommt schon, ihr beiden – so schwer ist die Frage doch nicht. Welche Eule hat keine Federn an den Beinen?"

Faolan brach schließlich das Schweigen. „Könnt Ihr uns einen kleinen Hinweis geben?"

„Nun ja, wenn ihr unbedingt wollt. Ihr habt ja noch nicht so viele Eulen gesehen, weil die Vulkane im Moment nicht besonders aktiv sind. Welche Eule ist denn die schlechteste Fliegerin? Wisst ihr noch, wen ich euch genannt habe?"

„Der Höhlenkauz, weil ... weil ...", fing Edme an, wurde aber von dem Gedanken an das Bärenjunge abgelenkt. *Warum habe ich nur mit den Kleinen gespielt?*

„Weil Höhlenkäuze dafür gut laufen können", sagte Faolan zögernd.

„Richtig!", donnerte Malachy. „Wer braucht schon Federn zum Gehen oder Laufen?" Plötzlich hielt er inne und schaute seine Schützlinge forschend an. „Stimmt was nicht mit euch?", fragte er. Die Begeisterung und der Wissensdurst der beiden jungen Wölfe waren plötzlich wie weggeblasen. Aber noch etwas irritierte Malachy – ein seltsames Winseln, das in den Bau drang, in dem er die frischgebackenen Gardewölfe über die Sitten und Bräuche der Eulen unterrichtete. Lauschend legte er den Kopf schief. Unglaublich! Wenn das nicht das Klagen der Windsbräute war, wollte er nicht Malachy heißen, der Wolf mit den krummen Hüften. Auch wenn es noch viel zu früh dafür war.

„Horcht mal", sagte er mit leiser, aufgeregter Stimme.

In diesem Moment schlitterte ein Wolf durch den steilen Gang in den Bau. „Hörst du das, Malachy?", rief er atemlos. Es war Padraigh, der Windkundschafter der Vulkangarde.

„Ja, aber kann das denn sein? Um diese Jahreszeit?"

„Oh ja. Ich war weit im Süden an der Grenze zum Schattenwald. Es sind die Windsbräute. Sie kommen!"

„Aber es ist noch viel zu früh dafür." Malachy wankte ein bisschen auf seinen krummen Hüften, als genügte die bloße Vorstellung, um ihn aus dem Gleichgewicht zu bringen.

„Die Windsbräute scheint das nicht zu kümmern. Sie sind wieder da. Und wie du weißt, können die Eulen dann auch nicht mehr weit sein." Padraigh schaute Faolan und Edme an. „Jetzt beginnt das echte Lernen, ihr zwei Neulinge. Keine Springknochen mehr. Richtige, lebendige Eulen im Anflug!“

Die Windsbräute entstanden wie aus dem Nichts, aber wenn sie bliesen, wirbelten sie die heiße Glut in den tiefsten Tiefen aller fünf Vulkankrater auf. Das war der große Moment, in dem alle Schmiedeeulen und Glutsammler zum Vulkankreis strömten.

In der Aufregung vergaßen Faolan und Edme ihr schlechtes Gewissen wegen der Bärenjungen und folgten Malachy und Padraigh aus dem Bau hinaus.

Blink und Zwirbel stürzten zu ihnen. „Eure Schicht fängt sofort an. Lauft zu euren Knochenhügeln!“

Die Windböen waren so stark, dass Faolan und Edme sich im ersten Moment kaum aufrecht halten konnten. Der Boden unter ihren Pfoten bebte, denn die ersten Lavaströme drängten aus den Tiefen nach oben. Faolan fragte sich, wie er in diesem Tumult auf seinem Knochenhügel aufrecht bleiben, geschweige denn die Spähsprünge zustande bringen sollte, die er gelernt hatte.

„Haltet euch an eurem Fell fest, ihr beiden“, lachte Padraigh rau, dann trottete er davon und stemmte sich gegen die unberechenbaren Winde.

„Keine Angst, wir bleiben die ganze Zeit bei euch“, versicherte Zwirbel. „Und jetzt seht euch Paddy an – ich meine Padraigh –, wie er sich gegen die Windböen stemmt.“ Aber Paddy ging immer so komisch. Er hatte die seltsamste Missbildung von allen Knochennagern. Ihm fehlten ein Ohr, ein Auge und eine Pfote auf einer Seite, als sei er mit nur einer Körperhälfte zur Welt gekommen. Aber trotz seines komischen Gangs schlängelte er sich geschickt durch das Labyrinth der Windböen, die ziellos über den Vulkankreis fegten und ständig die Richtung wechselten.

„Ich will dir sagen, was der Trick dabei ist, Faolan", sagte Zwirbel, als sie auf dem Sturmwind-Hügel angekommen waren. „Diese Winde sind im ersten Moment verwirrend, aber es herrscht eine gewisse Ordnung in dem Chaos, die du bald durchschauen wirst."

Ordnung?, dachte Faolan. *Davon merke ich aber nichts*. In der Luft schwirrten nicht nur Glutbröckchen herum, sondern auch der ganze Schotter, der von den geborstenen Glutströmen aufgewirbelt wurde.

„Merkst du was?", fragte Zwirbel begierig.

„Ja, dass ich mich kaum aufrecht halten kann."

„Du musst deine Hinterkralle einziehen und die vorderen Krallen in den *Drumlyn* bohren. Siehst du, so. Hier liegen vier schöne Schenkelknochen auf dem Hügel, und die sind extra so angeordnet, dass du dich mit deinen Krallen daran festklammern kannst. Wir haben sie nicht zum Spaß so hingelegt. Guter Pfotenhalt, verstehst du? Den bietet besonders der Bärenschenkel."

„Bärenschenkel?“

„Das da ist der Schenkel eines Grizzlybären. Unschlagbar, dieser Pfotenhalt.“

Faolan spürte, wie seine gespreizte Pfote von dem Schenkelknochen magisch angezogen wurde. Die Knochen in dem Hügel verlagerten sich manchmal, das wusste er, aber warum hatte er den hier noch nie bemerkt?

„War der Knochen schon immer da?“, rief Faolan über das Kreischen der Windsbräute hinweg.

„Oh ja, das ist der Schlüsselknochen. Er hält den ganzen Hügel zusammen. Er verrutscht niemals.“

„Und wieso habe ich ihn dann noch nie bemerkt?“

„Vielleicht hast du ihn bis jetzt nicht wirklich gebraucht. Aber du wirst sehen, dass er deine Sprungkraft verstärkt. Ziehe in Gedanken einen Kreis um diesen Knochen. Präge ihn dir genau ein. Er wird dich im Gleichgewicht halten und deine Sprünge abfedern. Du musst ihn nur spüren und mit deinem inneren Auge sehen.“

Faolan spürte diesen Knochen jetzt so stark, dass ihm der Atem stockte. Eine ganz neue Art des Sehens ging ihm auf, als säße sein geistiges Auge in seiner gespreizten Pfote. Sein erster Sprung war nicht der beste. Er landete gut, aber er schaffte die Doppelrolle nicht, die es ihm ermöglichen sollte, den ganzen Kraterrand und den Himmel darüber nach Grimalkin-Eulen abzusuchen.

„Tut mir leid“, sagte er nach dem Landen. „Das war nicht so gut.“

„Ist aber auch schwierig bei diesen Windböen. Siehst du die Eulen dort in der Luft?“

„Ja, Herr.“ Faolan hatte noch nie so viele Eulen auf einmal gesehen. Aus allen Richtungen strömten sie herbei.

„Und nun achte darauf, wie sie direkt vor dem Wind herfliegen. Das nennen sie Krebsflug.“

„Krebsflug?“

„Wie ein Krebs, der seitwärts geht, nur dass sie nicht gehen, sondern fliegen. Der Wind fegt sie weg von ihrem Ziel. Deshalb winkeln sie ihre Flugbahn in Windrichtung ab. Sie fliegen nicht wirklich seitwärts, aber statt direkt die Vulkanhänge anzufliegen, legen sie sich leicht in die entgegenkommenden Winde, um die Abdrift auszugleichen. Der Grad dieser Abweichung ist der Windausgleichswinkel. Das solltest du im Kopf behalten, wenn du springst.“

„Ihr meint, ich soll in eine Windböe springen?“

„Ja, mitten rein. Und fang nicht zu früh mit den Saltos und Drehungen an, sonst verpasst du die Aufwinde, die das Schönste beim Springen sind, wenn die Windsbräute blasen.“ Zwirbel hob plötzlich scharf den Kopf. „Hier, Faolan! Sieh dir die Maskenschleiereule dort oben an. Beim Mark meiner Knochen, ich glaube, das ist deine Freundin Gwynneth. Sie ist eine fantastische Fliegerin, die beste, die es je gab!“

„Wie macht sie das nur?“, fragte Faolan überwältigt. Gwynneth glitt mühelos durch die Windböen, ohne auch nur mit den Flügeln zu wackeln.

„Sie nutzt die Aufwinde. Die warmen Luftströmungen, die plötzlich aufkommen, tragen die Eulen hoch hinauf. Ein Freiflug gewissermaßen. Und du kannst das auch. Wir kommen natürlich nicht so hoch hinauf wie die Eulen, bis zum sogenannten ‚Eulenpunkt‘. Aber es gibt auch eine ‚Wolfsspitze‘ am Scheitelpunkt solcher Aufwinde. Und diese Spitze kannst du erreichen. Spring in einen Aufwind und lass dich von ihm tragen. Das ist fast wie Fliegen. So nah kommst du diesem Gefühl sonst nie. Und jetzt, Faolan, mach dich für deinen nächsten Sprung bereit.“

Faolan war so aufgeregt, dass seine Pfoten auf den Knochen zu tanzen begannen.

„Gut so, aber nichts überstürzen, ja?“, mahnte Zwirbel. „Du springst, wenn ich es sage.“

Ein heißer Windstoß traf Faolan wie ein Glutmesser.

„*Spring!*“, brüllte Zwirbel.

Faolan schoss so schnell in die Höhe, dass er kaum noch Luft bekam. Glutbröckchen zischten an ihm vorbei wie Sternschnuppen. Er kam bis in den Himmel hinauf, ein fremdartiges Firmament mit Sternbildern aus wirbelnden roten Sternen.

Natürlich flog er nicht richtig, aber es kam ihm so vor. Und irgendwie fühlte es sich vertraut an – wie ein Kribbeln in den Schulterblättern, obwohl er doch keine Flügel hatte. Die heißen Luftböen, die sich unter ihm blähten, streichelten seinen Unterbauch und trugen ihn immer höher hinauf. Natürlich nicht so hoch wie die Eulen, aber jetzt war er in ihrer Welt. Vor lauter Glück vergaß er beinahe, die Drehungen zu machen, die er gelernt hatte. Schnell zog er die Beine an, um einen Rückwärtssalto zu schlagen.

„Hallo, Faolan! Willkommen am Himmel!"

„Gwynneth!"

Die Maskenschleiereule wackelte mit den Flügeln und sauste davon.

„Sehr gut, wirklich", lobte Zwirbel, als Faolan wieder auf dem Knochenhügel aufsetzte. „Aber du hast beinahe deine Drehungen vergessen."

„Ich weiß! Ich weiß!"

„Mach dir nichts draus, Faolan. Das kommt bei jungen Gardewölfen häufig vor, wenn sie die Aufwinde entdecken. Sieh dir Edme auf dem Morgan-Hügel an. Deine Freundin holt viel Sprungkraft aus den Windböen heraus."

Ja, dachte Faolan, *und sie hat auch ein paar Späh-*

manöver geschafft – eine Doppelrolle, gefolgt von einem Rückwärtssalto. Edme ließ sich nicht so leicht ablenken wie er.

„Ein fantastischer Springer bist du, Faolan!“, rief Gwynneth und landete auf dem Knochenhügel. „Ein echtes Naturtalent, wie man es selten findet.“

In Faolan stieg ein warmes Gefühl der Freude auf. „Na ja, dafür hab ich meine Spähmanöver vergessen. Aber es war einfach so … so überwältigend.“

„Du hast ausgesehen, als wärst du einer von uns dort oben.“

„Wirklich?“ Faolan legte den Kopf schief und schaute tief in Gwynneths glänzende Augen.

„Ja, wirklich, Faolan. So was hab ich noch nie gesehen!“

Als die Schicht zu Ende war, trottete Faolan glücklich in seinen Bau zurück. „War das nicht toll, Edme?“, fragte er, während er den Gang hinunterschlitterte. „Diese Aufwinde tragen einen bis in den Himmel hinauf. Mir war, als könnte ich fliegen wie eine Eule, obwohl es natürlich nicht …“ Mitten im Satz verstummte er. „Edme?“

Edme hatte sich in einer Ecke des Baus zusammengerollt und die Schnauze zwischen den Pfoten vergraben. Totenstille erfüllte den Raum.

„Edme, was ist denn?“

Ohne ihn anzusehen, murmelte Edme etwas in ihre Pfoten. Faolan musste die Ohren spitzen, um sie zu verstehen.

„Du bist was?“

„*Dalach'd*“, wiederholte Edme.

„*Dalach'd*? Das gibt's doch nicht!“

„Doch, ich darf drei Nächte nicht springen.“

„Aber warum? Was hast du gemacht?“, fragte Faolan.

„Du kennst doch das Knochenritual, das einem helfen soll, einen besseren Pfotenhalt zu bekommen?“

„Ja, sicher.“

„Ich habe dem Schlüsselknochen nicht den gebührenden Respekt erwiesen.“

„Und deshalb bist du *dalach'd*? Zwirbel hat mir nichts von ‚gebührendem Respekt‘ gesagt. Hast du das von Blink?“, fragte Faolan verwirrt.

„Nein, von Banja. Blink ist krank und Banja hat sie vertreten.“

„Was? Banja, diese alte Hexe?“

„Sie hasst mich, Faolan. Ich weiß nicht, warum. Ich meine, sie ist doch auch einäugig, genau wie ich. Also müsste sie doch Verständnis für mich haben. So wie Blink. Ich darf die nächsten drei Nächte nicht auf den Knochenhügel. Wie soll ich denn jetzt lernen, auf den Windsbräuten zu reiten?“

„Das ist falsch, völlig falsch. Blink hätte das nie gemacht. Wir müssen etwas dagegen unternehmen", sagte Faolan entschlossen.

„Nein, lieber nicht, Faolan. Und außerdem ist es mein Problem, nicht deins. Ich muss es einfach hinnehmen und versuchen, mir nichts daraus zu machen." Edme umkreiste dreimal ihr Rentierfell und legte sich hin.

Faolan und Edme fanden keinen Schlaf, weil sie die ganze Zeit an Banja und ihre Sticheleien dachten. Was hatte Banja nur gegen Edme? Man konnte ihr nicht direkt vorwerfen, dass sie Edme misshandelte, aber ihr Verhalten war schlimm genug. Und Edme litt darunter.

„Faolan, schläfst du schon?"

„Nein."

„Hast du auch manchmal Heimweh?"

„Heimweh? Wonach?"

„Nach den alten Zeiten."

Wie der Blitz sprang Faolan auf die Füße. „Edme, bist du *cag mag* geworden? Wie kannst du dich nach deinem Dasein als Knochennagerin zurücksehnen? Nach allem, was dir die MacHeath angetan haben?"

„Nein, das natürlich nicht. Aber ich sehne mich nach dem *Gaddernag*-Wettbewerb, als wir noch alle zusammen waren. Ich glaube, das war die schönste Zeit in meinem Leben. Ich habe die anderen Knochennager alle ins Herz geschlossen, außer Heep natürlich. Ich vermisse sie – Creakle, Tearlach, den Pfeifer."

„Den Pfeifer vermisse ich auch. Er war …" Faolan hielt inne. „Er war etwas Besonderes, glaube ich. Und ich habe seine Stimme geliebt. Es klang fast, als ob … ich weiß nicht … als ob eine andere Luft als die irdische durch das Loch in seiner Kehle strömen würde. Als wäre sein Heulen eine Art Himmelsgesang. Und das, obwohl er nur krächzte, wenn er redete."

Dann fielen Faolan zwei andere Wölfinnen ein. Mairie und ihre Schwester Dearlea. Mairie war inzwischen sicher eine der führenden Außenflankerinnen des MacDuncan-Clans. Die beiden Schwestern hatten ihn verteidigt, als er zu Unrecht des Mordes an einem *Malcadh* beschuldigt worden war. Und sie hatten vor Freude geweint, als er von dem Verbrechen freigesprochen und in die Vulkangarde gewählt wurde. Faolan wusste nicht, was stärker war – die Sehnsucht nach seinen alten Freunden oder die Wut auf Banja. Diese Wölfin hatte nicht nur Edme gekränkt, sondern ihn selbst dazu gebracht, sehnsüchtig an ein Leben zurückzudenken, das doch nur von Qual und Not bestimmt gewesen war.

„Da ist noch etwas, Faolan", sagte Edme niedergeschlagen.

„Was denn?"

Edme zögerte. Eigentlich wollte sie Faolan nichts davon erzählen, aber die Last auf ihrem Herzen war zu groß.

„Jetzt sag schon“, drängte Faolan.

Edme seufzte. „Weißt du, was sie gesagt hat, als ich nicht im richtigen Winkel auf dem Schlüsselknochen aufgekommen bin?“

„Was?“

„Sie sagte: ‚Du und dein Freund Faolan, ihr seid zwei räudige Hundsknochen.‘“

„Sie hat uns Hundsknochen genannt?“ Das war eine der schlimmsten Beleidigungen, die man einem Wolf an den Kopf werfen konnte.

„Ich weiß nicht, was sie gegen uns hat, außer dass du mein Freund bist.“

„*Cag maglosc*“, murrte Faolan und stürzte sich in eine Schimpftirade, dass Edme fast die Ohren abfielen. Doch das Merkwürdigste war, dass er wieder in der alten Wolfssprache redete.

Ein Zucken im Mark

Winzige weiße Tupfen, nicht größer als die Hinterkralle eines Milchwelpen, blühten in dem Moos auf, das die Felsen der Hinterlande überzog. In der Nacht sah es so aus, als sei nicht nur der Himmel sternenübersät, sondern auch die Erde. Aber die Moosblumen hielten nicht lange. Der Wind steigerte sich zu einem Schneesturm, der die Blüten auf einen Schlag wegfegte.

Im Vulkankreis wurde unablässig über das seltsame Wetter geredet. Die Ältesten waren tief besorgt, aber Faolan freute sich über die Windsbräute, die ganze Heerscharen von Eulen anlockten, sodass sein Lernen eine ganz andere Dimension gewann. Er begegnete Eulen aller Art, die sich in die Glutnester stürzten.

Das Wetter war in diesem Sommermond kälter als üblich, aber Faolan ging trotzdem nur selten in den Bau, den er mit Edme teilte, wenn ihre Schicht zu Ende war. Viel lieber blieb er bei den Eulen. Am allermeisten faszinierte ihn jedoch ein Vogel, der sich in den Hinterlanden nur selten blicken ließ. Es war eine Elster namens

Trödler-Lucie, die mit ihrer Gehilfin umherreiste und ein Bündel bei sich trug, wie Faolan und Edme noch keines gesehen hatten.

„Wo nehmen sie nur all diese ... diese ...“, Faolan suchte nach einem passenden Wort, mit dem er die seltsamen Dinge beschreiben konnte, „... Sachen her?“, stieß er schließlich hervor.

„Die gehörten mal den Anderen“, erklärte Gwynneth. Die beiden Wölfe starrten sie verständnislos an und sie fügte seufzend hinzu: „Wer die Anderen waren, ist sehr schwer zu erklären.“

„Wer sie *waren*? Nicht, wer sie *sind*?“, hakte Edme nach.

„Die Anderen sind seit Tausenden und Abertausenden von Jahren verschwunden.“

„Ja, gut – aber wer waren sie, als sie noch da waren?“, fragte Faolan.

„Tja, was soll ich euch sagen? Flügel hatten sie jedenfalls nicht“, erwiderte Gwynneth.

„Und hatten sie Beine?“, fragte Edme.

„Nur zwei.“

„Was?“, kreischten Edme und Faolan fassungslos.

„Wie kann man denn auf zwei Beinen gehen?“, fragte Faolan kopfschüttelnd.

„Nicht besonders gut vermutlich, sonst wären sie nicht verschwunden“, warf Edme ein.

„Wir wissen fast nichts von ihnen, nur dass sie viele Dinge zurückgelassen haben." Gwynneth hielt inne. „Wenn ihr wollt, bringe ich euch zu Lucie, dann könnt ihr die ‚Ware' anschauen, wie sie es nennt."

„Ware?", fragten Faolan und Edme.

Gwynneth schüttelte müde den Kopf. „Ich glaube, das ist ein Ausdruck der Anderen. Es bedeutet einfach ‚Zeugs'. Kommt mit, ich bringe euch zu Trödler-Lucie. Aber bei Glaux, ich warne euch, feilscht ja nicht mit ihr. Lucie schwatzt euch eure Schnitzknochen ab, bevor ihr auch nur ‚Großer Lupus' sagen könnt. Für Lucie ist alles nur Ware, müsst ihr wissen, wirklich alles."

Faolan und Edme kletterten von ihrem Felsvorsprung herunter, um der Eule zu folgen. Als sie zu der Elster kamen, hockte Gwynneth sich neben sie.

„Lucie, das sind Faolan und Edme, zwei neue Gardewölfe."

„Ach du liebe Güte! Freut mich, euch kennenzulernen, meine Lieben. Kann ich euch vielleicht mit irgendwas dienen?" Sie schaute Faolan und Edme an, dann heftete sie ihren Blick auf Edmes fehlendes Auge. „Oh, du Arme. Aber warte, ich habe genau das Richtige für dich! Ein falsches Auge. Sieht eigentlich mehr wie eine Murmel aus, wie?"

Murmel, falsches Auge. Faolan und Edme schwirrte der Kopf.

Trödler-Lucie hielt einen runden weißen Gegenstand mit etwas leuchtend Blauem in der Mitte hoch. „Zu schade, dass meine Großmutter das nicht mehr erleben darf. Ihr fehlte auch ein Auge, so wie dir, Edme. Ich gebe es dir für einen Schnitzknochen. Muss kein Schenkelknochen sein, nichts Großartiges. Ein kleines Schienbein genügt."

„Hör sofort auf, Lucie!", herrschte Gwynneth sie an. „Du weißt, dass es den Gardewölfen verboten ist, Schnitzknochen gegen etwas anderes einzutauschen. Also schlag dir das gleich wieder aus dem Kopf."

„Oh, Entschuldigung. Man wird ja noch fragen dürfen. Ist das ein neues Gesetz?"

„Nein, das ist kein neues Gesetz. Das gilt seit undenklichen Zeiten", fauchte Gwynneth.

„Deshalb musst du doch nicht gleich so giftig werden." Lucie wandte sich ab und quäkte ihrer Gehilfin zu: „Dotty, bring mal die Spitzendeckchen her. Und beeil dich ein bisschen, vielleicht kommen ein paar Stromer angeflogen. Die sind immer ganz wild auf dieses Zeug."

Stromer! Faolan hatte das Wort schon einmal gehört, aber jetzt löste es ein leichtes Zucken in seinem Mark aus.

„Stromer?", fragte Edme. „Was sind denn Stromer, Gwynneth?"

„Die singen!“, verkündete Faolan.

„Woher beim Glaux weißt du das nun schon wieder, Faolan? Du überraschst mich“, sagte Gwynneth.

Faolan schaute sie verwirrt an. „Ich glaube, ich habe einen der Gardewölfe darüber reden hören.“

Die kleine Eule betrachtete ihn neugierig. „Stromer sind irgendwie eine Seltenheit geworden. Früher, in der Zeit des nördlichen Königreichs, gab es mehr als genug davon. Neuerdings kommen sie zurück, aber in die Hinterlande sind bis jetzt nur wenige vorgedrungen. Deshalb wundert es mich, dass du schon von ihnen gehört hast.“

Faolan antwortete nichts darauf. In Wahrheit war er genauso verblüfft, dass er von den Stromern und ihrem Gesang wusste.

Später, als seine Schicht wieder anfing, stand Faolan auf dem Sturmwind-Hügel und spähte zum Himmel hinauf, der mit unzähligen Sternen und den Sprühmustern der rot glühenden Lava gesprenkelt war. Würde er ein Stromerlied erkennen, wenn eines an sein Ohr drang? Aber nicht nur die Stromer gingen ihm durch den Kopf. Einige seiner Gedanken waren so seltsam, dass er den Schlüsselknochen unwillkürlich fester umklammerte. Am liebsten wäre er in die Luft geschnellt, mitten hinein in den heißesten Aufwind, um zu den Sternen emporzuschießen. Als stammten die rätselhaften Wissensfetzen, die ihm immer wieder zuflogen, von dort oben.

Die Nacht war von Flammen erhellt und die roten Silhouetten der Kraterwände flackerten über der kahlen Landschaft des Vulkankreises. Die wogenden Schatten bildeten eine bizarre Kulisse. Dahinter, auf der anderen Seite, erwartete ihn etwas, das spürte Faolan – wenn er doch nur sehen könnte, was es war. Sein Schicksal? Eine Zukunft, die er bis jetzt nur dunkel wahrnahm? Faolan sprang höher hinauf als je zuvor. Der Windstoß war heiß, aber er spürte die Hitze nicht. Er spürte nur Kälte, Eiseskälte. *Ich bin in einem Feuerring, aber ich spüre Eis.*

N

Teil III

Das Bärenjunge

Old Cags

Toby hörte das laute Schnarchen seiner Mutter und das leisere seines großen Bruders. Er seufzte tief. Warum schliefen seine Mama und Burney die ganze Zeit? Das Leben war so langweilig. Schade, dass die nette einäugige Wölfin nicht da war. Er hatte sie nicht mehr gesehen, seit er *Versteck den Knochen* von ihr gelernt hatte. Das war ein tolles Spiel und Toby hätte es gern wieder gespielt. Aber mit Burney machte es keinen Spaß, weil sein Bruder sich nie ein gutes Versteck ausdachte. Mit der Wölfin war es lustig gewesen, wenn sie sich den Knochen geschnappt hatte und damit weggerannt war. *Sie ist gesaust wie der Blitz! Und sie konnte mitten im Laufen plötzlich anhalten und herumwirbeln.* Das wollte Toby jetzt üben. Alleine spielen war immer noch besser, als nur herumzuliegen und zu schlafen. Er las einen Knochen von einem Rentier auf, das seine Mama vor Kurzem geschlagen hatte, und rannte damit weg.

Laufen, springen, herumwirbeln, wälzen und auf alle

viere hochkommen. Dann wieder laufen und springen. Gerade als Toby in vollem Lauf abbremste, trat eine graue Wölfin mit schwarzen Flecken hinter einem Felsen hervor.

„Das ist ja unglaublich!“, jubelte Toby.

„Was ist unglaublich, Kleiner?“

„Ich hab mir die ganze Zeit gewünscht, dass eine Wölfin kommen und mit mir spielen würde!“

„Na, da hast du ja Glück gehabt.“ Die Wölfin legte den Kopf zur Seite und betrachtete das Bärenjunge. In ihre Augen trat ein hartes Glitzern, das Toby einen leisen Schauer über den Rücken jagte. Aber ihm war so langweilig und er wollte spielen.

„Spielst du denn auch mit mir?“, fragte Toby.

„Natürlich“, erwiderte die Wölfin.

„Kennst du *Versteck den Knochen*?“

„Sicher, Kleiner. Aber wo lernt ein Bärenjunges so ein Spiel?“

„Von der tollen Wölfin, die neulich da war.“

„Toll? Was du nicht sagst“, brummte die Wölfin mit einem boshaften Grinsen.

Toby wurde jetzt ein bisschen unsicher. „Ja, toll. Ich kann mich nur nicht mehr an ihren Namen erinnern.“

„Und wie heißt du?“, fragte die graue Wölfin.

„Ich … Ich …“ *Ich darf nicht mit Fremden reden*, dachte Toby, der sich plötzlich an die Ermahnungen seiner Mutter erinnerte. Und auf einmal kroch Angst in ihm hoch. Jedes einzelne Fellhaar knisterte vor Grauen und stellte sich kerzengerade auf. Und dann ging alles sehr schnell. Hinter den Felsen schossen vier weitere Wölfe hervor und umzingelten ihn. Toby konnte nicht einmal schreien, denn einer der Wölfe packte ihn an der Schnauze.

„Denk dir einfach, es wäre ein neues Spiel", sagte eine Stimme in Tobys Ohr. Es war Fretta, die Kundschafterin. Er spürte ihren warmen, fauligen Atem. Dann wurde er von den Pfoten gerissen und plötzlich raste der Boden unter ihm vorbei, bis er alles nur noch verschwommen wahrnahm.

„Lass ihn jetzt los, Blyden", kommandierte Fretta nach einer Weile. „Du musst ihm nicht die ganze Zeit die Schnauze zuhalten."

„Wartet nur, ich sag's meiner Mama! Dann könnt ihr was erleben!", schrie Toby verzweifelt, als der Wolf endlich seine Schnauze freigab. Aber sein Schreien half nichts. Er wusste genau, dass seine Mama und sein Bruder ihn nicht hören konnten. Er war schon viel zu weit vom Flussufer entfernt, an dem sie noch immer schliefen. „Sie beißt euch den Kopf ab!", kreischte Toby. „Meine Mama ist furchtbar stark. Und sie reißt euch das Herz aus und frisst es auf! Oder nein, sie reißt es euch nur aus. So böse schwarze Herzen würde meine Mama niemals fressen. Ihr seid viel zu niederträchtig."

Toby war ein kluger kleiner Bär, und er war sehr stolz darauf, dass er so schwierige Wörter wie „niederträchtig" beherrschte. Obwohl ihm die Angst fast die Kehle zudrückte, redete er weiter. Seine Mama schimpfte manchmal, dass er zu viel redete. Burney war stiller als er, still und nachdenklich. Aber Toby war auch nachdenklich – nur eben laut und nachdenklich. „Kann mir vielleicht mal jemand sagen, was das soll? Das wäre sehr freundlich von euch!" *Freundlich*, schnaubte er im Stillen. Das Wort war viel zu gut für diese Wolfsmonster.

Im selben Moment schoss eine Eule mit ausgestreckten Krallen herunter und stürzte sich auf die Wölfe. Zwei der Wölfe schnellten in die Luft und schlugen nach der Eule, die blitzschnell davonflog.

Ein anderer Wolf packte Toby am Nackenfell und die Meute rannte weiter. Hilflos baumelte Toby herunter, seine Hinterbeine schleiften über den Boden. Er konnte den Wolf nicht sehen, der ihn trug, nur die vier anderen, die neben ihm herhetzten. *Ich wollte doch nur ein bisschen spielen,* dachte der kleine Bär kläglich. In diesem Moment sah er sein eigenes Blut.

„He, ich blute! Das wart ihr!"

„Bring ihn zum Schweigen, beim Lupus! Es war schon schwer genug, bei dem Gegenwind schnell genug hierherzukommen. Sein Gejapse wird uns noch mehr aufhalten, das garantiere ich euch."

Die Kiefer der Wölfin schlossen sich um Tobys Schnauze und sein Inneres zog sich vor Angst zusammen. Was sollte er nur tun? Die Wölfe waren viel größer und stärker als er, aber vielleicht konnte er ihnen einen Schrecken einjagen. Wenn er schon nicht mit Muskelkraft gegen sie kämpfen konnte, musste er sich wenigstens mit Worten wehren. Er wand seine Schnauze aus dem Griff der Wölfin und stieß hervor: „Das wird euch noch leidtun, ihr Stinktiere! Bald habt ihr nicht nur meine Mama am Hals, sondern alle Grizzlybären aus den ganzen Hinterlanden."

„Umso besser", knurrte einer der Wölfe.

Und dann lachten diese dummen Wolfsmonster.

„Das ist nicht lustig", knurrte er. „Euch wird das Lachen noch vergehen, ihr Kackhaufen!"

Tobys Verzweiflung wuchs von Minute zu Minute. Beklommen schaute er auf die Sonne, die sich bereits dem Horizont zuneigte. *Hilfe, was ist das jetzt?* Tobys Magen verkrampfte sich vor Angst. Die Wölfe schlitterten in eine tiefe Schlucht, die plötzlich senkrecht in eine enge Grube abfiel. Die Wölfin, die ihn getragen hatte, ließ ihn mitten in die Grube hineinfallen, dann huschte sie zu den anderen zurück.

In sicherem Abstand standen die fünf Wölfe auf der Böschung und starrten zu ihm hinab. *Was in aller Welt haben die mit mir vor?*, dachte Toby zitternd. In diesem Moment torkelte ein Wolf aus einem Spalt in den Steinwänden. Dicke Schaumblasen troffen von seinem Maul.

Urskadamus! Der hat die Geiferseuche! Sie haben mich zu einem Geiferwolf gebracht! Jetzt wusste Toby, dass es keine Rettung für ihn gab. Wenn der Geiferwolf ihn biss, würde er sterben. Aber vorher würde er verrückt werden und sich in Todesqualen winden. Seine Muskeln würden sich verkrampfen und die Augen würden ihm in den Höhlen rollen. Sein Fell würde so heiß werden, dass es dampfte. Toby wusste alles über diese Krankheit. Es war das Erste, was eine Grizzlymutter ihren Jungen beibrachte: dass sie niemals, unter keinen Umständen, in die Nähe eines geiferkranken Tieres gehen durften. Selbst wenn es ein Grizzlybär oder sogar die eigene Mutter war – sie würde sie nicht wiedererkennen und auf sie losgehen. Was sollte er jetzt tun?

„Wir wünschen dir einen schönen Aufenthalt in der Grube", feixte einer seiner Entführer.

„Halt die Schnauze, Donaidh!", fauchte der größte Wolf, vermutlich ihr Anführer. Er sah grässlich aus mit der roten Narbe, die sich quer über seinen Kopf und bis zu seinem Hals hinunterzog. „Hier redet nur einer, und das bin ich." Der Narbenwolf wandte sich an Toby und sagte mit gefährlich leiser Stimme: „Wie heißt du denn, Bärchen?“

Bärchen? So nannte ihn manchmal seine Mama, wenn sie ihn säugte. Toby würgte, als er das Wort jetzt aus dem Mund dieser hässlichen Bestie hörte. Aber er blieb stumm.

Der Narbenwolf trat einen Schritt vor. „Dein Name?“, wiederholte er drohend.

„Wenn er uns seinen Namen nicht sagt, wie sollen wir dann ...“

Das Narbengesicht wirbelte herum und biss den Wolf, den er gerade Donaidh genannt hatte, in die Hinterhand. „Klappe halten!“

Aber Donaidh hatte Toby längst auf eine Idee gebracht.

„Ich frage dich jetzt zum letzten Mal: Wie heißt du?“, brüllte der Narbenwolf.

Mit leiser Stimme antwortete Toby: „Ich habe keinen Namen.“

Einen Augenblick blieb es still. Dann kroch die graue Wölfin zu dem Narbenwolf. „Ich glaube, es hilft nichts. Wir müssen ihn einfach irgendwie nennen“, flüsterte sie ihm zu. „Old Cags kann nicht viel im Kopf behalten, aber ihr wisst ja, wie heikel er mit Namen ist.“

„Wir erfinden einen, das müsste genügen“, schlug ein anderer Wolf vor.

„Aber er ist kein Wolfsjunges. Das könnte Cags verwirren."

Die bringen tatsächlich Wolfswelpen in diese Grube, dachte Toby schaudernd. Was in aller Welt waren das für Scheusale? Seine Mama hatte ihm erklärt, dass die Wölfe vom Vulkankreis die besten der ganzen Hinterlande seien. Seit Jahrhunderten teilten sie ihre Beute mit den Bären. Wölfe und Bären achteten einander und lebten in Frieden zusammen. Die Gardewölfe waren die klügsten von allen Hinterlandwölfen. Deshalb war seine Mama mit ihnen zum Vulkankreis gezogen. Aber das hier waren keine guten Wölfe!

Beklommen beobachtete Toby, wie seine Entführer die Köpfe zusammensteckten und miteinander tuschelten. Immer wieder warfen sie verstohlene Blicke auf ihn und den Geiferwolf. Toby hatte ihre Pläne durchkreuzt, indem er ihnen seinen Namen nicht verriet, was eigentlich gar nicht so schwer gewesen war. Er hatte nur geschwiegen. Er, Toby, der sonst immer zu viel redete, hatte sich ins Schweigen gerettet. Der Wind drehte und trug die Worte der Entführer direkt an seine Ohren. Toby legte den Kopf zur Seite, um besser lauschen zu können. Vielleicht beschützte ihn der Große Ursus!

„Aber wenn wir seinen Namen nicht kennen, wie sollen wir dann das Gerücht verbreiten, dass die Gardewölfe ein Bärenjunges gestohlen haben?", fragte einer der Wölfe.

Dummkopf!, dachte Toby. Was glaubten die eigentlich? Dachten die im Ernst, dass seine Mama nicht nach ihm suchte? Waren diese Wölfe so herzlos, dass sie sich nicht vorstellen konnten, wie einer Mutter zumute war, die ihr Junges verloren hatte?

„Wir erfinden einfach einen Namen, Ian zum Beispiel."

„Ian ist ein Wolfsname", fauchte der Narbenwolf.

„Ja, schon, aber was sollen wir sonst machen? Wir kennen doch keine Bärennamen", wandte die Wölfin ein.

„Frag ihn doch einfach, Fretta. Geh hin und sag ihm, er soll uns einen anderen Namen sagen, den wir ihm fürs Erste geben können."

„Na gut, ich versuche es."

Tobys Verstand raste, während die Wölfin Fretta auf ihn zutrottete. „Hör mal, du kleiner …" Fretta hielt inne. „Ich meine, hör mal, mein kleines … *Bärchen*." Noch nie war Toby ein Kosename so verlogen und falsch erschienen. Das Wort war ihr wie ein scharfkantiger Kiesel aus dem Maul gefallen. „Ist es vielleicht ein alter Bärenbrauch, dass du uns deinen Namen nicht verraten willst?"

Oh gut!, dachte Toby. Diese dumme Wölfin hatte ihn auf eine geniale Idee gebracht. Er nickte stumm.

„Und kannst du mir auch sagen, warum das so ist?"

Toby legte den Kopf schief, als müsse er über die Frage nachdenken.

Fretta schaute ihn abwartend an.

„Weil es Unglück bringt."

„Für dich oder für mich?", fragte die Wölfin.

Toby zuckte die Schultern und schaute sie treuherzig an. *Schweigen kann so schön sein*, dachte er.

„Wie auch immer", sagte Fretta. „Wir müssen dich ja irgendwie nennen. Kannst du uns denn nicht dabei helfen?"

Toby schaute sie mit leeren Augen an.

„Gib uns einfach einen Namen – einen bärischen, verstehst du? So einen, der von deiner Mama sein könnte."

Einen bärischen Namen! Pah! Toby dachte einen Augenblick nach. Das war seine Chance, aber er musste schnell sein. Vielleicht konnte er diese Wölfin mit einem Namen hinters Licht führen, der gar nicht bärisch klang. Toby liebte Wörter und setzte gern lustige Wortsilben zusammen. Das konnte er gut, viel besser als Burney. Und woher sollten die dummen Wölfe wissen, ob es ein Bärenname war oder nicht? *Isch … isch …*, grübelte er. *Isch*, diese Silbe klang komisch. Und vielleicht konnte er ein anderes Wort drankleben. Zum Beispiel „tor". Von töricht, so wie diese Wölfe. Ach, er liebte dieses Wort. Er fand es viel schöner als blöd oder dumm.

„Jetzt reicht es aber", knurrte der Narbenwolf plötzlich. „Ich will keine Zeit mehr auf diese Namensgeschichte verschwenden. Wir haben schon einen halben Tag länger für die Reise gebraucht, als wir dachten. Und bald wird alles auffliegen, wenn die Mutter aufwacht und Alarm schlägt. Die wird den ganzen Vulkankreis zusammenbrüllen. Und wir brauchen Zeit für unsere Vorbereitungen …“

Aber diesmal schnitt Toby dem Oberhaupt das Wort ab.

„Nennt mich Ischtor.“

Totenstille senkte sich über die Wölfe. Dunbar ließ seine Kiefer zuschnappen. Anscheinend hatte es ihm die Sprache verschlagen.

Was habe ich nur gesagt?, fragte sich Toby.

„Ischtor!“ Fretta fielen vor Bestürzung fast die grünen Augen aus dem Kopf. „Aber das … das klingt irgendwie sehr wölfisch … so altwölfisch.“

„Ach, wirklich?“, sagte Toby. Der Name war ein reiner Zufallsgriff, aber vielleicht konnte er das für seine Zwecke nutzen. „Was bedeutet das denn auf Wölfisch?“, fragte er.

„Ich … ich weiß es nicht“, stotterte Fretta verstört und wich steifbeinig zurück. Ihr ganzer Körper strahlte Angst aus.

„Etwas Unheilbringendes vermutlich“, erwiderte Toby leise.

Fretta wich noch weiter zurück.

Toby beobachtete, wie die Wölfin zu den anderen zurückging. Alle fünf hatten die Ohren an den Hinterkopf gelegt und standen mit gesträubtem Nackenfell da. Angstvoll starrten sie ihn an. *Kann ich mich da irgendwie herauswinden?*, dachte Toby. *Werden sie mich gehen lassen?*

In diesem Moment begann es zu schneien. Die Wölfe schauten zum Himmel hinauf.

„Das ist eine böse Geschichte", knurrte einer von ihnen. „Erinnert ihr euch, was Edme gesagt hat?"

„Ach, Unsinn", knurrte der Anführer. „Was weiß die denn schon!"

Edme! So hieß die Wölfin, die mit ihm gespielt hatte. Die lustige einäugige Wölfin, die so ganz anders gewesen war als diese Monster.

„Aber merkwürdig ist es schon, ehrwürdiger Herr", wandte Fretta ein. „Es hat in der Litha-Nacht geschneit und jetzt wieder. Seht nur, die Sonne steht am Himmel, und trotzdem schneit es." Ihre Stimme fiel zu einem Raunen ab. „Das Wetter ist *cag mag* geworden und der Name des Bärenjungen ist Ischtor!" Sie warf einen verstohlenen Blick auf den Geiferwolf, der ein Stück entfernt umhertorkelte.

Dunbar MacHeath trottete von seinem sicheren Ausguck herunter, um Toby am Ohr zu packen und näher zu Old Cags zu zerren. Dann ließ er das Bärenjunge los und kletterte schnell wieder die Böschung hinauf.

Toby schloss sofort die Augen. Der Geiferwolf bot einen grausigen Anblick. Er war das hässlichste Tier, das der kleine Bär je gesehen hatte. Die Augen des Wolfs waren ganz rot und mit gelben Schlieren durchsetzt. Das Fleisch seines kranken Mauls schimmerte grünlich und ein entsetzlicher Gestank stieg Toby in die Nase.

„Old Cags, das ist Makun. Makun, darf ich dir Old Cags vorstellen? Ihr werdet euch gut verstehen, da bin ich mir sicher. Falls du das überlebst, Makun!"

„Makun?" Toby riss die Augen wieder auf. „Das ist nicht mein Name. Ich heiße Ischtor. Isch-tor!" Er sprach den Namen langsam und deutlich aus und ließ sich die beiden Silben auf der Zunge zergehen. Alle Wölfe, einschließlich Old Cags, begannen zu zittern.

Dunbar MacHeath stieß ein bösartiges Knurren aus. „Wehe, du sagst das noch mal! Dann beiße ich dir den Kopf ab."

Aber Toby hörte nicht hin. Blitzschnell schoss er durch die Grube und quetschte sich durch einen Spalt in der Felswand.

Der kleine Bär blieb in dem Spalt, bis es Nacht wurde. Als die fünf Wölfe gegangen waren, hatten sie immer noch seinen Namen gemurmelt. „Ist es zu fassen? Ischtor! Ausgerechnet dieser Name!“

„Ein böses Omen!“

„Und jetzt auch noch dieses seltsame Wetter.“

Warum fürchten sie sich so?, dachte Toby. Seine Mama hatte ihm gesagt, dass Wölfe sehr abergläubisch seien, ganz anders als Bären. Hatte er zufällig ein Fluchwort erfunden oder einen Namen, den man nicht aussprechen durfte? Und warum war es so wichtig, dass der Geiferwolf seinen Namen erfuhr?

Vorsichtig spähte Toby hinaus. Old Cags sprang mitten in der Grube umher, als jagte er seinem eigenen Schwanz nach. Doch sobald er Tobys Schnauze erblickte, raste er in blinder Wut auf die Felswand zu. *Der passt doch nicht in diesen Spalt, oder?*, dachte Toby zitternd und wich so weit wie möglich von der Öffnung zurück. *Bitte, Ursus, beschütze mich. Ich will noch nicht sterben.*

Ein dumpfer Aufprall ließ ihn zusammenzucken. Old Cags war mit voller Wucht gegen den Fels geknallt. Er fauchte und schrie, dann fing er laut zu bellen an. Seine Sprache war kehlig und verworren, sodass Toby kein Wort davon verstand. Immer wieder rannte der Geiferwolf auf den Spalt los. Plötzlich erfüllte ein grauenhafter Gestank die Luft und etwas glitschte durch den Spalt herein – eine eklige dunkelrote Schlange, die ganz in gelben Schleim gehüllt war.

„Urskadamus!“, schrie Toby. Es war die lange, fette Zunge des Geiferwolfs, die nach Krankheit und Verwesung roch. Entsetzt zog er sich weiter zurück und stieß dabei mit seiner Hinterpfote an einen scharfkantigen Stein. Ohne zu zögern packte er den Stein und knallte ihn auf den stinkenden Fleischklumpen. Ein markerschütterndes Heulen ertönte und die Zunge zog sich sofort zurück.

Tobys erste Regung war nicht Erleichterung, sondern Angst. Das war dumm von ihm gewesen, denn als er hinunterschaute, entdeckte er ein paar helle Tropfen am Boden der Felsspalte. Er hatte Old Cags vorläufig vertrieben, aber der kranke Wolf hatte etwas von seinem tödlichen Geifer hinterlassen. Toby schauderte. Es war, als zwinkerten ihm die glitzernden Schaumblasen im trüben Licht der Felsspalte zu. Vielleicht bekam er jetzt auch die Geiferseuche und starb daran. Hier in seinem Versteck, ohne dass jemand davon wusste.

Hör auf damit!, ermahnte er sich. *Überleg dir lieber, was du tun kannst!* Als er seine Krallen in den Boden bohrte, stellte er fest, dass sein Versteck nicht nur aus nacktem Fels bestand. Da war auch etwas Weiches – Erde! Das Wort entfaltete sich in seinem Geist wie die allerschönste Frühlingsblüte. Sofort scharrte er mit beiden Vorderpfoten drauflos.

Im Nu war der Geifer unter einem Häufchen Erde begraben und Toby hielt nach dem Stein Ausschau, mit dem er auf Old Cags' Zunge losgegangen war. Zwar klebte kein Schaum daran, aber dafür etwas Schmieriges, Rotes, das wie Blut aussah. Vorsichtshalber begrub er auch noch den Stein. Sobald alles mit Erde bedeckt war, spähte er in den hinteren Teil des Spalts. Vielleicht ging es dort weiter? Vielleicht fand er einen Fluchttunnel. Toby tastete sich an den Wänden entlang und schöpfte ein wenig Hoffnung, nachdem er ein gutes Stück weitergekrochen war und der Spalt sich verbreitert hatte. Aber dann stieß er mit der Schnauze an eine kalte Felswand und ihm wurde schlecht vor Enttäuschung. Er war in einer Sackgasse gelandet.

Draußen hörte er den Wind pfeifen. Anscheinend wurde es wieder kälter. Auf jeden Fall war es zwecklos, ganz hinten in dem Felsspalt zu bleiben. Old Cags musste irgendwann schlafen, und sobald er eingeschlafen war, konnte Toby sich hinausschleichen und nach einem Ausweg aus der Grube suchen. Die Grube war tief, das wusste er. Aber die Wölfe hatten einen Pfad benutzt, denn sie konnten nicht klettern. Nicht so wie Bären. Toby und sein Bruder stiegen auf jeden Baum, an dem sie vorbeikamen. Er musste sich nur die Felswände genauer ansehen, dann konnte er vielleicht daran hinaufklettern.

Vorsichtig näherte er sich der Öffnung des Spalts.

Schon wieder eine Sackgasse! Old Cags schlief zwar, aber direkt vor dem Eingang. Als Toby hinausspähte, wankte der Geiferwolf auf die Füße, stürzte sich auf den Spalt und fing an zu knurren. Toby wich zurück. Es war hoffnungslos. Und er konnte sehen, dass der Schnee jetzt noch dichter fiel.

Verzweifelt schüttelte Toby den Kopf, um klarer denken zu können. Seine Lage war düster. Der Schnee besiegelte sein Schicksal, denn wenn die Schneemonde so früh einsetzten, fielen die Bären bald in den Kaltschlaf. Seine Mama hatte ihm erklärt, was der Kaltschlaf bedeutete. Wenn die Wintermonde nahten, wurden Bären schläfrig und verloren ihren Hunger. Dann suchten sie sich ein Winterquartier, eine Höhle, in die sie sich zurückziehen konnten. Seine Mama hatte gesagt, dass sie dort gemütlich „auf einem Haufen liegen" würden. Burney und Toby konnten sich in ihren dicken Pelz kuscheln und schlafen, bis der letzte Wintermond zu Ende ging.

„Aber wie kann man seinen Hunger verlieren?", hatte Toby ungläubig gefragt.

„Das ist eben so", hatte seine Mama geantwortet.

„Aber ich denke immer ans Fressen", hatte Burney eingeworfen. „Besonders an Fisch, an den Geschmack von fetten Lachsen."

„Ich auch! Ich träume immer noch von der Elchleber, die wir mit den Wölfen geteilt haben", hatte Toby gesagt.

„Und ich von den Frühlingszwiebeln." Burney hatte sehnsüchtig geseufzt und den beiden Bärenjungen war das Wasser im Maul zusammengelaufen.

„Das vergisst man einfach", hatte ihre Mama erklärt. „Man denkt nicht mehr ans Fressen. Man vergisst einfach alles, versteht ihr?"

Sogar mich?, dachte Toby beklommen. *Werden sie mich auch vergessen? Vermissen sie mich?* Sie mussten doch längst gemerkt haben, dass er weg war, dass er sich verlaufen hatte oder so. Aber wenn die Kälte kam, erinnerten sie sich vielleicht nicht mehr daran. Vielleicht vergaßen sie dann einfach, dass sie ihn vermissten?

An dem Tag, an dem Toby entführt wurde, erwachte Burney mit einem mulmigen Gefühl aus seinem Mittagsschläfchen. Noch bevor er die Augen öffnete, wusste er, dass etwas nicht stimmte. Etwas Schreckliches war passiert.

„Mama, Mama, wach auf!", rief er.

„Burney, warum weckst du mich? Spiel mit deinem Bruder und lass mich noch ein bisschen ausruhen."

„Mama, Toby ist nicht da!"

„Was?", stieß Bronka hervor, aber es war eher ein tiefes Grollen als ein Wort. Schauerlich hallte ihre Stimme von den Felswänden wider.

„Er ist fort, Mama!“

Bronka sprang auf, preschte zum Flussufer und platschte durch das Flachwasser zu einer Sandbank. Toby konnte nicht ertrunken sein. Das Wasser war zu flach und er konnte schwimmen. Bronka kletterte auf die Sandbank und blickte sich um. Da entdeckte sie Pfotenabdrücke – Wolfspfoten! Sie konnte die Spuren eines Kampfes ausmachen, und sogar ein paar dunkle Fellbüschel, die von ihrem Toby stammten.

Burney stand ängstlich da und starrte seine Mama an, deren Augen sich nach hinten verdrehten, bis nur noch das Weiße zu sehen war. Ein grässliches, herzzerreißendes Bellen drang aus ihrem Maul. Und dann brüllte sie so entsetzlich, dass ihm das Blut in den Adern stockte. Verzweifelt schleuderte sie einen riesigen Felsbrocken ins Wasser und hämmerte mit Pfoten und Füßen darauf herum.

„Mein Kind, mein Junges, mein Kleines! Die Wölfe haben mir mein Junges gestohlen! Ich reiße ihnen die Beine ab. Ich kratze ihnen die Augen aus!“

„Mama! Mama!“, schrie Burney zitternd vor Angst, aber sie hörte ihn nicht. Seine Rufe gingen in ihrem Brüllen und Stampfen unter.

Eine Grizzlybärin, die ein gutes Stück weiter unten am Fluss fischte, hörte Bronkas Toben. Sie wusste sofort, dass diese Mutter ein Kind verloren hatte. Instinktiv packte sie ihr eigenes winziges Junges und drückte es schützend an ihre Brust.

„Mama! Du zerquetschst mich ja!“

„Still, mein Kleines, sei nur still“, murmelte die Bärin und leckte ihm die Schnauze mit ihrer warmen Zunge.

Die Schatten des Krieges

Katria und Airmid waren im Presspfotenlauf dahingeeilt. Jetzt standen sie am Ufersaum des Hoolemeers. Von Südosten her wälzte sich Nebel über den Meeresarm, der „die Bucht" genannt wurde. Ein schmaler Landstreifen ragte dort in das Wasser hinaus.

„Das ist die Stummelkrallen-Spitze", sagte Katria. „Wir sparen einen halben Tag, wenn wir durch die Bucht schwimmen. Und die Strömung ist mit uns, genau wie der Wind." Langsam drehte sie den Kopf zu Airmid. „Kannst du schwimmen?"

„Welcher Wolf könnte das nicht?", kicherte Airmid.

„Aber das Wasser ist kalt."

„Wir haben unser warmes Fell."

„Unser Fell könnte zu Eis gefrieren, wenn wir nass aus dem Wasser kommen und der Wind uns trifft. Und das Gewicht des Eises würde uns aufhalten."

„Wir schütteln das Wasser einfach ab", sagte Airmid, die bereits ins Meer hineinwatete.

„Es wird nicht leicht sein. Ich wollte dich nur warnen“, rief Katria hinter ihr her.

„Das Leben bei den MacHeath war auch nicht leicht. Und lieber sterbe ich auf dem Meeresgrund, als zu diesen Bestien zurückzukehren.“

Damit war es besiegelt und Katria sprang nun ebenfalls in das aufgewühlte Wasser der Bucht. Die Strömung war mit ihnen, wie sie gehofft hatte, und es war eine starke Strömung, sodass sie mit dem Paddeln kaum nachkamen. Das Schwierigste war für sie, die Köpfe in den Wellen über Wasser zu halten. Ihr Gesichtsfell war bald ganz mit Salz verkrustet. Doch nach ungefähr zwei Dritteln der Strecke merkten sie, dass sie nach Süden abtrieben.

„Das muss ein Strudel sein, der vom Ufer hereinschießt“, japste Airmid.

Der Strudel zog sie rasch mit sich. Katria und Airmid schwammen mit aller Kraft, denn sie liefen Gefahr, an der Landzunge vorbeigerissen und direkt ins offene Meer hinausgetragen zu werden.

„Schwimm! Schwimm!“, brüllte Katria, die jünger und kräftiger war als Airmid. Sie konnte sehen, wie Airmids Kopf immer tiefer sank und die Wellen über ihrem Kopf zusammenklatschten.

Auch Katrias Kräfte ließen allmählich nach. Obwohl sie kaum noch Luft bekam, brüllte sie immer wieder:

„Airmid! Denk an die MacHeath und denk an das Leben! Airmid, das Leben!“ Die Worte des *Banuıl caınt* strömten durch ihren Geist. Botschaften von den Schnitzknochen, die sie längst vergessen hatte und die jetzt plötzlich in ihr Gedächtnis zurückkehrten, als seien sie tief in ihr Mark eingeritzt. *Du bist gut. Du bist weise. Du bist viel stärker, als du glaubst.* Katria brüllte diese Worte hinaus, bis die Salzluft zu singen begann. Auf einmal fühlte sie sich wie von unsichtbaren Pfoten getragen, und sie sah, dass auch Airmid den Kopf höher hielt. Drei starke Kräfte trieben sie unermüdlich auf die Landspitze zu – der Wind, die Strömung und die geheime Sprache von Hordweard.

Endlich erreichten sie das Ufer und taumelten erleichtert aus dem Wasser. Jetzt war es nicht mehr weit – höchstens noch eine Tagesreise. Vier Tage dauerte der Weg zu den MacNamara, aber Katria und Airmid würden nur drei Tage dafür brauchen. Seltsamerweise waren sie nicht erschöpft, sondern fühlten sich wunderbar gestärkt und liefen beinahe im Angriffstempo weiter. Hin und wieder hielten sie kurz an. Ihre einzige Nahrung bestand aus kleinen Nagern, die sie irgendwo in der Nähe jagten und die kaum ihren Hunger stillten, aber leicht zu fangen waren. Katria und Airmid waren mit großer Entschlossenheit in dieses Abenteuer aufgebrochen. Sie nahmen alles in Kauf, um von den MacHeath fortzukommen und endlich ohne Angst leben zu können. Aber Dunbars teuflischer Plan verfolgte sie auf Schritt und Tritt wie ein übler Gestank. Würden sie es schaffen, rechtzeitig zu den MacNamara zu kommen, damit das Bärenjunge gerettet und der Krieg verhindert werden konnte? Der Gedanke trieb sie unerbittlich weiter.

Als sie endlich langsamer wurden, fiel Airmid etwas auf. „Sieh nur", sagte sie und schaute Katria an, „was für eine seltsame Spur."

„Wieso? Was meinst du?" Katria trottete zu Airmid herüber und senkte ihre Schnauze auf die Abdrücke hinunter, die im Schlamm verwischt waren. Inzwischen schneite es nicht mehr. Die Sonne war herausgekommen und hatte den Schnee vollends weggeschmolzen, aber die Luft war kälter geworden. Sie waren jetzt weit im Norden, viel weiter nordöstlich, als sie je gekommen waren. Noch vor Einbruch der Dunkelheit würden sie zum MacNamara-Clan stoßen. Sie waren jetzt gut hundert Meilen vom MacHeath-Gebiet entfernt. Mit jedem Schritt hatten sie sich freier und sicherer gefühlt. Zweimal hatte es geschneit, sodass ihre Spuren verwischt waren. Katria und Airmid dankten dem Großen Wolf für das seltsame Wetter. Aber dann hatte Airmid diese Pfotenspuren auf ihrer Route entdeckt.

„Das ist der Abdruck einer Außenflankerin", sagte Katria.

„Einer Außenflankerin?“

„Ja, ganz sicher.“

Airmid stellte ihre Worte nicht weiter infrage, weil Katria selbst lange Zeit als Außenflankerin bei den MacHeath gedient hatte. Zuerst in ihrem Geburtsrudel, dann im Rudel des Oberhaupts, als Donaidh sie zur Gefährtin genommen hatte.

„Aber sie hat …“ Katria hielt inne.

„Was? Sie hat was?“

„Mit ihr stimmt etwas nicht.“

„Aber es ist nicht die Geiferseuche. Ihr Pfotenabdruck ist gerade“, sagte Airmid schnell. Ein gespreizter Pfotenabdruck war das untrügliche Zeichen für die Krankheit.

„Nein, da ist nichts abgespreizt. Und dem Geruch nach ist es auch keine MacHeath. Ich will die Spuren ein Stück zurückverfolgen und sie mir genauer ansehen. Ich bin gleich wieder da“, sagte Katria.

Airmid ließ sich erschöpft auf einem Flecken Hasenohrmoos nieder. Eulen nahmen dieses weiche Moos manchmal zur Auspolsterung ihrer Nester. Sie schaute Katria nach, die rasch und leichtfüßig an der Spur entlanglief. Mit ihr hatten die MacHeath eine gute Außenflankerin verloren. Katria trug ihr Herz nicht auf der Zunge, aber Airmid wusste, wie sehr sie um ihre Tochter Kyrana trauerte. Nun, das würde vorübergehen.

Vielleicht würde Katria bei den MacNamara einen neuen Gefährten finden und wieder Nachwuchs bekommen. Dann konnte sie in Frieden ihre Jungen aufziehen, ohne vor den MacHeath zu zittern. Airmid wünschte es ihr von Herzen. Sie selbst durfte nicht auf eine solche Zukunft hoffen, denn sie war unfruchtbar.

Nach einer Weile kam Katria zurück. „Ich glaube, sie ist blind."

„Wer ist blind?"

„Die Außenflankerin. Sie wird geführt."

„Wenn du sagst, dass sie geführt wird, hast du weiter vorn sicher noch eine zweite Wolfsspur entdeckt. Aber woher in aller Welt weißt du, dass sie blind ist?"

„Das ist schwer zu erklären. Vielleicht erkenne ich es an dem leichten Zögern, mit dem sie ihre Führpfote aufsetzt. Oder daran, dass sie die Pfote zu fest aufsetzt. So als ... als hätte sie Angst, dass die Erde unter ihr wegrutschen könnte."

Airmid nickte. „Dann lass uns jetzt wieder aufbrechen."

„Ja, vielleicht holen wir sie ein."

Als Katria und Airmid gegen Mittag eine Biegung umrundeten, trat plötzlich ein Wolf hinter einem Baumdickicht hervor. Sein Fell hatte die Farbe von Flammen, die kurz vor dem Erlöschen waren.

Airmid und Katria nahmen sofort die gebührende Unterwerfungshaltung ein.

Der rote Wolf kniff die Augen zusammen. *MacHeath-Wölfinnen*, dachte er. Kein anderer Wolf begann schon von Weitem mit dem Unterwerfungsritual. Und nun krochen sie ihm auf dem Bauch entgegen. Eine der beiden Wölfinnen hatte ungewöhnlich kräftige Schultern, und er schloss daraus, dass sie eine Außenflankerin war. Rasch trottete er zu ihnen hinüber, um sie zu begrüßen.

„Bitte erhebt euch, meine Lieben. Dieses Getue können wir uns hier sparen“, sagte er in freundlichem, respektvollem Ton.

Airmid und Katria wechselten einen verstohlenen Blick. So freundlich waren sie noch nie begrüßt worden. Langsam richteten sie sich auf, hielten aber ihre Schwänze gesenkt und die Ohren unterwürfig zurückgelegt.

„Ich bin Brangwen aus dem Clan der MacDonegal.“

„Ach du liebe Güte“, rief Katria aus. „Da habt ihr aber einen langen Weg hinter euch.“

„Ja, meine Gefährtin …“, er warf den Kopf in Richtung des Baumdickichts, „ihr geht es nicht gut, versteht ihr?“ Er zögerte, dann fügte er mit bebender Stimme hinzu: „Sie … sie ist blind.“

Katria und Airmid zerriss seine Traurigkeit fast das Herz.

„Und sie war früher eine Außenflankerin“, sagte Katria leise.

„Ja.“ Brangwen nickte und richtete den Blick auf Katria. „Du hast es gleich gemerkt, nicht wahr? Weil du selbst eine bist.“

„Ja.“

„Das dachte ich mir. Ich sehe es an deinen Schultern.“

Katria erwiderte nichts.

„Morag, meine Gefährtin, hätte noch viele gute Jahre vor sich gehabt, wenn sie nicht blind geworden wäre. Wir mussten fortgehen. Für eine Außenflankerin ist kein Platz im Clan, wenn sie nicht mehr …“

„Ich verstehe“, sagte Katria. „Und jetzt wollt ihr zu den MacNamara gehen. Dort werden kranke Wölfinnen wie Morag aufgenommen.“

„Ja, und ihr beide seid auch auf dem Weg zu den MacNamara. Ihr müsst mir nicht erklären, warum.“ Brangwen verstummte, dann fügte er etwas fröhlicher hinzu: „Komm, ich stelle dich meiner Gefährtin vor. Sie wird sich über deine Gesellschaft freuen. Als ehemalige Außenflankerinnen habt ihr euch sicher viel zu erzählen. Und bestimmt möchte Morag auch deine Freundin kennenlernen.“ Er nickte Airmid respektvoll zu.

Airmid war hingerissen von der Sanftheit und Freundlichkeit des roten Wolfs. Wie nett er sie miteinbezogen hatte, obwohl sie doch zu gar nichts mehr taugte! Sie war eine Obea und die meisten Wölfe schreckten vor unfruchtbaren Weibchen zurück. Vor allem Wölfinnen. Airmid war dankbar, dass Morag blind war und so vielleicht ihre Unfruchtbarkeit nicht erkennen würde. Obwohl es immer hieß, dass blinde Tiere einen umso schärferen Geruchssinn hatten.

Airmids Ängste erwiesen sich als grundlos, denn Morag war überglücklich, dass die beiden Wölfinnen zu ihnen gestoßen waren. Mit keiner Miene verriet sie, ob sie Airmid als ehemalige Obea erkannt hatte. Und nicht das leiseste Zucken ihrer Nase deutete darauf hin, dass sie Airmids Unfruchtbarkeit witterte.

„Nun ja", seufzte Morag. „Für eine neue Außenflankerin hat ein Clan immer Verwendung. Aber was sollen sie mit mir anfangen?" Ihr Ton war beinahe fröhlich, obwohl sie ihre Lage so düster einschätzte.

„Du kannst nicht mehr jagen, meine Liebe, das ist richtig", erwiderte Brangwen sanft. „Aber dafür wirst du eine gute Tante abgeben." Das war nichts Ungewöhnliches unter Wölfen. Wenn eine Wolfsmutter zu beschäftigt war, um ihren Nachwuchs zu hüten, sprang eine andere Wölfin für sie ein und kümmerte sich um die Jungen.

„Ja, ich glaube, ich wäre eine gute Tante, weil ich als Außenflankerin selbst oft auf Tanten angewiesen war, wenn ich im *Byrrgis* mitlaufen musste. Ich weiß es sehr zu schätzen, was sie für meine Jungen getan haben." Ein

Schatten huschte über Morags Augen. Hinter dem milchig-trüben Film, der ihre Netzhaut überzog, blitzte ein Schimmer von Grün auf.

„Niemand kann so gut Geschichten erzählen wie Morag“, fuhr Brangwen fort. „Sie hat eine große Gabe für die alten Legenden, die Geschichten aus längst vergangener Zeit.“

Katria und Airmid ließen kleinlaut die Schwänze hängen. Geschichtenerzählen galt bei den MacHeath als nutzloses Zeug, und die alten Mythen aus der Zeit des Eismarsches und der Ankunft in den Hinterlanden wurden nicht in Ehren gehalten. Die MacHeath lebten nur im Hier und Jetzt, ohne die geringste Ahnung von der reichen Überlieferung der Hinterlandwölfe. Und das Schlimmste war, dass sie auch noch damit prahlten. Der Clan hatte nicht einmal eine richtige *Skrielin*. Eine der wichtigsten Aufgaben der *Skrielin* bestand darin, das Himmelsfeuer zu lesen, um Geschichten daraus zu spinnen. Die MacHeath hatten nur eine uralte, von Bosheit zerfressene Wölfin, die nichts anderes zu tun hatte, als die Gebietsgrenzen hinauszukrächzen und anzukündigen, welche Beute sich in diesem Gebiet aufhielt.

Nach einer kurzen Ruhepause brachen die vier Wölfe gemeinsam auf. Morag schöpfte frischen Mut in der Gesellschaft der starken MacHeath-Wölfinnen. Brangwen merkte, dass sie jetzt rascher ging. Airmid trottete hinter Morag her, Katria lief dicht an ihrer Schulter und führte sie behutsam. Im Grunde war es nicht viel anders, als wenn sie sich in einem *Byrrgis* an die Flanke setzte, um eine Wendeaktion einzuleiten.

„Wir nähern uns jetzt ihrem Lager", rief Brangwen plötzlich aus. „Seht nur, wie sich der Nebel hereinwälzt. Wir sind dicht am Nordmeer. Bittermeer wird es genannt, glaube ich."

Der Nebel wand sich durch die Luft, und im Nu waren sie in eine gewaltige Wolke gehüllt, die sich über das Land senkte. Die Spitzen ihrer Nackenhaare wurden schwer von den vielen Tröpfchen und sie bremsten ihren Lauf.

„Warum werden wir langsamer?", fragte Morag.

„Der Nebel. Wir können nicht viel sehen."

„Vielleicht sollte *ich* dann die Führung übernehmen", sagte Morag mit einem gutmütigen Lachen.

Katria und Airmid sogen die Luft ein.

„Nanu? Was habt ihr denn?", fragte Morag.

„Das war doch sicher ein ..."

„Ein Scherz?", warf Morag ein.

„Ja, wenn du es so nennen willst."

„Aber natürlich! Großer Lupus, habt ihr noch nie einen Scherz gemacht?"

„Nein", stießen Katria und Airmid gleichzeitig hervor.

„Doch nicht im MacHeath-Clan“, ergänzte Airmid. „Dort macht man keine Witze.“

„Und schon gar nicht über sich selbst“, sagte Katria.

„Also das ist … schlimm“, murmelte Morag betroffen. Mehr fiel ihr beim besten Willen nicht dazu ein.

Kurze Zeit später wälzte sich der Nebel wieder aufs Meer hinaus und gab den Blick auf zwei Wölfe frei, die ihnen entgegenkamen. „Das müssen Kundschafter der MacNamara sein.“

„Heißt das, wir sind angekommen?“, fragte Morag.

Brangwen heulte eine Begrüßung, und als die beiden Kundschafter näher kamen, gingen alle vier Neuankömmlinge in die Knie und nahmen die Unterwerfungshaltungen ein.

Auch diesmal wurden sie unterbrochen. Eine große Wölfin mit hellgrauem Fell, das fast die Farbe des Seenebels hatte, trat vor. „Willkommen! Seid willkommen im Namara-Gebiet. Wir haben euch schon im Morgengrauen erspäht. Die Namara lässt sich entschuldigen. Sie bedauert sehr, dass sie euch nicht persönlich begrüßen kann, wie sie es sonst immer tut. Aber ich fürchte, ihr seid am Vorabend einer großen Katastrophe hier eingetroffen.“

„Einer Katastrophe?“, fragte Brangwen entsetzt.

„Ach du liebe Güte“, wisperte Morag.

„Was ist denn passiert?“, fragte Katria.

„Die Bären am Kreis der Vulkane erheben sich gegen die Wölfe."

„Aber wir haben doch immer in Frieden mit den Bären gelebt, besonders die Gardewölfe. Das ist unmöglich", wandte Brangwen ein.

„Lupus gebe, dass du Recht hast", erwiderte der zweite Kundschafter, ein dunkelgrauer Wolf.

Katria und Airmid wechselten einen Blick. Dann ergriff Katria das Wort. „Wir wissen etwas darüber. Und zu meiner Schande muss ich gestehen, dass wir wenig getan haben, um diese Katastrophe zu verhindern. Die MacHeath stecken dahinter. Nur deshalb haben wir endlich den Mut aufgebracht, von ihnen wegzugehen." Katria legte eine Pause ein.

Die Kundschafterin ließ die Ohren nach vorn schnellen. „Ihr müsst sofort mit uns kommen und der Namara erzählen, was ihr wisst. Vielleicht könnt ihr uns helfen, etwas gegen diesen …" Die Wölfin brachte es nicht über sich, das Wort „Krieg" auszusprechen, das wie ein Bleigewicht in der Luft hing. „Folgt mir bitte."

Morag in ihrer Blindheit nahm eine noch tiefere Dunkelheit wahr – die Schatten des Krieges.

Grimalkin-Eulen

Faolan brachte jetzt schon die zweite Doppelschicht hinter sich, aber dafür würde er zwei Nächte hintereinander freibekommen. Im Kreis der Vulkane ging etwas vor sich, doch weder Faolan noch Edme konnten sich einen Reim darauf machen. Als Neulinge durften sie nicht an den *Gaddergovern*-Versammlungen teilnehmen, in denen wichtige Angelegenheiten der Heiligen Garde besprochen wurden. Aber alle waren gereizt und kurz angebunden, und selbst der sonst so geduldige Zwirbel fauchte Faolan an.

Die Windsbräute waren abgeflaut, sodass jetzt weniger Eulen herbeiströmten. Vor allem Schmiedeeulen, die in der Nähe der Vulkane ihre zeitweilige Esse aufgebaut hatten, waren noch dageblieben.

Auch Gwynneth war zum Glück noch nicht fortgeflogen. Von der Maskenschleiereule lernten Faolan und Edme fast genauso viel wie von Malachy, dem *Taiga*, der auf die Sitten und Bräuche der Eulen spezialisiert war. Im Gegensatz zu Malachy, der ja trotz seines umfangreichen Wissens ein Wolf blieb, konnte Gwynneth ihnen aus erster Hand erklären, wie es war, ein Eulenleben zu führen. Auch wenn sie eine Einsiedlerin war und die meiste Zeit in den Hinterlanden hauste.

Was im Kreis der Heiligen Vulkane vorging, konnte Gwynneth ihnen allerdings auch nicht sagen. Davon wusste sie noch weniger als Faolan und Edme.

„Doppelschichten?“, fragte sie mit leiser Verwunderung. „Jetzt, wo die Windsbräute nachlassen, kann ich mir kaum vorstellen, dass das nötig ist.“

„Schau mal, da ist Edme. Sie kommt gerade von ihrer Wache auf dem Morgan-Hügel, und sie war viel länger dort als sonst. Ihre Ablösung muss sich verspätet haben. Die *Taigas* sind die ganze Zeit in irgendwelchen *Gaddergovern* mit dem Fengo oder mit anderen hohen Gardelords.“ Faolan überlegte einen Augenblick. „Könntest du vielleicht etwas darüber herausfinden?“, fragte er in einem flehenden Ton, den Gwynneth noch nie von ihm gehört hatte.

„Auf keinen Fall! Du willst doch nicht, dass ich sie bespitzle!“

„Was ist bespitzeln?“

„Na, dass ich mich in ihre Versammlung schleiche und sie belausche!“ Gwynneth spuckte das Wort angewidert aus. „Wie ein käuflicher Spion, der mit Informationen handelt. Dafür ist mir meine Zeit zu schade. Und ich traue keiner Eule, die so etwas macht. Ich bin kein Lauschgleiter!“

„Das sag ich doch gar nicht“, verteidigte sich Faolan. „Und jetzt muss ich wieder an die Arbeit.“

„Bitte sei nicht böse“, bat Gwynneth, die jetzt ganz zerknirscht war. „Bei Lauschgleitern seh ich einfach rot. Sie haben ihren Platz in der Eulengesellschaft und sicher haben sie auch viel Gutes getan. Das will ich nicht bestreiten. Der Große Baum ist sehr auf sie angewiesen.“

„Ja, klar. Es tut mir leid, dass ich dich gefragt habe.“

„Ist schon gut“, sagte Gwynneth und breitete ihre Schwingen aus. Mühelos stieg sie in die Luft auf.

Wie immer, wenn Faolan dicht bei einer Eule stand oder zuschaute, wie sie sich in den Himmel erhob, regte sich etwas tief in seinem Inneren. Ein Raunen wie aus einer anderen Zeit oder einer anderen Welt. Und das spürte er nicht nur, wenn er mit Eulen zusammen war. Das Raunen oder Wispern hatte auf seiner *Slaan Leat* angefangen, seiner Reise zur Wahrheit. Doch irgendwo da draußen erwartete ihn noch eine andere Wahrheit, das wusste er, und von Zeit zu Zeit erhaschte er einen Blick darauf. Besonders beim Springen, wenn er sich mit den warmen Aufwinden bis zur Wolfsspitze hinaufschwang. Dann war ihm, als sei er dieser Wahrheit näher als sonst, als könne er Nebel oder Geister aus der Vergangenheit einfangen.

Die Eulen nannten die Seelen der Verstorbenen Geisterschnäbel und die Wölfe Nebel oder *Lochin.* Diese Nebel aus einer unendlich fernen Vergangenheit sickerten irgendwie in seinen Geist ein. Manchmal schien es ihm, als dringe er unerlaubt in die Erinnerungen oder Träume anderer Geschöpfe ein. Aber er konnte nichts dafür. Er konnte nie sagen, was diese seltsamen Anwandlungen auslöste. Und wenn es passierte, fühlte er sich wie aus der Zeit gefallen.

Als er seinen Spähsprung vollendet hatte und wieder auf dem Knochenhügel landete, sah er Edme unten vorbeigehen.

„Ist deine Schicht zu Ende?“, rief er ihr zu.

Edme kletterte zu ihm hoch. „Ja, endlich.“

„Ich muss noch bis morgen Früh weitermachen. Warum gehst du nicht in den Bau zurück und legst dich schlafen?“

„Ich weiß nicht. Ich kann nicht einschlafen. Ich habe immer das Gefühl, dass der ganze Vulkankreis den Atem anhält. Und niemand sagt uns, was los ist.“

„Nicht nur uns. Gwynneth ist gerade vorbeigekommen. Sie weiß auch nicht mehr als wir.“ Faolan legte den Kopf zurück und suchte den Himmel nach Grimalkin-Eulen ab. Aus dem Augenwinkel erspähte er einen Fleckenkauz, der über dem südöstlichen Kraterrand tief am Himmel schwebte. In Faolans Mark zuckte etwas.

Was machte diese Eule da? Musste er etwa den Grimalkin-Alarm auslösen: Eule in böser Absicht? Er lauschte auf das trockene Knirschen, das angeblich von den Kratern aufstieg, wenn eine Grimalkin im Anflug war. Aber er hörte nichts. Ein falscher Alarm kam bei den Gardewölfen nicht gut an. Und es war auch nicht die richtige Jahreszeit für Grimalkin-Eulen. Die kamen meistens mit den Windsbräuten und schmuggelten sich geschickt unter die Scharen der Glutsammler und Schmiedeeulen, die dann herbeiströmten. Trotzdem war Faolan nervös.

„Ich geh hoch!", sagte er zu Edme. „Warte hier."

Edme war inzwischen so müde, dass sie keinen Hopser mehr machen konnte. Erschöpft hockte sie sich auf den Knochenhügel und legte den Kopf zurück, um Faolans Sprung mitzuverfolgen.

Faolan war ein fantastischer Springer, das musste sie ihm lassen. Die Geschichte von seinem Sprung über die Feuerwand hatte sich in den ganzen Hinterlanden verbreitet. Edme war nicht dabei gewesen, aber alle, die es gesehen hatten, sagten, dass sie so etwas noch nie erlebt hatten. Das allein wäre Grund genug gewesen, Faolan in die Vulkangarde aufzunehmen.

„Was im Namen von Glaux ...", murmelte Edme, als sie jetzt aufblickte. Von Faolans Freundin Gwynneth hatte sie schon viele Eulenausdrücke und die harmloseren Fluchwörter übernommen. Gebannt beobachtete sie, wie Faolan einen gewöhnlichen Fleckenkauz mitten aus der Luft fing. Und bevor sie auch nur einen klaren Gedanken fassen konnte, landete Faolan wieder auf dem Knochenhügel. Er ließ die Eule fallen und nagelte sie blitzschnell mit seiner rechten Vorderpfote fest.

„Das wollte ich nicht! Ehrlich, ich wollte es nicht!", kreischte die Eule hysterisch.

„Faolan, eine Grimalkin!"

„Ja, glaub schon."

„Aber warum hast du dann nicht Alarm geschlagen?"

Faolan schaute sie verständnislos an. „Ich weiß auch nicht."

„Das ist verboten. Du könntest Ärger bekommen."

„Ich wollte keinen falschen Alarm geben. Ich dachte nur, da wäre was ..."

„Oh, bitte nicht. Bitte, bitte nicht Alarm schlagen", flehte die Eule.

„Was hast du dort oben über dem Kraterrand gemacht? Warum lungerst du da herum, obwohl keine Glut herausschießt? Die Windsbräute sind fort. Was hast du als Entschuldigung vorzubringen?" Faolans Stimme wurde lauter.

„In Ordnung, in Ordnung. Ich ... also ich ...", stotterte die Eule.

„Also was jetzt?", sagte Edme und trat auf den anderen Flügel des Fleckenkauzes.

„Das war doch nur wegen einer Wette", stieß der Fleckenkauz hervor.

„Wegen einer Wette?", sagte Faolan. „Bist du *joicks*?"

„Ja, genau, *joicks*. Hundertprozentig *joicks*. Ich bin so *joicks*, wie man nur sein kann."

„Aber warum?", fragte Edme.

„Ich hatte es einfach satt, immer nur ausgelacht zu werden. Ich wollte die Glut nicht wirklich rausholen, selbst wenn ich sie gefunden hätte. Aber Skylar meinte, wenn die Windsbräute blasen, kann man manchmal sehen, wie die Glut nach oben schwebt."

„Skylar ist ein Schleimpupser", knurrte Faolan. Es war die größte Beleidigung, die man einer Eule an den Kopf werfen konnte, denn Eulen sind sehr stolz auf ihr reinliches Verdauungssystem.

„Wahrscheinlich, aber ich wollte doch nur … also ich wollte, dass sie mich mögen, versteht ihr? Du hast ja gesehen, dass meine Flügelspitze verkrümmt ist. Deshalb hast du mich auch so leicht gefangen."

„Das ist keine Entschuldigung! Edme hier hat nur ein Auge. Oder schau mich an." Faolan verlagerte sein Gewicht, damit er den Fleckenkauz weiter festhalten und trotzdem seine gespreizte Pfote hochheben konnte. „Da, siehst du, du Idiot?"

„Ach du liebe Güte, das ist ja vielleicht eine Pfote!"

„Du sagst es. Aber ich habe gelernt, damit zu leben.

Und zwar sehr gut, falls es dich interessiert – so wie Edme gelernt hat, mit einem Auge zu leben. Und weißt du was?"

„Was?", fragte die Eule mit zitternder Stimme.

„Wir wurden in unserem Clan wie Dreck behandelt, bis wir hierhergekommen sind. Wir waren niedrige Knochennager, wir wurden gebissen und geschlagen und durften erst als Letzte fressen, wenn das Rudel eine Beute erlegt hatte."

„Das tut mir leid für euch."

„Spar dir dein Mitleid!", rief Edme verächtlich.

„Schlagt ihr jetzt Alarm?"

„Eigentlich müssten wir das tun", erwiderte Faolan.

„Oh, nein, bitte nicht", sagte die Eule schnell.

„Warum nicht?", fragte Faolan.

„Weil ich etwas weiß ... etwas Wichtiges." Ein listiger Ausdruck trat in die gelben Augen des Fleckenkauzes. „Über das entführte Bärenjunge."

Der Mond war schon weit durch die Nacht gewandert und begann seinen Abstieg am westlichen Himmel. In dem silbrigen Schein, der immer mehr verblasste, erzählte Arthur, der Fleckenkauz, den beiden jungen Gardewölfen, was er gesehen hatte. „Ich ging nichts Böses ahnend meinen Geschäften nach und flog mit einem Fischuhu über den Fluss, um nach Forellen Ausschau zu halten. Und plötzlich sah ich ein Bärenjunges, einen drolligen kleinen Kerl." Edme wurden die Knie weich, als wären ihre Knochen zersprungen und das ganze Mark herausgesickert. Auch Faolan spürte, wie sich eine tiefe Dunkelheit in ihm ausbreitete.

„Sprich weiter", befahl er. „Du hast ein Bärenjunges gesehen?"

„Richtig, und dann kam ein Wolf hinter einem Fels hervor und der Kleine ist sofort zu ihm hingetrottet und wollte mit ihm spielen. Stellt euch das nur vor, ein Bärenjunges und ein Wolf!"

„Wie sah der Wolf denn aus?", fragte Edme mit schwacher Stimme.

„Es war eine graue Wölfin mit ein paar schwarzen Flecken."

„Hatte sie einen Schwanz mit einer weißen Spitze?"

„Ja, genau."

„Fretta!" Edme wisperte den Namen so leise, dass Faolan sie kaum verstand. „Eine Kundschafterin der MacHeath."

Arthur zuckte leicht zusammen. „He, wie wär's, wenn du mal deine süße kleine Pfote dort wegnimmst? Du zerdrückst mir ja meine Fransen."

„Sprich weiter!", befahl Edme ungeduldig.

„Also, diese Wölfin spielte zuerst die Nette, aber dann kamen vier andere Wölfe hinter den Felsen hervor. Einer war sehr hässlich. Noch hässlicher als du“, sagte Arthur mit einem Blick auf Edme. „Autsch!“

Faolan war ihm fest auf den Flügel getreten. „Nenn sie nicht hässlich! Du bist hier der Hässliche, ein Dummkopf, der hirnrissige Wetten annimmt! Großer Glaux!“

„Ach, sei still, Faolan!“, fauchte Edme. „Das kümmert mich keinen weißen Seemöwen-Schleimpupser. Erzähl weiter, Eule“, herrschte sie Arthur an.

„Tut mir leid“, murmelte Arthur. „Auf jeden Fall ging alles sehr schnell. Zwei der Wölfe stürzten sich auf das Bärenjunge, dann kamen die anderen dazu, und im nächsten Moment schleppten sie das Kleine weg. Und … und …“

„Und was?“, fragte Edme.

„Also …“, stotterte Arthur, „Skylar, der Fischuhu, war unglaublich mutig und hat sich auf sie gestürzt, um sie zu verscheuchen. Aber ich hatte Angst. Ich war ein Feigling.“

Den beiden Wölfen war jetzt alles klar.

„Und weil du zu feige warst, das Bärenjunge zu verteidigen wie dein Freund Skylar, wolltest du deinen Mut auf andere Art beweisen. Deshalb hast du die Wette angenommen und damit geprahlt, dass du es wagen würdest, die Glut von Hoole aus dem Vulkankreis zu stehlen. Stimmt doch, oder?“, schimpfte Edme.

Der Fleckenkauz blieb stumm.

„Das bringt es so ziemlich auf den Punkt", schnaubte Faolan verächtlich.

„Nein, nicht ganz", murmelte Arthur.

„Was heißt hier, nicht ganz?", fragte Edme.

„Die Bären wissen inzwischen, was passiert ist. Und es wird gemunkelt, dass bald ein Krieg zwischen den Wölfen der Hinterlande und den Bären ausbricht."

„Nein!", stieß Faolan hervor. „Das kann nicht sein!"

„Ich glaube, er hat Recht, Faolan. Das ist der Grund für die Doppelschichten und die vielen *Gaddergovern*-Versammlungen. Arthur, wann hast du diese Entführung mit angesehen?"

„Vor zwei Tagen. Die Gardewölfe haben es wahrscheinlich erst gestern erfahren."

„Das ist egal – gestern, heute, einen Krieg darf es nicht geben! Das dürfen wir nicht zulassen", wisperte Faolan.

„Warum haben uns die *Taigas* nichts gesagt?", wunderte sich Edme laut. Dann dämmerte es ihr. Sie schaute Faolan an. „Ich glaube, es ist deinetwegen, Faolan."

„Ja", antwortete er leise und seine Augen füllten sich mit Tränen. „Sie wollten mich schonen."

„Warum?", fragte Arthur.

„Meine zweite Milchmutter war eine Grizzlybärin. Ihr Name war Donnerherz."

„Was?" Der Fleckenkauz bekam vor Staunen den Schnabel kaum zu.

„Sie hat mir das Leben gerettet. Eine Grizzlybärin hat mir das Leben gerettet."

Arthur schwieg ein paar Sekunden, um diese unglaubliche Information zu verdauen. Dann richtete er sich auf, straffte seine gefiederten Schultern und sagte: „Ich kann euch vielleicht helfen – wenn auch nur ein kleines bisschen."

„Helfen? Du? Wie denn? Ich dachte, du bist ein Feigling", fauchte Faolan.

Edme stieß ihm die Nase in die Flanke. „Sei still, Faolan. Lass ihn sprechen. Wie kannst du uns helfen, Arthur?", sagte sie zu dem Fleckenkauz.

„Ich weiß, wohin sie das Bärenjunge gebracht haben. Skylar und ich sind ihnen gefolgt."

„Und wo haben sie es hingebracht?", fragte Edme.

„In eine Schlucht mit steilen Wänden auf allen vier Seiten, die unten wie eine Grube aussieht. Ein versteckter Pfad führt durch das Dickicht dorthin, und ..." Arthurs Stimme verhallte.

Edme richtete ihr Auge auf Faolan. „Und in dieser Schlucht lebt ein verrückter alter Wolf, der die Geiferseuche hat. Der Ort heißt ‚die Grube'."

„Darf ich jetzt gehen, nachdem ich euch alles erzählt habe?", fragte Arthur.

Edme trat einen Schritt auf den Fleckenkauz zu und schaute ihm direkt in die Augen. „Nein, noch nicht,

Arthur. Das ist jetzt deine Chance, deinen Fehler wiedergutzumachen und zu beweisen, dass du doch kein Feigling bist. Du kannst uns helfen, einen Krieg zwischen den Bären und Wölfen zu verhindern – den ersten, den es seit dem Großen Eismarsch gegeben hat."

„Aber ich bin kein Wolf", protestierte Arthur mit weinerlicher Stimme.

Edme verpasste dem Fleckenkauz eine schallende Ohrfeige, sodass er etwas von seinem Gesichtsflaum einbüßte. Die Federchen schwebten nach oben und sanken auf den Knochenhügel nieder. Faolans Augen weiteten sich. So wütend hatte er Edme noch nie erlebt. „Es wird Zeit, dass mal jemand ein bisschen Verstand in dich hineinprügelt", sagte Edme. „Die Eulen würden natürlich in diesen Krieg hineingezogen werden. Es ist also egal, ob du ein Bär, ein Wolf oder eine Eule bist. Hauptsache, du bist kein dummer Esel. Du wirst mit uns fliegen und uns Deckung aus der Luft geben, ist das klar?"

Doch als Erstes mussten sie zum Fengo gehen.

Die Angst töten

Das Problem ist der Name, dachte Old Cags in seinem fiebrigen Geist. Zwei Namen hatten die MacHeath-Wölfe diesem Wolfsjungen gegeben, das nicht wie ein Wolfsjunges aussah. War es überhaupt ein Wolf? Old Cags brauchte einen Namen. Er liebte es, den Namen eines Welpen zu rufen, sodass er von den Wänden der Grube widerhallte. Dann war es, als kröche der Name im Kopf des Welpen herum, bis sein Gehirn vollkommen verdreht und verrückt war, so wie sein eigenes.

Aber ohne Namen konnte Old Cags sich nicht konzentrieren. Und wenn er sich nicht konzentrieren konnte, schrumpfte der Schrecken, den er verbreitete, auf die Größe einer getrockneten Erbsenbeere in den Hungermonden zusammen. Aber genau von diesem Schrecken lebte Old Cags – von der Angst, die er unschuldigen Welpen einflößte. Und ohne Namen wusste er nicht, was er tun sollte. Verstört lief er vor der Felswand hin und her und starrte auf den Spalt, in dem sich der Welpe, der nicht wie ein Wolfswelpe aussah, versteckt hatte.

Old Cags' Aufgabe bestand darin, die Welpen, die man ihm hinunterwarf, zu Tode zu erschrecken oder in den Wahnsinn zu treiben, bis sie vor Grauen die Sprache verloren. Manchmal verhungerten die Welpen auch, wenn sie zu klein oder zu schwach waren, um die Ratten und Mäuse zu fangen, die in der Grube lebten. Manchmal gaben sie einfach auf und rannten ihm praktisch in die Pfoten. Dann biss er sie mit seinen Backenzähnen, was nicht einfach war, aber Reißzähne hatte er längst keine mehr. Diese Welpen verendeten mit Schaum vor dem Maul.

Old Cags war aus unerfindlichen Gründen nicht an der Geiferseuche gestorben und das machte ihn zu etwas Besonderem. Dunbar, das Oberhaupt, hatte ihm das gesagt. In den Augen der MacHeath war er fast wie ein Gott – ein Gott, der ganz allein und getrennt von den anderen in seinem Steinhimmel leben musste.

Old Cags hatte schon lange keinen Spaß mehr daran, einen Welpen zu beißen, der ihm in seiner Verzweiflung in die Pfoten lief. Alles ging viel zu schnell. Selbst das Sterben der Welpen wurde langweilig, wenn es zu lange dauerte. Manchmal beneidete Old Cags die Wolfsjungen um ihren Todeskampf – sie durften wenigstens sterben. Ihre Angst war zu Ende und ihre Einsamkeit auch. Sie konnten die Sternenleiter hinaufklettern, die er selbst als lebender Toter niemals erreichen würde.

Am besten war es, wenn ein Welpe „steinäugig" wurde, wie Old Cags diesen Zustand in Gedanken nannte. Dann ließ er ihn für sich arbeiten. Der Welpe jagte rote Eichhörnchen und tötete sie, damit Old Cags sie fressen konnte. Rote Eichhörnchen schmeckten viel besser als Ratten. Und wenn Dunbar kam, lobte er Old Cags: „Du verstehst es wie sonst keiner, die Kleinen zur Vernunft zu bringen, mein lieber Old Cags. Der hier wird uns keinen Ärger mehr machen." Der Welpe verließ dann die Grube mit Augen, so stumpf und leblos wie zwei Bachkiesel.

Toby spähte erneut aus dem Spalt, in dem er sich versteckt hatte. Wenn er sich ganz nach hinten zurückzog, hatte er mehr Platz und konnte bequemer liegen. Aber er musste den Geiferwolf im Auge behalten. Er hatte ein paar Mäuse gefressen, obwohl er nicht hungrig war. Dazu war seine Angst viel zu groß. Zitternd sah er, wie Old Cags sich der Felswand näherte.

Toby schlotterte am ganzen Körper, als könnte ihm jeden Moment das Fell ausfallen. Und wirklich, ihm waren schon Fellhaare ausgegangen, ohne dass er es gemerkt hatte. Erst als ein Windstoß in den Spalt fegte, sah er ein paar dunkelbraune Fellbüschel in dem schummrigen Licht herumwirbeln. Er drehte sich einmal um sich selbst und sog scharf die Luft ein. Sein kurzer Schwanz war ganz kahl, sodass die rosige Haut durchschimmerte. Im ersten Moment starrte er nur ungläubig auf den hässlichen rosa Stummel, der aussah, als wäre er mit Kiefernharz an seinem Hinterteil festgeklebt. Dann wurde er ganz verrückt, und es war, als ob er in zwei Hälften zerfiel. Die eine Hälfte war noch ein Baby, das nach seiner Mama jammerte, aber die andere war kein Junges mehr. *Du musst erwachsen werden, hörst du? Hör auf zu weinen! Denk nach!* Vor seinem geistigen Auge entstand ein Bild, wie sich sein Baby-Ich von dem Jungbären trennte, in den er sich gerade verwandelte.

Wieder presste sich Toby an den Spalt und schaute zu Old Cags hinaus, der in der Grube umhertorkelte und vor sich hin brabbelte. *Ich bin allein mit Old Cags*, dachte Toby. *Oder nein, nicht nur mit Old Cags, sondern mit Old Cags und meiner Angst.* Die Angst gehörte dazu wie die Luft zum Atmen. Sie war lebendig, hatte ihren eigenen Herzschlag. Drei Lebewesen waren in diesem Steingefängnis zusammengepfercht – und eines von ihnen musste sterben. Toby fasste einen Entschluss. Er würde die Angst töten.

Als Erstes musste er aufmerksam lauschen, um Old Cags' Gebrabbel zu verstehen. Aber sosehr er sich auch anstrengte, er hörte kaum etwas heraus, außer dass es irgendwie um Namen ging. Vielleicht konnte er sich ein kleines Stück aus dem Spalt wagen?

Vorsichtig zwängte er sich hinaus. Ein Streifen Mondlicht fiel auf den Boden und er spürte den kalten, rauen Wind auf seinem albernen rosa Stummelschwanz. Allein der Gedanke daran machte ihn ganz närrisch.

Old Cags starrte benommen zu ihm hinüber. Toby hielt die Luft an, aber der Geiferwolf griff ihn nicht an.

„Wassn dein Name?“, lallte Old Cags.

„Das hab ich schon gesagt.“

„Zwei Namen haben sie mir gesagt.“ Old Cags schwang seinen Kopf hin und her, seine Augen rollten in den Höhlen und Schaum tropfte auf den Boden. „Brauch Namen.“

Wenn er ihn braucht, verrate ich ihn erst recht nicht, dachte Toby. „Ich habe keinen Namen“, sagte er einfach.

In den Augen des alten Wolfs zeichnete sich Verwirrung ab. Er plumpste auf den Boden und vergrub den Kopf zwischen den Pfoten.

Toby hatte das erste Loch in den Pelz der Angst gerissen.

Regelverstoss

„Wie hast du das herausgefunden? Wer hat dir von dem drohenden Krieg und von der Entführung des Bärenjungen erzählt?“ Finbar tobte, aber Faolan merkte, dass die Entführung keine Neuigkeit für ihn war.

„Ich habe es einfach aufgeschnappt“, sagte er. „Überall schwirren Gerüchte umher. Sogar die Eulen reden darüber.“

„Die Eulen wissen nichts davon.“

Faolan konnte dem Fengo natürlich nicht sagen, dass er die Information von einer Grimalkin-Eule hatte. Er würde nur Ärger bekommen, weil er nicht Alarm geschlagen hatte. Und Arthur war ja auch keine echte Grimalkin-Eule, sondern nur ein dummer kleiner Fleckenkauz, der ein bisschen über die Stränge geschlagen hatte. Trotzdem konnte Faolan aus der Vulkangarde verbannt werden, wenn der Fengo erfuhr, dass er eine verdächtige Eule gefangen hatte, ohne Alarm zu schlagen.

Faolan hatte dem Fengo auch verschwiegen, dass er wusste, wohin das Bärenjunge verschleppt worden war.

Wenn der Geiferwolf einen Gardewolf biss, würde sich die Krankheit wie ein Buschfeuer ausbreiten. Je weniger Wölfe zu der Grube gingen, desto besser. Faolan hatte dem Fengo nur sagen wollen, dass er mit den Bären reden wollte. Den Rettungsplan, den er mit Edme geschmiedet hatte, würde er nicht preisgeben.

Er musste alles tun, um den Krieg zu verhindern. Wie sollte er auch gegen die Bären kämpfen – er, Faolan, der von einer Grizzlybärin gerettet und aufgezogen worden war? Genauso gut konnte er Krieg gegen sich selbst führen. *Lieber sterbe ich, als auch nur einen einzigen Tropfen Bärenblut zu vergießen,* schwor er sich.

Jasper, ein dunkelbrauner Wolf, der nach dem Fengo den höchsten Rang unter den Gardewölfen einnahm, trat jetzt vor. Eines seiner Hinterbeine war halb so lang wie die anderen und endete nicht in einer Pfote, sondern in einem Knubbel, aus dem nach allen Seiten Krallen hervorstachen.

Jasper redete immer ganz langsam, als müsse er jedes Wort, das er von sich gab, erst dreimal umdrehen. „Nun … ihr beiden Frischlinge, das hier ist ein Kriegsrat. Was in aller Welt habt ihr in der Streunerburg verloren? Ihr seid jetzt ungefähr …“ Er hielt inne und überlegte. „Also, ihr seid ungefähr einen Mond hier, auf jeden Fall weniger als zwei. Und da maßt ihr euch an, die Versammlung hier zu unterbrechen? Was könnt ihr denn schon zur Lösung dieser brenzligen Lage beitragen?"

Faolan verzweifelte langsam. Jetzt musste er ihnen doch erzählen, wo das Bärenjunge gefangen gehalten wurde. Aber Edme kam ihm zuvor. Mit ihrem einen Auge schaute sie tapfer zu Jasper auf.

„Ich war eine MacHeath, Herr. Ich weiß, wohin sie das Bärenjunge gebracht haben." In der Höhle wurde es still. „Sie haben es in die Grube gebracht."

„*Die Grube*? Soll das heißen, die gibt es wirklich?"

„Ja, und es ist ein schrecklicher Ort. Bitte lasst mich und Faolan dorthin gehen und das Bärenjunge retten." Arthur erwähnte sie natürlich mit keinem Wort.

Danke, Lupus, dachte Faolan.

„Ich kenne die schändlichen Sitten der MacHeath und Faolan kennt sich gut mit Bären aus", fuhr Edme fort.

„Aber das ist viel zu gefährlich für euch zwei Neulinge", wandte der Fengo ein. „Lebt wirklich ein Geiferwolf in der Grube?"

„Ja, Herr. Aber die Gefahr, die uns in der Grube droht, ist nichts im Vergleich zu einem Krieg zwischen Bären und Wölfen. Und wenn wir das Bärenjunge retten können ..."

„Ich verstehe, was du sagen willst." Finbar hielt inne und dachte kurz nach, ehe er wieder zu sprechen begann. „Soviel mir berichtet wurde, haben die MacHeath kein x-beliebiges Bärenjunges entführt, sondern den Urenkel des großen Grizz, des Bären aller Bären." Die Wölfe, die in der Streunerburg versammelt waren, schnappten nach Luft, als sie das hörten. „Ja, so ist es. Und nun wisst ihr auch, wie ernst und düster die Lage ist. Unsere Kundschafter haben uns bereits berichtet, dass sich überall Bären zusammenrotten. Wenn sie angreifen, bleibt uns nichts anderes übrig, als uns zu verteidigen. Deshalb halte ich es für eine gute Idee, dass Edme und Faolan sofort zu der Grube aufbrechen, um das Bärenjunge zu retten. Aber seid vorsichtig! Wenn einer von euch gebissen wird, muss ihn der andere seinem Schicksal überlassen. Die Krankheit darf sich nicht ausbreiten. Und in der Zwischenzeit wird unser *Raghnaid* eine Abordnung zu den Bären schicken, um mit ihnen zu verhandeln. Wenn ihr das arme Bärenjunge rechtzeitig zurückbringt, können wir den Krieg vielleicht noch verhindern."

Da trat Banja vor. „Ich glaube nicht, dass wir Edme an dieser wichtigen Mission teilnehmen lassen sollten. Wer weiß, ob sie sich nicht auf die Seite der MacHeath schlägt. Schließlich war das einmal ihr Clan."

„Was?", bellten Edme und Faolan ungläubig, während der Fengo einen Augenblick zu schwanken schien, als er Banjas Worte hörte.

Edme konnte es nicht fassen. Jedes einzelne Härchen in ihrem Nackenfell sträubte sich. „Beschuldigst du mich etwa, ein Wendepelz zu sein? Glaubst du im Ernst, ich will diesen Kreaturen helfen, obwohl sie mir ein Auge ausgerissen und meine Mutter zerfleischt haben? Du hasst mich, seit ich diesen Kreis betreten habe. Ich weiß nur nicht, warum."

„Halt!", brüllte der Fengo. „Das ist jetzt nicht der richtige Moment für eure Streitereien."

Streitereien!, dachte Edme. *Diese Wölfin beschuldigt mich, ein Wendepelz zu sein, und er nennt das Streitereien!*

„Banja, ich glaube, du hast den Verstand verloren. Wie soll Faolan denn ohne Edmes Hilfe die Grube finden?", herrschte Finbar die Wölfin an.

„Und woher wollt Ihr wissen, dass sie Faolan nicht in die Grube lockt, um ihn dort verrotten zu lassen?"

Die ganze Versammlung hielt den Atem an. Bevor der Fengo auch nur ein Wort hervorbrachte, schoss ein silberner Blitz durch die Streunerburg. Wütend stürzte sich Faolan auf die rote Wölfin, packte sie mit der Schnauze am Nackenfell und drückte sie zu Boden. Dann hielt er sie mit beiden Pfoten fest. „Was weißt du schon von Edme? Sie ist meine beste Freundin! Nur eine elende Verräterin würde ihr so etwas Schändliches zutrauen!"

Die anderen Wölfe in der Höhle erstarrten.

„Runter mit dir! Geh sofort runter!“, herrschte der Fengo Faolan an.

Faolan ließ die Wölfin los und wich zurück.

„Faolan! Banja! Hört mir zu“, donnerte der Fengo.

„Ihr müsst ihr sagen, dass sie das zurücknehmen soll, ehrwürdiger Fengo“, keuchte Faolan.

„Benimm dich nicht wie ein dummer kleiner Welpe, der gerade eine Runde *Bilibu* verloren hat.“ Der Fengo wirbelte herum. „Und Banja, gerade du müsstest es besser wissen. Was ist nur in dich gefahren, beim Lupus? Wo ist deine Würde? Du bist eine Gardewölfin!“ Finbar atmete schwer, als hätte ihn dieser Zornesausbruch seine letzte Kraft gekostet.

„Banja hackt auf Edme herum, seit wir hier sind“, jaulte Faolan.

„Hör auf zu winseln!“ Der Fengo hielt inne, um Atem zu schöpfen. „Und jetzt hört zu, ihr beiden. Der Krieg ist nicht in dieser Streunerburg, sondern dort draußen.“ Finbar warf den Kopf zum Eingang herum. „Ich dulde ein solches Benehmen nicht. Ihr reißt euch jetzt zusammen und macht Pfotengut – auf der Stelle!“

Pfotengut war die traditionelle Versöhnungsgeste, mit der ein Wolf sich bei seinem Rivalen entschuldigte, um den Streit aus der Welt zu schaffen. Die beiden Gegner mussten je drei Schritte aufeinander zugehen, dann eine Pfote heben und die Pfote des anderen leicht berühren.

Banja und Faolan bewegten sich in der vorgeschriebenen Weise aufeinander zu. Aber als Faolan seine gespreizte Pfote hob, erstarrte Banja. Ihre Augen waren auf das Fußpolster mit dem Spiralmuster geheftet. Wie gebannt starrte sie darauf und begann zu zittern.

„Banja!“, sagte der Fengo scharf.

„Ich kann sie nicht anfassen, ehrwürdiger Fengo.“

„Und ob du das kannst. Sonst wirst du *dalach'd.*“

Die Wölfin schluckte. Schließlich hob sie ihre Pfote und berührte flüchtig die von Faolan. Dann wirbelte sie herum und stolperte davon.

Faolan und Edme brachen unverzüglich auf. Arthur flog über ihnen. Der Fleckenkauz war fast nicht wiederzuerkennen. Er hatte kaum noch Ähnlichkeit mit der Eule, die Faolan vom Himmel geholt und die vor Angst um Gnade gewinselt hatte. War Arthur über Nacht erwachsen geworden? Auf jeden Fall hatte er ein gewisses Maß an Würde gewonnen. Er nahm seine Aufgabe ernst, obwohl er Faolan und Edme erst Deckung geben musste, wenn sie ins MacHeath-Gebiet eindrangen.

Im Augenblick flog Arthur eine Viertelmeile voraus. Aber dann machte er über einem Bergrücken eine scharfe Kehrtwendung und segelte zu ihnen zurück.

„Er fliegt schnell!“, bemerkte Faolan. „Was meinst du, was er entdeckt hat? Das können noch keine MacHeath gewesen sein.“

„Nein, jetzt noch nicht“, stimmte Edme zu.

In diesem Moment landete Arthur. „Bären, Hunderte von Bären! Ihr werdet sie sehen, wenn ihr auf dem Bergrücken seid.“

„Großer Ursus!“, wisperte Faolan, während sie den flachen Hang hinaufkletterten. Als sie oben angekommen waren, fielen ihnen fast die Augen aus dem Kopf. Eine dunkle Welle rollte von Westen heran. Faolan hatte nicht gewusst, dass es so viele Bären in den Hinterlanden gab. „Ich glaube, sie marschieren zum Heiligen Kreis!“

„Das werde ich gleich herausfinden“, sagte Arthur. Er breitete seine Flügel aus und erhob sich in die Luft.

Das ist meine Chance, dachte der Fleckenkauz. Er hatte es satt, immer von allen gehänselt zu werden und sich wegen seiner krummen Flügelspitze auslachen zu lassen. Wäre er als Wolf auf die Welt gekommen, hätte man ihn wahrscheinlich aus dem Nest geworfen. Aber Faolan und Edme hatten ihre Aussetzung überlebt und waren nur noch stärker und mutiger geworden. Arthur wusste nicht, ob er das Zeug dazu hatte, so tapfer wie die beiden zu sein. Manche waren von Natur aus mutig, und dann war es keine Kunst, tapfer zu sein. Aber gab es Mut ohne Angst? Und war es mutig gewesen, die

Wette um die Glut von Hoole anzunehmen? Was hatte er sich davon erhofft? Ehre? Ruhm? Nein, bestimmt nicht. Er wollte nur geliebt und akzeptiert werden. Wie jämmerlich war das denn?

Noch bevor Faolan ihn aus der Luft geholt hatte, hatte er gemerkt, dass der Gardewolf nach ihm ausspähte. Schon da hatte er sich gefragt, ob er den Mut aufbringen würde, den Gardewölfen von der Entführung des Bärenjungen zu erzählen. Er wollte gerade zu dem Knochenhügel hinunterfliegen, als Faolan plötzlich über ihm war. Noch nie hatte er einen Wolf so schnell und so hoch springen sehen.

Und was erwartete er jetzt von diesem Abenteuer? Er wusste es nicht genau. Ihm war nur klar, dass ein Krieg zwischen den Wölfen und den Bären Faolan den Muskelmagen zerreißen würde. Obwohl der Wolf natürlich keinen Muskelmagen besaß. *Beim Mark meiner Knochen!* Die Wölfe schworen immer beim Mark ihrer Knochen. Aber Arthurs Knochen waren hohl, und deshalb schwor er bei dem Organ, das den Eulen am heiligsten war. *Bei meinem Muskelmagen, ich muss helfen, diesen Krieg zu verhindern!*

In diesem Moment erkannte Arthur, dass er eine unsichtbare Grenze überschritten hatte. Jetzt ging es nicht mehr nur um ihn selbst und um seine verkrümmte Flügelspitze. Von nun an handelte er für andere, für etwas, das größer war als er selbst. Ruhm würde er nicht dafür ernten. Ihn erwartete nur harte Arbeit.

Als Arthur die erste Marschkolonne der Bären sichtete, schoss er tief hinunter und ließ den Kopf hin und her schnellen, um Gesprächsfetzen aufzufangen. Die Sprache der Eulen, Bären und Wölfe unterschied sich kaum voneinander. Die Wörter waren fast alle gleich, nur die kehlige, grummelnde Sprechweise der Bären war dem Fleckenkauz fremd. Er musste dabei an das dumpfe Grollen eines unterirdischen Flusses denken. Als er den Kopf nach Südwesten wandte, erspähte er im glühenden Dämmerschein die ersten Wölfe, die aus den westlichen Hinterlanden herbeiströmten. Sie bildeten eine dunkle, wogende Linie am tief violetten Horizont. „Großer Glaux!", murmelte Arthur. „Sie kommen aus allen Richtungen."

Nach wenigen Minuten kehrte Arthur zu Faolan und Edme zurück, die ihn schon von Weitem erspähten.

„Da kommt er", sagte Edme zu Faolan. „Ich dachte schon, er fliegt vielleicht weg."

„Das wäre leicht möglich gewesen", erwiderte Faolan. „Aber ich habe gespürt, dass er es nicht tun würde."

Arthur landete auf einem flachen Felsen, auf Schulterhöhe mit den Wölfen. „Die Bären marschieren nach Südosten zur Schwarzglaswüste. Das ist ihr Sammelpunkt. Dorthin strömen auch die Wölfe. Ich hab was von *Gaddergladder* aufgeschnappt. Keine Ahnung, was das bedeutet."

Faolan und Edme wechselten einen Blick. „Das ist eine Versammlung – die Wolfsversammlung vor einer Jagd, um das Mark in den Knochen zu befeuern und den Blutdurst anzustacheln", erklärte Faolan.

„Das bedeutet Krieg", sagte Edme leise.

„Scheint so. Der Fengo und der *Raghnaid* müssen ..." Faolan brachte die Worte kaum über die Lippen. „Also ... die Verhandlungen mit den Bären müssen gescheitert sein." In seinem Kopf hallte ein Ausspruch des Fengo wider: *Worte kosten nichts!*

„Und wie lange versammeln sich die Bären, bevor sie angreifen?", fragte Edme.

„Einen Tag und eine Nacht, soviel ich weiß", antwortete Faolan. Er rief sich in Erinnerung, was Donnerherz ihm über das Bärenpalaver erzählt hatte. Von einem Kriegsrat gegen die Hinterlandwölfe war natürlich nie die Rede gewesen. Bei diesen Palavern war es immer nur um kleine Grenzstreitigkeiten gegangen.

Faolan hatte nur einen Gedanken: Dieser Krieg durfte nicht stattfinden. Doch für ihn selbst hatte der Krieg bereits begonnen – ein Krieg zwischen seinem Wolfsmark und seinem Bärenherzen. Und in diesem Krieg gab es weder Sieger noch Verlierer. Er würde alles verlieren und nichts gewinnen.

Im Angriffstempo rasten Faolan und Edme zu der Grube, in der das Bärenjunge mit Old Cags eingesperrt war. Keuchend schilderte Edme ihrem Freund, wie diese Hölle aussah, die der kranke Geist der MacHeath ersonnen hatte.

„Ich weiß nicht, warum Old Cags die Geiferseuche überlebt hat. Der Clan macht sich jedenfalls die Furcht zunutze, die er verbreitet. Wie soll ich es dir erklären? Old Cags wurde zum Schreckgespenst für rebellische junge Welpen gemacht, und die MacHeath fürchten ihn wie einen Dämon. Wenn die armen Geschöpfe aus der Grube zurückkommen, sind ihre Augen wie aus Stein."

„Mondwirr", warf Arthur ein.

„Was?", fragte Edme.

„Bei uns sagt man mondwirr. Lange bevor ich geschlüpft bin, gab es einen schauerlichen Ort im Hoole-Reich, zu dem ein paar Eulen – böse Eulen – kleine Eulenküken verschleppten. Sie nannten es das Sankt-Ägolius-Internat für verwaiste Eulen. Aber in Wahrheit lebten keine Waisen dort, die Küken wurden entführt. Die bösen Eulen brachten sie in die Sankt-Ägolius-Schluchten, die so ähnlich wie eure Grube gewesen sein müssen. Es war eine tief zerklüftete Gegend, in der sie die Küken im blendend hellen Licht des Vollmonds herumlaufen ließen. Das hat ihnen den Verstand verwirrt, sodass sie nicht mehr klar denken konnten. Danach machten sie nur noch, was man ihnen sagte."

„Mondwirr, sagst du", murmelte Faolan. Und er lief noch schneller als vorher, falls das überhaupt möglich war.

Die Grube

Faolan hatte sich einen Plan zurechtgelegt. Er wollte das Bärenjunge retten und dann so schnell wie möglich in die Schwarzglaswüste bringen. Hoffentlich blieb ihnen genügend Zeit. Sie waren kurz nach Mitternacht aufgebrochen und der Wind war zum Glück mit ihnen. Wenn sie in diesem Tempo weiterliefen, konnten sie das Bärenjunge noch vor Tagesanbruch befreien. Und dann müssten sie es bis zum Abend in die Schwarzglaswüste schaffen.

Edme war krank vor Angst und Sorge. Obwohl sie die Grube nie gesehen hatte, wusste sie, wie tief sie war. Die Wände waren so steil, dass selbst Bären sie nicht erklimmen konnten, obwohl sie viel bessere Kletterer waren als Wölfe.

Arthur hatte gesagt, dass ein versteckter Pfad in die Grube hinunterführte, aber wie sollten sie ihn finden? Old Cags' Gehirn war so zerfressen von der Geiferseuche, dass er den Weg in all den Jahren nicht entdeckt hatte.

Zu allem Übel musste die Rettung des Bärenjungen auch noch schnell gehen, damit der Krieg verhindert werden konnte. Edme zerrann das Mark in den Knochen, wenn sie nur daran dachte. Aber die Angst in Faolans Augen war noch schlimmer. Ein Krieg gegen die Bären würde ihn bis ins Mark treffen. Das würde Faolan vernichten.

Sie liefen im Angriffstempo dahin, bis sie nicht mehr konnten, dann eilten sie im Presspfotenlauf weiter durch die Nacht. Als am Horizont der erste Dämmerstreifen aufschimmerte, erreichten sie den Rand der Schlucht. Faolan kletterte auf einen Felsvorsprung und spähte hinunter. Der alte Geiferwolf taumelte an der östlichen Wand der Schlucht entlang, aber von dem Bärenjungen war nichts zu sehen.

Faolan hielt den Atem an. Da, endlich schlüpfte etwas aus der nackten Steilwand heraus. Das Bärenjunge!

„Kein Name!", brüllte der kleine Bär.

„Name!", kreischte Old Cags und sammelte sich wankend zum Angriff. Aber das Bärenjunge zuckte nicht einmal zusammen.

„Unglaublich", wisperte Edme.

„So was nennt man Grabenkampf", krächzte Arthur, der neben ihnen auf einem Felsen gelandet war. „Ich schwebe hier schon länger. Der Spalt dort drüben in der

Felswand ist anscheinend gerade groß genug, dass sich das Bärenjunge hineinquetschen kann."

„Und Old Cags nicht?", fragte Edme.

„Ich bin nicht sicher. Vielleicht schon, wenn er den Spalt erwischen würde. Aber ihr seht ja, wie er herumtorkelt. Wahrscheinlich sieht er nicht richtig. Das Merkwürdigste ist jedoch, dass er das Bärenjunge immer wieder nach seinem Namen fragt. Und der Kleine verrät ihn nicht. Er kommt nur heraus und brüllt: ‚Kein Name!' Das macht Old Cags fuchsteufelswild. Aber der kleine Bär lässt sich nicht einschüchtern. Und immer, wenn er aus dem Spalt kommt, sucht er die Wände der Grube nach einem Fluchtweg ab." Arthur schwieg eine Weile. „Ich glaube übrigens, dass ich einen gefunden habe", fügte er dann hinzu.

„Im Ernst, Arthur?", rief Faolan. „Du hast einen Ausweg gefunden?"

Der Fleckenkauz führte sie zu einem Dornengestrüpp. „Wenn ihr es schafft, auf dem Bauch da durchzukriechen, landet ihr auf einem Pfad, der sich verbreitert und dann direkt in die Grube hinunterführt. Aber seid vorsichtig!"

„Lasst mich erst mal nachdenken", sagte Faolan. „Wir brauchen vielleicht eine Weile, um da runterzukommen. Aber sobald wir unten sind, müssen wir Old Cags irgendwie ablenken."

„Das kann ich machen“, bot Arthur bereitwillig an. „Ich fliege runter und drehe ein paar Todesspiralen oder Rückwärtsloopings. Das macht ihn verrückt.“

„Gute Idee“, sagte Edme. „Obwohl ich mich frage, ob Old Cags noch verrückter werden kann, als er sowieso schon ist.“

Der Pfad war wirklich steil. Faolan und Edme schlitterten das letzte Stück hinunter und lösten eine kleine Lawine aus Steinen und losen Felsbrocken aus. Old Cags hob lauschend den Kopf und trottete herüber. Er hoffte, dass ihm ein neuer Welpe oder vielleicht ein paar blutige Fleischbrocken hinuntergeworfen wurden. Die Wölfe, die ihn wie einen Gott verehrten, fütterten ihn von Zeit zu Zeit.

Als Faolan und Edme auftauchten, blieb er wie angewurzelt stehen. „Wassn Name?“

Faolan und Edme zitterten. Noch nie waren sie einem geiferkranken Tier so nahe gekommen, schon gar nicht einem Geiferwolf. Sie mussten ihren ganzen Mut aufbieten, um ihren Plan in die Tat umzusetzen. Faolan lief in die eine Richtung, Edme in die andere. Old Cags stand ratlos da. Er wusste nicht, wohin er sich wenden sollte. Plötzlich waren die Wölfe auch keine Wölfe mehr. Wie Kobolde sprangen und wirbelten sie in der Luft herum. Arthurs Todesspirale hatte die beiden Gardewölfe auf die Idee gebracht, Old Cags mit ein paar

Spähsprüngen zu verwirren. Damit würden sie Zeit gewinnen, und wenn der kranke Wolf genügend abgelenkt war, würde Faolan zu der Felsspalte rennen und das Bärenjunge herausholen. Edme und Arthur sollten Old Cags so lange mit Sprüngen und Flugmanövern in Atem halten.

Old Cags schwirrte bald der Kopf von diesen Pelz- und Federgeschossen, die über ihm durch die Luft zischten.

Faolan zögerte nicht länger. Er raste zu dem Spalt in der Felswand und streckte den Kopf in das schummrige Dämmerlicht.

Toby blickte erschrocken auf. „Willst du mich töten? Oder zu Old Cags schleppen?"

„Wir sind hier, um dich zu retten. Folge mir. Aber schnell!"

„Du kommst, um mich zu holen?"

„Ja, schnell jetzt, solange Edme Old Cags ablenkt."

Wie der Blitz sprang der kleine Bär ins Freie. Er schaute einen Augenblick hoch und sah gerade noch, wie eine Eule auf Old Cags herunterschoss. Und dann entdeckte er Edme, die nette Wölfin, die neulich mit ihm gespielt hatte. Sie sprang hoch hinauf und schlug mehrere Saltos in der Luft.

„Edme!", brüllte Toby. Er konnte sich einfach nicht zurückhalten.

„Name!“, kreischte Old Cags und schwang den Kopf in Edmes Richtung. Endlich hatte er ein Opfer gefunden – einen richtigen Wolf.

Kriegstrommeln

Es war ein gespenstischer Aufmarsch, als die Namara ihre Streitmacht von hundert Wölfen nach Südwesten führte. Ihr Ziel war die Schwarzglaswüste, in der die Grizzlys sich zum Kriegsrat versammelten. Der letzte Krieg in den Hinterlanden war der Glutkrieg gewesen, lange bevor die Namara ihren Clan gegründet hatte. Einen Krieg gegen die Grizzlybären hatte es noch nie gegeben. Brach ihre vertraute Welt jetzt vollends entzwei? Die Jahreszeiten waren auf den Kopf gestellt, und nun noch diese Kriegsdrohung. Alles hatte mit den verfluchten MacHeath begonnen, das wusste die Namara. Zwei MacHeath-Wölfinnen waren zu ihrem Clan geflüchtet und hatten ihr berichtet, dass die MacHeath ein Bärenjunges entführen wollten. Was versprachen sich diese Dummköpfe nur davon? Glaubten sie, dass sie dadurch zu Ruhm und Ansehen gelangen würden?

Die Namara hatte die beiden MacHeath-Wölfinnen mit auf den Kriegszug genommen. Katria war eine gute Außenflankerin, und Außenflankerinnen wurden in einer Schlacht dringend gebraucht. Die Wölfin Morag war leider nicht gesund genug, um mitzukämpfen. Morags Gefährte hatte großzügig seine Dienste angeboten, aber wer sollte für Morag sorgen, wenn er getötet wurde?

Am zweiten Marschtag, als die MacNamara noch weit von der Schwarzglaswüste entfernt waren, stieg ein seltsames Rumpeln aus dem Boden auf. Die Wölfe strichen im halben Presspfotenlauf dahin. Ihr Nackenfell sträubte sich, als die Erde unter ihren Pfoten zu beben begann.

Die Namara heulte das Signal zum Anhalten. Dann sprang sie auf einen Felsen und fasste ihre Streitmacht ins Auge. Sie war eine mittelgroße Wölfin mit eisgrauem Fell und leuchtend grünen Augen. Ihre Haltung war königlich, und sie strahlte eine Ruhe aus, die nichts von dem Aufruhr in ihrem Inneren verriet.

Das sind gute Wölfe, dachte sie. Über die Hälfte von ihnen waren Wölfinnen, die jedoch genauso viel Kampfgeist besaßen wie jeder Rüde. Ein leiser Stolz erfüllte die Namara: Sie führte die größte Streitmacht von Wölfinnen an, die je versammelt worden war. Auf ihre Truppen war Verlass, das wusste sie, aber sie waren noch nie gegen Grizzlys in den Kampf gezogen. Die Wölfinnen hatten ihre Fähigkeiten vor allem in den häufigen Gefechten mit den MacHeath erworben.

Oft genug kam Dunbar mit seinen Leisetötern an die äußerste Grenze der Hinterlande, um eine der Überläuferinnen zurückzuholen. Aber das war den MacHeath seit Hordweards Zeiten nie gelungen. Die Namara seufzte. In Wahrheit hätten sie gegen die MacHeath kämpfen müssen, und nicht gegen die Bären. Aber jetzt war es zu spät. Der MacHeath-Clan hatte unermesslichen Schaden in den Hinterlanden angerichtet – für alle Lebewesen –, der Krieg war unvermeidlich.

Gerade war ein Bote mit der Nachricht gekommen, dass die erste Verhandlungsrunde gescheitert war und alle Clans zur Front eilen sollten. Die Grizzlys waren nicht gesprächsbereit. In ihren Augen war das geheiligte Vertrauen zwischen Bären und Wölfen unwiderruflich zerstört worden. Die Wölfe mussten sich also verteidigen oder von einem Gegner vernichten lassen, der viel größer und mächtiger war als sie. Und jetzt kam noch dieses Trommeln dazu, das allein dem Zweck diente, Angst und Verzweiflung zu schüren.

Es wurde Zeit, dass die Namara zu ihren Truppen redete.

„Was ihr hier hört, ist kein Erdbeben, sondern das Bärentrommeln, das so ähnlich wie unser *Gaddergladder* vor einem *Byrrgis* ist. Damit stacheln sie ihren Blutdurst an und wollen uns in Angst und Schrecken versetzen. Hört mir gut zu, Wölfe und Wölfinnen. Ich bin nicht einfältig oder verbohrt genug, um von euch zu erwarten, dass ihr diese Bären nicht fürchtet. Auch ich fürchte sie. Aber was ich euch jetzt sage, wird euch verwundern. Unser wahrer Feind sind nicht die Bären."

Tiefe Stille senkte sich herab. Doch dann begannen die Wölfe zu murren und zu protestieren.

„Nicht gegen die Bären müssen wir kämpfen, hört ihr?"

Aufgeregtes Tuscheln stieg aus den Reihen auf und den Wölfen der MacNamara-Truppen sträubte sich das Nackenfell.

„Wir müssen die Ursache dieses sinnlosen Krieges bekämpfen und die Schuldigen bestrafen – und das sind allein die MacHeath." Wieder wurde es totenstill. „Die MacHeath haben ein unschuldiges Bärenjunges aus den Armen seiner Mutter gerissen. Und wenn wir sie jetzt nicht aufhalten, werden die Bären angreifen – dann bleibt uns nichts anderes übrig, als uns zu verteidigen. Als Erstes müssen wir also gegen den Clan kämpfen, den wir alle nur zu gut durch unser Blut und unsere Geschichte kennen. Wir werden die MacHeath angreifen. Und eines steht fest: Wenn jemand weiß, wie man gegen diese Mörderbande vorgehen muss, dann wir, die MacNamara! Nur wenn wir den MacHeath das Handwerk legen, können wir den Frieden in den Hinterlanden bewahren." Die Namara legte eine kurze Pause ein.

„Lasst mich nun von der Angst sprechen. Angst ist nur das andere Ende des Knochens der Tapferkeit. Das eine kann ohne das andere nicht bestehen. Mut heißt, wie ein alter Krieger einmal sagte, die Angst noch ein bisschen länger zu ertragen. Wir kämpfen um unser Leben in den Hinterlanden, so wie wir es verstehen. Ein Leben, das wir dem ersten Fengo verdanken, der uns aus der Langen Kälte geführt hat. Und dieses Leben ist es wert, bewahrt zu werden. Denn glaubt mir, es ist besser, für etwas zu kämpfen, als für nichts zu leben. Wir Kriegerinnen des MacNamara-Clans ziehen nicht mit klimpernden Knochenketten in den Krieg. Wir brauchen das *Tinulaba*, das Knochenläuten, nicht und wir pfeifen auf Rangabzeichen. Wir sind Wölfinnen und brauchen keinen Kopfschmuck und keine Kriegsbemalung. Wir wissen, wer wir sind. Wir sind die stärkste Streitmacht der Hinterlande, und das genügt."

Ohrenbetäubendes Heulen stieg von den Truppen auf, ein Brüllen so laut wie die Bärentrommeln. Die Namara wartete, bis wieder Ruhe eingekehrt war, dann fuhr sie fort: „Es genügt, wenn eine Wölfin ihr Bestes tut. Was braucht es da noch Medaillen oder Ruhmesknochen, die auf dem Schlachtfeld eingesammelt werden? Und ich sage euch, wenn die MacHeath uns kommen sehen, werden sie auf die Hinterbeine gehen und sich vor Angst in ihr verfluchtes Fell machen. ‚Großer Lupus', werden sie winseln, ‚das sind die MacNamara und ihre Anführerin Galana, die Namara des Clans höchstpersönlich!'"

Die Wölfinnen johlten vor Begeisterung und auch die Wölfe stimmten mit ein. Die Stimme der Namara wurde immer lauter und zuversichtlicher. „Und wenn der Krieg vorbei ist und euch irgendwann eure Enkel fragen: ‚Was hast du gemacht in dem Krieg gegen die Bären?', dann könnt ihr diesen kleinen Welpen unbefangen in die Augen sehen und antworten: ‚Enkeltochter, Enkelsohn, deine Großmutter ist mit der großen MacNamara-Streitmacht marschiert und hat an der Seite der zähen alten Wölfin Galana für die Gerechtigkeit gekämpft.'"

„Edme! Edme! Edme!“

In der ganzen Zeit, die Toby in dieser grässlichen Grube verbracht hatte, war ihm nie sein eigener Name entschlüpft. Und jetzt hatte er den Namen seiner Freundin laut hinausgebrüllt! Bald hallten die Wände der Grube von dem Bellen des Geiferwolfs wider: „Edme! Edme! Edme!“ Lange Schaumfäden flogen durch die Luft, als er auf Edme zutorkelte.

Die kleine Wölfin hörte auf zu springen. Ihr leuchtend grünes Auge fixierte Old Cags, und Faolan sah, dass es langsam trüb wurde. *Es versteinert*, dachte er entsetzt.

Edmes Körper erstarrte und ihr gesundes Auge sah bald so leer aus wie das fehlende – als klaffte dort plötzlich ein Loch, aus dem ihr das Mark heraussickerte.

Old Cags dagegen lebte auf. Seine Bewegungen wurden zusehends stetiger. Von Torkeln oder Stolpern war nichts mehr zu spüren. Ein neues Licht brannte in den Augen des kranken Wolfs, ein Glühen, das seine Angst verriet, elend und allein als Geiferwolf zu verenden.

Er fürchtet sich davor, allein zu sterben, dachte Faolan. *Er will seine Krankheit und seinen Tod mit einem anderen Lebewesen teilen.*

„Edme! Edme!“, sang Old Cags. „Jetzt habe ich einen Namen und nichts wird mehr beim Alten bleiben. Edme! Edme! Edme! Komm und koste von meinem Schaum! Wir sind nicht allein, Edme, Edme!“ Zielstrebig ging der alte Wolf auf Edme zu. Der Abstand zwischen ihnen wurde immer kleiner.

Arthur starrte mit angehaltenem Atem in die Grube hinunter. *Ist die Wölfin flügelstarr geworden?*, dachte er. Flügelstarr wurde der Zustand genannt, wenn einer Eule vor Angst mitten in der Luft die Flügel versagten, sodass sie auf den Boden hinunterpurzelte. Dieser Wölfin dort unten musste etwas Ähnliches zugestoßen sein. Steifbeinig und benommen stand Edme da, während Old Cags immer näher kam und unablässig ihren Namen schrie.

„Los, Edme! Lauf!“, brüllte Faolan.

Es war, als sei Edme in einem tödlichen Netz gefangen, das sich immer fester zuzog, je lauter ihr Name von den Wänden der Grube widerhallte.

Dann zerschnitt etwas die Luft, das klebrige Netz aus Lautfäden zerriss und ein wilder Federwirbel schoss in die Grube hinunter. Old Cags zuckte zusammen und im selben Moment ertönte ein markerschütternder Schrei – der Alarmruf eines Fleckenkauzes.

„Arthur!“, rief Faolan. Der Name entschlüpfte ihm, ehe er sich bremsen konnte.

„Arthur!“, wiederholte der Geiferwolf, aber sein Schrei klang erstickt, denn er hatte den Fleckenkauz aus der Luft geschnappt und zerquetschte ihn zwischen seinen Kiefern. Der Flügel mit der verkrümmten Spitze hing traurig herunter.

„Lauft!“, schrie Arthur. „Holt das Bärenjunge und lauft!“

Dann hörte Faolan zarte Eulenknöchelchen knacken, während dem Geiferwolf das Blut vom Maul tropfte. Edme hetzte an Faolans Seite zu dem Bärenjungen, das neben ihm kauerte. Sie waren Old Cags noch gefährlich nahe, aber der alte Wolf war so mit seinem neuen Todesgefährten beschäftigt, dass er ihnen keine Beachtung schenkte. Die beiden Wölfe sahen, wie das Licht in den Augen der Eule langsam erlosch. Selbst die weißen Punkte, die wie eine Handvoll Diamanten auf ihrem Kopfgefieder verstreut waren, verblassten nach und nach und wurden stumpf und leblos.

„Raus hier!“, kommandierte Faolan und die beiden Wölfe rasten mit dem Bärenjungen den versteckten Pfad hinauf.

Oben hielten sie an und schauten vom Rand der Schlucht in die Steinhölle hinunter, in der die Eule ihr Lebensblut verströmte.

Und alles fing mit einer dummen Wette an, dachte Faolan. Ein lauter Donnerschlag ertönte und Blitze zuckten über den Himmel. Faolan, Edme und das Bärenjunge verharrten und konnten ihren Blick nicht von der Eule lösen, die noch immer im Todeskampf zuckte.

Toby schaute zu Faolan und Edme auf, die in tiefer Versunkenheit mit ansahen, wie ihr Freund sein Leben aushauchte. Es war das *Lochinvyrr*, das Todesritual, das allen Wölfen im Blut lag. Damit würdigten sie den Wert eines sterbenden Lebewesens. Aber das konnte der kleine Bär natürlich nicht wissen.

Der stumme Flieger tritt in ein größeres Schweigen ein, dachte Faolan. *Geh jetzt zu deinen Vorfahren nach Glaumora.* Gab es auf dem Weg zum Eulenhimmel auch eine Sternenleiter und einen freundlichen Geist, der Arthur begleitete, so wie bei den Wölfen? Faolan schaute zum östlichen Horizont, an dem die Sonne so hell strahlte, dass die Sterne sehr fern schienen. Dann warf er einen letzten Blick auf Arthur. *Gewiss nimmt ihn eine Geistereule auf und bringt ihn nach Glaumora,* tröstete er sich. Aber jetzt mussten sie aufbrechen, wenn sie die Schwarzglaswüste noch rechtzeitig erreichen wollten. Sie mussten so schnell wie möglich zum Fengo kommen, damit er die Nachricht von der Rettung des Bärenjungen verbreiten konnte. Obwohl das Schlachtfeld noch fern war, glaubte Faolan das Dröhnen der Trommeln zu hören. Ein Tag und eine Nacht … So lange dauerte der Kriegsrat der Bären. Die Luft hallte vom Stampfen der Grizzlypfoten wider.

Die Schwarzglaswüste

Die Schwarzglaswüste bestand ganz aus schwarzem Sand. Ein Sand aus lauter winzigen Glassplittern, die fast alles Licht schluckten und nichts zurückwarfen. Deshalb wurde die Wüste auch „Dunkellande" genannt.

In dieser Nacht schien die Schwärze sogar das Funkeln der Sterne und der Mondsichel zu verschlingen. Selbst die Lichtfäden der Blitze hingen am Himmel wie schlaffe Spinnweben.

Faolan, Edme und das Bärenjunge standen auf einem Felsvorsprung und schauten auf die Wüste hinunter. Der Boden unter ihren Füßen erbebte vom Bärentrommeln und die Schlachtreihen der Grizzlys wälzten sich wie eine Brandung heran. Nur eine halbe Meile trennte die Bären von den Wölfen. Die Wölfe waren viel zahlreicher erschienen, wirkten jedoch neben den Bären wie eine Zwergenarmee.

Eine Sekunde lang schloss Faolan die Augen und stellte sich das Spiralmuster auf seinem Pfotenpolster vor. Er sah die Linien durch die Nacht wirbeln wie Glutbröckchen, die sich in den heißen Winden eines Vulkankraters verfingen. In seinem tiefsten Inneren wusste Faolan, dass er zwei Elemente in sich vereinte, die sein ureigenstes Wesen verkörperten und ihn zu dem gemacht hatten, was er war. Es saugte ihm das Mark aus, wenn er sich vorstellte, dass er einen Bären töten sollte. Das war undenkbar. Er hob eine Pfote und streichelte sanft Tobys Schulter.

„Ich kann meine Mama von hier aus nicht sehen. Es ist zu dunkel." Toby drückte sich flach auf den Boden und ließ den Kopf über die Klippe hängen, um in die Schwärze hinauszuspähen.

„Wir finden sie schon", tröstete Edme ihn.

Aber wie?, dachte Faolan. *Wie sollen wir das anstellen?* Hunderte von Bären waren dort draußen, vielleicht sogar Tausende. Und in der immer undurchdringlicheren Schwärze verschwamm die Bärenarmee zu einer riesigen, unförmigen Masse.

Plötzlich ertönte ein hektisches Flattern in der Luft. „Gwynneth?", rief Faolan.

„Seid ihr *joicks*?", stieß die Eule hervor. „Ihr hirnlosen Dummköpfe! Wieso seid ihr nicht auf euren Knochenhügeln im Kreis der Vulkane? Ihr werdet einen Riesenärger bekommen, wenn ihr nicht ..." Sie verstummte mitten im Satz. „Wer ist das denn?", fragte sie und zeigte auf Toby.

„Ich bin ein Bärenjunges. Und ich mag es nicht, wie du mit meinen Freunden redest, du Blödi."

„Nein, nein, Schätzchen", beschwichtigte Edme den kleinen Bären und stieß ihn sanft in den Nacken. „Sie meint es nicht böse. Sie weiß ja nicht, was passiert ist."

„Da hast du allerdings Recht", stöhnte Gwynneth. Einen Augenblick schaute sie ziemlich ratlos drein, dann blitzte ein Licht in ihren schwarzen Augen auf. „Ich fasse es nicht!", keuchte sie. „Du bist das entführte Bärenjunge!"

„Na klar, wer denn sonst?", knurrte Toby.

Faolan machte einen Schritt auf den Felsen zu, auf dem die Eule hockte. „Das ist Toby. Die MacHeath haben ihn geschnappt und in die Grube gebracht."

„Die Grube!", murmelte Gwynneth. „Großer Glaux, ich dachte, das wäre nur ein Ammenmärchen – so gruselig, dass keine Eule, die etwas auf sich hält, über die Schlucht fliegt. Ein Geiferwolf! Wie hat der Kleine ... überlebt?"

„Sie haben mich gerettet!", brüllte Toby.

Gwynneth klappte vor Verwunderung der Schnabel auf.

„Und du hast sie hirnlose Dummköpfe genannt!" Toby knurrte leise und tief. Sein Knurren klang so drohend und erwachsen, dass die anderen erschauerten.

„Beruhige dich, Toby. Gwynneth hat es wirklich nicht so gemeint", sagte Faolan. „Sie ist eine meiner besten Freundinnen in den Hinterlanden."

„Aber wie kann sie deine Freundin sein? *Ich* bin doch dein Freund", winselte Toby. Jetzt klang er wieder wie ein verwöhntes Bärenjunges.

Edme hielt ihre Schnauze direkt vor Tobys Augen. „Faolan hat ein großes Herz, weißt du. Er kann mit vielen befreundet sein. Und jetzt Schluss mit dem Unsinn. Wir müssen uns überlegen, wie wir dich so schnell wie möglich zu deiner Mama zurückbringen können, um diesen furchtbaren Krieg noch zu verhindern." Edme wandte sich zu der Eule um. „Gwynneth, fliegst du zum Fengo zurück und sagst ihm, dass wir das Bärenjunge haben? Die Nachricht muss so schnell wie möglich verbreitet werden."

Ein sanfter Windhauch strich am Fell der beiden Wölfe vorbei und schon segelte Gwynneth hoch in die Luft hinauf.

Kurz darauf schoss die Eule wieder herunter und setzte sich auf Grizz' wuchtige Schulter. Das Trommeln verstummte einen Augenblick. Grizz war der „Bär aller Bären", eine Art Oberhaupt, obwohl die Bären der Hinterlande bei Weitem nicht so straff organisiert waren wie die Wölfe. Grizz schlichtete Gebietskämpfe unter

Bären und regelte alle strittigen Angelegenheiten zwischen Bären und Wölfen. Er war schon uralt und trotz seiner Größe sehr schwach. Er lahmte und war auf einem Auge blind. Mit dem anderen sah er nur verschwommen und er hatte kaum noch Zähne im Maul. Grizz' Erdenleben ging eindeutig seinem Ende entgegen. Seine Pfote zitterte heftig, als die Eule ihm etwas ins Ohr flüsterte.

„Du sagst, Toby wurde gefunden?", keuchte Grizz. „Mein Enkel wurde gefunden?"

„Ja", erwiderte Gwynneth. „Er wird bald von einer Eskorte des Fengo hergebracht."

„Bringt ihn zu mir, dann werden wir mit den Wölfen verhandeln", grummelte Grizz.

„Was? Unmöglich!" Dunbar MacHeath starrte seine Kundschafterin fassungslos an. „Bist du sicher, Fretta?"

„Ja, ganz sicher. Das Bärenjunge wurde befreit."

„Aber von wem? Wer hat es befreit?"

„Edme und dieser Faolan."

Dunbars hässliche Narbe pulsierte wie ein tobender Wildbach, der über sein verkniffenes Gesicht herabstürzte. „Das … das …", stieß er mit rauer Stimme hervor.

Die Leutnants der MacHeath starrten das Oberhaupt angstvoll an. So hatten sie Dunbar noch nie erlebt.

„Was glotzt ihr mich so an?“, fauchte Dunbar wütend. „Ihr elenden Dummköpfe. Ihr werdet noch unser Untergang sein. Wenn das Bärenjunge gerettet ist, wird es keinen Krieg gegen die Bären geben. Dann sind wir erledigt!“ Keuchend hielt er inne und seine Augen verdrehten sich nach hinten, bis nur noch eine dünne grüne Sichel in dem Weiß zu erkennen war. „Es sei denn …“, fügte er langsam hinzu.

„Was, ehrwürdiges Oberhaupt?“, fragte Malan.

Dunbar wirbelte zu Fretta herum. „Wo ist das Bärenjunge jetzt? Und wo ist Grizz?“

„Die obersten Leutnants der Gardewölfe haben sich mit Edme und Faolan getroffen. Sie bringen das Bärenjunge in die Schwarzglaswüste, zu den Vier Wirbeln.“

„Du meinst, zu den *Yondo*-Felsen in der Mitte der Wüste?“

„Ja, Grizz geht jetzt dem Fengo entgegen, um ein Palaver mit den Wölfen abzuhalten. Die Bären haben sich in der Nähe zu ihrem Kriegsrat versammelt, und das Junge wird Grizz persönlich übergeben.“

„Grizz ist alt und tatterig“, knurrte Dunbar MacHeath. Er stellte die Ohren auf und sein Nackenfell sträubte sich. „Er ist das perfekte Opfer für einen Leisetöter-Trupp.“

„Aaaah!“ Ein freudiger Seufzer hallte durch die Höhle. Die Wölfe schöpften wieder Hoffnung.

„Hört, meine Freunde, der Krieg gegen die Bären wird doch noch stattfinden. Malan, Fretta, Blyden, Andrien, Aila, Donaidh – ihr kommt mit mir! Wir brechen sofort im Angriffstempo auf. Beim Mark meiner Knochen, der Kreis der Vulkane ist uns sicher!“

Ein wildes Heulen brach in der Wolfsversammlung los. Dann stürmte der größte Leisetöter-Trupp, der je versammelt war, aus der Höhle.

Die Nachricht von Tobys Rettung hatte bei allen anderen Wolfsclans der Hinterlande große Freude ausgelöst. Was als Kriegsmarsch begonnen hatte, wurde jetzt zu einer fröhlichen Reise, um die Rückkehr des Bärenjungen zu feiern. Nur Katria und Airmid nahmen die Nachricht mit gemischten Gefühlen auf.

„Du weißt, was das bedeutet“, sagte Katria mit leiser Stimme zu Airmid.

Die weiße Wölfin nickte. „Ja, natürlich. Dunbar MacHeath lässt sich nicht stumm und widerstandslos ins Vergessen schicken.“

Die beiden Wölfinnen blieben stehen und ließen die MacNamara an sich vorbeiströmen.

„Er wird den Krieg trotzdem anzetteln“, sagte Katria. „Sie werden sich etwas anderes ausdenken.“

In stillem Einvernehmen entfernten sich Katria und Airmid von den MacNamara und schlugen den Weg zu den *Yondos* in der Schwarzglaswüste ein. Vielleicht konnten sie doch noch verhindern, dass die Versöhnungsfeier in einem Blutbad endete.

Katria lief mit gesträubtem Nackenfell und der Nase am Boden vor Airmid her. Die Obea wunderte sich, dass Katria nicht nur Gerüche auffing, sondern auch Spuren las, die einem anderen Wolf nichts weiter verraten hätten. Aber Katria kannte diese Abdrücke von ihrer Arbeit als Außenflankerin, wenn sie die Wölfe bei einem *Byrrgis* in ein Zangenmanöver oder einen Angriffssprint treiben musste. Im Lauf der Jahre hatte sie fast jede Position in einem MacHeath-*Byrrgis* eingenommen.

„Das ist Blyden ... und das Donaidh, der alte Dummkopf. Ich würde seinen Pfotenabdruck überall erkennen", sagte Katria. „Das hier sind Malan und Fretta." Plötzlich blieb sie wie angewurzelt stehen. „Und Andrien und Aila! Großer Lupus! Das ist ein Leisetöter-Trupp unter Dunbars Führung!" Angstvoll schaute sie zu Airmid auf. „Sie wollen Grizz umbringen!"

Ein tiefes Schweigen breitete sich in der Schwarzglaswüste aus und erstickte das Bärentrommeln. Alle warteten gebannt auf Tobys Ankunft. Es war, als hielten die ganzen Hinterlande den Atem an, um diesen großen Moment nicht zu verpassen. Die Wölfe legten die Ohren nach vorn und die Eulen ließen die Köpfe herumschnellen, damit ihre Ohrenschlitze das kehlige Wispern auffangen konnten, das von der Bärenarmee aufstieg. „Sie sagen, er kommt. Toby kommt!“

Plötzlich zerschnitt ein Aufschrei in der Nähe der Vier Wirbel die Luft.

„Toby!“, brüllte Bronka und dann gab es kein Halten mehr. Die Bärenmutter und ihr Junges stürzten aufeinander zu.

„Wo sind sie?“, fragte Airmid verzweifelt. Die Spur der Leisetöter war kalt geworden, sobald sie die Schwarzglaswüste erreicht hatten. In dem feinen Sand hielten sich die Abdrücke nicht so gut wie in der Erde. Auch der Geruch der MacHeath-Wölfe schien verflogen zu sein.

„Wir müssen Grizz im Auge behalten“, sagte Airmid.

„Ja, gut. Du beobachtest Grizz und ich die Dunkelheit.“ Katria hatte inzwischen gemerkt, dass das Dunkelland nicht einheitlich schwarz war. Obwohl die gespenstischen Dünen und Ebenen schattenlos wirkten, gab es mehr Schwarzschattierungen, als man auf den ersten Blick vermutet hätte. Katria fing eine Bewegung am Rand ihres Blickfelds auf – weniger als vierzig Schritte entfernt, genau an der Stelle, wo Grizz gerade hinter einem der Hügel verschwunden war.

Ein gewaltiger Energieschub durchlief ihren Körper. Wie von selbst sprangen ihre Beine vom Boden ab, und plötzlich war sie in der Luft und segelte über den kleinen Hügel. Ihre Fänge bohrten sich in Andriens Nacken, während Andrien ihre Reißzähne in die Flanke des Bären aller Bären hieb. Ein ohrenbetäubendes Brüllen stieg auf, so gewaltig, als würde die Erde auseinandergerissen. Katrias Sicht wurde vom aufschießenden Blut vernebelt und sie konnte gerade noch beiseitespringen, bevor sie unter dem mächtigen Bärenkörper begraben wurde.

Dunkel nahm sie das Heulen der Wölfe und das tiefe Grollen der Bären wahr.

„Grizz wurde angegriffen!“, brüllte eine Stimme. Der Ruf kam nicht etwa von Grizz’ Leibwache, sondern von Dunbar MacHeath höchstpersönlich. Blitzschnell waren die Leisetöter verschwunden, außer Andrien, die unter Grizz’ massigem Körper eingeklemmt war.

Ein Knäuel von Wölfen umringte Edme. Sie erkannte Jasper und den Fengo, aber da waren auch noch andere. Die kleine Wölfin brauchte nur eine Sekunde, um zu begreifen, was geschehen war. „Das sind die MacHeath! Sie haben angegriffen.“

„Nein!“, brüllte Dunbar und schoss aus dem Versteck hervor, in dem er mit seinen Leisetötern gelauert hatte. Er kam nicht weit, denn im nächsten Moment stürzte sich Edme auf ihn. Sie riss ihm die Narbe auf, die ihre Mutter ihm geschlagen hatte, bohrte ihre Fänge in seine Kehle und schlitzte ihm die Halsschlagader auf. Ein gewaltiger Blutschwall schoss hervor und Edme war in Sekundenschnelle blutüberströmt.

Dunbar MacHeath schaute sie fassungslos an. „Wie ... wie?“, gurgelte er.

„Ich habe nur das Werk meiner Mutter vollendet“, zischte Edme.

„Tod den Wölfen“, schrie jemand im Bärengedränge. „Tod den Wölfen!“

„Nein!“, brüllte eine Bärin. Es war Tobys Mutter. Eilig lief sie mit ihren beiden Jungen auf dem Rücken nach vorn. „Hört mich an“, donnerte sie. „Bitte hört mich erst an.“

„Das ist Bronka. Bronka und ihre Jungen“, wisperten die Bären.

Grizz regte sich. Die Menge drängte sich noch enger um ihn und beobachtete atemlos, wie er sich hochrappelte. Unter ihm kam Andriens zerquetschter Körper zum Vorschein.

„Wer ist dieser Wolf?“, fragte Grizz, der noch etwas benommen war.

Edme trat vor. „Das ist Andrien MacHeath, die Spitzenwölfin des gefürchteten Leisetöter-Trupps der MacHeath.“

„Hast du sie getötet?“, brummte der Bär aller Bären.

„Nein, nicht ich.“ Edme wandte den Kopf und schaute Katria an.

„Ja, ich war das“, bestätigte Katria und trat hinter einem der Vier Wirbel hervor. „Ich bin Katria, einst Außenflankerin der MacHeath und jetzt Mitglied des edlen MacNamara-Clans.

„Du hast mir das Leben gerettet“, sagte der Bär aller Bären und ging mühsam vor Katria in die Knie. Selbst in gebückter Haltung war er noch doppelt so groß wie die nachtschwarze Wölfin. „Du hast mir das Leben gerettet“, wiederholte er.

„Mag sein, aber zwei andere Wölfe haben noch viel mehr Leben gerettet“, erwiderte Katria.

„Wa-was ...“, stotterte Grizz leise. Mehr brachte er in seiner Verblüffung nicht über die Lippen.

„Edme, die Wölfin, die das Oberhaupt der MacHeath getötet hat, und ihr Freund, der silberne Wolf. Sie haben das Bärenjunge befreit und hierhergebracht, um einen Krieg zu verhindern, der vielleicht das Ende der Hinterlande bedeutet hätte.“

„Ja ja“, sagte der Bär aller Bären leise. Er konnte immer noch nicht glauben, dass alles gut ausgegangen war.

Jetzt trat der Fengo zu ihm. „Ehrwürdiger Grizz, Bär aller Bären! Der Frieden, der seit über tausend Jahren in den Hinterlanden herrscht, wäre beinahe durch die Verbrechen eines einzigen Clans zerstört worden."

Er schaute zu den MacHeath hinüber. Dunbar und Andrien waren tot. Donaidh war entkommen, aber Malan und Fretta waren eingefangen worden. „Als Fengo der Vulkangarde berufe ich mich auf das Vorrecht des Künders, das nur mir zusteht. In Augenblicken höchster Gefahr bin ich befugt, das *Crait*-Gericht zu umgehen und sofort ein Urteil zu fällen – ein *Fengasso*, das letzte Wort des Fengo. Hiermit verkünde ich, dass die MacHeath von nun an kein Clan der Hinterlandwölfe mehr sind." Malan und Fretta wechselten einen Blick und ihre grünen Augen blitzten auf. War es Bedauern oder Reue? Oder verbarg sich dahinter ein neuer Racheplan? Edme konnte es nicht sagen.

„Von diesem Augenblick an sind sie Clanlose und werden als solche behandelt. Kein Knochennager der MacHeath darf je wieder an einem *Gaddernag*-Wettkampf teilnehmen und in die Garde der Heiligen Vulkane gewählt werden. Außerdem sind die MacHeath von den Mondfeiern der längsten Nacht ausgeschlossen, zu der sich alle Clans versammeln. Und sie dürfen auch nicht mit den Rudeln anderer Clans in einem *Byrrgis* mitlaufen. Die Namara wird eine Patrouille aus ihrem Clan zusammenstellen und die MacHeath unverzüglich aus den Hinterlanden verjagen. Die Patrouille darf erst zurückkehren, wenn die MacHeath die Grenze zu den Frostlanden überschritten haben. Sie sind von nun an und in alle Ewigkeit *crait*!“

Acht Monde sind vergangen

Der Mond der Fliegen war gekommen und gegangen, ebenso wie der Mond der Moosblüten, der Rentiermond und die drei Wintermonde. Aber die Flüsse waren noch immer vereist, obwohl die Sonne wie eh und je im Rhythmus der Jahreszeiten auf- und unterging und die Tage langsam länger wurden. Mitten im Eisbruchmond lag noch eine dicke Schneedecke auf dem Boden. Faolan und Edme hatten ihr erstes Jahr im Vulkankreis fast beendet und inzwischen auf den Knochenhügeln aller fünf Vulkane gehockt. Sie kannten den Charakter der einzelnen Vulkane und ihre Launen, die sich im Lauf eines Monds veränderten, bis der Mond ganz vom Himmel verschwand. Auch der Geruch der Schwefelausstöße, die bei jedem Vulkan anders waren, war ihnen vertraut. Und sie wussten, dass die Wache am Kjell die langweiligste war, denn seine Lavaströme enthielten kaum förderbare Glut. Deshalb kamen auch viel weniger Glutsammler dorthin.

Zu Beginn des Eisbruchmonds hockte Faolan eines

Abends auf einem Knochenhügel vor Dunmore. Er hatte gerade eine Reihe von Spähsprüngen absolviert, als er hinunterblickte und einen Wolf auf sich zutrotten sah. Oder nein, eine Wölfin – die Sark vom Sumpfmoor.

Die Sark war eine verrückte alte Kreatur mit verschiedenfarbigen Augen – eines vom echten Grün der Hinterlandwölfe, das andere von einem warmen Bernsteingold. Es war ein unheimliches Auge, das ständig abschweifte und ziellos in seiner Höhle herumrollte. Das Fell der Sark peitschte wie eine Windsbraut um ihren knochigen Körper, sodass es aussah, als käme eine kleine Sturmfront angebraust. Unter ihrem Kinn hatten sich Eiszapfen gebildet, die wie ein langer Bart herabhingen, was sie noch merkwürdiger aussehen ließ. Aber ihr Äußeres täuschte. Neben Gwynneth und Edme war die Sark eine der besten Freundinnen von Faolan.

Jetzt schaute sie zu ihm hoch und knurrte kurz angebunden: „Komm mit mir."

„Ich kann nicht. Ich muss Wache halten."

„Der Fengo weiß Bescheid", erwiderte die Sark.

Im selben Moment kam Zwirbel auf Faolans Knochenhügel zu.

„Geh schon, Junge. Du hast etwas mit der Sark zu erledigen. Ich übernehme diese Schicht, und für die nächsten werde ich Ersatz besorgen, bis du wieder da bist."

Etwas zu erledigen? Faolan schaute Zwirbel verwirrt an, und eine dunkle Angst stieg in ihm auf. Schaudernd kletterte er von dem Knochenhügel herunter.

Noch bevor der Mond den Wolfsgipfel erklommen hatte, waren sie unterwegs. Die Sark hatte zunächst eine nördliche Route eingeschlagen, aber jetzt schwenkten sie langsam nach Osten ab. Sie liefen schweigend, redeten weder über ihr Ziel noch über den Grund, der sie dorthin führte. Faolan hütete sich, Fragen zu stellen. Überflüssige Fragen machten die Sark nur wütend. Und kein Wolf, der noch alle seine Sinne beisammenhatte, legte sich mit einer schlecht gelaunten Sark an. Plötzlich tauchte eine Maskenschleiereule über ihnen auf.

„Gwynneth!“, heulte Faolan. Aber sie schaute kaum herunter, warf ihm nur einen finsteren Blick zu. Das Schaudern, das durch sein Mark gelaufen war, verebbte und machte einer seltsamen, tiefen Sehnsucht Platz. Unwillkürlich lief er schneller.

„Langsam, langsam“, sagte die Sark sanft. „Du darfst dich nicht so müde laufen. Wir kommen schon noch rechtzeitig hin.“

Rechtzeitig hin? Wohin? Und wozu?, fragte sich Faolan. Er glaubte ein Schimmern im stetigen Auge der Sark zu sehen. War das eine Träne? Gwynneth schoss herunter und flog jetzt tiefer. Faolan spürte einen leisen

Luftzug, als sie über ihm schwebte. Er fühlte sich in den Schatten ihrer Flügel eingehüllt, als wollte sie ihn beschützen.

So reisten sie die nächsten eineinhalb Tage weiter und hielten immer nur kurz an, um ein bisschen auszuruhen. So weit in den Norden war Faolan noch nie gekommen. Am späten Nachmittag, als die Sonne noch hell am Horizont stand, merkte er plötzlich, dass sie die Spitze einer Halbinsel überquerten.

„Wir gehen zum Clan der MacNamara, stimmt's?“, sagte Faolan.

Die Sark blieb stehen. Der Schnee reichte ihr bis zum Bauch. Gwynneth landete auf einem verschneiten Felsen und breitete ihre Schwingen aus, um ihr Gewicht abzufangen, damit sie nicht im Pulverschnee versank. Faolan schaute seine beiden Freundinnen an, die ihn mit Tränen in den Augen fixierten. „Könnt ihr mir jetzt endlich sagen, was eigentlich los ist?“, fragte er.

„Fao-lan“, stieß die Sark mit brüchiger Stimme hervor. Dann nahm sie einen weiteren Anlauf: „Faolan, wir bringen dich zu deiner ersten Milchmutter.“

Die Namara begrüßte sie persönlich und führte sie zu einem Bau am Rand des Lagers. „Sie wartet. Brangwen wollte nicht, dass wir es ihr schon sagen.“ Die Namara wandte sich an Faolan, dem noch immer der Kopf schwirrte, seit er es erfahren hatte. „Deine Mutter stirbt. Sie ist blind, sodass sie dich vielleicht nicht erkennt."

„Oh, doch! Natürlich erkennt sie mich!", erwiderte Faolan heftig.

Ein großer, schöner roter Wolf tauchte neben Faolan auf. „Komm, mein Junge. Ich bin der zweite Gefährte deiner Mutter. Ich bin Brangwen MacDonegal. Folge mir."

Der Bau, eine kleine, nach Westen blickende Höhle, war von den schrägen Strahlen der Nachmittagssonne durchflutet. Auf einem Haufen dicker Rentierfelle lag eine zerbrechliche, aber einst schöne Wölfin mit silbernem Fell. Sobald sie in die Höhle traten, begannen Moragʼs Nüstern zu zucken. Sie hob den Kopf von ihrem Felllager, aber nur ganz wenig. „Wer ist das? Wer kommt da?"

Niemand sagte ein Wort, während Faolan auf dem Bauch zu seiner ersten Milchgeberin kroch. Er senkte die Schnauze, damit sie ihn beschnüffeln konnte.

Morags trübe Augen füllten sich mit Tränen. „Bist du das? Bist du es wirklich?", fragte sie.

Faolan hob die gespreizte Pfote und drückte sie sanft auf Morags Maul. Sie begriff sofort, was er wollte. Ihre Zunge glitt heraus und sie begann über die Zeichnung auf seinem Pfotenpolster zu lecken.

„Großer Lupus, du hast überlebt. Ja, wirklich, du bist

es! Ich dachte es mir fast, als ich die Knochen der Grizzlybärin gefunden habe. Wann war das noch? Vielleicht zehn Monde nach deiner Geburt? Ich habe deinen Geruch an diesen Knochen aufgefangen. Ich habe gehofft und gebetet. Aber jetzt weiß ich, dass es wahr ist. Die Grizzlybärin hat dir ihre Milch gegeben. Ich rieche auch das, selbst jetzt noch."

„Ja, Mama. Ich habe überlebt. Donnerherz hat mich großgezogen. Ich bin jetzt ein Gardewolf."

„Ein Gardewolf!" Nun strömten die Tränen aus Morags blicklosen Augen. Zärtlich leckte sie Faolans Gesicht. „Donnerherz war der Name deiner zweiten Milchgeberin?"

„Ja, Mama."

Faolan schmiegte sich noch enger an sie, bis er das Pochen ihres Herzens spürte. Es schlug in einem seltsamen Rhythmus, erst wie rasend, dann stolperte es plötzlich. Er schloss die Augen und lauschte. Ihr Atem wurde rau.

„Und wie nennen sie dich?", keuchte sie.

„Faolan. Donnerherz hat mich Faolan genannt. Es bedeutet: Geschenk des Flusses."

„Geschenk", murmelte Morag. „Ich wollte dich Skaarsgard nennen, nach dem Sternenwolf, der den Geistern der Toten hilft, die Sternenleiter zur Höhle der Seelen hinaufzuklettern."

„Warum?“, fragte Faolan.

„Weil dein Fell silbrig glänzte, auch wenn es noch nicht so dick war. Es sah aus, als seien Sterne hineingefallen. Aber Faolan ist ein schöner Name. ‚Geschenk‘ passt gut, denn ich fühlte mich gesegnet, als du geboren wurdest. Du warst mein Geschenk, und sie haben es mir weggenommen … mein Geschenk …“, wisperte sie. Ihre Stimme wurde immer schwächer. „Geschenk …“ Während sie das Wort noch einmal wiederholte, nahm Faolan den letzten Schlag ihres Herzens wahr.

Lange lag er einfach so da. Dann sickerte die Wärme aus Morags Körper, und er wusste, dass er in die Kälte hinausmusste, um den letzten Teil seiner *Slaan Leat* zurückzulegen – einen Abschluss der Reise, wie er ihn sich vor zehn Monden niemals hätte träumen lassen.

Epilog

Ganz allein reiste Faolan ans Ende der Halbinsel, einer Eisspitze, die ins tosende Hoolemeer hinausragte. Hier wollte er den *Drumlyn* für seine Mutter Morag bauen, mit Knochen, die er unterwegs unter dem Schnee gefunden hatte.

Die Sark und Gwynneth hatten versprochen, dass sie auf ihn warten würden. „Egal wie lange es dauert", hatte die Sark gesagt. „Und im Sommer, falls es je wieder einen Sommer geben sollte, kannst du dorthin zurückkehren und ihre Knochen auf den *Drumlyn* legen."

Faolan fand einen notdürftigen Unterschlupf im Windschatten der Landspitze und machte sich an die Schnitzarbeit. Im Lauf der Jahre würde er noch mehr Knochen hinzufügen, auch einige von seiner ersten Milchgeberin. Vielleicht zerbarst bald das gewaltige Skelett von Donnerherz, dann würde er einen Teil davon hierherbringen. Aber darüber konnte er sich später noch den Kopf zerbrechen. Ein kleiner *Drumlyn* war besser als gar keiner. Er schnitzte seine allerersten Erinnerungen in die

Knochen – die zappelnden Welpen neben ihm, ihr warmer Geruch. Mehr war ihm nicht in Erinnerung geblieben, denn die Augen eines Neugeborenen sind versiegelt. Er würde seine Geschwister niemals an ihrem Aussehen erkennen.

Die Empfindungen aus seinen ersten Lebenstagen kehrten zu ihm zurück, eine nach der anderen. Die meisten hatten mit Verlust zu tun – das Fehlen der zappelnden Bewegungen, der Wärme, des Geruchs. Dann füllte sich diese Leere mit etwas unerträglich Kaltem. War es der Geruch der Obea, die ihn getragen hatte? Eine ganze Nacht verging mit dieser Arbeit. Am Ende betrachtete Faolan die Knochen und stellte fest, dass er sehr wenig zu erzählen hatte, auch wenn seine Schnitzereien noch so kunstvoll waren. Im Vergleich zu den Knochen, die er für Donnerherz geschnitzt hatte, waren diese hier leer. Aber im Vergleich zu Donnerherz wusste er auch nur wenig von seiner ersten Milchmutter. Was sollte er als Nächstes schnitzen? Vom ersten Moment an, als er in den Bau getreten war, hatte er sich Morag nahe gefühlt. In gewisser Weise war es, als hätte er sie nie verlassen. Ihr Fell war ihm vertraut, obwohl es viel von seinem Glanz verloren hatte. Und es war ein schönes Gefühl gewesen, als Morag mit ihrer Zunge das Spiralmuster auf seiner gespreizten Pfote nachgezeichnet hatte – so mütterlich. *Ich habe eine Mama.* Die Worte strömten durch seinen Geist. Und genau das schnitzte er jetzt – immer wieder, bis daraus neue Sätze wurden: *Ich habe zwei Mütter. Ich wuchs mit der Milch von zwei Müttern in meinem Blut auf. Mit der Milch von zwei Müttern in meinem Mark.*

In den zwei Tagen, die Faolan mit seiner Schnitzarbeit zubrachte, hatte ein Schneesturm auf der Halbinsel getobt. Aber in der folgenden Nacht, als er seinen *Drumlyn* errichtete, fiel der Schnee langsamer. Der Wind flaute ab und jede einzelne Schneeflocke schimmerte wie ein Edelstein in der Schwärze der Nacht. Der Große Sternenwolf war gerade aus seinem Winterbau auf der anderen Seite der Erde geklettert, um zusammen mit der Sternenleiter am Osthimmel aufzugehen. Faolan heulte, während er die Knochen aufschichtete. Es war das *Glaffling*, das Heulen des Kummers und Schmerzes. Doch als er den letzten Knochen auf den *Drumlyn* legte und nach oben blickte, sah er etwas Wunderbares. Morags Nebel schimmerte am Himmel. Und nicht weit hinter ihr erschien ein größerer Nebel, eine riesige, dunstige Gestalt, die am Fuß der Sternenleiter aufragte und seiner ersten Milchgeberin folgte. Das war Faolans zweite Milchgeberin. Donnerherz! Endlich war sie von dem *Drumlyn* abgesprungen, den er am Fluss für sie errichtet hatte. Endlich hatte sie die Erde verlassen. Endlich wusste sie, dass es ihm gut ging, dass er groß geworden war und allein zurechtkam. Jetzt konnte sie von Ursulana auf ihn herabblicken.

Faolans *Glaffling* verwandelte sich in ein Freudengeheul, und er sang lauter denn je. Wie oft hatte er die Spirale an seiner Pfote betrachtet. Und immer hatte er geahnt, dass sich dahinter ein anderes, größeres Muster verbarg, ein großer Plan, eine endlos kreisende Harmonie, wie die Bewegung der Sterne am Himmel. Denn auch sie waren Teil eines größeren Kreislaufs, so wie der Himmel sich um die Erde drehte. Von all diesen Dingen heulte Faolan.

Die Sark und Gwynneth, die gut zwei Meilen entfernt auf ihn warteten, schauten einander an.

„Was ist das für ein Heulen?“, fragte Gwynneth.

„Ursulana, die Höhle der Seelen. Zwei Himmel in einem“, murmelte die Sark.

Also spricht Faolan, Gardewolf im Kreis der Heiligen Vulkane.

Anmerkung der Autorin

Die Ansprache der Namara im Kapitel „Kriegstrommeln“ beruht auf einer Rede von General George S. Patton an die Dritte US-Armee, Sechste Panzerdivision, am 31. Mai 1944 in England – also kurz vor der Landung der Alliierten in der Normandie.

Kathryn Lasky, preisgekrönte Autorin zahlreicher Kinder- und Jugendbücher, lebt mit ihrem Mann in Cambridge, Massachusetts. *Die Legende der Wächter*, eine Fantasy-Serie über die tapferen Eulen von Ga'Hoole, ist nicht nur in den USA und in Deutschland ein Bestseller, sie wurde auch 2010 verfilmt. In *Der Clan der Wölfe* entführt Kathryn Lasky ihre Fans in die Wildnis des Nordens, wo Jungwolf Faolan seinen Platz im Rudel erkämpfen und dunklen Mächten trotzen muss.

PUMABAUM
FROSTLANDE
HINTERLAND
Höhle der Vorzeit
MacDonegal Gebiet
FROSTWALD
Winterbau von Donnerherz und Faolan
Sommerbau von Donnerherz und Faolan
SALZSEE
N